NEW ROMANCE

AFTER

Traduit de l'américain
par Claire Sarradel

∞

ANNA TODD

Hugo Roman

AFTER WE COLLIDED - SAISON 2

Gallery Books
Un département de Simon & Schuster, Inc.
1230 Avenue of the Americas
New York, NY 10020

Ce livre est une fiction. Toute référence à des événements historiques, des personnes ou des lieux réels serait utilisée de façon fictive. Les autres noms, personnages, lieux et événements sont issus de l'imagination de l'auteur, et toute ressemblance avec des personnages vivants ou ayant existé serait totalement fortuite.

Première édition : Gallery Books, octobre 2014
GALLERY BOOKS et colophon sont des marques déposées de Simon & Schuster, Inc.

Pour la présente édition :
© 2020, New Romance®, Département de Hugo Publishing
34-36, rue La Pérouse
75116 – Paris
www.hugoetcie.fr

Collection créée par Hugues de Saint Vincent
Dirigée par Arthur de Saint Vincent

ISBN : 9782755647396
Dépôt légal : janvier 2021
Imprimé en France
N° d'imprimeur : 19110428

À mes fidèles lecteurs,
avec tout mon amour
et ma gratitude.

À l'occasion de la sortie du second film, After we collided, *nous avons pu poser quelques questions à Anna Todd, qui nous a fait la gentillesse d'y répondre sincèrement.*

Les deux films sont-ils indépendants, pourra-t-on comprendre le second sans avoir vu le premier ?
Pas vraiment. Au début du deuxième film, nous faisons un bref résumé du premier, mais idéalement, il vaut mieux avoir vu le premier avant le second. C'est ainsi que nous l'avons construit.

As-tu autant participé au scénario que pour le premier film ?
Oui. Même si, au bout du compte, certains choix sont laissés à ceux qui dirigent le film, comme le studio. J'ai essayé, autant que possible, de garder les scènes que je savais importantes pour les fans, mais un film ce n'est pas comme un roman, c'est une collaboration. En tout cas, croyez-moi, j'étais sur le plateau tous les jours et j'ai eu beaucoup à dire sur le casting et la production.

Le scénario a dû être plus compliqué à écrire que pour le tome 1, les personnages et les situations étant moins dans la légèreté, non ?
En fait, j'aime quand les personnages n'ont pas le cœur léger. J'aime quand ils se débattent et gèrent leurs problèmes, cette période «*after*» le moment où ils tombent amoureux.

Ce second tome explore les sentiments de Tessa et d'Hardin sur le couple qu'ils forment, malgré tout ce qui les sépare. Comment avez-vous transposé en images tous les apartés introspectifs du livre ?

C'est très difficile à faire, surtout si le réalisateur se concentre davantage sur l'effet « choc » des scènes que sur le développement des personnages. J'ai essayé de faire en sorte que Joséphine et Héro gardent à l'esprit le cheminement des personnages et nous avons beaucoup parlé ensemble des mouvements des yeux et du langage corporel.

Es-tu toujours aussi enthousiaste à l'idée d'une nouvelle journée de tournage ou, comme souvent, il y a des jours où ce qu'on avait imaginé ne se produit pas et où on commence à désespérer ?

Je suis toujours très excitée par une nouvelle journée de tournage. J'aime être sur le plateau, même si le tournage peut être une expérience stressante. Même quand les choses ne sont pas exactement telles qu'on les attend, il y a des moyens de faire en sorte que ça marche, c'est un travail d'équipe.

Est-ce qu'il y aura, comme pour le premier film, des différences souhaitées entre le livre et l'adaptation ?

Dans l'ensemble, il y a beaucoup d'éléments de l'intrigue empruntés au livre. En revanche, nous n'avons qu'une heure et quarante-cinq minutes pour raconter un roman de sept cents pages, alors bien sûr, nous avons dû faire l'impasse sur certaines choses. Nous voulions que l'accent principal soit mis sur Tessa et Hardin, certains des autres personnages n'ont donc qu'un rôle plus secondaire. Le cinéma et la littérature sont deux supports très différents. L'histoire de Hardin et Tessa, c'est qu'ils tournent en rond, se perdent et se retrouvent souvent, et nous avons laissé de côté une partie de ces rebondissements, parce que si vous ne pouvez pas lire ou entendre les pensées des personnages, il est difficile de montrer les turbulences de leur relation de la même manière.

Si oui, est-ce qu'il y a de nouveaux messages que tu souhaites faire passer avec ces différences ?

Mon message c'est juste : garder l'esprit ouvert. C'est le plus important dans la vie. Mais c'est difficile de faire passer des messages dans un film, les films ne sont jamais aussi détaillés ni aussi complets que les romans, même si je fais de mon mieux. :P

Les nouveaux personnages se sont-ils bien intégrés dans la team ?
Oui ! Dylan Sprouse, qui joue Trevor, a été un ajout incroyable à la distribution, quant à Candice King et Charlie Weber, ce sont des acteurs formidables et j'ai été honorée de travailler avec eux.

A-t-il été difficile de faire jouer le petit garçon, celui qui interprète Smith ?
Il était trop chou ! La seule chose qui a été difficile, c'est le jour où il a eu le hoquet pendant une de ses scènes. Nous avons essayé tous les trucs que nous connaissions pour l'en débarrasser, sans grand succès, mais c'était tellement adorable ! C'est mon souvenir le plus mignon !

Les tatouages ont-ils été réellement réalisés ?
Non, ah, ah ! Nous avons utilisé du maquillage, et dans certaines scènes, c'est plus évident que dans d'autres… :P

Est-ce que tu apparais dans le film (comme pour le premier) ?
Oui ! Il faudra me chercher !

Devenir plus adultes, plus sensuels, a-t-il été difficile pour Josephine et Hero ?
C'est effectivement le cas, mais c'est à eux de répondre à cette question. La mise en scène était très lourde et guidée, alors nous avons essayé de leur faciliter la tâche au maximum.

Est-ce que la connexion qui existe entre les personnages de ton roman est interprétée comme tu avais pu l'imaginer ?
Les deux acteurs ont une alchimie incroyable à l'écran, ce qui est exactement ce que vous espérez en tant que producteur ou auteur d'une adaptation.

Le mensonge semble être, pour les personnages d'*After*, le principal obstacle à une vie heureuse. Cela te semble-t-il le cas dans la vraie vie ? Et si oui, qu'elles sont, pour toi, les façons d'éviter ce piège du mensonge ?

En tant que romancière, je trouve passionnant de plonger dans ce sujet et de comprendre les raisons pour lesquelles les personnages mentent, ce qu'ils en retirent et à quoi cela les mène.
Les hommes sont des créatures complexes. Ils mentent pour de très nombreuses raisons. Certains pour éviter la vérité, d'autres pour créer leur propre vérité. Certains mensonges sont inoffensifs, mais souvent ils peuvent bouleverser la vie des gens, même si ce n'était pas l'intention de leur auteur.
Dans la vraie vie, le mensonge est difficile à éviter. Même si on ignore presque toujours les réelles intentions des autres, si vous restez honnête et que vous en parlez directement aux menteurs que vous avez découverts, il sera beaucoup plus facile d'éviter ou d'empêcher ses méfaits.

Les pères de Tessa et d'Hardin ont eu des problèmes avec l'alcool. Leurs mères ont été abîmées par cette addiction. Est-ce un fléau aux États-Unis ? Plus particulièrement pour la génération des parents de tes héros ?
Je pense que c'est un fléau mondial. J'ai rencontré des lecteurs dans le monde entier qui semblent s'occuper de parents souffrant d'une addiction. Ce ne sont pas toujours les mères dont la vie est ruinée par la dépendance du père, les deux sexes sont malheureusement à égalité, je dirais. Pour ma part, je connais ce problème qui a bouleversé mon enfance. Alors, j'écris sur ce sujet et cela me permet d'entrer en contact avec tant de jeunes, et de moins jeunes, qui en souffrent aussi.

Lorsque tu as créé le personnage de Landon, bien avant la mort de George Floyd et les événements qui l'ont suivie, voulais-tu adresser un message sur le racisme aux lecteurs ?
Au départ, *After* était une fanfiction, les personnages devaient donc tous avoir une apparence précise et déterminée. Lors du casting, j'ai voulu diversifier le plus possible les personnages, comme dans la vraie vie. Nous ne sommes pas tous pareils, c'est magnifique et il faut le célébrer. Ce n'était pas vraiment pour « envoyer un message » mais j'espère que c'est ce qui s'est passé.

Hardin réagit souvent avec provocation et violence à l'incompréhension des autres vis-à-vis de ses propres démons. Comprends-tu ce besoin

libérateur ou n'acceptes-tu jamais, quelle qu'en soit la cause, le recours à cet excès ?

Je le comprends certainement, mais je ne dirais pas que je suis d'accord avec la façon dont il gère sa colère. C'est quelqu'un qui a eu besoin d'une thérapie pour surmonter le traumatisme de son enfance. Chacun a ses propres problèmes et traumatismes qu'il doit gérer. Non, je ne suis pas d'accord avec la façon dont il se comporte, mais je le comprends.

As-tu vécu, ou ton entourage a-t-il vécu les conséquences de ces fléaux que sont l'alcoolisme, le racisme, la violence ?

J'ai grandi dans une ville où le niveau de vie était très bas, une ville pleine de gens racistes, et j'ai toujours eu des petits amis, et surtout je me suis mariée avec quelqu'un qui n'est pas de ma couleur. Cela m'a valu d'être traitée de beaucoup de noms d'oiseaux et mon mari a été victime de racisme à de nombreuses reprises. Tout comme nombre de mes amis, toutes couleurs confondues. Mes parents sont tous deux toxicomanes, mon père biologique a été assassiné lors d'une dispute due à la drogue avec sa petite amie de l'époque, donc oui, j'ai vécu beaucoup d'expériences dues à tous ces fléaux, c'est pourquoi j'ai tellement envie d'en parler.

Crois-tu que les femmes sont particulièrement victimes ou combats-tu cette idée sexiste ?

Le mot « victimes » ne me convient pas. Mais je dirais que depuis la nuit des temps, les femmes ont été systématiquement élevées pour servir les hommes, sans être leurs égales. La façon dont nous nous habillons, dont nous parlons, dont nous nous aimons a toujours été mesurée par le regard masculin. Il y a quelques décennies encore, les femmes ne pouvaient même pas voter aux États-Unis. Et aujourd'hui encore, dans certains pays, les femmes ne peuvent pas conduire. Une femme sur quatre a été contrainte ou agressée sexuellement d'une manière ou d'une autre, alors oui, je dirais que les femmes méritent de se battre pour leurs droits et doivent s'élever contre la façon dont les hommes les ont toujours traitées. Trop, c'est trop.

AFTER

PROLOGUE

Hardin

Je ne sens ni le béton glacé sous mes jambes ni la neige me tomber dessus. Je ne sens que le trou béant qui me déchire la poitrine. Impuissant, à genoux, je regarde Zed sortir du parking avec Tessa sur le siège passager.

Je n'aurais pas pu imaginer une telle scène, jamais dans mes putains de cauchemars les plus tordus je n'aurais pu imaginer ressentir cette douleur. J'ai entendu dire que ça s'appelait la douleur de la disparition. Je n'ai jamais eu quelque chose ou quelqu'un à aimer, jamais eu le besoin de posséder une femme, de la faire mienne complètement, et je n'ai jamais voulu m'accrocher à quiconque avec autant de force. La panique, cette putain de panique totale à l'idée de la perdre, n'était pas dans mes plans. Rien ne l'était. C'était censé être facile : la baiser, récupérer mon blé et foutre les boules à Zed. Facile. Sauf que ça ne s'est pas passé comme ça. Au lieu de ça, cette fille blonde en jupe longue, qui fait de longues listes pour tout et n'importe quoi, s'est doucement insinuée en moi. Je suis tellement tombé amoureux d'elle que je n'arrivais pas à le croire. Je ne m'étais pas rendu compte à quel point je l'aimais jusqu'à ce que j'en gerbe dans un lavabo après avoir montré à mes connards de potes la preuve que j'avais volé son innocence. J'ai détesté ça, j'ai détesté chaque instant… mais je ne me suis pas arrêté.

J'ai gagné le pari, mais j'ai perdu la seule chose qui m'ait rendu heureux. Et, par-dessus tout, j'ai perdu le soupçon de bonté qu'elle m'avait fait découvrir en moi. La neige détrempe mes fringues, mais je n'ai qu'une envie : rejeter la faute sur mon père de m'avoir transmis son addiction, sur ma mère d'être restée assez longtemps avec lui pour faire un gamin aussi ravagé et sur Tessa pour m'avoir adressé la parole. Je voudrais rejeter la faute sur tout le monde, mais je ne peux pas. *C'est moi* qui l'ai fait. Je l'ai détruite, elle et tout ce que nous avions.

Mais je ferais n'importe quoi pour rattraper mes erreurs.

Où va-t-elle ? Est-ce que je pourrai jamais la retrouver là où elle va ?

∞

1

Tessa

Zed m'explique comment le pari est né.

– Ça a pris plus d'un mois, dis-je en sanglotant.

J'ai la nausée, je ferme les yeux pour essayer de me soulager.

– Je sais. Il n'arrêtait pas de se pointer avec des excuses et de demander plus de temps. Il voulait baisser le montant du pari. C'était bizarre. On croyait tous qu'il était obsédé par la victoire, comme pour prouver quelque chose, mais maintenant je comprends.

Zed s'interrompt quelques secondes et scrute mon visage.

– Il ne parlait que de ça et puis, le jour où je t'ai invitée à aller au ciné, il a pété un câble. Après t'avoir déposée, il m'a fait tout un sketch pour me dire de rester loin de toi. Je me suis foutu de sa gueule, je croyais qu'il était bourré.

– Est-ce que… Est-ce qu'il vous a raconté pour la rivière ? Et les… autres trucs ?

Je retiens mon souffle en posant la question. La pitié que je lis dans son regard m'apporte la réponse.

– Oh mon Dieu !

Je couvre mon visage de mes mains. Sa voix se fait plus basse :

– Il nous a tout raconté… Je veux dire *absolument tout*.

Je ne dis plus rien et j'éteins mon téléphone qui n'a pas cessé de vibrer depuis que j'ai quitté le bar. Il n'a pas le droit de m'appeler. Il n'a plus le droit.

Nous approchons du campus.

– Tu es dans quelle résidence maintenant ?

– Je n'habite plus à la cité U. Hardin et moi… Il m'a convaincue d'emménager avec lui la semaine dernière.

– *Il n'a pas fait ça* ? demande Zed, le souffle coupé.

– Si. Il est tellement… Il est juste…

Je bégaie, incapable de trouver le bon mot pour définir sa cruauté.

– Je ne savais pas que c'était allé aussi loin. J'ai cru qu'une fois que… tu vois, après la preuve… il redeviendrait comme avant, avec une fille différente chaque soir. Mais c'est là qu'il a disparu. Il ne venait plus nous voir, sauf l'autre soir quand il s'est pointé aux docks et qu'il a essayé de me convaincre avec Jace de ne rien te dire. Il a offert un gros paquet de fric à Jace pour qu'il la ferme.

– De l'argent ?

Hardin n'aurait pas pu faire pire. À chaque révélation répugnante, l'espace dans la voiture de Zed se rétrécit un peu plus.

– Ouais. Jace s'est foutu de sa gueule évidemment, mais il a dit à Hardin qu'il la fermerait.

– Et pas toi ?

Je me souviens des mains abîmées d'Hardin et du visage de Zed.

– Pas vraiment… Je lui ai dit que s'il ne t'avouait pas tout rapidement, je le ferais. Visiblement, il n'a pas trop aimé, répond-il en désignant son visage. Si ça peut t'aider à te sentir mieux, je crois qu'il se soucie vraiment de toi.

– Ce n'est pas le cas. Et même si ça l'était, ça n'a aucune importance.

J'appuie ma tête contre la vitre. Chacun de nos baisers, chacune de nos caresses ont été partagés avec les amis d'Hardin, chacun de nos instants révélé. Mes moments les plus intimes. La seule intimité que j'aie jamais eue avec quelqu'un ne m'appartient plus, plus du tout.

– Tu veux venir chez moi ? Je ne veux pas être lourd ou te faire flipper, juste j'ai un canapé que tu peux squatter, jusqu'à ce que tu… saches ce que tu veux faire.

– Non. Non merci. En revanche, je peux me servir de ton téléphone ? Je dois appeler Landon.

D'un mouvement de tête, Zed désigne le téléphone sur le tableau de bord et, l'espace d'un instant, je laisse mon esprit divaguer sur la façon dont les choses auraient tourné si j'étais allée jusqu'au bout avec Zed au lieu d'Hardin, après le feu de camp. Je n'aurais jamais commis toutes ces erreurs.

Landon répond à la seconde sonnerie et, comme je m'y attendais, il me dit de venir directement chez lui. Je ne lui ai pas dit ce qui s'est passé, mais il est tellement gentil. Je donne son adresse à Zed qui garde le silence pendant que nous traversons la ville.

– Il va me tomber dessus pour t'avoir éloignée de lui.

– Je te demanderais bien pardon de t'avoir mêlé à tout ça… mais c'est vous qui vous êtes mis là-dedans.

Si je suis honnête avec Zed, je dois dire que j'ai légèrement pitié de lui. Je crois qu'il avait de bien meilleures intentions qu'Hardin, mais mes blessures sont trop récentes et trop douloureuses pour penser à lui en ce moment.

Landon me fait vite entrer chez lui.

– Il pleut des cordes. Où est ton manteau ?

Il me gronde gentiment avant d'écarquiller les yeux en me voyant en pleine lumière.

– Que s'est-il passé ? Qu'a-t-il fait ?

Après avoir jeté un coup d'œil dans la pièce, je croise les doigts pour que Ken et Karen ne soient pas au même étage.

– C'est si évident que ça ?

J'ai à peine le temps de m'essuyer le visage que Landon m'attire dans ses bras, je tente encore de sécher mes larmes. Je n'ai plus la force physique ou émotionnelle de sangloter. J'ai dépassé ce stade, vraiment dépassé. Landon me donne un verre d'eau et m'intime de monter dans ma chambre.

J'arrive à esquisser un sourire, mais en haut, un instinct pervers me conduit devant la chambre d'Hardin. Lorsque je m'en rends compte, la douleur est tellement ravivée que je me détourne brusquement pour revenir de l'autre côté du couloir. Les souvenirs de la nuit où j'ai accouru à son chevet quand il hurlait dans son sommeil brûlent encore en moi. Je reste assise, abasourdie, sur le lit de « ma chambre », pas très sûre de ce que je vais pouvoir faire dans les minutes qui suivent. Landon me rejoint quelques instants plus tard. Il s'assied à côté de moi, assez près pour me montrer sa sollicitude mais assez loin pour me témoigner son respect, comme il le fait toujours.

– Tu veux en parler ? me demande-t-il gentiment.

J'acquiesce en silence. Même si répéter cette histoire me fait plus de mal que de l'apprendre pour la première fois, tout raconter à Landon me libère un peu ; c'est réconfortant de savoir qu'au moins une personne n'était pas au courant de mon humiliation depuis le début.

En m'écoutant, Landon est resté de marbre, à tel point que je n'arrive pas à deviner ce qu'il pense. Je voudrais savoir ce qu'il en déduit de la personnalité de son demi-frère. Et de la mienne. Mais lorsque je termine mon histoire, il se lève d'un bond, débordant de colère.

– Je n'arrive pas à y croire ! Qu'est-ce qui ne va pas dans sa tête ? Et moi qui croyais qu'il devenait presque… correct… il a fait ça ! C'est du grand n'importe quoi ! Pourquoi t'avoir fait une chose pareille, à toi. Pourquoi détruire la seule chose qu'il a ?

À peine Landon a-t-il fini sa phrase qu'il tourne brutalement la tête… Et je les entends aussi, ces pas précipités dans l'escalier. Pas simplement des pas, d'ailleurs, plutôt le bruit de lourdes bottes claquant contre les marches de bois à un rythme d'enfer. L'espace d'un instant, je pense même à me cacher dans le placard, mais nous nous exclamons d'une même voix :

– C'est lui !

Le visage de Landon est devenu grave.

– Tu veux le voir ?

Je secoue la tête frénétiquement et Landon esquisse un mouvement pour fermer la porte juste au moment où la voix d'Hardin me transperce.

– *Tessa !*

À l'instant où Landon tend le bras, Hardin franchit le pas de la porte, le bouscule et passe devant lui. Il s'arrête au milieu de la pièce en même temps que je me lève du lit. Peu habitué à ce genre de scène, Landon reste planté là, interdit. Hardin soupire en se passant la main dans les cheveux.

– Tessa, Dieu merci. Dieu merci, tu es là.

Le voir me fait mal, je détourne le regard pour me concentrer sur le mur.

– Tessa, Bébé. Il faut que tu m'écoutes. S'il te plaît, juste…

Sans dire un mot, je m'avance vers lui. Ses yeux s'illuminent d'espoir et il tend la main vers moi, mais je poursuis mon chemin. Je sens une vague d'espoir s'écraser contre lui. *Bien fait.*

– Parle-moi, me supplie-t-il.

Mais je ne fais que secouer la tête et m'installe aux côtés de Landon avant de lui crier :

– Non. Je ne te reparlerai jamais.

– Tu ne peux pas dire ça…

– Éloigne-toi de moi !

Il m'attrape le bras. Landon s'interpose entre nous et place sa main sur l'épaule de son demi-frère avant de dire :

– Hardin, il faut que tu y ailles.

Hardin serre les dents et promène son regard de lui à moi avant de l'avertir :

– Landon, casse-toi !

Mais Landon reste campé sur sa position. Je connais suffisamment Hardin pour savoir qu'il est en train d'évaluer si ça vaut la peine de tabasser Landon sous mes yeux. Semblant décider que le jeu n'en vaut pas la chandelle, il prend une grande inspiration en essayant de garder son calme :

– S'il te plaît… Donne-nous une minute.

Landon me regarde et je le supplie du regard. Il se retourne vers Hardin :

– Elle ne veut pas te parler.

– Ne me dis pas ce qu'elle veut, putain !

Hardin crie et lance son poing contre le mur, fissurant le plâtre.

Je saute en arrière et recommence à pleurer. *Pas maintenant, pas maintenant.* Je répète ces mots silencieusement pour essayer de gérer mes émotions.

– Va-t'en, Hardin !

Maintenant, c'est Landon qui crie juste au moment où Ken et Karen franchissent le pas de la porte. *Oh non ! Je n'aurais jamais dû venir ici.*

– Nom de Dieu, qu'est-ce qui se passe ici ? demande Ken.

Personne ne répond. Karen me regarde avec empathie et Ken réitère sa question. Hardin jette un regard meurtrier à son père avant de répondre :

– J'essaie de parler à Tessa, et Landon ferait mieux de s'occuper de son cul plutôt que de mes affaires !

Ken regarde Landon, puis se tourne vers moi et reprend :

– Qu'est-ce que tu as fait, Hardin ?

Son ton a changé. Il est passé de l'inquiétude à… *la colère* ? J'ai du mal à savoir.

– Rien ! Putain ! s'exclame Hardin en levant les bras.

– Il a tout foutu en l'air, voilà ce qu'il a fait et maintenant, Tessa n'a nulle part où aller, résume Landon.

Je voudrais parler, je ne sais juste pas quoi dire.

– Elle a quelque part où aller, elle peut rentrer à la maison. Là où est sa place… avec moi, répond Hardin.

– Hardin s'est joué de Tessa tout le temps de leur relation, il lui a fait des choses innommables, laisse échapper Landon.

Karen s'approche de moi, le souffle coupé. Je rentre dans ma coquille, littéralement. Je ne me suis jamais sentie aussi nue et petite. Je ne voulais pas que Ken et Karen soient au courant… mais ça ne va plus changer grand-chose puisque, dans quelques heures, ils ne voudront certainement plus me voir. Interrompant cette spirale infernale, Ken me demande :

– Est-ce que tu veux rentrer avec lui ?

Je secoue faiblement la tête.

– Je ne pars pas d'ici sans toi.

Hardin parle d'un ton tranchant, il s'approche de moi, mais j'esquisse un mouvement de recul. Ken me surprend en s'interposant :

– Je crois que tu devrais y aller, Hardin.

Le visage d'Hardin prend une teinte rouge sombre, empreint de ce que je ne peux qualifier que de *rage*.

– Pardon ? Tu devrais t'estimer heureux que je vienne ne serait-ce que poser un orteil chez toi… et tu oses me mettre à la porte ?

– J'ai été ravi du tournant qu'a pris notre relation, mais ce soir, il faut que tu partes.

– C'est n'importe quoi. Qui est-*elle* pour toi ?

Ken se tourne vers moi, puis revient vers son fils et lui répond avant de baisser la tête :

– Quoi que tu lui aies fait, j'espère que ça valait la peine de perdre la seule bonne chose qui te soit jamais arrivée.

Je ne sais pas si c'est à cause du poids des mots de Ken ou si sa rage maîtrisée avait atteint son paroxysme et s'est évaporée, mais Hardin s'interrompt soudain, me regarde rapidement, puis sort de la pièce. Nous demeurons tous interdits en l'entendant descendre les escaliers à un rythme régulier. Le claquement de la porte se répercute dans la maison, qui redevient silencieuse. Je me tourne vers Ken et me mets à sangloter :

– Je suis tellement désolée. Je vais m'en aller. Je ne voulais pas en arriver là.

– Non, reste aussi longtemps que tu en auras besoin. Tu es toujours la bienvenue ici.

– Je ne voulais pas me mettre entre vous.

Ken et Karen me serrent dans leurs bras. Je me sens très mal d'avoir poussé Ken à mettre son fils à la porte. Karen m'attrape la main, la serre légèrement et Ken me regarde, aussi exaspéré qu'épuisé, avant de répondre :

– Tessa, j'aime Hardin, mais nous savons tous les deux que sans toi, il n'y aurait rien entre nous.

∞

2
Tessa

Je suis restée aussi longtemps que j'ai pu, laissant l'eau couler sur moi. Je voulais qu'elle me nettoie, qu'elle me rassure quelque part. Mais la douche brûlante ne m'a pas aidée à me relaxer comme je l'avais espéré. Je n'arrive pas à trouver quel baume appliquer sur cette plaie à vif. Elle semble ne pas avoir de fond. Être incrustée en moi. Comme un organisme qui aurait élu domicile en moi, comme un trou béant qui ne cesse de s'agrandir. J'ai très mauvaise conscience pour le mur. J'ai proposé de payer la réparation, mais Ken refuse. J'en ai parlé à Landon en brossant mes cheveux mouillés.

– Ne t'inquiète pas pour ça. Tu as d'autres soucis plus importants, me rassure Landon en me massant le dos.

– Je n'arrive pas à comprendre comment j'ai pu en arriver là. (Je regarde dans le vague, évitant de croiser le regard de mon meilleur ami.) Il y a trois mois, tout était parfaitement logique. J'avais Noah, qui ne m'aurait jamais rien fait de tel. J'étais proche de ma mère et je savais comment ma vie allait se passer. Maintenant, je n'ai plus rien. Vraiment plus rien. Je ne sais même pas si je dois poursuivre mon stage, Hardin pourrait s'y rendre ou convaincre Christian Vance de me virer, juste parce qu'il le peut. Il n'avait rien à perdre, moi si. Je l'ai laissé tout me prendre. Ma vie avant lui était tellement simple et bien engagée. À présent… après lui… c'est juste… après.

J'attrape un oreiller sur le lit et le serre avec force. Landon ouvre de grands yeux et me supplie quasiment :

– Tessa, tu ne peux pas renoncer à ton stage ; il t'a volé suffisamment de choses. Ne le laisse pas te prendre ça aussi. Ce qu'il y a de bien à partir d'aujourd'hui, sans lui, c'est que tu peux faire ce que tu veux. Tu peux tout recommencer.

Je sais qu'il a raison, mais ce n'est pas si simple. Maintenant, toute ma vie est liée à Hardin, même cette satanée peinture sur ma voiture. Peu importe comment, mais il est devenu le lien qui maintient assemblés tous les éléments de mon existence. Lui absent, il ne me reste plus que les décombres de ce qu'était ma vie. Je me calme et fais un petit signe de tête à Landon, presque à contrecœur, qui sourit un peu et ajoute :

– Je vais te laisser te reposer.

Il me serre dans ses bras et esquisse un mouvement pour partir quand je l'interromps :

– Tu crois que ça va s'arrêter un jour ?

Il se retourne.

– Quoi ?

– La douleur ? je murmure.

– Je ne sais pas… J'aimerais penser que oui. Le temps guérit… *la plupart* des blessures.

Il m'adresse son expression la plus réconfortante possible, mi-sourire, mi-froncement de sourcils.

Je ne sais pas si le temps me guérira, mais s'il ne le fait pas, je n'y survivrai pas.

Le lendemain, faisant preuve d'une maladresse absolue mais d'une politesse sans faille, Landon me force à sortir du lit pour s'assurer que je me rende bien à mon stage. Je prends quelques instants pour laisser un petit message de remerciements à Ken et Karen, présentant une fois encore mes excuses pour le trou qu'Hardin a fait dans le mur. Landon est calme et ne cesse de me regarder en conduisant, il essaie de m'encourager de ses sourires et de petites phrases toutes faites que je dois mémoriser. Mais je me sens toujours terriblement mal.

Les souvenirs commencent à s'insinuer dans mon esprit lorsque nous entrons sur le parking. Hardin à genoux dans la neige… Les explications de Zed à propos du pari… Je déverrouille rapidement ma voiture et saute à l'intérieur pour éviter l'air froid. Une fois à l'intérieur, j'ai un mouvement de recul en me voyant dans le rétroviseur. Mes yeux sont rouges et soulignés de larges cernes. Et pour compléter mon look film d'horreur, je suis toute bouffie. J'ai vraiment besoin de plus de maquillage que ce que je croyais.

J'entre dans le seul supermarché ouvert à cette heure-ci et achète tout le nécessaire pour cacher mes sentiments. Malgré tout, je n'ai ni la force ni l'énergie nécessaires pour faire un véritable effort sur mon apparence. En arrivant chez Vance, Kimberly suffoque en me voyant entrer : CQFD. J'essaie de faire un sourire, mais elle saute sur ses pieds et contourne son bureau.

– Tessa, chérie, tu vas bien ?

– J'ai vraiment l'air si mal ?

– Non, bien sûr que non, ment-elle. Tu as juste l'air…

– Épuisée. Parce que je le suis. Les examens ont été vraiment difficiles, ils m'ont pompé toute mon énergie.

Elle m'encourage d'un sourire chaleureux, mais je sens son regard peser sur moi dans le couloir qui mène à mon bureau. Après cet échange, les heures semblent s'étirer à l'infini, jusqu'à ce qu'en fin de matinée, Monsieur Vance frappe à ma porte. Il me sourit :

– Bonjour, Tessa.

J'arrive juste à émettre un « Bonjour » en retour.

– Je suis juste passé te dire à quel point je suis impressionné par ton travail. Il est bien meilleur et plus détaillé que celui de la plupart de mes employés *actuels*.

– Merci, c'est très important pour moi.

À la seconde où je prononce cette phrase, immédiatement j'entends une voix dans ma tête qui me rappelle que je n'ai décroché ce stage que grâce à Hardin.

– Donc, il me semble logique de t'inviter à la conférence qui aura lieu à Seattle le week-end prochain. Ces manifestations sont généralement ennuyeuses, mais le sujet de celle-ci est l'édition numérique, l'avenir du métier, et tout ça. Tu rencontreras beaucoup de monde et apprendras deux trois petites choses. J'ouvre un second bureau à Seattle dans quelques mois et j'ai moi-même besoin de développer mes réseaux.

Il rit.

– Alors, qu'en penses-tu ? Toutes les dépenses sont à notre charge et nous partons vendredi après-midi. Hardin est le bienvenu s'il souhaite se joindre à nous. Pas à la conférence, mais pour le voyage, précise-t-il d'un sourire entendu.

Si seulement il *savait* ce qui se passe réellement entre nous.

– Bien sûr, je suis ravie de venir. Merci beaucoup pour l'invitation !

Je suis incapable de contenir mon enthousiasme, si soulagée qu'il se passe enfin quelque chose de positif dans ma vie.

– Parfait ! Je vais demander à Kimberly de te communiquer les détails et de t'expliquer comment faire pour les notes de frais…

Il se met à marmonner, et j'en profite pour laisser mes pensées vagabonder. L'idée d'aller à cette conférence me met un peu de baume au cœur. Je m'éloignerai d'Hardin, mais d'un autre côté, ça me rappelle qu'il voulait m'amener à Seattle. Il a souillé toutes les zones de ma vie, jusqu'à l'intégralité de l'État de Washington. J'ai l'impression que les murs de mon bureau se rapprochent et que l'air se solidifie.

– Tu te sens bien ? me demande Monsieur Vance, l'air soucieux.

– Euh, oui, j'ai juste… Je n'ai pas encore mangé aujourd'hui et je n'ai pas beaucoup dormi la nuit dernière.

– Rentre chez toi alors. Tu pourras terminer ton travail à la maison.

– Ça va, je…

– Non, rentre chez toi. Il n'y a pas d'ambulance dans l'édition ! On se débrouillera sans toi, m'assure-t-il avant de sortir.

Je rassemble mes affaires et vérifie la tête que j'ai dans le miroir des toilettes, ouais, je suis toujours aussi horrible. Je suis à deux doigts de monter dans l'ascenseur quand Kimberly m'interpelle :

– Tu rentres à la maison ?

J'acquiesce d'un signe de tête.

– … Hardin est de mauvaise humeur, je te préviens.

– Quoi ? Comment tu sais ça ?

– Il vient juste de me faire une scène au téléphone dans son langage le plus fleuri parce que j'ai refusé de te transférer son appel. (Elle sourit.) Même à son dixième essai. Je me suis dit que si tu avais voulu lui parler, tu aurais décroché ton portable.

– Merci.

Je lui suis profondément reconnaissante d'être aussi observatrice. Entendre la voix d'Hardin au téléphone aurait amplifié cette douleur qui me déchire le cœur. J'arrive à me retenir de pleurer jusqu'à ma voiture. La souffrance est de plus en plus terrible, et je suis seule face à mes pensées et à mes souvenirs, sans rien pour me changer les idées. La douleur est attisée quand je vois sur mon téléphone que j'ai raté quinze appels d'Hardin et que j'ai dix nouveaux messages, que je ne lirai pas. Le temps de me reprendre assez pour conduire, je fais ce que je redoute : j'appelle ma mère. Elle décroche à la première sonnerie :

– Allô ?

– Maman ?

Je sanglote. Le mot même me semble étrange lorsqu'il s'échappe de mes lèvres, mais là, j'ai besoin d'être réconfortée par ma mère.

– Qu'est-ce qu'il a fait ?

Le fait que tout le monde ait la même réaction montre à quel point Hardin est un danger pour l'humanité et combien j'ai été inconsciente. Je n'arrive pas à formuler la moindre phrase cohérente.

– Je… Il… Je peux rentrer à la maison ce soir ?

– Bien sûr, Tessa. Je t'attends dans deux heures.

Elle raccroche.

Mieux que ce que je redoutais, mais pas aussi chaleureux que je l'espérais. J'aimerais qu'elle soit comme Karen, aimante et tolérante à l'égard de mes défauts. J'aimerais juste qu'elle s'adoucisse, juste assez pour que je sente le réconfort d'une mère, une mère aimante et apaisante.

En entrant sur l'autoroute, j'éteins mon téléphone avant de faire quelque chose de stupide, genre écouter un des messages d'Hardin.

∞

3
Tessa

Conduire jusqu'à la maison dans laquelle j'ai grandi est simple, familier même, et ne requiert pas beaucoup de concentration de ma part. Je me force à laisser sortir tous les cris de douleur que je gardais en moi. Voilà, je hurle à pleins poumons jusqu'à m'en casser la voix avant d'arriver chez moi. Je me rends compte que c'est beaucoup plus difficile que je l'aurais cru, surtout que je ne me sens pas d'humeur à hurler. J'ai plus envie de pleurer et de disparaître. Je donnerais n'importe quoi pour rembobiner le film de ma vie jusqu'à mon premier jour d'université ; j'aurais suivi le conseil de ma mère et changé de chambre. Ma mère a eu peur que *Steph* ait une mauvaise influence ; si seulement nous nous étions rendu compte que ce serait le grossier personnage aux cheveux bouclés, le problème… Qu'il prendrait tout mon être pour le faire valdinguer et le briser en mille morceaux, sur lesquels il soufflerait pour les disperser dans le néant et sous les talons de ses amis.

Je n'étais qu'à deux heures de la maison, mais avec tout ce qui s'est passé, j'ai l'impression que j'étais beaucoup plus loin. Je ne suis pas rentrée chez ma mère depuis que les cours ont commencé. Si je n'avais pas rompu avec Noah, je serais revenue bien plus souvent. En passant devant chez lui, je me force à rester concentrée sur la route.

Je gare ma voiture dans notre allée et j'en sors à toute vitesse, mais en arrivant devant la porte, je ne sais pas trop si je dois sonner ou pas. Ça me paraît étrange de le faire, mais je ne me vois pas juste pousser la porte et entrer. Comment ai-je pu autant changer depuis que je suis partie en fac ?

Quand je me décide à entrer, simplement, je tombe sur ma mère debout à côté du canapé de cuir brun, en robe, chaussures à talons et parfaitement maquillée. Rien n'a changé : tout est propre et organisé. La seule différence est que tout semble plus petit, peut-être à cause du temps que j'ai passé chez Ken.

Certes, la maison de mes parents est petite et moche de l'extérieur, mais l'intérieur est bien décoré et ma mère a toujours fait de son mieux pour dissimuler le chaos qu'était son mariage, à grand renfort de peinture, de fleurs et de méticulosité. Une stratégie de décoration qu'elle a poursuivie après le départ de mon père. J'imagine que c'était devenu une manie. Il fait bon dans la maison et des effluves de cannelle viennent me chatouiller les narines. Ma mère est toujours obsédée par les brûleurs de parfum et en dispose dans toutes les pièces. Je retire mes chaussures devant la porte, sachant qu'elle ne tolère pas de neige sur son parquet en bois massif vitrifié.

– Tu veux un café, Theresa ? me demande-t-elle avant de me serrer dans ses bras.

Je tiens mon addiction au café de ma mère et cet atavisme fait naître un petit sourire sur mes lèvres.

– Oui, s'il te plaît.

Je la suis dans la cuisine et m'assieds à la petite table, pas trop sûre de savoir comment entamer la conversation. Elle me brusque :

– Alors, vas-tu me dire ce qui s'est passé ?

Je prends une grande inspiration et avale une gorgée de café avant de me lancer :

– Hardin et moi sommes séparés.

Son expression est neutre lorsqu'elle me répond :

– Pourquoi ?

– Il s'est révélé ne pas être celui que je croyais.

J'entoure la tasse de café brûlant de mes mains pour essayer de penser à autre chose qu'à la douleur qui m'assaille, et me prépare à entendre la réponse de ma mère.

– Et qui croyais-tu qu'il était ?

– Quelqu'un qui m'aimait.

Je ne suis pas trop sûre de savoir qui était Hardin, mis à part qu'il était lui-même.

– Et tu crois que ce n'est plus le cas ?

– Non, effectivement.

– Qu'est-ce qui te rend si sûre ?

– Parce que je lui faisais confiance et qu'il m'a trahie, de la plus ignoble des manières.

Je sais que j'omets les détails, mais j'ai toujours cet étrange besoin de protéger Hardin du jugement de ma mère, qui reste de glace. Je me reproche d'être aussi bête, de vouloir prendre en compte ses sentiments alors qu'il ne ferait pas la même chose pour moi.

– Tu ne penses pas que tu aurais dû y penser avant d'emménager avec lui ?

– Oui, je sais. Vas-y, dis-moi à quel point je suis stupide. Dis-moi que tu m'avais prévenue.

– Je t'avais prévenue. Je t'avais dit de faire attention aux garçons de son espèce. Il vaut mieux rester loin des hommes comme ton père. Je suis contente que vous ayez mis fin à cette histoire avant qu'elle ne commence réellement. Les gens font des erreurs, Tessa. Je suis certaine qu'il te pardonnera.

Elle boit une gorgée de café, laissant une trace de gloss rose sur le bord de sa tasse.

– Qui ?

– Noah, bien sûr.

Comment fait-elle pour ne pas comprendre ? J'ai juste besoin de lui parler, qu'elle me réconforte, pas qu'elle me pousse encore dans les bras de Noah. Je me lève, l'observe puis promène mon regard tout autour de la pièce. *Elle est sérieuse ? Ce n'est pas possible.* Je réplique d'un ton cassant :

– Ce n'est pas parce que les choses ont mal tourné avec Hardin que je vais me remettre avec Noah.

– Pourquoi Tessa ? Tu devrais lui être reconnaissante qu'il t'accorde une seconde chance.

– Quoi ? Pourquoi tu ne peux pas t'arrêter un peu ? Je n'ai pas besoin d'être avec quelqu'un à l'heure actuelle, surtout pas Noah.

J'ai envie de m'arracher les cheveux. Ou les siens.

– Qu'entends-tu par « surtout pas Noah » ? Comment peux-tu dire une chose pareille ? Il a toujours été bon pour toi depuis votre enfance.

Je soupire et retourne sur ma chaise.

– Je sais, Maman. Noah compte vraiment pour moi. Mais pas de cette manière.

– Tu ne sais même pas de quoi tu parles. Il ne s'agit pas seulement d'amour, Theresa ; il y a aussi la stabilité et la sécurité.

– Je n'ai que dix-huit ans.

En prononçant ces mots, je réalise que jamais je ne me mettrai en couple avec quelqu'un sans l'aimer, juste pour la stabilité. Je veux être stable et en sécurité par moi-même. Je veux quelqu'un à aimer, quelqu'un qui m'aime en retour.

– Quasiment dix-neuf. Et si tu ne fais pas attention maintenant, personne ne voudra de toi. Maintenant, va arranger ton maquillage, Noah sera là d'une minute à l'autre.

Elle sort de la cuisine.

J'aurais dû savoir que ce n'était pas l'endroit où venir chercher du réconfort. J'aurais mieux fait de rester dormir dans ma voiture toute la journée. Comme promis, Noah arrive cinq minutes plus tard, sans que j'aie pris la peine de retoucher mon apparence. Quand je le vois arriver dans la petite cuisine, je me sens encore plus mal, ce que je ne croyais pas possible. Il m'adresse un chaleureux sourire parfait.

– Salut.

– Salut, Noah.

Il s'approche et je me lève pour le serrer dans mes bras. Son corps est chaud et son pull sent si bon, exactement comme dans mon souvenir.

– Ta mère a appelé.

J'esquisse un pâle sourire.

– Je sais. Je suis désolée qu'elle n'arrête pas de t'impliquer là-dedans. Je ne comprends pas ce qui lui prend.

– Moi si. Elle veut que tu sois heureuse, tente-t-il pour la défendre.

– Noah…

– Mais elle ne sait pas ce qui te rend vraiment heureuse. Elle veut que ce soit moi, même si ce n'est pas le cas.

– Je suis désolée.

– Tess, arrête de t'excuser. Je veux juste m'assurer que tu vas bien.

Il parle gentiment et me serre dans ses bras.

– Ça ne va pas bien.

– Je vois ça. Tu veux en parler ?

– Je ne sais pas. Tu es sûr que ça ne te dérange pas ?

Je ne peux pas supporter l'idée de le blesser encore une fois en lui parlant de l'homme pour qui j'ai rompu avec lui.

– Oui, certain.

– Ok…

Il va se servir un verre d'eau et revient s'asseoir en face de moi. J'entame mon récit et je lui raconte absolument tout. Je laisse de côté les détails de notre vie sexuelle, c'est ma vie privée, elle ne regarde que moi. Enfin *pas vraiment.* Mais pour moi, si. Je n'arrive toujours pas à croire qu'Hardin ait raconté à ses amis tout ce qui s'est passé entre nous… C'est le pire dans cette histoire : le fait qu'il m'ait avoué qu'il m'aimait, qu'il m'ait fait l'amour et, juste après, qu'il m'ait tourné le dos pour se moquer de notre histoire devant tout le monde. C'est encore pire que d'avoir montré les draps.

– Je savais qu'il allait te faire du mal, je ne savais pas à quel point.

Je vois bien que Noah est en colère. C'est étrange de voir cette émotion sur son visage quand on connaît son sang-froid habituel. Puis il reprend :

– Tu es trop bien pour lui, Tessa. Ce garçon est un déchet.

– Je n'arrive pas à croire que j'aie été aussi stupide. Je lui ai *tout* donné, et il n'y a pire sensation au monde que d'aimer quelqu'un qui ne t'aime pas.

Noah attrape son verre et le triture avant d'ajouter doucement :

– M'en parle pas.

Je voudrais me gifler d'avoir dit une chose pareille, de la lui avoir dite à lui. J'ouvre la bouche, mais il m'interrompt avant que je puisse m'excuser.

– Ça va, ajoute-t-il en me frottant le dos de la main.

Bon Dieu, *j'aimerais* aimer Noah. Je serais bien plus heureuse avec lui, il ne me traiterait jamais comme Hardin l'a fait.

Noah me raconte les nouvelles depuis mon départ, ce qui ne prend pas beaucoup de temps. À mon grand soulagement, il va aller à l'université à San Francisco au lieu de WCU. Le blesser aura au moins permis une chose : lui donner l'impulsion nécessaire pour partir de l'État de Washington. Il me parle de ce qu'il cherche en Californie. Lorsque nous arrêtons de discuter, le soleil s'est couché et je me rends compte que ma mère est restée dans sa chambre tout le temps de sa visite.

Je sors dans le jardin et ne peux m'empêcher de me diriger vers la serre dans laquelle j'ai passé la majeure partie de mon enfance. À travers les panneaux de verre, je découvre que toutes les fleurs et les plantes sont mortes. C'est un désastre qui semble coller parfaitement avec le moment présent.

J'ai tant de choses à faire, tant de décisions à prendre. Je dois trouver un endroit où vivre et un moyen de récupérer mes affaires dans l'appartement d'Hardin. Je songe sérieusement à tout laisser sur place, mais ce n'est pas possible. Je n'ai pas d'autres vêtements que ceux que j'y ai laissés et, surtout, j'ai besoin de mes manuels.

Je mets la main dans ma poche pour allumer mon téléphone et, en quelques instants, ma messagerie est pleine. L'icône de mon répondeur s'affiche. J'ignore les messages téléphoniques et je regarde rapidement les expéditeurs des textos. Tous sont d'Hardin, sauf un.

C'est Kimberly :

Christian m'a dit de te dire de rester à la maison demain. Tout le monde partira à midi de toute façon, le premier étage doit être repeint, alors reste chez toi. Dis-moi si tu as besoin de quoi que ce soit. Biz.

Je suis très soulagée d'avoir ma journée de demain. J'adore mon stage, mais je commence à me dire que je devrais peut-être changer d'université, voire quitter l'État. Le campus n'est pas assez grand pour éviter Hardin et ses potes, et je ne veux pas subir le rappel constant de ce que j'avais trouvé avec Hardin. Enfin, ce que je croyais avoir trouvé.

Le temps de rentrer dans la maison, mes mains sont engourdies par le froid. Ma mère est assise sur une chaise et lit un magazine. Je lui demande :

– Je peux rester ce soir ?

Elle me regarde brièvement.

– Oui. Et demain nous chercherons une solution pour que tu puisses réintégrer la cité universitaire.

Elle retourne à son magazine.

Sachant que je ne tirerai rien d'autre de ma mère ce soir, je monte dans mon ancienne chambre qui est exactement dans l'état où je l'avais laissée. Elle n'a rien changé. Je ne prends pas la peine de me démaquiller avant de me coucher. Même si c'est difficile, je me force à dormir, rêvant de moments où ma vie était bien meilleure. Avant que je rencontre Hardin. Mon téléphone me réveille au beau milieu de la nuit, mais j'ignore l'appel et, l'espace d'un instant, je me demande si Hardin parvient à dormir ou non.

Le lendemain matin, avant de partir travailler, ma mère me dit seulement qu'elle appellera la fac pour les forcer à me donner une nouvelle place en cité U, dans un autre bâtiment, loin du précédent. Je pars avec la ferme intention de me rendre sur le campus, mais au dernier moment, je bifurque rapidement vers la sortie d'autoroute qui mène à l'appartement. Je conduis vite pour m'empêcher de changer d'avis.

En arrivant sur notre parking, je vérifie deux fois que la voiture d'Hardin n'y est pas. Lorsque je suis certaine que c'est bon, je me gare et traverse rapidement l'aire de stationnement enneigée. Le temps que je gagne l'entrée de l'immeuble, le bas de mon jean est trempé et je suis gelée. J'essaie de penser à tout sauf à Hardin, mais c'est impossible. Il devait vraiment me détester pour être allé aussi loin dans son entreprise de destruction et pour m'avoir fait emménager dans un appartement si éloigné de toutes mes relations. Il doit être plutôt fier de lui, à présent, de m'avoir causé une telle douleur.

Alors que je triture mes clés pour ouvrir la porte de notre appartement, une vague de panique me submerge, me jetant quasiment à terre. *Quand la douleur cessera-t-elle ? Ou au moins diminuera-t-elle ?*

Je me dirige directement vers la chambre et attrape mes sacs dans l'armoire, entassant pêle-mêle mes habits sans y prendre garde. Mes yeux se posent sur la table de chevet où se trouve une photo d'Hardin et de moi encadrée, souriant avant le mariage de Ken.

Dommage que ça n'ait compté que pour du faux ! Je m'allonge sur le lit pour l'attraper et la jeter contre le sol en béton. Le verre éclate en mille morceaux, je saute sur le lit, attrape la photo, la déchire en miettes, sans me rendre compte que je pleure à en étouffer.

Je prends mes livres et les empile dans un carton vide. Instinctivement, j'ajoute l'exemplaire des *Hauts de Hurlevent* ; il ne lui manquera pas et, honnêtement, il me le doit après tout ce qu'il m'a pris.

Ma gorge est irritée, pour la calmer je vais dans la cuisine me verser un verre d'eau. Je m'assieds à la table et m'accorde quelques petites minutes pour faire comme si rien de tout ça n'était arrivé. Pour rêver qu'au lieu d'avoir à affronter l'avenir seule, Hardin rentrera bientôt à la maison après ses cours, qu'il me sourira et me dira qu'il m'aime et que je lui ai manqué. Il me soulèvera pour m'asseoir sur le comptoir et m'embrassera avec fougue et aimera…

Le bruit de la serrure me surprend au beau milieu de ma pathétique rêverie. Je me lève précipitamment au moment où Hardin franchit le seuil. Il ne me voit pas car il regarde par-dessus son épaule.

Il regarde une petite brune en robe-pull noire.

– Alors voilà…

Il s'arrête net en voyant mes sacs par terre.

∞

4

Tessa

J'ai une tête abominable. Je porte un jean baggy et un sweat informe, mon maquillage date de la veille et mes cheveux sont emmêlés. Je regarde la fille derrière lui. Ses cheveux bruns ondulés sont soyeux, ils tombent dans son dos en boucles élégantes. Son maquillage est léger, mais elle fait partie de ces femmes qui n'en ont pas besoin. Évidemment. C'est humiliant, je voudrais fondre dans le sol, disparaître de la vue de cette femme.

Lorsque je me baisse pour ramasser l'un de mes sacs par terre, Hardin semble se souvenir de la fille et esquisse un mouvement vers elle.

– Tessa, qu'est-ce que tu fais ici ?

Je tente de faire disparaître les restes de maquillage de mes yeux. Il se retourne vers sa nouvelle copine.

– Tu peux nous laisser une minute ?

Elle me regarde, hoche la tête puis retourne dans le couloir.

– Je n'arrive pas à croire que tu sois là.

Il entre dans la cuisine, retire sa veste, il n'est plus vêtu que d'un simple tee-shirt blanc qui révèle la peau mate de son torse. Le tatouage sur son ventre, celui représentant un arbre mort aux branches tordues et effrayantes, m'attire. Il appelle les caresses. J'aime ce tatouage, c'est mon préféré.

Je comprends maintenant le parallèle entre l'arbre et lui : les deux sont secs, insensibles et seuls. Au moins, l'arbre a l'espoir de fleurir à nouveau. Pas Hardin.

– Je… J'étais en train de partir.

C'est tout ce que j'arrive à dire. Il a l'air si parfait, si beau. Quel beau désastre.

– S'il te plaît, laisse-moi juste le temps de m'expliquer, me supplie-t-il, et je remarque que les cernes sous ses yeux sont encore plus grands que les miens.

– Non.

J'attrape mes sacs, mais il me les prend des mains et les repose par terre.

– Je ne te demande que deux minutes, Tess.

C'est trop long, deux minutes avec Hardin, mais c'est l'opportunité de conclure notre histoire et j'en ai besoin pour tourner la page. Je soupire et m'assieds en essayant de retenir toute réaction qui pourrait trahir la neutralité de mon expression. Hardin est clairement surpris, mais prend la chaise face à la mienne.

– Tu es rapidement passé à autre chose.

J'emploie mon ton le plus calme en levant le menton vers la porte.

Hardin semble alors se souvenir de la petite brune.

– Quoi ? C'est une collègue ; son mari est au rez-de-chaussée avec leur fille, un nouveau-né. Ils cherchent un nouvel appartement, elle voulait voir notre… installation.

– Tu déménages ?

– Non, pas si tu restes, mais je ne vois pas l'intérêt de rester ici sans toi. J'étudie juste les différentes options.

Quelque part, je suis légèrement soulagée, mais suffisamment sur la défensive pour me dire que ce n'est pas parce qu'il ne couche pas avec cette brunette qu'il ne va pas s'envoyer quelqu'un d'autre dans les prochains jours. L'entendre parler de déménager, même sans moi, réveille une douleur que je préfère ignorer.

– Tu crois que je pourrais faire monter quelqu'un dans notre appartement ? Ça ne fait que deux jours… C'est comme ça que tu me vois ?

On peut dire qu'il ne manque pas de culot.

– Bien sûr que oui… maintenant !

Je ponctue d'un hochement de tête vicieux. Une expression de douleur traverse son visage, mais l'instant d'après, il soupire, défait.

– Où as-tu couché hier soir ? Je suis allé chez mon père et tu n'y étais pas.

– Chez ma mère.

– Oh ! Ça va mieux entre vous ?

Il regarde ses mains et moi, je le regarde droit dans les yeux. Je n'arrive pas à croire qu'il ait l'audace de me demander des nouvelles de ma famille. Il esquisse un mouvement pour prendre ma main mais s'interrompt.

– Ça ne te concerne plus.

– Tu me manques tellement, Tessa.

J'ai le souffle coupé, mais je sais à quel point il est doué pour retourner les situations et je m'écarte de lui. En dépit du tourbillon de mes émotions, je ne veux plus craquer face à lui.

– Mais bien sûr !

– C'est la vérité, Tessa. Je sais que j'ai foiré puissance mille, mais je t'aime. J'ai besoin de toi.

– Arrête, Hardin. Épargne-toi du temps et de l'énergie. Tu ne me mèneras plus en bateau. Tu as eu ce que tu voulais, alors pourquoi n'arrêtes-tu pas les frais ?

– Parce que je ne peux pas.

Il avance la main vers moi, mais je recule brusquement.

– Je t'aime. J'ai besoin que tu me donnes une chance de me racheter. J'ai besoin de toi, Tessa. J'ai besoin de toi. Et tu as aussi besoin de moi…

– Non. Ce n'est pas vrai. J'allais bien avant que tu débarques dans ma vie.

– Bien, ça ne veut pas dire que tu étais *heureuse*.

– *Heureuse ?* Parce que tu crois que je suis heureuse maintenant ?

Comment ose-t-il dire qu'il me rend heureuse ? Pourtant c'était vrai, j'ai été si heureuse à une époque.

– Tu ne peux pas rester assise là et dire que tu ne crois pas que je t'aime.

– Je sais que ce n'est pas le cas. Tout cela n'était qu'un jeu pour toi. Je tombais amoureuse de toi et tu m'utilisais.

Ses yeux s'emplissent de larmes.

– Laisse-moi te prouver que je t'aime, s'il te plaît. Je ferai n'importe quoi, Tessa. N'importe quoi.

– Tu m'as prouvé assez de choses, Hardin. La seule raison de ma présence ici, c'est que je me dois d'écouter ce que tu as à dire pour pouvoir tourner la page.

– Je ne veux pas que tu tournes la page.

Je soupire bruyamment.

– Ça n'a rien à voir avec ce que *tu* veux ! Ce qui compte, c'est comment tu *m'as blessée*.

Il répond, d'une toute petite voix fêlée :

– Tu as dit que tu ne me quitterais jamais.

Je ne me fais pas confiance quand il est comme ça. J'ai horreur que sa douleur me domine, qu'elle me fasse perdre toute raison.

– J'ai dit que je ne te quitterai jamais si tu ne me donnais pas de raison de le faire. Mais tu l'as *fait.*

Maintenant, tout me paraît parfaitement logique. Il était en permanence inquiet de me voir le quitter. Je croyais qu'il était paranoïaque, mais j'avais tort. Tellement tort. Il savait que quand je découvrirais la vérité, je partirais en courant. Je devrais le faire d'ailleurs. Je lui ai trouvé des excuses à cause de tout ce qu'il a subi pendant son enfance, mais maintenant, je commence à me demander s'il ne m'a pas menti à ce sujet-là aussi. S'il ne m'a pas menti sur tout.

– Je ne peux plus faire ça. Je te faisais confiance. Hardin, je t'ai fait confiance de tout mon être ; je dépendais de toi, je t'aimais et tu m'as utilisée. As-tu la moindre idée de ce que ça fait ? Que toutes les personnes que je connais se moquent et rient derrière mon dos, toi y compris, toi, la personne en qui j'avais le plus confiance.

– Je sais, Tessa. Je sais. Je ne peux pas te dire à quel point je suis dévasté. Je ne comprends pas ce qui ne tournait pas rond chez moi quand j'ai lancé le pari. Je croyais que ce serait facile.

Ses mains tremblent dans sa supplique.

– Je croyais que tu coucherais avec moi et que ce serait terminé. Mais tu étais tellement entêtée et si… différente que je me suis rendu compte que je pensais tout le temps à toi. Je restais assis dans ma chambre à chercher des moyens de te voir, même juste pour m'engueuler avec toi. Après notre sortie au bord de la rivière, je savais que ça n'avait plus rien à voir avec le pari, mais je n'arrivais pas à l'admettre. J'étais en conflit avec moi-même et je m'inquiétais pour ma réputation. Je sais que c'est tordu, mais j'essaie d'être honnête. Et quand j'ai raconté à tout le monde ce qu'on avait fait, en fait, j'ai dit n'importe quoi… Je ne pouvais pas te faire ça, même au début. Je ne leur ai pas dit ce qu'on a vraiment fait. J'ai inventé des mythos merdiques et ils m'ont cru.

Quelques larmes perlent sous mes paupières, il tend la main pour les essuyer. Je ne bouge pas assez rapidement pour éviter son contact qui me brûle la peau. Je dois rassembler toutes mes forces pour ne pas poser ma joue dans sa paume.

– Je déteste te voir comme ça, murmure-t-il.

Je ferme les yeux et les rouvre, essayant désespérément de retenir mes larmes. Je me tais tandis qu'il continue :

– Je te le jure, j'ai commencé à raconter à Nate et Logan ce qui s'était passé au bord de la rivière, mais ça m'a vite énervé, à me rendre jaloux même, rien qu'à l'idée qu'ils sachent ce que j'ai fait avec toi, ce que je t'ai fait ressentir… alors je leur ai dit que tu m'avais fait une… Ouais, bon, j'ai juste inventé des conneries.

Je sais que le fait qu'il ait menti à propos de notre intimité n'est pas mieux que de leur avoir raconté la vérité, pas vraiment. Mais pour une raison que j'ignore, je suis soulagée de savoir que seuls Hardin et moi savons réellement ce qui s'est passé entre nous, les véritables détails de nos instants passés ensemble. Mais ce n'est pas suffisant. Et puis, de toute façon, il est probablement encore en train de me mentir en ce moment. Je ne peux jamais savoir. Et maintenant je suis prête à le croire. *Qu'est-ce qui ne va pas chez moi ?*

Je réponds en chassant mes larmes :

– Même si je te croyais, je ne peux pas te pardonner.

Il se prend la tête entre les mains.

– Tu ne m'aimes pas ? me demande-t-il entre ses doigts.

– Si.

Le poids de cet aveu pèse lourdement entre nous. Il baisse les mains et me regarde d'une manière qui me fait regretter d'avoir dit la vérité. C'est pourtant vrai. Je l'aime. Je l'aime trop.

– Alors, pourquoi ne peux-tu pas me pardonner ?

– Parce que c'est impardonnable. Tu n'as pas seulement menti. Tu as pris ma virginité pour gagner un pari, puis tu as montré mon sang sur les draps tachés à plusieurs personnes. Comment pardonner une chose pareille ?

Son regard vert perçant n'est que désespoir.

– J'ai pris ta virginité parce que je t'aime. Je ne sais plus qui je suis sans toi.

Je secoue la tête avec vigueur et détourne le regard.

– De toute façon, ça n'aurait pas pu marcher entre nous, nous le savions tous les deux.

J'essaie d'alléger ma peine. C'est difficile d'être assise en face de lui et de le regarder souffrir, mais mon sens de la justice me dit que voir sa peine allège la mienne… un peu.

– Pourquoi ça ne marcherait pas ? Tout roulait entre nous…

– Tout était basé sur un mensonge, Hardin.

Et parce que sa tristesse me donne soudain confiance en moi, je poursuis :

– En plus, regarde-toi et regarde-moi.

Je ne le pense pas, mais voir son visage se décomposer lorsque j'utilise contre lui sa plus grosse faille, ce sentiment d'insécurité sur notre relation, même si ça me tue de le faire, me rappelle qu'il le mérite. Il s'est toujours inquiété de ce que nous projetions quand nous étions ensemble, que j'étais trop bien pour lui et là, je le lui balance en pleine figure.

– C'est à propos de Noah ? Tu l'as vu, hein ?

Je reste bouche bée devant son audace et ses questions. Ses yeux brillent de larmes et je dois me redire que tout est de sa faute. Il a tout cassé. Je lui crie dessus en me levant de table.

– Oui, je l'ai vu, mais ça n'a rien à voir. Ton problème, c'est que tu fais ce que tu veux à qui tu veux, tu te contrefous des conséquences et tu imagines que tout le monde sera d'accord.

– Non, *ce n'est pas ça*, Tessa.

Lui aussi crie, mais je me tais, exaspérée. Ma réaction le stoppe net, il se lève, regarde par la fenêtre, puis revient vers moi et reprend :

– Ok, d'accord, tu as peut-être raison, mais je tiens vraiment à toi.

– Bien. Tu aurais dû y penser avant de crâner et de faire état de ta conquête.

– Ma conquête ? Putain, t'es *sérieuse* ? Tu n'es pas une conquête, tu es tout pour moi ! Tu es mon souffle, ma douleur, mon cœur, ma vie !

Il s'avance vers moi. Ce qui me rend le plus triste, c'est que ces mots sont les plus touchants qu'il m'ait jamais dits, mais il les hurle.

– Eh bien, c'est un peu trop tard pour ça. Tu crois que tu peux simplement…

À mon tour je crie, mais il me prend au dépourvu en passant sa main derrière mon cou pour m'attirer, il écrase ses lèvres contre les miennes. La sensation de chaleur familière de sa bouche me coupe les jambes. Avant de me rendre compte de ce que je suis en train de faire, je le suis dans son baiser. Il gémit de soulagement et j'essaie de le repousser. Il attrape mes poignets d'une main et les plaque contre son torse en continuant de m'embrasser. J'essaie de me débattre pour échapper à son emprise, mais mes lèvres ne sont pas d'accord. Il me force à reculer avec lui jusqu'à ce qu'il bute contre le plan de travail. Son autre main me caresse le cou et m'empêche de bouger. Toute la douleur, toute la peine de mon cœur s'évaporent et la tension dans mes mains se relâche. C'est si mal, mais c'est si bon. Mais c'est mal.

Je fais un pas en arrière. Il tente de remettre ses lèvres sur les miennes, mais je détourne la tête avant de lui dire « non ». Son regard s'adoucit et il me supplie :

– S'il te plaît.

– Non, Hardin. Je dois y aller.

Il lâche mes poignets.

– Tu vas où ?

– Je… Je ne sais pas encore. Ma mère essaie de me trouver une nouvelle chambre en cité U.

– Non… non…

Il secoue la tête, sa voix trahit son inquiétude. Il se passe les mains dans les cheveux.

– Tu habites ici, ne retourne pas à la résidence. Si quelqu'un doit partir, ça devrait être moi. Reste ici, s'il te plaît, pour que je sache où tu es.

– Tu n'as pas à savoir où je suis.

– Reste, répète-t-il.

Si j'étais complètement honnête avec moi-même, j'admettrais que je veux rester avec lui. Je veux lui dire que je l'aime plus que je respire, mais je ne peux pas. Je refuse d'être emportée dans notre histoire. Je ne veux pas être cette fille qui laisse les hommes faire tout ce qu'ils veulent d'elle.

J'attrape mes sacs et je dis la seule chose qui l'empêchera de me suivre.

– Noah et ma mère m'attendent. Je dois y aller.

Sur ce mensonge, je franchis le seuil de la porte.

Il ne me suit pas et je ne m'autorise pas à tourner la tête pour voir combien il souffre.

∞

5
Tessa

Quand je remonte dans ma voiture, je ne me mets pas à pleurer comme j'aurais cru le faire. Je reste juste assise derrière le volant et je regarde devant moi. La neige s'est déposée sur le pare-brise et me cache du monde extérieur. Puis le vent se déchaîne, il emporte la neige en tourbillons et m'offre un refuge à l'intérieur. À chaque flocon qui se pose sur la vitre, une barrière s'installe entre la dure réalité et la voiture.

Je n'arrive pas à croire qu'Hardin soit venu à l'appartement pendant que j'y étais. J'avais espéré ne pas le croiser. Pourtant, ça m'a aidée, pas pour la douleur mais pour la situation en général. Au moins maintenant, je peux tourner la page de ce chapitre désastreux de mon existence. Je veux le croire, je veux croire qu'il m'aime, mais j'étais trop crédule quand je me suis mise dans cette situation. Et qu'est-ce que ça change qu'il m'aime ? Ça n'effacera pas tout ce qu'il a fait. Ça n'enlèvera rien à cette terrible farce, à son abominable vantardise sur nos rapports, ni à ses mensonges.

J'aimerais pouvoir payer le loyer de cet appartement toute seule, y rester et en chasser Hardin. Je ne veux pas retourner à la cité U et avoir une nouvelle coloc. Je ne veux pas partager une salle de bains. Pourquoi tout a-t-il commencé par un mensonge ? Si nous nous étions rencontrés d'une autre manière, nous pourrions être dans cet appartement maintenant, à rire sur le canapé ou à nous embrasser dans la chambre. Au lieu de quoi, je suis seule dans ma voiture et je n'ai nulle part où aller.

Lorsque je mets la clé dans le contact, mes mains sont gelées. Pourquoi ne pouvais-je pas devenir SDF pendant l'été ?

J'ai encore l'impression d'être Catherine, mais cette fois-ci pas ma Catherine habituelle, celle des *Hauts des Hurlevent*. Non, cette fois-ci, je m'identifie à la Catherine de *Northanger Abbey*[1] : en état de choc et forcée d'entreprendre un grand voyage seule. Bon, je n'ai pas à parcourir plus de cent kilomètres en partant de Northanger, totalement humiliée après en avoir été chassée, mais tout de même, je ressens sa douleur. Je n'arrive pas à décider quel personnage attribuer à Hardin dans cette version de l'histoire. D'un certain côté, il est comme Henry, intelligent, plein d'esprit et sa culture littéraire est aussi grande que la mienne. D'un autre, Henry est bien plus gentil qu'Hardin qui, sur ce point, ressemble plus au personnage de John : arrogant et insolent.

En errant sans but à travers la ville, je me rends compte que les mots d'Hardin résonnent en moi plus que je voudrais l'admettre. Le voir me supplier a pratiquement recollé les morceaux, juste pour tout casser de nouveau. Je suis certaine qu'il ne veut me faire rester que pour se prouver qu'il peut le faire. Ce n'est pas comme s'il s'était mis à m'appeler ou m'envoyer des messages depuis mon départ.

Je me force à retourner sur le campus pour passer mon dernier examen avant les vacances de Noël. Je me sens si détachée pendant l'examen que c'est impossible que les autres ignorent ce que je traverse. Au fond, un sourire hypocrite et un peu de conversation peuvent masquer une douleur des plus atroces.

J'appelle ma mère pour savoir si elle a pu m'obtenir une nouvelle chambre, mais je n'obtiens d'elle qu'un vague « pas de chance » marmonné avant de raccrocher rapidement. Je conduis encore sans vraiment savoir où aller et je me retrouve à quelques rues de chez Vance. Là, je me rends compte qu'il est cinq heures du soir. Je ne veux pas profiter de la générosité de Landon et lui demander encore de dormir chez eux. Je sais que ça ne lui poserait pas de problème, mais je n'ai pas à entraîner la famille d'Hardin dans ce désastre et, en toute honnêteté, il y a trop de souvenirs dans cette maison. Je ne le supporterai pas. Je dépasse une rue bordée de motels et me gare devant l'un des plus potables. Je réalise que je n'ai jamais couché dans un motel, mais puisque je n'ai nulle part où aller…

Le petit homme derrière le comptoir a l'air assez gentil lorsqu'il me sourit pour me demander une pièce d'identité. Quelques petites minutes plus tard,

---

1. Roman de Jane Austen. (Ndt, ainsi que pour les notes suivantes)

il me tend une carte magnétique et un bout de papier avec le code Wifi dessus. C'est bien plus simple que je l'aurais cru, un peu cher, mais je ne veux pas dormir dans un établissement au rabais et risquer ma sécurité.

– Votre chambre se situe au bout du trottoir à gauche, me dit-il en souriant.

Je le remercie et ressors dans l'air glacé pour déplacer ma voiture devant la chambre et m'éviter d'avoir à trop porter mes sacs.

Voilà ce que je suis devenue à cause de ce garçon égotiste et sournois : une personne qui loge dans un motel, seule, avec toutes ses affaires fourrées pêle-mêle dans des sacs. Une personne sans ami sur qui s'appuyer, au lieu d'être celle qui a toujours un plan.

J'attrape mes sacs et ferme ma voiture qui a l'air d'une poubelle comparée à la berline garée juste à côté. Au moment où je pense avoir touché le fond, un de mes sacs m'échappe et s'écrase sur le trottoir enneigé. Mes vêtements et quelques livres tombent sur la neige humide. Je me précipite pour les ramasser de ma main libre, craignant de voir de quels livres il s'agit : je ne pense pas être en mesure de supporter en plus la destruction de ce qui m'est le plus précieux, pas aujourd'hui.

– Laissez-moi vous aider, Mademoiselle, dit un homme derrière moi en tendant la main pour m'aider. *Tessa ?*

En état de choc, je lève les yeux et rencontre un regard bleu plein de sollicitude.

– Trevor ? Que fais-tu ici ?

– Je te demanderais bien la même chose !

– Euh… Je…

Je mordille ma lèvre inférieure, mais il m'épargne d'avoir à fournir une explication en m'interrompant :

– Ma tuyauterie a pété les plombs, alors me voilà.

Il se penche, ramasse quelques-unes de mes affaires et me tend un exemplaire détrempé des *Hauts de Hurlevent* en levant un sourcil. Puis, il ajoute quelques pulls mouillés et *Orgueil et préjugés* en ajoutant tristement :

– Tiens… Celui-ci est en mauvais état.

À ce signe, je sens que l'univers s'est ligué contre moi. Mais il ajoute en souriant gentiment :

– Je me doutais que tu aimais les classiques de la littérature.

Il me prend les sacs des mains, je lui adresse un petit signe de tête en guise de remerciement avant de glisser la carte magnétique dans la serrure. La chambre est gelée, je me dirige immédiatement vers le chauffage pour le mettre au maximum.

– Vu le prix qu'ils font payer, on pouvait espérer que la facture d'électricité ne soit pas leur souci, commente Trevor en posant mes sacs sur le sol.

Je souris en acquiesçant. J'attrape les vêtements tombés par terre et les étends sur la barre du rideau de douche. Lorsque je reviens dans la pièce principale, un silence gêné s'installe avec ce garçon que je connais à peine, dans une chambre qui n'est pas vraiment la mienne. J'essaie d'entamer la conversation pour apporter un peu de vie à l'espace.

– Ton appartement est dans le coin ?

– Ma maison. Oui, juste à un ou deux kilomètres. J'aime bien habiter près de mon travail, ça me permet de n'être jamais en retard.

– C'est une bonne idée…

C'est exactement le genre de chose que je ferais.

Trevor a l'air si différent lorsqu'il n'est pas habillé pour aller travailler. Je ne l'ai vu qu'en costume, mais là, il porte un jean bien ajusté et un pull rouge. Ses cheveux, d'ordinaire parfaitement modelés à grand renfort de gel, sont en bataille.

– Je le crois aussi. Alors, tu es toute seule ?

Il baisse les yeux au sol, à l'évidence mal à l'aise à l'idée d'être indiscret.

– Ouais. Je suis seule.

Encore plus qu'il le croit.

– Je ne veux pas me mêler de ce qui ne me regarde pas, mais je te demande juste ça car ton petit ami n'a pas l'air de beaucoup m'apprécier.

Il rit à moitié et repousse ses cheveux noirs de son front.

– Oh, Hardin n'aime personne, ne le prends pas pour toi. (Je me ronge les ongles.) Ce n'est pas mon petit ami, en revanche.

– Oh, désolé. J'ai juste cru qu'il l'était.

– Il l'était… enfin plus ou moins.

L'était-il ? Il a dit que oui. Mais bon, Hardin a dit beaucoup de choses.

– Oh ! encore désolé. Je n'arrête pas de dire tout ce qu'il ne faut pas, admet-il en riant.

– C'est pas grave. Peu importe.

– Tu veux que j'y aille ? Je ne voudrais pas m'imposer.

Il se tourne à moitié vers la porte pour me montrer qu'il le pense vraiment. Je défais mes sacs.

– Non, non, tu peux rester. Si tu veux, bien sûr. Comme tu veux.

Qu'est-ce qui ne va pas chez moi ?

– Alors c'est décidé, je reste !

Il s'assied sur la chaise à côté du bureau. Je cherche où je pourrais m'asseoir et, finalement, j'opte pour le coin du lit. Je suis assez éloignée de lui, en fait cette chambre est très spacieuse.

– Alors tu te plais chez Vance ? me demande-t-il en suivant du bout des doigts les motifs du bois sur le bureau.

– Beaucoup. Bien plus que ce que je croyais. C'est vraiment le boulot de mes rêves. J'espère être engagée quand j'aurai terminé mes études.

– Ça ne m'étonnerait pas qu'on t'offre un poste bien avant. Christian t'aime beaucoup. L'autre jour, pendant le déjeuner, il n'a fait que parler du manuscrit que tu avais rendu. Il dit que tu as l'œil, de sa part, c'est un énorme compliment.

– Vraiment ? Il a dit ça ?

Je ne peux m'empêcher de sourire. C'est très étrange et inopportun comme sensation, mais réconfortant en même temps.

– Ouais, sinon pourquoi t'aurait-il invitée à la conférence ? Nous n'y allons que tous les quatre.

– Tous les quatre ?

– Ouais. Christian, Kim, toi et moi.

– Oh ! je ne savais pas que Kim venait.

J'espère sincèrement que Monsieur Vance ne m'a pas invitée seulement parce qu'il s'y sent obligé à cause de ma relation avec Hardin, le fils de son meilleur ami.

– Il ne pourrait pas partir en week-end sans elle, me taquine Trevor. Pour ses talents de gestion et d'organisation, bien sûr.

Je lui offre un petit sourire.

– Je vois. Pourquoi viens-tu alors ?

Je me mets une gifle mentale de lui avoir posé cette question.

– Je veux dire, pourquoi es-tu du voyage, puisque tu travailles à la comptabilité, non ?

J'essaie de clarifier ma question, mais il répond :

– Je comprends. Vous, les littéraires, vous n'avez pas besoin du matheux dans vos pattes.

Il grimace, ce qui me fait rire, rire vraiment.

– Christian ouvre un second bureau à Seattle dans peu de temps et nous avons des rendez-vous avec un investisseur potentiel. Et nous allons chercher des locaux, donc il a besoin de moi pour s'assurer du prix, et de Kimberly pour vérifier qu'ils correspondent à notre façon de travailler.

– Tu es aussi dans l'immobilier ?

La pièce s'est enfin réchauffée, je retire mes chaussures pour m'asseoir en tailleur.

– Non, non, pas du tout, mais je suis doué avec les chiffres, se vante-t-il. Ce sera sympa en plus. Seattle est une belle ville. Tu y es déjà allée ?

– Ouais, c'est ma ville préférée. Non pas que j'aie beaucoup d'autres exemples.

– Moi non plus. Je suis originaire de l'Ohio, alors je n'ai pas vu grand-chose. Comparé à l'Ohio, Seattle, c'est un peu New York.

Soudain très intéressée par la vie de Trevor, je lui demande :

– Qu'est-ce qui t'a fait venir dans l'État de Washington ?

– Ma mère est morte lorsque j'étais en terminale et il fallait que je parte. Il y a tant de choses à découvrir, non ? Alors juste avant qu'elle meure, je lui ai promis que je ne passerais pas ma vie dans l'horrible ville où nous vivions. Le jour où j'ai été accepté à WCU a été le meilleur et le pire de ma vie.

– Le pire ?

– Elle est décédée ce jour-là. Ironique, non ?

Il sourit à peine. La façon dont sa bouche se soulève est adorable.

– Je suis désolée.

– Non, ne le sois pas. Elle faisait partie de ces gens dont la place n'est pas auprès de nous. Elle était trop généreuse, tu vois ? Ma famille a eu plus de temps avec elle qu'elle le méritait et je ne changerais rien à l'histoire. Et toi ? Tu vas rester ici pour toujours ? me demande-t-il avec un vrai sourire.

– Non, j'ai toujours voulu vivre à Seattle, mais ces derniers temps, je souhaitais aller encore plus loin.

– Tu devrais. Tu devrais voyager et voir tout ce que tu peux. Une femme comme toi ne devrait pas être enfermée dans une cage.

Il doit avoir remarqué quelque chose d'étrange sur mon visage, car il reprend rapidement.

– Désolé… Je veux juste dire que tu pourrais faire tellement plus. Tu as beaucoup de talent, je peux te le dire.

Ce n'est pas ce qu'il dit qui me perturbe, c'est plus sa façon de dire que je suis une femme qui me rend heureuse. Je me sens toujours comme une enfant car je n'ai jamais été traitée autrement. Trevor n'est qu'un ami, un nouvel ami, mais je suis très heureuse d'être en sa compagnie en cette terrible journée. Je lui demande :

– Tu as dîné ?

– Pas encore. J'étais en train de me demander si j'allais ou non commander une pizza pour ne pas avoir à affronter le blizzard, répond-il en riant.

– On pourrait en partager une ?

– Affaire conclue.

C'est le plus gentil regard que j'ai vu depuis longtemps.

∞

6
Hardin

Mon père a vraiment l'air d'un con ; voilà ce qui arrive quand il essaie de jouer l'autorité, comme maintenant, les bras croisés, debout sur le pas de la porte.

– Elle ne viendra pas ici, Hardin. Elle sait que tu l'y trouverais.

J'ai du mal à réprimer mon envie de lui faire avaler ses dents. Mais je passe les mains dans mes cheveux, sursautant un peu à la douleur que m'infligent mes phalanges. Les coupures sont plus profondes que d'habitude cette fois. Je n'aurais pas cru que frapper un mur de briques m'aurait tant abîmé les mains. Comparé à ce que je ressens en moi, ce n'est rien. Je ne pensais pas que ce genre de douleur existait, c'est tellement pire que toute blessure physique.

– Mon fils, je crois que tu devrais lui donner un peu de champ.

Putain, pour qui il se prend ?

– Du champ ? Elle n'a pas besoin de champ ! Elle a besoin de rentrer à la maison !

Je hurle. La vieille voisine se retourne pour nous regarder, je lève les bras, exaspéré.

– S'il te plaît, ne sois pas grossier devant mes voisins, m'avertit mon père.

– Alors, dis à tes voisins de s'occuper de leurs foutus oignons !

Je suis certain que la vieille aux cheveux gris a entendu ça.

– Au revoir, Hardin, dit mon père dans un soupir en refermant la porte.

Je lâche un « *Fais chier !* » bien sonore en faisant des allers et retours sur le perron avant de regagner finalement ma voiture.

Sans dec', mais où est-elle ? Aussi fou que je puisse être, je suis super-inquiet pour elle. Est-elle seule, effrayée ? Bien sûr, connaissant Tessa, elle n'a pas peur du tout. Elle est probablement en train de passer en revue les raisons pour lesquelles elle me hait. En fait, elle est probablement en train de les écrire. Son besoin de contrôler toutes les situations et ses listes à la con me rendaient dingue, mais maintenant, j'ai envie de la voir écrire les trucs les plus anodins. Je donnerais n'importe quoi pour la voir se mâchouiller la lèvre inférieure en se concentrant, ou l'adorable froncement de ses sourcils sur son doux visage, ne serait-ce qu'une fois. Là, elle est avec Noah et sa mère, la petite chance que je croyais avoir s'est envolée. Un jour, elle m'avait dit pourquoi il était mieux pour elle que moi. Elle sera à lui de nouveau.

Je l'appelle encore mais, pour la vingtième fois, je tombe directement sur sa messagerie. Bon sang, je suis vraiment le dernier des cons. Après avoir conduit plus d'une heure pour faire le tour de toutes les bibliothèques et de toutes les librairies, je décide de retourner à l'appartement. Elle viendra peut-être, elle viendra peut-être… Mais je sais que ça n'arrivera pas.

Et si elle le faisait ? Il faut que je nettoie l'énorme bordel que j'ai foutu et que j'achète de nouvelles assiettes pour remplacer celles que j'ai éclatées contre les murs, juste au cas où elle rentrerait à la maison.

La voix d'un homme résonne dans la pièce et me traverse les os :

– Où t'es, Scott ?

– Je l'ai vu quitter le bar. Je sais qu'il est là, répond un second.

Le sol est froid quand je sors de mon lit. Au début, j'ai cru que c'était papa et ses amis, mais en fait je ne crois pas que ce soit lui.

– Sors de ta planque ! crie la voix la plus grave, et j'entends un gros bruit.

– Il n'est pas là, dit ma maman.

Je suis en bas des escaliers et je vois tout le monde, maman et quatre messieurs.

– Oh, voyons voir qui voilà, dit le plus grand des quatre. Qui aurait cru que Scott avait une femme aussi bien balancée ?

Il attrape ma mère par le bras et la tire du canapé. Elle serre désespérément sa chemise.

– S'il vous plaît… il n'est pas ici. S'il vous doit de l'argent, je vous donnerai tout ce que j'ai. Vous pouvez prendre tout ce que vous voulez dans la maison, la télévision peut-être…

Mais l'homme ne fait que ricaner en la regardant.

– Une télé ? Je veux pas d'une putain de télé.

Je la vois se débattre pour se libérer de son emprise, un peu comme le poisson que j'ai attrapé l'autre jour.

– J'ai des bijoux… pas beaucoup, mais s'il vous plaît…

– Ferme ta gueule ! l'interrompt un autre homme en la frappant.

– Maman !

Je hurle et cours dans le salon.

– Hardin… Monte dans ta chambre ! crie-t-elle, mais je ne laisserai pas ma maman avec ces vilains messieurs.

– Tire-toi de la, petite merde, me dit l'un d'eux en me poussant si fort que je tombe sur les fesses. Tu vois, salope, le problème c'est que ton mari a fait ça, grogne-t-il en montrant sa tête sur laquelle je découvre une énorme entaille sur son crâne chauve. Et comme il n'est pas là, tout ce que je *veux*, c'est *toi*.

Il sourit et elle tente de lui donner un coup de pied.

– Hardin, chéri, va dans ta chambre… Tout de suite !

Elle hurle.

Pourquoi est-elle en colère contre moi ?

– Je crois qu'il veut regarder, dit l'homme blessé en la poussant sur le canapé.

Je me réveille en sursaut et m'assieds dans mon lit.

∞

7

Tessa

– Tess, Bébé, réveille-toi, murmure Hardin en promenant ses lèvres sur la peau si fine sous mon oreille. Tu es si belle quand tu te réveilles.

Je souris et le tire par les cheveux pour le regarder dans les yeux. Je frotte mon nez contre le sien et il rit doucement.

– Je t'aime, me dit-il avant de presser ses lèvres contre les miennes.

Le seul problème, c'est que je ne peux pas les sentir. Je l'appelle :

– Hardin ? Hardin ?

Mais il disparaît.

J'ouvre les yeux et la réalité me rattrape instantanément. Je suis dans une chambre que je ne connais pas, l'obscurité est profonde et, l'espace d'un instant, j'oublie où je suis. Puis tout me revient : je suis dans un motel. Seule. Je prends mon téléphone posé sur la table de chevet et lis quatre heures du matin. J'essuie les larmes qui inondent mon visage et ferme les yeux pour essayer de retourner auprès d'Hardin, même si je dois me contenter d'un rêve.

Lorsque je me réveille pour la seconde fois, il est sept heures. Je passe sous la douche et essaie de profiter de l'eau chaude pour me détendre. Je sèche mes cheveux et me maquille. Aujourd'hui, pour la première fois, j'ai l'impression d'avoir l'air correcte. Je dois me débarrasser de ce… *bazar* en moi. Ne sachant pas quoi faire d'autre, je prends exemple sur ma mère et me compose une apparence de perfection, pour appliquer quelques leçons de son éducation.

Lorsque j'en ai terminé, j'ai l'air reposée et, réellement, j'ai fière allure. Je boucle mes cheveux, exhume ma robe blanche du sac mais j'ai un mouvement de recul, heureusement qu'il y a un fer à repasser dans cette chambre ! Il fait froid, trop froid pour cette robe qui ne m'arrive pas tout à fait aux genoux, mais je ne resterai pas longtemps dehors. Je choisis une paire de ballerines noires et des collants et les pose sur le lit avec la robe.

Avant de m'habiller, je range mes sacs pour y mettre un peu d'ordre. J'espère que ma mère va me donner de bonnes nouvelles à propos de la chambre en cité U. Sinon, il va falloir que je reste ici, ce qui pompera toutes mes économies, et rapidement en plus. Je devrais peut-être trouver mon propre appartement. Je pourrais me payer un petit studio à côté de chez Vance.

Quand j'ouvre la porte, je découvre que la neige a quasiment disparu sous les rayons du soleil matinal. Dieu merci. Au moment où je déverrouille ma voiture, Trevor sort de sa chambre, située deux portes plus bas que la mienne. Il porte un costume noir et une cravate verte. Il en jette.

– Bonjour ! J'aurais pu t'aider avec ça, tu sais, dit-il en me voyant porter mes sacs.

Hier soir, après la pizza, nous avons un peu regardé la télévision et bavardé de notre expérience universitaire, il avait plus d'histoires à raconter que moi puisqu'il a déjà décroché son diplôme. J'ai vraiment apprécié d'entendre tout ce que j'aurais pu et aurais dû vivre, mais ça m'a rendue triste aussi. Je n'aurais jamais dû aller à des soirées avec des gens comme Hardin. J'aurais dû me trouver un petit groupe d'amis, restreint mais sincère. J'aurais été si différente, tellement meilleure.

Il me demande si j'ai bien dormi en sortant des clés de sa poche. D'un clic, le moteur de la berline se met en route. Bien sûr, c'est la sienne !

– Ta voiture démarre toute seule ?

Je ris et il me montre les clés.

– En fait, c'est ça qui la démarre.

– Cool.

Mon sourire est un peu moqueur.

– Pratique.

– Bizarre ?

– Un peu, mais très pratique. Tu es très jolie aujourd'hui, comme d'habitude.

Je pose mes sacs dans le coffre de ma voiture et me glisse derrière le volant.

– Merci. Il fait super-froid.

– On se voit au bureau, Tessa, me dit-il en montant dans sa voiture.

Même s'il y a du soleil, il fait vraiment froid. Vite, j'enfonce la clé dans le démarreur et la tourne pour lancer le chauffage.

Clic... Clic... Clic... Voilà la réponse de ma voiture !

Je fronce les sourcils et je recommence, pour obtenir le même résultat.

– Ça ne peut pas s'arrêter ? je crie en frappant le volant de mes paumes de main.

J'essaie une troisième fois, mais bien sûr, rien ne se passe, pas même le clic du début. Je regarde par la vitre, soulagée que Trevor soit encore là. Alors qu'il baisse sa vitre, je ne peux m'empêcher de rire de mes malheurs.

– Tu crois que tu pourrais me déposer ?

– Bien sûr. Je crois savoir où tu vas...

Il rit et je descends de ma voiture.

Le trajet jusqu'au travail est court, mais je ne peux éviter d'allumer mon téléphone. Et là surprise : je n'ai pas de textos d'Hardin. J'ai quelques messages sur ma boîte vocale, mais je ne sais pas s'ils sont de lui ou de ma mère. Je décide de ne pas les écouter mais, au cas où, j'envoie un message à ma mère pour lui demander s'il y a du nouveau côté logement. Trevor me dépose devant la porte pour que je n'aie pas à traverser le parking dans le froid, il est très prévenant. Lorsque j'entre et attrape un beignet, Kimberly me dit en souriant :

– Tu as l'air reposée.

– Je me sens un peu mieux. Plus ou moins.

– Tu es prête pour demain ? J'ai hâte de partir pour le week-end : on peut faire un shopping de folie à Seattle et pendant que Monsieur Vance et Trevor iront à leurs réunions, on trouvera de quoi s'amuser. Est-ce que... euh... tu as parlé à Hardin ?

Il me faut quelques secondes, mais je préfère tout lui dire. Elle découvrira la vérité de toute façon.

– Non. En fait, je suis allée chercher mes affaires hier.

Son regard se fait désapprobateur.

– Je suis désolée pour toi. Tu verras, tout s'arrange avec le temps.

Mon Dieu, espérons qu'elle ait raison.

Ma journée passe plus vite prévu, je suis même en avance pour terminer mon manuscrit de la semaine. Je suis excitée à l'idée d'aller à Seattle, j'espère que je pourrai penser à autre chose qu'à Hardin, ne serait-ce qu'un tout petit peu. Lundi, ce sera mon anniversaire, mais contrairement aux autres années, je ne suis pas impatiente d'en voir arriver la date. Si les choses ne s'étaient pas aussi mal passées, j'aurais dû partir mardi pour l'Angleterre avec Hardin. Je n'ai aucune envie de passer Noël avec ma mère. Avec un peu de chance, je serai de retour à la cité U pratiquement déserte, à ce moment-là. Et je pourrai trouver une bonne excuse pour ne pas aller chez ma mère. Je sais que c'est Noël et que c'est moche de ma part, mais je ne suis vraiment pas d'humeur festive.

Ma mère m'envoie un message en fin de journée pour me dire qu'elle n'a pas eu de nouvelles de la cité U. *Génial.* Au moins, il ne me reste qu'une seule nuit avant le voyage à Seattle. Me balader d'un hébergement à l'autre, ce n'est pas drôle du tout.

En me préparant à quitter le bureau, je me rappelle que je ne suis pas venue toute seule. J'espère que Trevor n'est pas encore parti.

– À demain. On se retrouve ici, le chauffeur de Christian nous conduira à Seattle, me prévient Kimberly.

Monsieur Vance a un chauffeur ? Bien sûr, il a un chauffeur.

Lorsque je sors de l'ascenseur, je découvre Trevor assis sur l'un des canapés noirs du hall d'entrée. Le contraste entre son costume noir et ses yeux bleus, sur la banquette noire, est des plus plaisants.

– Je ne savais pas si tu avais besoin d'un chauffeur et je ne voulais pas te déranger dans ton bureau.

– Merci. C'est très gentil. Je vais appeler un garagiste en rentrant au motel.

Il fait légèrement plus chaud que ce matin, mais encore très froid dehors.

– Je peux attendre avec toi si tu veux, ma plomberie est réparée maintenant, je n'ai plus de raison de dormir au motel, mais je peux rester avec toi si tu…

Il s'interrompt soudain et écarquille les yeux.

– Quoi ?

Au moment où je lui pose la question, je suis son regard et découvre Hardin près de sa voiture, qui nous fusille du regard. Une fois encore, j'ai le souffle coupé. Comment se fait-il que ce soit de plus en plus dur de le voir ? Je fonce sur lui :

– Hardin, que fais-tu ici ?

– Tu ne réponds à aucun de mes appels, je n'ai pas trop le choix.

– Je ne t'ai pas répondu pour une bonne raison, tu ne peux pas faire irruption sur mon lieu de travail !

J'ai hurlé. Trevor a l'air mal à l'aise et intimidé par la présence d'Hardin, mais il reste près de moi et me demande :

– Tout va bien ? Dis-moi quand tu seras prête.

– Prête à quoi ?

Hardin a un regard de fou.

– Il me ramène au motel puisque ma voiture n'a pas démarré ce matin.

– Au motel ? s'exclame Hardin d'une voix encore plus forte.

Avant que je puisse l'en empêcher, les mains d'Hardin agrippent le col du costume de Trevor et il le plaque contre une camionnette rouge.

– Hardin ! Stop ! Laisse-le partir ! Nous n'y sommes pas allés ensemble !

La raison pour laquelle je me sens obligée de m'expliquer me dépasse, mais je ne veux pas qu'il blesse Trevor. Hardin lâche ses vêtements, mais reste à quelques centimètres de son visage.

– Tu le laisses tranquille, maintenant.

J'attrape Hardin par les épaules, il se relâche légèrement.

– Reste loin d'elle, crache-t-il à Trevor.

Mon collègue est pâle ; une fois encore, j'ai entraîné quelqu'un qui ne le méritait pas au beau milieu de ce grand n'importe quoi.

– Je suis désolée, Trevor.

– Ce n'est rien. Tu as toujours besoin que je te dépose ?

– Non, ce n'est pas nécessaire, répond Hardin à ma place.

– Oui, s'il te plaît. Laisse-moi juste une minute.

En véritable gentleman, il acquiesce et se dirige vers sa voiture pour nous laisser un peu d'intimité.

∞

8
Tessa

– Je n'arrive pas à croire que tu loges dans un motel !

– Ouais… Moi non plus.

– Tu peux rester dans l'appartement, je retournerai à la fraternité, ou ailleurs.

– Non. Pas question.

– S'il te plaît, ne fais pas ta difficile.

Il se frotte le front de la main.

– Difficile ? Tu n'es pas sérieux ! Je ne devrais même pas te parler !

– Tu ne veux pas juste te calmer ? Bon, qu'est-ce qui se passe avec ta voiture ? Et pourquoi ce mec était-il au motel ?

– Je ne sais pas ce qu'a ma voiture.

Je ne répondrai pas à sa question sur Trevor. Ça ne le concerne pas.

– Je vais regarder.

– Non, je vais appeler un garagiste. Va-t'en.

– Je vais te suivre jusqu'au motel, m'annonce-t-il en désignant la route d'un signe de tête.

– Tu ne peux pas t'arrêter ? C'est quoi ? Une sorte de jeu pour savoir jusqu'où tu peux me pousser ?

Il recule d'un pas comme si je l'avais bousculé. La voiture de Trevor est encore là, à m'attendre.

– Non, ce n'est pas ça. Comment peux-tu seulement le penser après tout ce que j'ai fait ?

– Exactement, je pense ça à cause de *tout ce que tu m'as fait.*

– Je veux juste que tu me parles. Je sais qu'on peut arranger les choses.

Il s'est tellement joué de moi depuis le début que je ne peux plus distinguer la réalité, mais il reprend :

– Je sais que je te manque, ajoute-t-il en s'adossant à sa voiture.

Ses mots me stoppent en plein vol. Tant d'arrogance ! Alors je lui crie :

– C'est ça, ce que tu veux entendre ? Que tu me manques ? Bien sûr que tu me manques. Mais tu sais quoi ? C'est pas toi qui me manques, c'est la personne que je croyais que tu étais et maintenant que je sais qui tu es vraiment, je ne veux plus avoir affaire avec toi !

– Tu as toujours su qui j'étais vraiment ! Ça a toujours été moi, tout le temps. Tu le sais !

Il crie aussi. Pourquoi ne pouvons-nous jamais parler sans nous hurler dessus ? Il me rend folle, voilà pourquoi.

– Non, je n'en sais rien. Si je le savais, je…

Je m'arrête avant d'admettre que je veux lui pardonner. Ce que je veux faire et ce que je devrais faire sont deux choses totalement différentes.

– Tu quoi ?

Bien sûr, il essaie de me forcer à finir ma phrase.

– Rien. Va-t'en.

– Tess, tu n'as aucune idée de ce que j'ai traversé ces derniers jours. Je ne peux pas dormir, je ne peux même pas exister sans toi. J'ai besoin de savoir s'il y a une chance pour que nous…

Je l'interromps avant qu'il puisse terminer. Comment peut-il être aussi égoïste ?

– Ce que *tu* as traversé ? Comment penses-tu que j'ai vécu ces derniers jours, Hardin ? Imagine un peu ce que ça fait d'avoir ta vie entière brisée en mille morceaux en quelques heures ? Imagine ce que ça fait d'aimer quelqu'un au point de lui donner tout ce que tu as, pour te rendre compte qu'il ne s'agissait que d'un jeu, un pari ! Qu'est-ce que tu crois que ça fait ?

Je m'approche de lui, mes mains vont frénétiquement de lui à moi.

– Qu'est-ce que tu crois que ça fait de s'aliéner sa mère à cause de quelqu'un qui n'en a rien à foutre de toi ! Qu'est-ce que tu crois que ça fait d'habiter dans une satanée chambre de motel ? Qu'est-ce que tu crois que ça fait d'essayer de tourner la page quand tu n'arrêtes pas de venir ici ! Tu ne sais pas t'arrêter !

Il ne dit rien, et je veux continuer ma diatribe. D'une certaine manière, j'ai l'impression d'être trop dure avec lui, mais il m'a trahie de la plus abjecte des façons, et il le mérite.

– Alors, ne viens pas ici me dire à quel point ça a été difficile pour toi, parce que c'est ta faute ! Tu as tout foutu en l'air ! Comme toujours. Et tu sais quoi ? Je n'ai aucune pitié pour toi… En fait si. J'ai pitié de toi, car tu ne seras jamais heureux. Tu seras seul pour le restant de tes jours et pour ça, j'ai pitié. Je vais tourner la page, je vais trouver un homme bon, qui me traitera comme tu aurais dû le faire, et nous nous marierons et nous aurons des enfants. Et je serai heureuse.

Ce long discours m'a laissée à bout de souffle et Hardin, bouche bée, me regarde avec les yeux rouges. Je continue :

– Tu sais ce qu'il y a de pire ? C'est que tu m'avais prévenue. Tu m'as dit que tu me détruirais et je ne t'ai pas écouté.

J'essaie désespérément d'empêcher mes larmes de couler, mais en vain. Elles maculent mon visage, mon mascara coule et me brûle les yeux.

– Je… Je suis désolé. Je vais y aller.

Il a prononcé ces mots à voix basse. Il a l'air complètement et totalement abattu, comme je voulais qu'il soit, mais ça ne m'apporte pas la satisfaction que j'espérais. S'il m'avait dit la vérité au début, j'aurais pu lui pardonner, même après avoir couché ensemble, mais il me l'a cachée, il a essayé d'acheter le silence de ses amis, il a essayé de me piéger en me faisant signer le bail de l'appartement avec lui. Je ne pourrai jamais oublier ma première expérience intime, et il a tout gâché.

Je me dépêche de sauter dans la voiture de Trevor. Le chauffage est allumé et me souffle dans le visage, se mêlant à mes larmes brûlantes. Trevor reste silencieux le temps de me conduire au motel, ce dont je lui suis reconnaissante.

Lorsque le soleil se couche, je me force à prendre une douche bien chaude, trop chaude. L'expression du visage d'Hardin lorsqu'il est parti dans sa voiture est gravée dans ma mémoire. Je la revois chaque fois que je ferme les yeux. Mon téléphone n'a pas sonné une seule fois depuis qu'il est parti. J'ai cru, stupidement et un peu naïvement, que nous aurions pu faire quelque chose ensemble. Qu'en dépit de nos différences et de son tempérament… enfin de nos tempéraments respectifs… nous aurions pu construire une histoire d'une manière ou d'une autre.

Je ne sais pas trop comment, mais j'arrive à m'endormir. Le lendemain matin, la panique monte à cause de ce premier voyage d'affaires. En plus, j'ai oublié d'appeler quelqu'un pour faire réparer ma voiture. Je cherche le garagiste le plus proche. Je vais certainement devoir payer un supplément pour le gardiennage de la voiture pendant le week-end, mais c'est le dernier de mes soucis. Je n'en parle pas au gentil monsieur qui me répond au téléphone, en espérant qu'il oublie de me surtaxer.

Je me prépare en bouclant mes cheveux et en mettant plus de maquillage que d'habitude. Je choisis de porter une robe bleu marine et noire Karl Marc John que je n'ai encore jamais mise. J'avais acheté cette robe parce que je savais qu'Hardin apprécierait la manière dont l'étoffe bouge sur mon corps. La robe en elle-même est très sage, avec son ourlet presqu'au genou et ses manches trois-quarts, mais c'est la manière dont elle tombe sur moi qui la rend si seyante.

Je déteste tout ce qui me fait penser à lui. Devant le miroir, j'imagine comment il me regarderait dans cette robe, pendant que je terminerais de me coiffer, comment ses pupilles se dilateraient et comment il lècherait ses lèvres avant de mordiller son piercing.

Quelqu'un frappe à la porte, ce bruit me ramène à la réalité.

– Mademoiselle Young ? me demande un homme en bleu de travail lorsque j'ouvre la porte.

– C'est moi.

J'attrape mon sac à main pour en extraire les clés de voiture et les lui tendre.

– Voilà, c'est la Corolla blanche.

Il regarde derrière lui et me répond, confus :

– Une Corolla blanche ?

Je sors. Ma voiture… n'est plus là.

– C'est quoi ce… Ok, laissez-moi appeler la réception pour savoir s'ils ont fait enlever ma voiture pour l'avoir laissée sur le parking hier.

Quelle excellente manière de commencer la journée ! J'appelle le réceptionniste en essayant d'être aimable, mais c'est très frustrant :

– Bonjour, ici Tessa Young, de la chambre trente-six. Est-ce que vous avez fait enlever ma voiture ?

– Non, je n'ai rien fait de tel.

J'ai la tête qui tourne.

– D'accord. Eh bien, ma voiture a été volée ou quelque chose comme ça…

Si quelqu'un a pris ma voiture, je suis vraiment dans la merde. Il est pratiquement l'heure de partir.

– Non, votre ami est venu la chercher ce matin.

– Mon ami ?

– Oui, celui qui a des… tatouages et d'autres trucs, répond-il doucement, comme si Hardin pouvait l'entendre.

– Quoi ?

Je sais très bien ce qu'il a dit, mais je n'arrive plus à réfléchir à quoi que ce soit.

– Il est venu avec une dépanneuse ce matin, il y a deux heures environ, précise-t-il. Désolé, je croyais que vous étiez au courant…

– Merci.

Je raccroche et me tourne vers le mécanicien.

– Je suis vraiment désolée. Apparemment, quelqu'un a déjà fait remorquer ma voiture chez un autre garagiste. Je n'étais pas au courant. Je suis navrée de vous avoir fait perdre votre temps.

Il me sourit et m'assure que ce n'est rien.

À cause de ma dispute avec Hardin, j'ai totalement oublié que j'aurais besoin qu'on me dépose au travail aujourd'hui. J'appelle Trevor pour le solliciter et il me répond qu'il a déjà demandé à Monsieur Vance et Kimberly de passer me prendre sur le chemin. Après l'avoir remercié, je raccroche le téléphone et tire le rideau devant la fenêtre. Une voiture noire s'arrête devant ma chambre. La vitre descend et je vois la chevelure blonde de Kimberly. Celle-ci claironne :

– Bonjour ! Nous sommes venus à ta rescousse !

Elle rit lorsque j'ouvre la porte. Trevor est vraiment gentil, intelligent et si prévoyant.

Le chauffeur sort de la voiture et, avec un mouvement de casquette, attrape mon sac pour le mettre dans le coffre. Lorsqu'il ouvre la porte arrière, j'aperçois des sièges face à face. Kimberly tapote l'une des deux banquettes en cuir et m'invite à m'asseoir près d'elle. Sur l'autre, Monsieur Vance et Trevor me regardent, l'air amusé. Trevor se fend d'un large sourire :

– Prête pour ton escapade de fin de semaine ?

– Plus que tu ne l'imagines, je lui confirme en montant dans la voiture.

∞

9
Tessa

En entrant sur l'autoroute, Trevor et Monsieur Vance retournent à ce qui semble être une conversation sérieuse sur le prix du mètre carré d'un bâtiment neuf à Seattle. Kimberly me donne un petit coup de coude et imite leur conversation avec ses mains.

– Les garçons sont si sérieux. Alors, Trevor a dit qu'il s'était passé quelque chose avec ta voiture ?

– Ouais, je n'ai aucune idée de quoi.

J'essaie de garder un ton léger en lui répondant, encouragée par son sourire amical.

– Hier, elle n'a pas voulu démarrer, alors j'ai appelé quelqu'un pour la faire réparer, mais Hardin s'en était déjà occupé.

Elle sourit.

– Il est tenace, n'est-ce pas ?

Je soupire.

– Je crois, oui. Je veux juste qu'il me donne un peu de temps pour assimiler tout ça.

– Assimiler quoi ?

J'avais oublié qu'elle ne sait rien du pari ni de mon humiliation, et je n'ai certainement pas envie de lui en parler. Elle n'est au courant que de notre rupture, pas des raisons qui m'y ont amenée.

– Je ne sais pas, juste tout. Il se passe tellement de choses dans ma vie en ce moment et je n'ai toujours pas d'endroit où vivre. J'ai l'impression qu'il ne prend pas ça aussi sérieusement qu'il le devrait. Il croit qu'il peut me manipuler comme un marionnettiste et faire ce qu'il veut de ma vie. Il croit qu'il peut arriver la bouche en cœur et dire qu'il est désolé pour que tout soit pardonné, mais ça ne marche pas comme ça. Plus maintenant en tout cas.

J'achève mon couplet d'un air renfrogné.

– Bon point pour toi. Je suis contente que tu défendes tes positions.

Je suis juste contente qu'elle ne me demande pas plus de détails.

– Merci. Moi aussi.

Je suis vraiment fière de moi d'avoir réussi à tenir tête à Hardin et de ne pas avoir cédé, mais en même temps, je me sens très mal de lui avoir dit toutes ces choses hier. Je sais qu'il le méritait, mais je ne peux pas m'empêcher de penser : *Et s'il était aussi touché qu'il le disait ?* Même, si quelque part, tout au fond de lui, c'était le cas, je ne pense pas que ce soit suffisant pour être sûre qu'il ne me blesse pas encore. Parce que c'est ce qu'il fait : il blesse les gens qu'il aime.

Kimberly change de sujet et annonce, tout excitée :

– On doit sortir ce soir, juste après la dernière conférence. Dimanche, ces deux-là vont avoir des rendez-vous toute la matinée, on se fera une sortie shopping. On va sortir ce soir et peut-être samedi soir aussi. Qu'en penses-tu ?

– Sortir où ça ? je réponds en riant. Je n'ai que dix-huit ans.

– Oh ! s'il te plaît. Christian connaît plein de monde à Seattle. Si tu l'accompagnes, tu pourras entrer n'importe où.

J'adore la manière dont son regard s'illumine lorsqu'elle parle de Monsieur Vance, même s'il est juste à côté d'elle.

– D'accord.

Je ne suis jamais « sortie » de ma vie. Je suis allée à quelques soirées à la fraternité, mais je ne suis jamais allée en boîte de nuit ou rien qui y ressemble.

– On va bien s'amuser, ne t'inquiète pas, m'assure-t-elle. Et, définitivement, tu devrais porter cette robe ce soir, ajoute-t-elle en riant.

∞

10
Hardin

Tu seras seul pour le restant de tes jours et pour ça, j'ai pitié. Je vais tourner la page, je vais trouver un homme bon, qui me traitera comme tu aurais dû le faire, et nous nous marierons et nous aurons des enfants. Et je serai heureuse.

Les paroles de Tessa tournent sans arrêt dans ma tête. Je sais qu'elle a raison, mais j'ai désespérément envie que ce ne soit pas le cas. Être seul ne m'a jamais dérangé jusqu'à présent, mais maintenant je sais à côté de quoi je passe.

– Tu viens ?

La voix de Jace interrompt mes idées noires.

– Hein, quoi ?

J'ai presque oublié que je conduisais. Il ricane et tire sur son joint.

– Je t'ai demandé si tu venais. On va chez Zed.

– Je ne sais pas…

– Pourquoi pas ? Faut que t'arrêtes de jouer les minables. Tu chiales comme un putain de môme.

Je l'assassine du regard. Si j'avais dormi hier, je l'aurais étranglé. Je lui réponds lentement :

– Ce n'est pas le cas.

– Si mec, *carrément*. Tu as besoin d'une bonne cuite et de t'envoyer en l'air ce soir. Il va certainement y avoir des filles faciles là-bas.

– Je n'ai pas besoin de m'envoyer en l'air.

Je ne veux personne d'autre qu'elle.

– Allez, quoi, on se pointe chez Zed. Si tu ne veux pas te taper une meuf, viens au moins te faire quelques bières.

– Tu n'as jamais eu envie d'autre chose ?

Il me regarde comme si j'étais un martien.

– Quoi ?

– Tu n'as pas l'impression que c'est toujours la même chose, d'aller à des fêtes et de ramasser une fille différente à chaque fois ?

– Waouh, c'est pire que ce que je craignais. T'es accro, mec !

– Non, déconne pas. Je dis juste que ça craint de faire tout le temps la même chose.

Il ne sait pas à quel point c'est cool de rester au lit et de faire rire Tessa, il ne sait pas à quel point c'est marrant de l'entendre radoter sur ses romans préférés, de la voir me donner une petite tape quand j'essaie de la tripoter. C'est bien mieux que toutes les fêtes auxquelles je suis allé et ou j'irai jamais.

– Elle t'a vraiment fait un truc. C'est la merde, non ?

– Non, ce n'est pas vrai, dis-je en mentant.

– Mais bien sûr…

Il jette le mégot de son joint par la fenêtre.

– Elle est célibataire maintenant, non ?

Je serre le volant entre mes mains et il rit encore plus fort.

– Je déconne, Scott. Je voulais juste savoir à quel point ça te ferait chier.

– Va te faire foutre !

Je lâche ces derniers mots en grognant et, pour lui prouver qu'il a tort, je fais demi-tour pour aller chez Zed.

∞

11

Tessa

Le Four Seasons de Seattle est le plus bel hôtel que j'aie jamais vu. J'essaie de marcher lentement pour enregistrer tous les magnifiques détails, mais Kimberly me traîne quasiment jusqu'à l'ascenseur au bout du couloir, semant Trevor et Monsieur Vance dans son élan.

Elle s'arrête devant une porte et me dit :

– Voilà ta chambre. Quand tu auras terminé de déballer tes affaires, retrouve-nous dans notre suite pour faire le point sur le week-end, même si je sais que tu l'as déjà fait. Tu devrais te changer, je crois que tu devrais garder cette robe pour notre sortie de ce soir.

Elle me fait un clin d'œil et poursuit son chemin le long du couloir.

Cet hôtel n'a absolument rien à voir avec celui où j'ai passé ces deux dernières nuits. Une peinture dans le couloir ici doit coûter certainement plus que ce qu'ils ont payé pour la décoration de toute la chambre de l'autre. La vue depuis ma fenêtre est incroyable. Seattle est une si belle ville. Je pourrais facilement m'imaginer vivre ici, habiter un appartement dans une tour et travailler pour une maison d'édition ou même pour Monsieur Vance maintenant qu'il ouvre une succursale ici. Ce serait fantastique.

Après avoir pendu mes vêtements du week-end, je me change et enfile une jupe crayon noire zippée KMJ et une chemise lilas. Je suis très excitée par la conférence, mais assez nerveuse à l'idée de sortir. Je sais que j'ai besoin de m'amuser, mais tout cela est nouveau pour moi et je me sens toujours aussi vide des ravages causés par Hardin.

Le temps que j'arrive dans la suite de Kimberly et de Monsieur Vance, il est deux heures et demie, ce qui m'angoisse car je sais que nous devons être dans une des salles de conférences à trois heures.

Lorsqu'elle ouvre la porte, Kimberly me salue chaleureusement. Leur suite a deux salons de réception séparés. Elle a l'air plus grande que la maison de ma mère.

– C'est… Waouh.

Monsieur Vance rigole et se sert un verre de ce qui semble être de l'eau.

– C'est pas mal. Nous avons commandé quelques petites choses au *room service*, histoire de picorer avant de descendre. Ça va arriver d'une minute à l'autre, annonce Kimberly.

Je lui souris et la remercie. Je ne m'étais pas rendu compte à quel point j'avais faim avant qu'elle parle de nourriture. Je n'ai pas mangé de la journée. Je bâille.

– Prête à t'ennuyer à mourir ? me demande Trevor en sortant du petit salon.

– Ça ne sera pas ennuyeux pour moi. Il se pourrait même que je ne veuille jamais repartir d'ici.

Ça le fait rire.

– Moi non plus, admet-il.

– Pareil, renchérit Kim.

Monsieur Vance secoue la tête.

– On peut arranger ça, chérie.

Il pose la main sur son dos et je détourne le regard pour échapper à ce geste intime.

– On devrait installer le siège social ici et tous déménager, plaisante Kimberly.

Enfin, je crois qu'elle plaisante.

– Smith adorerait Seattle, dit Monsieur Vance.

– Smith ? Ah ! Désolée. Votre fils, bien sûr.

Je me souviens soudain de son fils que j'ai vu le jour du mariage et je pique un fard.

– Je t'en prie, c'est un prénom étrange, je sais.

Il rit et s'appuie sur Kimberly. Ce doit être une sensation si agréable d'avoir une relation aimante avec quelqu'un en qui on peut avoir confiance. J'envie Kimberly, une envie honteuse, mais une envie tout de même. Elle a un homme dans sa vie qui, à l'évidence, se soucie d'elle et ferait n'importe quoi pour la rendre heureuse. Elle a trop de chance.

Je souris et reprends :

– C'est un joli prénom.

Après la collation, nous descendons et je me retrouve au milieu d'une grande salle de conférence pleine de gens amoureux des livres. Je suis au paradis.

– On réseaute, on réseaute, on réseaute, dit Monsieur Vance. Tout est affaire de réseautage.

Et pendant les trois heures qui suivent, il me présente à quasiment tout le monde dans la salle. En plus, il ne me présente pas comme sa stagiaire, il me traite comme une adulte. Ce qu'ils font tous, d'ailleurs.

∞

12
Hardin

– Hé, hé, hé, regardez qui voilà, s'exclame Molly en roulant les yeux quand je rentre dans l'appartement de Zed avec Jace.

– Déjà bourrée et relou ?

– Et alors ? Il est cinq heures passées.

Je secoue la tête en la regardant et elle ajoute avec son sourire maléfique habituel:

– Prends un verre avec moi, Hardin.

Elle attrape une bouteille au liquide ambré et deux verres à shot sur le plan de travail.

– Un seul.

En entendant ma réponse, elle sourit et remplit les petits verres.

Dix minutes plus tard, je me retrouve à parcourir mes albums photo sur mon téléphone. Je regrette de ne pas avoir laissé Tessa prendre plus de photos de nous deux, j'en aurais plus à regarder maintenant. Putain, je suis accro, comme dirait Jace. J'ai l'impression de perdre la tête lentement, et le plus perturbant, c'est que j'en ai rien à foutre d'être comme ça, à condition que ça m'aide à me rapprocher d'elle.

Je serai heureuse, a-t-elle dit. Je sais que je ne l'ai pas rendue heureuse, mais que je pourrais. En même temps, je ne devrais plus l'emmerder. J'ai fait réparer sa voiture parce que je ne voulais pas qu'elle s'inquiète d'avoir à le faire. Je suis content de l'avoir fait, et si je n'avais pas appelé Vance pour m'assurer que quelqu'un vienne la chercher pour aller bosser, je n'aurais pas su qu'elle allait à Seattle.

Pourquoi ne m'a-t-elle rien dit ? Maintenant, ce connard de Trevor est avec elle, à ma place. Je sais qu'il l'aime bien et je peux très bien imaginer qu'elle ait un faible pour lui. Il est exactement l'homme qu'il lui faut. Ils se ressemblent beaucoup. Pas comme nous deux. Il pourrait la rendre heureuse. Cette idée me fout en rogne et me donne envie de lui éclater la tête contre une fenêtre…

Mais je devrais peut-être la laisser un peu respirer et lui donner une chance d'être heureuse. Elle a bien été claire hier : elle ne peut pas me pardonner.

Depuis le canapé, j'appelle Molly :

– Molly !

– Quoi ?

– Apporte un autre verre.

Et sans même avoir à la regarder, je sens son sourire victorieux emplir la pièce.

∞

13
Tessa

– C'était tellement incroyable ! Merci de m'avoir permis de venir.

Lorsque nous sortons de l'ascenseur je me confonds en remerciements auprès de Monsieur Vance.

– Je suis très heureux de te faire plaisir, tu es l'une de mes meilleures employées. Stagiaire ou pas, tu es brillante. Mais pitié, pour l'amour du Ciel, appelle-moi Christian, je te l'ai déjà dit, ajoute-t-il sur un ton faussement bourru.

– Oui, d'accord. C'était plus qu'incroyable, Monsieur… *Christian*. C'était fabuleux de les entendre tous échanger sur l'édition numérique, d'autant plus que ça va continuer à prendre de l'importance, c'est tellement pratique et facile pour les lecteurs. C'est énorme et le marché est en pleine croissance…

Je divague.

– C'est vrai, c'est vrai. Et ce soir, nous avons aidé les Éditions Vance à grandir : imagine un peu combien de nouveaux clients nous allons gagner quand nous aurons complètement optimisé nos opérations, confirme-t-il.

– Ok, vous avez terminé tous les deux ? Allons nous changer et faire la fête ! C'est la première fois depuis des mois que nous avons une baby-sitter.

Kimberly nous taquine gentiment en passant son bras sous celui de Christian.

Il lui sourit.

C'est formidable que Monsieur Vance… je veux dire *Christian*, ait eu une seconde chance de trouver le bonheur, après le décès de son épouse. Je regarde Trevor qui me retourne un petit sourire.

– J'ai besoin d'un verre, annonce Kimberly.

– Moi aussi, surenchérit Christian. Bon, on se retrouve tous à la réception dans une demi-heure et le chauffeur passera nous prendre. Je vous invite à dîner !

Lorsque je retourne dans ma chambre, je branche mon fer à friser pour retoucher ma coiffure. Je mets un peu d'ombre à paupières et me regarde dans le miroir. Le maquillage assombrit mon regard, mais pas trop. J'ajoute un trait d'eye-liner et du blush sur mes joues avant de m'occuper de mes cheveux. La robe bleu marine et noire que je portais ce matin me va encore mieux maintenant avec ce maquillage plus prononcé et mes cheveux arrangés. J'aimerais qu'Hardin…

Non, non, non, ce n'est pas vrai ! Je me répète ces mots en enfilant mes chaussures noires à talons. J'attrape mon téléphone portable et mon sac à main avant de quitter ma chambre pour retrouver mes amis… *Sont-ils* mes amis au fond ? Je ne sais pas, mais j'ai l'impression que Kimberly l'est et Trevor est très gentil. Christian, lui, c'est mon patron, alors c'est un peu différent.

Dans l'ascenseur, j'envoie un texto à Landon pour lui dire que je passe un bon moment à Seattle. Il me manque, j'espère que nous pourrons rester proches, même si Hardin et moi ne sommes plus ensemble.

Lorsque je sors de l'ascenseur, je repère les cheveux noirs de Trevor près de l'entrée. Dans son pantalon noir et son pull crème, il me rappelle un peu Noah. Je prends quelques secondes pour l'admirer avant de lui faire savoir que je suis là. Lorsque son regard tombe sur moi, ses pupilles se dilatent et il fait un petit bruit à mi-chemin entre le couinement et la toux. Je ne peux m'empêcher de rire doucement en le voyant rougir.

– Tu es… tu es très jolie.

Je souris.

– Merci. Tu n'es pas mal non plus.

Il rougit de plus belle et murmure en retour un « merci ». C'est bizarre de le voir si déstabilisé, lui d'ordinaire si calme et posé.

– Les voilà ! s'exclame Kimberly.

– Waouh, Kim !

Je passe la main devant mon visage, comme pour chasser une illusion. Elle est époustouflante dans sa robe collier rouge qui ne lui arrive qu'à mi-cuisses. Elle a laqué ses cheveux blonds pour les rendre plus raides, ce qui lui donne un air sexy mais sophistiqué en même temps.

– J'ai comme l'impression que nous allons devoir batailler toute la nuit pour maintenir les hommes éloignés, dit Christian à Trevor.

Tous deux partent d'un éclat de rire en nous escortant sur le trottoir.

La voiture nous conduit dans un très bon restaurant de fruits de mer où je mange un des meilleurs saumons et le plus savoureux pâté de crabe de toute ma vie. Christian nous raconte des histoires hilarantes sur son passé dans l'édition à New York. Trevor comme Kimberly le taquinent un peu, profitant de son délicieux sens de l'humour. Nous passons un excellent moment.

Après le dîner, nous partons vers un immeuble de trois étages tout en verre, non loin de là. À travers les fenêtres, je vois des centaines de flashs lumineux éclairer des corps en mouvement, créant un ballet fascinant d'ombres et de lumières. Ce n'est pas si loin de ce que j'imaginais être une boîte de nuit, mais en beaucoup plus grand et avec beaucoup plus de monde.

En sortant de la voiture, Kimberly m'attrape le bras.

– Nous irons dans un endroit plus décontracté demain soir ; quelques participants à la conférence voulaient venir ici ce soir, alors voilà !

Elle rit.

Un homme à la carrure très impressionnante garde la porte avec une écritoire à pince dans la main, clairement il contrôle l'accès à la boîte. Une file de fêtards impatients serpente jusqu'au coin de la rue. Je chuchote à Trevor :

– On va attendre longtemps ?

– Oh non ! répond-il en riant doucement. Monsieur Vance n'attend pas.

Je vois vite ce qu'il veut dire lorsque Christian parle à voix basse au videur qui détache la chaîne et nous laisse immédiatement entrer. Je suis un peu désorientée par la musique qui me martèle les tympans et les lumières qui dansent dans l'immense espace empli de fumée. Je crois que je ne comprendrai jamais pourquoi les gens paient pour avoir la migraine et inhaler de la fausse fumée en se faisant bousculer par des étrangers. Une femme en robe très courte nous conduit par un escalier jusqu'à une petite pièce aux murs couverts de rideaux. À l'intérieur se trouvent deux canapés et une table.

– C'est le quartier VIP, Tessa.

Kimberly a compris à mon regard curieux que j'avais besoin d'une explication. Je ne peux répondre qu'un « oh » et l'imiter en m'installant sur un canapé.

– Qu'est-ce que tu bois d'habitude ? me demande Trevor.

– D'habitude je ne bois pas.

– Moi non plus. Enfin, j'aime bien le vin, mais je ne suis pas un grand buveur.

– Oh non ! Ce soir, tu bois, Tessa. Tu en as besoin, annonce Kimberly en parlant fort.

– Je… je…

– Elle va prendre un *Sex on the Beach* et moi aussi, dit-elle à la serveuse.

L'hôtesse note, puis Christian commande une boisson dont je n'ai jamais entendu parler et Trevor un verre de vin rouge. Personne ne m'a encore demandé si j'avais l'âge légal de boire ou pas. Peut-être ai-je l'air moins jeune que je ne le suis ou peut-être Christian est-il assez connu ici pour que personne ne souhaite le déranger ?

Je n'ai aucune idée de ce qu'est un *Sex on the Beach*, mais je préfère ne pas faire étalage de mon ignorance. Lorsque l'hôtesse revient, elle me tend un grand verre avec un morceau d'ananas et un petit parasol rose. Je la remercie et aspire une gorgée à la paille. C'est très bon, sucré, mais je distingue une petite note amère.

Kim me demande si c'est bon et je confirme en avalant une autre grande gorgée.

∞

14
Hardin

– Allez, Hardin, encore un, me murmure Molly dans l'oreille.

Je n'ai pas encore décidé si je veux me bourrer la gueule. J'ai déjà bu trois shots et je sais que si j'en prends un autre, je *serai* bourré. D'un côté, m'exploser la tête et tout oublier est une idée séduisante. De l'autre, j'ai besoin de penser clairement.

– Tu veux te tirer d'ici ?

Molly bafouille, elle sent le hasch et le whisky. Une partie de moi a envie d'aller la baiser dans les chiottes juste parce que je le peux. Juste parce que Tessa est à Seattle avec ce connard de Trevor et que je suis à trois heures de route de là, assis comme un con sur ce foutu canapé, à moitié bourré.

Elle s'assied sur mes genoux.

– Allez, Hardin, tu sais que je peux te la faire oublier.

– Quoi ?

Elle passe ses bras autour de mon cou et reprend :

– Tessa. Laisse-moi te la faire oublier. Tu peux me baiser jusqu'à ce que tu ne te souviennes plus de son *nom*.

Je sens son haleine fétide sur ma nuque, je recule.

– Tire-toi !

– C'est quoi ton délire, Hardin ? répond-elle d'un ton tranchant, à l'évidence j'ai blessé son ego.

– Je n'ai pas envie de toi.

– Depuis quand ? Ça ne t'a pas posé de problème de me baiser *toutes les autres fois*.

– Pas depuis…

– Pas depuis *quoi* ? Depuis que tu as rencontré ta *pétasse coincée.*

Elle saute du canapé en faisant de grands mouvements de bras. Il faut que je me souvienne que Molly est une fille, pas un véritable démon, avant de faire quelque chose de stupide.

– Ne parle pas d'elle comme ça.

Je me lève.

– C'est la vérité et maintenant, regarde-toi. Tu te comportes comme un clébard abandonné par une Vierge Marie convertie en salope, et qui ne veut même pas de toi !

Elle crie, elle rit ou elle pleure. Les trois se ressemblent chez Molly. Je serre les poings. C'est à ce moment-là que débarquent Jace et Zed. Molly pose la main sur l'épaule de Jace.

– Allez-y les mecs, dites-lui. Dites-lui qu'il est devenu casse-couilles depuis qu'on a ouvert les yeux de sa pétasse sur lui.

– Pas nous. *Toi,* la corrige Zed.

Elle le fusille du regard.

– Pareil.

– C'est quoi le problème ? demande Jace.

– Rien, je réponds à sa place. Elle est juste ravagée parce que j'ai pas envie de baiser son pauvre petit cul.

– Non, je suis énervée parce que t'es qu'un *gros con.* Personne ne veut de toi dans le coin. C'est pour ça que Jace m'a demandé de tout lui dire au début.

Là, je vois rouge.

– Il a quoi ?

Je parle entre mes dents. Je savais que Jace était un enfoiré, mais je croyais que c'était la jalousie de Molly qui l'avait conduite à tout balancer à Tessa.

– Ouais, c'est lui qui m'a demandé de lui dire. Il avait tout prévu : je lui balançais tout devant toi après quelques verres, puis il la suivait quand forcément elle se serait barrée, et il la consolait pendant que tu chialerais comme un putain de môme. T'avais dit quoi, Jace ? Que t'allais la baiser à lui faire péter les neurones ? précise Molly en riant et mimant des guillemets de citation.

Je m'avance vers Jace.

– Hé, c'était une blague, mec…

Lorsque mon poing entre en contact avec la mâchoire de Jace, il me semble bien qu'un sourire narquois s'affiche sur les lèvres de Zed. Mes mains ne me font pas souffrir malgré les multiples coups que je porte au visage de Jace ; ma rage aveugle tout le reste. Je m'assieds sur lui pour continuer de le frapper. Des images de lui en train de toucher Tessa, de l'embrasser, de la déshabiller, me traversent l'esprit et me poussent à lui faire le plus de mal possible.

Les lunettes noires de Jace sont brisées en mille morceaux à côté de son visage ensanglanté quand des mains puissantes me tirent en arrière.

– Arrête, mec ! Tu vas le tuer si tu ne t'arrêtes pas !

Logan me gueule dessus et me fait un peu revenir à la réalité.

– Si l'un d'entre vous a quelque chose à me dire, c'est maintenant, bande de connards !

Je hurle à tous ceux que je pensais être mes amis, ou ce qui s'en approche. Mais tout le monde ferme sa gueule, même Molly.

– Sérieux ! Si l'un d'entre vous dit une autre putain de connerie sur elle, je n'hésiterai pas à me charger de vous tous, un par un.

Je regarde une dernière fois Jace qui essaie de se lever et sors de l'appartement de Zed pour retrouver la nuit glacée.

∞

15
Tessa

– C'est super-bon !

J'ai pratiquement hurlé dans les oreilles de Kimberly en aspirant le reste de ma boisson. Je tourne la paille entre les glaçons pour essayer d'en extraire le plus possible du fond du verre.

Elle me lance un grand sourire avant de me demander :

– Tu en veux un autre ?

Ses yeux sont un peu rouges, mais elle se tient encore bien, alors que je me sens bizarre et si légère. *Bourrée.* C'est le mot que je cherche. Je hoche la tête avec impatience, en suivant du bout des doigts le rythme de la musique. Trevor rit en s'en apercevant et me demande :

– Tu te sens bien ?

– Oui, je me sens vraiment bien, en fait !

Je crie pour me faire entendre par-dessus la musique.

– On devrait aller danser ! s'exclame Kimberly.

– Je ne danse pas ! Enfin, ce n'est pas je ne *danse pas*, mais plutôt que je ne *sais pas danser*. Ce n'est pas mon genre de musique de toute façon.

Je n'ai jamais dansé en boîte et d'ordinaire, j'aurais été *terrifiée* à l'idée de me joindre à eux, mais l'alcool m'électrise et me donne un sérieux coup de fouet.

– Et puis zut ! Allons danser !

Kimberly sourit, puis se tourne vers Christian et l'embrasse sur les lèvres, prolongeant le baiser plus longtemps que d'habitude. Soudain, elle se lève, me tire du canapé et me traîne jusqu'à la piste surpeuplée. Tout le monde a l'air tellement perdu dans son univers que c'en est à la fois intimidant et intrigant.

Bien sûr, Kimberly bouge comme une experte ; je ferme les yeux juste pour essayer de laisser la musique prendre le contrôle de mon corps. Je me sens bizarre, je veux juste me fondre à ses côtés, rien d'autre.

Deux autres verres et un nombre indéterminé de chansons plus tard, la pièce se met à tourner. Fendant la foule des corps ruisselants de sueur, je me dirige vers les toilettes en attrapant mon sac à main au passage. Je sens mon téléphone vibrer dans mon sac : c'est ma mère. Impossible de lui répondre, je suis vraiment trop soûle pour lui parler maintenant. Dans la queue pour les toilettes, quelque chose me pousse à faire défiler l'historique de ma boîte de réception, j'apprécie peu qu'Hardin n'ait pas essayé de me joindre.

Peut-être que je devrais voir ce qu'il est en train de faire ? Non, je ne peux pas faire ça. Ce serait irresponsable et je le regretterai demain.

Les lumières bondissent de mur en mur et ma tête tourne de plus en plus. J'essaie de me concentrer sur l'écran de mon téléphone en espérant que la sensation disparaisse. Lorsque la porte de l'une des cabines s'ouvre enfin, je me précipite à l'intérieur et me penche sur la cuvette, en attendant que mon corps décide d'expulser le contenu de mon estomac, ou pas. Je déteste cette sensation. S'il était auprès de moi, Hardin m'apporterait un verre d'eau et se proposerait de tenir mes cheveux.

Non. Non, il ne ferait pas ça. Je devrais l'appeler.

Réalisant que je ne vomirai pas, je sors et reste dans la zone des lavabos. J'appuie sur quelques boutons de mon téléphone et le coince entre mon épaule et ma joue en attrapant une serviette en papier au distributeur. Je la place sous un robinet pour l'humidifier, mais l'eau ne coule pas si je ne l'agite pas devant le détecteur de mouvement. Je déteste ce type de lavabo. J'ai un drôle d'air. Mes cheveux sont ébouriffés, mon eye-liner a un peu coulé et mes yeux sont injectés de sang. À la troisième sonnerie, je raccroche et pose mon téléphone sur le bord du lavabo.

Pourquoi diable ne répond-il pas ?

Alors que je me pose la question, mon téléphone se met à vibrer et tombe presque dans l'eau, ce qui me fait rire. Je ne sais pas pourquoi, mais je trouve ça drôle.

Le nom d'Hardin apparaît sur l'écran et je passe mes doigts mouillés dessus avant de répondre :

– Harold ?

Harold ? Oh mon Dieu, j'ai vraiment trop bu.

La voix d'Hardin est bizarre, comme s'il était à bout de souffle.

– Tessa ? Tout va bien ? Tu m'as appelé ?

Dieu tout-puissant, sa voix est divine.

– Je ne sais pas, est-ce que ton téléphone dit que je l'ai fait ? Si c'est le cas, il y a des chances pour que ce soit moi.

Je ne peux pas m'empêcher de rire. Le ton de sa voix change :

– Est-ce que tu as bu ?

– Peut-être.

Je jette ma lingette improvisée dans la poubelle. Deux filles ivres entrent dans la pièce et l'une d'elles trébuche toute seule, faisant rire tout le monde. J'essaie de me concentrer sur ma conversation téléphonique.

– Où es-tu ? me demande-t-il sur un ton très dur.

– Oh ! Calme-toi un peu.

Il me dit toujours de me calmer, alors maintenant, c'est à mon tour. Il soupire.

– Tessa… Combien de verres as-tu bus ?

– Je ne sais pas… genre cinq. Ou six, peut-être.

Je sais qu'il est en colère, mais c'est bien trop embrouillé dans ma tête pour que j'en aie quelque chose à faire. Je m'adosse au mur pour lui répondre. La fraîcheur du carrelage est si agréable sur ma peau brûlante.

– Cinq ou six quoi ?

– *Sex on the Beach*… Euh… On s'est jamais envoyés en l'air sur une plage ?… Ça pourrait être sympa.

Ma réponse me satisfait. J'aimerais tellement voir sa tête d'idiot à présent. Pas d'idiot… *Beau*. Mais idiot, ça sonne mieux, là.

– Oh bon Dieu, t'es *déchirée*. Où es-tu ?

Je sens qu'il est en train de se passer la main dans les cheveux. Je sais que c'est immature, mais je réponds :

– Là où tu n'es pas.

– À l'évidence, oui. Maintenant dis-moi, tu es en boîte ?

Il m'aboie dessus.

– Ooooh… j'entends un cochon grognon !

Je ris. Il peut clairement entendre la musique, donc quand il me menace de me retrouver facilement, je le crois, plus ou moins. Mais je m'en fous. Et avant que je ne puisse les retenir, ces mots m'échappent :

– Pourquoi tu ne m'as pas appelée aujourd'hui ?

Il semble déstabilisé par ma question.

– Quoi ?

– Tu n'as pas essayé de m'appeler aujourd'hui ?

Je suis pathétique.

– Je pensais que tu ne voulais pas que je le fasse.

– C'est vrai, mais quand même.

– Eh bien, je t'appellerai demain, me dit-il calmement.

– Ne raccroche pas tout de suite.

– Non, je ne vais pas le faire… Je dis juste que je t'appellerai demain, même si tu ne décroches pas.

Mon cœur fait un bond.

– D'accord.

J'essaie de conserver un ton neutre. *Non, mais qu'est-ce que je suis en train de faire ?*

– Maintenant, tu veux bien me dire où tu es ?

– Nan.

– Est-ce que Trevor est là ? me demande-t-il sur un ton sérieux.

– Ouais, mais Kim aussi… et Christian.

Je suis sur la défensive, je ne sais même pas pourquoi. Il hausse le ton.

– Alors, c'était ça le plan ? Te faire venir à la conférence, te bourrer la gueule et te sortir en boîte, putain ? Tu dois rentrer à l'hôtel. Tu n'as pas l'habitude de boire et là, tu es sortie et Trevor…

Je raccroche avant qu'il puisse finir sa phrase. Pour qui se prend-il ? Il devrait s'estimer heureux que je l'aie appelé, ivre ou pas. Quel rabat-joie ! J'ai besoin d'un autre verre. Mon téléphone ne cesse de vibrer, mais je l'ignore. *Prends ça dans les dents, Hardin.*

Je retrouve le chemin du carré VIP et demande un autre cocktail à l'hôtesse.

– Tout va bien ? me demande Kimberly, tu as l'air en colère.

– Ouais, ça va !

Je mens et siffle mon verre à peine posé sur la table. Hardin est vraiment une ordure. C'est à cause de lui que nous ne sommes plus ensemble et il a l'audace d'essayer de me crier dessus quand je l'appelle ? Il pourrait être ici avec moi s'il ne s'était pas conduit de cette manière. À la place, il y a Trevor. Trevor qui est beau et très gentil.

– Quoi ?

Trevor rigole en s'apercevant que je le regarde. Je ris et détourne le regard.

– Rien.

Après un autre verre encore, nous parlons de la journée de demain, elle va être fantastique. Je me mets en retrait et annonce à tout le monde que je retourne danser.

Trevor a l'air de vouloir dire quelque chose, peut-être même de m'offrir de m'accompagner, mais il rougit et reste silencieux. Kimberly semble avoir eu son comptant et me fait signe d'y aller sans elle. Ça ne me dérange pas d'y aller seule. Je me retrouve au milieu de la piste et me mets à bouger. J'ai probablement l'air ridicule, mais c'est si bon de se laisser porter par la musique en laissant filer tout le reste, comme mon appel alcoolisé à Hardin.

La chanson n'est pas terminée que je sens une grande silhouette derrière moi, très proche. Je me retourne et découvre un grand mec, plutôt beau, en jean noir et chemise blanche. Ses cheveux bruns sont coupés ras et il a un assez joli sourire. Ce n'est pas Hardin, mais bon, personne ne l'est. *Arrête de penser à Hardin*, dois-je me rappeler quand l'homme pose ses mains sur mes hanches et s'approche de mon oreille pour me demander :

– Je peux me joindre à toi ?

– Euh… ouais.

C'est vraiment l'alcool qui parle à ma place.

– Tu es très jolie.

Pour se rapprocher de moi, il me retourne et se colle dans mon dos. Je ferme les yeux en essayant d'imaginer que je suis quelqu'un d'autre : une femme qui danse avec des étrangers dans les boîtes de nuit.

Le rythme de la chanson est plus lent, plus sensuel, je bouge mes hanches au ralenti. Il me fait pivoter pour lui faire face et prend ma main pour la poser sur ses lèvres. Ses yeux s'accrochent aux miens et avant même que je m'en rende compte, je sens sa langue dans ma bouche. Mon cœur me hurle de le repousser, j'ai un haut-le-cœur en sentant son haleine inconnue. Mais ma tête me dit quelque chose de différent. Ma tête me dit : *Embrasse-le pour oublier Hardin. Embrasse-le.*

Je repousse la sensation de nausée. Je ferme les yeux et laisse ma langue se mêler à la sienne. J'ai embrassé plus de garçons en trois mois que depuis ma naissance. Les mains de l'inconnu glissent sur le bas de mon dos.

– Tu veux venir chez moi ? me demande-t-il lorsque nos bouches se séparent.

– Quoi ?

Je l'ai entendu, mais quelque part j'espère qu'en lui redemandant, ça effacera la question.

– Chez moi, on y va ? bafouille-t-il.

– Oh… Je ne pense pas que ce soit une bonne idée.

– Oh si, c'est une bonne idée.

Il rit et les lumières multicolores qui dansent sur son visage lui donnent un air bizarre et bien plus menaçant qu'avant. Je crie pour me faire entendre :

– Qu'est-ce qui te fait croire que j'irais chez toi ? Je ne te connais même pas !

– Parce que tu as envie de moi et tu as *adoré* que je te touche, petite salope, énonce-t-il comme si c'était une évidence et non pas une insulte.

Je me prépare à lui crier dessus et à lui envoyer mon genou dans l'entrejambe, mais l'espace d'un instant, j'essaie de me calmer et de penser clairement, Je me suis jetée sur ce type, puis je l'ai embrassé. *Bien sûr* qu'il va en vouloir plus. Je viens de galocher un inconnu en boîte. Qu'est-ce qui ne tourne pas rond ? Ce n'est pas mon genre. En partant, je lui réponds :

– Je suis désolée, mais non.

Quand je retrouve les autres, Trevor a l'air à deux doigts de s'endormir sur le canapé. Quelle adorabilité ! Ça existe, ce mot ? Mon Dieu, j'ai vraiment trop bu. Je m'assieds et attrape une bouteille d'eau dans un seau à glace au milieu de la table. Kimberly me demande :

– Tu t'amuses bien ?

Malgré ce qui vient de se passer, je hoche la tête avant de lui répondre :

– Ouais, j'ai passé une super-soirée.

– Tu es prête, mon cœur ? On doit se lever tôt.

– Ouais. Je suis prête si tu l'es, répond Kimberly en passant la main sur la cuisse de Christian.

Mes joues s'enflamment et je détourne le regard. Je pousse Trevor du coude et le taquine :

– Tu viens avec nous ou tu restes dormir ici ?

Il rit et se redresse.

– Je n'ai pas encore pris ma décision, ce canapé est si confortable. La musique si apaisante…

Christian appelle le chauffeur qui indique qu'il arrivera dans quelques minutes. Nous nous levons et décidons de descendre l'escalier en colimaçon à l'extérieur de la boîte. Au bar du rez-de-chaussée, Kimberly commande un dernier verre, je me demande si je vais la suivre, mais je crois que j'ai eu mon comptant. Si j'en bois un autre, je pourrai m'évanouir, ou vomir. Aucune des deux hypothèses ne me plaît suffisamment !

Christian reçoit un texto de confirmation et nous sortons. J'accueille l'air frais sur ma peau brûlante avec plaisir, heureuse qu'il ne s'agisse que d'une petite brise. Il est presque trois heures du matin lorsque nous arrivons à l'hôtel. Je suis ivre et morte de faim. Je me précipite sur le minibar et mange pratiquement tout ce qu'il y a à l'intérieur, puis je m'écroule sur le lit sans même enlever mes chaussures.

∞

16
Tessa

– Chuuuuuut, tais-toi !

Ce grognement est la seule réponse possible à l'odieux vacarme qui me tire de mon sommeil d'ivrogne. Il me faut quelques secondes pour me rendre compte que le bruit inopportun ne vient pas de ma mère me criant dessus pour Dieu sait quelle raison, mais plutôt d'une personne tambourinant à ma porte. Je titube jusqu'à la porte.

– Bon Dieu, *j'arrive !*

Je m'arrête soudain pour regarder le réveil sur le bureau : il est presque quatre heures du matin. *Quel enfoiré peut se pointer comme ça ?*

Même éméchée, mon esprit entame une course à la terreur. Et si c'était Hardin ? Ça fait plus de trois heures que je l'ai appelé, complètement bourrée. Mais comment pourrait-il me trouver ? Qu'est-ce que je vais lui dire ? Je ne suis pas prête à ça.

Lorsque les coups reprennent, j'arrête ces élucubrations et ouvre la porte en me préparant au pire. Mais ce n'est que Trevor. Une piqûre de déception me touche le cœur, je me frotte les yeux. Je me sens aussi ivre que lorsque je me suis couchée.

– Désolé de te réveiller, mais tu aurais mon téléphone ?

– Hein ?

Sur cette éloquente réponse, je m'efface et le laisse entrer. La porte se referme et nous nous retrouvons dans une semi-obscurité, la seule source lumineuse venant de l'éclairage public au dehors. Et je suis trop bourrée pour trouver l'interrupteur.

– Je crois que nous avons échangé nos téléphones. J'ai le tien et tu as pris le mien par accident. J'aurais bien attendu demain matin pour te le rendre, mais il n'arrête pas de sonner.

– Oh !

Toujours aussi loquace, je vais chercher mon sac à main. Sans surprise, le téléphone de Trevor repose sur mon portefeuille. Je le lui tends.

– Désolée… je dois l'avoir pris dans la voiture, je m'excuse.

– Ce n'est rien. Désolé de t'avoir réveillée. Tu es la seule fille que je connaisse qui soit aussi belle au réveil qu'en allant…

C'est alors qu'un grand coup sur la porte l'interrompt et déclenche ma furie. Je m'avance d'un pas lourd, prête à en découdre avec l'employé de l'hôtel envoyé pour nous réprimander de faire autant bruit. Et comble de l'ironie, c'est moi qui me mets à crier :

– *C'est quoi ce bordel ?* Une fiesta chez Tessa ?

Lorsque j'atteins la porte, le bruit augmente, ce qui m'arrête net. Et je l'entends :

– Tessa ! Ouvre cette putain de porte !

La voix d'Hardin résonne dans la pièce, comme s'il n'existait aucune barrière entre nous. Une lumière s'allume derrière moi et je vois le visage de Trevor pâlir de frayeur. Quoi qu'il se passe réellement, si Hardin le trouve dans ma chambre, ça ne va pas le faire.

– Cache-toi dans la salle de bains.

– Quoi ? Mais je ne peux pas me cacher dans la salle de bains !

Trevor a l'air tellement surpris et offusqué que je me rends compte alors à quel point cette idée est ridicule.

– *Ouvre cette putain de porte !*

Hardin se met à donner des coups de pied dans la porte. Je regarde Trevor pour mémoriser les beaux traits de son visage avant qu'Hardin le mutile.

– J'arrive !

Moi aussi, j'ai crié. J'ouvre à moitié la porte pour découvrir un Hardin furieux, habillé tout en noir. Mon regard ivre prend le temps de le détailler, il porte des Converse noires toute simples au lieu de ses habituelles bottes. Je ne l'ai jamais vu porter d'autres chaussures que ses bottes. J'aime bien ces nouvelles chaussures, mais… je m'égare.

Hardin pousse la porte et me contourne en coup de vent, se dirigeant droit sur Trevor. Fort heureusement, je ne sais comment, j'attrape son tee-shirt et j'arrive à l'arrêter dans son mouvement.

– Tu crois que tu peux lui bourrer la gueule et venir dans sa foutue chambre d'hôtel ?

Hardin crie sur Trevor et essaie de bondir sur lui. Je sais qu'il n'essaie pas vraiment, sinon je serais certainement par terre, son tee-shirt trop fin ne résisterait pas.

– J'ai vu la lumière s'allumer par le judas, qu'est-ce que vous foutiez tous les deux dans le noir !

– Je ne… Je… bégaie Trevor.

– Hardin, arrête ça ! Tu ne peux pas passer ton temps à casser la gueule de tout le monde !

Je lui crie dessus, accrochée à son tee-shirt, mais il me répond en grognant :

– Si… Je peux !

– Trevor, retourne dans ta chambre pour que je puisse lui parler. Je te présente mes excuses pour son comportement d'âne bâté.

Mes choix sémantiques feraient presque rire Trevor, mais un regard d'Hardin le réduit au silence. Il se tourne vers moi quand Trevor quitte la pièce.

– Comportement d'âne bâté ?

– Oui, un âne ! Tu ne peux pas juste débarquer dans ma chambre pour casser la gueule de mon ami.

– Il ne devrait pas être ici. Pourquoi était-il là ? Pourquoi es-tu toujours habillée ? Et putain, elle sort d'où cette robe ? ajoute-t-il détaillant ma silhouette.

J'ignore la sensation de chaleur qui m'envahit et me concentre sur mon indignation.

– Il est venu récupérer son téléphone que j'avais pris par erreur. Et… je n'arrive pas à me souvenir de ton autre question.

– Peut-être que tu n'aurais pas dû autant boire.

– Je bois ce que je veux, pour les raisons que je veux, comme je veux et quand je veux. Merci.

Il lève les yeux au ciel et s'affale dans le fauteuil.

– Tu es chiante quand tu es bourrée.

– Tu es chiant quand tu es… *tout*. Et qui t'a permis de t'asseoir ?

Je suis en colère, alors je croise les bras. Il me fixe de ses yeux vert électrique. Dieu qu'il est sexy !

– Je n'arrive pas à croire qu'il était dans *ta* chambre.

– Je n'arrive pas à croire que *tu* es dans ma chambre.

– Tu l'as baisé ?

– *Quoi* ? Comment *oses-tu* me poser une question pareille !

– Réponds.

– Non, espèce d'imbécile... Bien sûr que non.

– Est-ce que tu allais le faire… est-ce que tu en avais envie ?

– Arrête, Hardin ! Tu es complètement fou !

Je secoue la tête et fais des allers et retours entre la fenêtre et le lit.

– Pourquoi es-tu toujours habillée ?

– Ça n'a pas de sens ! En plus, ça ne te regarde pas avec qui je couche. Peut-être ai-je couché avec lui, peut-être ai-je couché avec quelqu'un d'autre ?

Ma bouche menace de sourire, mais je me force à conserver une expression sévère en reprenant lentement :

– Tu ne sauras jamais.

Ces mots ont l'effet escompté, le visage d'Hardin prend une expression sombre, quasi animale.

– Qu'est-ce que tu viens de dire ?

Oh ! C'est bien plus drôle que je l'espérais. J'aime bien être pompette avec Hardin parce que je parle sans réfléchir, je dis tout ce qui me passe par la tête et tout paraît plus drôle. Je me rapproche de lui.

– Tu m'as bien entendue… Peut-être que le mec avec qui j'ai dansé m'a prise dans les toilettes. Peut-être que Trevor m'a prise sur ce lit.

Je jette un regard désinvolte sur le lit derrière mon épaule, et Hardin m'avertit :

– Tais-toi, Tessa. Tais-toi !

Mais je ris. Je me sens toute-puissante, forte et je sens… que j'ai envie d'arracher son tee-shirt.

– Qu'est-ce qu'il y a, Hardin ? Tu n'aimes pas l'idée des mains de Trevor sur mon corps ?

Je ne sais pas si c'est sa colère, l'alcool ou le fait qu'il me manque, mais sans plus réfléchir, je grimpe sur lui, mes genoux de part et d'autre de ses cuisses. Complètement pris de court par mon geste, il tremble, si je ne m'abuse.

– Qu'est-ce que… Qu'est-ce que tu fais, Tessa ?

– Dis-moi Hardin, tu aimes l'idée de Trev…

– Arrête. Arrête de dire ça !

Il me supplie et j'obéis avant de reprendre :

– Hé, *cool*, Hardin. Tu sais que je ne ferais jamais ça.

La nostalgie d'être dans ses bras me coupe presque le souffle. Je passe mes bras autour de son cou.

– Tu es bourrée, Tessa, me dit-il en essayant de retirer mes bras.

– Et alors… J'ai envie de toi.

Ma phrase nous surprend tous les deux. Je décide de faire taire ma conscience et mes pensées raisonnables, et j'agrippe deux mèches de ses cheveux. Cette sensation m'a tellement manqué.

– Tessa… Tu ne sais pas ce que tu es en train de faire. Tu es bourrée.

Il n'y a aucune conviction dans sa voix.

– Hardin… arrête de trop réfléchir. Je ne te manque pas ?

Je mordille légèrement son cou. Mes hormones ont complètement pris le dessus, je ne l'ai jamais autant désiré.

– Si… siffle-t-il.

J'aspire la peau de son cou de plus belle, certaine d'y laisser une trace.

– Je ne peux pas, Tess… S'il te plaît.

Mais je refuse de m'arrêter, j'ondule mon bassin sur ses cuisses, le faisant grogner puis murmurer un « non »… Il m'empoigne de ses longues mains pour stopper mes mouvements.

Je m'arrête d'un coup et l'assassine du regard avant de lui demander :

– Tu as deux options : soit tu me baises, soit tu te casses. Tu décides.

Putain, qu'est-ce que je viens de dire ?

– Tu me détesteras demain si je fais ça alors que tu es dans cet… état, dit-il en me regardant dans les yeux.

– Je te déteste déjà.

Je le vois tressaillir, alors j'ajoute doucement un « plus ou moins ».

Ses mains sur mes hanches se relâchent.

– On ne peut pas parler de tout ça d'abord ?

– Non, arrête d'être aussi rabat-joie.

Je grogne et recommence à me frotter contre lui.

– On ne peut pas faire ça… pas comme ça.

Depuis quand a-t-il un sens moral ? Je lui susurre à l'oreille :

– Je sais que tu en as envie Hardin. Je sens comme tu bandes.

Je n'arrive pas à croire que mes lèvres d'ivrogne prononcent ces mots salaces, mais la bouche d'Hardin est d'un rose profond et ses pupilles sont si dilatées que ses yeux sont presque noirs. Je continue à lui murmurer, en lui mordillant le lobe de l'oreille :

– Allez Hardin, tu n'as pas envie de me prendre sur le bureau ? Ou sur le lit ? Ou sur le lavabo ? Il y a tellement de possibilités…

– Putain… D'accord ! Et puis merde !

Il empoigne mes cheveux pour attirer ma bouche contre la sienne.

À l'instant où ses lèvres touchent les miennes, mon corps s'enflamme. Excitée, je gémis dans sa bouche et, comme une récompense, je l'entends gémir aussi. Mes doigts caressent ses cheveux et je tire dessus, incapable de contrôler mon envie. Je sais qu'il se retient et ça me rend folle. Mes mains abandonnent ses cheveux pour attraper le bas de son tee-shirt noir, pour le lui ôter. À la seconde où notre baiser s'interrompt, Hardin recule légèrement pour me supplier :

– Tessa…

– Hardin.

Je suis le dessin de ses tatouages du bout de mes doigts. La manière dont ses muscles secs se tendent sous sa peau m'a manqué, tout comme les volutes enchevêtrées qui ornent son corps parfait.

– Je ne peux pas abuser de toi.

Je passe ma langue sur sa lèvre inférieure et le fais gémir encore.

Lorsque ma main se pose sur sa braguette, je sais qu'il ne pourra pas me résister et je jubile, plus que je ne le devrais. Je n'aurais jamais cru me retrouver avec Hardin dans une situation où j'aurais le contrôle ; c'est amusant, vraiment, cette manière d'inverser les rôles.

Il est tellement excité, il bande si fort…

Je me lève pour défaire son pantalon.

∞

17
Hardin

Mes idées partent dans tous les sens, je sais à quel point c'est mal, mais je ne peux pas m'en empêcher. J'ai envie d'elle. Je la veux. Il faut que je la possède… et elle m'a donné un ultimatum : soit je me casse, soit je la baise. Entre ces deux options j'ai choisi, il n'y a pas moyen que je la laisse. C'était si peu naturel, si étrange de l'entendre dire ça…

En même temps, si sexy.

Ses petites mains déboutonnent mon jean et baissent ma braguette. Lorsque ma ceinture touche mes chevilles, je secoue la tête. Je ne pense pas très clairement, je ne pense pas rationnellement. Je suis perdu, complètement à la merci de celle qui, d'habitude si adorable, est maintenant sauvage, et que j'aime au-delà du supportable.

Je ne veux surtout pas qu'elle s'arrête, mais la partie raisonnable de mon cerveau me dicte d'opposer au moins un peu de résistance, pour apaiser ma culpabilité.

– Attends…

– Non… J'attends pas. J'ai suffisamment attendu.

Sa voix est douce et séduisante lorsqu'elle baisse mon boxer et m'attrape à pleines mains.

– *Fuck*, bordel, Tessa…

– C'est l'idée. *Fuck*. Baiser. Tessa.

Je ne peux pas l'arrêter. Même si je voulais. Elle en a besoin, elle a besoin de moi et, bourrée ou pas, je suis assez égoïste pour l'accepter, même si c'est la seule manière pour qu'elle veuille de moi.

Elle tombe à genoux devant moi et me prend dans sa bouche. Quand je baisse les yeux vers elle, elle me regarde et papillonne des cils. Putain, on dirait un ange et un démon en même temps, si douce et si cochonne, à faire glisser sa langue autour de moi, alternant les mouvements lents et rapides.

Elle marque un temps, ma queue à côté de son visage, et me demande avec un petit sourire satisfait :

– Tu aimes quand je suis comme ça ?

De l'entendre dire ça, j'en jouis pratiquement. Je hoche la tête, incapable de parler, elle me reprend dans sa bouche, elle creuse ses joues et suce plus fort en m'enfonçant loin entre ses douces lèvres. Je ne veux pas qu'elle s'arrête, mais j'ai besoin de la toucher. De la sentir. Je la supplie en repoussant ses épaules.

– Stop.

Elle secoue la tête et me torture en augmentant la cadence de manière dangereuse.

– Tessa… S'il te plaît.

Je gémis, mais je l'entends rire, et son rire crée une vibration profonde qui me traverse. Heureusement, elle s'arrête juste avant que j'éjacule au fond de sa gorge.

Elle sourit et essuie du revers de la main ses lèvres maintenant gonflées.

– Tu as si bon goût.

– Putain, ça te vient d'où, toutes ces cochonneries ?

Elle se lève.

– Je ne sais pas… Je pense toujours ça. C'est juste que j'ai jamais les couilles de les dire.

Elle s'approche du lit.

C'est tellement bizarre de l'entendre dire « couilles », ça lui ressemble si peu. Mais ce soir, c'est elle qui est aux commandes et elle le sait. Je sais qu'elle aime ça, elle aime m'avoir à sa complète et totale merci.

Rien que la robe qu'elle porte pourrait mettre n'importe quel homme à genoux. La manière dont le tissu dessine ses formes, chaque creux de sa peau parfaite, je n'ai jamais rien vu d'aussi chaud. Enfin, jusqu'à ce qu'elle la passe par-dessus sa tête et me la jette à la figure en riant. Je sens mes yeux sortir littéralement de leurs orbites. La dentelle blanche de son soutien-gorge retient à peine son sein voluptueux dans le balconnet et sa petite culotte assortie est coincée d'un côté, révélant une bande de peau entre sa hanche et son entrejambe. Elle aime être embrassée à cet endroit, même si je sais qu'elle est gênée par les fines lignes blanches quasi transparentes sur ses hanches. Je ne sais absolument pas pourquoi ; elle n'a aucun défaut pour moi, marques comprises.

– À ton tour.

Elle sourit et lorsque ses jambes touchent le lit, elle se laisse tomber en arrière sur le matelas.

J'ai rêvé de ça depuis le jour où elle m'a quittée. Je ne pensais pas que ça arriverait et, maintenant, je veux mémoriser chaque détail, car ça ne se reproduira probablement jamais. Je dois prendre un peu trop de temps, parce qu'elle soulève la tête et me regarde en haussant les sourcils.

– Je dois commencer toute seule ?

Mon Dieu, elle est insatiable.

Plutôt que de répondre, je la rejoins sur le lit. Je m'assieds à côté de ses jambes et elle tire avec impatience sur sa petite culotte. Je chasse ses mains et la retire pour elle.

– Tu m'as tellement manqué.

J'ai à peine le temps de le dire qu'elle m'attrape par les cheveux et attire mon visage en bas, là où elle veut qu'il soit. Je cède en pressant mes lèvres contre elle. Elle gémit et se tortille sous ma langue lorsque j'insiste sur son petit bouton sensible. Je sais à quel point elle aime ça. Je me rappelle que, la première fois que je l'ai touchée, elle m'avait demandé ce que c'était.

Son innocence m'excite toujours autant.

– Oh, mon Dieu, Hardin.

Ce son m'a manqué. Normalement, je dirais quelque chose pour souligner à quel point elle mouille pour moi, à quel point elle est prête, mais je ne trouve pas de mot. Je me consume de ses petits cris et de ses mains agrippant les draps au moment où je lui donne son plaisir. Je glisse un doigt en elle, je le fais entrer et sortir et elle gémit.

– Plus Hardin, s'il te plaît, plus.

Elle me supplie et je fais ce qu'elle veut. J'ajoute un second doigt et le recourbe à l'intérieur avant de le retirer et de lui donner ma langue. Je sens ses jambes se raidir, comme toujours lorsqu'elle y est presque. Je me recule pour la regarder, mes doigts la caressent rapidement et elle crie, elle crie vraiment mon nom en jouissant sous ma main. Je la regarde fixement, enregistrant chaque détail, la façon dont ses yeux se ferment, la façon dont sa bouche forme un O quasiment parfait, la façon dont sa poitrine et ses joues rosissent alors que son orgasme l'emporte. Je l'aime. Putain, c'est vrai, je l'aime. Je ne peux pas m'empêcher de glisser mes doigts dans ma bouche quand elle a fini. Elle a si bon goût, je voudrais m'en souvenir quand elle me quittera encore.

Les rapides mouvements de son ventre me distraient et elle ouvre les yeux. Son beau visage se fend d'un large sourire et je ne peux m'empêcher de sourire lorsqu'elle me fait signe, de son index, d'approcher.

– Tu as un préservatif ? me demande-t-elle, l'air diabolique.

– Ouais…

Un froncement de sourcil vient chasser son sourire, j'espère qu'elle ne va pas y attacher trop d'importance. Je lui dis la vérité :

– C'est juste une habitude.

– M'en fous…

Elle marmonne en regardant mon jean par terre. Elle s'assied, l'attrape pour fouiller dans les poches jusqu'à trouver ce qu'elle cherche. À contrecœur, je prends la capote et soutiens son regard avant de lui demander pour la vingtième fois :

– Tu es sûre ?

– Oui, et si tu me le demandes encore, je vais dans la chambre de Trevor avec *ton* préservatif.

Ses mots sont durs. Je baisse les yeux. Elle est sans pitié ce soir, mais je ne peux pas l'imaginer avec qui que ce soit d'autre que moi. Peut-être parce que ça me tuerait. Mon cœur s'emballe en l'imaginant avec ce faux Noah, mon sang bat à toute vitesse et je me sens m'enflammer.

– Comme tu veux, alors, il sera…

Je ne la laisse pas finir sa phrase, je pose ma main sur sa bouche.

– N'essaie même pas de finir cette phrase.

En lui grognant dessus, je sens sous ma main ses lèvres former un sourire. Je sais que ce n'est pas sain, qu'elle me provoque et que je la baise parce qu'elle est bourrée, mais on dirait qu'aucun ne nous ne peut faire autrement. Je ne peux rien lui refuser quand je sens qu'elle me veut, et c'est peut-être une chance… une infime chance, qu'au souvenir de notre histoire elle m'accorde une nouvelle opportunité. Je retire ma main de sa bouche pour ouvrir l'enveloppe du préservatif. Dès que je le déroule sur moi, elle me grimpe dessus.

– Je veux commencer comme ça.

Elle insiste en me prenant dans ses mains et en se baissant sur moi. Je laisse échapper un soupir de défaite et de plaisir en la sentant onduler, ses hanches contre les miennes. Elle bouge lentement son bassin en cercles, créant un rythme captivant. La forme de son corps et ses hanches rondes me fascinent, elle est si sexy quand elle me chevauche. Je sais que je ne vais pas résister longtemps, j'ai été trop privé d'elle. Je n'ai pu me soulager que tout seul ces derniers temps, en imaginant que c'était elle.

– Parle-moi, Hardin, parle-moi comme avant.

Elle gémit et me passe les bras autour du cou pour me rapprocher d'elle. Je déteste l'entendre dire « comme avant », comme si c'était il y a une éternité.

Je me soulève légèrement du lit pour suivre ses mouvements et approche ma bouche de son oreille. Elle soupire.

– Tu aimes quand je te dis des saloperies ? Réponds-moi.

Elle hoche la tête pour acquiescer.

– Je sais que tu aimes ça, tu essaies de jouer les saintes-nitouches, mais je connais la vérité.

Je lui mordille le cou. Je perds mon self-control et j'aspire sa peau brutalement pour m'assurer de laisser une marque. Pour que ce connard de Trevor la voie. Pour que tout le monde la voie.

– Je sais que je suis le seul à te faire sentir ça… Tu sais que personne d'autre ne peut te faire crier comme moi… Personne d'autre ne sait où te toucher.

En prononçant ces dernières paroles, je baisse ma main entre nos deux corps. Elle est trempée et mes doigts glissent facilement sur elle.

– Oh mon Dieu, ronronne-t-elle.

– Dis-le, Tessa, dis que je suis le seul.

Je fais de petits cercles sur son clitoris et je soulève mes hanches pour la pénétrer plus profondément alors qu'elle poursuit ses mouvements circulaires.

– Oui, tu l'es.

Ses yeux se révulsent tant elle est emportée par la passion, et je la rejoins.

– Je suis *quoi* ?

J'ai besoin de me l'entendre dire, même si elle ment. Mon désespoir me terrifie. J'empoigne ses hanches et j'inverse la situation, moi au-dessus. Elle pousse un cri quand, à chaque coup de reins, je la pénètre plus fort que jamais. Mes doigts creusent ses hanches pleines. Elle est mienne et je suis à elle. Sa douce peau brille de sueur, elle est absolument délicieuse. Ses seins bougent au rythme de mes mouvements et ses yeux se révulsent encore.

– Tu es le seul… Hardin… le seul…

Je la regarde se mordre les lèvres en me parlant. Nos mains enserrent le visage de l'autre. Je la vois perdre la raison sous moi… et c'est si beau. La manière dont elle lâche prise lorsqu'elle jouit est tout aussi parfaite. Ses paroles me suffisent à trouver mon plaisir. Elle me griffe le dos et je perçois cette douleur comme le signe de notre passion.

Je me penche en entraînant son corps avec le mien. Je l'assieds sur moi pour qu'elle puisse encore me chevaucher. Mes bras passent autour de son dos et sa tête tombe sur mon épaule lorsque je soulève mes hanches du lit. Ma bite va et vient en elle à un rythme régulier et j'éjacule dans la capote en gémissant son nom.

Je m'allonge, les bras toujours autour de son corps. Elle soupire lorsque je passe mes doigts sur son front pour repousser une mèche de cheveux trempés. Les mouvements de sa poitrine me réconfortent.

– Je t'aime.

J'essaie de la regarder, mais elle tourne la tête et me pose brutalement un doigt sur les lèvres.

– Chut.

– Je ne peux pas juste me taire.

Je me dégage de notre étreinte et ajoute doucement :

– Il faut qu'on parle de tout ça.

– On dort… Me lève dans trois heures… Dodo… marmonne-t-elle en m'enveloppant de ses bras.

La tenir me semble encore meilleur que la partie de jambes en l'air que nous venons juste de terminer, et l'idée de dormir dans le même lit qu'elle me réjouit plus encore. Ça fait trop longtemps.

– D'accord.

Je l'embrasse sur le front. Elle tressaille légèrement, mais je sais qu'elle est trop épuisée pour m'affronter, j'en profite pour lui redire :

– Je t'aime.

Mais elle se tait, et je me réconforte en me disant qu'elle s'est déjà endormie.

Notre relation, ou ce qui s'en approche, s'est complètement inversée, juste en une nuit. Je suis devenu ce que j'étais terrifié d'être, quelqu'un sous son contrôle, totalement. Elle pourrait faire de moi le plus heureux des hommes sur terre ou elle pourrait m'anéantir d'un seul mot.

∞

18

Tessa

Le réveil de mon téléphone transperce mon sommeil comme un pic-vert. Littéralement. Il y a un pic-vert qui tape au carreau de mon rêve. Mais cet aimable fantasme ne résiste pas longtemps. Je me réveille un peu plus et ce sont des coups de marteau qui tapent dans ma tête. Lorsque j'essaie de m'asseoir, je suis retenue par quelque cho… quelqu'un.

Oh non ! Des images de moi dansant avec un mec trop flippant m'envahissent. Paniquée, j'ouvre les yeux… pour découvrir le corps tatoué d'Hardin, si familier, étalé sur le mien. Il a sa tête sur mon estomac et ses bras m'entourent.

Oh mon Dieu. C'est pas vrai !!!

J'essaie de repousser Hardin sans le réveiller, mais il grogne et entrouvre les yeux. Il les referme et se soulève, séparant nos jambes emmêlées. Je saute du lit, il ouvre les yeux sans rien dire, m'observant comme si j'étais une sorte de prédateur. L'image d'Hardin me pilonnant sans relâche et de moi criant son nom me revient. *Mais bordel, où avais-je la tête ?*

Je voudrais dire quelque chose mais, en toute honnêteté, je ne sais pas quoi. Je perds les pédales. Comme s'il sentait mon conflit intérieur, il se lève, emportant le drap dont il entoure son corps nu. Bon sang ! Sans me quitter des yeux, il s'assied sur la chaise. Je remarque seulement maintenant que je ne suis vêtue que de mon soutien-gorge. Instinctivement, je serre les jambes et me rassieds sur le lit.

– Dis quelque chose, me supplie-t-il.

– Je n'arrive pas à croire ce qui s'est passé.

Je l'admets. Je n'arrive pas à croire qu'Hardin est ici, nu.

– Je suis désolé, dit-il en se cachant la tête dans les mains.

J'ai un mal de crâne monumental dû à tout l'alcool ingurgité il y a seulement quelques heures, mais aussi à ma rechute avec Hardin hier soir. Je murmure :

– Tu as raison de l'être.

Il se tire les cheveux.

– Tu m'as appelé.

– Je ne t'ai pas dit de venir ici.

Je ne sais pas encore comment je veux gérer cette situation. Je n'ai pas encore décidé si je veux me disputer avec lui, l'envoyer balader ou essayer de m'en sortir comme une adulte.

Je me lève pour aller dans la salle de bains, et sa voix m'accompagne :

– Tu étais bourrée, j'ai cru que tu avais des ennuis ou un truc dans le genre, et Trevor était là.

Je fais couler l'eau de la douche et me regarde dans le miroir. Il y a une grosse trace rouge sur mon cou. Merde, merde. En passant mes doigts sur la marque de ma chair meurtrie, mon esprit se rappelle la sensation de la langue d'Hardin sur mon corps. Je dois être encore un peu ivre car ma vue se brouille. Je pensais tourner la page et pourtant, celui qui m'a brisé le cœur est ici, dans ma chambre, et je me retrouve avec un énorme suçon dans le cou, comme une adolescente en chaleur.

Il entre dans la salle de bains au moment où je passe sous la douche. Je reste silencieuse en laissant l'eau brûlante me laver de mes péchés.

– Tessa ? Est-ce que… Est-ce que tu gères ce qui s'est passé hier soir ?

Sa voix se brise. Pourquoi se comporte-t-il aussi bizarrement ? Je me serais attendue à un petit sourire suffisant, quelques moqueries et au moins à cinq « je t'en prie, tout le plaisir était pour moi » dès qu'il ouvrirait les yeux.

– Je… Je ne sais pas. Non, je ne gère pas.

– Est-ce que tu me hais… Tu sais, encore plus qu'avant ?

La vulnérabilité de sa voix me tiraille le cœur, mais je dois rester ferme. La situation est un peu trop compliquée ; je venais juste de réussir à passer à autre chose. *Non, ce n'est pas vrai*, se moque mon subconscient, mais je l'ignore.

– Non. Ça n'a pas changé.

– Oh.

Je rince mes cheveux une dernière fois en faisant une petite prière pour que l'eau de la douche me réhydrate, histoire de me débarrasser de ma gueule de bois.

– Je ne voulais pas profiter de la situation, je te le jure, me dit-il au moment où je coupe l'eau.

J'attrape une serviette sur le portant et me drape dedans. Il s'appuie sur le chambranle de la porte, il ne porte que son boxer. Son torse et son cou sont constellés de marques rouges. Je ne boirai plus jamais.

– Tessa, je sais que tu es probablement en colère, mais nous avons beaucoup de choses à discuter.

– Non. J'étais ivre et je t'ai appelé. Tu es venu et nous nous sommes envoyés en l'air. Qu'y a-t-il d'autre à dire ?

J'essaie de rester le plus calme possible. Je ne veux pas qu'il sache l'effet qu'il a sur moi. Que la nuit dernière a eu sur moi. Puis je remarque la chair à vif de ses poings.

– Qu'est-ce qui est arrivé à tes mains ? Oh mon Dieu, Hardin… Tu as cassé la gueule de Trevor.

Je crie, mais une douleur intense dans ma tête me fait grimacer. Il lève les mains en signe de défense.

– Quoi ? Non !

– Alors qui ?

Il secoue la tête.

– Ça n'a aucune importance. Nous avons à discuter de choses bien plus importantes.

– Non. Rien n'a changé.

J'ouvre ma trousse de maquillage et en sors l'anticerne. J'en mets une bonne dose sur mon cou, malheureusement même trois couches ne couvrent pas la marque. Hardin reste silencieux derrière moi.

– C'était une erreur, je n'aurais pas dû t'appeler.

– Ce n'était pas une erreur, à l'évidence, je te manque. C'est pour ça que tu as appelé.

– Quoi ? Non ! Je t'ai appelé parce que… C'était un accident. Je n'en avais pas l'intention.

– Tu mens.

Il me connaît trop bien. Je réponds d'un ton tranchant :

– Tu sais quoi ? La raison pour laquelle je t'ai appelé n'a aucune importance. Tu n'avais pas à venir ici.

J'attrape l'eye-liner et dessine une large bande de noir.

– Si. Tu étais bourrée et Dieu sait ce qui aurait pu t'arriver.

– Oh ! Genre j'aurais pu coucher avec quelqu'un ?

Ses joues s'enflamment. Je sais que je suis dure, mais il devrait savoir qu'il valait mieux éviter de coucher avec moi alors que j'étais ivre. Je passe vigoureusement la brosse dans mes cheveux.

– Tu ne m'as pas vraiment laissé le choix si tu t'en souviens bien, me répond-il tout aussi durement.

Je me souviens. Je me souviens d'être grimpée sur ses genoux et de m'être frottée à lui. Je me souviens d'avoir exigé qu'il me baise ou qu'il parte. Je me souviens de lui me disant non et arrêtant mes mouvements. Je suis humiliée et horrifiée de mon comportement, mais le pire de tout, c'est que je me souviens du premier baiser que je lui ai donné, avant qu'il déclare que je m'étais jetée sur lui.

La colère bout en moi et je jette violemment ma brosse contre le lavabo.

– Comment oses-tu me blâmer pour ça ? Tu aurais pu dire non.

– Je l'ai fait ! Plusieurs fois !

Lui aussi crie.

– Je ne savais pas ce que je faisais, et tu le sais très bien.

Je ne mens qu'à moitié. Je savais ce que je voulais ; je n'ai juste aucune envie de l'admettre. Mais il me répète mes paroles salaces de la veille :

– « Tu as si bon goût ! », « Parle-moi comme avant ! », « Tu es le seul, Hardin ! »

Et là, je pète les plombs :

– Sors d'ici ! Sors d'ici tout de suite !

Je prends mon téléphone pour vérifier l'heure, et il me répond cruellement :

– Hier soir, tu ne me demandais pas de partir.

Je me retourne pour le regarder droit dans les yeux.

– Je passais une très bonne soirée avant que tu n'arrives. Trevor était avec moi.

Je sais que ça va le rendre dingue. Mais il me surprend en riant ironiquement.

– Oh, *s'il te plaît*, toi et moi savons que Trevor ne te suffirait pas. Tu me voulais. Moi, et moi seulement.

– J'étais ivre, Hardin ! Pourquoi voudrais-je de toi quand je peux l'avoir lui ?

À la seconde où je prononce ces paroles, je les regrette déjà. Le regard d'Hardin trahit sa douleur ou sa jalousie. J'avance d'un pas vers lui, mais il tend le bras pour me repousser.

– Non. Tu sais quoi… Je m'en fous. Putain, il peut t'avoir ! Je ne sais même pas pourquoi je suis venu ici. J'aurais dû savoir que tu n'assumerais pas !

J'essaie de baisser le ton avant que quelqu'un appelle pour se plaindre, mais je ne suis pas sûre de réussir.

– Tu te moques de moi ? Tu viens ici, tu profites de moi et tu as l'audace de m'insulter ?

– Profiter de toi ? C'est toi qui as profité de moi, Tessa ! Tu sais que je ne peux pas te dire non… et tu n'arrêtais pas de me pousser !

Je sais qu'il a raison, mais je suis en colère, honteuse de mon comportement agressif de la veille.

– Ça n'a pas d'importance de savoir qui a profité de l'autre… Tout ce qui compte, c'est que tu partes et ne reviennes jamais.

J'ai prononcé cette phrase en pensant avoir le dernier mot, tout en allumant le sèche-cheveux pour étouffer les bruits. Instantanément, Hardin tire sur le fil d'alimentation de l'appareil, emportant quasiment la prise murale avec. Je le rebranche.

– Qu'est-ce qui ne tourne pas rond chez toi ? Tu aurais pu le casser.

Hardin est tellement exaspérant. *Qu'est-ce qui ne tourne pas rond chez moi pour que je l'aie appelé ?*

– Je ne partirai pas d'ici avant que nous ayons discuté.

Je fais abstraction de la douleur qui m'étreint le cœur avant de lui répondre :

– Je te l'ai déjà dit, nous n'avons plus rien à nous dire. Tu m'as blessée, je ne peux pas te pardonner. Fin de l'histoire.

Même si j'essaie de me persuader du contraire, au fond de moi, je suis contente qu'il soit là. Même si nous nous disputons et nous hurlons dessus, il m'a tellement manqué.

– Tu n'as même pas essayé de me pardonner, répond-il d'une voix plus douce.

– Si, *j'ai essayé*. J'ai essayé de dépasser tout ça, mais je n'y arrive pas. Je n'ai pas assez confiance pour croire que ce n'est pas encore ton horrible jeu. Je n'ai pas assez confiance pour être sûre que tu ne me blesseras pas, encore une fois.

Je branche mon fer à friser et soupire :

– Laisse-moi finir de me préparer.

Il disparaît de la salle de bains lorsque j'attrape le fer à friser et j'espère que c'est définitif. La petite partie de moi qui espère le voir assis sur le lit quand je sortirai est une idiote. Elle n'est pas réaliste. C'est une fille naïve et ridicule, tombée amoureuse d'un garçon qui représente tout ce qu'il ne faut pas. Hardin et moi n'avons aucun avenir. Je le sais. J'aimerais juste qu'elle aussi le sache.

Je boucle mes cheveux en essayant de bien cacher le suçon d'Hardin dans mon cou. Lorsque je sors de la salle de bains pour m'habiller, Hardin est assis sur le lit et l'idiote jubile. Je sors mon ensemble de lingerie rouge de mon sac et l'enfile sans retirer ma serviette. Lorsque je la fais tomber, Hardin a un petit choc et essaie de couvrir sa réaction en toussant. Je me sens attirée par lui comme par un lien invisible, mais non, je passe une combinaison et attrape ma robe blanche dans l'armoire. Je me sens étrangement à l'aise en sa compagnie, surtout si l'on tient compte de ce qui s'est passé. Pourquoi est-ce aussi confus et usant ? Pourquoi est-ce si compliqué ? Et surtout, pourquoi est-ce que je n'arrive pas à l'oublier et à tourner la page ?

Alors, je lui dis doucement :

– Tu devrais vraiment y aller.

– Tu as besoin d'aide ? me demande-t-il en me voyant me débattre avec ma fermeture Éclair.

– Non… C'est bon. Je l'ai.

– Attends.

Il se lève pour s'approcher de moi. Nous marchons en équilibre sur ce mince fil qui sépare l'amour de la haine, la colère du calme. C'est étrange et certainement toxique. Je soulève mes cheveux et il ferme ma robe, prenant plus de temps que nécessaire. Je sens mon pouls s'accélérer et je me réprimande de lui avoir permis de m'aider.

– Comment m'as-tu trouvée ?

Cette question vient de traverser mon esprit. Il hausse les épaules comme s'il ne m'avait pas pourchassée à travers tout l'État.

– J'ai appelé Vance, bien sûr.

– Il t'a donné mon numéro de chambre ?

Cette idée ne me plaît pas trop.

– Non, pas lui, la réception. Je peux être très convaincant.

Il a un petit sourire satisfait. Que l'hôtel l'ait fait ne me rassure pas pour autant.

– On ne peut pas faire ça… Tu sais, toi faisant des blagues, tout gentiment, comme maintenant.

J'enfile mes chaussures noires à talons et il attrape son pantalon.

– Pourquoi pas ?

– Parce que lorsque nous sommes ensemble, rien ne va.

En souriant, il fait ressortir ses fossettes diaboliques.

– Tu sais que c'est faux, dit-il l'air de rien, en enfilant son tee-shirt.

– Si.

– Non.

Je le supplie.

– S'il te plaît. Va-t'en.

– Je sais que tu ne le penses pas. Tu savais ce que tu faisais en me laissant rester.

– Non, je ne le savais pas, dis-je en me lamentant. J'étais ivre. Je ne savais pas du tout ce que je faisais hier soir, que ce soit embrasser l'autre garçon ou te laisser entrer.

Je regrette immédiatement ce qui vient de m'échapper. C'est pas possible que j'aie dit ça à voix haute. Mais à la façon dont les yeux d'Hardin sortent de leurs orbites et à sa mâchoire crispée, je sais que je l'ai fait. Mon mal de crâne prend une nouvelle ampleur, je me donnerais bien quelques baffes.

– Qu… qu… qu'est-ce ? Qu'est-ce que… tu viens de dire ?

– Rien… je…

– Tu as *embrassé* quelqu'un ? Qui ?

Son ton est aussi éreinté que s'il venait de terminer un marathon, alors j'admets :

– Un mec en boîte.

– Tu es sérieuse ?

Il inspire et lorsque je hoche la tête, il explose :

– Tu te fous *vraiment* de ma gueule, Tessa ? Tu embrasses un mec dans une boîte et ensuite tu couches avec moi ? Qui *es-tu ?*

Il se passe les mains sur le visage. Si je le connais aussi bien que je crois, il ne va pas tarder à casser quelque chose. J'essaie de me défendre, mais c'est encore pire.

– C'est juste arrivé et nous ne sommes même pas ensemble.

– Waouh… Tu es incroyable. Ma Tessa n'irait jamais embrasser un étranger dans un club, aboie-t-il.

– Il n'y a pas de « ta » Tessa.

Il ne cesse de secouer la tête. Puis il me regarde droit dans les yeux.

– Tu sais quoi ? Tu as *raison*. Et juste pour info, pendant que tu embrassais ce mec, je baisais Molly.

∞

19
Tessa

Je baisais Molly. Je baisais Molly. Je baisais Molly. Je baisais Molly. Je baisais Molly. Je baisais Molly. Je baisais Molly. Je baisais Molly. Je baisais Molly. Je baisais Molly. Je baisais Molly. Je baisais Molly.

Les paroles d'Hardin résonnent sans fin dans ma tête, longtemps après qu'il a claqué la porte, qu'il est sorti de ma vie pour toujours. J'essaie de me calmer avant de descendre rejoindre tout le monde à la conférence.

J'aurais dû savoir qu'Hardin se jouait de moi, j'aurais dû savoir qu'il continuait à faire des saletés avec cette pétasse. P…, il a probablement continué à coucher avec elle pendant toute « notre histoire ». Comment ai-je pu être aussi stupide ? Je l'ai presque cru hier quand il m'a dit qu'il m'aimait. Sinon pourquoi serait-il venu jusqu'à Seattle ? Mais la réalité est tout autre : parce que c'est lui et qu'il fait des choses comme ça juste pour me pourrir la vie. Il l'a toujours fait et il le fera toujours. Ce qui me dérange, c'est de me sentir coupable d'avoir balancé que j'avais embrassé un autre garçon hier et d'avoir quasiment blâmé Hardin de ce qui s'est passé cette nuit, alors que je le voulais autant que lui. Je ne veux juste pas l'admettre, ni pour lui ni pour moi, enfin pas vraiment.

Penser à lui et à Molly me soulève l'estomac. Si je ne mange pas quelque chose très vite, je vais vomir. Pas seulement à cause de ma gueule de bois, mais aussi à cause de la confession d'Hardin. Molly, pourquoi elle ? Je la méprise. Je peux l'imaginer, avec son stupide sourire arrogant, imaginant que ça me rendrait folle qu'elle couche avec lui.

Ces pensées me tournent autour comme des vautours et me pétrifient jusqu'à ce qu'enfin, évitant un craquage total, je m'essuie les yeux avec un mouchoir et attrape mon sac à main. Ça recommence dans l'ascenseur, je perds presque pied, mais le temps d'arriver au rez-de-chaussée, j'ai repris le contrôle de moi-même.

La voix de Trevor m'accueille de l'autre côté de la réception.

– Tessa ! Bonjour, me dit-il en me tendant un café.

– Merci. Trevor, je te présente mes excuses pour le comportement d'Hardin hier soir…

– Ce n'est rien, vraiment. Il est un peu… vif… ?

J'en ris presque, mais penser à lui me redonne la nausée et je marmonne en buvant une gorgée de café :

– Euh, ouais… *vif*.

Il jette un œil à son téléphone et le remet dans sa poche.

– Kimberly et Christian seront ici dans quelques minutes. (Il sourit.) Alors… est-ce qu'Hardin est toujours ici ?

– Non. Et il ne reviendra pas. Tu as bien dormi ?

J'essaie d'avoir l'air dégagée en essayant de changer de sujet, mais il me répond :

– Ouais, mais je m'inquiétais pour toi.

Les yeux de Trevor se posent sur mon cou, j'arrange mes cheveux pour cacher mon suçon qui est peut-être déjà en train de poindre sous le maquillage.

– Inquiet ? Pourquoi ?

– Je peux te demander quelque chose ? Mais je ne veux pas te blesser…

Il parle d'un ton précautionneux qui me rend un peu nerveuse.

– Euh, ouais… Vas-y.

– Est-ce qu'Hardin a… tu sais… t'a-t-il déjà fait du mal ?

Trevor regarde par terre.

– Quoi ? Nous nous disputons souvent, alors oui, il me fait mal tout le temps.

Je bois une gorgée du délicieux café. Il me regarde un peu honteux et ajoute :

– Je veux dire *physiquement*.

Je penche soudain la tête de côté pour le regarder. Il ne vient pas de me demander si Hardin me frappe ? L'idée me hérisse.

– Non ! Bien sûr que non. Il ne ferait jamais une chose pareille.

Dans le regard de Trevor, je peux lire qu'il ne voulait pas m'offenser.

– Je suis désolé… il a l'air juste si violent et colérique.

– Hardin est colérique et parfois violent, mais il ne me ferait jamais, au grand jamais, mal de cette manière.

Je ressens comme une étrange vague de colère contre Trevor d'accuser Hardin d'une chose pareille. Il ne le connaît pas… mais bon, il ne me connaît pas non plus. Nous restons silencieux quelques minutes et je ressasse la question jusqu'à ce que j'aperçoive les cheveux blonds de Kimberly qui s'avance vers nous.

– Je suis vraiment désolé. Je pense simplement qu'on devrait mieux te traiter que ça, dit doucement Trevor juste avant que les autres nous rejoignent.

– Je me sens super-mal. Hyper-mal, grogne Kimberly.

J'abonde dans son sens en remontant le long couloir qui nous mène à la salle de conférence :

– Moi aussi, ma tête va me tuer.

– Tu as l'air vraiment en forme pourtant. Moi, on dirait que je viens juste de m'extirper du lit.

– Absolument pas, objecte Christian en l'embrassant sur le front.

– Merci, chéri, mais ton opinion est un peu biaisée.

Elle rit puis se masse les tempes. Trevor ajoute après un sourire :

– Je parierais qu'il n'y aura pas de sortie ce soir !

Tout le monde tombe volontiers d'accord sur ce point.

Lorsque j'arrive à la conférence, je me dirige immédiatement vers le buffet du petit déjeuner et me saisis d'un bol de céréales. Je le mange bien plus rapidement que je le devrais, je n'arrive pas à m'ôter les paroles d'Hardin de la tête. Je regrette de ne pas l'avoir embrassé une dernière fois… *Non. Pas du tout.* Je dois être encore ivre.

Kimberly gémit lorsque la voix du conférencier retentit trop fort dans les haut-parleurs, mais les présentations passent vite et quand arrive l'heure du déjeuner, mon mal de crâne a quasiment disparu.

Midi. Hardin doit être arrivé à la maison à cette heure-ci, il est probablement avec Molly. Il est probablement allé directement chez elle, juste pour m'énerver. Est-ce qu'ils ont déjà couché ensemble dans notre chambre ? Enfin, je veux dire, dans notre *ancienne* chambre ? Dans le lit qui nous était destiné ? Dans l'image de ses caresses, sa voix susurrant mon nom en bande-son, mon corps est remplacé par celui de Molly. Je ne peux rien voir d'autre qu'Hardin et Molly. Molly et Hardin.

– Tu m'as entendu ? me demande Trevor en s'asseyant à côté de moi.

Je lui offre un petit sourire d'excuse :

– Désolée, j'étais ailleurs.

– Je me demandais si tu voulais aller dîner ce soir puisque personne ne veut sortir.

Je regarde ses yeux bleus et, faute de réponse immédiate, il bégaie :

– Je, si tu ne veux… pas, ce n'est pas grave.

– En fait, ça me ferait très plaisir.

– Vraiment ?

Il soupire. Je suis certaine qu'il croyait que j'allais refuser, surtout à cause de l'attitude d'Hardin. Pendant tout le reste de l'après-midi, présentation après présentation, l'idée que Trevor – même après la menace de mon dingue d'ex – veuille toujours sortir avec moi, me réchauffe le cœur.

– Merci mon Dieu, c'est terminé, j'ai besoin de *dormir*, gémit Kimberly lorsque nous remontons.

– On dirait que tu n'as plus vingt ans, la taquine Christian.

Elle sourit et s'appuie sur son épaule en fermant les yeux.

– Tessa, demain matin nous irons faire du shopping pendant que ces deux-là iront à leurs rendez-vous.

Ce qui n'est pas pour me déplaire. Tout comme un bon dîner au calme à Seattle avec Trevor : en fait, après ma nuit sauvage avec Hardin, je dirais même que c'est une *merveilleuse* idée. Je suis assez mal à l'aise avec mon comportement, de ce week-end : j'ai embrassé un étranger, en grande partie forcé Hardin à coucher avec moi et, maintenant, je m'apprête à aller dîner avec un troisième homme. Mais ça, c'est le moins grave et au moins, je sais qu'il n'y aura rien de physique entre nous.

Pas vraiment, mais Hardin et Molly… Mon subconscient revient à la charge. Mon Dieu, qu'il m'énerve !

Arrivés devant ma porte, Trevor s'arrête et me dit :

– Ça te va si je passe te chercher à six heures et demie ?

Je lui réponds d'un sourire, puis j'entre sur la scène du crime. Je ferai une petite sieste avant mon dîner avec Trevor, mais avant, j'ai besoin d'une autre douche. Je me sens sale de la veille, il faut que je lave mon corps de l'odeur d'Hardin. Il y a deux semaines, je croyais qu'aujourd'hui serait différent, je me préparais à rendre visite à la mère d'Hardin pour Noël, avec lui, à Londres. Maintenant, je n'ai même plus de maison, ça me rappelle qu'il faut que je téléphone à ma mère qui m'a appelée plusieurs fois hier.

En sortant de la douche, je compose son numéro en me maquillant.

– Bonjour Theresa, m'accueille-t-elle d'un ton sec.

– Hello, désolée de ne pas t'avoir rappelée hier soir. Je suis à Seattle pour une conférence sur l'édition numérique et nous avons dîné avec des clients jusque tard dans la soirée.

– Mais bien sûr. Est-il avec toi ?

Je suis abasourdie.

– Non… Pourquoi poses-tu cette question ?

J'essaie de lui répondre le plus nonchalamment possible.

– Parce qu'il a appelé ici hier soir pour essayer de savoir où tu étais. Je n'apprécie pas que tu lui aies donné ce numéro de téléphone : tu sais ce que je pense de lui, Theresa.

– Je ne lui ai pas donné le numéro…

– Je croyais que vous aviez rompu, m'interrompt-elle.

– C'est le cas. J'ai rompu. Il avait peut-être besoin de savoir quelque chose au sujet de l'appartement, ou un truc dans le genre.

Je mens. Il devait être vraiment désespéré de ne pas me trouver pour appeler ma mère chez elle. Cette idée me blesse et me fait plaisir en même temps.

– En parlant de ça, nous ne pouvons pas te faire réintégrer la résidence universitaire avant la fin des vacances de Noël, mais puisque tu seras en congé de l'école et de ton stage pour la semaine, tu peux simplement venir ici.

– Oh… D'accord.

Je n'ai aucune envie de passer mes vacances avec ma mère, mais ai-je vraiment le choix ?

– Je te verrai lundi. Et, Tessa, si tu sais ce qui est bon pour toi, reste loin de ce garçon, me dit-elle avant de raccrocher.

Passer une semaine dans la maison de ma mère va être un véritable enfer ; je ne sais pas comment j'ai fait pour y vivre dix-huit ans. Honnêtement, je n'ai jamais réalisé à quel point c'était horrible jusqu'à ce que je goûte à la liberté. Peut-être que, puisqu'Hardin quitte le pays mardi, je pourrai rester au motel deux nuits de plus et dormir à l'appartement tant qu'il n'y sera pas.

Même si je n'ai aucune envie d'y retourner, mon nom est toujours sur le bail et il ne l'apprendra probablement pas. En regardant l'historique de mon téléphone, je m'aperçois qu'il n'y a aucun nouveau message ni appel de sa part. Je savais que ce serait le cas. Je n'arrive pas à croire qu'il ait couché avec Molly et m'ait balancé ça comme ça. Le pire, c'est que si je n'avais pas dit par erreur que j'avais embrassé quelqu'un d'autre, il ne m'en aurait jamais parlé. Tout comme le pari sur lequel était fondée notre « relation ». C'est pour ça que je ne peux pas lui faire confiance.

Je finis de me préparer en optant pour une de mes robes KMJ, une noire toute simple en maille. Mon passé de fille à jupe plissée en laine est bien révolu. Je remets une couche de fond de teint sur mon cou et j'attends que Trevor vienne me chercher. Fidèle à lui-même, il frappe à la porte à six heures et demie pile.

∞

20
Hardin

J'ai le regard fixé sur l'énorme baraque de mon père, incapable de décider si je dois entrer ou non.

Karen a forcé sur la décoration extérieure avec des guirlandes lumineuses, des mini-sapins de Noël et ce qui semble être un renne en train de danser. Quand je sors de la voiture, le Père Noël gonflable dans le jardin se balance au vent, comme pour se foutre de ma gueule. Les petits bouts de papier de ce qui était il y a peu des billets d'avion virevoltent sur le siège, je referme la porte.

Il va falloir que je téléphone pour être sûr de me faire rembourser, sinon je viens juste de foutre en l'air deux mille balles. Je devrais y aller tout seul pour échapper un instant à cet état pitoyable, mais pour une raison que je ne veux pas m'avouer, aller à Londres sans Tessa me paraît beaucoup moins attrayant. Je suis content que ma mère ait accepté de venir. En fait, elle a même l'air excitée à l'idée de venir en Amérique.

En sonnant à la porte, j'essaie de trouver une excuse pour expliquer ma satanée présence ici. Mais avant que j'aie pu inventer quoi que ce soit, Landon se pointe. Il ouvre la porte un peu plus pour me laisser entrer.

– Salut.

– Salut ?

J'enfonce mes mains dans mes poches, pas trop sûr de savoir quoi dire ni comment faire.

– Tessa n'est pas là, dit-il en se dirigeant vers le séjour, indifférent à ma présence.

– Ouais… Je sais. Elle est à Seattle.

– Alors ?

– Je… euh… je suis venu te parler… ou à mon père, enfin à Ken. Ou à ta mère.

Je radote.

– Parler ? De quoi ?

Il retire le marque-page de son livre et commence à lire. J'ai envie de lui retirer son livre des mains et de le jeter dans le feu, mais ça n'avancerait pas à grand-chose. Alors, en triturant mon piercing à la lèvre, je lui réponds calmement :

– Tessa.

J'attends qu'il explose de rire. Il me regarde et ferme son livre.

– Laisse-moi résumer la situation… Tessa ne veut plus rien avoir à faire avec toi, alors tu viens ici pour me parler ? Ou à ton père, ou même à ma mère ?

– Ouais… Je crois…

Sans blague, il est chiant. C'est déjà assez embarrassant comme ça.

– Ok… Et qu'est-ce que tu crois que je peux faire pour toi ? Personnellement, je ne pense pas que Tessa doive encore t'adresser la parole et, honnêtement, je pensais que tu serais déjà passé à autre chose.

– Arrête de faire le con. Je sais que j'ai déconné, mais je l'aime, Landon. Et je sais qu'elle m'aime. Elle est juste blessée en ce moment.

Landon prend une grande inspiration et se frotte le menton.

– Je ne sais pas, Hardin. Ce que tu as fait est plutôt impardonnable. Tu l'as humiliée alors qu'elle te faisait confiance.

– Je sais… Je sais. Putain, tu crois que je ne le sais pas ?

Il soupire.

– Bien. Si tu viens ici demander de l'aide, c'est que tu as compris à quel point la situation est inextricable.

– Alors, qu'est-ce que tu crois que je devrais faire ? Ne me réponds pas comme son ami à elle, mais comme mon… tu sais, le beau-fils de mon père ?

– Tu veux dire ton demi-frère ? Ton demi-frère.

Il sourit puis se met à rire franchement. Je grimace.

– Bon, est-ce qu'elle t'a parlé ?

– Ouais… En fait, je suis allé à Seattle hier soir et elle m'a laissé rester avec elle cette nuit.

– Elle a *quoi* ?

Clairement, il est surpris.

– Ouais, elle était bourrée. Je veux dire *vraiment* bourrée et elle m'a pratiquement forcé à la baiser.

Je remarque sa désapprobation quant aux mots que j'emploie.

– Désolé… Elle m'a fait coucher avec elle. Enfin, elle ne m'a pas *forcé*, parce que j'en avais envie, enfin, comment aurais-je pu dire non… elle a juste…

Pourquoi je lui raconte ça ? Il lève les bras pour m'interrompre.

– Ok ! Ok ! J'ai compris. Mon Dieu !

– Et de toute façon, ce matin j'ai dit un truc que je n'aurais pas dû dire, parce qu'elle m'a annoncé avoir embrassé quelqu'un d'autre.

– Tessa a embrassé quelqu'un ?

Son incrédulité est évidente.

– Ouais… un mec dans une putain de boîte.

Je grogne un peu parce que je ne veux pas repenser à ça.

– Waouh ! Elle est vraiment en colère contre toi.

– Je sais.

– Qu'est-ce que tu lui as dit ce matin ?

– Je lui ai dit que j'avais baisé Molly la veille.

– C'est vrai ? Tu as… tu sais… couché avec elle ?

– Non. Bordel, non.

Non, mais qu'est-ce qui s'est passé dans ma vie pour que j'en arrive à cette putain de conversation à cœur ouvert avec Landon ? Landon !

– Alors, pourquoi lui as-tu dit une chose pareille ?

– Parce qu'elle m'a exaspéré. (Je hausse les épaules.) Elle a embrassé un autre mec.

– Ok… Tu as dit que tu avais couché avec Molly, que tu sais que Tess déteste, juste pour lui faire du mal ?

– Ouais…

– Bonne idée.

Il lève les yeux au ciel. Je chasse sa réplique acerbe d'un doigt d'honneur.

– Tu crois qu'elle m'aime ?

Je lui pose cette question parce que j'ai besoin de savoir. Landon lève la tête d'un mouvement brusque, soudain sérieux.

– Je ne sais pas…

C'est un très mauvais menteur.

– Dis-moi. Tu la connais mieux que quiconque, à part moi.

– Elle t'aime. Mais vu ta trahison, elle est convaincue que tu ne l'as jamais aimée, m'explique Landon.

Encore une fois, je sens mon cœur se briser en mille morceaux et je n'arrive pas à croire que je suis en train de demander de l'aide à Landon. Mais j'en ai besoin.

– Qu'est-ce que je dois faire ? Tu peux m'aider ?

– Je ne sais pas…

Il me regarde l'air indécis, mais je crois qu'il a perçu mon désespoir.

– Je peux essayer de lui parler. C'est son anniversaire demain. Tu le sais, ça ?

– Ouais, bien sûr que je le sais. Tu as prévu un truc avec elle ?

Vaudrait mieux pas.

– Non, elle a dit qu'elle rentrerait chez sa mère.

– Chez sa mère ? Pourquoi ? Tu lui as parlé ?

– Elle m'a envoyé un message il y a deux heures environ, qu'est-ce qu'elle pourrait faire d'autre ? Rester seule dans un motel pour son anniversaire ?

Je choisis d'ignorer sa dernière question. Si seulement j'avais gardé mon calme ce matin, elle m'aurait peut-être permis de rester une nuit de plus avec elle. Au lieu de ça, elle est toujours à Seattle avec ce foutu Trevor.

J'entends des bruits de pas dans les escaliers, et la silhouette de mon père se dessine sur le seuil de la porte.

– Je me disais bien que j'avais entendu ta voix…

– Ouais… Je suis venu parler à Landon.

Je mens. Enfin à moitié, j'étais venu parler au premier venu. Je suis pathétique.

Il a l'air surpris.

– Vraiment ?

– Ouais. Euh… et aussi… maman arrive mardi matin. Pour Noël.

– C'est une excellente nouvelle. Je sais que tu lui manques.

Instinctivement, j'ai envie de l'envoyer chier en lui balançant une réflexion sur ses résultats merdiques en matière de paternité, mais je ne le sens pas.

– Eh bien, les garçons, je vais vous laisser discuter.

Il se tourne pour remonter les escaliers, mais s'arrête à mi-chemin.

– Oh, et,…Hardin ?

– Ouais ?

– Je suis content que tu sois là.

– Ok.

Je ne sais pas quoi dire d'autre. Mon père me fait un petit sourire et s'en va. Toute cette journée est un putain de merdier. J'ai mal à la tête.

– Bon… Je crois que je vais y aller…

Landon hoche la tête avant de me promettre, sur le pas de la porte :

– Je vais voir ce que je peux faire.

Et nous restons tous les deux figés là, comme des cons.

– Merci. Tu ne t'attends pas à ce que je te fasse un câlin ou une merde dans le genre, hein ?

En partant, je l'entends rire et fermer la porte.

∞

21
Tessa

– Tu as de grands projets pour Noël ? me demande Trevor.

Je lève mon index pour lui demander d'attendre un instant que je savoure une bouchée de mon ravioli. La nourriture est excellente. Je ne suis pas une experte, mais j'imagine que ce restaurant a au moins trois étoiles.

– Pas vraiment. Je vais juste chez ma mère pour la semaine. Et toi ?

– Je vais faire du bénévolat dans un refuge. En fait, je n'aime pas trop rentrer dans l'Ohio. J'y ai quelques cousins et des tantes, mais depuis que ma mère est décédée, il ne me reste plus grand-chose là-bas.

– Oh Trevor, je suis désolée pour ta mère, en tout cas, c'est très généreux ce que tu fais.

Je lui souris avec sympathie et avale le dernier morceau de ravioli. Il a aussi bon goût que le premier, mais la révélation de Trevor me fait apprécier moins la nourriture, mais plus le dîner. Étrange, non ?

Nous parlons encore un peu et je déguste un incroyable gâteau au chocolat sans farine recouvert de caramel. Un peu plus tard, lorsque la serveuse nous apporte l'addition, Trevor sort son portefeuille.

– Tu n'es pas de ces femmes qui exigent de payer la moitié du repas j'espère ?

Il me taquine.

– Peut-être si nous étions chez McDo.

Il sourit sans répondre. Hardin aurait stupidement souligné, avec un petit rire sarcastique, que ma remarque faisait reculer de cinquante années les progrès du féminisme.

En voyant que la neige s'est légèrement remise à tomber, Trevor me demande d'attendre à l'intérieur pendant qu'il hèle un taxi, ce qui est très prévenant de sa part. Il ne lui faut que quelques instants et je cours me réfugier dans la tiédeur du véhicule.

– Alors, qu'est-ce qui t'a décidée à travailler dans l'édition ?

– J'aime lire. Je ne fais rien d'autre. C'est la seule chose qui m'intéresse, alors c'était un choix naturel pour moi. J'aimerais devenir écrivain un jour, mais pour le moment, j'adore mon travail chez Vance.

– J'ai la même relation avec la comptabilité. Rien d'autre ne m'intéresse non plus. J'ai su très jeune que je travaillerais avec les chiffres.

Je déteste les maths, mais je souris. Nous arrivons à l'hôtel.

– Alors, tu aimes lire aussi ?

– Oui, plus ou moins. Mais pas des romans.

– Oh… Pourquoi ?

Je ne peux m'empêcher de lui poser cette question.

– C'est juste que je ne les aime pas trop.

Il bondit hors du taxi et me tend la main.

– Comment est-ce possible ? Ce qu'il y a de divin avec la lecture, c'est qu'on peut s'évader, on peut vivre des centaines de milliers de vies. Seuls les romans ont ce pouvoir, il n'y a qu'eux pour te changer de cette manière.

– Te changer ?

– Oui, te changer. Si tu n'es pas ému, pas même un tout petit peu par ta lecture, c'est que tu ne lis pas le bon livre. J'aime à penser que chaque roman que j'ai lu est devenu une partie de moi, qu'il m'a façonnée d'une certaine manière.

J'admire les œuvres d'art sur les murs en traversant la réception de l'hôtel.

– Tu es très passionnée, ajoute-t-il en riant.

– Ouais… Je crois que c'est ça.

Hardin serait d'accord avec moi, cette conversation durerait des heures, voire des jours.

Nous prenons l'ascenseur en silence et Trevor marche un demi-pas derrière moi dans le couloir. Je suis épuisée et mûre pour aller me coucher, même s'il n'est que neuf heures.

Lorsque nous arrivons devant ma chambre, Trevor me sourit :

– J'ai passé une excellente soirée en ta compagnie. Merci d'avoir accepté de partager mon dîner.

Je lui rends son sourire.

– Merci à *toi* pour l'invitation.

– J'apprécie vraiment de passer du temps avec toi, nous avons tant de choses en commun. J'aimerais beaucoup te revoir.

Il marque un temps d'arrêt pour attendre ma réponse, puis clarifie :

– En dehors du travail.

– Ouais, j'aimerais bien.

Il s'avance d'un pas vers moi et je reste figée sur place. Il pose sa main sur ma hanche, puis se penche en avant, mais je l'interromps dans son mouvement.

– Euh… Je ne pense pas que ce soit le bon moment.

Il rougit violemment, je me sens coupable d'avoir décliné ses avances.

– Je comprends. Je suis désolé. Je n'aurais pas dû…

– Non, tout va bien. C'est juste que je ne suis pas prête…

Mon explication le fait sourire.

– Je comprends. Je vais te laisser. Bonne nuit, Tessa.

Quand je rentre dans ma chambre, je laisse échapper le gros soupir que je ne savais pas que je retenais. Je retire mes chaussures, me demandant si je ne devrais pas me coucher directement sans prendre le temps de me déshabiller. Je suis fatiguée, si fatiguée. Je m'allonge le temps de prendre une décision et, en quelques secondes à peine, le sommeil me gagne.

La journée suivante file à toute vitesse, plus que le shopping, Kimberly et moi n'arrêtons pas de papoter.

– Comment ça s'est passé hier soir ? me demande-t-elle.

Curieuse, l'esthéticienne qui s'occupe de notre manucure lève la tête.

– C'était sympa, Hardin et moi sommes allés dîner.

Elle en a le souffle coupé :

– Hardin ?

– Trevor. Je voulais dire Trevor.

Je me donnerais une baffe si mes mains n'étaient pas déjà occupées.

– Hummm…

Kimberly me taquine et je rougis.

Nos manucures faites, nous entrons dans un centre commercial. Nous parcourons une bonne quantité de magasins de chaussures ; je vois des articles qui me plaisent, mais je n'ai envie d'en acheter aucun. Kimberly achète quelques vêtements avec un enthousiasme qui me fait dire qu'elle aime *vraiment* faire du shopping.

En passant devant un rayon pour hommes, elle remarque une chemise bleu marine.

– Je crois que je vais aussi prendre une chemise pour Christian. C'est marrant, il déteste que je dépense de l'argent pour lui.

– Il n'est pas censé… disons, en avoir beaucoup ?

J'espère ne pas être trop indiscrète.

– Oh si ! Un paquet. Mais je préfère m'assumer financièrement lorsque nous sortons. Je ne suis pas avec lui pour l'argent, me dit-elle fièrement.

Je suis contente d'avoir rencontré Kimberly. En dehors de Landon, elle est ma seule amie maintenant. Et je n'ai jamais eu beaucoup d'amies, c'est un peu nouveau pour moi.

Malgré tout, je suis soulagée lorsque Christian appelle et nous envoie la voiture.

Ce séjour à Seattle était fabuleux, mais vu sous un autre angle, il était aussi horrible.

Je dors pendant tout le trajet du retour et leur demande de me déposer au motel. À ma grande surprise, ma voiture est garée à la place qu'elle occupait avant mon départ.

Je paie pour deux nuits de plus, puis j'envoie un texto à ma mère pour lui dire que je suis malade et que c'est probablement une intoxication alimentaire, mais elle ne répond pas. Après avoir enfilé mon pyjama, j'allume la télévision, mais il n'y a rien, strictement rien à regarder et, de toute façon, je préfère lire. J'attrape les clés de ma voiture et sors chercher mes sacs. Lorsque j'ouvre la portière, j'aperçois un objet noir. Une liseuse électronique.

Je la ramasse et retire le petit Post-it sur lequel est écrit : « *Joyeux anniversaire – Hardin* ». Mon cœur fait des bonds. Je n'ai jamais aimé l'idée du livre numérique, je préfère la sensation du papier entre mes mains, mais après la conférence à laquelle j'ai assisté ce week-end, mon opinion a un peu évolué. Et puis, ce serait plus pratique pour transporter les manuscrits du bureau, sans avoir à tuer tous ces arbres pour les imprimer.

Mais bon, je récupère l'exemplaire des *Hauts de Hurlevent* d'Hardin et retourne dans ma chambre.

Sur la page d'accueil de la liseuse, je découvre une longue liste de romans dont Hardin et moi avons discuté, à propos desquels nous nous sommes chamaillés ou même que nous avons critiqués, dans un dossier intitulé « Tess ». Un sourire naît inconsciemment sur mes lèvres, puis je fonds en larmes.

∞

22
Tessa

Il est quatorze heures lorsque je finis par me réveiller. Je n'arrive pas à me souvenir de la dernière fois où j'ai dormi après onze heures du matin, encore moins après midi. J'ai l'excuse d'avoir lu et navigué dans le merveilleux cadeau d'Hardin jusqu'à quatre heures du matin. C'est un cadeau si attentionné, si délicat. C'est le plus beau cadeau que j'aie jamais reçu.

J'attrape mon téléphone sur la table de chevet et passe en revue mes appels manqués. Deux sont de ma mère et un de Landon. Quelques petits messages d'anniversaire encombrent ma boîte de réception, l'un est même de Noah. Je n'ai jamais été très anniversaire, mais je n'aime pas trop l'idée d'être toute seule non plus.

Bon, je ne serai pas toute seule. Catherine Earnshaw et Elisabeth Bennet[2] sont de bien meilleure compagnie que ma mère.

Je commande un tas de conneries au traiteur chinois et passe ma journée en pyjama. Ma mère est enragée lorsque je l'appelle pour lui dire que je suis « malade ». Je sais qu'elle ne me croit pas mais, en toute honnêteté, je m'en fiche. C'est mon anniversaire, je peux faire ce que je veux, et si j'ai envie de passer ma journée au lit avec des plats à emporter et mon nouveau jouet, je le fais.

À plusieurs reprises, mes doigts tentent de composer le numéro de téléphone d'Hardin, mais je les en empêche. Peu importe que son cadeau ait été fantastique, il a quand même couché avec Molly. Chaque fois que

2. Les protagonistes des *Hauts de Hurlevent* et d'*Orgueil et préjugés*.

je pense qu'il ne pourrait pas me faire plus mal, il se surpasse. Et je repense au dîner avec Trevor. Trevor qui est si gentil et si charmant. Qui dit ce qu'il pense et qui me fait des compliments. Qui ne me crie pas dessus ni ne m'embête. Qui ne m'a jamais menti. Je n'ai pas besoin de deviner ce à quoi il pense ni comment il se sent. Qui est intelligent, bien élevé, brillant et qui fait du bénévolat pour les sans-abri pendant les fêtes. Qui est tellement parfait comparé à Hardin.

Le problème, c'est que je ne devrais pas le comparer à Hardin. Trevor est un peu ennuyeux, oui, et nous ne partageons pas cette passion pour la littérature, comme Hardin et moi, mais nous ne partageons pas non plus ce passé douloureux.

Le plus énervant avec Hardin, c'est qu'en fait, j'aime vraiment sa personnalité, grossièreté comprise. Il est drôle, plein d'esprit et peut être si gentil quand il le veut. Ce cadeau m'embrouille l'esprit. Je dois me rappeler ce qu'il m'a fait. Tous ces mensonges, ces secrets et surtout toutes ces fois où il a baisé Molly.

Je réponds au texto de Landon pour le remercier et, quelques secondes plus tard, il me demande l'adresse du motel. J'ai envie de lui dire de ne pas conduire jusqu'ici, mais je n'ai pas non plus envie de finir ma journée toute seule. Je ne m'habille pas, mais je prends soin de mettre un soutien-gorge sous mon tee-shirt puis je parcours quelques pages en attendant son arrivée.

Une heure plus tard, il frappe à ma porte et c'est lui qui m'accueille d'un sourire familier et chaleureux qui me donne envie de sourire. Il me serre dans ses bras.

– Joyeux anniversaire, Tessa !

– Merci.

Je resserre notre étreinte en lui répondant. Il me relâche et s'assied sur la chaise du bureau.

– Tu te sens plus vieille ?

– Non… Enfin, si. J'ai l'impression d'avoir pris dix ans en une semaine.

Il me fait un petit sourire, mais ne répond rien.

– J'ai commandé de la nourriture chez le traiteur chinois. Il en reste plein si tu veux.

Il se tourne et attrape l'une des boîtes et une fourchette en plastique sur le bureau. Il me taquine :

– Merci. Alors, c'est ça que tu as fait toute la journée ?

– Je veux !

Je ris en m'asseyant en tailleur sur le lit. Landon grignote et regarde interloqué derrière moi :

– Tu as une liseuse ? Je croyais que tu les détestais.

– C'était le cas, mais maintenant, je les aime un peu plus. Des milliers de livres juste au bout de mes doigts ! Qu'y a-t-il de meilleur ?

Je saisis l'objet en question pour l'admirer. Ça me fait sourire.

– Rien de mieux que de se faire un cadeau à soi-même pour son anniversaire.

– En fait, c'est un cadeau d'Hardin. Il me l'a laissé dans ma voiture.

– Oh ! c'est gentil de sa part, dit-il sur un ton bizarre.

– Oui, très. Il l'a même chargé avec tous ces merveilleux romans et…

Je m'interromps et il me demande :

– Qu'en penses-tu ?

– Ça me perturbe encore plus. Parfois, il fait ces trucs absolument incroyables et, en même temps, il me blesse de la pire des manières.

– Bon, il t'aime vraiment. Malheureusement, l'amour ne va pas toujours de pair avec le sens commun.

Je soupire.

– Il ne sait pas ce qu'est l'amour.

Je parcours la liste de toutes ces œuvres romantiques et remarque que la raison n'est pas vraiment le dénominateur commun de ces histoires.

– Il est venu me parler hier, m'annonce-t-il.

J'en fais tomber mon cadeau sur le matelas.

– *Quoi ?*

– Oui, je sais. Ça m'a surpris aussi. Il est venu me voir, ou voir son père ou même ma mère.

– Pourquoi ?

– Pour demander de l'aide.

L'inquiétude me ronge.

– De l'aide ? À quel sujet ? Il va bien ?

– Ouais… Enfin, non. Il voulait de l'aide à ton propos. Il était complètement désemparé, Tessa. T'imagines, de tous les endroits où il aurait pu aller, il est venu dans la maison de son père.

– Qu'est-ce qu'il a dit ?

Je n'arrive pas à m'imaginer Hardin frapper à la porte de Ken pour demander des conseils sur ses relations amoureuses.

– Qu'il t'aime. Qu'il veut que je l'aide à te persuader de lui donner une autre chance. Je voulais que tu le saches ; je ne veux rien te cacher.

– Je… bien… Je ne sais pas quoi dire. Je n'arrive pas à croire qu'il soit venu te voir. Voir n'importe qui d'ailleurs.

– Je déteste l'avouer, mais ce n'est pas le même Hardin Scott que j'ai rencontré hier. Il a même fait une blague à propos d'un contact physique entre nous, genre me faire un câlin, ajoute-t-il en riant.

– Il n'a pas fait ça ?

Je ne sais pas trop quoi penser, mais cette idée est définitivement drôle. Lorsque j'arrête de rire, je regarde Landon et j'ose lui demander :

– Tu crois qu'il m'aime vraiment ?

– Oui. Je ne sais pas si tu dois lui pardonner, mais s'il y a une chose dont je suis sûr, c'est qu'il t'aime.

– Ce n'est pas seulement qu'il m'ait menti, qu'il en ait fait une *blague*. Même après m'avoir dit qu'il m'aimait, il est allé les voir et leur a raconté tout ce qui s'était passé entre nous. Et puis, dès que je pense commencer à songer à la possibilité de tourner la page et d'avancer, il couche avec Molly.

Je suis de nouveau au bord des larmes. Pour détourner mes pensées, je prends la bouteille d'eau sur la table de chevet et avale une gorgée.

– Il n'a pas couché avec elle.

Je le regarde en face.

– Si, il l'a fait. C'est lui qui me l'a dit.

Landon repose la boîte qu'il tenait dans la main et secoue la tête.

– Il t'a juste dit ça pour te faire du mal. Je sais que ce n'est pas franchement mieux, mais tous les deux, vous avez une fâcheuse tendance à combattre le feu par le feu.

Je regarde Landon, et la première pensée qui me traverse l'esprit est qu'Hardin est *doué*. Il a même réussi à faire avaler des couleuvres à son demi-frère. La seconde est la suivante : *Et si Hardin n'avait pas vraiment couché avec Molly ?* Sans ça, pourrais-je lui pardonner ? Je m'étais décidée à ne jamais le faire, mais je n'arrive pas à me débarrasser de ce garçon.

Comme si l'univers se moquait de moi, à cet instant mon téléphone s'éclaire pour m'annoncer la réception d'un message de Trevor disant : JOYEUX ANNIVERSAIRE, MA JOLIE.

Je lui réponds un rapide merci.

– J'ai besoin de plus de temps. Je ne sais pas quoi penser.

– C'est de bonne guerre. Alors, que vas-tu faire pour Noël ?

– Ça.

Je désigne les boîtes de nourriture vides et ma liseuse.

– Tu ne rentres pas à la maison ? me demande-t-il en attrapant la télécommande.

– Ici, c'est plus ma maison que chez ma mère.

J'essaie de ne pas penser à quel point je suis pathétique.

– Tu ne peux pas rester toute seule dans un motel à Noël, Tessa. Tu devrais venir chez nous. Je crois que ma mère t'avait trouvé quelques petites choses avant que, tu sais…

– Ma vie part à vau-l'eau, l'eau des égouts ?

Je ne ris qu'à moitié.

– En fait, je me disais que puisqu'Hardin s'en va demain, je pourrais rester à l'appartement… Jusqu'à ce que je retrouve une chambre en cité U, ce qui, j'espère, arrivera avant son retour. Sinon, je peux toujours revenir dans cette charmante demeure.

Je ne peux m'empêcher de plaisanter sur le ridicule de la situation.

– Ouais… Tu devrais faire ça, répond Landon, les yeux concentrés sur l'écran de la télévision.

– Tu crois ? Et s'il se pointait?

Il ne détourne pas le regard de l'écran, mais répond :

– Il sera à Londres, non ?

– Oui, tu as raison. Et mon nom est inscrit sur le bail, après tout.

Landon et moi regardons la télévision et parlons du départ de Dakota pour New York. Il pense demander à être transféré à NYU l'an prochain si elle décide d'y rester. Je suis contente pour lui, mais je serai triste qu'il quitte l'État de Washington, bien que je ne le lui dise pas, évidemment. Landon reste jusqu'à neuf heures et après son départ, je me roule en boule sous la couette pour lire jusqu'à ce que sommeil s'ensuive.

Le lendemain matin, je m'apprête à revenir à l'appartement. Je n'arrive pas à croire que j'y retourne, mais ce n'est pas comme si j'avais le choix : je ne veux pas abuser de la générosité de Landon, je n'ai absolument aucune envie d'aller chez ma mère et je vais manquer d'argent si je reste ici. Je culpabilise de ne pas rentrer au bercail, mais je n'ai pas envie d'entendre des commentaires narquois toute la semaine. Je pourrais toujours y aller pour Noël, mais pas aujourd'hui. J'ai cinq jours pour décider.

Une fois maquillée et coiffée, j'enfile un tee-shirt blanc à manches longues et un jean noir. J'ai envie de rester en pyjama, mais je dois aller faire quelques courses pour les prochains jours. Si je mange les réserves d'Hardin, il saura que je suis venue. Je fourre mes quelques affaires dans des sacs et fonce vers ma voiture qui, à ma grande surprise, a été nettoyée et sent vaguement la menthe. Hardin. La neige se met à tomber quand j'arrive au supermarché. J'achète de la nourriture pour tenir jusqu'à ce que je décide quoi faire à Noël. Dans la file d'attente pour la caisse, mon esprit vagabonde et je me demande ce qu'Hardin aurait pu m'acheter pour Noël. Son cadeau pour mon anniversaire était si touchant, qui sait ce qu'il aurait pu trouver ? J'espère que ç'aurait été quelque chose de simple et bon marché.

– Vous allez avancer ? aboie une voix derrière moi.

Lorsque je lève les yeux, je vois que la caissière attend impatiemment, l'air franchement désapprobateur. Je n'avais pas vu qu'il n'y avait plus personne devant moi.

– Désolée.

Je m'excuse en plaçant mes courses sur le tapis.

Mon cœur s'emballe lorsque j'entre sur le parking. S'il n'était pas parti ? Il n'est que midi. Je scrute la zone : sa voiture n'est pas là. Il est sûrement allé tout seul à l'aéroport et y a laissé sa voiture.

Ou Molly l'y a conduit.

Mon subconscient ne sait pas se taire. Lorsque je suis enfin certaine de son absence, je me gare et attrape les courses. La neige tombe de plus en plus fort et recouvre les voitures d'une fine pellicule blanche. Au moins, je serai bientôt au chaud. En arrivant à la porte, je prends une dernière inspiration avant de l'ouvrir. J'aime vraiment cet endroit : il est tellement parfait pour nous… pour lui… ou pour moi, tout simplement.

En ouvrant les placards et le frigo, je suis surprise de les trouver remplis. Hardin doit avoir fait le plein. Je range mes courses là où il y a de la place et redescends chercher mes affaires.

Je ne peux pas m'empêcher de penser à ce qu'a dit Landon. Je suis estomaquée qu'Hardin soit allé lui demander des conseils et que Landon m'affirme qu'Hardin m'aime, ce que je savais mais refusais de croire par peur de me donner de faux espoirs. Si je m'autorise à admettre qu'il m'aime, ça ne va faire qu'empirer les choses.

Dès que je suis entrée dans l'appartement, je verrouille la porte et emporte mes sacs dans la chambre. Je sors la plupart de mes vêtements et les pends pour éviter qu'ils ne se froissent, mais utiliser ce placard qui était prévu pour Hardin et moi retourne le couteau dans la plaie. Il ne possède que quelques jeans pendus du côté gauche. Je dois me forcer à ne pas plier ses tee-shirts. Ils sont toujours un peu froissés, même si d'une manière ou d'une autre, il a toujours l'air parfait. Mon regard se promène sur sa chemise blanche, mal pendue dans un coin, la chemise qu'il portait au mariage. Je termine rapidement ce que j'avais commencé et m'éloigne de l'armoire.

Je me fais des pâtes et allume la télévision. J'augmente le volume suffisamment pour pouvoir entendre cet épisode de *Friends*, vu au moins vingt fois, et retourne dans la cuisine. Je récite les dialogues en même temps que les personnages tout en chargeant le lave-vaisselle. J'espère qu'Hardin ne le remarquera pas, mais je ne supporte vraiment pas la vaisselle sale dans l'évier. J'allume une bougie et nettoie le plan de travail. Avant de m'en rendre compte, j'ai déjà passé un coup de serpillière par terre, l'aspirateur sur le canapé et refait le lit. Lorsque l'appartement est propre, je lance une lessive et plie le linge qu'il a laissé dans le sèche-linge. C'est la journée la plus calme depuis la semaine dernière. Enfin, jusqu'à ce que j'entende des voix et voie le verrou de la porte bouger au ralenti.

Merde. Il est encore là. Pourquoi vient-il toujours dans l'appartement quand j'y suis ? Avec un peu de chance, il a juste donné une clé de secours à l'un de ses amis qui vient vérifier que tout va bien… C'est peut-être Zed avec une fille ? *N'importe qui, mais pas Hardin, pitié, faites que ce soit n'importe qui, sauf Hardin.*

Une femme que je n'ai jamais vue franchit le pas de la porte, mais bizarrement, je sais immédiatement de qui il s'agit. La ressemblance est frappante et elle est très belle.

– Waouh, Hardin, c'est un très joli appartement, dit-elle, avec un accent aussi marqué que celui de son fils.

Ça . Ne . Peut . Pas . Arriver. Je vais avoir l'air d'une folle furieuse face à la *mère* d'Hardin, avec ma nourriture dans les placards, mes vêtements dans le lave-linge et l'appartement récuré dans tous les coins. Je reste interdite, tétanisée de panique sous son regard.

– Bonté Divine ! Tu dois être Tessa !

Elle me fait un grand sourire et se précipite vers moi.

En entrant dans l'appartement, Hardin penche la tête et laisse tomber les valises à fleurs. Sa surprise dépasse l'entendement. Je détache mon regard du sien et me concentre sur la femme qui s'avance, les bras grands ouverts.

– J'étais tellement déçue quand Hardin m'a annoncé que tu ne serais pas là cette semaine ! Quel petit farceur, me faire une blague pareille pour essayer de me surprendre !

Quoi ?

Elle pose ses mains sur mes épaules et me regarde à bout de bras.

– Oh, tu es si jolie ! s'exclame-t-elle en m'embrassant de nouveau.

Je reste silencieuse et réponds à son étreinte. Hardin a l'air terrifié et complètement désemparé.

Bienvenue au club.

∞

23

Tessa

Quand sa mère me serre dans ses bras pour la quatrième fois, Hardin marmonne enfin :

– Maman, lâche-la. Elle est timide.

– Tu as raison. Je suis désolée, Tessa. Je suis juste si contente de te rencontrer enfin. Hardin m'a tellement parlé de toi.

Elle me parle si chaleureusement. Je me sens rougir en reculant. Je suis même surprise qu'elle soit au courant de mon existence. Je pensais qu'il m'avait cachée, comme d'habitude. Malgré l'horreur de la situation, j'arrive à dire :

– C'est un plaisir.

Madame Daniels me fait un grand sourire et regarde son fils.

– Maman, pourquoi n'irais-tu pas prendre un verre d'eau dans la cuisine une minute ou deux ?

Lorsqu'elle sort de la pièce, Hardin s'approche doucement de moi et me demande :

– Je… euh… Je peux te parler dans la chambre un mo… un moment.

Il bégaie. Je jette un coup d'œil dans la cuisine avant de le suivre dans cette chambre que nous avons un jour partagée. Je pose doucement la question en fermant la porte :

– C'est quoi ce bordel ?

Hardin grimace et s'assied sur le lit.

– Je sais… Je suis désolé. Je n'ai pas pu lui dire ce qui s'est passé. Je ne pouvais pas lui raconter ce que j'ai fait. Tu es revenue ici… euh… pour rester ?

Il y a plus d'espoir dans sa voix que je peux le supporter.

– Non…

– Oh.

Je soupire et passe les mains dans mes cheveux, une habitude que je lui ai prise, j'imagine.

– Bon, qu'est-ce que je suis censée faire ?

– Je ne sais pas… (Il pousse un long soupir.) Je ne m'attends pas à ce que tu me suives là-dedans ou quoi que ce soit… J'ai juste besoin d'un peu de temps pour lui dire.

– Je ne savais pas que tu serais là. Je croyais que tu partais pour Londres.

– J'ai changé d'avis. Je ne voulais pas y aller sans…

Il s'arrête avant de finir sa phrase, la douleur se lit dans son regard.

– Il y a une raison pour laquelle tu ne voulais pas lui dire que nous ne sommes plus ensemble ?

Je ne veux pas entendre sa réponse.

– Elle était juste si contente que j'aie trouvé quelqu'un… Je ne veux pas lui enlever sa joie.

Je me souviens de Ken me disant qu'il ne pensait pas qu'Hardin soit capable d'avoir une vraie relation, et il avait raison. Toutefois, je ne veux pas gâcher le séjour de sa mère.

– Ok. Tu peux lui dire quand tu veux. Ne lui parle pas du pari.

Je baisse les yeux, sa mère serait sûrement blessée si elle savait comment son fils s'y est pris pour détruire son premier et seul amour.

– Vraiment ? Ça ne te dérange pas qu'elle croie que nous sommes ensemble ?

J'acquiesce et il pousse un grand soupir. Il a l'air plus surpris qu'il ne devrait l'être.

– Merci. J'étais certain que tu lui déballerais toute la vérité.

– Je ne ferais jamais une chose pareille.

Et je le pense. Peu importe ma colère contre Hardin, je n'abîmerai pas sa relation avec sa mère.

– Je partirai quand ma lessive aura fini de tourner. Je croyais que tu serais en Angleterre, alors je me suis dit que je pourrais habiter ici plutôt qu'au motel.

Je suis mal à l'aise, et nous sommes restés un peu trop longtemps dans cette chambre.

– Tu n’as nulle part où aller ?

– Il y a toujours la maison de ma mère. Je n’ai juste aucune envie d’y aller. Le motel n’est pas si mal, juste un peu cher.

C’est la conversation la plus civile qu’Hardin et moi ayons eue de toute la semaine.

– Je sais que tu ne vas pas vouloir rester ici, mais je pourrais te donner un peu d’argent ?

Je vois bien qu’il a peur de ma réaction.

– Je n’ai pas besoin de ton fric.

– Je sais, je me disais que je pouvais toujours proposer.

Il regarde par terre.

– On ferait mieux d’y retourner.

Je soupire et ouvre la porte.

– Je te rejoins dans une minute, m’annonce-t-il doucement.

Je n’aime pas l’idée d’aller affronter sa mère seule, mais je ne peux pas rester entre les quatre murs de cette chambre avec Hardin. Je prends une grande inspiration. Lorsque j’entre dans la cuisine, elle me regarde attentivement.

– Il n’est pas en colère contre moi ? Je n’avais pas l’intention de t’envahir.

Sa voix est tellement douce, à l’inverse de celle de son fils.

– Oh non, bien sûr que non. Il voulait juste… revoir quelques détails pour l’organisation de la semaine.

Je mens. J’ai toujours été une menteuse nulle. Dans la mesure du possible, j’essaie d’éviter d’avoir à mentir.

– Ok, bien. Je sais à quel point il peut être d’humeur changeante.

Elle m’adresse un sourire si chaleureux que je ne peux que le lui rendre. Je me sers un verre d’eau pour me calmer :

– Tu es si jolie que j’ai du mal à en croire mes yeux. Il m’a dit que tu étais la plus jolie fille qu’il ait jamais vue, mais je croyais qu’il exagérait.

Avec moins de grâce et d’élégance que la « plus jolie fille qu’il ait jamais vue » devrait avoir, je recrache l’eau dans mon verre. *Hardin a dit quoi ?* J’aimerais lui re-poser la question, mais je préfère cacher ma réaction embarrassante en reprenant une gorgée d’eau.

Elle rit.

– Honnêtement, je croyais que tu serais couverte de tatouages et que tu aurais les cheveux verts, ou quelque chose de cette trempe.

– Non, pas de tatouage pour moi. Ni de cheveux verts.

Je réponds en riant, mes épaules commencent à se détendre.

– Tu es en fac d'anglais, comme Hardin, n'est-ce pas ?

– Oui, Madame.

– Madame ? Appelle-moi Trish.

– En ce moment, je suis en stage aux Éditions Vance, alors mes horaires sont un peu bousculés et nous sommes en vacances ces jours-ci.

– Vance ? Comme Christian Vance ? (Je hoche la tête.) Oh ! Je n'ai pas vu Christian depuis au moins… dix ans. Hardin et moi sommes allés vivre chez lui pendant un an après que Ken… Enfin, peu importe, Hardin n'aime pas que je raconte notre vie.

Elle baisse les yeux sur son verre d'eau avec un petit rire nerveux. Je ne savais pas qu'Hardin et sa mère avaient vécu chez Monsieur Vance, mais je sentais qu'il était très proche de lui, plus proche que si Christian n'était que l'ami de son père.

J'essaie de dissiper son malaise.

– Je suis au courant pour Ken.

Qu'est-ce que je viens de dire, que je suis au courant de ce qu'il lui est arrivé à *elle* ? J'ai peur de l'avoir bouleversée.

– Vraiment ?

J'essaie d'adoucir ma révélation,

– Oui, Hardin m'a dit…

À cet instant, Hardin entre dans la cuisine m'interrompant. Ouf ! Il lève un sourcil.

– Hardin t'a dit quoi ?

Ma tension grimpe d'un seul coup, mais à ma grande surprise, sa mère me sauve la mise.

– Rien, mon fils, des affaires de femmes.

Elle se dirige vers lui et l'encercle de ses bras. Il s'écarte, instinctivement. Elle fronce les sourcils, mais j'ai l'impression qu'il s'agit d'une réaction normale entre eux.

Le sèche-linge sonne et j'en profite pour sortir de la cuisine et terminer ma lessive, histoire de partir d'ici rapidement. Je sors mes vêtements chauds et m'assieds par terre pour les plier. La mère d'Hardin est si gentille, je divague en me prenant à penser que j'aurais aimé la rencontrer dans d'autres circonstances. Mon sentiment de colère à l'encontre d'Hardin a assez duré. Je suis triste et je regrette ce que nous aurions pu être.

Lorsque j'en ai terminé avec mes habits, je retourne dans la chambre pour refaire mes sacs. Je n'aurais pas dû pendre mes vêtements dans l'armoire et remplir les placards de la cuisine.

– Tu as besoin d'aide, ma jolie ? me demande Trish.

– Euh, je finissais de préparer mes affaires pour aller chez ma mère cette semaine.

Je ferais mieux d'y aller, vu le prix du motel.

– Tu nous quittes aujourd'hui ? Maintenant ?

Elle fronce les sourcils.

– Oui... Je lui ai dit que je viendrai pour Noël.

Pour une fois, j'aimerais qu'Hardin soit dans la pièce pour m'aider à me sortir de ce pétrin.

– Oh ! j'espérais que tu passerais au moins une nuit avec nous. Qui sait quand je pourrai te revoir ? J'aimerais connaître la jeune femme dont mon fils est tombé amoureux.

Et, soudain, quelque chose en moi veut rendre cette femme heureuse. Je ne sais pas si c'est pour réparer mon erreur quand j'ai parlé de Ken et elle, ou parce qu'elle m'a couverte devant Hardin, et que je ne veux pas trop m'appesantir sur les conséquences de mes actes, mais je fais taire la petite voix de ma conscience et lui réponds :

– Ok.

– *Vraiment ?* Tu vas rester ? Juste une nuit, ensuite tu pourras aller chez ta mère. De toute façon, tu ne dois pas conduire sous la neige.

Elle me prend dans ses bras pour la cinquième fois aujourd'hui.

Au moins, elle pourra faire office de tampon entre Hardin et moi. Nous ne pourrons pas nous disputer tant qu'elle est là. Enfin, au moins moi, je ne chercherai pas le conflit. Je sais que c'est probablement, même certainement, la pire des idées, mais il est difficile de dire non à Trish. Comme à son fils.

– Bien, je vais prendre une petite douche. J'ai eu un long vol !

Avec un grand sourire, elle sort de la pièce.

Je m'écroule sur le lit et ferme les yeux. Ces prochaines vingt-quatre heures vont être les plus douloureuses et les plus gênantes de toute ma vie. Peu importent mes actes, il semble que je finisse toujours par revenir là où j'ai commencé : à ses côtés. Quelques minutes plus tard, je rouvre les yeux pour découvrir Hardin de dos, debout à côté de l'armoire.

– Désolé, je ne voulais pas t'embêter.

Je m'assieds. C'est tellement étrange de le voir se confondre en excuses tous les deux mots. Il ajoute doucement :

– Je vois que tu as fait le ménage dans l'appartement.

– Ouais… Je n'ai pas pu m'en empêcher.

Je souris et il m'imite.

– Hardin, j'ai dit à ta mère que je resterais ce soir. Seulement cette nuit, mais si ça te dérange, je m'en vais. Elle est tellement gentille que je culpabilisais et je n'ai pas pu lui dire non, mais si tu es mal à l'aise…

– Tessa, tout va bien, répond-il rapidement, mais sa voix tremble un peu lorsqu'il ajoute : J'ai envie que tu restes.

Je ne sais pas quoi dire et je ne comprends pas cet étrange revirement de situation. Je veux le remercier pour le cadeau, mais il se passe vraiment trop de choses dans ma tête.

– Tu as passé une bonne journée hier, pour ton anniversaire ?

– Oh, ouais, Landon est passé.

– Oh…

Mais à cet instant, nous entendons sa mère dans le séjour, il part la rejoindre. Il s'arrête avant de franchir le seuil et se retourne.

– Je ne sais pas comment je suis censé me comporter.

Je soupire.

– Moi non plus.

Je me lève pour rejoindre sa mère avec lui.

∞

24
Tessa

Lorsqu'Hardin et moi entrons dans le séjour, sa mère est assise sur le canapé, les cheveux mouillés attachés en chignon. Elle a l'air si jeune pour son âge, elle est éblouissante.

– Nous devrions louer quelques films et je nous préparerai à dîner ! s'exclame-t-elle. Ma cuisine ne te manque pas, mon petit chou ?

Hardin rigole.

– Absolument pas. Meilleur cuistot de la terre.

La situation ne pourrait pas être plus gênante.

– Hé ! Je ne suis pas si mauvaise. Et je crois que tu viens juste de te désigner *toi-même* comme chef pour la soirée.

Je me dandine d'un pied sur l'autre, incertaine de savoir comment me comporter avec Hardin sans être en couple avec lui et sans nous disputer. Nous sommes tous les deux mal à l'aise et je me rends compte que ce n'est pas la première fois que nous sommes dans cette situation : Karen et Ken étaient persuadés que nous sortions ensemble avant que ce ne soit la réalité.

– Tu sais cuisiner, Tessa ? me demande Trish en me tirant de mes pensées. Ou est-ce Hardin qui s'en occupe ?

– Euh, nous cuisinons tous les deux. En réalité, nous « préparons » nos repas plus que nous ne cuisinons réellement.

– Je suis contente d'entendre que tu t'occupes de mon garçon, et cet appartement a fière allure. Je suppose que c'est Tessa qui s'occupe du ménage, taquine-t-elle.

Je ne « m'occupe pas de son garçon », c'est ce qu'il a gagné à me blesser ainsi, mais je réponds tout de même :

– Oui… C'est un cochon.

Hardin baisse le regard sur moi, un petit sourire aux lèvres.

– Je ne suis pas un cochon : elle est juste trop maniaque.

Je lève les yeux au ciel et Trish et moi répondons ensemble :

– Tu es un cochon.

Il fait la moue.

– Bon, on se le regarde ce film, ou c'est une soirée à se foutre de ma gueule ?

Je m'assieds avant Hardin pour ne pas avoir à prendre l'inconfortable décision de savoir où me mettre. Je le vois me regarder, puis se focaliser sur le canapé, essayant de se décider en silence. Finalement, après un temps d'arrêt, il choisit de s'installer à côté de moi, et la familière sensation de chaleur que dégage son corps près du mien m'envahit.

– Que voulez-vous regarder ?

– Aucune importance, répond Hardin.

– Vous pouvez choisir, Trish.

Je tente d'adoucir sa réponse. Elle me sourit avant de choisir *Amour et amnésie*, un film qu'Hardin détestera, j'en suis certaine. Et ça ne loupe pas, dès le début, Hardin ronchonne :

– C'est vraiment une vieille merde, ce film.

– Chut !

Mon interjection le fait soupirer, mais il reste tranquille. Je sens qu'il m'observe tandis que Trish et moi rions et suivons l'histoire avec passion. En fait, je passe un bon moment et pendant quelques instants, j'en oublie presque ce qui s'est passé entre Hardin et moi. C'est difficile de ne pas m'appuyer sur lui, de ne pas toucher ses mains, de ne pas repousser ses cheveux qui tombent sur son front.

À la fin du film, il grommelle :

– J'ai faim.

– Pourquoi Tessa et toi ne préparez-vous pas le dîner, j'ai fait un si long voyage ? demande Trish, un grand sourire aux lèvres.

– Tu vas profiter encore longtemps du coup du long voyage ?

Elle le regarde avec cet air ironique que j'ai vu quelquefois Hardin afficher. Je me propose de le préparer.

Pour reprendre mon souffle, j'agrippe le rebord de marbre du plan de travail plus fort que nécessaire. Je ne sais pas combien de temps je vais pouvoir tenir, je vais pouvoir prétendre qu'Hardin n'a pas tout détruit, prétendre que je l'aime. *Je l'aime vraiment, je l'aime tellement que j'en suis malheureuse.* Le problème, ce n'est pas mon manque de sentiments à l'égard de ce garçon égotiste et lunatique. Le problème, c'est que je lui ai accordé tellement de chances de se rattraper, sans jamais prendre en compte les choses abominables qu'il m'a dites et faites. Mais cette fois-ci, c'en est trop.

– Hardin, sois bien élevé et va l'aider.

En entendant les paroles de Trish, je me précipite vers le congélateur pour masquer ma mini-dépression.

Sa voix traverse la cuisine :

– Euh… Je peux t'aider ?

– Oui.

– Des esquimaux ? me demande-t-il en regardant l'objet dans ma main.

J'avais l'intention d'attraper le poulet, mais mes pensées ont été détournées.

– Ouais. Tout le monde aime les esquimaux, non ?

Ma réplique le fait sourire, révélant ses fossettes diaboliques. *Je peux le faire. Je peux être près d'Hardin. Je peux être gentille avec lui et nous pouvons nous entendre.*

– Tu pourrais faire des pâtes au poulet, comme tu avais fait pour moi ?

Ses yeux verts se concentrent sur moi.

– C'est ce dont tu as envie ?

– Oui. Si ça ne t'embête pas trop.

– Bien sûr que non.

– T'es vraiment bizarre aujourd'hui.

Je murmure pour que notre invitée n'entende pas notre conversation.

– Mais non.

Il hausse les épaules et s'avance vers moi. Mon cœur s'emballe quand il se penche en avant. Je fais un pas pour lui échapper et il ouvre la porte du congélateur.

J'ai cru qu'il voulait m'embrasser. Mais qu'est-ce que j'imagine ?

Nous cuisinons presque en silence, aucun de nous deux ne sachant que dire. Je le suis des yeux en permanence, j'observe comment ses longs doigts se saisissent du manche du couteau pour émincer la viande et les légumes, comment il ferme les yeux lorsque la vapeur d'eau de la casserole lui caresse le visage, comment sa langue lèche les coins de sa bouche lorsqu'il goûte la sauce. Je sais que le scruter de cette manière ne m'aide pas à être impartiale, ou saine d'esprit, mais je ne peux pas m'en empêcher.

Lorsque le repas est prêt, je lui annonce :

– Je vais mettre le couvert, va prévenir ta mère qu'on peut passer à table.

– Quoi ? Je vais juste l'appeler.

– Non, ce n'est pas poli. Va la chercher.

Il soupire, mais obéit tout de même pour revenir quelques secondes plus tard, seul.

– Elle s'est endormie.

Je l'ai entendu, mais je lui demande quand même :

– Quoi ?

– Ouais… Sur le canapé. Je la réveille ?

– Non… Elle a eu une longue journée. Je vais lui mettre une assiette de côté. Si elle se réveille, elle aura de quoi dîner. Il est un peu tard de toute façon.

– Il est vingt heures.

– Ouais… C'est tard.

– Si tu le dis, répond-il d'un ton neutre.

– C'est quoi ton problème ? Je sais que la situation n'est pas idéale, mais tu es vraiment *bizarre*.

Sans m'en rendre compte, je prépare deux assiettes. Il en attrape une et s'assied à table.

– Merci.

Je saisis une fourchette dans le tiroir et décide de manger sur le plan de travail.

– Tu vas me le dire ?

– Te dire quoi ?

– Pourquoi tu es si… calme et… gentil. C'est bizarre.

Il prend un moment pour mâcher un morceau de poulet et avaler.

– Je ne veux surtout pas dire ce qu'il ne faut pas.

– Oh.

Je n'arrive pas à trouver autre chose à dire. Bon, ça, ce n'est pas ce à quoi je m'attendais comme réponse. Mais il renverse la situation :

– Pourquoi *toi*, tu es si gentille et bizarre ?

– Parce que ta mère est ici malgré ce qui est arrivé : il n'y a rien que je puisse faire pour changer quoi que ce soit. Je ne peux pas rester tout le temps en colère.

Je m'adosse au plan de travail en y posant mes coudes.

– Qu'est-ce que tu entends par là ?

– Rien. Je dis juste que je veux être civilisée et ne plus me chamailler. Ça ne change rien entre nous.

Je me mords l'intérieur de la joue pour éviter de pleurer. Plutôt que de dire quoi que ce soit, Hardin se lève et jette son assiette dans l'évier. La porcelaine ne résiste pas et se casse. Le bruit me fait sursauter. Hardin ne cille pas, ne se retourne pas et part dans la chambre.

Je jette un coup d'œil dans le salon pour m'assurer que son geste n'a pas réveillé sa mère. Heureusement, elle dort encore, la bouche légèrement ouverte, sa ressemblance avec son fils est frappante.

Comme d'habitude, je me retrouve à nettoyer le bazar causé par Hardin. Je remplis le lave-vaisselle, mets les restes de côté et passe un coup d'éponge sur le plan de travail. Je suis épuisée, mentalement plus que physiquement. J'ai besoin de prendre une douche et d'aller au lit, mais bordel, où vais-je pouvoir dormir ? Hardin est dans la chambre et Trish sur le canapé. Je devrais peut-être retourner au motel.

Je monte un peu le chauffage et éteins la lumière dans le séjour. Lorsque j'entre dans la chambre pour prendre mon pyjama, Hardin est assis au bord du lit, les coudes sur les genoux et la tête dans les mains. Il ne lève pas les yeux, j'attrape un short, un tee-shirt et une petite culotte dans mon sac avant de sortir de la pièce. En passant le seuil, j'entends ce qui semble être un sanglot étouffé.

Est-ce qu'Hardin pleure ? Non, ce n'est pas possible. Il n'en est pas capable. Si c'est le cas, je ne peux pas quitter la pièce. Je retourne près de lui, à côté du lit. Doucement, je lui prends les mains et tente de découvrir son visage.

– Hardin ?

Il résiste et je tire plus fort. Je le supplie :

– Regarde-moi.

Lorsqu'enfin ses yeux rencontrent les miens, j'ai le souffle coupé. Ils sont injectés de sang et ses joues sont baignées de larmes. J'essaie de prendre ses mains dans les miennes, mais il me repousse vite.

– Va-t'en, Tessa.

Je l'ai entendu me dire ça bien trop souvent. Alors, je m'agenouille entre ses jambes.

– Non.

Il essuie ses larmes du revers de la main.

– C'était une mauvaise idée. Je vais parler à ma mère dès demain matin.

– Ce n'est pas nécessaire.

Je l'ai déjà vu laisser échapper quelques larmes, mais jamais je ne l'ai vu pleurer comme ça, le corps secoué de gros sanglots.

– Si. C'est une torture pour moi de t'avoir si proche et si loin à la fois. C'est la pire des punitions. Je sais que je le mérite, mais c'est trop. Même pour moi.

Entre deux hoquets, il prend une longue inspiration désespérée.

– Lorsque tu as accepté de rester… j'ai pensé que peut-être… peut-être tu avais encore quelques sentiments pour moi, comme j'en ai pour toi. Mais je le vois bien, Tess. Je vois la peine que je t'ai causée. Je vois comme tu me regardes maintenant. Comme tu as changé par ma faute. Je sais que c'est ma faute, mais ça me tue de te voir t'échapper comme ça.

Les larmes coulent de plus en plus maintenant. Elles mouillent son tee-shirt noir. Je voudrais dire quelque chose, n'importe quoi, pour arrêter ça. Pour chasser cette tristesse qui l'étreint. Mais où était-il lorsque je m'endormais en pleurant nuit après nuit ?

– Tu veux que je parte ?

Il hoche la tête.

Je suis blessée par son rejet, même maintenant. Je sais que je ne devrais pas être ici, nous ne devrions pas faire ça, mais il me faut plus de temps avec lui. Même si c'est dangereux et douloureux, je préfère passer du temps avec lui plutôt que d'affronter son absence. J'aimerais tant ne pas l'aimer, ne jamais l'avoir rencontré. Mais c'est fait. Et je l'aime.

Alors je ravale la boule dans ma gorge et me lève :

– Ok.

Sa main attrape mon poignet pour m'immobiliser.

– Je suis désolé. Pour tout, pour t'avoir menti, pour tout.

Les adieux non prononcés s'entendent dans sa voix.

Même si je résiste, au fond de moi, je sais que je ne suis pas prête à le laisser renoncer à moi. D'un autre côté, je ne suis pas prête à lui pardonner aussi facilement non plus. Je suis dans un état de confusion totale depuis des jours, mais là, c'est le pompon.

– Je…

Je m'interromps.

– Quoi ?

– Je ne veux pas partir, dis-je si bas que je ne suis pas sûre qu'il m'ait entendue.

– Quoi ?

– Je ne veux pas partir. Je sais que je le devrais, mais je n'en ai pas envie. Pas ce soir, pour commencer.

Je jure avoir vu les morceaux d'un homme brisé se recoller devant moi, un à un. C'est une très belle image, mais ça me terrifie jusqu'aux tréfonds de mon âme.

– Qu'est-ce que ça veut dire ?

– Je ne sais pas ce que ça veut dire, et je ne suis pas prête à le découvrir non plus, dis-je en espérant qu'en mettant des mots sur ce que je ressens, j'arriverai à le comprendre.

Hardin me regarde d'un air ahuri, ses sanglots ont complètement disparu. Il essuie son visage avec son tee-shirt comme un robot et me répond :

– Ok. Tu peux prendre le lit, je dormirai par terre.

Lorsqu'il attrape deux oreillers et tire le couvre-lit, mon esprit ne peut s'empêcher de penser que peut-être, juste peut-être, toutes ces larmes n'étaient que des simagrées. Mais bon, quelque part, je sais que ce n'est pas possible.

∞

25
Tessa

Bien au chaud sous notre couette, la seule pensée qui me trotte dans la tête est que jamais, au grand jamais, je n'aurais cru un jour voir Hardin dans cet état. Il était tellement à vif, si vulnérable, le corps secoué de larmes. J'ai l'impression que la dynamique entre Hardin et moi est constamment en train de changer pour que l'un de nous ait toujours le dessus sur l'autre. Et en ce moment, je suis celle qui contrôle la situation.

Mais je ne veux pas de ce rôle. L'amour ne devrait pas être un tel combat. En plus, je ne me fais aucune confiance pour contrôler notre relation. Il y a encore quelques heures, j'avais pris ma décision, mais là, après l'avoir vu si secoué, mon esprit est troublé et mes pensées voilées.

Même dans le noir, je peux sentir le regard d'Hardin sur moi. Lorsque je relâche la respiration que je retenais sans m'en apercevoir, il me demande :

– Tu veux que j'allume la télévision ?

– Non. Mais si tu veux la regarder, vas-y, moi ça va.

Je regrette de ne pas avoir pris ma liseuse. J'aurais bouquiné jusqu'à sombrer dans le sommeil.

Peut-être qu'observer Catherine et Heathcliff se détruire rendrait le naufrage de mon existence plus facile, moins traumatisant. Catherine a passé sa vie entière à combattre par intermittence son amour pour cet homme jusqu'au jour où elle l'a suppliée de lui pardonner et a déclaré qu'elle ne pourrait pas vivre sans lui… pour mourir quelques heures plus tard. Je pourrais vivre sans Hardin, non ? Je ne passerai pas ma vie à me battre contre notre histoire. Ce n'est que temporaire, non ? Nous n'allons pas rendre notre existence et celle de nos proches misérables par entêtement et opiniâtreté, si ? Le doute s'insinue en moi lorsque je pense aux similitudes avec notre histoire. Ça m'inquiète, plus particulièrement quand je pousse l'analyse et compare Trevor à Edgar. Je ne sais pas trop quoi penser à ce sujet. C'est bizarre.

– Tess ?

Mon Heathcliff à moi m'appelle et me fait émerger de mes divagations.

– Ouais.

– Je n'ai pas baisé… *couché* avec Molly.

Il se reprend, comme si, avec un vocabulaire plus châtié, il rendait cette déclaration moins choquante.

Je reste silencieuse, en partie sonnée de l'entendre me parler de ça, en partie parce que je veux le croire, mais il m'est impossible d'oublier qu'il est maître dans l'art du mensonge.

– Je te le jure.

Oh, bien, s'il le « jure »… Ma voix se fait dure :

– Pourquoi m'as-tu dit ça alors ?

– Pour te faire du mal. J'étais tellement en colère de t'entendre dire que tu avais embrassé quelqu'un que j'ai juste dit ce qui te ferait le plus mal.

Je ne peux pas voir Hardin, mais je sais qu'il est allongé sur le dos, les mains croisées derrière la tête, à observer le plafond. Avant que je ne puisse répondre, il poursuit :

– Tu as vraiment embrassé quelqu'un ?

J'admets la vérité, mais dès que j'entends son inspiration profonde, j'essaie de tempérer le choc de ma révélation.

– Oui. Une seule fois.

– Pourquoi ?

Le ton de sa voix est glacial, mais chaud. C'est un son très étrange.

– Honnêtement, je n'en ai aucune idée… J'étais en colère à cause de ton comportement au téléphone et j'avais bien trop bu. Alors, j'ai dansé avec ce type et il m'a embrassée.

– Tu as dansé avec lui ? Dansé comment ?

Je soupire. Il n'y a qu'Hardin pour avoir besoin de connaître tous les détails, même si nous ne sommes plus ensemble.

– En réalité, tu ne veux pas que je réponde à cette question.

Ces mots mettent de l'intensité entre nous.

– Si, je le veux.

– Hardin, nous avons juste dansé comme tout le monde le fait en boîte. Puis il m'a embrassée et invitée à venir passer la nuit chez lui.

Je fixe mon attention sur les pales du ventilateur au plafond. Je sais que si je continue à parler de ça, elles vont devoir s'arrêter de tourner tant l'air sera chargé de tension. J'essaie de changer de sujet :

– Merci pour la liseuse. C'est un cadeau magnifique, une très belle attention.

– Il t'a invitée à passer la nuit chez lui ? Tu l'as fait ?

Je l'entends bouger, ce qui me fait penser que maintenant il est assis. Je reste allongée.

– Comment peux-tu poser une telle question ? Tu sais que je ne ferais jamais une chose pareille.

– Bon, je ne m'attendais pas non plus à ce que tu danses et embrasses des étrangers en boîte, aboie-t-il.

Je laisse passer quelques instants de silence avant de répondre :

– Je ne pense pas que tu veuilles te mettre à parler de l'inattendu.

J'entends encore le bruissement des couvertures et je peux le sentir juste à côté de moi. Sa voix est si proche lorsqu'il ajoute :

– Dis-le moi, s'il te plaît, dis-moi que tu n'es pas allée chez lui.

Il s'assied sur le lit à mes côtés et je m'écarte.

– Tu sais que je ne l'ai pas fait. Je t'ai vu *toi* ce soir-là.

– J'ai besoin de te l'entendre dire.

Son ton est dur, mais suppliant.

– Dis-moi que tu ne l'as embrassé qu'une fois et que tu ne lui as plus jamais parlé depuis.

– Je ne l'ai embrassé qu'une fois et je ne lui ai jamais reparlé depuis.

Je répète sa phrase, seulement parce que je sais qu'il a désespérément besoin d'entendre ces mots.

Je me concentre sur la volute tatouée qui s'échappe de l'échancrure de son tee-shirt. Le sentir sur le lit me calme et me consume à la fois. Je ne peux supporter cette bataille intérieure, mais je suis coincée dedans.

– Il y a autre chose que je devrais savoir ? demande-t-il doucement.

– Non.

Je mens, mais je ne lui parlerai pas de mon rendez-vous avec Trevor. Il ne s'est rien passé et puis ça ne le concerne pas. J'aime bien Trevor et j'entends le protéger de la bombe à retardement qu'est Hardin.

– Tu en es certaine ?

– Hardin… Je ne pense pas que tu sois vraiment en position de me questionner.

Je le regarde droit dans les yeux, je ne peux pas m'en empêcher.

– Je sais.

Lorsqu'il descend du lit, j'essaie d'ignorer la sensation de vide qui m'assaille.

∞

26
Hardin

Cette journée est un véritable enfer. Un enfer que j'ai accueilli à bras ouverts, mais un enfer quand même. Je ne m'attendais pas à voir Tessa en revenant de l'aéroport. J'avais trouvé une excuse à la con : ma copine n'est pas là car elle passe les vacances de Noël dans sa famille. Ma mère a un peu chouiné, mais n'a pas posé trop de questions ni cherché à en savoir plus. Elle était si heureuse, et un peu surprise aussi, que j'aie une femme dans ma vie. Je crois que mon père et elle pensaient que je resterais seul ma vie entière. Mais bon, moi aussi.

C'est un peu tordu, mais j'apprécie de ne pouvoir passer une seconde sans penser à cette fille alors qu'il y a trois mois je voulais être seul. Je ne savais pas ce que je ratais, maintenant que je l'ai trouvée, je ne veux pas que ça s'arrête. Ça, c'est elle ; quoi que je fasse, il m'est impossible de la repousser.

J'ai essayé d'arrêter, essayé de l'oublier, essayer de tourner la page… et ç'a été un désastre. La blonde parfaite avec qui je suis sorti samedi dernier n'était pas Tessa. Personne ne le sera jamais. D'accord, elle lui ressemblait, elle s'habillait un peu comme elle. Elle a rougi quand j'ai dit des grossièretés et semblait avoir un peu peur de moi pendant tout le dîner. Elle était plutôt gentille, ouais, mais elle était chiante.

Elle n'avait pas ce feu en elle comme Tess, elle ne me fusillait pas du regard à chaque gros mot, elle n'a même rien dit quand j'ai posé ma main sur sa cuisse au milieu du dîner. Je sais qu'elle a accepté de sortir avec moi pour satisfaire le fantasme à la con du bad boy, avant de retourner à l'église le lendemain matin, mais ce n'est pas grave. Moi aussi, je l'ai utilisée.

J'avais besoin d'elle pour remplir le vide laissé par Tessa. Pour m'enlever de la tête l'idée de Tessa à Seattle avec ce petit con de Trevor. La culpabilité que j'ai ressentie quand je me suis penché pour l'embrasser m'a scié. J'ai reculé, la gêne sur son visage innocent était évidente. J'ai pratiquement couru jusqu'à ma voiture, la laissant seule au restaurant.

Je me redresse pour regarder la fille endormie dont je suis désespérément tombé amoureux.

La voir dans notre appartement nettoyé, ses vêtements dans le lave-linge et même sa brosse à dents dans la salle de bains… ça m'a donné un peu d'espoir. Mais bon, vous savez ce qu'on dit à propos de l'espoir.

Je m'accroche à cette petite chose ténue, cette minuscule chance qu'elle puisse me pardonner. Si elle se réveillait maintenant, elle crierait certainement de me voir planté là, à surveiller son sommeil.

Il faut que je baisse d'un cran ou deux. Je dois lui donner un peu d'espace. Ce comportement et ces sentiments sont épuisants, ils me bouffent complètement et je n'ai aucune putain d'idée de comment les gérer, mais je *trouverai*. Je dois trouver une solution à tout ce merdier. Je repousse une mèche de son visage et me force à m'écarter du lit, à retourner sur ma pile de couvertures sur le béton, là où est ma place. Je vais peut-être réussir à dormir ce soir.

∞

27
Tessa

En me réveillant, je fixe un moment le plafond en briques au-dessus de ma tête, troublée. Étrange de se retrouver ici après avoir passé la semaine à l'hôtel. Je m'aperçois que tout a été rangé, les couvertures et les oreillers sont empilés près de l'armoire. J'attrape ma trousse de toilette pour aller dans la salle de bains. J'entends la voix d'Hardin dans le séjour :

– Elle ne peut pas rester aujourd'hui, maman. Sa mère l'attend.

– On ne peut pas la faire venir ? J'adorerais la rencontrer.

Oh non.

– Non, sa mère est… elle ne me porte pas vraiment dans son cœur.

– Pourquoi ?

– Elle pense que je ne suis pas assez bien pour Tessa, je crois, et aussi peut-être à cause de mon look.

– Ton look ? Hardin, ne laisse jamais personne te faire douter de toi. Je croyais que tu aimais ton… style ?

– Oui. Enfin, je me tape complètement de ce que les gens peuvent penser. En dehors de Tessa.

J'en reste bouche bée. Trish rit et lui répond, la voix toujours plus enjouée :

– Qui êtes-vous et qu'avez-vous fait de mon fils ? Je n'arrive pas à me souvenir de quand date notre dernière conversation sans que tu m'insultes, ça doit faire des années. C'est très agréable.

– D'accord… d'accord…

Hardin ronchonne et je ris bêtement en imaginant Trish essayant de lui faire un câlin.

Après ma douche, je décide de me préparer complètement avant de quitter la salle de bains. Je sais que je suis lâche, mais j'ai besoin d'un peu de temps pour composer un faux sourire convaincant à l'intention de la mère d'Hardin. Ce n'est pas vraiment un faux sourire… *C'est là qu'est le problème,* me rappelle mon subconscient. J'ai vraiment passé une bonne soirée hier et j'ai mieux dormi que les nuits précédentes.

Mes cheveux bouclés presque à la perfection, je range mes affaires de toilette. J'entends quelqu'un frapper doucement à la porte. C'est Hardin :

– Tess ?

– J'ai terminé.

J'ouvre la porte pour le trouver adossé au chambranle, dans un bermuda de coton gris et un tee-shirt blanc.

– C'est pas pour te presser, mais j'ai vraiment envie de pisser.

Il me fait un petit sourire. J'essaie de ne pas remarquer comment son bermuda s'accroche à ses hanches, rendant encore plus visibles les lettres cursives tatouées sous le tee-shirt blanc.

– Je m'habille et je partirai dans la foulée.

Il détourne le regard pour se concentrer sur le mur.

– D'accord.

De retour dans la chambre, je culpabilise terriblement de mentir à sa mère et de partir si rapidement. Je sais qu'elle était ravie de me rencontrer, et voilà que je la quitte dès le deuxième jour.

Je choisis ma robe blanche avec mes vieux collants noirs en dessous. Il fait trop froid pour la porter sans rien. Je devrais plutôt mettre un jean et un pull, mais j'aime cette robe qui me donne une étrange confiance en moi, ce dont j'ai bien besoin aujourd'hui. Je refais mes sacs et raccroche les cintres à leur place dans l'armoire.

– Tu as besoin d'un coup de main ?

Trish est juste derrière moi, elle m'a fait sursauter et lâcher la robe bleu marine et noire que j'ai portée à Seattle.

– J'étais juste…

Ses yeux tombent sur l'armoire à demi vide.

– Tu as prévu de rester combien de temps chez ta mère ?

– Euh… Je…

Je suis vraiment la pire des menteuses.

– On dirait que tu vas être partie un bout de temps.

– Oui… Je n'ai pas beaucoup de vêtements.

– Je voulais savoir si tu ne voulais pas faire un peu de shopping tant que je suis ici ; peut-être que si tu reviens avant mon départ, nous pourrions nous faire une petite séance ?

Je ne sais pas si elle me croit ou si elle se doute que je ne pense pas revenir, je continue donc de mentir :

– Oui… avec plaisir.

Hardin entre dans la pièce en poussant un petit grognement. Il fronce les sourcils en remarquant le placard vide, j'espère que Trish n'observe pas son fils comme je le fais en ce moment.

– Je termine juste de boucler mes bagages.

Il hoche la tête pour répondre à mon explication. Je ferme le dernier sac et le regarde, ne sachant pas du tout quoi lui dire.

– Je descends ton sac.

Il attrape mes clés sur la commode avant de disparaître avec mes affaires. Après son départ, Trish passe ses bras autour de mes épaules.

– Je suis si heureuse de t'avoir rencontrée, Tessa. Tu n'as aucune idée de ce que ça me fait en tant que mère de voir mon unique enfant comme ça.

– Comment comme ça ?

– Heureux.

Mes yeux commencent à piquer. Si pour elle Hardin est heureux en ce moment, je ne veux pas savoir à quoi il ressemblait avant. Je lui fais mes adieux et me prépare à quitter l'appartement pour la dernière fois.

– Tessa ?

La mère d'Hardin m'interpelle une dernière fois. Je me retourne pour la regarder en face.

– Tu reviendras ?

Sa question me brise le cœur. J'ai l'impression qu'elle sous-entend bien plus que revenir après les vacances de Noël. Je ne me fais pas confiance, je préfère répondre d'un signe de tête avant de sortir rapidement.

En arrivant à l'ascenseur, je fais demi-tour pour emprunter les escaliers et éviter de rencontrer Hardin. Je m'essuie les yeux et prends une grande inspiration avant de sortir dans la neige.

Lorsque j'atteins péniblement ma voiture, je m'aperçois que le pare-brise a été nettoyé et que le moteur tourne.

Je décide de ne pas prévenir ma mère de mon arrivée. Je n'ai pas envie de parler. Je veux utiliser ces deux heures de route pour faire le point. J'ai besoin de peser, à nouveau, le pour et le contre d'une relation avec Hardin. Je sais que c'est vraiment stupide ne serait-ce que d'y penser, il m'a infligé tant de choses horribles. Il m'a menti, trahie et humiliée. Jusqu'à présent, sur la liste des « contre », il y a les mensonges, les draps, le préservatif, le pari, son tempérament, ses amis, Molly, son ego, son attitude et sa propension à détruire ma confiance.

Sur la liste des « pour », j'inscris… bon… il y a le fait que je l'aime, qu'il me rend heureuse, m'aide à me sentir plus forte, à avoir davantage confiance en moi, que la plupart du temps il veut ce qu'il y a de mieux pour moi, sauf, bien sûr, quand il me blesse… Et puis il y a son rire, son sourire, sa façon de me tenir, de m'embrasser, de me câliner et aussi de changer pour moi.

Je sais que cette liste est pleine de petites choses, surtout si on les compare à l'énormité des « contre », mais les petits actes sont les plus importants, non ? Je ne sais pas si je suis complètement folle d'envisager de lui pardonner ou si je ne fais que suivre les préceptes de l'amour. Quel est le meilleur des guides en amour, raison ou sentiment ? Même si je tente de résister, je n'arrive pas à rester loin de lui. Je n'ai jamais pu le faire.

Ce serait le bon moment pour parler à un ami, un ami qui aurait connu ce type de situation. J'aimerais pouvoir appeler Steph, mais elle n'a jamais été honnête avec moi. Il y aurait bien Landon, mais il m'a déjà fait part de son opinion et, parfois, le point de vue d'une femme est meilleur, plus empathique.

La neige est épaisse et le vent souffle fort, il pousse ma voiture de côté sur la route déserte. J'aurais dû rester au motel, je ne sais pas ce qui m'a pris de retourner chez ma mère. Mais le temps passe plus vite que prévu et après quelques passages difficiles, la maison de ma mère surgit devant moi.

Je me gare dans l'allée soigneusement déneigée. Je dois sonner trois fois avant qu'elle vienne enfin m'ouvrir la porte, vêtue d'un peignoir de bain et les cheveux mouillés. Je peux compter sur les doigts d'une main le nombre de fois dans ma vie où je ne l'ai vue ni coiffée ni maquillée. Ironiquement, je remarque qu'elle m'accueille tout aussi gentiment que d'habitude :

– Que fais-tu ici ? Pourquoi n'as-tu pas appelé ?

J'entre et lui réponds :

– Je ne sais pas, je conduisais sous la neige et je n'ai pas voulu me déconcentrer.

– Tu aurais tout de même dû m'appeler pour que je me prépare.

– Tu n'as pas besoin de te préparer, ce n'est que moi.

– Ce n'est pas une excuse pour avoir l'air négligée, Tessa.

Le soupir qui accompagne ses paroles sous-entend que *mon* apparence à moi laisse à désirer. Je ris presque du ridicule de son commentaire, mais opte sagement pour le silence.

– Où sont tes sacs ?

– Dans ma voiture, j'irai les chercher plus tard.

– Qu'est-ce que tu as sur le dos… cette robe ?

Elle passe mon apparence en revue. Je réponds en souriant :

– Une robe pour aller travailler. Je l'aime vraiment beaucoup.

– C'est bien trop indécent… mais la couleur est acceptable.

– Merci. Alors, comment vont les Porter ?

Je sais que parler de la famille de Noah détournera son attention.

– Très bien. Tu leur manques. Nous devrions peut-être les inviter à dîner ce soir.

Elle se dirige vers la cuisine et sa réponse, lancée par-dessus son épaule, me hérisse.

– Oh, je ne pense pas que ce soit une bonne idée.

Elle se verse une tasse de café.

– Et pourquoi donc ?

– Je ne sais pas… Ce serait un peu bizarre pour moi.

– Theresa, tu connais les Porter depuis des années. J'aimerais que tu les revoies, maintenant que tu effectues un stage en plus de ton cursus universitaire.

– Alors, en gros, tu veux que je frime ?

Cette idée me gêne vraiment. Elle ne veut les inviter que pour m'exhiber et se vanter.

– Non, je veux que tu leur montres ce que tu as accompli. Ce n'est pas de la frime.

– Je préfèrerais que tu ne les invites pas.

– Eh bien, Theresa, c'est ma maison et si je veux les inviter, je le ferai. Je vais finir de me rendre présentable avant de poursuivre.

D'un mouvement théâtral, elle sort de la pièce, me laissant seule dans la cuisine.

Je monte dans mon ancienne chambre. Je suis fatiguée. Je m'allonge sur mon lit en attendant que ma mère termine ses longs rituels d'embellissement.

– Theresa ?

La voix de ma mère me réveille. Je ne me rappelle même pas m'être endormie. Je décolle mon visage de Bouddha, mon vieil éléphant en peluche.

– J'arrive !

Encore tout ensommeillée, je me lève péniblement et titube le long du couloir. Lorsque j'atteins le séjour, Noah est assis sur le canapé. Heureusement, le clan Porter n'est pas là au grand complet comme ma mère m'en avait menacée, mais sa seule présence suffit à me réveiller.

– Regarde qui est venu nous rendre visite pendant que tu faisais la sieste !

Ma mère a son sourire le plus faux. Je réponds un « salut », mais je me maudis, *je savais que je n'aurais pas dû venir ici.*

Noah me fait un petit geste de la main.

– Salut Tessa, tu as l'air en forme.

Bien sûr, je n'ai aucun problème avec Noah, je l'aime beaucoup, comme un membre de ma famille, mais j'ai besoin de faire une pause avec tout ce qui se passe dans ma vie, et sa présence ne fait qu'ajouter une bonne dose de douleur et de culpabilité. Je sais que ce n'est pas sa faute et je ne suis pas très juste en étant cassante avec lui, d'autant plus qu'il a été vraiment gentil au moment de notre rupture.

Ma mère a quitté la pièce. Je retire mes chaussures et m'assieds sur le canapé face à lui.

– Comment se passent tes vacances ?

– Bien, et les tiennes ?

– Pareil. Ta mère m'a dit que tu étais allée à Seattle ?

– Ouais. C'était super. J'y suis allée avec mon directeur et quelques collègues.

– C'est génial, Tessa. Je suis content pour toi : tu rentres vraiment dans le monde de l'édition !

– Merci.

Je souris. Ce n'est pas aussi bizarre que ce que je craignais.

Un instant plus tard, il regarde vers le couloir où ma mère a disparu et s'approche de moi.

– Et alors ? Ta mère est tellement tendue depuis samedi. Enfin je veux dire, encore plus que d'habitude.

– Comment ça ?

– Tout ce truc avec ton père !

Il parle doucement comme si je savais de quoi il parlait. *De quoi ?*

– Mon père ?

– Elle ne t'a rien dit ? (Il ne cesse de regarder le couloir désert.) Alors, ne lui dis pas que je t'en ai parlé…

Avant qu'il ne puisse terminer sa phrase, je me lève et déboule en trombe dans la chambre.

– Maman !

C'est quoi ce bordel avec mon père ? Je ne l'ai pas vu et n'ai pas non plus entendu parler de lui depuis huit ans. La manière dont Noah se comportait, cette solennité… *Est-il mort ?* Je ne sais pas trop quoi penser.

– Il se passe quoi avec papa ?

J'ai haussé le ton en entrant comme une forcenée. Elle écarquille les yeux mais se reprend rapidement.

– Eh bien ?

– Tessa, baisse d'un ton. Il ne se passe rien, rien qui doive t'inquiéter.

– Ce n'est pas à toi de prendre cette décision. Dis-moi ce qui se passe ! Est-ce qu'il est mort ?

– Mort ? Oh non. Je te le dirais si c'était le cas, me dit-elle en balayant l'idée du revers de la main, comme si j'étais une sous-merde.

– Alors, que se passe-t-il ?

Elle soupire et me regarde un instant avant de répondre :

– Il est revenu. Il a emménagé pas très loin de chez toi, mais il ne te contactera pas, ne t'inquiète pas pour ça. Je m'en suis assurée.

– Qu'est-ce que tu *veux dire* par là ?

Il n'y a pas assez d'espace dans ma tête et dans l'État de Washington pour tout ce bazar avec Hardin, et maintenant le retour de mon père absent ! D'ailleurs quand j'y pense, et pour commencer, je ne savais même pas qu'il était parti. Je savais seulement qu'il n'était pas dans le coin, dans *mon* coin, surtout.

– Ça ne veut rien dire du tout. Je voulais te le dire vendredi soir lorsque je t'ai appelée, mais comme tu n'as pas pris la peine de décrocher ton téléphone, je m'en suis occupée toute seule.

J'étais trop ivre ce soir-là. Heureusement que je n'ai pas pris son appel. Je n'aurais jamais pu gérer la situation dans un tel état d'ébriété. J'ai déjà du mal en ce moment…

– Il ne viendra pas t'embêter, alors fais immédiatement disparaître ce petit air triste de ton visage et prépare-toi, nous allons faire quelques courses, ajoute-t-elle sur un ton bien trop indifférent.

– Je n'ai pas très envie d'aller faire des courses, maman. C'est un peu beaucoup à accepter pour moi.

– Non, absolument pas, répond-elle agacée. (Elle prend un ton venimeux.) Il a disparu de la circulation depuis des années. Il va continuer à être absent, rien n'a changé.

Elle disparaît dans son dressing et je me rends à l'évidence : il ne sert à rien de discuter avec elle.

Je retourne dans le salon, j'attrape mon téléphone et remets mes chaussures.

– Où vas-tu ? me demande Noah.

– Aucune idée !

Je sors et me plonge dans l'air frais.

J'ai perdu tout ce temps à venir ici, deux heures de conduite sous la neige, juste pour qu'elle se comporte comme une sorcière avec moi… non, appelons un chat un chat, comme une *connasse*. C'est une grosse *connasse*. Je retire la neige de mon pare-brise avec mon bras. Ce qui est une très mauvaise idée, ça me donne encore plus froid. Je grimpe dans ma voiture, serre mes dents qui claquent et allume le moteur, lui laissant le temps de chauffer un peu.

En conduisant, je crie, j'insulte ma mère sans discontinuer, avec tous les mots qui me passent par la tête. Lorsque je n'ai plus de voix, je cherche ce que je pourrais bien faire, mais les souvenirs de mon père m'envahissent, impossible de me concentrer. Des larmes roulent sur mes joues, je saisis mon téléphone sur le siège passager.

Quelques secondes plus tard, la voix d'Hardin jaillit du petit haut-parleur :

– *Tess ?* Tout va bien ?

– Ouais…

Ma voix me trahit lorsque j'essaie de réprimer un sanglot.

– Qu'est-ce qui s'est passé ? Qu'est-ce qu'elle a fait ?

– Elle… Je peux revenir ?

En entendant ma question, il laisse échapper un gros soupir.

– Bien sûr, Bébé… Tessa.

Il se corrige, mais je me rends compte que j'aurais aimé qu'il ne le fasse pas.

– Tu es encore loin ?

– Vingt minutes, je réponds en pleurant.

– Ok. Tu veux que je reste en ligne ?

– Non… Il neige, dis-je en raccrochant.

Je n'aurais jamais dû partir. Quelle ironie de courir me réfugier dans les bras d'Hardin avec tout ce qu'il m'a fait !

Un bien trop long moment plus tard, je me gare, toujours en larmes. Je m'essuie le visage du mieux que je peux, mais mon maquillage a barbouillé mon visage. Lorsque je sors, je découvre Hardin près de la porte, debout et couvert de neige. Sans réfléchir, je cours vers lui et lui saute au cou. Il recule d'un pas, visiblement déstabilisé par ce geste, mais il me serre vite dans ses bras et me laisse pleurer dans son pull couvert de neige.

∞

28
Hardin

Il y a bien trop longtemps que je ne l'ai pas tenu dans mes bras, c'est encore meilleur que tout ce que je pourrais dire. Lorsqu'elle se jette sur moi, je me sens apaisé physiquement, je n'aurais jamais cru que ça puisse arriver, elle était si distante, si froide ces derniers temps. Je ne l'accuse de rien, mais putain, ça faisait mal.

Tess serrée dans mes bras, je parle dans ses cheveux :

– Ça va ?

Elle remue la tête de haut en bas contre ma poitrine, mais continue de pleurer. Elle ne va pas bien, sa mère lui a probablement dit une grosse connerie qu'elle aurait mieux fait de garder pour elle. Je savais que ça arriverait et honnêtement, j'en suis heureux, quoi qu'elle ait fait. Pas qu'elle ait blessé Tessa, mais que ma copine se soit ruée vers moi pour chercher du réconfort.

– Viens, on rentre.

Elle hoche la tête, mais ne me lâche pas, je me force donc à desserrer mes bras pour que nous puissions entrer dans le bâtiment. Son joli visage est constellé de traces noires, ses yeux et ses lèvres sont gonflés. J'espère qu'elle n'a pas pleuré pendant les deux heures de route.

Dès que nous entrons dans le hall de l'immeuble, je retire l'écharpe que j'avais apportée et l'enroule autour de son cou jusqu'aux oreilles, encadrant ses beaux traits d'un halo pourpre. Elle doit avoir froid, vêtue de cette seule robe. Cette robe… Normalement, je devrais être en train de fantasmer à mort sur la façon dont je pourrais la lui retirer, mais pas maintenant, pas quand elle est comme ça.

Elle laisse échapper le plus mignon des hoquets et tire l'écharpe sur sa tête. Ses cheveux ressortent d'un côté, ce qui lui donne un air encore plus juvénile que d'habitude. Je profite de la petite chance que j'ai de lui parler seul entre l'ascenseur et la porte de notre appartement.

– Tu veux en parler ?

Elle me fait signe que oui.

J'ouvre la porte. Ma mère est assise sur le canapé, en voyant Tessa, l'inquiétude se dessine sur son visage. Je lui lance un regard d'avertissement, lui rappelant sa promesse de ne pas bombarder Tessa de questions. Elle détourne le regard et se focalise sur la télévision, feignant l'indifférence. Lorsque j'annonce que nous allons dans la chambre, elle me fait un signe de tête. Je sais que ça la rend folle de ne pas pouvoir parler, mais je ne vais pas aggraver l'état de Tessa.

En chemin, je m'arrête devant le thermostat pour remonter le chauffage, je sais que Tessa est gelée. Quand j'entre dans la chambre, elle est déjà assise au bord du lit. Pas trop sûr de savoir jusqu'où j'ai le droit d'aller, j'attends qu'elle prenne la parole, ce qu'elle fait d'une petite voix :

– Hardin ?

Elle est enrouée, elle a donc *pleuré* pendant tout le trajet, j'en suis malade. Je m'approche et, d'un geste surprenant, elle s'agrippe à mon tee-shirt pour m'attirer plus près, jusqu'à ce que je sois entre ses jambes. Sa mère a dû faire pire que juste dire des conneries.

– Tess… Qu'est-ce qu'elle a fait ?

Elle se remet à pleurer, étalant son maquillage sur mon tee-shirt blanc. Je m'en tape complètement qu'elle le dégueulasse, ça me donnera même un souvenir d'elle pour la prochaine fois où elle me quittera.

– Mon père…

Sa voix est rauque et je me transforme en statue. *S'il était chez elle…*

– Ton père ? Tessa, il était là-bas ? Il t'a fait du mal ?

Je parle en serrant les dents.

Elle secoue la tête pour me faire signe que non, je tends la main pour lever son menton, la forçant à me regarder. D'ordinaire, quand elle est bouleversée, c'est là qu'elle crie.

– Il est revenu dans le coin ; mais je ne savais même pas qu'il était parti. Enfin, je crois que je ne le savais pas ; en fait, je n'y ai jamais pensé. Je n'ai jamais pensé à lui.

Ma voix n'est pas aussi calme que je le voudrais.

– Tu lui as parlé aujourd'hui ?

– Non. Elle oui, en revanche. Elle a dit qu'il ne m'approcherait pas, mais je ne veux pas qu'elle fasse ce choix pour moi.

– Tu veux le voir ?

Tout ce qu'elle m'a dit sur cet homme était négatif. Il était violent, il battait souvent sa mère devant elle. Pourquoi voudrait-elle le voir, *lui* ?

– Non… Enfin, je ne sais pas. Mais c'est à *moi* de prendre cette décision. Non pas qu'il veuille me voir…

Elle essuie ses larmes du revers de la main. Mon instinct me dicte de chasser cet homme et de m'assurer qu'il ne s'approchera jamais d'elle. Bon, je dois me calmer avant de dire une connerie sur le vif.

– Je n'arrête pas de me demander s'il ne serait pas comme *ton* père.

– Qu'est-ce que tu veux dire ?

– Et s'il avait changé ? Et s'il avait arrêté de boire ?

L'espoir contenu dans le ton de sa voix me brise le cœur… Enfin, ce qui en reste.

– Je ne sais pas… Ça n'arrive que rarement.

Ma réponse est honnête, mais je vois les coins de sa bouche s'affaisser.

– Mais, ça pourrait être vrai. Peut-être qu'il a changé…

Je n'y crois pas, mais qui suis-je pour briser son espoir ?

– Je ne savais pas que tu t'intéressais à lui ?

– C'est vrai… enfin c'était vrai. Je suis en colère parce que ma mère m'a caché des choses.

Elle me raconte le reste de l'histoire en s'essuyant le visage et le nez dans mon tee-shirt. La mère de Tessa est la seule femme qui peut révéler le retour de son ex-mari alcoolique en proposant une virée shopping. Je ferme ma gueule à propos de la présence de Noah, même si ça me fait profondément chier que ce gamin soit toujours dans le coin.

Enfin, elle lève les yeux vers moi, un peu plus calme. Elle a l'air d'aller mieux que quand elle m'a sauté dessus dans le parking et j'aimerais croire que j'y suis pour quelque chose.

– C'est pas grave si je reste ?

– Non… bien sûr. Tu peux rester aussi longtemps que tu veux. C'est ton appartement après tout.

J'essaie un sourire et, étonnamment, elle me le rend avant de s'essuyer le nez encore une fois dans mon tee-shirt.

– Je devrais avoir une chambre à la cité U la semaine prochaine.

Je hoche la tête ; si je parle, je vais être totalement pathétique, à la supplier de ne pas me quitter, une fois encore.

∞

29
Tessa

Enfermée dans la salle de bains, je me démaquille pour reprendre forme humaine. L'eau tiède lave les traces de ma matinée chaotique. À cet instant, je suis heureuse d'être de retour. Malgré tout ce qu'Hardin et moi avons traversé, je respire de savoir que j'ai toujours un endroit accueillant où me poser avec lui. Il est la seule constante de ma vie ; je me souviens qu'il m'a dit ça un jour. Je me demande s'il y croyait vraiment à l'époque.

Même si ce n'était pas le cas, je crois que ça l'est maintenant. J'aimerais simplement qu'il me parle plus de ses sentiments. Il n'avait jamais exprimé autant d'émotions qu'hier, quand je l'ai vu se briser sous mes yeux. Je veux juste entendre les mots derrière les larmes.

En revenant dans la chambre, je le surprends en train de poser mes sacs par terre.

– Je suis allé chercher tes affaires.

– Merci. J'espère sincèrement que je ne m'impose pas.

Je me baisse pour attraper un pantalon de yoga et un tee-shirt ; il faut que j'enlève cette robe.

– Je veux que tu sois là, tu le sais, non ? dit-il doucement. (Je hausse les épaules, ce qui lui fait froncer les sourcils.) Tu devrais le savoir depuis le temps, Tess.

– Oui… C'est juste que ta mère est ici et que je débarque avec tout ce drame et ces larmes.

– Ma mère est contente que tu sois avec nous, et moi aussi.

Cette dernière phrase me donne des ailes, mais je change de sujet :

– Vous avez prévu de faire quelque chose aujourd'hui ?

– Je crois qu'elle voulait aller au centre commercial ou un truc dans le genre, mais on peut y aller demain.

– Allez-y. Je m'occuperai toute seule.

Je ne veux pas qu'il annule ses projets avec sa mère qu'il n'a pas vue depuis plus d'un an.

– Non, ce n'est pas grave. Tu ne dois pas rester toute seule.

– Tout va bien.

– Tessa, qu'est-ce que je viens de te dire ? grogne-t-il.

Je lève les yeux vers lui. Il semble avoir oublié qu'il n'a plus à prendre de décision pour moi. Personne d'ailleurs. Il se radoucit et se corrige en ajoutant :

– Désolé… Reste ici. Je vais aller faire du shopping avec elle.

– Très bien, tu fais des progrès !

Je réprime un sourire. Hardin est tellement doux, comme s'il avait… *peur*, ces derniers jours. Oui, il a eu tort de me pousser, mais c'est plutôt sympa de voir qu'il est toujours lui-même. J'entre dans le dressing pour me changer et au moment où j'enlève ma robe, il frappe à la porte.

– Tess ?

– Oui ?

Il marque un temps, puis me demande :

– Tu seras là quand on reviendra ?

– Ouais. Ce n'est pas comme si j'avais autre part où aller…

J'essaie un petit rire.

– Ok. Si tu as besoin de quoi que ce soit, appelle-moi.

Il y a une telle tristesse dans sa voix !

Quelques minutes plus tard, j'entends la porte d'entrée se refermer et je sors de la chambre. J'aurais probablement dû les accompagner pour ne pas me retrouver seule face à mes pensées. La solitude m'envahit déjà. Après une heure de télévision, j'ai dépassé le stade de l'ennui. Mon téléphone vibre à intervalles réguliers, c'est toujours le nom de ma mère sur l'écran. Je l'ignore complètement, j'aimerais vraiment qu'Hardin soit déjà de retour. Pour passer le temps, je saisis ma liseuse, mais je n'arrête pas de regarder la pendule.

J'hésite à envoyer un texto à Hardin pour lui demander quand il reviendra, mais je me décide à préparer le dîner. Il me faut une recette facile mais qui prenne du temps, c'est parti pour un plat de lasagnes.

Le temps avance vite, huit heures, puis huit heures et demie et, à neuf heures, j'ai encore envie de lui écrire.

Non mais qu'est-ce qui ne tourne pas rond chez moi ? Je me dispute avec ma mère et, soudain, je reviens m'agripper aux basques d'Hardin ? Si j'étais honnête avec moi-même, j'admettrais que je n'ai jamais vraiment arrêté de m'accrocher à lui. J'admettrais que je ne suis pas prête à affronter la vie sans lui. Je ne vais pas tout accepter d'un coup chez lui, mais je suis épuisée d'avoir à me battre contre moi-même, tout le temps. Même s'il a été infâme avec moi, je suis encore plus misérable sans lui que lorsque j'ai découvert le pot aux roses du pari. D'un côté, et profondément, ma faiblesse m'irrite, mais d'un autre, je ne peux pas nier ma détermination quand je suis revenue aujourd'hui. J'ai encore besoin d'un peu de temps pour réfléchir, pour voir ce qui se passe lorsque nous sommes en présence l'un de l'autre.

Je suis encore tellement paumée.

Neuf heures et quart. Il n'est que neuf heures et quart quand j'achève de mettre la table et de ranger le désordre de la cuisine. Je vais lui envoyer un message, juste un simple : HELLO, ÇA VA ? pour voir si tout se passe bien. Il neige, voilà, je ne lui écris que pour voir s'il va bien, juste pour des raisons de sécurité.

La porte s'ouvre à l'instant où j'attrape mon téléphone. Je le repose discrètement quand Hardin et sa mère entrent.

– Alors, c'était bien le shopping ?

Je pose ma question au moment exact où il me demande :

– Tu as préparé le dîner ?

Nous répondons ensemble en riant :

– Toi d'abord.

Je lève la main et les informe :

– J'ai fait à dîner. Si vous avez déjà mangé, ce n'est pas grave.

– Ça sent vraiment bon ici !

En voyant la table chargée de nourriture, sa mère lâche ses sacs et prend place à table.

– Merci, Tessa. C'est adorable. Le centre commercial était abominable. Tous ces envahisseurs qui n'ont pas eu le temps d'acheter leurs cadeaux de Noël ! Qui attend le 22 décembre pour acheter ses cadeaux ?

– Euh… *toi*, répond Hardin en se servant un verre d'eau.

– Toi, chut, lui intime-t-elle en grappillant un morceau de pain.

Hardin s'assied à côté de sa mère et je prends place face à elle. Pendant le dîner, Trish raconte les horreurs auxquelles ils ont assisté lors de leur virée et comment un homme a été plaqué au sol par les agents de sécurité pour avoir volé une robe chez Macy's. Hardin jure qu'il avait volé cette robe pour lui-même, mais Trish lève les yeux au ciel et poursuit son histoire hallucinante. Je me rends compte que le dîner que j'ai préparé est loin d'être mauvais, voire meilleur que d'habitude car, à la fin du repas, le plat entier a été englouti. Moi, je me suis servie deux fois, c'est la dernière fois que je passe une journée entière sans manger.

– Oh, j'oubliais, nous avons acheté un sapin. Juste un petit, mais vous devez avoir un sapin dans votre appartement, surtout pour votre premier Noël ensemble !

Trish ponctue sa déclaration d'applaudissements.

Même avant que tout parte à la dérive, Hardin et moi n'avions jamais parlé de sapin de Noël. J'ai été tellement occupée par le déménagement, et par Hardin en général, que j'en avais presque oublié les fêtes de fin d'année. Aucun de nous ne s'est intéressé à Thanksgiving : lui pour des raisons évidentes et moi parce que je n'avais aucune envie de passer la journée à l'église de ma mère. En fait, nous avons commandé des pizzas et glandé dans ma chambre à la cité U.

– Ça ne te dérange pas, n'est-ce pas ?

Trish insiste, je comprends que je n'avais pas répondu à sa première question.

– Oh non, bien sûr que non.

En lui répondant, j'observe Hardin, les yeux plongés dans son assiette vide. Trish fait la conversation, ce dont je lui suis reconnaissante.

– Eh bien, autant j'adorerais rester éveillée toute la nuit avec vous, petits fêtards, autant j'ai besoin d'un bon sommeil réparateur.

Elle me remercie une fois encore, pose son assiette dans l'évier et nous souhaite bonne nuit avant de se pencher pour embrasser Hardin sur la joue. Il grogne et recule, ses lèvres ne font que l'effleurer, mais elle semble satisfaite de ce petit contact. Elle me passe les bras autour des épaules et m'embrasse sur le sommet du crâne. Hardin soupire, ce qui lui vaut un coup de pied sous la table.

Lorsqu'elle sort de la pièce, je me lève pour mettre les restes de côté.

– Merci d'avoir fait à dîner. Tu n'étais pas obligée.

Nous allons tous les deux dans la chambre.

– Je peux dormir par terre cette nuit, chacun son tour.

Je lui propose, mais je sais très bien qu'il ne me laissera pas dormir sur le sol.

– Non, c'est bon. Ce n'est pas si désagréable, en fait.

Je m'assieds sur le lit et Hardin prend les couvertures dans l'armoire pour les étendre par terre. Je lui lance deux oreillers et il m'offre un petit sourire avant de déboutonner son jean. *Définitivement, il faut que je regarde ailleurs.* Ce n'est pas que j'en aie envie, mais je dois le faire. Il enlève son jean noir, ses muscles font bouger le tatouage sur son ventre lorsqu'il se penche en avant. Impossible de détourner le regard tellement je suis attirée par lui, malgré ma colère. Son boxer noir épouse les formes de son corps. Il lève soudain la tête pour me regarder, son visage est dur, son regard se concentre sur moi, ce qui ne fait qu'alimenter mon état d'excitation et sa mâchoire est si serrée, si intrigante. Il m'observe encore.

– Désolée.

Je tourne la tête, les joues écarlates d'humiliation.

– Non, je suis désolé. C'est juste une habitude.

Il hausse les épaules et attrape un pantalon de coton dans la commode. Je garde les yeux rivés sur le mur jusqu'à ce qu'il dise : « Bonne nuit, Tess » et éteigne la lumière. Je suis sûre qu'il a son petit sourire satisfait sur les lèvres.

Je suis réveillée par un bruit sec. Je crois deviner les pâles du ventilateur tournant dans l'obscurité. Le bruit se répète, c'est la voix d'Hardin qui gémit :

– Non ! Pitié !

Merde, il a encore un de ses cauchemars. Je saute du lit et m'agenouille à côté de lui qui se débat dans son sommeil. Il répète bien plus fort :

– Non !

– Hardin ! Hardin, réveille-toi.

Je lui parle à l'oreille en secouant ses épaules. Son tee-shirt est trempé de sueur et son visage congestionné, il ouvre les yeux et s'assied brusquement.

– Tess… dit-il dans un souffle, avant de m'attirer dans ses bras.

Je passe la main dans ses cheveux avant de lui caresser le dos en faisant de lents mouvements de haut en bas, mes ongles effleurent à peine sa peau.

Je répète sans cesse :

– Tout va bien. (Il me serre encore plus fort.) Viens te coucher.

Je me lève et il me suit, s'agrippant à mon tee-shirt. Lorsqu'il s'allonge, je lui demande :

– Ça va aller ?

Il hoche la tête, je m'approche pour l'entendre murmurer :

– Tu crois que tu peux aller me chercher un verre d'eau ?

– Bien sûr. Je reviens tout de suite.

J'allume la lampe de chevet avant de me lever et essaie de me faire aussi discrète que possible pour ne pas réveiller Trish, mais je la trouve debout dans la cuisine. Elle me demande :

– Il va bien ?

– Oui, ça va maintenant. Je lui prends juste un verre d'eau.

Je remplis le verre. Lorsque je me retourne, elle me serre dans ses bras et m'embrasse sur la joue.

– Pourrons-nous discuter demain ?

Maintenant, je suis trop nerveuse pour dire quoi que ce soit, je fais un petit signe de tête, ça la fait sourire, même si je l'entends renifler en sortant.

Lorsque je reviens dans notre chambre, Hardin a l'air légèrement soulagé de me voir revenir et me remercie en prenant le verre qu'il boit d'un trait. Sans le quitter des yeux, je retourne me coucher. Je vois bien qu'il est mal à l'aise, en grande partie à cause de son cauchemar, mais je sais que c'est aussi à cause de moi.

– Viens là.

C'est du soulagement que je lis dans son regard lorsqu'il approche son corps du mien et que je pose ma tête sur sa poitrine. C'est aussi réconfortant pour moi que pour lui, j'imagine. En dépit de tout ce qu'il a fait, je me sens chez moi dans les bras de ce garçon plein de défauts.

– Ne me laisse pas partir, Tess, murmure-t-il en fermant les yeux.

∞

30

Tessa

Je me réveille en sueur, la tête d'Hardin sur le ventre, ses bras étalés autour de moi. Nos jambes sont emmêlées et il ronfle légèrement. Il doit être engourdi par le poids de mon corps.

Je lève ma main avec précaution pour repousser ses beaux cheveux de son front. J'ai l'impression de ne pas avoir touché une de ses mèches depuis si longtemps ; en réalité, ça ne fait que quelques jours, depuis samedi dernier. En passant mes doigts dans sa douce chevelure, je revis les événements de Seattle, comme si j'assistais à un film.

Ses yeux se plissent puis finissent par s'ouvrir. Je retire prestement ma main, gênée d'avoir été prise sur le fait.

– Désolée.

– Ne le sois pas, c'était agréable, me dit-il, la voix ensommeillée.

Il se ressaisit, prend quelques inspirations contre ma peau et se détache de mon corps, bien trop rapidement à mon goût. Si je n'avais pas touché ses cheveux, il me tiendrait toujours contre lui dans son sommeil.

– Il faut que je travaille aujourd'hui, je vais aller un peu en ville, m'annonce-t-il en attrapant un jean dans le placard.

Vite, il enfile ses bottes. J'ai comme l'impression qu'il est en train de fuir.

– Ok…

Quoi ? Je croyais qu'il serait content d'avoir dormi avec moi, que nous ayons été dans les bras l'un de l'autre pour la première fois depuis le début de la semaine. Je croyais que quelque chose aurait changé, pas complètement, mais que peut-être il aurait senti que ma volonté fléchissait, que j'avais fait quelques pas de plus vers la réconciliation.

– Ouais…

En silence, il triture son piercing à l'arcade sourcilière avant de retirer son tee-shirt blanc et d'en attraper un noir dans la commode. Il ne dit rien d'autre avant de sortir de la pièce, me laissant une fois encore en pleine confusion. Je m'attendais à tout sauf à le voir partir en courant. Quel genre de travail le réclame à ce moment précis ? Comme moi, il lit des manuscrits, sauf qu'il a bien plus de liberté car il peut travailler de la maison, alors pourquoi veut-il faire ça aujourd'hui ? Le souvenir de ce que faisait Hardin la dernière fois qu'il a dû aller « travailler » me retourne l'estomac.

Je l'entends parler à sa mère brièvement avant que la porte d'entrée se ferme. Je me laisse tomber sur le lit et tape des pieds comme une enfant, mais les effluves de café me décident à me lever et à me traîner jusqu'à la cuisine.

– Bonjour, ma jolie.

Trish m'accueille gaiement. J'attrape la cafetière fumante.

– Bonjour. Merci d'avoir fait du café.

– Hardin a dit qu'il avait du travail.

C'est plus une question qu'une affirmation.

– Ouais… Il a dit quelque chose comme ça.

Je ne sais pas quoi lui répondre d'autre, mais elle feint de l'ignorer.

– Je suis contente qu'il aille bien après la nuit qu'il a passée, ajoute-t-elle d'une voix angoissée.

– Oui, moi aussi.

Puis, sans réfléchir, j'ajoute :

– Je n'aurais pas dû le faire dormir par terre.

Elle hausse les sourcils et me pose sa question suivante avec précaution :

– Il n'a pas de cauchemar quand il n'est pas par terre ?

– Non, ça ne lui arrive pas si nous…

Je ne finis pas ma phrase et me concentre sur ma petite cuillère en essayant de trouver une porte de sortie. Elle finit la phrase pour moi :

– Si *tu* es là.

– Oui… Si je suis là.

Elle m'adresse un regard plein d'espoir que, à ce qu'on dit, seule une mère peut avoir lorsqu'elle parle de ses enfants.

– Tu veux savoir pourquoi il fait de tels cauchemars ? Je sais qu'il sera fâché que je te l'aie dit, mais je pense que tu devrais le savoir.

Je déglutis. Je n'ai pas vraiment envie de l'entendre me raconter cette histoire.

– Je vous en prie, Madame Daniels. Il m'a déjà tout dit… à propos de cette nuit-là.

Je ravale ma salive. Elle écarquille les yeux, clairement estomaquée.

– Il te l'a *dit* ?

– Je suis désolée, je ne voulais pas vous le dire comme ça et, l'autre jour, j'ai cru que vous saviez…

Je lui présente mes excuses et prends une nouvelle gorgée de café.

– Non… Non… ne t'excuse pas. J'ai juste du mal à croire qu'il t'en ait parlé. À l'évidence, tu savais pour les cauchemars, mais ça… ça, c'est étonnant.

Du bout des doigts elle s'essuie le coin des yeux et me fait un vrai sourire, du fond du cœur.

– J'espère que ça ne vous dérange pas. Je suis désolée de ce qui vous est arrivé.

Je ne veux pas m'immiscer dans leurs secrets de famille, mais je n'ai jamais eu à affronter ce type de situation.

– Mais ça ne me dérange pas du tout, bien au contraire, ma chérie, dit-elle en se mettant à pleurer pour de bon. Je suis juste si heureuse qu'il t'ait trouvée… Ils étaient tellement horribles, et lui, il criait, hurlait même. J'ai essayé de lui faire suivre une thérapie, mais tu le connais. Il ne voulait pas parler. Du tout. Pas un mot, il restait juste assis à regarder le mur.

Je pose ma tasse de café sur le comptoir et la serre dans mes bras.

– Je ne sais pas ce qui t'a fait revenir hier, mais je suis contente que tu l'aies fait.

– Pardon ?

Elle se recule et m'adresse un coup d'œil ironique en s'essuyant les yeux.

– Oh, mon petit chou. Je suis vieille, mais pas à ce point. Je sentais qu'il y avait quelque chose. J'ai vu à quel point il était surpris de te voir quand nous sommes arrivés et je savais que quelque chose clochait entre vous quand il m'a annoncé que tu n'allais pas pouvoir venir en Angleterre.

Je me doutais bien qu'elle s'était aperçue de quelque chose, mais je ne savais pas que nous étions si transparents à ses yeux. J'avale une grande gorgée de café tiède en réfléchissant.

Trish m'attrape tendrement l'autre bras.

– Il était si excité… enfin, aussi excité qu'il puisse être… de te faire venir en Angleterre et soudain, quelques jours plus tard, il m'annonce que tu ne seras pas là, alors j'ai compris. Que s'est-il passé ?

Je reprends un peu de café et la regarde dans les yeux.

– Eh bien…

Je ne sais pas quoi lui dire parce que *Oh rien, votre fils a pris ma virginité pour remporter un pari* ne m'aidera pas vraiment sur ce plan. Tout ce que je peux dire, c'est :

– Il… il m'a menti.

Je ne veux pas que son fils la déçoive et je n'ai pas vraiment envie de parler de ça avec elle. En même temps, je ne me sens pas de lui mentir complètement non plus.

– Un gros mensonge ?

– Un énorme mensonge.

Elle me regarde un peu comme si j'étais une mine antipersonnel.

– Il regrette ?

C'est étrange de parler à Trish. Je ne la connais pas et, forcément elle prendra son parti, c'est sa mère.

– Moui… Je crois qu'il regrette.

– Il te l'a dit ?

– Oui… Quelquefois.

– Il te l'a montré ?

– Plus ou moins.

L'a-t-il fait ? J'ai vu qu'il a perdu les pédales l'autre jour et qu'aujourd'hui il est plus calme que d'habitude, mais il ne m'a pas vraiment dit ce que je veux entendre.

C'est une femme plus âgée qui me regarde et, l'espace d'un instant, je crains réellement sa réponse, mais elle me surprend encore.

– Eh bien, je suis sa mère et en tant que telle, je dois supporter ses bêtises, mais pas toi. S'il veut que tu lui pardonnes, il doit y travailler. Il doit te montrer qu'il ne fera jamais rien de similaire à ce qu'il t'a fait subir, et j'imagine que ce doit être conséquent pour que tu en sois venue à partir de chez vous. Essaie de te souvenir qu'il a du mal avec les émotions. C'est un garçon en colère… un *homme* maintenant.

Je sais que la question est ridicule, les gens mentent tout le temps, mais les mots m'échappent avant que j'aie le temps de les rattraper :

– Vous pardonneriez à quelqu'un qui vous a menti ?

– Tout dépend du mensonge et du degré de repentir. Je dirais que, si on accepte de croire trop de mensonges, il est difficile de retrouver le chemin de la vérité.

Est-elle en train de me dire que je ne devrais pas lui pardonner ?

Elle tapote des doigts sur le comptoir et poursuit :

– Toutefois, je connais mon fils et je vois à quel point il a changé depuis la dernière fois. Il a tellement changé ces derniers mois, Tessa. C'est inimaginable. Il rit, il sourit. Il m'a même parlé hier.

Malgré le sérieux de la conversation, elle sourit franchement.

– Je sais que s'il te perdait, il reprendrait ses mauvaises habitudes, mais je ne veux pas que tu te sentes obligée de revenir pour ça.

– Je ne me sens pas… obligée. Enfin je veux dire… Je ne sais pas quoi penser.

J'aimerais pouvoir lui expliquer toute l'histoire pour qu'elle me donne son point de vue en toute franchise. Je regrette tant que ma mère ne soit pas aussi compréhensive que Trish semble l'être.

– Oui, c'est le plus difficile. C'est à toi de prendre cette décision. Prends ton temps et fais-le mariner un peu. Tout arrive toujours tout cuit dans la bouche de mon fils, ça a toujours été le cas. C'est peut être une partie de son problème. Il obtient toujours tout ce qu'il veut.

Je ris, car elle ne pourrait pas dire plus grande vérité.

– Ça, c'est sûr.

Je vais me chercher une boîte de céréales dans le placard, mais Trish m'interrompt.

– Et si nous allions nous habiller pour prendre le petit déjeuner dehors et faire des trucs de filles ? J'aurais bien besoin d'une coupe de cheveux.

Elle éclate de rire et fait virevolter ses cheveux bruns. Elle est si drôle, comme Hardin, enfin quand il le veut bien. Il est plus cru, c'est certain, mais je comprends d'où il tient son sens de l'humour.

– Très bien, laissez-moi prendre une douche d'abord.

– Une douche ? Mais il neige dehors et nous allons nous faire laver les cheveux de toute façon. J'allais y aller comme ça. (Elle désigne son jogging noir.) Enfile un jean ou un truc dans le genre et allons-y !

Ce serait si différent si je sortais avec ma mère. Je devrais porter des vêtements repassés, avoir les cheveux bouclés et être maquillée, même pour aller au supermarché.

– Ok.

Dans la chambre, je prends un jean et un pull dans le placard, puis j'attache mes cheveux en un rapide chignon. Je mets mes Toms et file dans la salle de bains me laver vite fait les dents et le visage. Trish m'attend à côté de la porte, prête à partir, lorsque je la retrouve dans le séjour.

– Je devrais laisser un petit mot à Hardin ou lui envoyer un texto.

Trish sourit et m'attire vers la porte en disant :

– Il n'en a pas besoin.

Je passe le reste de la matinée et la majeure partie de l'après-midi en compagnie de Trish. Une parenthèse détendue. Elle est gentille, drôle, et c'est franchement agréable de lui parler. Elle garde un ton léger dans la conversation et me fait rire tout le temps. Nous allons toutes les deux chez le coiffeur et Trish se fait faire une frange. Elle me met au défi de faire la même chose, mais je refuse en souriant. En revanche, je la laisse me convaincre d'acheter une parfaite petite robe noire chez Karl Marc John, pour Noël. Je n'ai aucune idée de ce que je vais faire ce jour-là, mais je ne veux pas m'imposer à Hardin et sa mère, en plus je n'ai acheté aucun cadeau. Je vais peut-être accepter l'invitation de Landon. Ça me paraît quand même un peu extrême de passer Noël avec Hardin alors que nous ne sommes plus ensemble. Nous sommes dans un étrange entre-deux : j'ai l'impression que nous ne sommes pas ensemble mais que nous nous rapprochons, enfin jusqu'à ce qu'il parte ce matin.

Lorsque nous rentrons, la voiture d'Hardin est garée dans le parking et je ressens les premiers signes de nervosité. Nous le trouvons assis sur le canapé, des papiers éparpillés sur ses genoux et sur la table basse. Un stylo entre les dents, il semble plongé dans son activité, quelle qu'elle soit. Je suppose qu'il travaille, mais je ne l'ai vu que rarement travailler depuis que je le connais.

Trish l'interpelle d'une voix gaie :

– Bonjour, mon fils !

Il répond platement :

– Salut.

– T'avons-nous manqué ? le taquine-t-elle.

Il lève les yeux au ciel, rassemble les feuilles et les bourre dans un classeur, puis il se lève.

– Je vais dans la chambre.

Je montre mon incompréhension à Trish en haussant les épaules, et suis Hardin dans notre chambre.

– Vous êtes allées faire quoi ? demande-t-il en posant son classeur sur la commode.

Une page s'en échappe, il la remet n'importe comment à l'intérieur et le referme d'un coup sec. Je m'assieds en tailleur sur le lit pour lui répondre.

– Prendre le petit déjeuner, puis nous faire couper les cheveux et enfin un peu de shopping.

– Oh.

– Où es-tu allé ?

Il regarde par terre.

– Au boulot.

– La veille du réveillon de Noël ? Je ne te crois pas.

Le ton de ma voix me dit que Trish a dû déteindre sur moi. Ses yeux verts me foudroient.

– Et bien, j'en ai un peu rien à foutre que tu ne *me croies pas*, répond-il sur un ton moqueur en s'asseyant de l'autre côté du lit.

– C'est quoi ton problème ?

– Rien. Je n'ai pas de problème.

Il a monté un rempart et je sens qu'il s'est réfugié derrière.

– À l'évidence, si. Pourquoi es-tu parti ce matin ?

Il passe sa main dans ses cheveux.

– Je te l'ai déjà dit.

– Ce n'est pas en me mentant qu'on va s'en sortir, c'est déjà ça qui t'a mis dans… qui nous a mis dans cette situation.

– Bien ! Tu veux savoir où j'étais ? J'étais chez mon père ! crie-t-il en se levant.

– Ton père ? Pourquoi ?

– Pour parler à Landon.

Il s'assied sur la chaise.

– Je crois plus ton histoire de boulot que celle-ci.

– C'est pourtant la vérité. Vas-y, appelle-le si tu ne me crois pas.

– Ok, et de quoi as-tu parlé avec Landon ?

– De toi, bien sûr.

– Il y a quoi à dire sur moi ?

Je lève les mains face à moi.

– Tout. Je sais que tu ne veux pas être ici.

Il me regarde.

– Si je ne voulais pas être ici, je n'y serais pas.

– Tu n'as nulle part où aller. Sans ça, tu ne serais pas ici.

– Qu'est-ce qui t'en rend si sûr ? Nous avons dormi dans le même lit la nuit dernière.

– Ouais, et tu sais très bien pourquoi, si je n'avais pas eu de cauchemar, tu n'aurais jamais accepté. C'est l'unique raison pour laquelle tu l'as fait et pour laquelle tu me parles maintenant. Parce que tu as pitié de moi.

Ses mains tremblent et dans son regard perçant, j'entrevois de la honte.

– Pitié ou pas, ça n'a aucune importance.

Je secoue la tête. Je ne sais pas pourquoi il tire toujours des conclusions hâtives. Pourquoi est-ce si dur pour lui d'accepter qu'on l'aime ?

– Tu as pitié du pauvre Hardin qui a des cauchemars et ne peut dormir dans un putain de lit tout seul.

Il parle trop fort, et nous avons de la compagnie.

– Arrête de crier ! Ta mère est dans l'autre pièce.

– C'est ça, ce que vous avez fait toute la journée toutes les deux… vous avez parlé de moi ? Je n'ai pas besoin de ta putain de pitié, Tess.

– Oh mon Dieu ! Tu es tellement énervant ! Nous n'avons pas parlé de toi, pas comme ça. Et juste pour info, je n'ai pas pitié de toi, je voulais que tu sois dans ce lit avec moi, avec ou sans cauchemar.

Je croise les bras sur ma poitrine.

– *Mais bien sûr !*

– Ça n'a rien à voir avec ce que je ressens ; c'est plus ce que tu ressens pour toi-même. En fait, il faudrait plutôt que tu arrêtes d'avoir pitié de toi-même, dis-je d'un ton tout aussi dur.

– Ce n'est pas vrai.

– On dirait bien que si. Tu as commencé une dispute avec moi sans aucune raison. On devrait aller de l'avant, pas reculer.

– Aller de l'avant ?

Son regard soutient le mien.

– Ouais… enfin peut… peut-être.

Je bégaie.

– Peut-être ?

Il sourit.

Et d'un seul coup, il est tellement heureux, il sourit comme un enfant à Noël. Il y a quelques secondes à peine, il se disputait avec moi, ses joues étaient rouges de colère et, aussi étrange que cela puisse paraître, je sens ma colère se dissiper également. Le contrôle qu'il exerce sur mes émotions me terrifie.

– Tu es irrémédiablement bon à enfermer.

Il me répond avec un sourire qui tue :

– Tu es très bien coiffée.

– Il faut te prescrire une ordonnance.

– Ce n'est pas moi qui dirais le contraire.

Et je ne peux pas m'empêcher de rire avec lui. Peut-être suis-je aussi folle que lui ?

∞

31
Tessa

Nos retrouvailles sont interrompues par mon téléphone qui se met à vibrer et danser sur la commode. Hardin le ramasse pour moi et lit ce qui s'affiche sur l'écran.

– Landon.

Je lui prends le téléphone des mains.

– Allô ?

– Salut, Tessa. Euh, ma mère voulait que je t'appelle pour savoir si tu venais chez nous pour Noël.

Sa mère est si gentille, je suis sûre qu'elle prépare un dîner de réveillon grandiose.

– Euh… ouais. J'aimerais beaucoup. À quelle heure voulez-vous que je vienne ?

– Midi ! répond-il en riant. Elle a déjà commencé à cuisiner, alors si j'étais toi, j'arrêterais de manger tout de suite.

– Ok, je commence à jeûner immédiatement ! Je dois apporter quelque chose ? Je sais que Karen est bien meilleure cuisinière que moi, mais je pourrais faire quelque chose, un dessert peut-être ?

– Ouais, tu peux apporter un dessert si tu veux… et aussi… je sais que c'est bizarre, d'ailleurs si tu n'es pas à l'aise avec cette idée, ce n'est pas grave. (Il baisse d'un ton.) En fait, ils veulent inviter Hardin et sa mère, mais si Hardin et toi ne vous entendez pas assez en ce moment…

Je l'interromps :

– Si, si. Plus ou moins.

Hardin hausse les sourcils devant ma réponse, je souris nerveusement. Landon laisse échapper un petit soupir.

– Super. Ils apprécieraient vraiment que tu leur fasses part de cette invitation.

– Ok, je m'en charge.

Une question me vient soudain à l'esprit. :

– Qu'est-ce que je dois leur apporter comme cadeau ?

– Non, non, rien du tout. N'apporte pas de cadeau.

Je garde les yeux rivés sur le mur et essaie de ne pas prendre en compte le fait qu'Hardin m'observe de près.

– Ok, très bien, mais je viens avec des cadeaux, alors qu'est-ce que je dois prendre ?

Landon soupire, mais fidèle à lui-même, ajoute :

– Toujours aussi têtue ! Bien, ma mère aime tout ce qui concerne la cuisine et Ken se satisfera d'un presse-papiers… ou d'un truc dans le genre.

– Un presse-papiers ? C'est nul comme cadeau.

Il rit.

– En tout cas, ne lui offre pas de cravate, c'est ce que j'ai acheté. Euh… appelle-moi si tu as besoin de quoi que ce soit. Il faut que j'aille aider au grand ménage dans la maison.

Quand je raccroche le téléphone, Hardin me pose immédiatement la question :

– Tu vas là-bas pour Noël ?

– Ouais… Je n'ai pas envie d'aller chez ma mère.

– Je te comprends.

Il se gratte le menton de l'index.

– Tu pourrais rester ici ?

Je tire une petite peau à côté de mon ongle.

– Tu pourrais… venir avec moi.

– Et laisser ma mère ici toute seule ?

– Non ! Bien sûr que non, Karen et ton père souhaitent l'inviter… vous inviter tous les deux.

Hardin me regarde comme si j'étais folle.

– Mais bien sûr… Et pourquoi ma mère voudrait-elle aller dans la maison de mon père et de sa nouvelle femme ?

– Je… Je ne sais pas, mais ça pourrait être sympa de rassembler tout le monde.

En fait, je ne suis pas trop sûre de ce que ça donnerait, en grande partie parce que je ne sais pas quel type de relation entretiennent Trish et Ken, ou s'ils en ont une tout court. Ce n'est pas non plus à moi de « rassembler tout le monde », je ne fais pas partie de la famille. Bon Dieu, je ne suis même pas la petite amie d'Hardin.

– Je ne pense pas, répond-il en fronçant les sourcils.

En dépit de tout ce qui se passe entre Hardin et moi, j'aurais apprécié de passer Noël avec lui, mais je comprends. Il aurait été déjà assez difficile de convaincre Hardin d'aller chez son père pour les fêtes, encore plus avec sa mère.

Parce qu'une partie de mon cortex aime résoudre des casse-tête, je commence à me pencher sur la question des cadeaux pour Landon et ses parents et peut-être aussi pour Trish au passage. Mais quel cadeau ? Je dois y aller maintenant, ça c'est sûr : il est déjà dix-sept heures, ce qui veut dire qu'il ne me reste que ce soir et demain, le 24 décembre. Je ne sais absolument pas si je dois trouver quelque chose pour Hardin ; en réalité, je suis presque sûre que je ne devrais pas. Ce serait bizarre de lui faire un cadeau alors que nous sommes dans cette étrange phase entre deux types de relation.

– Qu'est-ce qui se passe ? demande Hardin devant mon silence.

Je grogne ma réponse :

– Il faut que j'aille au centre commercial. Voilà ce que je gagne à être SDF pour Noël.

– Je ne pense pas qu'un manque d'organisation ait quoi que ce soit à voir avec ta situation de SDF.

Il m'offre un petit sourire, mais il a le regard brillant… Est-ce qu'il flirte avec moi ? Cette idée me fait rire, je plisse les yeux.

– Je ne donne pas dans le manque d'organisation. Jamais.

– Mais bien sûr… se moque-t-il, ce qui lui vaut une petite tape de ma part.

Il attrape mon poignet et enroule ses doigts autour pour stopper net mon espiègle assaut. Une sensation familière de chaleur m'envahit et je plonge mon regard dans le sien. Il me relâche instantanément et nous détournons tous les deux le regard. L'ambiance se tend, je me lève pour mettre mes chaussures.

– Tu y vas maintenant ?

– Ouais… Le centre commercial ferme à neuf heures.

– Tu y vas toute seule ?

Il se dandine maladroitement.

– Tu veux venir avec moi ?

Je sais que ce n'est probablement pas la meilleure des idées, mais si je veux essayer d'aller de l'avant, aller au centre commercial avec lui ne pose pas de problème. Si ?

– Venir faire du shopping avec toi ?

– Ouais… Si tu n'en as pas envie, ce n'est pas grave…

– Non, bien sûr que j'en ai envie. C'est juste que… je ne m'attendais pas à ce que tu me le proposes.

J'attrape mon téléphone et mon sac à main. Hardin est juste derrière moi quand j'entre dans le séjour.

– On va un petit moment au centre commercial.

– Tous les deux ?

L'air complice de Trish provoque l'exaspération d'Hardin. Et lorsque nous arrivons à la porte, elle ajoute :

– Tessa, ma jolie, si tu veux me le laisser ici, je ne me plaindrai pas.

– Je vais y penser.

Je sors derrière lui avec un petit rire.

Quand la voiture d'Hardin démarre, j'entends une mélodie au piano que je connais bien. Il se dépêche de baisser le volume, mais c'est trop tard. Je le regarde d'un air suffisant.

– Je m'y suis fait, d'accord ?

– Oui, oui.

Je le taquine et remonte le volume pour écouter la chanson.

Si seulement nous pouvions toujours être comme ça ! Si seulement cette phase de séduction où l'on apprend à se connaître, ce terrain d'entente nerveux que nous traversons, pouvait durer éternellement. Mais ça ne sera pas le cas. Ça ne peut pas être le cas. Nous devons vraiment parler de ce qui s'est passé et de ce que nous voulons faire maintenant. Je sais que nous avons à discuter de tant de choses que nous n'allons pas résoudre tous les problèmes d'un seul coup, même si nous forçons le destin. Je veux trouver le bon moment et y aller doucement.

Nous restons silencieux une grande partie du trajet, la musique exprimant tout ce que nous voudrions nous dire. Lorsque nous arrivons devant l'entrée de Macy's, Hardin m'annonce qu'il va me laisser devant la porte avant d'aller se garer, ce qui me surprend positivement. Je reste sous la soufflerie du chauffage pour me réchauffer tandis qu'il se gare et court sous la neige pour me rejoindre.

Après une heure d'examen minutieux de toute sorte de plats, je décide d'offrir à Karen un assortiment de moules à cakes. Je sais qu'elle en a probablement plus qu'il n'en faut, mais ses seuls hobbies semblent être la cuisine et le jardinage, et je n'ai pas le temps de trouver quoi que ce soit de mieux.

– Est-ce qu'on peut rapporter ça à la voiture avant de poursuivre nos achats ?

Il faut dire que je me bats contre la grosse boîte qui glisse entre mes mains.

– Attends, je m'en occupe. Reste ici.

Il me prend le carton des mains. Dès qu'il s'en va, je me dirige vers le rayon « hommes », où des centaines de cravates bien emballées me rappellent sans pitié que Landon a déjà choisi cette option de cadeau facile. Je continue ma quête, mais je n'ai jamais acheté de « cadeau de papa » de toute ma vie, c'est difficile.

– Putain, il pèle dehors, dit Hardin en revenant.

Il grelotte et se frotte les mains l'une contre l'autre.

– Euh… ce n'est peut-être pas la meilleure des idées de porter un tee-shirt sous la neige.

– J'ai faim, pas toi ?

Nous nous dirigeons vers la zone restauration, je trouve une table pendant qu'il va chercher une pizza dans la seule chaîne décente. Quelques minutes plus tard, il me rejoint avec deux assiettes pleines à ras bord. Je prends une part de pizza, une serviette en papier et une petite bouchée.

– Que d'élégance, me taquine-t-il lorsque je m'essuie la bouche.

– Ferme-la !

Je croque à nouveau dans ma part.

– C'est… sympa. Non ?

– Quoi ? La pizza ?

Je réponds innocemment, même si je sais qu'il ne parle pas de la nourriture.

– Nous. Passer du temps ensemble. Ça faisait un bail.

Ça semble même faire une éternité…

– Ça ne fait que deux semaines.

– C'est long… pour nous.

– Ouais.

Je croque une plus grosse bouchée pour éviter de parler plus longtemps.

– Depuis combien de temps penses-tu aller de l'avant ?

– Quelques jours, je crois.

Je finis doucement de mâcher et prends une grande gorgée d'eau. Je veux garder cette conversation aussi légère que possible pour éviter de causer une scène.

– Nous avons encore beaucoup de choses à discuter.

– Je sais, mais je suis si…

Ses yeux verts écarquillés se concentrent sur quelque chose derrière moi. Lorsque je me retourne, mon estomac fait une chute à la vue d'une chevelure rouge. Steph. Et à côté d'elle, son petit ami, Tristan. Je me lève, laissant le plateau de nourriture sur la table.

– Je vais y aller.

– Tessa, tu n'as pas tous tes cadeaux. En plus, je ne crois pas qu'ils nous aient vus.

Lorsque je me retourne à nouveau, mon regard croise celui de Steph, la surprise peinte sur son visage est évidente. Je ne peux pas dire si elle est surprise de me voir moi, ou de me voir en compagnie d'Hardin. Probablement les deux.

– Si, c'est fait.

Ils s'avancent vers nous, j'ai l'impression que mes pieds sont cloués au sol.

– Salut, dit Tristan, mal à l'aise.

– Salut, répond Hardin en se frottant la nuque.

Je ne dis rien. Je regarde Steph, puis me saisis de mon sac sur la table et me retourne pour partir.

– Tessa, attends !

Les gros talons de ses chaussures cognent contre le sol carrelé, elle se dépêche de me rattraper.

– On peut parler ?

– Parler de *quoi*, Steph ? Que tu m'expliques comment ma première et en gros seule amie ici m'a laissée me faire humilier devant tout le monde ?

Hardin et Tristan échangent un regard, se demandant à l'évidence s'ils doivent intervenir.

Steph lève les bras et reprend :

– Je suis désolée, d'accord ! Je sais que j'aurais dû te le dire, je croyais qu'il allait le faire !

– C'est censé tout arranger, ça ?

– Non, je sais que ce n'est pas le cas, mais je suis vraiment désolée, Tessa. Je sais que j'aurais dû te le dire.

– Mais tu ne l'as pas fait.

– Tu me manques, nos discussions me manquent.

– Je suis sûre que ma présence te manque, surtout pour avoir une cible pour tes blagues.

– Ce n'était pas comme ça, Tessa. Tu es… étais mon amie. Je sais que j'ai merdé, mais je suis vraiment désolée.

Ses excuses me déstabilisent, mais je reprends vite pied.

– Ah oui, bah… je ne peux pas te pardonner.

Elle fronce les sourcils, puis son visage revêt un masque de colère.

– Mais à lui, tu peux *lui* pardonner ? C'est lui qui a commencé et tu *lui* as pardonné. C'est pas tordu, ton truc ?

Je voudrais lui rabaisser le caquet, l'insulter même, mais je sais qu'elle a raison.

– Je ne lui ai pas pardonné… Je ne sais pas… ce que je fais.

Je geins cette dernière phrase et cache mon visage dans mes mains. Steph soupire.

– Tessa, je ne m'attends pas à ce que tu arrives à passer à autre chose du jour au lendemain, mais au moins, laisse-moi une chance. On pourrait prendre un peu de temps ensemble, juste tous les quatre. Le groupe a complètement explosé de toute façon.

Je lève les yeux vers elle.

– Qu'est-ce que tu veux dire par là ?

– Bah, Jace est un encore plus gros connard depuis qu'Hardin lui a pété la gueule. Alors, Tristan et moi avons un peu pris le large.

Je regarde Hardin et Tristan qui nous observent, puis je me concentre de nouveau sur Steph.

– Hardin a cassé la gueule de Jace ?

– Ouais… Samedi dernier. Il ne t'a rien dit ?

– Non…

Je veux en apprendre le plus possible avant qu'Hardin n'approche et mette fin à la confidence, mais elle me dit tout sans que j'aie rien à demander, juste pour être dans mes petits papiers.

– Ouais, bon, c'est parce que Molly a dit à Hardin que Jace avait prévu… tu sais, quoi, de tout te balancer devant tout le monde… (Elle ricane.) Il l'a bien cherché et la tronche que tirait Molly quand Hardin l'a fait dégager alors qu'elle se jetait sur lui, c'était quelque chose. Je veux dire, sérieux, j'aurais dû prendre une photo.

Je réfléchis au fait qu'Hardin ait refusé les avances de Molly et se soit battu avec Jace le samedi avant de venir à Seattle, lorsque j'entends Tristan intervenir, comme pour nous avertir de l'arrivée imminente d'Hardin :

– Mesdames.

Hardin s'approche de moi et prend ma main. Lorsque Tristan attire Steph vers lui, elle se tourne pour me faire face et, les yeux grands ouverts, me dit :

– Tessa, penses-y, d'accord ? Tu me manques.

∞

32
Tessa

Hardin les regarde partir.

– Tout va bien ?

– Ouais… ça va.

– Qu'est-ce qu'elle te disait ?

– Rien… juste qu'elle voulait que je lui pardonne.

Je hausse les épaules et nous nous dirigeons vers l'allée la plus proche. Je dois réfléchir à tout ce que Steph m'a dit avant d'en parler à Hardin. Il a dû aller à l'une de leurs soirées avant de venir me rejoindre à Seattle, et Molly devait être présente. Je ne peux pas nier mon immense soulagement d'avoir entendu le récit de Steph. C'est presque drôle qu'il m'ait dit avoir couché avec Molly le soir même où il l'a rejetée. Presque. Le soulagement et l'ironie sont vite balayés par la culpabilité : j'ai embrassé un inconnu en boîte alors qu'Hardin repoussait Molly.

Hardin s'arrête et passe la main devant mon visage.

– Tess ? Qu'est-ce qui se passe ?

– Rien. Je cherchais juste un cadeau pour ton père. Il aime le sport ? Il aime ça, hein ? Je vous ai vus regarder un match de foot, tu t'en souviens ?

Je suis une très mauvaise menteuse, je parle plus vite que d'habitude. Hardin m'observe un instant et réplique :

– Les Packers, il aime les Packers.

Je suis certaine qu'il veut en savoir plus sur ce que Steph m'a dit, mais il se tait.

Nous entrons dans un magasin d'articles de sport et je reste silencieuse pendant qu'Hardin sélectionne quelques cadeaux. Il refuse de me laisser payer, alors j'attrape un porte-clés sur le présentoir à côté de la caisse et le paie toute seule, juste pour l'embêter. Il lève les yeux au ciel et je lui tire la langue.

– Tu sais que tu t'es planté d'équipe, non ?

– Quoi ?

Je fouille dans le sac pour en extirper l'objet.

– Ça c'est l'équipe des Giants, pas les Packers.

Il me fait un petit sourire satisfait, je repousse le porte-clés au fond de mon sac.

– Bon… Ce qui est bien, c'est que personne ne saura que les bons cadeaux viennent de toi.

– C'est fini maintenant ? susurre-t-il.

– Non, il faut que je trouve quelque chose pour Landon, tu te rappelles ?

– Ah ouais. Il a parlé d'un rouge à lèvres, une nouvelle teinte. Corail peut-être ?

Les poings sur les hanches, je me tourne vers lui.

– Tu le laisses tranquille ! Et c'est peut-être à toi que je devrais acheter un tube de rouge à lèvres puisque tu sembles connaître la couleur exacte qui te ferait plaisir.

Ça fait du bien de le taquiner et de se chamailler gentiment avec Hardin, plutôt que de se disputer et mettre le feu à la maison.

Je vois un petit sourire naître sur ses lèvres.

– Tu devrais simplement lui acheter des billets pour un match de hockey. Facile et pas cher.

– Ça, c'est vraiment une bonne idée.

– Je sais. Dommage qu'il n'ait pas d'ami pour y aller avec lui.

– Euh, moi, j'irai avec lui.

La manière dont Hardin se moque de Landon me fait sourire, il a tellement changé, maintenant, il n'y a plus de malice dans le ton de sa voix.

– Je voulais trouver un cadeau pour ta mère aussi.

Il me regarde bizarrement avant de me répondre, sur un ton gentil :

– Pourquoi ?

– Parce que c'est Noël.

– Un pull ou un truc dans le genre fera l'affaire, me répond-il en désignant un magasin de vêtements pour femmes.

– Je suis nulle pour faire les cadeaux. Qu'est-ce que tu lui offres ?

Son cadeau pour mon anniversaire était tellement parfait que j'imagine que ce qu'il a trouvé pour sa mère est tout aussi attentionné. Il hausse les épaules avant de répondre :

– Un bracelet et une écharpe.

– Un bracelet ?

Je l'attire dans une allée plus loin dans le centre commercial.

– Non, je voulais dire un collier. C'est un collier tout con avec écrit *Maman* dessus ou une merde dans le genre.

– C'est super-gentil de ta part.

Nous entrons de nouveau chez Macy's et je promène mon regard sur les rayons environnants, en pleine confiance.

– Je pense que je peux trouver quelque chose ici… Elle aime les joggings.

– Bon Dieu, pitié, plus de jogging. Elle en porte *tous* les jours.

Son air revêche me fait sourire.

– Alors… raison de plus pour lui en acheter un nouveau.

En observant plusieurs portants, Hardin tend la main pour toucher le tissu très fin de l'un des joggings présentés. Je ne vois que ses poings et les plaies en train de cicatriser dessus, ce qui me ramène à la conversation avec Steph.

Je trouve rapidement un jogging couleur menthe à l'eau. Je pense qu'elle l'appréciera et je me dirige vers la caisse. Soudain, une sorte de décision s'impose à mes pensées désordonnées à propos d'Hardin, en partie parce que je sais qu'il n'a pas couché avec Molly lorsque j'étais à Seattle.

En arrivant à la caisse, je pose mon achat sur le comptoir et me tourne soudain vers lui.

– Il faut qu'on parle ce soir.

La caissière nous regarde l'un puis l'autre, elle est la confusion incarnée, j'ai envie de lui dire que ce n'est pas poli de dévisager les gens. Avant que j'en aie le courage, Hardin prend la parole.

– Qu'on parle ?

– Ouais… Quand nous aurons fini d'installer le sapin que vous avez acheté hier.

– Parler de quoi ?

Je me tourne pour regarder la caissière retirer l'alarme du vêtement.

– De tout.

Hardin a l'air terrifié des implications que peuvent avoir ces deux petits mots qui pèsent lourd. Lorsque la caissière scanne l'étiquette du jogging, le petit « bip » rompt le silence et Hardin marmonne :

– Ok… Je vais chercher la voiture.

En regardant la caissière mettre le cadeau de Trish dans un sac, je pense : *L'année prochaine, j'aurai des super-cadeaux pour tout le monde, histoire de rattraper ma nullité de cette année.* Mais ensuite, je me reprends : *L'année prochaine ? Qui dit que l'année prochaine je serai encore avec lui ?*

Sur le chemin du retour, nous restons silencieux, moi parce que j'essaie de structurer ce que je devrais lui dire et lui… eh bien, j'ai l'impression qu'il fait la même chose. Lorsque nous arrivons, j'attrape les sacs et cours sous la pluie glacée me réfugier dans le hall de l'immeuble. Je préférerai toujours la neige à ce temps.

En montant dans l'ascenseur, mon estomac se met à grogner et Hardin me regarde, étonné. Je sens venir la remarque sarcastique, mais finalement il se contente d'un « oh ». Cette sensation s'accentue lorsqu'une odeur d'ail nous accueille sur le pas de la porte, je me mets immédiatement à saliver.

– J'ai préparé à dîner, annonce Trish. Comment c'était, le centre commercial ?

Hardin me prend les sacs des mains et disparaît dans la chambre.

– Ce n'était pas aussi horrible que je le redoutais.

– Tant mieux. Je me disais que nous pourrions installer le sapin ? Hardin ne nous aidera probablement pas. (Elle sourit.) Il déteste s'amuser, mais nous pourrions le faire toutes les deux, si ça ne te dérange pas.

– Oui, avec plaisir.

– Tu devrais manger d'abord, m'ordonne Hardin en revenant dans la cuisine.

Je lui jette un regard noir, puis me retourne vers Trish. Après la décoration du petit arbre de Noël avec sa mère, je dois avoir cette conversation avec Hardin, je la redoute tant que je ne suis pas particulièrement pressée. Et puis, j'ai besoin d'au moins une heure pour rassembler suffisamment de forces et être capable de lui dire tout ce que j'ai sur le cœur. Ce n'est probablement pas la meilleure idée d'avoir une conversation aussi importante, avec sa mère dans les parages, mais c'est impossible d'attendre plus longtemps. Tout ce qui va être dit doit l'être… maintenant. Je suis à bout de patience, nous ne pouvons pas rester dans cet attente plus longtemps.

– Tu as vraiment faim, ma jolie ?

– Oui, elle a faim, répond Hardin à ma place.

– Oui, j'ai vraiment faim.

Tandis que Trish me prépare une assiette de poulet à l'ail avec des épinards, je m'assieds à table et me concentre sur la délicieuse odeur du plat. Ça a l'air aussi beau que bon.

En me tendant l'assiette, elle interpelle son fils :

– Hardin, pourrais-tu sortir le sapin du carton, s'il te plaît. Ça nous faciliterait la tâche.

– Pas de problème.

Elle me sourit et ajoute :

– J'ai aussi pris quelques décorations.

Le temps que je finisse de dîner, Hardin a déjà assemblé le sapin.

– Ça n'était pas aussi terrible que ça, finalement.

Lorsqu'il se saisit d'une boîte de boules, elle s'approche de lui.

– On va s'en occuper avec toi.

Complètement rassasiée, je me lève de table. Jamais je n'aurais cru un jour décorer un sapin de Noël avec Hardin et sa mère dans notre appartement. Jamais. Je profite de l'instant et, à la fin, même si les guirlandes ont l'air d'être mises n'importe comment sur ce minuscule arbre, Trish a l'air très heureuse. Elle suggère alors :

– Nous devrions faire une photo devant cet arbre !

– C'est pas mon truc les photos, marmonne Hardin.

– Oh, allez, Hardin, c'est Noël.

Elle bat des cils et il lève les yeux au ciel pour la centième fois.

– Pas aujourd'hui.

Je sais que c'est injuste de ma part, mais je suis triste pour sa mère, je le regarde alors avec mes yeux de faon malade et lui demande :

– Juste une ?

– Putain, d'accord. Mais juste une.

Il se met à côté de Trish devant le sapin et j'attrape mon téléphone pour faire la photo. Hardin sourit à peine, mais la joie peinte sur le visage de Trish rattrape le tout. Je suis tout de même soulagée qu'elle ne demande pas qu'Hardin et moi en prenions une ensemble ; nous devons savoir où nous allons avant de nous mettre à prendre des photos romantiques devant un sapin de Noël.

Je prends le numéro de téléphone de Trish et lui envoie la photo. Hardin retourne dans la cuisine et se prépare une assiette à son tour.

– Je vais emballer quelques cadeaux avant qu'il ne soit trop tard.

– Très bien, je te vois demain matin, alors, dit-elle en me serrant dans ses bras.

Je découvre qu'Hardin a déjà sorti le papier cadeau, le bolduc, le scotch et tout ce dont je pourrais avoir besoin. Je me dépêche de commencer mon opération emballage pour que nous puissions avoir « la discussion » le plus rapidement possible. J'ai envie de m'en débarrasser, mais en même temps, j'ai peur de ce qui va en sortir. Mon choix est fait, mais je ne suis pas sûre d'être prête à l'admettre. Je sais que c'est stupide de ma part, mais je suis d'une stupidité sans égale depuis que j'ai rencontré Hardin, ce qui n'a pas toujours été une mauvaise chose.

Je termine d'écrire le nom de Ken sur une étiquette quand il rentre dans la chambre.

– Terminé ?

– Ouais… Il faut imprimer les billets pour Landon avant de parler.

Il penche la tête de côté.

– Pourquoi ?

– Parce que j'ai besoin de ton aide et que tu n'es pas très coopératif quand nous nous disputons.

– Comment sais-tu que nous allons nous disputer ?

– Parce que c'est nous.

Je ris à moitié et il acquiesce silencieusement.

– Je vais chercher l'imprimante dans le placard.

J'allume mon ordinateur portable. Vingt minutes plus tard, nous disposons de deux billets pour aller voir les *Seattle Thunderbirds*, imprimés et emballés dans une petite boîte pour Landon.

– Ok… tu as d'autres sujets de distraction avant notre… tu sais, conversation ?

– Non, je ne crois pas.

Nous nous asseyons tous les deux sur le lit, lui adossé à la tête, ses longues jambes étendues, et moi en tailleur au pied. Je ne sais absolument pas quoi dire pour lancer notre échange.

– Alors… commence Hardin.

C'est très bizarre.

– Alors… Qu'est-ce qui s'est passé avec Jace ?

– Steph t'a raconté, souligne-t-il sans appel.

– Ouais.

– Il a ouvert sa grande gueule pour dire de la merde.

– Hardin, si tu veux que ça marche, il va falloir que tu me parles.

Ses yeux s'écarquillent d'indignation.

– Mais je te *parle*.

– Hardin…

– Ok. Ok. (Il soupire de colère.) Il voulait te draguer.

À cette idée, mon estomac se retourne carrément. En plus, ce n'est pas la raison pour laquelle leur bagarre a commencé, d'après ce que Steph m'a dit au centre commercial. *Est-ce qu'Hardin recommence à me mentir ?*

– Et alors ? Tu sais qu'il ne se passera jamais rien avec lui.

– Peu importe, rien que de penser qu'il pourrait te toucher… (il frissonne) et aussi, c'est lui qui… bon. Molly, aussi, avait prévu de tout balancer sur le pari devant tout le monde. Putain, il n'avait pas le droit de t'humilier comme ça. Il a tout foutu en l'air.

Le léger soulagement que je ressens de constater que la version d'Hardin est la même que celle de Steph est vite balayé par la colère. Je ne peux pas supporter qu'il croie que tout se serait bien passé si je n'avais rien su à propos du pari.

– Hardin, c'est *toi* qui as tout foutu en l'air. Eux n'ont fait qu'en parler.

– Je sais, Tessa, me répond-il, gêné.

– Vraiment ? Est-ce que tu le sais vraiment ? Parce que tu n'en as pas vraiment parlé.

Hardin replie soudain ses jambes dans un geste brusque.

– Si… Putain, j'en chialais l'autre jour.

Sa réaction m'énerve.

– D'une, tu vas arrêter d'être aussi grossier quand tu me parles. De deux, c'est la seule fois où tu as dit quelque chose. Et ce n'était pas grand-chose.

– J'ai essayé à Seattle, mais tu ne voulais pas me parler. Et puis tu m'as ignoré, alors quand étais-je censé t'en parler ?

– Hardin, ce que j'essaie de te dire, c'est que si nous voulons dépasser ce stade, il va falloir que tu t'ouvres à moi, j'ai besoin de savoir exactement ce que tu ressens.

Son regard me transperce.

– Et quand aurai-je le droit de savoir ce que tu ressens, toi, Tessa ? Tu es aussi fermée que moi.

– Quoi ? Non… Non, ce n'est pas vrai.

– Mais si ! Tu ne m'as pas dit ce que tu pensais de tout ça. Tu n'arrêtes pas de me dire que c'est terminé entre nous. Mais tu es ici. Je suis un peu paumé, là.

J'ai besoin d'un moment pour réfléchir à ce qu'il vient de dire. J'ai eu tant de choses en tête que j'ai oublié de les lui communiquer.

– J'étais tellement perdue.

– Je ne lis pas dans les esprits, Tessa. À propos de quoi étais-tu perdue ?

Une boule se forme dans ma gorge.

– Ça. Nous. Je ne sais pas quoi faire. À propos de nous. À propos de ta trahison.

Nous venons juste de débuter cette conversation et je suis déjà au bord des larmes.

– Qu'est-ce que tu *veux* faire ?

– Je ne sais pas.

– Si, tu le sais, me défie-t-il.

J'ai besoin de l'entendre me dire beaucoup de choses avant d'être certaine de faire ce que j'ai envie de faire.

– Qu'est-ce que *toi* tu veux que je fasse ?

– Je veux que tu restes avec moi. Je veux que tu me pardonnes et que tu me donnes une autre chance. Je sais que je te l'ai trop souvent demandé, mais s'il te plaît, donne-moi juste une chance de plus. Je ne peux pas rester sans toi. J'ai essayé et je sais que tu as aussi essayé. Il n'y a personne d'autre pour aucun de nous deux. Je sais que tu le sais aussi.

Ses yeux sont brillants lorsqu'il arrête de parler, j'essuie mes larmes.

– Tu m'as blessée, tellement blessée, Hardin.

– Je sais, Bébé. Je sais que je t'ai fait mal. Je donnerais n'importe quoi pour revenir en arrière, dit-il en baissant les yeux avec un air bizarre. En fait, non. Non, je ne changerais rien. Bon, je t'aurais tout dit plus tôt, bien sûr.

Nous levons tous les deux vivement la tête et il plante son regard dans le mien.

– Je ne reviendrais pas en arrière parce que si je n'avais pas fait un truc aussi tordu, nous ne serions pas ensemble. Nos chemins ne se seraient jamais croisés, pas comme ça en tout cas, et nous n'aurions pas créé ce lien qui nous unit si fort. Même si ça a détruit ma vie, sans ce pari à la con, je n'aurais pas eu de vie tout court. Je suis certain que tu me hais encore plus de savoir ça, mais tu voulais la vérité et ça, c'est la vérité.

À travers ses yeux verts, je vois son cœur et je ne sais pas quoi dire.

Parce qu'en y réfléchissant, en y réfléchissant vraiment, je sais que je ne changerais rien non plus.

∞

33
Hardin

Je n'ai jamais été aussi honnête avec qui que ce soit par le passé, mais je veux que tout soit sur la table.

En pleurant, elle me demande doucement :

– Comment peux-tu savoir que tu ne me feras plus jamais souffrir ?

Je savais qu'elle retenait ses larmes depuis le début, mais je suis content qu'elle ne les retienne plus. J'ai besoin de la voir exprimer des émotions… Elle a été si froide ces derniers temps. C'est tellement pas elle. J'avais l'habitude de deviner ce qu'elle pensait rien qu'en regardant ses yeux. Mais elle a monté un mur de protection qui m'empêchait de lire en elle, de la seule manière que je connaisse. Je prie pour que le temps que nous avons passé ensemble aujourd'hui fasse pencher la balance en ma faveur.

Ce temps et mon honnêteté.

– Rien ne peut te l'assurer. Tessa, je peux même te certifier que je te ferai mal. Tu me feras mal aussi, mais je peux aussi te promettre que je ne te cacherai plus jamais rien et que je ne te trahirai plus jamais. Tu diras des conneries que tu ne penseras pas et putain, moi aussi, mais nous pourrons surmonter nos problèmes parce que c'est ce que tout le monde fait. J'ai juste besoin de cette dernière chance pour te montrer que je peux être l'homme que tu mérites. S'il te plaît, Tessa, s'il te plaît…

Elle m'observe les yeux rougis, se mâchouillant l'intérieur de la joue. Je déteste la voir comme ça, je me déteste de l'avoir rendue comme ça. Paniqué par la réponse qu'elle pourrait me donner, je lui demande :

– Tu m'aimes, non ?

– Oui, plus que tout au monde, admet-elle en soupirant.

Impossible de cacher le sourire qui naît en moi. L'entendre dire qu'elle m'aime me ramène à la vie. J'ai eu tellement peur qu'elle renonce à moi, qu'elle ne m'aime plus et passe à autre chose. Je ne la mérite pas et je sais qu'elle en est consciente.

Mais ça mouline dans ma tête et elle est bien trop silencieuse. Je ne peux pas supporter cette distance.

– Qu'est-ce que je peux faire alors ? Qu'est-ce qu'il faut que je fasse pour qu'on s'en sorte ?

J'ai mis un peu trop d'émotion dans mes questions. Je le sais, car elle a soudain l'air effrayée, ou irritée, ou… je ne sais pas trop.

– J'ai dit ce qu'il ne fallait pas ? (Je me couvre le visage de mes mains et évacue des larmes au coin de mes yeux.) Je savais que j'allais tout faire foirer, je ne suis pas très doué avec les mots.

Je n'ai jamais été aussi ému de toute ma vie et ce n'est pas très agréable. Je n'ai jamais eu besoin ni pris la peine d'exprimer mes émotions, mais je le ferai pour cette fille. Je bousille toujours tout, mais là, il faut que je construise ou au moins que j'essaie, de mon mieux.

– Non… sanglote-t-elle. Je suis juste… Je ne sais pas. Je veux être avec toi. Je veux tout oublier, mais je ne veux pas le regretter. Je ne veux pas être la fille sur qui on marche, qu'on traite comme de la merde et qui fait avec.

Je me penche vers elle pour lui demander :

– Aux yeux de qui ? Qui va penser ça ? De qui as-tu peur ?

– Tout le monde, ma mère, tes amis… toi.

Je savais que c'était ça. Je savais qu'elle s'inquiète plus de ce qu'elle *doit* faire que de ce qu'elle *veut* faire.

– Ne pense pas aux autres. Pour une fois, pense à ce que tu veux, toi. Qu'est-ce qui te rend heureuse ?

Ses grands yeux sont rougis de larmes.

– Toi.

Mon cœur bondit. Elle ajoute :

– Je suis tellement fatiguée d'avoir à tout garder à l'intérieur. Je suis épuisée, tant j'ai de choses à te dire, à partager avec toi.

– Alors, ne garde pas tout pour toi.

– Tu me rends heureuse, Hardin, mais à cause de toi, je suis misérable, en colère et surtout, oui surtout, tu me rends folle.

– C'est ça le truc, non ? C'est pour ça que nous sommes si bien ensemble, Tess, parce que nous sommes terribles l'un pour l'autre.

Elle me rend fou aussi et elle me fout en boule, mais je ne suis heureux qu'avec elle. Si heureux. Elle répète :

– Nous sommes terribles l'un pour l'autre.

– Oui. Je t'aime malgré tout ça. Plus que quiconque, et je passerai le reste de ma vie à rattraper ce que je t'ai fait, si tu m'en laisses l'occasion.

J'espère qu'elle peut entendre mon âme à nu dans ma voix, qu'elle peut entendre à quel point je veux qu'elle me pardonne. J'en ai besoin, j'ai besoin d'*elle* comme je n'ai jamais eu besoin de qui que ce soit par le passé, et je sais qu'elle m'aime. Elle ne serait pas là si ce n'était pas le cas. En revanche, j'ai du mal à croire que je viens de dire « le reste de ma vie », ça pourrait la faire flipper.

Elle ne dit rien et mon cœur se brise. Je sens des larmes monter, je murmure :

– Je suis tellement désolé, Tessa… Je t'aime tellement…

Et là, surprise, elle me saute dessus pour grimper sur mes genoux. J'approche mes mains de son beau visage et, dans une grande inspiration, elle pose sa joue sur ma paume.

– On va suivre mes règles. Je ne survivrai pas à une autre rupture.

– Tout ce que tu veux. Je veux juste être avec toi.

– On va y aller doucement. Je ne devrais pas faire ça… Si tu me blesses encore, je ne te le pardonnerai jamais, me menace-t-elle.

– Ça n'arrivera plus, promis.

Je préférerais mourir que de lui faire mal encore. Je n'arrive toujours pas à croire qu'elle me donne une autre chance.

– Tu m'as tellement manqué, Hardin.

Ses yeux se ferment et je veux l'embrasser, je veux sentir ses lèvres chaudes contre les miennes, mais elle vient juste de me dire qu'elle veut y aller doucement.

– Tu m'as manqué aussi.

Elle pose son front contre le mien et je laisse échapper le souffle que je retenais sans le savoir.

– On va vraiment faire ça ?

J'essaie de ne pas avoir l'air aussi désespérément soulagé que je le suis vraiment.

Elle s'assied, je la regarde droit dans les yeux. Ces yeux qui m'ont hanté chaque fois que j'ai fermé les miens toute cette semaine. Elle sourit.

– Ouais… Je crois que oui.

Je passe mes bras autour de sa taille et elle se penche encore vers moi.

– Tu m'embrasses ?

Elle n'essaie pas de dissimuler son amusement lorsqu'elle me caresse le front et repousse mes cheveux en arrière. Bon Dieu, j'adore quand elle fait ça. Je reprends :

– S'il te plaît ?

Elle me fait taire en pressant ses lèvres contre les miennes.

∞

34

Tessa

J'ouvre la bouche et il saisit cette opportunité pour y glisser sa langue. Je sens le froid du métal de son piercing contre mes lèvres, je passe ma langue dessus. La saveur de sa bouche m'enflamme, comme toujours. Peu importe la gravité de notre dispute, j'ai besoin de lui. J'ai besoin d'être proche de lui, j'ai besoin qu'il me réconforte, me challenge, me taquine, m'embrasse et j'ai besoin qu'il m'aime. Mes doigts tirent ses cheveux quand ses mains me serrent un peu plus la taille. Il a dit tout ce que j'avais envie et besoin d'entendre pour accepter la décision irrationnelle de le laisser revenir dans ma vie… même s'il n'en est jamais vraiment parti. Je sais que j'aurais dû résister plus longtemps, le torturer à le faire attendre comme il m'a torturée avec ses mensonges, mais je n'ai pas pu. Nous ne sommes pas dans un film. C'est la vie, la vraie, la mienne surtout, et ma vie ne serait ni complète ni tolérable sans lui. Ce garçon colérique et tatoué s'est glissé sous ma peau pour atteindre mon cœur, et je sais que, quoi que je fasse, je ne pourrai pas me débarrasser de lui.

Sa langue suit le dessin de ma lèvre inférieure et je suis un peu embarrassée lorsqu'un gémissement s'échappe de ma gorge. Je recule et constate que nous sommes tous les deux essoufflés, que ma peau est brûlante et ses joues toutes rouges. Il me serre contre sa poitrine.

– Merci de m'avoir accordé une nouvelle chance, halète-t-il.

– Tu fais comme si j'avais le choix.

Un pli barre son front.

– Tu as le choix.

– Je sais.

Je mens, je n'ai pas vraiment eu le choix depuis le jour de notre rencontre. Je suis entièrement conquise depuis notre premier baiser.

– On fait quoi maintenant ?

– C'est à toi de voir. Tu sais ce que je veux.

– Je veux que tout redevienne comme avant… enfin comme avant, mais sans les conneries.

– Je veux la même chose, Bébé. Je vais me rattraper, je te le promets.

Chaque fois qu'Hardin m'appelle « Bébé », j'ai des papillons dans l'estomac. Le mélange de sa voix rauque, de son accent anglais et de la douceur de ce mot composent l'accord parfait.

– S'il te plaît, ne me fais pas regretter d'avoir pris une telle décision.

Pour répondre à ma supplique, il prend mon visage entre ses mains et me le promet avant de m'embrasser.

– Tu ne le regretteras pas. Tu verras.

Je sais qu'Hardin et moi avons des choses à éclaircir, mais j'ai la sensation d'avoir vraiment pris la bonne décision. Je m'inquiète de la réaction des autres, particulièrement de celle de ma mère, mais je m'en occuperai quand le moment sera venu. Le fait que je ne passe pas Noël avec elle, pour la première fois en dix-huit ans, mais avec Hardin puisque nous sommes de nouveau ensemble, ne fera qu'empirer les choses, mais honnêtement, je m'en moque. Enfin non, *c'est important*, mais je ne peux pas me battre contre elle à chaque étape importante de ma vie et, puisque c'est impossible de la rendre heureuse, ça ne sert à rien d'essayer, vraiment.

Je pose ma tête contre la poitrine d'Hardin, il prend ma queue-de-cheval entre ses mains pour laisser ses doigts jouer avec quelques mèches. Je suis contente d'avoir emballé tous les cadeaux, c'était assez stressant comme ça d'avoir à les acheter à la dernière minute.

Merde. Je n'ai pas de cadeau pour Hardin ! Est-ce qu'il m'a acheté quelque chose ? Probablement pas, mais maintenant que nous sommes de nouveau ensemble… ou plus ou moins, pour la première fois… J'ai peur qu'il m'ait fait un cadeau, je vais me sentir mal si je n'ai rien pour lui. Mais qu'est-ce que je pourrais bien lui offrir ?

– Qu'est-ce qui ne va pas ? me demande-t-il en passant sa main sous mon menton pour incliner mon visage vers le sien.

– Rien…

– Tu ne vas pas…

Il parle doucement, plein de doutes.

– Tu ne vas pas… tu sais… changer d'avis ?

– Non… Non. C'est juste que… je n'ai pas de cadeau pour toi.

Il se met à sourire, puis plonge son regard dans le mien.

– Tu t'inquiètes de ne pas m'avoir fait de cadeau pour Noël ? Tessa, honnêtement, tu m'as *tout* donné. C'est ridicule de t'en faire pour un cadeau de Noël.

Je culpabilise toujours, mais j'aime la confiance qui se dégage de son visage.

– Tu es sûr ?

– Certain.

– Je te trouverai quelque chose de génial pour ton anniversaire.

Pour toute réponse, il met ses mains de part et d'autre de mon visage. Ses pouces dessinent le contour de mes lèvres, j'ouvre légèrement la bouche, m'attendant à ce qu'il m'embrasse. Au lieu de quoi, ses lèvres effleurent mon nez, puis mon front, dans un geste d'une douceur inattendue.

– Je ne fête pas vraiment mon anniversaire.

– Je sais… Moi non plus.

C'est l'une des choses que nous avons en commun.

– Hardin ?

La voix de Trish l'appelle de l'autre côté de la porte sur laquelle elle vient de frapper doucement. Il grogne, contrarié, tandis que je descends de ses genoux. Je l'avertis doucement du regard.

– Ça ne te ferait pas de mal d'être plus gentil avec elle, ça fait un an qu'elle ne t'a pas vu.

– Je ne suis pas méchant avec elle.

Je sais qu'il le croit, en toute honnêteté.

– Essaie d'être un peu plus gentil alors, pour moi ?

Je bats des cils de façon théâtrale, ce qui le fait sourire.

– Tu es diabolique, me taquine-t-il.

Sa mère frappe à nouveau.

– Hardin ?

– J'arrive !

Lorsqu'il ouvre la porte, j'aperçois sa mère, l'air de profondément s'ennuyer.

– Vous ne voudriez pas regarder un film par hasard ?

Il se tourne vers moi et arque un sourcil lorsque je réponds pour nous deux :

– Oui, avec plaisir.

– Fantastique !

Elle sourit et ébouriffe les cheveux de son fils qui nous chasse de la chambre en annonçant :

– Laissez-moi me changer d'abord.

Trish me tend la main.

– Viens, Tessa, allons préparer de quoi grignoter.

En suivant sa mère dans la cuisine, je me dis que, de toute façon, ce n'est probablement pas une bonne idée de regarder Hardin se changer. Je veux y aller doucement. Doucement, avec Hardin, je ne sais pas si c'est possible. J'hésite à annoncer à Trish que j'ai décidé de lui pardonner, ou du moins d'essayer, mais elle interrompt mes pensées.

– Des cookies ?

Je hoche la tête et ouvre le placard pour attraper la farine.

– Au beurre de cacahuète ?

Impressionnée, elle hésite :

– Tu vas les faire ? J'allais me contenter d'une préparation à mettre au four, mais si tu peux les faire toi-même, c'est encore mieux !

– Je ne suis pas la meilleure des cuisinières, mais Karen m'a montré une recette facile de cookies au beurre de cacahuète.

– Karen ?

Mon estomac se retourne spontanément. Je n'avais pas l'intention de parler de Karen. La dernière chose que je veux, c'est bien de mettre Trish mal à l'aise. Je me détourne pour allumer le four et cacher mon embarras.

– Tu l'as rencontrée ?

À son intonation, je n'arrive pas à savoir ce qu'elle pense.

– Oui… son fils Landon est un ami, mon meilleur ami même, en fait.

Trish me tend un saladier et une cuillère :

– Oh… Comment est-elle ?

Je mesure la quantité de farine nécessaire dans le verre gradué et la verse dans le saladier, pour éviter de la regarder. Je ne sais pas comment lui répondre. Je ne veux pas mentir, mais je ne sais pas où elle en est vis-à-vis de Ken et de sa nouvelle femme.

Trish m'encourage :
– Tu peux me le dire.
– Elle est adorable.
Elle hoche la tête d'un coup sec.
– Je le savais.
– Je n'avais pas l'intention de parler d'elle, c'est juste sorti tout seul.
Elle me tend la plaquette de beurre.
– Ne t'en fais pas, ma jolie. Je n'ai rien contre cette femme. Certes, j'adorerais entendre dire que c'est une abominable harpie…
Elle rit un peu jaune ce qui me soulage.
– … mais je suis contente de savoir que le père d'Hardin est heureux. J'aimerais bien qu'Hardin tempère sa colère envers lui.
– C'est le cas…
Ma phrase est interrompue par Hardin qui rentre dans la cuisine.
– C'est le cas de quoi ?
Mon regard va d'Hardin à Trish. Ce n'est pas à moi de lui dire ce qui se passe entre Hardin et son père.
– De quoi parlez-vous toutes les deux ?
– De ton père.
Il pâlit et je peux voir à son expression qu'il n'avait pas l'intention de lui parler de son embryon de relation avec son père.
– Je ne savais pas…
J'essaie de parler, mais il me fait signe de me taire. Je déteste son goût du secret, c'est un problème que nous aurons toujours, j'imagine.
– Ça va, Tess. J'ai juste… passé un peu de temps avec lui.
Hardin a les joues un peu rouges et, sans réfléchir, je viens à côté de lui. Je croyais qu'il serait en colère contre moi et qu'il mentirait à sa mère, mais je suis contente de voir que j'avais tort.
– Vraiment ? s'étonne Trish.
– Ouais… Je suis désolé, maman. Je ne me suis pas approché de lui jusqu'à ce que je me sois bourré la gueule, il y a quelques mois. J'ai défoncé son salon… mais après, j'ai passé quelques nuits chez lui et nous sommes allés à son mariage.
– Tu t'es remis à boire ? Hardin, s'il te plaît, dis-moi que tu ne bois plus.
– Non, maman, c'est arrivé seulement quelquefois. Mais plus comme avant, promet-il.

Plus comme avant ? Je sais qu'Hardin buvait bien trop, mais la réaction de Trish me fait penser que c'était bien pire.

– Ça ne t'emmerde pas que je sois allé le voir ?

Je pose ma main contre son dos pour le réconforter.

– Oh, Hardin, je ne t'en voudrai jamais d'entretenir une relation avec ton père. Je suis juste surprise, c'est tout. Tu aurais pu m'en parler. Ça fait des années que je souhaite que tu te débarrasses de cette colère contre lui. C'était une période difficile dans nos vies, mais nous avons réussi à la surmonter et c'est du passé maintenant. Ton père n'est plus le même homme que celui qu'il était et je ne suis plus la même femme.

– Ça ne rend pas la situation plus acceptable.

– Non, tu as raison, mais parfois, il faut faire un choix, comme celui de tourner la page et de laisser des choses derrière soi. Je suis très heureuse que tu aies recommencé à le fréquenter. C'est bien pour toi. C'est la raison… enfin une des raisons pour lesquelles je t'ai envoyé ici. Il fallait que tu lui pardonnes.

– Je ne lui ai pas pardonné.

– Tu devrais, conseille-t-elle sincèrement. Je l'ai fait.

Hardin pose ses coudes sur le plan de travail et baisse la tête pendant que je lui caresse le dos. Trish remarque mon geste et m'adresse un petit sourire de connivence. Je l'admire tellement, encore plus qu'avant. Elle est si forte et si aimante en dépit du manque d'émotion de son fils. Je regrette qu'elle n'ait personne dans sa vie, comme Ken a Karen.

Hardin semble penser exactement la même chose que moi.

– Mais il a une grosse baraque de bourge et des voitures qui coûtent une blinde. Il a une nouvelle femme et toi, tu es toute seule.

– Je me moque de sa voiture et de son argent, lui assure-t-elle dans un sourire. Et qu'est-ce qui te fait croire que je suis seule ?

Il lève la tête.

– Quoi ?

– N'aie pas l'air si surpris ! Je suis encore une belle affaire, mon fils.

– Tu vois quelqu'un ? Qui ?

– Mike.

Ses joues rosissent et mon cœur se réchauffe. Hardin en reste bouche bée.

– *Mike ?* Ton voisin ?

– Oui, mon voisin. C'est vraiment un type bien, Hardin. Et c'est pratique de l'avoir sous la main.

Elle éclate de rire et me regarde d'un air entendu. Hardin chasse cette idée d'un geste large.

– Depuis combien de temps ? Pourquoi tu ne m'en as pas parlé ?

– Quelques mois, ce n'est pas très sérieux... pas encore. Du reste, je ne pense pas devoir te demander à *toi* des conseils matrimoniaux.

– Non mais Mike ? C'est genre un...

– Ne t'avise pas de dire du mal de lui. Tu n'es pas trop vieux pour recevoir une fessée !

En le grondant, elle a un sourire ironique aux lèvres. Il lève les bras en un signe de défense.

– D'accord... d'accord...

Il est tellement plus détendu que ce matin. La tension entre nous a disparu, en majeure partie, et le voir blaguer avec sa mère me rend si heureuse.

– Fantastique ! Je vais choisir le film, ne me rejoignez pas dans le salon sans les cookies.

Sur un joyeux sourire, elle nous laisse seuls dans la cuisine. Je retourne au saladier pour mélanger les ingrédients et terminer la pâte des cookies. Pour finir, je nettoie le fond du plat avec mon doigt pour le lécher, ce qui m'attire une réflexion pleine de sollicitude :

– Je ne pense pas que ce soit très hygiénique.

Je recommence, racle la pâte collante et me dirige vers lui.

– Tiens, goûte.

J'approche ma main pour lui mettre de la pâte dans la sienne, mais il ouvre la bouche et suce mon doigt. Le contact de ses lèvres me coupe le souffle et j'essaie de me convaincre qu'il ne s'agit que de sa méthode pour racler la pâte... en faisant abstraction de la manière dont il me regarde. Peu importe qu'il fasse glisser sa langue le long de mon index. Peu importe la température qui semble avoir grimpé dans la cuisine. Peu importe mon cœur qui bondit hors de ma poitrine et mon corps qui s'embrase.

– Je crois que c'est suffisant, dis-je d'une voix rauque en retirant mon doigt de sa bouche.

Il m'adresse un petit regard malicieux.

– Plus tard, donc.

L'assiette de cookies est avalée pendant les dix premières minutes du film. Je dois admettre être assez fière de mes talents culinaires nouvellement acquis ; Trish me complimente et Hardin mange à lui tout seul la moitié de la fournée, ce qui, en soi, est un compliment.

– C'est mal si ce que je préfère de l'Amérique jusqu'à présent, ce sont ses cookies ?

Trish rit, la bouche encore pleine.

– Oui, c'est triste, la taquine Hardin, ce qui me fait rire.

– Il se peut que tu aies à m'en faire tous les jours jusqu'à mon départ, Tessa.

– Ça me va.

Je m'affale sur Hardin en souriant. L'un de ses bras trouve sa place autour de ma taille et je me recroqueville contre lui.

Trish s'endort vers la fin du film et Hardin baisse un peu le son pour que nous puissions le terminer sans la réveiller. À la fin de l'histoire, je suis totalement bouleversée et Hardin ne cherche pas à dissimuler son hilarité de me voir dans cet état de désespoir larmoyant. C'est un des films les plus tristes que j'aie jamais vu ; je ne sais vraiment pas comment Trish a pu s'endormir.

– C'était atroce, fantastique, mais atrocement triste, dis-je en sanglotant.

– Tu n'as qu'à t'en prendre à ma mère. J'ai demandé une comédie et je ne sais pas trop comment on s'est retrouvés avec *La ligne verte*. Je t'avais prévenue.

Il déplace son bras pour le passer autour de mes épaules, histoire de me rapprocher de lui et de poser un tendre baiser sur mon front.

– On peut mettre un épisode de *Friends* dans la chambre pour te faire oublier qu'il meu…

– Hardin ! Ne me le rappelle pas !

Mais ma réaction le fait doucement marrer. Il se lève du canapé et me tire par le bras pour que je le suive. En arrivant dans la chambre, il allume la lampe de chevet, puis la télévision.

Il ferme la porte et, lorsqu'il se retourne vers moi, ses yeux verts brillent et ses diaboliques fossettes apparaissent. Mon corps s'embrase.

∞

35
Hardin

– Je vais me changer.

Tessa disparaît dans le dressing, son mouchoir toujours dans la main. Ses yeux sont rouges d'avoir pleuré pendant le film. Je savais qu'il allait la bouleverser, mais je dois admettre que j'attendais avec impatience de découvrir sa réaction. Pas parce que je souhaite qu'elle soit triste, mais parce que j'aime voir à quel point elle s'investit émotionnellement dans tout ce qu'elle fait. Que ce soit un film ou un roman, elle se laisse totalement emporter par la fiction. C'est captivant de l'observer. Elle sort du dressing avec juste un short et un soutien-gorge en dentelle.

Bordel de merde. Je n'essaie même pas d'être subtil en la contemplant.

– Tu crois que tu pourrais porter… tu sais, mon tee-shirt ?

Je ne sais pas trop ce qu'elle va en penser, mais ça me manque de ne plus la voir au lit dans mes vêtements.

– J'aimerais beaucoup.

Elle me sourit et prend le tee-shirt que j'ai porté aujourd'hui au-dessus du panier de linge sale.

– Bien.

J'essaie d'avoir l'air détaché, mais je vois ses seins jaillir du balconnet en dentelle lorsqu'elle lève les bras. *Arrête de mater. Doucement, elle veut y aller doucement. Je peux y aller tout doux… doucement… entrer et sortir de son corps. Bordel, qu'est-ce que j'ai ?* Au moment où je pense détourner le regard, elle passe les mains sous son tee-shirt et retire son soutien-gorge par une manche… *Bon Dieu.* Elle grimpe sur le lit.

– Ça ne va pas ?

– Non.

Je déglutis et l'admire lorsqu'elle défait sa queue-de-cheval. Ses cheveux tombent sur ses épaules en une sublime vague blonde qui s'anime lorsqu'elle secoue la tête. Je suis *sûr* qu'elle fait ça exprès.

– Ok…

Elle s'allonge sur la couette. J'aimerais qu'elle se glisse dessous pour que sa chair ne soit pas aussi… exposée. Elle me regarde, l'air étonnée.

– Tu viens te coucher ?

Je ne m'étais pas rendu compte que j'étais resté près de la porte.

– Ouais…

– Je sais que c'est un peu bizarre là, de s'habituer à la présence de l'autre, mais ce n'est pas la peine d'être aussi… distant.

– Je sais.

Je la rejoins sur le lit, mes mains baissées devant moi pour cacher mon excitation. Elle chuchote :

– Ce n'est pas vraiment aussi bizarre que ce que j'aurais cru.

– Ouais…

Je suis soulagé de l'entendre dire ça ; j'avais peur que ce ne soit plus pareil entre nous. Peur qu'elle se protège et qu'elle ne soit plus la Tess que j'aime tant. Ça ne fait que quelques heures, mais j'espère que ça restera comme ça. C'est si facile avec elle, putain, c'est vraiment facile, mais difficile aussi en même temps.

Elle pose sa petite main sur la mienne et se penche vers moi.

– Tu es tellement bizarre. Dis-moi ce que tu as sur le cœur.

– Je suis juste content de voir que tu es toujours là, c'est tout.

J'ajoute silencieusement : *Et je ne pense qu'à te faire l'amour*. La question n'est pas d'avoir un orgasme avec Tessa comme avant, c'est bien plus. Tellement plus. Il s'agit d'être lié à elle de toutes les manières possibles. Il s'agit aussi de la confiance totale qu'elle m'accorde. J'éprouve une douleur physique à la poitrine en pensant à la confiance qu'elle m'avait accordée et que j'ai fait voler en éclats.

– Il y a autre chose, dit-elle en me mettant au défi de répondre.

Je hoche la tête pour lui dire qu'elle a raison. D'un doigt, elle dessine une ligne de ma tempe à mon piercing à l'arcade. J'admets alors :

– Je pense à un truc atroce.

Je ne veux pas qu'elle pense être un objet à mes yeux, que je veux juste l'utiliser. Je n'ai pas vraiment envie de lui dire ce qui me traverse l'esprit, mais je ne veux pas lui cacher des choses, maintenant, il faut que je sois honnête avec elle.

Lorsqu'elle baisse le regard vers moi, la tristesse qu'elle dégage me fait mal.

– Dis-moi.

– Je… bon… Je pensais à… te baiser… enfin à te faire l'amour.

– Oh !

– Je sais, je suis un enfoiré.

Je grogne en regrettant de ne pas avoir menti.

– Non… Non, ce n'est pas ça. (Ses joues rosissent.) Je pensais plus ou moins à la même chose.

Elle mordille sa lèvre inférieure, me tentant encore plus.

– Sérieux ?

– Ouais… ça fait longtemps… Enfin, sauf si on compte Seattle, mais j'étais dangereusement alcoolisée.

Je fouille son regard pour détecter un jugement sur mon manque de contrôle quand je suis venu la voir le week-end précédent, mais je n'en vois aucun. À mesure qu'elle se rappelle les événements passés, je peux lire son embarras sur son visage. Mon boxer devient de plus en plus serré, frisant l'inconfort lorsque les souvenirs remontent à la surface.

– Je ne veux pas que tu penses que je t'utilise…

– Hardin, dans toutes mes pensées présentes, il n'y a rien qui se rapproche de cette idée. Je te l'accorde, ça le devrait probablement, mais ce n'est pas le cas.

J'avais peur, si peur que nos moments intimes soient pervertis à cause de ma connerie.

– Tu es sûre ? Je ne veux pas me planter une fois encore.

Pour toute réponse, elle me prend la main et la place entre ses cuisses.

Putain. De mon autre bras, je l'attrape à la taille pour la tirer vers moi. En quelques secondes, je suis sur elle, un genou entre ses jambes. Je commence par l'embrasser dans le cou, les lèvres enfiévrées par sa peau si douce. Elle tire sur mon tee-shirt et recule juste assez pour le retirer. Ma bouche trace un chemin humide de baisers entre sa clavicule et le renflement de ses seins. Quand elle essaie de me déshabiller du haut et du bas simultanément, je l'aide, restant en sous-vêtements.

Je veux toucher chaque parcelle de son corps, chaque centimètre de sa peau, chaque courbe, chaque angle. Bon Dieu, qu'elle est belle. Lorsque je descends pour l'embrasser sur le ventre, ses doigts disparaissent dans mes cheveux et les tirent à la racine. Je la mordille. Sa culotte et son short atterrissent par terre. Ma langue caresse la peau sur ses hanches.

J'explore son corps comme si c'était la première ou la dernière fois.

– Hardin… S'il te plaît…

Je colle ma bouche contre son point le plus sensible et glisse doucement ma langue le long de son intimité, savourant son goût qui me consume.

Elle me tire les cheveux plus fort et halète un « Oh mon Dieu ».

Elle appuie ses hanches sur le lit en se pressant contre ma langue. Je recule, elle gémit. Je me redresse rapidement pour ouvrir le tiroir de la table de chevet et récupérer une capote dont j'ouvre l'emballage avec les dents. Elle m'observe, je fais de même. J'observe la manière dont sa poitrine se soulève et s'abaisse, anticipant le plaisir. Je retire mon boxer et me penche en avant pour l'embrasser brièvement sur la joue, ma queue sur sa cuisse.

Je me redresse et enfile le préservatif, puis lui demande de rester immobile. Elle m'obéit et je me glisse entre ses jambes. L'attente est enivrante. Je bande tellement que c'en est douloureux.

– Tu es tellement mouillée pour moi, Bébé, comme toujours.

Je divague et glisse mon index dans sa moiteur et la lui fais goûter. Elle est timide, mais ne proteste pas et enroule sa langue autour de mon doigt. Qu'elle me lèche me pousse à m'introduire en elle. La sensation est exquise, ça m'a tellement manqué. Je pousse un juron en l'entendant gémir de plaisir.

Toutes mes peines de cœur volent en éclats lorsque je la pénètre, je l'emplis complètement. Ses yeux se révulsent et je fais délibérément des mouvements circulaires avec mon bassin avant de me retirer et de revenir sans cesse.

– Encore… S'il te plaît, Hardin.

Putain, j'adore l'entendre me supplier.

– Non, Bébé… je veux y aller doucement cette fois.

Encore un mouvement de hanches. Je veux savourer chaque seconde et je veux qu'elle sente combien je l'aime, à quel point je suis désolé de l'avoir blessée et que je suis prêt à faire n'importe quoi pour elle. J'approche ma bouche de la sienne et caresse sa langue de la mienne. Sentir ses ongles s'enfoncer dans mes biceps me fait grogner. Je sais que je vais me retrouver avec des petites marques en demi-lune. J'accélère doucement la cadence.

– Je t'aime… Je t'aime tellement.

– Je… Je t'aime.

Elle gémit et ses jambes commencent à trembler, signe qu'elle y est presque.

J'adorerais voir à quoi nous ressemblons maintenant, moulés l'un contre l'autre et pourtant si distincts. Le contraste entre sa douce peau si pâle et l'encre noire qui couvre la mienne lorsqu'elle promène ses mains le long de mes bras doit être saisissant. Les ténèbres à la rencontre de la lumière, la perfection et le chaos, c'est tout ce que je crains, tout ce que je veux, tout ce dont j'ai besoin.

Elle gémit de plus en plus fort et je pose ma main sur sa bouche pour qu'elle puisse la mordre.

– Chut… vas-y, Bébé.

J'accélère le mouvement, son corps se tend sous le mien et je l'entends crier mon nom sous ma main.

– Regarde-moi, dis-je dans un souffle.

Son regard croise le mien et c'en est fait de moi. Je la rejoins quelques secondes plus tard dans un orgasme puissant. Il n'y a pas de meilleure drogue. Je me répands et son corps se détend, faisant de nous un bloc de chair essoufflée. Je retire le préservatif et le jette dans la poubelle près du lit.

Lorsque j'esquisse un mouvement pour me lever, elle m'attrape le bras pour m'en empêcher. Je lui souris et reste immobile. Je me repose sur les coudes pour ne pas trop peser sur elle. La main de Tessa touche ma joue, elle utilise la pulpe de son pouce pour faire de petits cercles sur ma peau humide.

– Je t'aime, Hardin, me dit-elle doucement.

– Je t'aime, Tess.

Je pose ma tête sur sa poitrine. Mes paupières sont lourdes, je sens sa respiration ralentir et je m'endors en écoutant le battement régulier de son cœur.

∞

36
Tessa

Mon téléphone me réveille en vibrant sur la table de chevet. La tête d'Hardin pèse sur mon ventre, je le soulève doucement, aussi doucement que je peux, pour attraper l'objet de mon agacement. Le nom de ma mère apparaît sur l'écran, ce qui me fait pester.

– Theresa ? résonne la voix de ma mère dans le combiné.

– Oui ?

– Où es-tu et à quelle heure arrives-tu ?

– Je ne viens pas.

– C'est le réveillon de Noël, Tessa. Je sais que cette histoire avec ton père t'a bouleversée, mais tu dois passer Noël avec moi. Tu ne devrais pas être seule dans un hôtel.

Je culpabilise un peu ne pas passer les fêtes avec ma mère. Elle n'est pas la plus charmante des femmes, mais je suis tout ce qui lui reste.

– Je ne vais pas faire toute cette route, maman, il neige et… je n'ai pas envie de venir.

Hardin se réveille et lève la tête. À l'instant où je m'apprête à lui dire de se taire, il ouvre la bouche et me demande, l'air un peu excédé, ce qui se passe et j'entends un petit cri du côté de ma mère.

– Theresa Young ! À quoi *penses*-tu ?

– Maman, je ne veux pas en parler maintenant.

– C'est lui, n'est-ce pas ? Je reconnais cette voix !

C'est la pire des manières de se réveiller. Je me détache d'Hardin et m'assieds, couvrant mon corps de la couverture.

– Je vais raccrocher maintenant, maman.

– Ne t'avise pas de raccr…

Mais je raccroche vraiment. Puis je mets mon téléphone en mode silencieux. Je savais qu'elle l'apprendrait un jour ou l'autre, j'espérais juste que ce serait un jour lointain.

– Bien, elle est au courant pour… nous deux. Elle t'a entendu et là, elle pète les plombs.

Pour confirmer, je lui tends le téléphone pour lui montrer les deux appels en absence en une minute.

Il enroule son corps autour du mien.

– Tu savais que ça arriverait, finalement c'est quasiment mieux qu'elle le découvre comme ça.

– Pas vraiment. J'aurais pu le lui dire plutôt qu'elle le découvre en t'entendant parler derrière moi.

Il hausse les épaules.

– C'est pareil. Elle aurait pété un câble de toute manière.

– Tout de même.

Je suis légèrement irritée par sa réaction. Je sais qu'il ne l'aime pas beaucoup, mais c'est toujours ma mère et je ne voulais pas qu'elle l'apprenne comme ça.

– Tu pourrais être un peu plus sympa avec tout ça.

– Désolé.

Je m'attendais à une réplique bien sentie, mais il me surprend dans le bon sens. Hardin me sourit et me tire contre lui.

– Tu veux que je te prépare un petit déjeuner, Daisy ?

– Daisy ?

Je lève un sourcil interrogateur.

– Il est tôt et j'ai déjà fait mieux en matière de citation littéraire, mais tu es ronchon, alors… je t'ai appelée Daisy.

– Daisy Buchanan n'était pas ronchon et je ne le suis pas non plus.

Je prends l'air offusqué sans pouvoir retenir un éclat de rire, communicatif.

– Si, si, et comment sais-tu de quelle Daisy je parle ?

– Il n'y en a pas beaucoup et je te connais assez bien.

– C'est vrai, ça ?

– Oui, et ta tentative d'insulte s'écrase là, misérablement.

– Ouais… Ouais… Madame Bennet.

– Puisque tu évoques *Madame* Bennet, j'imagine que tu fais référence à la mère et non à Elizabeth, en gros tu essaies de me qualifier d'odieuse bonne femme. Mais bon, vu que tu n'es *effectivement* pas au top ce matin, peut-être essaies-tu de me dire que je suis charmante ? Je suis juste un peu perdue dans tes références !

– D'accord… d'accord… Bon Dieu. Un homme fait une mauvaise blague dans les parages et le voilà condamné.

Mon irritation s'est évaporée et nous continuons à échanger quelques plaisanteries en nous levant. Hardin déclare qu'on va rester en pyjama puisque nous ne sortirons pas de la maison. C'est une étrange idée à mes yeux, si j'étais chez ma mère, j'aurais dû porter mes beaux habits du dimanche.

– Tu pourrais juste mettre ce tee-shirt qui est par terre.

Je souris et le ramasse avant d'enfiler un pantalon de yoga. Je ne me souviens pas d'avoir passé un moment aussi détendu avec Noah dans un pareil accoutrement. Je ne portais pas beaucoup de maquillage jusqu'à il y a peu, mais j'étais toujours bien habillée. Je me demande ce qu'il aurait pensé si j'étais venue passer un peu de temps avec lui, habillée comme ça. C'est drôle, j'ai toujours pensé être à l'aise avec Noah, être moi-même ; ça fait tellement longtemps qu'il me connaît, alors qu'en fait, il ne me connaît pas du tout. Il ne connaît pas ma vraie personnalité, celle que, grâce à Hardin, je peux totalement assumer.

– Prête ?

J'acquiesce et attache mes cheveux en chignon à la va-vite. J'éteins mon téléphone et le laisse sur la commode avant de suivre Hardin dans le séjour. Une merveilleuse odeur de café emplit l'appartement, Trish est en train de retourner des pancakes dans une poêle.

Elle se tourne vers nous et nous interpelle :

– Joyeux Noël !

– Ce n'est pas encore Noël.

Je jette un regard noir à Hardin. Il soupire, mais envoie un petit sourire à sa mère. Je me verse une tasse de café, remerciant Trish d'avoir préparé le petit déjeuner. Nous nous asseyons à la table pendant que sa mère nous raconte que c'est sa grand-mère qui lui a appris cette recette de pancakes. Hardin écoute avec attention et sourit même un peu. Nous commençons à dévorer les *délicieux* pancakes aux fraises.

– Est-ce qu'on va ouvrir les cadeaux aujourd'hui ? J'imagine que tu vas aller chez ta mère demain ?

Je ne sais pas trop comment répondre à Trish.

– Je… en fait, je dois…

– Elle va chez papa demain. Elle l'a promis à Landon et elle est sa seule amie, elle ne peut vraiment pas annuler.

Je lui suis reconnaissante de son aide, mais dire que je suis la seule amie de Landon n'est pas vraiment gentil… Mais bon, je suis peut-être sa seule amie. Après tout, il l'est bien pour moi.

– Oh… C'est sympa. Tu peux me dire ces choses-là, ma jolie, ne t'en fais pas. Ça ne me pose aucun problème que tu passes du temps avec Ken.

Je me demande auquel de nous deux elle s'adresse. Hardin secoue la tête.

– Moi, je n'y vais pas. J'ai demandé à Tessa de leur dire qu'on avait refusé leur invitation.

Trish s'arrête en pleine bouchée.

– On ? Ils m'ont invitée ? demande-t-elle visiblement surprise.

– Oui… Ils vous ont invités tous les deux.

– Pourquoi ?

– Je… ne sais pas…

Honnêtement, je ne sais pas pourquoi. Karen est tellement gentille et je sais qu'elle veut colmater la cassure entre son mari et son fils, c'est la seule explication qui me vienne à l'esprit.

– J'ai déjà refusé, ne t'inquiète pas, maman.

Trish termine d'avaler sa bouchée, perdue dans ses pensées. Et là, elle nous surprend tous les deux.

– Non, on devrait peut-être y aller.

– Pourquoi voudrais-tu aller là-bas ? demande Hardin, le front barré d'un pli soucieux.

– Je ne sais pas… Je n'ai pas vu ton père depuis près de dix ans. Je crois que je me le dois à moi-même, j'ai envie de voir ce qu'il est devenu et comment il a réussi à remettre sa vie sur les rails. Et puis, je sens que tu ne veux pas t'éloigner de Tessa pour les fêtes.

– Je pourrais rester ici.

Je n'ai pas envie d'annuler, surtout à la dernière minute, mais je ne veux pas que Trish se sente obligée d'y aller.

– Non, vraiment. C'est bon. Allons-y tous les trois.

– Tu es sûre ?

L'inquiétude dans la voix d'Hardin est flagrante.

– Oui… Ce ne sera pas si terrible que ça. (Elle sourit.) Et puis, si Kathy a enseigné à Tessa comment faire ces cookies, imagine à quel point le repas sera délicieux.

– Karen, maman, elle s'appelle Karen.

– Hé ! Je vais passer Noël avec la nouvelle femme de mon ex-mari. Je peux l'appeler comme je veux.

Elle éclate de rire et je ne peux m'empêcher de faire de même.

– Je vais prévenir Landon que nous venons tous les trois.

Je sors de la pièce pour prendre mon téléphone. Je n'aurais jamais cru que je passerais Noël avec Hardin et sa famille, les deux côtés de sa famille. Les derniers mois ont vraiment été pleins de surprises et d'inattendu. En rallumant mon téléphone, je découvre trois messages sur mon répondeur, certainement de ma mère. Je les ignore et compose le numéro de Landon.

– Hello, Tessa, joyeux presque Noël !

Je peux me l'imaginer souriant avec bienveillance.

– Joyeux presque Noël, Landon.

– Merci ! On commence par le début, tu n'appelles pas pour nous faire faux bond ?

– Non, bien sûr que non. Bien au contraire, en fait. J'appelais pour savoir si l'invitation pour Hardin et Trish tenait toujours pour demain ?

– Vraiment ? Ils veulent venir ?

– Ouais…

– Est-ce que ça veut dire qu'Hardin et toi…

– Ouais… Je sais, je suis stupide…

– Je n'ai jamais dit ça.

– Je sais que tu le penses…

– Non. Vraiment pas. On pourra en parler demain, mais tu n'es pas stupide, Tessa.

– Merci.

Je le pense sincèrement. Il est la seule personne que je connaisse qui ne pensera pas à mal à ce sujet.

– Je vais prévenir ma mère qu'ils ont accepté l'invitation. Elle sera aux anges.

Lorsque je rejoins Trish et Hardin dans le séjour, ils ont déjà leurs cadeaux sur les genoux et je repère deux boîtes sur le canapé. J'imagine qu'elles sont pour moi.

– Moi d'abord !

Trish arrache le papier aux motifs de flocons de neige. Mon cadeau déclenche un immense sourire sur son visage.

– Je l'adore ! Comment as-tu deviné ?

Elle pointe du doigt le jogging gris qu'elle porte.

– Je ne suis pas très douée pour faire des cadeaux.

– Ne dis pas de bêtise, c'est adorable.

Tout sourires, elle ouvre la seconde boîte. Après un moment pour apprécier ce qu'il y a à l'intérieur, elle serre Hardin très fort dans ses bras, lève alors le collier sur lequel est inscrit *Maman*, juste comme il me l'avait décrit. La grosse écharpe qu'il lui a offerte recueille aussi tous ses suffrages.

J'aurais vraiment aimé avoir un cadeau pour Hardin. Je savais depuis le début que nous nous remettrions ensemble et il le savait aussi. Il n'a pas dit qu'il m'avait offert quelque chose et les deux boîtes sur mes genoux semblent être de la part de Trish, ça me soulage.

Hardin est le suivant. En ouvrant son paquet, il fait à sa mère son sourire le plus faux. Ce sont des vêtements dont un tee-shirt à manches longues rouge. J'essaie de me représenter Hardin portant autre chose que du noir ou du blanc, mais ça m'est impossible.

– À ton tour.

Je souris nerveusement en tirant sur le nœud coloré qui entoure le premier paquet. Visiblement, Trish a meilleur goût quand il s'agit de choisir des vêtements de femme ; la robe jaune pastel dans la boîte en est la preuve. C'est une robe légère à ceinture sous la poitrine, j'adore.

– Merci, c'est très joli, dis-je en la serrant dans mes bras.

J'apprécie vraiment qu'elle ait pensé à moi. Nous venons juste de nous rencontrer, mais elle a été si aimante, si accueillante, que j'ai l'impression de la connaître depuis fort longtemps.

Le second paquet est bien plus petit que le premier, mais il y a tant de scotch autour qu'il est difficile de l'ouvrir. Lorsque j'arrive enfin à ouvrir l'emballage, je découvre un bracelet à breloques totalement différent de tous ceux que j'ai pu voir avant. Trish est tellement attentionnée, comme son fils. Je le lève et passe mes doigts le long des cordelettes pour regarder les petits *charms*. Il n'y en a que trois, chacun de la taille de mon ongle de pouce, deux semblent être en étain et le troisième est dans une matière blanche et dure… de la porcelaine peut-être ? La breloque blanche figure le symbole de l'infini, les boucles façonnées en forme de cœurs. Tout comme le tatouage d'Hardin sur son poignet. Mes yeux se dirigent immédiatement vers son tatouage. Gêné, il change de position, je retourne au bracelet. La seconde breloque représente une note de musique et la troisième, légèrement plus grande que les autres, a la forme d'un livre. Je la retourne et découvre qu'elle comporte une inscription :

« *De quoi que soient faites nos âmes, la sienne et la mienne sont pareilles.* »

Je lève les yeux vers Hardin et ravale les larmes qui menacent de couler. Ce n'est pas sa mère qui m'a fait ce cadeau.

C'est lui.

∞

37

Tessa

Hardin a les joues rouges et un rictus nerveux sur les lèvres. Pendant une petite minute, je le regarde calmement. Puis je saute sur le fauteuil dans lequel il est assis. D'enthousiasme, je le fais presque tomber, tant mon désir est grand de me rapprocher de ce garçon un peu fou et sauvage. Heureusement, il est assez costaud pour nous éviter de nous renverser. Je le serre dans mes bras aussi fort que je le peux, à le faire tousser ; je desserre alors mon étreinte.

– C'est tellement… C'est juste parfait, dis-je en pleurant. Merci. C'est tellement adorable et juste… incroyable.

Je pose mon front contre le sien et me réfugie sur ses genoux.

– C'est rien… vraiment, dit-il timidement.

Je me demande pourquoi il s'exprime sur un ton aussi neutre… jusqu'à ce que Trish se racle délicatement la gorge depuis le fauteuil d'à côté. Je me dépêche de descendre de ses genoux. L'espace d'un instant, j'avais oublié que nous n'étions pas seuls dans l'appartement. Je reprends ma place sur le canapé.

– Désolée.

Elle m'offre un petit sourire de connivence.

– Ne le sois pas, ma jolie.

Hardin reste silencieux. Je sais qu'il ne parlera pas de ce cadeau devant Trish, alors je change de sujet, pour l'instant. Il est si incroyablement attentif. Il n'aurait pas pu choisir de citation plus appropriée dans n'importe quel roman pour la faire graver sur le bracelet.

« *De quoi que soient faites nos âmes, la sienne et la mienne sont pareilles*[3]. » Ça décrit parfaitement mes sentiments pour lui. Nous sommes si différents et pourtant exactement pareils, tout comme Catherine et Heathcliff. J'espère simplement que nous ne partagerons pas le même destin qu'eux.

J'aimerais penser que nous avons appris de leurs erreurs et que, d'une façon ou d'une autre, nous les empêcherons de se reproduire.

Je glisse le bracelet autour de mon poignet et bouge doucement mon avant-bras pour le faire tinter. On ne m'a jamais rien offert de tel. Je croyais que la liseuse était le meilleur des cadeaux, mais Hardin s'est surpassé en m'offrant ce bijou. Noah m'offrait toujours la même chose : du parfum et des chaussettes. Tous les ans. Mais bon, je lui offrais de l'eau de toilette et des chaussettes tous les ans aussi. C'était notre truc, notre ennuyeuse routine.

Je fixe mon attention sur le bracelet encore quelques secondes avant de m'apercevoir que Trish et Hardin m'observent. Je me lève immédiatement et range le petit désordre de papiers cadeaux.

Trish réprime un petit rire.

– Eh bien, Mademoiselle, Monsieur, à quoi pourrions-nous occuper le reste de cette journée ?

– J'ai bien envie de faire une sieste, annonce Hardin.

Trish lève les yeux au ciel.

– Une sieste ? Déjà ? Le jour de Noël ?

– Pour la dixième fois, c'est pas Noël.

Sa voix est un peu dure, mais il se fait pardonner avec un sourire que Trish lui retourne avec une petite tape sur le bras.

– Tu es odieux.

– Telle mère, tel fils.

Les laissant se chamailler gentiment, je rêvasse en mettant la petite pile de papiers cadeaux déchirés à la poubelle. Je culpabilise encore plus de ne pas avoir offert de cadeau à Hardin. Je regrette que le centre commercial ne soit pas ouvert aujourd'hui… Je ne sais pas quoi lui offrir, mais n'importe quoi serait mieux que rien, et je n'ai rien. Je regarde encore le bracelet et dessine du bout du doigt le pourtour de la breloque symbolisant l'infini. Je n'arrive pas à croire qu'il m'ait offert un bijou à l'image de son tatouage.

– Déjà terminé ?

---

3. In *Les Hauts de Hurlevent*, d'Emily Brontë.

Le son de sa voix et la chatouille dans mon oreille me font sursauter. Je me retourne pour le taper gentiment.

– Tu m'as fait peur !

– Désolé, mon amour, dit-il entre deux gloussements.

Mon cœur s'emballe lorsqu'il m'appelle « mon amour ». Ça lui ressemble si peu. Je le sens sourire dans mon cou, il passe ses bras autour de ma taille.

– Tu viens faire la sieste avec moi ?

Je me tourne vers lui pour lui faire face.

– Non. Je vais tenir compagnie à ta mère, mais je *vais* venir te border.

Cette dernière phrase prononcée dans un sourire. Je ne fais pas la sieste, sauf si je suis trop épuisée pour faire quoi que ce soit d'autre et ça pourrait être sympa de passer un peu de temps avec sa mère, à lire ou n'importe quoi d'autre.

Hardin grimace, mais me conduit dans notre chambre. Il retire son tee-shirt et le laisse tomber par terre. Mes yeux parcourent les dessins sur sa peau que je connais si bien et il me sourit.

– Tu as vraiment aimé le bracelet ?

Il continue de se diriger vers le lit, jette les coussins par terre, je ramasse.

– Tu es tellement bordélique !

Je mets les coussins dans leur coffre et le tee-shirt d'Hardin sur la commode avant d'attraper ma liseuse et de le rejoindre sur le lit.

– Mais pour répondre à ta question, j'aime vraiment le bracelet. C'est une attention magnifique, Hardin. Pourquoi n'as-tu pas dit que c'était de toi ?

Il me tire vers lui et pose ma tête sur sa poitrine.

– Parce que je savais que tu culpabiliserais de ne m'avoir rien offert. Et que tu te sentirais encore plus mal après mon incroyable cadeau.

– Waouh, tu es si humble !

– Et puis, quand je l'ai fait faire, je ne savais pas si tu voudrais me reparler un jour.

– Tu savais que je le ferais.

– Honnêtement, non. Tu étais si différente cette fois-ci.

– Comment ça ?

Je lève la tête vers lui.

– Je ne sais pas… C'était… différent des cent autres fois où tu m'as dit que tu ne voulais plus jamais me voir.

Le ton de la voix d'Hardin est léger, il repousse une mèche de cheveux tombée sur mon front. Je me concentre sur sa respiration.

– Eh bien, je savais… Enfin, je ne voulais pas l'admettre, mais je savais que je reviendrais. Comme toujours.

– Je ne te donnerai pas d'autre raison de me quitter.

– J'espère bien. Moi non plus.

Je ne dis plus rien, il n'y a rien à dire pour l'instant. Il est paisible et je ne veux plus parler de le quitter. Il s'endort, en quelques minutes sa respiration se fait régulière. Qu'il m'appelle Daisy ce matin m'a donné envie de relire *Gatsby le magnifique*, alors je fouille dans le menu de ma liseuse pour voir si Hardin l'a chargé et, évidemment, il l'a fait. Je suis sur le point de me lever pour rejoindre sa mère lorsque j'entends la voix énervée d'une femme.

– Excusez-moi !

Ma mère.

Je jette la liseuse au bout du lit et me lève.

Pourquoi diable est-elle venue ici ?

– Vous n'avez aucun droit de venir ici ! crie Trish.

Trish. Ma mère. Hardin. Cet appartement. Dieu du ciel. Ça ne va pas le faire.

La porte de la chambre s'ouvre d'un coup sur ma mère, toujours aussi sophistiquée et pourtant menaçante dans sa robe rouge et ses chaussures noires à talons. Ses cheveux sont bouclés et fixés par des épingles pour ressembler à une ruche, son rouge à lèvres est rutilant, bien trop pour mes yeux encore ensommeillés.

– Comment peux-tu être ici ? hurle-t-elle.

– Maman…

Je n'ai pas le temps de finir ma phrase qu'elle se tourne vers Trish.

– Et qui diable êtes-vous donc ?

– Je suis sa mère.

Le ton de Trish est sévère. Hardin grogne dans son sommeil et ouvre les yeux.

« C'est quoi ce merdier ? » sont les premiers mots qui franchissent ses lèvres lorsqu'il repère le démon en robe écarlate.

Ma mère tourne vivement la tête vers moi et annonce :

– Allons-y, Theresa !

– Je ne vais nulle part. Pourquoi es-tu venue ?

Ma question la fait souffler, elle pose les mains sur les hanches.

– Parce que je te l'ai déjà dit. Tu es ma fille unique et je ne vais pas rester plantée là à te regarder foutre ta vie en l'air pour ce… ce *petit con*.

Ses mots allument l'étincelle qui menaçait d'exploser et je prends immédiatement sa défense.

– Ne parle pas de lui de cette manière.

– Ce « petit con » est mon fils, ma petite dame.

Trish a les yeux voilés de colère. Sans son humour, cette femme serait prête à monter sur le ring pour son fils.

– Eh bien, votre fils *corrompt* ma fille et *a détruit son existence.*

– Sortez, toutes les deux, dit Hardin en se levant du lit.

Ma mère secoue la tête et sourit de toutes ses dents.

– Theresa, prends tes affaires, *maintenant.*

L'entendre me donner des ordres me fait bondir.

– Quelle partie de *Je ne vais nulle part* n'as-tu pas saisie ? Je t'ai donné l'opportunité de passer les fêtes ensemble, mais tu ne sais pas arrêter ton petit manège assez longtemps pour qu'on y arrive.

Je sais que je ne devrais pas lui parler comme ça, mais je ne peux pas m'en empêcher.

– *Arrêter mon petit manège ?* Tu crois que parce que tu t'es acheté quelques robes vulgaires et que tu as appris à te maquiller, tu en sais soudain plus long que moi sur la vie ?

Elle crie, mais on a l'impression qu'elle rit en même temps, comme si mes choix étaient des blagues.

– Eh bien, tu as tort. Ce n'est pas parce que tu t'es donnée à cette… *ordure* que tu es devenue une femme ! Tu n'es rien qu'une petite fille. Une petite fille naïve et impressionnable. Maintenant, tu prends tes affaires avant que je ne le fasse pour toi.

– Vous ne toucherez *pas* à ses affaires, crache Hardin. Elle n'ira nulle part avec vous. Elle reste ici avec moi, là où est sa place.

Ma mère se tourne vers lui, toute trace d'humour effacée.

– Là où est sa place ? Où était sa place lorsqu'elle séjournait dans ce satané motel à cause de ce que tu lui as fait ? Tu ne lui apportes rien de bon, elle ne restera pas ici avec toi.

– Madame White, ils sont adultes, intervient Trish. Tessa est adulte. Si elle souhaite rester ici, rien ne…

Le regard enragé de ma mère croise celui tout aussi dur de Trish. C'est un désastre. J'ouvre la bouche pour prendre la parole, mais ma mère me bat en rapidité :

– Comment pouvez-vous défendre son comportement scandaleux ? Après ce qu'il lui a fait, il devrait être enfermé sous bonne garde.

– À l'évidence, elle a choisi de lui pardonner, et vous devez l'accepter.

Les mots de Trish sont trop glacés. Elle ressemble à un serpent, un de ceux qui ondulent tout doucement pour qu'on ne puisse pas voir l'attaque venir. Mais lorsqu'il jaillit, c'est fatal. Ma mère est sa proie et là, je ne peux qu'espérer que la morsure de Trish soit venimeuse.

– Lui pardonner ? Il a pris son innocence pour un *pari*, un jeu avec ses amis, et il s'en est vanté alors qu'elle était ici à jouer les maîtresses de maison !

Le petit cri de Trish efface tous les autres bruits et installe un silence, l'espace d'un instant.

Elle regarde son fils, bouche bée :

– Qu'est-ce que…

– Ah, vous n'étiez pas au courant ? Tiens donc – surprise – le menteur a même menti à sa propre mère ? Pauvre femme, pas étonnant que vous le défendiez. Votre fils a parié avec ses amis – pour de l'argent – qu'il pourrait prendre la virginité de Tessa. Il a même gardé les preuves et les a exhibées sur tout le campus.

Je suis figée. Je garde les yeux rivés sur nos mères, trop effrayée pour regarder Hardin. À son changement de respiration, je sens qu'il n'avait pas pensé que j'avais raconté à ma mère les détails de sa tromperie. Quant à sa mère, je ne voulais pas qu'elle sache les terribles choses que son fils avait faites. C'est à moi de partager, ou non, mon embarras avec autrui.

– Les preuves ?

– Oui, les preuves. Le préservatif. Oh ! Et les draps souillés de la virginité volée de Tessa. Dieu sait ce qu'il a bien pu faire de l'argent, mais il a raconté à tout le monde les détails de leur… intimité. Alors maintenant, dites-moi si je ne devrais pas faire revenir ma fille auprès de moi.

Ma mère s'est tournée vers Trish d'un air triomphant.

Je sens le changement d'énergie dans la pièce. Je le sens au moment même où il se produit. Trish est maintenant du côté de ma mère. J'essaie désespérément de m'agripper à la falaise qui se délite, qu'est Hardin à ce moment, mais je vois clair dans le regard parfaitement dégoûté que Trish lance à son fils. Un regard que je sens ne pas être nouveau ; un regard qu'elle a déjà utilisé, comme un souvenir ravivé ; un regard qui annonce qu'elle croit toutes les choses terribles dites sur son fils, encore une fois.

– Hardin, comment as-tu pu faire une chose pareille ? (Elle pleure.) J'avais espéré que tu avais changé. J'avais espéré que tu avais arrêté de faire ce genre de choses aux filles… aux femmes. As-tu oublié ce qui s'est passé la dernière fois ?

∞

38

Tessa

Ça n'aide pas. Ça n'aide pas du tout, et ma mère se met quasiment à *hurler* :

– La dernière fois ? Tu vois, Theresa ! C'est exactement la raison pour laquelle tu dois t'éloigner de lui. Il a déjà fait ça, je le savais ! Le prince charmant a encore frappé !

Je tourne mon regard vers Hardin, sentant sous mes doigts la falaise s'effriter. *Encore ?* Je ne pense pas être en mesure d'en supporter plus. Pas de sa part.

– C'est pas pareil, Maman, finit pas dire Hardin.

Trish lui adresse un regard d'incrédulité totale et essuie ses yeux, quand bien même ses larmes continuent de couler.

– On dirait bien que si, Hardin. Honnêtement, je ne peux pas te croire. Je t'aime, mon fils, mais je ne peux pas t'aider, là. C'est mal ce que tu as fait, tellement mal.

Je n'ai jamais été capable de m'exprimer dans des situations pareilles. Je veux parler, je dois le faire, mais la liste potentielle de choses terribles auxquelles Trish fait référence, lorsqu'elle parle de la « dernière fois », me traverse l'esprit encore et encore, m'empêchant d'articuler un mot.

– J'ai dit que ce n'était pas pareil, crie Hardin, les bras grands ouverts.

Trish se tourne pour me regarder durement.

– Tessa, tu devrais suivre ta mère.

Un nœud se forme dans ma gorge.

– *Quoi ?* s'exclame Hardin.

– Tu ne lui as rien apporté de bon, Hardin. Je t'aime plus que ma vie, mais je ne peux pas te permettre de recommencer. Venir en Amérique devait t'aider…

– Theresa, intervient ma mère, je crois que nous en avons assez entendu. Il est temps de partir.

Elle attrape mon bras. Hardin s'avance vers elle, ce qui la fait reculer d'un pas et m'agripper plus fort. Il s'adresse à elle, les dents serrées :

– Lâchez-la tout de suite.

Ses ongles couleur prune s'enfoncent dans ma peau et j'essaie d'assimiler les événements des deux dernières minutes. Je n'avais pas prévu que ma mère débarque dans l'appartement… et je n'avais pas prévu que Trish me révèle quelques miettes d'un autre secret d'Hardin.

Il a déjà fait ça ? À qui ? Est-ce qu'il l'aimait ? Est-ce qu'elle l'aimait ? Il a dit qu'il n'avait jamais défloré personne avant moi, il a dit qu'il n'avait jamais aimé avant moi, non plus. *Mentait-il ?* Le masque de colère sur son visage me rend la lecture de ses émotions encore plus difficile.

– Tu n'as plus voix au chapitre en ce qui la concerne, rétorque ma mère.

Mais à la surprise de tout le monde dans la pièce, moi y compris, je soustrais mon bras de l'emprise de ma mère… et me réfugie derrière Hardin. Il en reste bouche bée, comme s'il n'était pas sûr de mon geste. Trish et ma mère ont toutes les deux l'air horrifiées.

– Theresa ! Ne sois pas stupide. Viens ici !

Pour toute réponse, j'entoure l'avant-bras d'Hardin de mes doigts et reste cachée derrière lui. Je ne comprends pas trop pourquoi je fais ça, mais c'est comme ça. Je devrais partir avec ma mère ou forcer Hardin à me dire de quoi Trish parlait, mais, en fait, je veux juste que ma mère s'en aille. J'ai besoin de quelques minutes, quelques heures – d'un peu de *temps* – pour comprendre ce qui se passe. Je viens seulement de pardonner à Hardin. J'ai décidé de lui pardonner et d'avancer avec lui. Pourquoi un secret surgit-il toujours au pire moment possible ?

– Theresa.

Ma mère s'avance vers moi et Hardin passe son bras autour de ma taille. Pour me protéger d'elle.

– Éloignez-vous d'elle.

Trish s'avance.

– Hardin. C'est *sa fille*. Tu n'as pas le droit de t'immiscer entre elles.

– Je n'ai pas le *droit* ? *Elle* n'a pas le droit de venir dans notre appartement, dans notre putain de *chambre*, sans y être invitée !

Il crie, je serre son bras un peu plus fort.

– Ce n'est pas *sa* chambre ni *son* appartement.

– Si ! Vous voyez derrière qui elle se réfugie ? Elle m'utilise comme bouclier pour se protéger de *vous*, souligne Hardin en pointant son index sur elle.

– Elle fait juste l'idiote et ne sait pas ce qu'il y a de mieux pour elle…

Mais j'ai enfin retrouvé mes capacités vocales.

– Arrêtez de parler comme si je n'étais pas là ! Je suis ici et je suis une adulte, maman. Si je veux rester, je le ferai.

Les yeux emplis de pitié, Trish essaie de me convaincre.

– Tessa, ma jolie, Je crois que tu devrais écouter ta mère.

Son rejet provoque une brûlure dans mon cœur, comme une trahison, mais je ne connais pas ce qu'elle sait de son fils.

– Merci, soupire ma mère. Au moins, il y a une personne de raisonnable dans cette famille.

Trish lui adresse un regard d'avertissement :

– Ma petite dame, je n'apprécie pas la manière dont vous traitez votre fille, alors n'allez pas croire que nous sommes du même bord, vous et moi.

Ma mère hausse légèrement les épaules.

– Quoi qu'il en soit, nous sommes toutes les deux d'accord pour dire qu'il faut que tu y ailles, Tessa. Tu dois quitter cet appartement et ne jamais revenir. Je peux te faire transférer dans une autre école si nécessaire.

– Elle peut prendre ses propres… commence Hardin.

– Il a empoisonné ton esprit, Theresa… Regarde un peu ce qu'il t'a fait. Le connais-tu seulement *vraiment* ?

– Je le *connais*, maman.

Ma mère se concentre sur Hardin. Je ne sais pas comment elle n'a pas peur de lui, pourtant, sa respiration rapide se voit aux mouvements de sa poitrine, ses joues sont rouges de colère, ses poings sont si serrés que ses articulations en blanchissent. Il devrait l'intimider, mais elle a l'air imperturbable.

– Mon garçon, si elle comptait un tant soit peu à tes yeux, tu lui dirais de partir. Tu n'as fait que la briser. Elle n'est plus la même fille que celle que j'ai déposée il y a trois mois à l'université, et c'est de ta faute. Tu ne l'as pas vue pleurer pendant des jours après ce que tu lui as fait. Tu faisais probablement la fête avec une autre fille pendant qu'elle s'endormait l'oreiller baigné de larmes. Tu l'as détruite, comment peux-tu ne serait-ce que vivre avec toi-même ? Tu sais que tu la blesseras encore tôt ou tard. Alors, s'il te reste un poil de décence, tu vas lui dire… lui dire de venir avec moi.

Le silence qui emplit la pièce me fait frissonner.

Trish reste interdite et regarde le mur, plongée dans ses pensées, probablement à ressasser les actes passés d'Hardin. Ma mère assassine Hardin du regard en attendant sa réponse, Hardin respire si fort qu'il pourrait exploser. Et moi, j'essaie de décider quelle partie de moi va gagner la bataille: mon cœur ou ma tête?

– Je ne viens pas avec toi.

En réponse à ma décision – ma décision d'adulte, une décision qui, je le sais, aura des conséquences qu'il me faudra affronter péniblement quand je déciderai si je peux rester ou non avec l'homme que j'aime –, ma mère… lève les yeux au ciel.

Et je pète les plombs. Je crie, la gorge à vif:

– Tu n'es pas la bienvenue ici. Ne t'avise pas de revenir! Tu es qui pour débarquer ici et avoir le culot de t'adresser à lui de cette manière?

Je passe devant Hardin pour lui faire face.

– Je ne veux plus rien avoir à faire avec toi! Personne ne le veut! C'est pour ça que tu es toute seule depuis toutes ces années: tu es cruelle et vaniteuse! Tu ne seras jamais heureuse!

Je reprends mon souffle, je sens ma gorge totalement desséchée. Ma mère me regarde de haut, pleine d'assurance et de mépris.

– Je suis seule parce que je l'ai voulu. Je n'ai pas besoin d'être avec qui que ce soit, je ne suis pas comme toi.

– Comme *moi*! Je n'ai pas besoin d'être avec qui que ce soit! Tu m'as pratiquement *forcée* à être avec Noah, je n'ai jamais pensé avoir le choix! Tu m'as toujours contrôlée… et c'est terminé. Putain, c'est *terminé*!

Mes larmes jaillissent alors. Un rictus barre les lèvres de ma mère, comme si elle mesurait sérieusement une question, mais sa voix est pleine de sarcasme.

– Il est évident que tu as un problème de co-dépendance. Est-ce à cause de ton père?

Mes yeux brûlent, ils sont sûrement injectés de sang et pleins de toutes les horreurs que j'ai envie de lui infliger. Je la regarde fixement. Je parle doucement pour commencer, me sentant accélérer à mesure que je parle:

– Je te hais. Je te hais vraiment. Tu es la raison pour laquelle je suis partie. Je ne pouvais plus te supporter! Et je ne lui en veux pas, en fait, je regrette qu'il ne m'ait pas prise…

Et à cet instant, je sens la main d'Hardin se plaquer contre ma bouche et ses bras vigoureux me coller contre sa poitrine.

∞

39
Hardin

Tout ce temps, je me disais qu'il vaudrait mieux que sa mère ne la gifle pas encore une fois. Mais je n'avais pas envisagé que Tessa pourrait passer à l'offensive comme ça.

Son visage est rouge et ses larmes coulent sur ma main.

Pourquoi sa mère fout-elle toujours tout en l'air ? Je ne peux pas lui en vouloir d'être en colère, mais je la hais. J'ai *vraiment* fait du mal à Tessa, mais je ne pense pas l'avoir *détruite*. Non ?

Je regarde ma mère pour chercher de l'aide. Je ne sais pas quoi faire. Son regard me fait penser qu'elle me hait aussi. Je ne voulais pas qu'elle sache ce que j'ai fait à Tess. Je savais que ça la tuerait, surtout avec mon passé.

Mais je ne suis plus la même personne qu'avant. C'est complètement différent. J'aime Tessa. À travers tout ce chaos, dont je suis responsable, j'ai trouvé l'amour.

Tessa crie dans ma main et essaie de me repousser, mais elle n'est pas assez forte. Je sais qu'il risque de se passer deux choses si je ne la retiens pas : soit sa mère va la gifler et je vais devoir intervenir, soit Tessa va dire quelque chose qu'elle regrettera toute sa vie.

– Je crois que vous devriez partir, dis-je à sa mère.

Tessa pique une crise et me donne des coups de pied dans les tibias. C'est toujours déstabilisant de la voir en colère, particulièrement à ce stade, même si une partie de moi est égoïstement ravie que sa colère soit dirigée contre quelqu'un d'autre, pour changer.

Tu ne paies rien pour attendre…

Je sais que sa mère à raison à mon sujet : je *suis* dangereux pour elle. Je ne suis pas l'homme que Tessa pense que je suis, mais je l'aime trop pour la laisser me quitter encore. Je viens juste de la retrouver et je ne peux pas la perdre de nouveau. J'espère seulement qu'elle va m'écouter, qu'elle écoutera toute l'histoire. Même si je pense que ça ne changera pas grand-chose. Je sais ce qui va arriver, c'est impossible qu'elle reste avec moi quand elle saura. *Putain, pourquoi ma mère s'est-elle sentie obligée d'en parler ?*

Je traverse la chambre avec Tessa. Elle se débat si fort qu'elle nous fait faire demi-tour et nous nous retrouvons face à sa mère. Avec un dernier regard plein de haine, elle se précipite sur elle, mais je la tiens fermement.

Je la relâche, pousse sa mère hors de la chambre, claque la porte et la verrouille rapidement ; elle retourne son regard venimeux vers moi.

– Pourquoi as-tu fait ça ? Tu…

– Parce que tu allais dire des choses que tu allais regretter.

– Pourquoi t'as fait ça ? Pourquoi m'as-tu arrêtée ! J'ai tellement de merdes à balancer à cette connasse que j'ai même pas… je ne peux même pas…

De toutes ses forces, elle pousse ses mains sur ma poitrine.

– Hé… Hé… calme-toi.

J'essaie de ne pas penser qu'elle détourne sa colère pour sa mère contre moi, pourtant je sais que c'est ce qu'elle fait. Je prends doucement son visage entre mes mains et caresse ses pommettes de mes pouces, m'assurant de garder un contact visuel direct avec elle jusqu'à ce que sa respiration ralentisse.

– Calme-toi, Bébé.

La rougeur de ses joues s'estompe et elle hoche lentement la tête.

– Je vais m'assurer qu'elle est bien partie, d'accord ?

Je parle si doucement que c'est presque un murmure. Elle opine encore et va s'asseoir sur le lit.

– Dépêche-toi.

Quand j'entre dans le séjour, la mère de Tessa est seule et arpente la pièce. Elle me regarde comme un félin dans la jungle qui vient de détecter une proie.

– Où est-elle ?

– Elle reste. Vous, vous partez et vous ne revenez jamais ici. Je suis sérieux.

Elle hausse les sourcils avant de me répondre :

– Tu me menaces ?

– Prenez-le comme vous voulez, mais restez loin d'elle.

Cette femme manucurée, si propre sur elle, m'adresse un regard sournois très dur que je n'ai vu que sur le visage des gens de la bande de Jace.

– Tout ça, c'est ta faute. Tu lui as lavé le cerveau, elle ne pense plus par elle-même. Je sais ce que tu es en train de faire. J'ai connu des hommes comme toi. Du jour où j'ai posé les yeux sur toi, j'ai compris que tu lui causerais des ennuis. J'aurais dû obliger Tessa à changer de chambre pour empêcher tout ça. Aucun homme ne voudra d'elle après cet… après toi. Regarde-toi un peu.

Elle lève le bras en l'air et se tourne vers la porte. Je la suis dans l'entrée.

– C'est exactement ça. Aucun homme ne voudra d'elle, aucun homme sauf moi. Elle n'aura personne d'autre que moi. Elle me préférera toujours à vous, à quiconque en fait.

Elle fait demi-tour et s'approche de moi.

– Tu es le diable et je ne vais pas lâcher aussi facilement. C'est ma fille, et elle est trop bien pour toi.

Je hoche la tête plusieurs fois rapidement et lui annonce catégoriquement :

– Je tâcherai de m'en souvenir quand je baiserai votre fille ce soir.

Lorsque ces mots s'échappent de mes lèvres, j'entends son souffle se couper et elle tend la main pour me gifler. Je l'intercepte en vol et la force à baisser la main. Je ne frapperai jamais une femme, mais je ne vais pas non plus me laisser faire.

Je lui fais mon plus beau sourire, rentre dans l'appartement et lui claque la porte au nez.

∞

40

Hardin

Je pose la tête contre la porte un instant et lorsque je me retourne, je vois ma mère qui m'observe, une tasse de café entre les mains et les yeux rougis.

– Où étais-tu ?

– Dans la salle de bains, répond-elle, la voix fêlée.

– Comment as-tu pu dire à Tessa de partir ? De me quitter ?

Je savais qu'elle serait déçue, mais ça, c'est trop.

– Parce que, Hardin… tu n'es pas bon pour elle. Tu sais que c'est vrai. Tu ne veux pas qu'elle finisse comme Natalie ou les autres.

Ma mère secoue la tête.

– Tu sais ce qui va se passer si elle me quitte, maman ? Je ne pense pas que tu comprennes… Je ne *peux pas* vivre sans elle. Je sais que je ne suis pas bon pour elle et je regrette mon passé chaque fois que je la regarde, mais je *peux* être bien pour elle. Je sais que c'est possible.

J'arpente le séjour de long en large.

– Hardin… Es-tu certain de ne pas simplement alimenter ton propre délire ?

– Non, maman… (Je baisse la tête pour tenter de garder mon calme.) C'est sérieux cette fois. Je l'aime. Je l'aime vraiment.

Je regarde ma mère, si gentille et si bonne, qui, je le sais, a dû endurer tant d'atrocités.

– Je l'aime plus que je ne saurais te le dire parce que je ne le comprends pas moi-même. Je n'aurais jamais cru ressentir ça un jour. Tout ce que je sais, c'est qu'elle est ma seule chance d'être heureux. Si elle me quitte, je ne m'en remettrai jamais. Je le sais, maman. Elle représente mon unique chance de ne pas rester seul le restant de mes jours. Je ne sais pas ce que j'ai fait pour la mériter – putain, j'en sais rien –, mais elle m'aime. Tu sais ce que ça fait d'avoir quelqu'un qui t'aime malgré toutes les conneries que tu fais ? Elle est trop bien pour moi et elle m'aime. Et putain, je ne sais pas pourquoi.

Ma mère s'essuie les yeux du revers de la main, m'interrompant un instant. C'est dur de continuer, mais je reprends :

– Elle est toujours là pour moi, maman. Elle me pardonne toujours, même quand elle ne devrait pas. Elle dit toujours ce qu'il faut. Elle me calme, mais elle me challenge : elle me donne envie de devenir un homme meilleur. Je sais que je suis une merde, j'en suis conscient. J'ai fait tellement de conneries, mais Tessa ne peut pas me quitter. Je ne veux plus être tout seul et je ne le serai plus : elle est là, pour moi. Je le sais. Elle est mon plus grand péché, maman, et j'irai avec joie en enfer pour elle.

Ma tirade terminée, je suis à bout de souffle et les joues de ma mère sont humides, mais ses yeux regardent derrière moi.

Je me retourne pour découvrir Tessa, les bras le long du corps, les yeux écarquillés et les joues tout aussi mouillées que celles de ma mère.

– Je vais faire un petit tour… et vous laisser un peu d'espace.

Dans l'entrée, ma mère attrape ses chaussures, son manteau, et sort.

Je culpabilise car il n'y a pas grand-chose d'ouvert un 24 décembre, particulièrement quand il neige, mais je dois être seul avec Tessa, maintenant. Dès que ma mère referme la porte, je me rapproche d'elle qui ne cesse de pleurer.

– Ce que tu viens de dire… là, maintenant… tu le penses ?

– Tu le sais bien.

Le coin de ses lèvres se soulève et elle franchit l'espace qui nous sépare pour poser ses mains sur ma poitrine.

– Je dois savoir ce que tu as fait.

– Je sais… Promets-moi simplement que tu essaieras de comprendre…

– Dis-moi, Hardin.

– Et sache que je ne suis pas fier de tout ça.

Elle hoche la tête et je prends une grande inspiration pendant qu'elle nous entraîne vers le canapé.

Putain, je ne sais pas par où commencer.

∞

41

Tessa

Hardin pâlit. Il frotte ses mains sur ses genoux, puis se passe les doigts dans les cheveux. Il lève les yeux au plafond, puis fixe le sol. Quelque part, tout au fond de lui, il espère probablement que ça va repousser notre conversation indéfiniment.

Enfin, il commence son récit.

– À la maison, j'avais un groupe de potes plutôt merdiques. Ils étaient comme Jace, je crois… On faisait ce truc… ce jeu, quoi. On choisissait une fille, on choisissait une fille pour les autres et on voyait qui pouvait la niquer en premier.

Mon estomac se retourne.

– Celui qui gagnait avait le droit de choper la meilleure bonnasse la semaine d'après, et il y avait du fric en jeu…

– Combien de semaines ?

Je pose cette question à regret. Je ne veux pas savoir, mais il le faut.

– Seulement cinq semaines se sont écoulées avant cette fille…

– Natalie, dis-je en faisant le lien.

Hardin regarde par la fenêtre.

– Ouais… Natalie était la dernière.

– Et qu'est-ce que tu lui as fait ?

Je suis terrifiée à l'idée d'entendre sa réponse.

– La troisième semaine… James a cru que Martin mentait, alors il a eu cette idée de preuve…

Preuve. Le mot me hantera toujours. L'image des draps souillés me revient à l'esprit et me fait mal.

– Pas le même genre de preuve… (Il sait à quoi je pense.) Des photos…

J'en reste bouche bée.

– Des photos ?

– Et une vidéo… admet-il en couvrant son visage de ses grandes mains.

Vidéo ?

– Tu t'es filmé en train de faire l'amour avec quelqu'un ? Elle était au courant ?

Je pose la question, mais je connais la réponse avant même qu'il secoue la tête.

– Comment as-tu pu faire une chose pareille ? Comment as-tu pu infliger ça à qui que ce soit ?

Je me mets à pleurer. Je viens de réaliser que je ne connais pas Hardin, et le choc me fait ravaler la bile qui avait gagné ma gorge. Je m'écarte de lui instinctivement et je vois la douleur se peindre dans son regard.

– Je ne sais pas… Je m'en foutais. C'était marrant pour moi… Enfin, pas vraiment marrant, mais je m'en foutais.

Son honnêteté me perce à vif et, pour une fois, je regrette les jours où il ne me disait rien.

– Alors, que s'est-il passé avec Natalie ?

Ma voix est rauque et j'essuie les larmes qui me noient les yeux.

– Quand James a vu la vidéo… il a voulu la baiser lui-même et quand elle l'a envoyé chier, il a montré le film à tout le monde.

– Oh mon Dieu ! La pauvre.

Je me sens tellement mal pour ce qu'ils lui ont infligé, pour que ce qu'Hardin lui a infligé.

– La vidéo a circulé vite et ses parents y ont eu accès en moins d'une journée. Sa famille était très religieuse et impliquée dans la vie de leur église… Alors ça ne s'est pas bien passé. Ils l'ont virée de chez eux et quand ça s'est su, elle a perdu sa bourse pour l'université dans laquelle elle devait aller à la rentrée.

– Tu as détruit sa vie, dis-je calmement.

Hardin a détruit la vie de cette fille, comme il a un jour menacé de détruire la mienne. Finirai-je comme elle ? Suis-je déjà comme elle ? Je le regarde fixement.

– Tu as dit que tu n'avais jamais défloré de vierge avant moi.

– Elle n'était pas vierge. Elle avait déjà couché avec un garçon, mais c'est pour ça que ma mère m'a envoyé ici. Tout le monde était au courant là-bas.

Je n'étais pas sur la vidéo. Enfin, je la baisais, mais on ne me voyait pas, seulement quelques-uns de mes tatouages sur les bras.

Il serre l'un de ses poings dans la paume de son autre main.

– C'est pour ça que je suis connu là-bas, maintenant…

J'ai le vertige.

– Qu'a-t-elle dit quand elle a compris ce que tu avais fait ?

– Elle a dit qu'elle était tombée amoureuse de moi… et elle a demandé si elle pouvait rester chez moi, jusqu'à ce qu'elle trouve où aller.

– Tu l'as laissée entrer ?

Il secoue la tête.

– Pourquoi ?

– Parce que je n'en avais pas envie. J'en avais rien à foutre d'elle.

– Comment peux-tu être aussi froid ? Tu ne comprends pas ce que tu lui as fait ? Tu l'as menée en bateau. Tu as couché avec elle et tu l'as filmée. Tu as montré la vidéo à tes amis… et en gros à toute l'école… et elle a perdu sa bourse et sa famille à cause de toi ! Et après, tu n'as même pas eu assez de compassion pour l'aider alors qu'*elle n'avait nulle part où aller* ? Où est-elle *maintenant* ? Que lui est-il arrivé ?

Je finis ma phrase en criant et je me lève.

– Je ne sais pas. Je n'ai jamais cherché à le savoir.

Le plus effrayant dans toute cette affaire est son froid détachement. J'en ai la nausée. Je vois le schéma répété, je vois les points communs entre Natalie et moi. Moi aussi, j'ai été laissée sans nulle part où aller à cause d'Hardin. Je n'ai plus de relation avec ma mère à cause d'Hardin. Je suis tombée amoureuse de lui alors qu'il m'utilisait dans le cadre de son jeu pervers.

Hardin se lève pour m'imiter, mais reste à quelques pas de moi. Mon corps est pris de convulsions.

– Oh mon Dieu… Tu m'as aussi filmée, c'est ça ?

– Non ! *Putain* non ! Je ne te ferais jamais ça ! Tessa, je te le jure, je ne t'ai pas filmée.

Je ne le devrais pas, mais une partie de moi le croit, enfin cette portion de ses aveux.

– Combien d'autres ?

– Combien d'autres quoi ?

– Combien en as-tu filmé ?

– Juste Natalie… jusqu'à ce que j'arrive ici.

– Tu as recommencé ! Après tout ce que tu as fait subir à cette pauvre fille, tu as recommencé ?

– Une fois… la sœur de Dan.

La sœur de Dan ? Tout semble logique maintenant.

– Ton pote Dan ? C'est à ça que Jace faisait allusion quand vous vous battiez !

J'avais oublié la bagarre entre Dan et Hardin, mais Jace avait parlé d'un ancien conflit entre eux deux.

– Pourquoi as-tu fait ça s'il était ton ami ? Tu l'as montrée à tout le monde ?

– Non, je ne l'ai montrée à personne. Je l'ai effacée après avoir envoyé une capture d'écran à Dan… Je ne sais pas pourquoi j'ai fait ça, en fait. C'était un vrai connard de me dire de rester loin d'elle quand il l'a fait venir pour la première fois. Ça m'a donné envie de la baiser juste pour le faire chier. De toute façon, c'est un vrai blaireau, Tessa.

– Tu te rends compte à quel point c'est barré ? À quel point *tu* es barré ?

– Je le sais. Je sais ça, Tessa !

– Je pensais que mon pari était ce que tu avais fait de plus horrible… mais, oh mon Dieu, c'est encore pire.

L'histoire de Natalie ne me *blesse* pas autant que de découvrir le pari d'Hardin et Zed, mais cet acte est encore plus vil, révoltant même, et j'en viens à remettre en question tout ce que je sais sur Hardin. Je savais qu'il n'était pas parfait, loin de là, mais ça, c'est un tout autre niveau d'horreur.

– Tout ça, c'était avant toi, Tessa. C'est mon passé. S'il te plaît, fais en sorte que ça le reste, me supplie-t-il. Je ne suis plus la même personne maintenant, tu m'as rendu meilleur.

– Hardin, tu ne te soucies même pas de ce que tu as fait à ces filles ! Tu ne te sens même pas coupable ?

– Si.

Je penche la tête sur le côté et plisse les yeux.

– Seulement parce que *je* suis au courant maintenant.

Comme il ne me contredit pas, je surenchéris.

– Tu n'en avais rien à foutre d'elles, ni de quiconque !

– Tu as raison ! Je n'en avais rien à foutre, honnêtement, je me contrefous de tout le monde, sauf de toi !

– C'est trop, Hardin ! Même pour moi… le pari, l'appartement, les bagarres, les mensonges, nous remettre ensemble, ma mère, ta mère,

Noël : putain, c'est trop. Je n'ai même pas le temps de respirer entre ces… ces *crises*. Dès que j'arrive à surmonter un truc, un autre arrive. Dieu sait ce que tu as fait d'autre ! (Je pleure.) Je ne te connais pas du tout, en fait ?

– Si, Tessa ! Tu me connais vraiment. Ce n'était pas moi, là c'est moi. C'est moi maintenant. Je t'aime ! Je ferais n'importe quoi pour toi, pour que tu voies qui je suis, l'homme qui t'aime plus que son propre souffle, l'homme qui danse aux mariages et te regarde dormir, l'homme qui ne peut pas commencer sa journée sans que tu l'embrasses, l'homme qui préférerait mourir plutôt que de vivre sans toi. Ça, c'est moi, c'est qui je suis. S'il te plaît, Bébé, ne laisse pas cette histoire tout gâcher.

Ses yeux verts sont brillants de larmes et ses mots m'émeuvent, mais ce n'est pas assez. Il s'approche de moi, mais je recule. J'ai besoin de temps pour réfléchir. Je lève ma main devant moi.

– J'ai besoin de temps. Là, c'est trop pour moi.

Ses épaules s'affaissent, il semble soulagé.

– D'accord… d'accord… prends du temps pour réfléchir.

– Loin de toi.

– Non…

– Si, Hardin. Je n'arrive pas à réfléchir quand je suis près de toi.

– Non Tessa, tu ne me quittes pas.

– Tu ne me diras pas ce que je dois faire ou non.

Ma réponse l'arrête. Il soupire et mêle ses doigts à ses cheveux, les tirant à la racine.

– Bien… bien… Je vais y aller. Tu restes ici.

Je veux le contredire, mais je n'ai pas vraiment envie de partir. J'en ai assez des chambres d'hôtel et demain, ce sera Noël.

– Je reviendrai demain matin… à moins que tu aies besoin de plus de temps.

Il met ses chaussures et cherche ses clés avant de se rendre compte que sa mère a pris sa voiture.

– Prends la mienne.

Il hoche la tête et s'approche de moi.

– Non.

Je mets mes mains devant moi pour l'empêcher de venir trop près.

– Et… tu es encore en pyjama.

Il fronce les sourcils, baisse le regard et part dans la chambre dont il ressort deux minutes plus tard, habillé. Il s'arrête et me regarde droit dans les yeux.

– S'il te plaît, rappelle-toi que je t'aime et que j'ai changé.

Il répète ces derniers mots puis sort, me laissant seule dans l'appartement.

∞

42
Tessa

Bordel, qu'est-ce que je vais bien pouvoir faire ?

Je retourne dans la chambre et m'assieds au bord du lit. Tout ça m'a retourné l'estomac. Je savais qu'Hardin n'était pas une belle personne avant, je savais qu'il y aurait des histoires que je n'aurais pas envie d'entendre, mais je n'aurais jamais pensé à ça. La façon dont il a violenté cette fille est détestable et il n'a eu aucun remords, c'est à peine s'il en a maintenant.

J'essaie de respirer doucement pour que mes larmes cessent. Le pire est de connaître son prénom. C'est un peu pervers, mais si elle était restée anonyme, j'aurais presque pu prétendre qu'elle n'existait pas. Savoir qu'elle s'appelle Natalie ouvre bien trop le champ des réflexions. À quoi ressemble-t-elle ? Qu'avait-elle prévu d'étudier à l'université avant qu'Hardin l'en empêche ? A-t-elle des frères et sœurs ? Ont-ils vu l'enregistrement ? Et surtout, si Trish n'en avait pas parlé, aurais-je été au courant ?

Combien de fois ont-ils couché ensemble ? Est-ce qu'Hardin a aimé ça ?... Bien sûr qu'il a aimé. On parle de sexe et, à l'évidence, Hardin ne s'en privait pas. Avec d'autres filles. Beaucoup d'autres filles. Est-ce qu'il est resté toute la nuit avec Natalie après ? Pourquoi suis-je jalouse de Natalie ? Je devrais avoir de la peine pour elle, pas l'envier d'avoir touché Hardin. Je repousse cette idée malsaine. J'aimerais savoir ce qui est arrivé à Natalie après qu'Hardin a détruit son existence. Si elle était heureuse maintenant, je me sentirais légèrement mieux.

Je me remets à penser à la véritable personnalité d'Hardin. J'aurais dû lui dire de rester pour qu'il me dise tout ; je fuis toujours, et là je l'ai fait partir. Le problème, c'est qu'en sa présence, toute retenue me quitte.

Si j'avais un ami à qui parler de tout ça, un ami qui pourrait me donner des conseils… Même si j'en avais un, je ne divulguerais pas les secrets d'Hardin, je ne veux pas que quelqu'un sache ce qu'il a infligé à ces filles. Je sais que c'est stupide de vouloir le protéger alors qu'il ne le mérite pas, mais je ne peux pas m'en empêcher. Je refuse qu'on pense encore plus de mal de lui et, surtout, je refuse qu'il se dénigre encore plus.

Je m'adosse aux oreillers et regarde intensément le plafond. Je venais juste de dépasser… enfin *j'étais sur le point de dépasser* le fait qu'Hardin m'ait utilisée pour gagner un pari ; et maintenant ça ? Natalie et quatre autres filles, puisqu'il a dit que leur petit jeu avait duré cinq semaines. Et après, la sœur de Dan. C'est une sorte de cycle. Sera-t-il capable de briser ce cercle infernal ? Que me serait-il arrivé s'il n'était pas tombé amoureux de moi ?

Je sais qu'il m'aime, il m'aime vraiment. Je le sais.

Et je l'aime malgré toutes ses erreurs présentes et passées. Je l'ai vu changer, même au cours de la semaine dernière. Il n'avait jamais exprimé ses sentiments comme il l'a fait aujourd'hui. Je regrette seulement que sa belle déclaration ait été suivie d'une si atroce révélation.

Il a dit que j'étais sa seule chance d'être heureux, que je suis la seule chance qu'il ait de ne pas finir sa vie tout seul. Quelle affirmation lourde de sens ! Quelle vérité ! Personne ne l'aimera jamais comme je l'aime. Non pas parce qu'il n'est pas digne d'être aimé mais parce que personne ne le connaît comme je le connais. Connaissais. *Connais toujours ?* Je n'arrive pas à décider, mais je veux croire que je le connais, le vrai Hardin. Celui qu'il estmaintenant, pas la personne qu'il était il y a encore quelques mois.

Malgré la peine qu'il m'a causée, il a fait aussi beaucoup de choses pour me prouver qu'il était quelqu'un de bien. Il a tant fait pour me montrer qu'il était celui dont j'avais besoin. Il peut changer : je l'ai vu faire. Je pense qu'il serait temps que j'assume une part de responsabilité dans tout ça, pas pour ce qu'il a fait subir à Natalie mais pour être aussi dure avec lui. Ça prend du temps de changer et personne ne peut effacer son passé d'un coup. Ce qu'il a fait est mal, vraiment mal, mais parfois j'oublie qu'il est seul et en colère et que, jusqu'à présent, il n'avait jamais vraiment aimé quelqu'un. Bon, il aime sa mère, à sa manière, même si ce n'est pas de la façon dont les gens aiment leurs parents.

D'un autre côté, je suis fatiguée. Fatiguée de ce cycle.

Au début de notre relation, c'était constamment la même chose : il était cruel, puis gentil, puis à nouveau cruel. À présent, le cycle a un peu évolué, mais en pire. Bien pire. Je le quitte, puis je reviens, puis je le quitte encore. Je ne peux pas continuer à faire ça, nous ne pouvons pas continuer sur cette pente. S'il me cache encore la moindre chose, ça va me briser. C'est à peine si je tiens encore debout. Je ne pourrai pas survivre à d'autres secrets, à d'autres peines de cœur. J'avais l'habitude de toujours tout planifier. Tous les détails de ma vie étaient calculés, analysés de bout en bout, jusqu'à ce que je rencontre Hardin. Il a complètement bouleversé ma vie, souvent de façon plutôt négative et, pourtant, il m'a rendue plus heureuse que je ne l'ai jamais été.

Nous avons besoin d'être ensemble et de dépasser toutes les choses horribles qu'il a pu faire, sinon je dois mettre fin à cette relation et m'assurer que ce soit définitif. Si je le quitte, il va falloir que je parte loin d'ici, très loin même. J'aurai besoin de laisser derrière moi tout rappel à notre histoire ou je ne serai jamais capable de passer à autre chose.

Et soudain, je me rends compte que mes larmes ont cessé de couler, j'ai pris ma décision. La douleur à l'idée de le quitter est bien pire que celle qu'il m'a causée.

Je ne peux pas le quitter, je sais que je n'en suis pas capable.

Je sais que c'est parfaitement pathétique, mais je ne vois pas comment je pourrais vivre sans lui. Personne ne me fera me sentir comme lui seul en est capable. Personne ne sera jamais comme lui. Il est tout pour moi, tout comme je suis tout pour lui. Je n'aurais pas dû lui dire de partir. J'avais besoin de réfléchir et je devrais prendre plus de temps pour cette réflexion, mais j'ai déjà envie qu'il revienne. *Est-ce que l'amour c'est toujours comme ça ? Est-ce toujours aussi passionné et satanément douloureux ?* Je n'ai rien pour comparer.

En entendant la porte s'ouvrir, je descends du lit et me précipite dans le salon. Mais je suis déçue de voir qu'il ne s'agit que de Trish.

Elle accroche les clés d'Hardin au crochet et retire ses chaussures couvertes de neige. Je ne suis pas trop sûre de savoir quoi lui dire, elle m'a quand même demandé de partir avec ma mère. Elle se dirige vers la cuisine.

– Où est Hardin ?

– Il est parti pour cette nuit.

Elle se retourne vers moi.

– Oh.

– Je suis sûre que si vous l'appelez, il vous dira où il est, si vous ne souhaitez pas rester ici… en ma compagnie.

Elle cherche ses mots, les yeux pleins de compassion.

– Tessa, je suis désolée d'avoir dit tout ça. Je ne veux pas que tu croies que j'ai du ressentiment pour toi, ce n'est pas le cas. J'essayais simplement de te protéger de ce qu'Hardin peut faire. Je ne veux pas que tu…

– Finisses comme Natalie ?

Je vois que le souvenir est douloureux.

– Il t'en a parlé ?

– Oui.

– Il t'a tout dit ?

J'entends le doute dans sa voix.

– Oui, la vidéo, les photos, la bourse, tout.

– Et tu es toujours là ?

– Je lui ai dit que j'avais besoin de temps et d'espace, mais oui. Je reste ici.

Elle hoche la tête, nous nous asseyons toutes les deux à table, face à face. Lorsqu'elle me regarde droit dans les yeux, je sais à quoi elle pense.

– Je sais qu'il a fait des choses horribles, déplorables, mais je le crois quand il dit qu'il a changé. Il n'est plus la même personne.

Trish pose ses mains l'une sur l'autre.

– Tessa, c'est mon fils et je l'aime, mais tu dois vraiment réfléchir à tout ça. Il t'a fait la même chose qu'à cette autre avant toi. Je sais qu'il t'aime, j'en suis certaine maintenant, mais j'ai bien peur que le mal ne soit déjà fait.

J'apprécie son honnêteté.

– Ce n'est pas le cas. Enfin, oui, du mal a été fait, mais ce n'est pas irréversible. Et c'est *ma* décision, c'est à moi de décider comment gérer son passé. Si je lui tiens rigueur de son passé, comment ira-t-il de l'avant ? N'a-t-il pas droit à l'amour ? Je sais que vous me croyez probablement naïve et stupide de continuer à lui pardonner, mais j'aime votre fils, et moi non plus je ne peux pas vivre sans lui.

Trish claque de la langue et secoue sa tête.

– Tessa, je ne pense pas que tu sois comme ça. Au contraire, ton pardon est la preuve de ta maturité et de ta compassion. Mon fils se hait, il l'a toujours fait, et je croyais que ce serait toujours le cas, jusqu'à ce que tu arrives. J'ai été mortifiée quand ta mère m'a dit ce qu'il t'avait fait, et pour ça, je suis désolée. Je ne sais pas ce que j'ai fait de mal avec Hardin. J'ai essayé d'être la meilleure mère que j'ai pu, mais c'était si difficile avec un père absent. J'ai dû tellement travailler et je ne lui ai pas accordé toute l'attention que j'aurais dû. Si je l'avais fait, il aurait peut-être eu plus de respect pour les femmes.

Je sais que si elle n'avait pas déjà épuisé toutes les larmes de son corps aujourd'hui, elle pleurerait maintenant. Elle éprouve une telle culpabilité que j'ai juste envie de la réconforter.

– Ce n'est pas à cause de vous qu'il est comme ça. Je crois que c'est plus ses sentiments contre son père et ses fréquentations, deux aspects sur lesquels j'essaie de travailler. Je vous en prie, ne vous jetez pas la pierre. Rien de tout ça n'est votre faute.

Trish tend la main au-dessus de la table pour prendre la mienne.

– Tu es certainement la personne qui a le plus de cœur que j'aie jamais rencontré en trente-cinq ans d'existence.

J'arque un sourcil.

– Trente-cinq ans ?

– Allez, joue le jeu. Ça pourrait passer, non ?

– Totalement !

Vingt minutes plus tôt, je pleurais, j'étais au bord de la crise de nerfs, et me voilà en train de rire avec Trish. Au moment où j'ai décidé de laisser le passé d'Hardin là où il était, j'ai senti la tension quitter mon corps.

– Je devrais peut-être l'appeler pour lui faire part de ma décision.

Trish incline la tête sur le côté et m'offre un petit sourire satisfait.

– Je crois qu'il pourrait encore mariner un peu.

Je n'aime pas trop l'idée de le torturer un peu plus, mais il doit vraiment réfléchir à tout ce qu'il a fait.

– J'imagine, oui…

– Je crois qu'il doit réfléchir aux conséquences de ses actes malfaisants. Et si je nous préparais à dîner et *qu'ensuite* tu mettes fin à ses souffrances ?

Je suis heureuse, car son humour et ses conseils m'aident à me dépêtrer de ma confusion à propos du passé d'Hardin. Je suis d'accord pour aller de l'avant, ou du moins essayer, mais il doit savoir que je ne peux accepter ce qu'il a fait et j'ai besoin de savoir si d'autres démons vont surgir du passé et m'écraser.

– Qu'est-ce que tu aimes ?

– Tout me va. Je peux vous donner un coup de main ?

– Repose-toi, autant que tu peux. Tu as eu une longue journée avec tout ça, entre Hardin… et ta mère.

Je lève les yeux au ciel.

– Ouais… elle n'est pas facile tous les jours.

Elle sourit et ouvre le réfrigérateur.

– « Pas facile » ? J'allais opter pour une autre épithète, mais c'est ta mère…

– C'est un peu une « conn… », dis-je en voulant éviter de dire un gros mot devant Trish.

– Oh oui, c'est une connasse. Je le dis à ta place.

Elle se met à rire et moi aussi.

Trish prépare des tacos au poulet et nous papotons de Noël, de la météo et de tout, sauf de ce qui m'occupe l'esprit : Hardin. Au bout d'un moment, j'ai l'impression que ça me tue littéralement de ne pas l'appeler pour lui dire de revenir à la maison.

– Vous pensez qu'il a « mariné » assez longtemps ?

Je lui pose cette question sans admettre que j'ai compté les minutes.

– Non, mais ce n'est pas à moi de prendre cette décision.

– Il faut que je le fasse.

Je quitte la cuisine pour appeler Hardin. Lorsqu'il répond, sa surprise est évidente, rien qu'au ton de sa voix.

– Tessa ?

– Hardin, nous avons encore beaucoup de choses à discuter, mais j'aimerais que tu reviennes à la maison pour que nous puissions parler.

– Déjà ? Ouais, ouais, bien sûr. J'arrive tout de suite.

– Ok…

Je raccroche. Je n'ai pas beaucoup de temps pour réfléchir à la situation avant qu'il arrive. J'ai besoin de camper sur mes positions pour m'assurer qu'il se rende compte que ce qu'il a fait est mal mais que je l'aime quand même.

En l'attendant, je fais les cents pas sur le froid du béton.Au bout de ce qui me paraît être une heure, la porte s'ouvre et j'écoute le bruit de ses bottes dans l'entrée. Lorsqu'il ouvre la porte de la chambre, mon cœur se brise pour la millième fois.

Ses yeux sont gonflés et injectés de sang. Il ne dit rien. Mais il s'avance vers moi et me met un petit truc dans la main. *Un papier ?*

Je le regarde et serre mon poing autour de la feuille pliée.

– Lis ça avant de faire ton choix, dit-il doucement.

Puis, après un bref baiser sur ma tempe, il part dans le salon.

∞

43

Tessa

En dépliant le morceau de papier, j'écarquille les yeux de surprise. L'intégralité de la feuille est couverte de son écriture, recto verso. C'est une lettre, une lettre manuscrite d'Hardin. J'ai presque peur de la lire… mais je sais que je le dois.

Tess,

Puisque je ne suis pas très doué avec les mots lorsque j'essaie de te parler de mes tourments, il se peut que j'en vole quelques-uns à Monsieur Darcy, que toi et moi apprécions tant. « J'écris sans la moindre intention de te chagriner ou de m'humilier moi-même, en m'arrêtant à des désirs, qui pour notre bonheur mutuel, ne sauraient être trop tôt oubliés ; et la peine que cette lettre coûte à tracer et à parcourir, aurait été épargnée, si ma réputation n'exigeait qu'elle fût écrite et lue. Il faut donc que tu me pardonnes la liberté avec laquelle je demande ton attention ; ton cœur, je le sais, ne me l'accordera qu'à regret, mais je l'attends de ta justice[4]*… »*

Je sais que j'ai vraiment déconné avec toi et que je ne te mérite vraiment pas, mais je te demande, non, je te supplie de passer par-dessus tout ça. Je sais que je t'en demande beaucoup, comme toujours. J'en suis désolé. Si je pouvais tout réécrire, je le ferais. Je sais que tu es en colère et déçue, et ça me tue. Plutôt que de te présenter mes excuses pour qui je suis, je vais tout te dire sur moi, le moi que tu n'as jamais connu. Je commence avec les merdes dont je me souviens.

4. *Orgueil et préjugés*, Jane Austen, chapitre 35, citation adaptée de la traduction de Moise Perks, 1822, republiée en 1966, Librairie commerciale et artistique.

Je suis sûr qu'il y en a d'autres, mais je te jure qu'à partir d'aujourd'hui je ne te cacherai plus rien à dessein.

Lorsque j'avais environ neuf ans, j'ai volé le vélo de mon voisin, cassé une roue, puis menti à ce sujet. Tu sais pour ma mère et les soldats. Mon père nous a quittés juste après et j'en ai été heureux. Je n'avais pas beaucoup d'amis parce que j'étais un petit con. Je martyrisais les gamins de ma classe, souvent. À peu près tous les jours. J'étais un enfoiré avec ma mère, d'ailleurs depuis cette époque, je ne lui ai plus jamais dit que je l'aimais. J'ai toujours continué à jouer au con avec tout le monde et je le fais toujours, alors je ne peux pas t'expliquer de cas précis, mais sache juste qu'il y en a eu beaucoup. Vers treize ans, mes potes et moi avons braqué une supérette au bout de la rue et volé tout un tas de merdes au pif. Je ne sais pas pourquoi nous l'avons fait, mais quand l'un de mes potes s'est fait choper, je l'ai menacé pour qu'il prenne pour tout le monde et il l'a fait. J'ai fumé ma première cigarette à cet âge-là. Ça avait un goût de merde et j'ai toussé pendant dix minutes. Je n'ai plus jamais fumé, jusqu'à ce que je me mette à l'herbe, mais je n'en suis pas encore là.

J'ai perdu ma virginité à quatorze ans avec la grande sœur de mon pote Mark. Elle avait dix-sept ans à l'époque et c'était une pute ; l'expérience était bizarre, mais j'ai aimé ça. Elle a couché avec tous nos potes, pas seulement moi. Je n'ai baisé une autre fille qu'un an plus tard, à quinze ans, mais à partir de là, je ne me suis plus arrêté. Je branchais des filles au hasard dans les soirées, je mentais toujours sur mon âge et les filles n'étaient pas farouches. Aucune d'entre elles ne se souciait de qui j'étais et j'en avais rien à battre d'elles. Je me suis mis à fumer des joints cette année-là et j'avais la fumette régulière. J'ai aussi commencé à boire à cette époque. Mes potes et moi piquions de l'alcool chez nos vieux ou n'importe où, en fait. Je me suis mis à me battre aussi, beaucoup. Je me suis fait casser la gueule quelquefois, mais la plupart du temps, je gagnais. Putain, j'étais toujours en colère, toujours, et ça me faisait du bien de blesser quelqu'un d'autre. Je déclenchais des bagarres juste pour m'amuser. Les pires de toutes étaient avec ce gars, Tucker, qui venait d'une famille pauvre. Il portait des vieilles fringues pourries et je le torturais avec ça. Je faisais des traces sur son tee-shirt avec un stylo juste pour montrer combien de temps il le portait avant de le laver. C'est pervers, je sais.

Bon, bref, un jour je l'ai vu marcher et je l'ai tapé à l'épaule juste pour l'emmerder. Il s'est foutu en rogne, m'a traité de con, alors je l'ai dérouillé. Je lui ai pété le nez et sa mère n'avait même pas les moyens de lui payer une visite chez le médecin. J'ai quand même continué à le faire chier après. Quelques mois plus tard, sa mère est morte et il s'est retrouvé en famille d'accueil, chez des riches heureusement pour lui, et un jour je l'ai vu passer en voiture, c'était mon anniversaire, je venais d'avoir seize ans et il roulait dans une caisse toute neuve. J'étais en colère à l'époque et je voulais le retrouver pour lui repéter le nez, mais maintenant que j'y pense, je suis content pour lui.

Je vais sauter le reste de mes seize ans parce que je n'avais que trois activités : boire, fumer et me battre. En fait, ça tient aussi pour mes dix-sept ans. J'ai rayé quelques voitures, défoncé quelques fenêtres au passage. À dix-huit ans, j'ai rencontré James. Il était cool. Comme moi, il n'en avait rien à battre des autres. On buvait tous les jours dans notre groupe. Je rentrais à la maison tous les soirs bourré, je gerbais par terre et ma mère devait nettoyer. Presque chaque jour, je pétais un truc… On avait notre petite bande de potes et personne ne nous cherchait d'emmerdes. Valait mieux pas.

Les jeux ont commencé, ceux dont je t'ai parlé, et tu sais ce qui s'est passé avec Natalie. C'était elle le pire des cas, je te le jure. Je sais que je te dégoûte de n'avoir rien ressenti pour elle après ce qui lui est arrivé. Je ne sais pas pourquoi ça ne m'a pas affecté, mais c'est comme ça. Juste là, en conduisant ici pour venir dans cette chambre d'hôtel vide, j'ai repensé à Natalie. Je ne culpabilise toujours pas autant que je le devrais, mais je me suis demandé ce que ça me ferait si quelqu'un te faisait ça. J'ai pratiquement dû m'arrêter pour vomir rien qu'à t'imaginer à la place de Natalie. J'ai eu tort, tellement tort de lui faire ça. L'une des autres filles, Melissa, s'est attachée à moi aussi, mais ça n'a rien donné. Elle était énervante et parlait trop fort. J'ai dit à tout le monde qu'elle avait des problèmes d'hygiène intime… alors ils se sont tous foutus de sa gueule et elle ne m'a plus fait chier. J'ai été arrêté une fois pour ébriété sur la voie publique et ma mère était tellement en colère qu'elle m'a laissé chez les flics toute la nuit. Puis, quand tout le monde à découvert le merdier avec Natalie, elle en a eu assez. J'ai piqué une crise quand elle a parlé de m'envoyer en Amérique. Je ne voulais pas quitter ma vie là-bas, même si elle était naze, comme moi. Mais quand j'ai défoncé le crâne d'un mec devant moi pendant un festival, elle a pris sa décision. J'ai posé ma candidature à WCU et j'ai été accepté, bien sûr.

Quand je suis arrivé en Amérique, putain, j'ai tout détesté. J'avais tellement les nerfs d'être près de mon père que je me suis encore plus rebellé en buvant et en enchaînant les soirées à la fraternité. J'ai d'abord rencontré Steph, je l'ai branchée à une soirée et elle m'a présenté ses potes. Je me suis tout de suite entendu avec Nate. Dan et Jace sont des cons, surtout Jace en fait. Tu sais déjà pour la sœur de Dan, alors je vais sauter ce passage. J'ai baisé quelques filles depuis, mais pas autant que tu crois. J'ai couché une fois avec Molly après t'avoir embrassée, mais je ne l'ai fait que parce que je n'arrivais pas à m'arrêter de penser à toi. Je n'arrivais pas à te sortir de mon esprit, Tess. Je pensais tout le temps à toi, j'avais espéré que ça m'aiderait, mais ça n'a pas été le cas. Je savais que ce n'était pas toi. J'aurais préféré que ce soit toi. Je n'arrêtais pas de me dire « si seulement je pouvais voir Tessa encore une fois, je me rendrais bien compte que ce n'est qu'une fascination ridicule, rien de plus. Rien que de l'envie. » Mais chaque fois que je te voyais, j'en voulais plus. Je pensais à des manières de t'emmerder juste pour pouvoir t'entendre dire mon nom. Je voulais savoir ce que tu pensais en cours pour que tu regardes ton livre avec ton air si renfrogné. Je voulais aplanir ce pli entre tes sourcils, je voulais savoir de quoi Landon et toi vous parliez tout bas, je voulais savoir ce que tu écrivais dans ton putain d'agenda. En fait, je te l'ai pratiquement volé le jour où tu l'as fait tomber et que je te l'ai rendu, tu ne t'en souviens probablement pas, mais tu portais une chemise violette et cette monstrueuse jupe grise que tu mettais presque tous les jours.

Après le jour où j'ai mis le bordel dans tes notes et où je t'ai embrassée contre le mur, j'étais trop parti pour pouvoir garder mes distances. Je pensais tout le temps à toi. Toutes mes pensées étaient consumées par toi. Au début, je ne savais pas ce que c'était ; je ne savais pas pourquoi j'étais tellement obsédé par toi. J'ai su, j'ai SU que je t'aimais la première fois que tu as passé la nuit avec moi. Je savais que je ferais n'importe quoi pour toi. Je sais qu'après tout ce que je t'ai fait endurer, c'est complètement foireux ce que je te dis, mais c'est la vérité. Je te le jure.

Je me surprenais à rêvasser, moi, à rêvasser… à propos de la vie que je pourrais avoir avec toi. Je t'imaginais sur le canapé, un stylo entre les dents, un roman sur les genoux, tes pieds sur mes cuisses. Je ne sais pas pourquoi, je n'arrivais pas à me sortir cette image de la tête. Ça me torturait de te vouloir comme ça, sachant que tu ne partagerais jamais mes sentiments. J'ai menacé toute personne qui essayait de s'asseoir à côté de toi, menacé Landon pour m'assurer que je pourrais être à tes côtés, juste à tes côtés. Je me répétais sans cesse que je faisais tous ces trucs bizarres pour gagner le pari. Je savais que je me mentais à moi-même, je n'étais juste pas prêt à l'admettre. Je faisais des trucs, des trucs de malade pour satisfaire mon obsession pour toi. J'annotais mes romans en surlignant les citations qui me faisaient penser à toi. Tu veux savoir avec laquelle j'ai commencé ? C'était : « Il descendit donc sur la glace, évitant de jeter les yeux sur elle comme sur le soleil, mais, de même que le soleil, il n'avait pas besoin de la regarder pour la voir[5]. » Je savais que je t'aimais en surlignant un putain de roman de Tolstoï.

Quand j'ai dit que je t'aimais devant tout le monde, je le pensais. J'ai juste été trop con pour l'admettre quand tu m'as envoyé chier. Le jour où tu m'as dit que tu m'aimais pour la première fois, j'ai senti comme de l'espoir naître en moi. De l'espoir pour nous deux. Je ne sais pas pourquoi j'ai continué à te blesser et à te traiter de cette manière. Je ne vais pas te faire perdre ton temps avec de fausses excuses, car je n'en ai pas. J'ai tous ces bas instincts et ces mauvaises habitudes et je les combats pour toi. Tout ce que je sais, c'est que tu me rends heureux, Tess. Tu m'aimes alors que tu ne le devrais pas et j'ai besoin de toi. J'ai toujours eu besoin de toi d'ailleurs et ce sera toujours le cas. Lorsque tu m'as quitté la semaine dernière, ça m'a pratiquement tué. J'étais tellement perdu. Complètement et irrémédiablement perdu sans toi. J'ai eu un rencard avec quelqu'un la semaine dernière. J'allais te le cacher, mais je ne peux pas supporter l'idée de te perdre à nouveau. Je n'appellerais même pas ça un rencard en fait. Il ne s'est rien passé entre nous. Je l'ai presque embrassée, mais je me suis arrêté à temps. Je ne pouvais pas le faire. Je ne pouvais pas embrasser une autre fille que toi. Elle était chiante et insignifiante, comparée à toi. Tout le monde l'est, tout le monde le sera.

Je sais qu'il est probablement trop tard pour ça, particulièrement maintenant que tu es au courant pour toutes les embrouilles que j'ai causées. Je ne peux que prier pour que ton amour pour moi n'ait pas changé à la lecture de cette lettre. Si ce n'est pas le cas, c'est bon. Je comprendrai. Je sais que tu peux trouver quelqu'un de mieux que moi. Je ne suis pas romantique, je ne t'écrirai jamais de poème ni te chanterai de chanson.

Je ne suis même pas gentil.

Je ne peux pas te promettre que je ne te ferai plus jamais mal, mais je peux te jurer que je t'aimerai jusqu'à mon dernier souffle. Je ne suis pas un mec bien et je ne te mérite pas, mais j'espère que tu me permettras de me racheter à tes yeux. Je suis désolé de t'avoir causé tant de peine et je comprendrais que tu ne puisses pas me pardonner.

---

5. *Anna Karénine*, Léon Tolstoï, première partie, chapitre IX, traduction J.-Wladimir Bienstock, 2e édition révisée, e-artnow, 2013.

Désolé. Cette lettre n'était pas censée être aussi longue. J'imagine que j'ai plus merdé que je ne le croyais.

Je t'aime. Pour toujours.

Hardin

Assise, abasourdie, j'ai le regard rivé à la feuille de papier dont je relis le contenu deux fois. Je ne sais pas à quoi je m'attendais, mais pas à ça. Comment peut-il dire qu'il n'est pas romantique ? Le bracelet à breloques à mon poignet et cette lettre, si belle et si perturbante soit-elle, enfin surtout belle, montrent le contraire. Il a même cité le premier paragraphe de la lettre de Monsieur Darcy à Elizabeth.

Maintenant qu'il a mis son âme à nu devant moi, je ne peux que l'aimer plus encore. Il a fait plein de choses que je ne ferai jamais, des choses terribles qui ont blessé bien des gens, mais ce qui compte le plus pour moi, c'est qu'il ne les fasse plus. Il n'a pas toujours fait les bons choix, mais je ne peux pas ignorer tous les efforts qu'il a faits pour me montrer qu'il change, qu'il essaie de changer. Pour me montrer qu'il m'aime. J'ai horreur de l'admettre, mais il y a quelque chose de poétique dans le fait que moi seule compte à ses yeux.

Je relis encore la lettre jusqu'à ce que quelqu'un vienne interrompre mes pensées en frappant à la porte de la chambre.

Je la plie en deux et la range dans le tiroir du bas de la commode. Je ne veux pas qu'Hardin essaie de me la faire jeter ou déchirer maintenant que je l'ai lue. Je me lève pour lui ouvrir la porte.

– Entre.

Il ouvre la porte, le regard baissé.

– Est-ce que…

– Oui…

Je tends la main pour lui faire lever le menton, pour qu'il me regarde dans les yeux comme il en a l'habitude. Ses yeux écarquillés sont rouges et tristes.

– C'était stupide… Je savais que je n'aurais pas dû…

– Non, ça ne l'était pas. Ce n'était pas du tout stupide.

Je retire ma main de son menton, son regard injecté de sang se perd dans le mien.

– Hardin, tu m'as dit tout ce que je voulais entendre depuis si longtemps.

– Je suis désolé que ça m'ait pris tant de temps et de l'avoir écrit… C'était plus facile. Je ne suis pas très doué pour dire les choses.

Le rouge de ses yeux épuisés forme un magnifique contraste avec le vert vif de ses iris.

– Tu sais que c'est faux.

– Est-ce que… tu veux qu'on en parle ? Tu as besoin de plus de temps, maintenant que tu sais à quel point je suis dépravé ?

Il fronce les sourcils et baisse à nouveau les yeux.

– Tu n'es pas dépravé. Tu l'étais… tu as fait des choses… de mauvaises choses, Hardin.

Il hoche la tête pour marquer son accord ; je ne supporte pas de le voir se sentir si mal, même si c'est à propos de son passé.

– Mais ça ne veut pas dire que tu es une mauvaise personne. Tu as fait des choses mauvaises, mais tu n'es plus une mauvaise personne.

Il lève la tête.

– Quoi ?

Je prends son visage entre mes mains.

– J'ai dit que tu n'étais pas une mauvaise personne, Hardin.

– Tu le penses vraiment ? Tu as lu ce que j'ai écrit ?

– Oui, et le fait que tu l'aies écrit prouve que tu n'en es pas une.

Son visage arbore une expression plus que confuse.

– Comment peux-tu dire une chose pareille ? Je ne comprends pas : tu voulais que je te laisse du champ. Il te suffit de lire toute cette merde et tu me dis quand même ça ? Je ne comprends pas.

Je passe mes pouces sur ses joues avant de répondre.

– J'ai lu ta lettre et maintenant que je sais tout ce que tu as fait, je peux t'affirmer que je n'ai pas changé d'avis.

– Oh…

Des larmes perlent à ses yeux.

L'idée de le revoir pleurer, surtout devant moi, me cause une douleur physique. À l'évidence, il ne comprend pas où je veux en venir.

– J'avais déjà pris ma décision et, après avoir lu ta lettre, je veux rester plus que jamais. Je t'aime, Hardin.

∞

44
Tessa

Hardin prend mes mains dans les siennes et les tient quelques secondes avant de me serrer très fort dans ses bras, comme si j'allais disparaître.

En prononçant les mots « je veux rester », je me suis rendu compte à quel point ils sont libérateurs. Je n'ai plus à m'inquiéter que les secrets du passé d'Hardin viennent nous hanter. Je n'ai plus à craindre que quelqu'un lâche une énorme bombe. Je sais tout. Je sais enfin tout ce qu'il me cachait. Je ne peux pas m'empêcher de songer à cette phrase : « Parfois, il est plus sage de rester dans les ténèbres que d'être aveuglé par la lumière. » Mais je ne pense pas qu'on puisse l'appliquer à mon cas. Je suis perturbée par tout ce qu'il a fait, mais je l'aime et j'ai choisi de ne plus laisser son passé se mettre en travers de notre histoire.

Hardin desserre son étreinte et s'assied au bord du lit.

– À quoi penses-tu ? As-tu des questions ? Je veux vraiment être honnête avec toi.

Je me place entre ses jambes. Il retourne mes mains et suit les lignes de mes paumes en scrutant mon visage pour deviner mes sentiments.

– Non… J'aimerais savoir ce qui est arrivé à Natalie… mais je n'ai pas de question.

– Je ne suis plus cette personne. Tu le sais ça, non ?

Même si je lui ai déjà dit, il a besoin de l'entendre encore une fois.

– Je le sais. J'en suis consciente, Bébé.

Ses yeux s'arrondissent soudain en m'entendant utiliser ce surnom.

– Bébé ?

– Je ne sais pas pourquoi j'ai dit ça…

Je rougis. Je ne l'ai jamais appelé autrement que par son prénom, c'est un peu étrange de l'appeler « Bébé », comme il le fait pour moi.

– Non… J'aime bien.

– Ton sourire m'a manqué.

Ses doigts s'immobilisent sur mes mains.

– Le tien aussi. (Il fronce les sourcils.) Je ne te fais pas assez sourire.

Je voudrais dire quelque chose pour ôter cette expression de doute gravée sur son visage, mais je ne veux pas lui mentir. Il doit savoir comment je me sens.

– Ouais… Il va falloir qu'on travaille là-dessus.

Ses doigts reprennent leurs mouvements, formant des petits cœurs sur mes paumes.

– Je ne sais pas pourquoi tu m'aimes.

– Ça n'a aucune importance de savoir pourquoi, ce qui compte, c'est que je t'aime.

– Elle était stupide cette lettre, non ?

– Non ! Tu ne veux pas arrêter de te détester ? Elle est magnifique, cette lettre. Je l'ai lue trois fois d'affilée. Lire ce que tu pensais de moi… de nous, ça m'a rendue très heureuse.

Il lève les yeux vers moi, mi-sourire, mi-chagrin.

– Tu savais que je t'aimais.

– Oui… Mais c'est bien de connaître les petits détails, comme de savoir que tu te souviens des vêtements je portais. Ce genre de truc. Tu ne parles jamais de ça.

– Oh.

Il a l'air gêné. C'est toujours troublant quand Hardin est l'élément vulnérable de notre relation.

– Ne sois pas gêné.

Ses bras m'étreignent de nouveau et il m'attire sur ses genoux.

– Je ne suis pas gêné.

Je passe une main dans ses cheveux et entoure son épaule de mon autre bras.

– Je pense que si.

Avec un petit rire, il enfouit son visage dans mon cou.

– Quel réveillon de Noël ! Ça a vraiment été une longue journée de merde.

Et je ne peux pas dire le contraire.

– Trop longue. Je n'arrive pas à croire que ma mère soit venue ici. Elle est vraiment incroyable.

– Pas tellement.

Je me recule pour le regarder.

– Quoi ?

– Elle n'est pas si insensée que ça. Ouais, elle a tout faux et elle s'y prend mal, mais je ne peux pas lui en vouloir d'avoir envie que tu sois avec quelqu'un d'autre que moi.

Je suis fatiguée de cette conversation et de l'idée que ma mère ait raison à son propos. Je lui lance un regard mauvais et me dégage de ses genoux pour m'asseoir à côté de lui.

– Tess, ne me regarde pas comme ça. Je dis juste que maintenant que j'ai vraiment réfléchi à toutes les merdes que j'ai pu faire, je ne lui en veux pas de s'inquiéter.

– Eh bien, elle a tort, et arrêtons de parler d'elle.

Je ronchonne. La charge émotionnelle de cette journée, et de l'ensemble de l'année, m'a vraiment fatiguée et rendue grincheuse. J'ai du mal à croire que cette année soit quasiment terminée.

– Ok, alors de quoi veux-tu parler ?

– Je ne sais pas… de quelque chose de plus léger…

Je souris, me forçant à être moins grognon.

– Comme de ton romantisme, par exemple.

– Je ne suis *pas* romantique.

– Si, bien sûr que si. Cette lettre, là, c'est un classique.

Il soupire à ma plaisanterie.

– Ce n'est pas une lettre, c'est une note. Une note censée ne faire qu'un paragraphe tout au plus.

– Bien sûr, une note romantique alors.

– Oh, tu veux bien te taire…

J'enroule une mèche de ses cheveux entre mes doigts et ris avec lui.

– C'est maintenant que tu m'embêtes jusqu'à ce que je crie ton nom ?

Il se déplace trop rapidement pour que je puisse répondre, il m'attrape par la taille et m'allonge sur le lit, ses mains sur mes hanches.

– Non. Depuis le temps, j'ai trouvé d'autres manières de te faire crier mon nom.

Il me murmure ces mots, ses lèvres collées à mon oreille. Mon corps entier s'embrase et ma voix se fait rauque.

– Ah oui ?

Mais soudain, la silhouette sans visage de Natalie surgit dans mon esprit et me retourne l'estomac.

– Je crois que nous devrions attendre que ta mère ne soit plus dans le salon.

Il me faut un peu plus de temps pour être complètement à l'aise dans notre histoire, qui plus est c'est assez bizarre de faire ça avec sa mère dans la pièce à côté.

– Je peux la virer tout de suite.

Il blague et s'allonge à côté de moi.

– Ou *je* peux *te* virer.

– Je ne te quitte plus jamais. Et toi non plus.

Il me dit cette phrase d'un ton si affirmatif, ça me fait rire. Nous sommes allongés l'un à côté de l'autre à regarder le plafond.

– Ça marche. On en a terminé avec les allers et retours ?

– Absolument. Plus de secret. Plus de fuite. Tu crois que tu peux réussir à ne pas me quitter pendant au moins une semaine ?

– Tu crois que tu peux réussir à ne pas me mettre en rogne pendant au moins une semaine ?

– Bof, probablement pas.

Je sens qu'il sourit. Évidemment, quand je tourne la tête, je le vois sourire de toutes ses dents.

– Il va falloir que tu viennes me voir dans ma chambre en cité U et que tu y passes la nuit, parfois. La route est encore longue.

– Ta chambre ? Tu ne vas pas vivre en cité U. Tu habites ici.

– On vient juste de se remettre ensemble. Tu penses vraiment que c'est une bonne idée ?

– Tu restes ici, fin de la discussion.

– À l'évidence, tu es ému pour me parler de cette façon.

Je me lève sur un coude pour l'observer avec un petit sourire.

– Je ne veux pas vraiment retourner à la cité U, je voulais juste voir ce que tu allais dire.

– Eh bien, dit-il en se mettant dans la même position que moi, je suis heureux de constater que tu es redevenue aussi chiante qu'avant.

– Et je suis heureuse de voir que tu es redevenu grossier. Je m'inquiétais. Après cette lettre romantique, j'ai eu peur que tu aies perdu de ton mordant.

– Dis encore une fois que je suis romantique et je te baise sur-le-champ, Maman dans le coin ou pas.

J'écarquille les yeux et je l'entends hurler de rire, plus fort que je ne l'ai jamais entendu.

– Je plaisante ! Tu devrais voir ta gueule !

Je ne peux pas m'empêcher de rire avec lui. Puis il admet :

– J'ai l'impression qu'on ne devrait pas rire du tout après tout ce qui s'est passé aujourd'hui.

– C'est peut-être pour ça que nous *devrions* rire.

C'est notre truc : nous nous disputons, puis nous nous réconcilions.

– Notre relation est un peu bizarre.

– Ouais… Juste un peu.

En fait notre relation a tout du grand huit.

– Plus maintenant, ok ? Je te le promets.

– Ok.

Je me penche pour lui donner un bref baiser sur les lèvres.

Mais ce n'est pas suffisant. Ça ne l'est jamais. Je pose mes lèvres sur les siennes et, cette fois, je les laisse. Nous ouvrons la bouche au même moment et il glisse sa langue sur la mienne. J'attrape ses cheveux et il me bascule sur lui en prolongeant notre baiser. Quel que soit le degré de perversité de notre relation, nous ne pourrons nier être dévorés par la passion. Mes hanches bougent contre lui et je sens ses lèvres former un sourire sous les miennes.

– Je crois que ça suffit pour aujourd'hui.

Je hoche la tête et change de position pour poser ma tête sur sa poitrine, savourant la sensation de ses bras dans mon dos.

Je laisse passer quelques minutes de silence.

– J'espère que tout va bien se passer demain.

Il ne répond pas. Quand je lève la tête, ses yeux sont fermés et ses lèvres entrouvertes. Il dort. Il doit être épuisé. Mais bon, moi aussi.

Je me dégage de son étreinte et regarde l'heure. Il est onze heures passées. Doucement, sans le réveiller, je lui retire son jean puis me blottis contre lui. Demain, ce sera Noël et je ne peux que prier que la journée se déroule mieux que celle que nous venons de vivre.

∞

45
Hardin

– Hardin.

La voix de Tessa est douce. En grognant, je retire mon bras sous son corps et attrape l'oreiller pour m'en couvrir le visage.

– Je ne me lève pas tout de suite.

– Nous avons dormi tard, il est temps de te préparer.

Elle saisit l'oreiller et le jette par terre.

– Reste au lit avec moi. Viens, on annule.

Je tends la main pour lui attraper le bras, mais elle roule de côté.

– On ne peut pas annuler *Noël*.

Elle rit et presse ses lèvres dans mon cou. Je me colle à ses hanches, mais elle me repousse malicieusement.

– Oh, non. Pas de ça.

Ses mains m'empêchent de grimper sur elle.

Elle sort du lit, m'y laissant seul. J'ai presque envie de la suivre dans la salle de bains, pas pour lui faire quoi que ce soit, juste pour être près d'elle. Mais bon, le lit est si agréable que je décide d'y rester. Je suis encore sur le cul de la voir ici. Sa capacité à me pardonner et à m'accepter me surprendra toujours.

L'avoir ici, avec moi pour Noël, c'est surprenant. Je n'en ai jamais rien eu à foutre des fêtes de fin d'année, mais voir le visage de Tessa s'illuminer devant un arbre à la con et des décorations vendues à un prix exorbitant, rend le truc un peu plus tolérable. Et ce n'est pas trop mal que ma mère soit là aussi. Tessa semble l'adorer, et ma mère est pratiquement aussi obsédée par ma nana que je le suis.

Ma nana. Tessa est redevenue ma copine et je passe Noël avec elle… et avec ma putain de famille. Quelle différence avec l'an dernier où j'ai passé le jour de Noël complètement bourré et défoncé !

Quelques minutes plus tard, je me force à sortir du lit et trouve le chemin de la cuisine. Café. J'ai besoin de café. Ma mère entre dans la pièce.

– Joyeux Noël !

– À toi aussi.

– J'ai fait du café.

– Je vois ça.

J'attrape la boîte de céréales au-dessus du frigo et me dirige vers la machine à café.

– Hardin, je suis désolée d'avoir dit ça hier. Je sais que ça t'a bouleversé de me voir d'accord avec la mère de Tessa, mais il faut que tu comprennes pourquoi j'en suis arrivée là.

Le truc, c'est que *je comprends* pourquoi, mais ce n'est pas à elle de dire à Tessa de me quitter. Après tout ce que Tessa et moi avons traversé, nous avons besoin de quelqu'un de notre côté. J'ai l'impression qu'il n'y a qu'elle et moi contre la terre entière et j'ai besoin que ma mère soit avec nous.

– C'est juste que c'est là qu'est sa place, maman, avec moi et nulle part ailleurs.

J'essuie le surplus de café qui a débordé de ma tasse avec un torchon. Le liquide brun tache le tissu blanc et j'entends déjà Tessa me reprocher d'utiliser le mauvais torchon.

– Je sais que tu as raison, Hardin. Je le vois maintenant. Je suis désolée.

– Moi aussi. Je suis désolé d'avoir été un petit con tout ce temps. C'est pas ce que je voulais.

Elle semble surprise de m'entendre dire ça, mais je crois que je ne lui en veux pas. Je ne m'excuse jamais, que j'aie tort ou raison. Ça doit être mon truc d'être un connard sans l'admettre.

– C'est bon, nous pouvons passer à autre chose. Nous allons passer un superbe Noël chez ton père.

Je crois percevoir une pointe de sarcasme dans sa voix.

– Ok, passons à autre chose.

– Oui. Passons. Je ne veux pas que la journée soit pourrie par la soirée d'hier. Je comprends tout un peu mieux maintenant. Je sais que tu l'aimes, Hardin, et je vois que tu apprends à être un homme meilleur. Elle t'y aide, et ça me remplit de bonheur.

Ma mère pose ses mains sur sa poitrine, je lève les yeux au ciel.

– Vraiment, je suis si heureuse pour toi.

– Merci. (Je détourne le regard.) Je t'aime, maman.

Les mots sont étranges dans ma bouche, mais l'expression sur son visage en vaut la peine. Elle en a le souffle coupé.

– Qu'est-ce que tu viens de dire ?

Ces mots, que je ne lui avais jamais dits, lui font instantanément monter les larmes aux yeux. Je ne sais pas ce qui m'y a poussé, peut-être de savoir qu'elle veut vraiment ce qu'il y a de mieux pour moi. Peut-être parce qu'elle est là, avec moi, et peut-être à cause de son rôle dans le pardon que Tessa m'a accordé. Je ne sais pas, mais quand je la regarde, je regrette de ne pas l'avoir dit plus tôt. Elle a fait face à plein de trucs merdiques et elle a vraiment fait de son mieux pour être une bonne mère pour moi : elle aurait dû avoir le plaisir d'entendre son fils lui dire qu'il l'aime plus d'une fois en treize ans.

J'étais tellement en colère, et je le suis toujours, mais ce n'est pas sa faute. Ça n'a jamais été sa faute.

Un peu embarrassé, je répète :

– Je t'aime, maman.

Elle me serre dans ses bras, plus fort que je ne la laisse faire d'habitude.

– Oh, Hardin, je t'aime aussi. Tellement, mon fils.

∞

46
Tessa

Histoire d'essayer un truc différent, je me lisse les cheveux, mais quand c'est terminé, j'ai l'air bizarre, alors je refais mes boucles. L'heure du départ approche et je suis trop longue à me préparer, j'ai probablement peur de savoir comment cette journée va se passer.

J'espère qu'Hardin se comportera bien, ou du moins qu'il essaiera.

J'opte pour un maquillage simplifié avec un peu de fond de teint, de l'eye-liner noir et une touche de mascara. J'allais ajouter de l'ombre à paupières, mais j'ai déjà dû m'y reprendre à trois fois pour faire une ligne correcte au-dessus de ma paupière, ce n'est pas le moment d'en rajouter.

– Toujours en vie, là-dedans ?

– Oui, j'ai presque terminé, je n'ai plus qu'à me laver les dents.

– Je vais prendre une petite douche, mais il faudrait avancer si tu veux être à l'heure.

– Ok, ok, je vais m'habiller pendant que tu prends ta douche.

Il disparaît dans la salle de bains et je fonce dans le dressing, attrapant au passage la robe vert sapin sans manches que j'ai achetée l'autre jour. Le tissu est d'une couleur profonde et le décolleté modeste. Le nœud à la taille a l'air beaucoup plus grand que lorsque j'ai essayé la robe, mais ça ne se verra pas avec un gilet. Je récupère mon bracelet à breloques sur la commode et les papillons dans mon estomac battent des ailes quand je relis l'inscription gravée dessus.

Je n'arrive pas à décider quelles chaussures mettre. Si je porte des talons, j'aurai probablement l'air trop habillée. J'opte pour des ballerines noires et enfile mon cardigan blanc au moment où Hardin entre dans la pièce, seulement vêtu d'une serviette passée autour de sa taille.

Oh ! Peu importe le nombre de fois où je l'ai vu, j'en ai toujours le souffle coupé. Le regard rivé au corps à moitié nu d'Hardin, je me demande comment, par le passé, j'ai pu passer à côté de mon attirance pour les tatouages. Il me passe en revue.

– Putain de merde.

– Quoi ? Quoi ?

Je baisse le regard pour vérifier ce qui ne va pas.

– Tu as l'air… si incroyablement innocente.

– Euh… C'est bien ou c'est mal ? C'est Noël. Je ne veux pas avoir l'air indécente.

Je me sens soudain pas du tout sûre de mon look.

– Oh, c'est bien. Très bien, même.

Sa langue parcourt sa lèvre inférieure et je comprends enfin à quoi il pense. Je rougis et détourne le regard avant de commencer quelque chose que nous ne pourrions pas finir. Pas tout de suite du moins.

– Merci. Qu'est-ce que tu vas porter ?

– La même chose que d'habitude.

Je relève les yeux vers lui.

– Oh.

– Je ne m'habille pas pour aller chez mon père.

– Je sais… Peut-être que tu pourrais mettre la chemise que ta mère t'a offerte pour Noël ?

Je fais cette suggestion, sachant pertinemment qu'il ne la suivra pas. Il explose de rire.

– Même pas en rêve.

Il fouille dans le placard pour prendre un jean sur un cintre, qui tombe par terre. Non pas qu'il remarque ce genre de choses. Je décide de ne rien dire et m'éloigne de la zone de danger lorsque la serviette d'Hardin touche le sol.

J'annonce en chuchotant, me forçant à ne pas le regarder :

– Je vais rejoindre ta mère.

– Comme tu veux.

Lorsque je sors de la pièce il arbore un petit sourire satisfait. Je retrouve Trish dans le salon. Elle porte une robe rouge et des talons noirs, bien loin de son jogging habituel.

– Vous êtes magnifique !

– Tu es sûre ? Est-ce que c'est pas trop avec le maquillage et tout ? Non pas que j'en aie quelque chose à faire, je veux juste être pas mal, pour revoir mon ex-mari après toutes ces années.

– Croyez-moi, vous êtes loin d'être seulement *pas mal.*

Cette réplique a le mérite de la faire un peu sourire.

– Vous êtes prêtes toutes les deux ?

Hardin nous a rejointes dans le salon. Ses cheveux sont encore mouillés, mais il se débrouille toujours pour avoir l'air parfait. Il est tout de noir vêtu, jusqu'au bout des Converse que j'aime tant, celles qu'il a portées à Seattle.

Sa mère ne remarque pas le côté monochrome de ses vêtements, probablement parce qu'elle se concentre sur sa propre apparence. Dans l'ascenseur, Hardin regarde sa mère pour ce qui semble être la première fois.

– Pourquoi t'es-tu habillée comme ça ?

Elle rougit un peu avant de répondre :

– C'est une fête de famille, pourquoi ne serais-je pas habillée ?

– C'est juste bizarre…

Je l'arrête en plein vol avant qu'il n'ait temps de gâcher la journée de sa mère :

– Elle est ravissante, Hardin et je suis tout aussi pomponnée qu'elle.

Sur la route, tout le monde est calme, même Trish. Je sens qu'elle est anxieuse, mais qui pourrait l'en blâmer ? Je serais incroyablement nerveuse à sa place. En fait, et pour d'autres raisons, plus nous nous approchons de la maison de Ken, plus je me sens nerveuse aussi. Je voudrais juste passer une journée sereine.

Lorsque nous nous garons devant la maison, Trish s'exclame :

– C'est ça, sa *maison* ?

– Ouais. Je t'avais dit que c'était une grosse baraque.

– Je ne m'attendais pas à ce qu'elle soit *aussi grosse.*

Hardin bondit hors de la voiture et ouvre la portière à sa mère restée assise, abasourdie. Je sors seule et, en remontant l'allée, je lis de l'appréhension sur le visage d'Hardin. Je prends sa main pour essayer de le calmer, il baisse les yeux vers moi, un petit sourire aux lèvres, petit mais bien là. Il ne sonne pas et ouvre simplement la porte, puis entre.

Karen est au milieu du salon, arborant un sourire radieux et accueillant tellement contagieux que je me sens *un peu* mieux. Hardin traverse l'entrée en premier avec sa mère et je les suis derrière, ma main toujours dans la sienne.

– Merci d'être venus chez nous !

Karen tend la main à Trish, puisqu'à l'évidence Hardin n'est pas du genre à faire les présentations :

– Bonjour Trish, je suis Karen. Je suis heureuse d'avoir l'occasion de vous rencontrer. J'apprécie vraiment votre geste.

Karen a l'air tout à fait calme et posée, mais je commence à la connaître suffisamment pour savoir que ce n'est pas le cas.

– Bonjour Karen, je suis ravie de te rencontrer.

À cet instant, Ken entre dans la pièce et marque un temps d'arrêt en apercevant son ex-femme. Je m'appuie sur Hardin, espérant que Landon a bien prévenu Ken de notre venue.

– Bonjour, Ken.

De toute la matinée, Trish n'avait pas eu une voix aussi forte.

– Trish, waouh… bonjour.

J'imagine que Trish est ravie de sa réaction.

– Tu as… changé.

J'essaie de deviner à quoi ressemblait Ken dans le passé, les yeux injectés de sang et d'alcool, le front en sueur, le teint cireux, mais je n'y parviens pas.

– Oui… Toi aussi.

Cette étrange tension dans la pièce me donne le tournis, c'est un vrai soulagement lorsque Karen s'exclame « Landon ! », qui nous rejoint à cet instant. Karen respire de voir la prunelle de ses yeux arriver maintenant et de le voir habillé pour la circonstance, en pantalon de costume bleu, chemise blanche et cravate noire. Il me serre dans ses bras pour me souhaiter la bienvenue.

– Tu es superbe.

Hardin me tient la main un peu plus fort, mais j'arrive à la retirer pour serrer à mon tour Landon dans mes bras.

– Tu es magnifique aussi, Landon.

Hardin passe son bras autour de ma taille et m'attire à lui, encore plus près qu'avant. Landon soupire, puis se tourne vers Trish.

– Bonjour Madame, je suis Landon, le fils de Karen. Je suis heureux de faire enfin votre connaissance.

– Oh, s'il te plaît, ne m'appelle pas Madame, répond Trish en riant. Mais je suis très heureuse de te rencontrer aussi. Tessa m'a beaucoup parlé de toi.

– En bien, j'espère.

– La plupart du temps, le taquine-t-elle.

Le charme de Landon semble opérer et évacuer une partie de la tension de la pièce. Karen intervient :

– Eh bien, vous arrivez à point nommé. L'oie sera prête à être servie dans quelques minutes !

Ken nous conduit dans la salle à manger tandis que Karen disparaît dans la cuisine et en revient immédiatement. Ce n'est pas une surprise de découvrir une table arrangée à la perfection avec leur plus belle vaisselle de porcelaine, des couverts en argent rutilants et d'élégants ronds de serviette en bois. Les plats regorgent de mets composés harmonieusement. L'oie est entourée d'épaisses tranches d'oranges, une grappe de baies rouges posée sur l'animal. Le plat est si élégamment composé que j'en salive d'avance. Devant moi trône un légumier plein de pommes de terre rôties. Un parfum d'ail et de romarin imprègne la pièce ; quelle belle mise en scène ! Un bouquet de fleurs occupe le centre de la table et chaque petite décoration reprend le thème « oranges et baies » de l'oie. Karen est une hôtesse hors pair.

– Quelqu'un voudrait-il boire un verre ? J'ai un vin rouge délicieux dans le cellier.

Karen rougit en se rendant compte de ce qu'elle vient de dire. L'alcool est définitivement un sujet délicat pour ses convives. Trish sourit.

– Moi, avec plaisir.

Karen retourne dans la cuisine et nous sombrons dans un tel silence que lorsqu'elle débouche la bouteille dans l'autre pièce, le son résonne comme une déflagration entre nous. Quand elle revient, la bouteille ouverte, j'ai envie de lui demander un verre pour calmer la sensation de malaise dans mon ventre, mais je préfère m'abstenir. Maintenant qu'elle est là, nous prenons place autour de la table.

Ken préside, entouré de Karen, Landon et Trish d'un côté et moi de l'autre avec Hardin. Après quelques « oh » et « ah » à la présentation des plats, plus personne ne dit un mot et chacun remplit son assiette.

Après quelques bouchées, je vois Landon se demander s'il doit prendre la parole ou non. Je lui adresse un petit signe de tête, je ne veux pas être celle qui rompra le silence en premier. Hardin pose sa main sur ma cuisse.

Landon s'essuie la bouche avec sa serviette et se tourne vers Trish pour lui demander :

– Alors, que pensez-vous de l'Amérique, Madame Daniels ? Est-ce votre première visite ?

– Effectivement, c'est la première fois que je viens. J'aime assez. Je ne voudrais pas y vivre, mais c'est agréable. Est-ce que tu projettes de rester ici quand tu auras terminé l'université ?

Elle regarde Ken, comme si elle lui posait cette question à lui plutôt qu'à Landon.

– Je ne sais pas encore. Ma petite amie déménage à New York le mois prochain, tout dépendra ce qu'elle veut faire.

Très égoïstement, j'espère qu'il ne déménagera pas.

– J'avoue que je serai contente quand Hardin aura terminé ses études, il pourra rentrer à la maison.

L'annonce de Trish me fait lâcher ma fourchette dans mon assiette. Toute l'attention se concentre sur moi et j'offre un sourire d'excuse avant de récupérer l'ustensile. Landon se tourne vers Hardin :

– Tu vas retourner en Angleterre quand tu seras diplômé ?

– Ouais, bien sûr, répond Hardin grossièrement.

– Oh.

Landon me regarde fixement. Hardin et moi n'avons jamais discuté de nos projets après l'université, mais je n'avais pas imaginé qu'il pourrait repartir en Angleterre. Nous devrons en parler plus tard, mais pas devant tout le monde. Trish me tire d'embarras.

– Et toi… Tu aimes l'Amérique, Ken ? Tu projettes de vivre ici de façon permanente ?

– Oui, j'adore ma vie ici. Je vais plus que certainement y rester.

Trish sourit et prend doucement une gorgée de vin.

– Tu as toujours détesté l'Amérique.

– Oui… C'était vrai, répond-il en lui rendant son sourire.

Karen et Hardin gigotent inconfortablement sur leurs chaises et je me concentre sur la mastication du morceau de pomme de terre que j'ai dans la bouche.

– Personne n'a de meilleur sujet de conversation que l'Amérique ?

Hardin lève les yeux au ciel et je lui envoie gentiment un coup de pied dans les tibias, mais il ne fait pas mine d'avoir senti mon geste.

Karen bondit sur l'occasion pour me demander :

– Comment était ton séjour à Seattle, Tessa ?

Je lui en ai déjà précisément parlé, mais je sais qu'elle essaie de faire la conversation, alors je raconte la conférence et je parle de mon travail. Pour occuper le déjeuner, ils me posent tous des questions sur ce sujet sans risque, hors de toute thématique « ex-mari » et « ex-femme ».

Lorsque nous en avons terminé avec la délicieuse oie et toutes ses garnitures, j'aide Karen à rapporter la vaisselle sale dans la cuisine. Elle semble distraite, il vaut mieux ne pas chercher à faire la conversation.

– Voulez-vous un autre verre de vin, Trish ? propose Karen lorsque nous passons au salon.

Hardin, Trish et moi nous asseyons dans l'un des canapés, Landon dans le fauteuil, et Karen et Ken prennent l'autre sofa. J'ai l'impression que nous avons formé chacun une équipe et que Landon a le rôle d'arbitre.

– Oui, avec plaisir. Il est vraiment agréable.

Trish tend son verre vide à Karen pour qu'elle le remplisse.

– Merci. Nous l'avons déniché sur une île en Grèce cet été ; c'était merveilleux…

Elle s'interrompt en pleine phrase. Après une courte pause, elle reprend :

– Un très bel endroit.

Puis elle rend son verre à Trish qui salue son effort d'un petit geste.

– Eh bien, ce vin est excellent.

Tout cela sonne bizarrement, mais je réalise alors que Karen vit avec un Ken que Trish n'a pas connu. Elle a droit aux voyages en Grèce et partout dans le monde, une énorme maison, de belles voitures et, plus que tout, elle a un mari aimant et sobre. J'applaudis vraiment Trish d'être aussi forte et de savoir pardonner. Elle fait un effort monstrueux pour rester polie, particulièrement dans ces conditions. Karen sert Landon, puis me regarde.

– Quelqu'un d'autre ? Tessa, veux-tu un verre ?

Je regarde vers Trish et Hardin. Karen insiste :

– Juste un seul, c'est la fête aujourd'hui.

Je finis par céder.

– Oui, un petit alors, s'il vous plaît.

Je vais avoir besoin d'un verre de vin si la journée continue à être aussi étrange et si nous restons tous aussi mal à l'aise. En la regardant remplir mon verre de vin, je sens Hardin bouger la tête plusieurs fois.

– Et toi, papa ? Tu veux un petit verre ?

Tout le monde le regarde bouche bée, les yeux écarquillés. Je serre sa main pour tenter de le faire taire, mais il continue, un sourire mauvais aux lèvres :

– Je sais que ça te manque.

∞

47

Tessa

– Hardin !

Trish le réprimande.

– Quoi ? Je propose juste un verre à cet homme. Histoire d'être sociable.

Je regarde Ken et vois qu'il se demande s'il doit mordre à l'hameçon, s'il doit laisser exploser la dispute qui se profile. Je murmure :

– Arrête ça tout de suite, Hardin.

– Ne sois pas grossier.

Trish me soutient. Enfin, Ken réagit.

– Tout va bien, dit-il en buvant une gorgée d'eau.

Mon regard se promène à travers la pièce. Je vois que Karen a pâli. Landon regarde fixement la grande télévision sur le mur. Trish avale son verre d'un trait. Ken a l'air décontenancé et Hardin l'assassine du regard. Il affiche le mauvais sourire qui mijotait en lui depuis un bout de temps.

– Je sais que tout va *bien.*

– Tu es simplement en colère, alors vas-y, dis tout ce qui te pèse sur le cœur.

Ken n'aurait pas dû dire ça. Il n'aurait pas dû traiter les émotions d'Hardin aussi légèrement, comme s'il s'agissait de l'opinion d'un jeune garçon qu'on devait supporter un petit instant.

– En colère ? Je ne suis pas en colère. Irrité et amusé, oui, mais pas en colère.

Hardin parle calmement.

– Amusé par quoi ?

Oh Ken, arrêtez tout de suite de parler.

– Amusé parce que tu te comportes comme si rien ne s'était jamais passé, comme si tu n'étais pas un gros raté. (Il pointe Ken et Trish du doigt.) Vous êtes ridicules tous les deux.

– Tu dépasses les bornes, là.

Bon Dieu, Ken.

– Vraiment ? Depuis quand tu décides où sont les bornes ?

– Depuis que tu es dans ma maison, Hardin. C'est pour ça que je décide.

Hardin bondit immédiatement sur ses pieds. Je lui attrape le bras pour le retenir, mais il se débarrasse facilement de moi. Je pose vite mon verre sur la table basse et me lève.

– Hardin, s'il te plaît !

Je le supplie en lui reprenant le bras.

Tout allait si bien. Bizarrement et pesamment, mais bien. Et il a fallu qu'Hardin fasse une remarque déplacée. Je sais qu'il est en colère contre les erreurs que son père a commises, mais déjeuner de Noël ou pas, ce n'est pas le moment de mettre le sujet sur la table. Hardin et Ken essaient de réparer leur relation et si Hardin ne s'arrête pas tout de suite, tout va foirer.

Ken se lève, plein d'autorité et demande, un peu comme un professeur :

– Je croyais que nous avions dépassé ce stade ? Tu es venu au mariage.

Ils sont à quelques centimètres l'un de l'autre et je sais que ça va mal se terminer.

– Dépassé quel stade ? Tu n'as rien admis ! Tu agis simplement comme si *rien ne s'était passé !*

À présent, Hardin crie. J'ai la tête qui tourne, je regrette d'avoir fait part de l'invitation de Landon à Hardin et Trish. Une fois encore, je suis à l'origine d'une dispute familiale.

– Ce n'est pas le bon jour pour parler de ça, Hardin. Nous passions un bon moment, pourquoi faut-il que tu commences à te disputer avec moi ?

Ken continue et Hardin lève les bras.

– Quand alors ? Bon Dieu, je n'arrive pas à y croire !

– Pas à Noël. Je n'ai pas vu ta mère depuis des années et c'est le moment que tu choisis pour remuer tout ça ?

– Tu ne l'as pas vue depuis des années parce que tu t'es barré, putain ! Tu nous as abandonnés avec que dalle, pas de fric, pas de bagnole, rien !

Hardin crie et se rapproche du visage de son père. Ken est rouge de colère, et lui aussi se met à hurler.

– Pas de fric ? J'ai envoyé de l'argent tous les mois ! Beaucoup d'argent ! Et ta mère n'a jamais voulu accepter la voiture que je lui offrais !

– Menteur ! (Hardin soupire durement.) T'as jamais envoyé de blé, c'est pour ça qu'on vivait dans cette maison merdique et qu'elle bossait cinquante heures par semaine !

– Hardin… Il ne ment pas.

La tête d'Hardin se tourne brusquement vers sa mère.

– Quoi ?

C'est un désastre. Un désastre bien pire que ce que je voyais se profiler.

– Il a envoyé de l'argent, Hardin.

Trish pose son verre et se rapproche de lui.

– Il est où le blé, alors ?

Hardin lance un regard incrédule à sa mère.

– C'est ce qui paie tes frais de scolarité.

Hardin désigne son père d'un geste agressif.

– Tu as dit qu'*il* payait la scolarité !

– C'est le cas, c'est l'argent que j'ai économisé depuis des années. L'argent qu'il nous envoyait.

– C'est quoi ce merdier ?

Hardin se frotte le front. Je me lève pour me placer derrière lui et mêler mes doigts aux siens. Trish pose sa main sur l'épaule de son fils.

– Je n'ai pas tout utilisé pour l'université. J'ai aussi payé des factures avec.

– Pourquoi tu ne me l'as jamais dit ? C'est lui qui devait payer la fac et pas l'argent qui était censé nous nourrir et nous donner un toit sur la tête au quotidien.

Il se tourne vers son père.

– Tu nous as quand même abandonnés, que tu aies envoyé du fric ou pas ! Tu t'es juste barré sans même passer un coup de fil le jour de mon putain d'anniversaire.

Un excès de salive se forme aux coins de la bouche de Ken.

– Qu'est-ce que j'étais censé faire, Hardin ? Rester dans le coin ? J'étais un alcoolique, un moins-que-rien, et vous deux, vous méritiez mieux que ce que je pouvais vous offrir. Et après cette nuit… j'ai su que je devais partir.

Le corps d'Hardin se bloque et son souffle s'accélère.

– *Ne parle pas de cette nuit-là !* Tout est arrivé à cause de *toi* !

Lorsqu'Hardin retire sa main de la mienne, Trish a l'air en colère, Landon terrifié, Karen… eh bien, elle pleure, et je me rends compte que je suis la seule à pouvoir mettre fin à tout ça.

– Je sais que c'est ma faute ! Tu ne sais pas à quel point j'aimerais revenir en arrière, mon fils. Cette nuit m'a hanté ces dix dernières années !

Ken a la voix rauque, essayant visiblement de ne pas pleurer.

– Ça te hante, *toi* ? Putain, *j'ai tout vu*, espèce de connard ! C'est moi qui ai dû nettoyer le putain de sang par terre alors que tu étais encore bourré !

Hardin serre les poings.

Karen pleure à petits sanglots et se couvre la bouche en sortant de la pièce. Je ne peux pas lui en vouloir. Je ne m'étais pas rendu compte que je pleurais aussi, jusqu'à ce que je sente des larmes tièdes glisser dans mon cou. Je sentais qu'il allait se passer quelque chose aujourd'hui, mais pas ça.

Ken lève les bras au ciel.

– Je sais, Hardin ! Je sais ! Il n'y a rien que je puisse faire pour tout effacer ! Je suis sobre maintenant ! Je n'ai pas bu une goutte d'alcool depuis des années ! Tu ne peux pas indéfiniment m'en vouloir pour ça !

Trish pousse un cri en voyant Hardin fondre sur son père. Landon se précipite pour aider, mais c'est trop tard. Hardin pousse Ken contre le vaisselier qui remplace celui qu'il a brisé quelques mois plus tôt. Ken attrape Hardin par le col et essaie de le maintenir en arrière, mais le poing d'Hardin s'écrase contre la mâchoire de son père. Je reste immobile, figée sur place, comme toujours, à la vue d'Hardin attaquant son propre géniteur.

Ken réussit à se détourner avant qu'Hardin ne le frappe encore. Son poing se fracasse contre les portes en verre du vaisselier. En voyant le sang gicler, je sors de ma transe et attrape Hardin par son tee-shirt. D'un grand geste du bras, il me balaie contre une table. Un verre de vin rouge se renverse et tache mon cardigan.

– Regarde un peu ce que tu as fait, crie Landon en se précipitant vers moi.

Trish se tient près de la porte et assassine son fils du regard, Ken regarde son meuble brisé, puis se tourne vers moi. Hardin s'interrompt enfin en me voyant.

– Tessa, Tessa, tout va bien ?

Je hoche silencieusement la tête en regardant son sang couler sur ses bras. Je n'ai pas été blessée, il n'est pas nécessaire de mentionner mon gilet au milieu de ce chaos.

– Dégage !

Hardin s'est adressé à Landon avant de prendre place à mes côtés.

– Tout va bien ? J'ai cru que c'était Landon.

Il m'aide à me relever de sa main qui ne saigne pas.

– Ça va.

Je me détache de lui dès que je suis debout.

– On s'en va.

Il passe son bras autour de ma taille. Je m'éloigne un peu plus. Je regarde Ken qui utilise la manche de sa chemise blanche immaculée pour essuyer le sang sur son visage.

– Tu devrais rester ici, Tessa, m'incite Landon.

– Putain, Landon, me cherche pas !

Landon ne semble pas être perturbé par cet accès de violence. Il devrait l'être pourtant.

– Hardin, arrête ça tout de suite !

Je me tourne vers Landon.

– Ça va aller.

Il devrait plutôt s'inquiéter pour Hardin.

– On y va.

En s'avançant vers la porte, il se retourne pour s'assurer que je le suis.

– Je suis désolée… pour tout ça.

Derrière moi, j'entends Ken me répondre doucement :

– Ce n'est pas ta faute, c'est la mienne.

Trish reste silencieuse. Et j'ai froid. Les sièges en cuir sont glacés sous mes jambes et mon gilet mouillé n'arrange rien. Je pousse le chauffage au maximum, Hardin me regarde, mais je fixe mon attention sur la vitre. Je n'arrive pas à décider si je dois être en colère contre lui. Il a massacré le déjeuner de Noël et littéralement agressé son père devant tout le monde.

Mais je suis triste pour lui. Il a traversé tellement d'épreuves et c'est son père la racine de tous ses problèmes : ses cauchemars, sa colère, son manque de respect envers les femmes. Personne ne lui a vraiment appris à être un homme.

Lorsqu'Hardin pose sa main sur ma cuisse, je ne la retire pas. J'ai mal à la tête et je n'arrive pas à croire que toute cette violence soit montée aussi rapidement. Quelques minutes plus tard, Trish déclare :

– Il faut que nous parlions de tout ce qui vient de se passer, Hardin.

– Non.

– Si. Tu as dépassé les bornes.

– J'ai dépassé les bornes ? Comment peux-tu oublier tout ce qu'il a fait ?

– Je n'ai rien oublié, Hardin. J'ai juste choisi de lui pardonner. Je ne peux pas rester en colère contre lui indéfiniment ; et la violence n'est jamais la solution. Ce type de colère te consumera de l'intérieur, te détruira si tu continues sur cette voie. Je ne veux pas vivre comme ça. Je veux être heureuse, Hardin, et si tu lui pardonnais, ce serait bien plus facile pour moi.

Sa force ne cessera de m'étonner, tout comme l'obstination d'Hardin. Il refuse de pardonner à son père ses erreurs passées et il ne se pardonne jamais rien à lui-même non plus, comble de l'ironie. Et pourtant, il n'hésite pas à me demander de lui pardonner, à chaque fois.

– Eh bien, je ne veux pas lui pardonner. J'ai cru que je le pouvais, mais maintenant je sais que ce n'est pas possible.

– Il n'a rien fait aujourd'hui. *Tu* l'as provoqué sans raison en mettant sur le tapis ses problèmes de boisson.

Hardin retire sa main de ma cuisse, y laissant une trace de sang.

– Il ne peut pas tout effacer, maman.

– Là n'est pas la question. Pose-toi cette question : qu'est-ce que ça t'apporte d'être tant en colère contre lui ? Qu'est-ce que tu y gagnes, à part des mains pleines de sang et une vie solitaire ? Précisément.

Hardin ne répond pas, le regard au loin. Le reste du chemin se fait en silence.

En entrant dans l'appartement, je vais directement dans la chambre. J'entends Trish derrière moi,

– Tu lui dois des excuses, Hardin.

Je retire mon gilet taché et le laisse tomber par terre. J'enlève mes chaussures et repousse mes cheveux de mon visage, les coinçant derrière mes oreilles. Quelques secondes plus tard, Hardin ouvre la porte. Ses yeux vont du gilet par terre à mon visage.

Il se met devant moi et prend mes mains dans les siennes, les yeux suppliants.

– Je suis désolé, Tess. Je n'avais pas l'intention de te pousser comme ça.

– Tu n'aurais pas dû faire ça. Pas aujourd'hui.

– Je sais… Tu es blessée ?

Il essuie ses mains abîmées contre son jean noir.

– Non.

S'il m'avait blessée physiquement, nous aurions eu de plus gros problèmes.

– Je suis tellement désolé. J'étais en rogne. J'ai cru que tu étais…

– Je n'aime pas quand tu te mets autant en colère.

Mes yeux s'emplissent de larmes au souvenir des mains d'Hardin couvertes de plaies.

– Je sais, Bébé.

Il plie les genoux pour que ses yeux soient à la hauteur des miens.

– Je ne te ferai jamais de mal exprès. Tu le sais, ça ?

Il caresse ma tempe de son pouce et j'acquiesce doucement. Je sais qu'il ne me blesserait jamais, physiquement du moins. Je l'ai toujours su.

– Pourquoi as-tu fait cette remarque sur son alcoolisme, d'abord ? Tout allait bien.

– Parce qu'il se comportait comme si rien ne s'était passé. Il jouait les gros cons prétentieux et ma mère le suivait sur ce terrain. Quelqu'un devait la défendre.

Sa voix est douce et perturbée, à des années-lumière des cris au visage de son père, trente minutes plus tôt. J'ai le cœur gros pour lui. C'est sa manière de défendre sa mère. Il s'y prend très mal, mais il agit instinctivement.

Il repousse ses cheveux de son front.

– Essaie de te mettre à sa place un peu. Depuis toujours, il vit avec cette culpabilité, Hardin, et tu ne l'aides pas. Je ne dis pas que tu ne devrais pas être en colère, c'est une réaction naturelle, mais tu devrais, plus que quiconque, lui pardonner.

– Je…

– Et tu dois arrêter d'être aussi violent. Tu ne peux pas casser la gueule de tout le monde chaque fois que tu es en colère. Ce n'est pas juste, et je n'aime pas ça du tout.

– Je sais.

Il baisse les yeux et se met à fixer le béton. Je soupire et prends ses mains dans les miennes.

– Il faut nettoyer tout ça, tu saignes encore.

Je le conduis dans la salle de bains pour désinfecter ses blessures, pour ce qui semble être la centième fois depuis que je le connais.

∞

48

Tessa

Hardin ne sourcille même pas lorsque je lui nettoie ses blessures. Je trempe la serviette dans le lavabo plein d'eau en essayant de diluer le sang qui imbibe le coton. Il est assis au bord de la baignoire et je suis debout entre ses jambes. Il lève les yeux vers moi.

– Il faut qu'on mette quelque chose sur ton pouce.

– Ça ira.

– Non, regarde comme c'est profond. Ta peau est couverte de cicatrices, tu n'arrêtes pas de te blesser au même endroit.

Mon ton sec l'arrête net. Il se contente d'observer mon visage.

– Quoi ?

– Rien… ment-il.

– Dis-moi.

– Je n'arrive pas à croire que tu supportes toutes mes conneries.

– Moi non plus.

Un pli d'inquiétude lui barre le visage. Je souris.

– Ça en vaut la peine.

Et je le pense vraiment. Je pose mes mains sur son visage et caresse ses fossettes. Son sourire s'agrandit.

– Bien sûr que ça en vaut la peine. Bon, j'ai besoin de prendre une douche.

Il retire son tee-shirt et se penche pour ouvrir le robinet.

– Je vais dans la chambre.

– Attends… Pourquoi ? Prends ta douche avec moi.

– Ta mère est à côté.

– Et alors… C'est juste une douche. S'il te plaît.

Je ne peux rien lui refuser quand il est comme ça. Son petit sourire satisfait lorsque je cède est là pour le prouver.

– Tu défais ma robe ?

Je me retourne et lève mes cheveux, ses doigts trouvent immédiatement la fermeture Éclair. Ma robe touche le sol.

– J'aime bien cette robe.

Il retire son pantalon et son boxer, j'essaie de ne pas regarder son corps nu en faisant glisser les bretelles de mon soutien-gorge le long de mes bras. Lorsque je suis complètement déshabillée, Hardin passe sous la douche et tend sa main vers moi. Ses yeux balaient mon corps de haut en bas et s'arrêtent à mes cuisses d'un air renfrogné.

– Quoi ?

J'essaie de me couvrir de mes bras.

– Il y a du sang sur toi.

Il me montre quelques petites traces rouges.

– Ce n'est rien.

J'attrape l'éponge et la frotte contre ma peau, mais il me la prend des mains et y met du savon.

– Laisse-moi faire.

Hardin s'agenouille et je ne peux empêcher la chair de poule de gagner tout mon corps. Il remonte l'éponge le long de mes cuisses en faisant de petits cercles. Ce mec a la ligne directe de mes hormones. Il approche son visage de ma peau et j'essaie de ne pas me dandiner lorsque ses lèvres touchent ma hanche gauche. Il glisse une main contre l'arrière de mes cuisses, m'immobilisant avant de s'occuper de ma hanche droite.

– Passe-moi le pommeau de douche.

– Quoi ?

– Passe-moi le pommeau de douche.

Je soulève le pommeau de son crochet pour le lui tendre. Levant les yeux vers moi, une lueur lubrique dans le regard et de l'eau glissant sur son nez, il tourne le pommeau directement vers mon ventre.

– Qu'est-ce que… qu'est-ce que tu fais ?

Plus il fait couler l'eau vers le bas, plus je ne peux que chuchoter mes questions. L'eau chaude pulse contre ma peau et je l'observe, anticipant ce qui va arriver.

– C'est agréable ?

Je hoche la tête.

– Si tu penses que c'est bon, maintenant voyons voir ce que ça donne en descendant un peu plus bas, juste un peu…

Chaque cellule de mon corps est réveillée, chacune danse sous ma peau tandis qu'Hardin me torture en me titillant. Je sursaute quand l'eau me touche intimement, ce qui déclenche chez lui un petit sourire satisfait.

L'eau est si agréable sur ma peau, bien plus que je ne l'aurais cru. Mes doigts se mêlent à sa tignasse et je mords ma lèvre inférieure pour étouffer mes gémissements. Sa mère est dans la pièce à côté, mais je ne peux pas l'arrêter, c'est si bon.

– Tessa ?

Hardin cherche à obtenir une réponse.

– Toujours là… Reste où tu es.

Je halète et ça le fait rire. Alors il rapproche le pommeau de douche et ajoute un peu de pression. Quand je sens la douce langue d'Hardin me toucher sous l'eau, j'en perds quasiment l'équilibre. C'est trop : sa langue sur mon intimité et l'eau qui pulse, mes genoux tremblent.

– Hardin… Je ne peux pas…

Je ne suis pas trop sûre de ce que j'essaie de dire, mais lorsque sa langue accélère, je tire sur ses cheveux, fort. Mes jambes sont prises de spasmes et Hardin lâche le pommeau de douche pour me tenir à deux mains.

– Putain…

J'espère que le bruit de la douche étouffe mes jurons et mes gémissements. Je le sens sourire contre moi tandis qu'il continue de me pousser toujours plus loin. Je ferme les yeux de toutes mes forces en laissant la vague de plaisir m'emporter.

Hardin retire sa bouche juste pour dire :

– Allez, Bébé, jouis pour moi.

Et c'est ce que je fais.

Lorsque je rouvre les yeux, Hardin est toujours à genoux devant moi et une de ses mains a entouré son sexe, gonflé et dur dans son poing. Essayant de reprendre mon souffle, je tombe à mon tour à genoux. J'entoure la main d'Hardin de la mienne et le caresse en lui intimant doucement :

– Lève-toi.

Il baisse les yeux et hoche la tête avant de se lever. J'approche ma bouche de son sexe et en lèche le bout.

– Putain…

À son tour de jurer, je le sens manquer de souffle quand je passe ma langue autour de lui. J'encercle ses jambes de mes bras pour ne pas perdre l'équilibre sur le sol humide et prends son pénis jusqu'au fond de ma gorge. Les doigts d'Hardin s'enfoncent dans mes cheveux mouillés et me retiennent tandis qu'il bouge ses hanches d'avant en arrière, s'enfonçant dans ma bouche.

– Je pourrais baiser ta bouche pendant des heures.

Il accélère un peu le mouvement et je grogne. Ses paroles crues me donnent envie de resserrer l'étreinte de mes lèvres, le faisant jurer encore plus. La façon quasi animale qu'il a de s'approprier ma bouche est nouvelle. Il contrôle complètement la situation et j'adore ça.

– Je vais jouir dans ta bouche, Bébé.

Il tire un peu plus sur mes cheveux et je sens les muscles de ses jambes se contracter sous mes mains. Il prononce mon nom plusieurs fois en déchargeant au fond de ma gorge.

Quelques soupirs haletés plus tard, il m'aide à me relever et m'embrasse sur le front.

– Je crois que nous sommes propres maintenant.

Il sourit et se lèche les lèvres.

– Si tu le dis.

Tout aussi essoufflée, j'attrape la bouteille de shampoing.

Lorsque nous sommes tous les deux effectivement propres et prêts à sortir de la cabine de douche, je passe mes mains le long de ses abdominaux, dessinant le tatouage sur son ventre. Je suis à deux doigts de descendre plus bas, mais Hardin me retient.

– Je sais que c'est dur de me résister, mais ma mère est à côté. Essaie de te contrôler un peu, jeune demoiselle.

En représailles, je lui administre une petite tape. Je sors de la douche et attrape une serviette.

– Dit-il alors qu'il vient juste de se servir de…

Je rougis, incapable de finir ma phrase.

– Tu as aimé, non ?

Il hausse les sourcils et je soupire avant de lui ordonner d'un ton sans appel :

– Va chercher mes vêtements dans l'autre pièce.

– Bien, Madame.

Il enroule une serviette à sa taille et sort de la salle de bains embuée. Je passe ma main sur le miroir et improvise un turban avec une serviette autour de mes cheveux.

Ce Noël a été frénétique et stressant. Je vais sans doute devoir appeler Landon un peu plus tard, mais d'abord, je veux parler à Hardin de ses projets de repartir vivre en Grande-Bretagne quand il aura terminé la fac. Il ne m'en a jamais parlé avant.

– Tiens.

Hardin me tend une pile de vêtements et me laisse m'habiller seule. C'est amusant, il a pris soin de mettre mon ensemble de lingerie en dentelle rouge avec le pantalon de yoga et un de ses tee-shirts noirs propres. Propre, parce que celui du jour est maculé de sang.

∞

49

Tessa

Notre dernière soirée en compagnie de la mère d'Hardin se résume à boire des litres de thé et à l'écouter raconter des anecdotes embarrassantes sur l'enfance d'Hardin. Ça et les dix fois où elle nous rappelle, que l'année suivante, nous célébrerons Noël en Angleterre « sans faute ».

L'idée de fêter Noël avec Hardin dans un an réveille les papillons dans mon estomac. Pour la première fois depuis que nous nous sommes rencontrés, j'entrevois un avenir avec lui. Pas nécessairement avec un mariage et des enfants mais, pour une fois, j'ai assez confiance dans ses sentiments pour pouvoir imaginer ce qui pourrait se passer dans un an.

Le lendemain matin, je me réveille quand Hardin revient de l'aéroport où il est allé déposer Trish très tôt.

J'entends ses vêtements tomber par terre et il se glisse entre les draps, vêtu de son seul boxer. Il me prend dans ses bras. Je suis toujours un peu irritée de la conversation que nous avons eue quelques heures auparavant, mais il m'a manqué ce matin dans le lit.

Quelques minutes après, ne sachant s'il dort ou pas, j'annonce :

– Je retourne travailler demain.

– Je sais.

– J'ai hâte de retourner chez Vance.

– Pourquoi ?

– Parce que j'aime ce que je fais et le travail m'a manqué pendant cette semaine de vacances.

– Tu es dévorée d'ambition !

Plongés dans le noir, je sais qu'il me taquine et qu'il lève les yeux au ciel, même si je ne le vois pas.

– Désolée d'apprécier mon stage, si toi, tu n'aimes pas ton travail.

– J'aime mon travail et j'ai fait le même stage que toi. Je suis parti parce que j'ai trouvé mieux ailleurs, crâne-t-il.

– Est-ce que tu l'aimes parce que tu peux le faire à la maison ?

– Ouais, c'est une des principales raisons.

– Quelles sont les autres ?

– J'avais l'impression que les gens me regardaient comme si j'avais décroché ce boulot uniquement à cause de Vance.

Ce n'est pas une grosse surprise, mais c'est une réponse bien plus honnête que ce à quoi je m'attendais. J'étais certaine qu'il allait annoncer que le poste était pourri ou chiant.

– Tu crois vraiment que les gens pensaient ça ?

Je me tourne de son côté et Hardin s'appuie sur son coude pour me regarder.

– Je ne sais pas. Personne n'en a parlé, mais j'avais l'impression que c'était le cas, surtout qu'il m'avait engagé en CDI et pas comme stagiaire.

– Tu crois que ça l'a fâché quand tu l'as quitté pour un autre éditeur ?

Son sourire paraît particulièrement lumineux dans la semi-obscurité de la chambre.

– Non, je ne crois pas. Ses employés n'arrêtaient pas de se plaindre de ma prétendue sale attitude.

– *Prétendue ?*

En réponse à ma taquinerie, il baisse la tête pour m'embrasser sur le front.

– Oui, *prétendue*. Je suis absolument charmant. Je n'ai aucune sale attitude.

J'éclate de rire et son sourire s'élargit encore lorsqu'il presse son front contre le mien.

– Qu'est-ce que tu veux faire aujourd'hui ?

– Je ne sais pas. Je pensais appeler Landon et aller faire des courses.

Il recule un peu avant de demander :

– Pour quoi faire ?

– Pour lui parler et savoir quand on pourra se voir. J'aimerais lui donner ses billets.

– Les cadeaux sont chez eux. Je suis sûr qu'ils les ont déjà ouverts.

– Je ne les vois pas ouvrir les cadeaux sans nous.

– Moi si.

– Si tu le dis !

Mais il est devenu soudain sérieux lorsque j'ai mentionné sa famille.

– Tu crois… Qu'est-ce que tu penserais si je présentais des excuses... enfin pas des excuses… Mais je pourrais l'appeler, tu sais, mon père ?

Je sais qu'il faut marcher sur des œufs lorsque l'on parle d'Hardin et de Ken.

– C'est une bonne idée. Je crois que tu devrais t'assurer que les événements d'hier n'ont pas détruit la relation que vous aviez commencé à bâtir ensemble.

– Je crois… (Il soupire.) Après l'avoir frappé, l'espace d'un instant, j'ai cru que tu allais rester là-bas et me dire de partir.

– Vraiment ?

– Oui. Je suis content que tu ne l'aies pas fait, mais je l'ai cru.

Je lève ma tête de l'oreiller. Au lieu de répondre, je lui fais un petit baiser sur le menton. Je dois admettre que j'aurais probablement fait ça sans toutes les révélations sur son passé. Ça a tout changé pour moi. Ça a changé ma manière de voir Hardin, pas de façon positive ou négative, c'est juste que je le comprends mieux.

Hardin fixe un point vers la fenêtre, derrière moi.

– Je pourrais l'appeler aujourd'hui, enfin je crois.

– Tu crois qu'on pourrait aller chez eux ? J'ai vraiment envie de leur donner leurs cadeaux.

– On pourrait juste leur dire d'ouvrir les paquets pendant que tu es au téléphone avec eux. C'est pareil, sauf qu'on n'aura pas à voir leurs vieux sourires tout faux lorsqu'ils découvriront tes cadeaux de merde.

– Hardin !

Mon exclamation le fait rire, il pose sa tête sur ma poitrine.

– Je rigole. Tu fais les meilleurs cadeaux du monde. Ce porte-clés pour la mauvaise équipe, c'est de la bombe.

– Rendors-toi.

J'aplatis ses cheveux emmêlés.

– Qu'est-ce que tu as besoin d'acheter ?

J'avais oublié d'avoir mentionné ça.

– Rien.

– Non, non, tu as dit que tu avais besoin de faire quelques courses. Genre quoi, des bouche-trous ?

– Des bouche-trous ?

– Tu sais, pour… boucher ton trou.

Quoi ?

– Je ne vois pas de quoi tu parles.

– De tampons.

Je rougis. Mon corps entier s'empourpre, j'en suis certaine.

– Oh… non.

– Ça t'arrive d'avoir tes règles ?

– Oh mon Dieu, Hardin, arrête de parler de ça.

– Quoi ? Ça te gêne de parler de tes menstru-euses règles avec moi ?

Lorsqu'il se tourne pour me regarder, il arbore un énorme sourire.

– Je ne suis pas gênée, c'est juste inconvenant.

En fait, je suis extrêmement gênée. Il sourit.

– On a déjà fait quelques petites choses fort inconvenantes, Theresa.

– Ne m'appelle pas Theresa ; et arrête de parler de ça !

Je grogne, les mains sur le visage pour me cacher.

– Tu saignes en ce moment ?

Je sens ses mains sur mon ventre.

– Non…

Je mens. J'ai toujours évité cette situation dans le passé parce que notre relation était si chaotique que le timing était toujours bon. Comme nous allons avoir des rapports beaucoup plus stables, je suis bien consciente que nous allons faire face à cette situation, j'essayais juste de l'éviter.

– Alors, ça ne te ferait rien si…

Sa main se glisse sous ma petite culotte. Je lui donne une petite tape sur la main.

– Hardin !

Ça le fait rire.

– Alors admets la vérité ; dis : « Hardin, j'ai mes règles. »

– Non, je ne dirai pas ça.

Je sais que mon visage a atteint une teinte cramoisie.

– Allez, ce n'est rien qu'un peu de sang.

– Tu es dégoûtant.

– Critique sanglante !

Il sourit, fier de sa pitoyable blague.

– Tu es odieux.

– Sois légère… apprends à nager dans le courant.

Il rit encore plus fort.

– Oh mon Dieu ! Très bien, si je te le dis, tu arrêtes avec tes jeux de mots stupides sur les règles ?

– C'est la règle, je ne blague pas.

Son rire est contagieux et c'est tellement bien de plaisanter au lit avec Hardin, malgré le sujet de la conversation.

– Hardin, j'ai mes règles. Elles ont commencé juste avant que tu reviennes à la maison. Voilà, tu es content ?

– Pourquoi est-ce que ça te gêne d'en parler ?

– Je ne suis pas gênée, je pense simplement que ce n'est pas un sujet dont les femmes doivent parler.

– C'est rien, ce n'est pas un peu de sang qui me rebutera.

Il se presse contre moi et je fronce le nez.

– Tu es choquant.

– On m'a traité de pire.

– Tu es de bonne humeur aujourd'hui.

– Tu pourrais l'être aussi, si ce n'était pas le mauvais moment du mois.

Je grogne en attrapant l'oreiller pour m'en couvrir le visage et parler à travers.

– Est-ce qu'on pourrait parler d'autre chose ?

– D'accord… d'accord… Quelqu'un se fait du mauvais sang pour pas grand-chose ici.

Il hurle de rire. J'éloigne l'oreiller de mon visage et m'en sert pour le frapper sur la tête avant qu'il sorte du lit. Je l'entends encore rire quand il ouvre un tiroir de la commode pour prendre un pantalon. Il est tôt, à peine sept heures du matin, mais je suis complètement réveillée. Je démarre la cafetière et prépare un bol de céréales. Je n'arrive pas à croire que Noël soit passé. Dans quelques jours, l'année sera terminée.

Hardin s'assied à table, vêtu d'un pantalon de coton blanc.

– Qu'est-ce que tu fais d'habitude pour le nouvel an ?

– D'habitude, je sors.

– Tu sors où ?

– À des fêtes, ou en boîte. Ou les deux. L'année dernière, c'était les deux.

– Oh.

Je lui tends le bol de céréales que j'ai préparé.

– Qu'est-ce que tu aimerais faire ?

– Je ne sais pas. Sortir, je crois.

Il arque un sourcil avant de me demander :

– Sérieux ?

– Ouais… Pas toi ?

– Je m'en tape de ce qu'on pourrait faire, mais si tu veux sortir, on *sortira*.

Il met une cuillerée à soupe de céréales dans sa bouche.

– Ok…

Je réponds sans trop savoir où nous pourrions aller. Je me prépare un bol avant d'aller m'asseoir à côté de lui.

– Est-ce que tu vas appeler ton père pour lui demander si on peut passer aujourd'hui ?

– Je ne sais pas…

– Ils pourraient venir ici ?

– Je ne pense pas.

– Pourquoi pas ? Tu serais plus à l'aise ici, non ?

Il ferme les yeux un instant avant de les rouvrir.

– Peut-être. Laisse-moi un peu de temps pour les appeler.

Je finis rapidement mon petit déjeuner et me lève.

– Où vas-tu ?

– Ranger, bien sûr.

– Ranger quoi ? Cet appartement est nickel.

– Non, ce n'est pas vrai, je veux qu'il soit parfait si nous recevons des invités.

Je rince mon bol avant de le mettre dans le lave-vaisselle.

– Tu pourrais me donner un coup de main, c'est quand même toi qui mets le plus gros du désordre.

– Oh non. Tu es bien meilleure que moi pour ça.

Je lève les yeux au ciel et cède. Ça ne me dérange pas de faire le ménage, honnêtement. J'aime que les choses soient faites d'une certaine manière, et ce qui est propre pour Hardin ne correspond pas tout à fait à mon image de la propreté. Il range tout pêle-mêle là où il semble y avoir de la place.

– Et n'oublie pas que nous avons besoin d'aller au supermarché t'acheter tes bouche-trous, me rappelle-t-il en riant.

– Arrête de les appeler comme ça !

Je lui jette un torchon à la figure, il rit de plus belle de me voir si gênée.

∞

50

Tessa

Une fois l'appartement nettoyé selon mes standards, je passe au supermarché pour acheter des tampons et quelques petites choses au cas où Ken, Karen et Landon viendraient à la maison. Hardin a essayé de m'accompagner, mais je savais qu'il me taquinerait tout le temps avec les produits hygiéniques, alors je lui ai demandé de rester à la maison.

Quand je reviens, il est assis au même endroit sur le canapé. Depuis la cuisine, je lui demande :

– Tu as appelé ton père ?

– Non… Je t'attendais.

Il me rejoint d'un pas lent, puis s'assied en soupirant.

– Je le fais maintenant.

Je hoche la tête et m'assieds en face de lui tandis qu'il approche le téléphone de son oreille.

– Euh… Allô…

Hardin pose le téléphone pour le mettre sur haut-parleur.

– Hardin ?

Ken a l'air surpris.

– Ouais… euh, voilà, je me demandais si vous vouliez venir, ou un truc dans le genre.

– Venir ?

Hardin me regarde, je vois dans ses yeux que sa patience s'amenuise déjà. Je pose ma main sur la sienne de l'autre côté de la table et lui fais un petit signe d'encouragement.

– Ouais… toi, Karen et Landon. On pourrait échanger nos cadeaux puisqu'on ne l'a pas fait hier. Maman est partie.

– Tu es sûr que ça va aller ?

– Je viens de le proposer, non ? Enfin… euh, ouais, ça va aller.

Je lui presse la main et lui souris.

– Ok, bien, laisse-moi en toucher un mot à Karen, mais je sais qu'elle sera ravie. Quelle heure t'arrangerait ?

Hardin me regarde et je lui montre silencieusement que quatorze heures serait parfait, ce qu'il dit à son père.

– Ok… bien, à tout à l'heure. On se voit à quatorze heures.

– Tessa vous enverra l'adresse par texto.

Il raccroche.

– Ce n'était pas si terrible que ça, si ?

– Ouais.

– Qu'est-ce que je vais mettre ?

D'un geste, il désigne ma tenue composée d'un jean et du tee-shirt de l'université avant de me dire :

– Ça.

– Absolument pas. C'est notre Noël.

– Non, c'est le lendemain de Noël, alors tu peux être en jean.

Il sourit en triturant son piercing à la lèvre.

– Je ne porterai pas de jean.

Je ris avant d'aller dans la chambre pour prendre une décision quant à ma tenue.

Je tiens ma robe blanche devant moi en me regardant dans le miroir lorsqu'Hardin entre dans la chambre.

– Je ne sais pas si c'est une bonne idée de mettre du blanc.

– Oh non, arrête ça !

– Tu es mignonne quand tu es gênée.

J'attrape ma robe marron dans le placard. Cette robe me rappelle beaucoup de choses, je l'ai portée à ma première fête à la fraternité avec Steph. En dépit de toute la colère que je ressens contre elle, Steph me manque… J'ai l'impression qu'elle m'a trahie, mais en même temps, elle avait raison, ce n'est pas juste de ma part de pardonner à Hardin et pas à elle.

– Qu'est-ce qui se passe dans ta petite tête ?

– Rien… Je pensais à Steph.

– Quoi Steph ?

– Je ne sais pas… Elle me manque, un peu. Tes amis ne te manquent pas ?

Il n'a pas parlé d'eux depuis la lettre.

– Non. Je préfère passer du temps avec toi.

J'apprécie beaucoup le côté honnête d'Hardin.

– Tu pourrais aussi passer du temps avec eux.

– Peut-être. Je ne sais pas, je m'en fous un peu. Tu as envie de les voir, toi… tu sais, après tout ce qui s'est passé ?

Ses yeux sont braqués sur le sol.

– Je ne sais pas… mais je suis d'accord pour essayer et voir comment ça se passe. Enfin pas Molly.

Je fronce les sourcils. Puis il lève vers moi des yeux pleins de malice.

– Mais vous êtes tellement copines toutes les deux !

– Beurk, allez, on a assez parlé d'elle. Qu'est-ce que tu crois qu'ils vont faire pour le nouvel an ?

Je ne sais pas trop ce que ça me ferait de me retrouver au milieu de leur groupe, mais ça me manque de ne plus avoir d'amis, enfin de supposés amis.

– Ils vont certainement aller à une soirée. Logan est obsédé par le réveillon du nouvel an… Tu es sûre de vouloir passer la soirée avec eux ?

Je souris.

– Ouais… Si ça se passe mal, on restera à la maison l'an prochain.

En m'entendant mentionner l'an prochain, Hardin écarquille les yeux, mais je fais semblant de ne rien remarquer. J'ai besoin que notre Noël de la deuxième chance se passe sans accroc aujourd'hui. Je me concentre sur cette journée.

– Il faut que je fasse un truc à manger. J'aurais dû dire trois heures. Il est déjà midi et je ne suis même pas prête.

Je frotte mon visage dépourvu de maquillage.

– Va te préparer, je vais cuisiner quelque chose. En revanche, ne mange *que* ce qu'il y aura dans *ton* assiette.

– Faire des blagues sur un hypothétique empoisonnement familial, c'est charmant !

Il hausse les épaules et part dans la cuisine. Je me lave le visage et me maquille légèrement avant de défaire ma queue-de-cheval et de boucler mes cheveux. Lorsque j'ai terminé de me préparer et de m'habiller, une merveilleuse odeur d'ail s'échappe de la cuisine.

J'y rejoins Hardin et trouve sur la table un plateau de fruits et légumes préparés. Je suis vraiment impressionnée par ce qu'il a fait, même si je dois fortement réprimer mon envie d'arranger quelques petites choses. Je suis tellement contente qu'Hardin ait bien voulu inviter son père chez nous et encore plus soulagée de le voir de très bonne humeur aujourd'hui ! En regardant la pendule, je constate que nos invités doivent arriver dans une demi-heure, vite je nettoie les conséquences de l'atelier culinaire d'Hardin, et l'appartement est à nouveau immaculé.

Alors qu'il se tient devant le four, je passe mes bras autour de sa taille.

– Merci d'avoir fait tout ça.

– Ce n'est rien.

– Tu vas bien ?

Je desserre mon étreinte et le fais tourner pour voir son visage quand il répond.

– Ouais… Ça va.

– Tu es sûr de ne pas être un peu tendu.

Je sais qu'il l'est.

– Non… Enfin, juste un petit peu. C'est trop bizarre qu'il vienne ici, tu vois ?

– Je sais, je suis fière de toi de l'avoir invité.

Je presse ma joue contre son torse, il pose ses mains sur ma taille.

– C'est vrai ?

– Bien sûr, B… Hardin.

– C'était quoi ça… Qu'est-ce que tu allais dire ?

Je cache mon visage.

– Rien.

Je ne sais pas d'où me vient cette envie soudaine de lui donner des petits noms, mais c'est gênant. Il lève mon menton pour me sortir de ma cachette.

– Dis-moi.

– Je ne sais pas pourquoi, mais je t'ai presque appelé « Bébé ».

Je me mets à mâchouiller ma lèvre inférieure, et un grand sourire lui fend le visage.

– Vas-y, appelle-moi comme ça.

– Tu vas te moquer de moi.

Je fais un petit sourire.

– Non, promis. Je t'appelle tout le temps « Bébé ».

– Ouais… Mais c'est pas pareil quand c'est toi.

– Comment ça ?

– Je ne sais pas… C'est plus sexy quand tu le fais, plus romantique si tu veux. Je ne sais pas.

Je rougis.

– Tu es horriblement timide aujourd'hui.

Il sourit et m'embrasse sur le front.

– Mais j'aime bien ça. Alors vas-y, appelle-moi comme ça.

Je resserre mon étreinte.

– Ok.

– Ok, qui ?

– Ok… *Bébé.*

Le nom est étrange sur mes lèvres.

– Encore.

Un petit cri m'échappe lorsqu'il me soulève pour m'asseoir sur le plan de travail et se positionne entre mes jambes.

– Ok, Bébé.

Ses joues rosissent d'une teinte nettement plus prononcée qu'habituellement.

– J'aime vraiment ça. C'est… comment tu as dit déjà ? Sexy et romantique ?

Son sourire me donne soudain du courage.

– C'est vrai, Bébé ?

Je souris à mon tour et me mords la lèvre inférieure.

– Oui… Incroyablement sexy.

Il presse ses lèvres contre mon cou et je frissonne lorsque ses mains caressent mes cuisses.

– Ne pense pas que cette chose va me tenir à distance.

De ses doigts, il fait de petits cercles sur mon collant noir.

– Ça peut-être pas, mais les… tu sais, oui.

Un bruit à la porte me fait sursauter et Hardin sourit avant de me faire un clin d'œil. En se dirigeant vers l'entrée il ajoute :

– Oh Bébé… Ça *non plus.*

∞

51

Hardin

Lorsque j'ouvre la porte, je suis scotché par le visage de mon père. Un gros bleu tirant sur le violet s'étale, bien visible, sur sa joue, et sa lèvre inférieure est légèrement fendue au milieu.

Je fais un signe de la tête pour les saluer, pas la moindre idée de quoi dire.

– Cet appartement est adorable.

Karen sourit. Ils restent tous les trois sur le pas de la porte, ne sachant pas trop où aller. Tessa nous sauve en approchant.

– Entrez ! Tu peux mettre ça sous le sapin.

Landon tient un sac plein de paquets dans ses bras.

– On a aussi apporté les cadeaux que vous avez laissés à la maison, dit mon père.

La situation est tendue, il n'y a pas vraiment de colère, mais c'est bizarrement stressant. Tess sourit chaleureusement avant de répondre :

– Merci beaucoup.

Elle est si douée pour mettre les gens à l'aise.

Landon est le premier à aller dans la cuisine, suivi de Karen et de Ken. Je tends la main pour attraper celle de Tessa, mon ancre contre l'anxiété. Elle lance la conversation.

– Vous avez fait bonne route ?

– Ce n'était pas si terrible que ça ; j'ai pris le volant, répond Landon.

La conversation progresse, nous passons de mal à l'aise à plus ou moins détendus, pendant le repas. Entre deux plats, Tessa serre ma main sous la table. Karen regarde Tessa pour la complimenter.

– Quel excellent repas !

– Oh, je n'ai rien cuisiné, c'est Hardin qui s'en est chargé.

Tessa met sa main sur ma cuisse.

– Vraiment ? C'était délicieux, Hardin.

Karen me sourit.

Ça ne m'aurait pas dérangé que Tessa reçoive les compliments pour le repas. Avoir quatre paires d'yeux braquées sur moi me donne envie de vomir. Tessa presse un peu plus sa main sur ma jambe, le signe que je dois dire quelque chose.

Je regarde Karen et me fend d'un « Merci », mais Tessa me refait signe sous la table, m'encourageant à offrir à Karen un putain de sourire pas du tout contraint.

Un ange passe, Tessa se lève et attrape son assiette sur la table. Elle s'approche du lave-vaisselle et je me demande si je dois faire pareil. Mon père rompt le silence :

– C'était vraiment excellent, je suis impressionné, mon fils.

– Ouais, c'est juste de la bouffe.

En m'entendant marmonner, il baisse le regard, alors je rattrape le coup.

– Enfin, Tessa cuisine mieux, mais merci.

Ma réponse semble le satisfaire. Il boit une gorgée d'eau. Karen sourit bizarrement, me fixant de son étrange regard, presque réconfortant. Je détourne les yeux. Tessa nous rejoint avant que quelqu'un d'autre puisse me complimenter.

Landon propose :

– Eh bien, nous pourrions ouvrir les cadeaux ?

– Oui, oui.

Tessa et Karen ont parlé en même temps.

Je reste aussi près de Tessa que possible. Mon père, Karen et Landon prennent place dans le canapé. J'attrape la main de Tessa et l'attire doucement vers moi pour qu'elle s'asseye sur mes genoux. Je la vois regarder nos invités, Karen essaie de dissimuler un sourire. Tessa détourne le regard, gênée, mais reste où elle est. Je me penche un peu et resserre mon étreinte autour de sa taille.

Landon se lève, prend les cadeaux et fait la distribution, je me concentre sur Tessa et son excitation pour des trucs comme ça. J'aime qu'elle soit toujours aussi enthousiaste à propos de tout et j'aime aussi la manière qu'elle a de mettre tout le monde à l'aise. Même pour un « Noël de la deuxième chance ».

Landon lui tend une petite boîte étiquetée « *De la part de Ken et Karen* ». Lorsqu'elle retire le papier, une boîte bleue apparaît, calligraphiée, d'une élégante écriture argentée, *Tiffany & Co.*

– Qu'est-ce que c'est ?

Je pose doucement la question. J'y connais que dalle en bijouterie, mais je sais que cette marque coûte cher.

– Un bracelet.

Elle extrait de la boîte un bracelet à maillons d'argent et l'agite devant moi. Une petite breloque en forme de nœud et un cœur sont accrochés au précieux métal. Cet objet brillant rend le bracelet à son poignet, mon cadeau, totalement merdique.

– Évidemment.

Tessa me fait les gros yeux et se retourne vers eux.

– C'est très joli, merci à tous les deux.

Elle est radieuse.

– Elle a déjà…

J'essaie de sortir une réplique acerbe. Je déteste le fait qu'ils lui aient offert un plus beau cadeau que le mien, j'ai compris, ils ont du fric. Ils n'auraient pas pu lui offrir quelque chose d'autre, n'importe quoi ?

Mais Tessa se tourne vers moi et me supplie silencieusement de ne pas rendre la situation encore plus merdique. J'ai perdu, je soupire et m'adosse confortablement au fauteuil.

– Qu'est-ce que tu as eu ?

Tessa sourit dans un essai de dédramatiser la situation. Elle s'adosse à moi et m'embrasse sur le front. Elle baisse les yeux vers la boîte posée sur le bras du fauteuil, m'encourageant à l'ouvrir. Une fois déballé, je lui tends le coûteux cadeau pour qu'elle le voie.

– Une montre.

Je la lui présente en essayant de lui faire plaisir du mieux que je peux.

Honnêtement, j'ai les boules pour le bracelet. Je voulais qu'elle porte *mon* bracelet tous les jours, je voulais que ce soit son cadeau préféré.

∞

52

Hardin

Karen a l'air d'adorer la série d'ustensiles de cuisine offerts par Tessa.

– Ça fait des mois que j'avais envie de me les acheter !

Tessa croit que je n'ai pas remarqué qu'elle a ajouté mon nom sur les petites étiquettes en forme de bonhomme de neige, mais je n'ai pas eu envie de le barrer.

– Je me sens vraiment mal de ne t'avoir offert qu'un bon d'achat alors que tu as trouvé ces super-billets.

Je dois admettre que le cadeau impersonnel de Landon m'a rendu heureux. Il lui a offert un bon d'achat pour des livres à charger sur la liseuse, mon cadeau pour son anniversaire. S'il avait trouvé quelque chose de plus attentionné, j'aurais été emmerdé, mais le grand sourire de Tessa pourrait faire croire qu'il lui a offert une putain de première édition d'un roman de Jane Austen. Je n'arrive toujours pas à croire qu'ils lui aient offert un bracelet qui coûte une blinde, ils se la pètent vraiment. Et si elle voulait porter celui-là plutôt que le mien ?

– Merci pour les cadeaux, ils sont superbes.

Mon père me regarde, montrant le porte-clés que Tessa a choisi par erreur pour lui.

Je culpabilise un peu devant son visage tuméfié, mais en même temps, je trouve assez drôle de le voir avec sa tronche colorisée. J'ai envie de présenter des excuses pour la crise que je leur ai fait vivre, enfin, je n'en ai pas vraiment *envie*, mais je dois le faire. Je ne peux pas reculer. Ça s'est plutôt bien passé avec lui aujourd'hui, enfin je crois. Karen et Tessa s'entendent bien et je me sens redevable de lui offrir une figure maternelle dans les parages puisque c'est ma faute si sa mère et elle ne s'entendent plus. C'est un peu tordu, mais ça m'arrange en fait d'avoir une personne de moins qui soit opposée à notre relation.

– Hardin ?

La voix de Tessa s'insinue dans mon oreille. Je lève les yeux et réalise que l'un d'eux doit être en train de me parler.

– Tu veux aller voir le match avec Landon ?

– Quoi ? Non.

J'ai répondu du tac au tac, et Landon rit jaune.

– Merci, mec !

– Enfin, je veux dire, je ne pense pas que Landon veuille y aller avec moi.

C'est bien plus dur que je le croyais d'être sympa ! Je ne le fais que pour elle… Enfin, si je suis honnête, c'est un peu pour moi aussi. J'entends la voix de ma mère tourner dans ma tête, me répétant sans cesse que ma colère ne me donnera que des mains écorchées et une vie solitaire.

– Je peux y aller avec Tessa si tu ne veux pas.

Pourquoi me fait-il chier quand j'essaie d'être sympa pour une fois ?

Tessa sourit.

– Ouais, je t'accompagnerai. Je n'y connais rien au hockey, mais je peux essayer de suivre.

Sans y réfléchir, je passe mon autre bras autour de sa taille et l'attire contre moi.

– J'irai avec toi.

Il est évident que Landon se marre et, même si elle me tourne le dos, je sais que Tessa aussi. Mon père prend la parole.

– Vous avez fait du bon boulot avec cet appartement, Hardin, j'aime beaucoup.

– C'est un meublé, il était déjà décoré en grande partie, mais merci pour le compliment.

Ce qui montre qu'on est plus à l'aise quand je le tabasse que quand on essaie d'éviter de s'engueuler. Karen me sourit.

– C'est très gentil de ta part de nous avoir invités chez vous.

Ma vie serait plus facile si Karen était une infâme connasse, mais bien sûr, elle est l'une des personnes les plus gentilles que j'aie jamais rencontrées.

– Ce n'est rien, vraiment… après ce qui s'est passé hier, c'est le minimum.

Je sais que le ton de ma voix est plus tendu et incertain que je le voudrais.

– Tout va bien… Ça arrive, me rassure Karen.

– Non, pas vraiment. Je ne pense pas que la violence fasse partie du rituel de Noël.

– Peut-être que ça va le devenir : Tessa pourrait me frapper l'an prochain !

Dans une pauvre tentative d'humour, Landon essaie de réchauffer l'ambiance.

– Peut-être bien que oui.

Elle me tire la langue, ce qui m'arrache un léger sourire.

– Ça n'arrivera plus.

Je vois que mon père me regarde pensivement quand je dis ça.

– C'est en partie ma faute, mon fils. J'aurais dû voir que ça n'allait pas, mais j'espère que maintenant que tu as évacué une partie de ta colère, nous pourrons recommencer sur de bonnes bases.

Tessa pose ses petites mains sur moi pour me réconforter.

– Euh, ouais… Cool. Ouais.

Je deviens timide et me mâchouille l'intérieur de la joue.

Landon se tape les cuisses et se lève.

– Bien, nous devrions y aller, mais tu me diras si tu veux vraiment venir voir le match avec moi. Merci à tous les deux pour l'invitation.

Tessa les serre tous les trois dans ses bras et je reste adossé au mur. La journée s'est bien passée, mais il n'y a pas moyen que je fasse des câlins. Sauf à Tessa, bien sûr, mais vu tous les efforts que j'ai faits aujourd'hui pour être poli, c'est elle qui m'en doit.

Je suis fasciné par la façon dont sa robe ample cache ses magnifiques courbes et je dois me forcer à me calmer pour ne pas la traîner dans la chambre. Je me souviens de la première fois que je l'ai vue dans cette robe hideuse. Ouais, bon, à l'époque je la trouvais horrible ; maintenant je l'adore. Elle était sortie du dortoir comme si elle s'apprêtait à vendre des bibles en faisant du porte-à-porte. Elle a levé les yeux au ciel quand je l'ai taquinée, puis elle est montée dans ma voiture ; mais je n'imaginais pas un instant que je tomberais amoureux d'elle.

Un autre signe de la main à nos invités qui partent et je laisse échapper un gros soupir. *Un match de hockey avec Landon : bordel de merde, dans quel merdier je me suis foutu ?*

– C'était vraiment sympa, *tu* étais vraiment sympa.

Tessa me félicite et vire immédiatement ses chaussures à talons avant de les aligner proprement à côté de la porte. Je hausse les épaules.

– Je crois que ça allait.

– Bien mieux que ça.

Elle sourit de toutes ses dents.

– Je m'en fous.

J'exagère mon mauvais caractère pour la faire rire.

– Je t'aime vraiment. Tu le sais ça, non ?

Elle continue de me parler en tournant dans le séjour pour tout ranger. Je me moque d'elle et de son obsession pour le ménage, mais si j'habitais tout seul ici, cet appartement serait un taudis.

– Alors, cette montre ? Tu l'aimes bien ?

– Non, elle est moche et je ne porte pas de montre.

– Je la trouve jolie.

– Et ton bracelet ?

Je sens ma voix hésiter en posant cette question.

– Il est très joli.

– Oh… (Je détourne le regard.) C'est classe et ça coûte une blinde.

– Oui… Je culpabilise de savoir qu'ils ont dépensé autant d'argent pour quelque chose que je ne vais pas vraiment porter. Il faudra que je pense à le mettre une fois ou deux quand on les verra.

– Pourquoi tu ne vas pas le mettre ?

– Parce que j'ai déjà un bracelet préféré.

Elle secoue son poignet pour faire tinter les breloques.

– Oh. Tu préfères le mien ?

Je ne peux pas cacher mon sourire à la con. Elle me regarde comme si elle me reprochait quelque chose.

– Bien sûr que oui, Hardin.

J'essaie de conserver le peu de dignité qui me reste, mais je ne peux pas m'empêcher de la soulever dans mes bras. Je ris de l'entendre crier, je ne me souviens pas d'avoir autant ri de toute ma vie.

∞

53

Tessa

Réveillée tôt le lendemain, je prends une douche et, enveloppée dans ma serviette, je lance mon élixir de vie : un café. En attendant qu'il coule, une vague de nervosité m'envahit à l'idée de revoir Kimberly. Comment va-t-elle réagir lorsque je vais lui annoncer qu'Hardin et moi sommes de nouveau ensemble. Elle n'est pas du genre à juger, mais si elle faisait la même chose avec Christian, je ne sais pas quelle serait ma réaction. Elle ne connaît pas tous les détails, mais elle sait que c'est assez grave pour que je ne veuille pas en parler.

Une tasse fumante à la main, je me dirige vers la grande fenêtre du salon. La neige tombe à gros flocons, j'aimerais bien que ça s'arrête. Je déteste conduire quand il neige et il n'y a pratiquement que de l'autoroute pour arriver aux Éditions Vance.

– Bonjour.

La voix d'Hardin dans le couloir me surprend dans ma rêverie.

– Bonjour.

Je souris et prends une nouvelle gorgée de café.

– Tu n'es pas censé dormir ?

D'un geste de la main, il chasse le sommeil de ses yeux.

– Tu n'es pas censée être habillée ?

Je souris et passe devant lui pour aller m'habiller dans la chambre, mais il tire sur la serviette qui tombe, ce qui me fait pousser un petit cri et partir en courant. J'entends ses pas juste derrière moi et je ferme la porte à clé. Dieu sait ce qui se passerait si je le laissais entrer. Rien que d'y penser, mon corps s'embrase, mais là, je n'ai pas le temps.

– Bravo, très mature, dit-il à travers la porte !

– Je n'ai jamais prétendu être mature !

Toujours en souriant, je fonce dans le dressing pour décider de ma tenue. Finalement, ce sera une jupe longue noire et une blouse rouge. Ce n'est pas mon ensemble le plus flatteur, mais c'est mon premier jour après les vacances et il neige. Je me maquille légèrement devant le miroir du dressing, il ne me reste plus qu'à me sécher les cheveux. Je les sèche à moitié et les tire pour faire un solide chignon. J'ouvre la porte, mais ne vois pas où se cache Hardin.

– Hardin ?

J'attrape mon sac à main et sors mon téléphone pour l'appeler.

Ça ne répond pas. *Où est-il ?* Mon cœur bat à toute vitesse, je traverse l'appartement. Une minute plus tard, la porte d'entrée s'ouvre et je le vois arriver, couvert de neige.

– Où étais-tu ? Je m'inquiétais.

– Tu t'inquiétais ? Mais de quoi ?

– Je ne sais pas trop en fait. Que tu te sois blessé ou un truc du genre.

Je suis ridicule.

– J'ai juste dégivré ton pare-brise et allumé le moteur pour chauffer ta voiture avant que tu descendes.

Il retire sa veste et ses bottes détrempées, laissant une petite flaque de neige fondue sur le béton. Je n'arrive pas à dissimuler ma surprise.

– Mais qui êtes-vous ?

– Te fous pas de ma gueule, sinon j'y retourne et je dégonfle tes pneus.

Je ris de sa menace en l'air.

– Eh bien, merci.

– Je… je peux te conduire ?

Son regard se plante dans le mien.

Là, je ne sais vraiment plus à qui j'ai affaire. Il a été poli la majeure partie de la journée d'hier mais là, il va démarrer la voiture pour que je n'aie pas froid et il me propose de me conduire au travail ; sans parler du fait qu'il riait tant hier qu'il en pleurait presque. L'honnêteté lui va vraiment bien. Je prends trop de temps pour lui répondre.

– … ou pas ?

– J'adorerais.

Il remet ses bottes. Nous sortons du parking.

– Heureusement que ta voiture est une grosse bouse, sinon quelqu'un aurait pu la tirer avec les clés sur le contact.

– Ma voiture n'est pas une bouse.

En même temps, je remarque un petit impact sur la vitre passager !

– Sinon je pensais, la semaine prochaine quand les cours reprendront, on pourrait aller ensemble à la fac. Tes cours sont à peu près aux mêmes heures que les miens, et les jours où je dois aller chez Vance, je prendrai seule ma voiture et je te retrouverai à la maison le soir.

– Ok…

Il a le regard perdu dans le vague devant lui.

– Quoi ?

– Je regrette juste que tu ne m'aies pas dit quels cours tu prenais.

– Pourquoi ?

– Je ne sais pas… Peut-être que j'aurais pu en prendre quelques-uns avec toi, plutôt que tu les prennes tous avec Landon et que vous deveniez les inséparables du TP.

– Tu as déjà pris les cours de français et de littérature américaine et je ne pense pas que le cours de théologie comparée t'intéresse.

– Pas vrai.

Je sais que cette conversation ne débouchera nulle part et suis soulagée quand j'aperçois le gros *V* sur la façade de l'immeuble des Éditions Vance. Il neige un peu moins, mais Hardin se rapproche de la porte pour que je sois le moins possible exposée au froid.

– Je reviendrai te chercher à seize heures.

Je hoche la tête et fais disparaître le petit espace qui nous sépare pour l'embrasser. Je murmure contre ses lèvres :

– Merci de m'avoir déposée.

– Mmmm…

Au moment où je sors de la voiture, Trevor surgit quelques pas plus loin, son costume noir saupoudré de neige. Mon estomac se retourne quand il m'adresse un sourire chaleureux.

– Salut, ça fait un bail…

– Tess !

Hardin m'appelle, il claque la portière de la voiture et me rejoint de l'autre côté du véhicule. Le regard de Trevor fait un aller et retour entre Hardin et moi, son sourire disparaît instantanément.

– Tu as oublié quelque chose… me dit-il en me tendant un stylo.

Un stylo ?

Je ne peux pas m'empêcher d'avoir l'air étonnée.

Il passe ses bras autour de ma taille et écrase ses lèvres sur les miennes. Si nous n'étions pas sur un parking et que je n'avais pas l'impression qu'il est en train de marquer son territoire comme le grand malade qu'il est, je fondrais complètement de l'ardeur de sa langue entre mes lèvres. Lorsque je recule, son visage arbore un petit air satisfait.

Je frissonne et frictionne mes bras. J'aurais dû mettre un manteau plus épais.

– Sympa de te revoir. Trenton, c'est ça ?

Je sais très bien qu'il connaît son nom. Grossier personnage.

– Euh… Ouais. Ravi, également.

Trevor disparaît entre les portes coulissantes du bâtiment. Je prends un air courroucé.

– Bordel, c'était quoi ce merdier ?

– Quoi ?

Un nouveau petit sourire, comme s'il était content de lui.

– Tu es insupportable.

– Reste loin de lui, Tess. S'il te plaît.

Puis il m'embrasse sur le front comme pour adoucir son injonction. En entrant dans l'immeuble, je tape des pieds comme une petite fille.

– Comment s'est passé Noël ?

Kimberly m'accueille avec du café et un beignet. Je ne devrais probablement pas reprendre de café, mais le petit numéro d'homme des cavernes d'Hardin m'a irritée et la simple odeur du breuvage miracle me calme.

– Ça…

Oh ! Tu sais, je me suis remise avec Hardin, puis j'ai découvert qu'il avait filmé ses ébats avec plein de filles et détruit leur existence, mais je l'ai quand même repris. Ma mère est arrivée chez moi et a provoqué une scène, maintenant nous ne nous parlons plus. La mère d'Hardin était là aussi, alors nous avons dû faire semblant d'être ensemble, même si au début nous ne l'étions pas, ce qui en fait nous a rapprochés et tout allait bien jusqu'à ce que ma mère raconte à la sienne la manière dont il s'y était pris pour me prendre ma virginité sur un pari. Oh et Noël ? Pour célébrer les fêtes de fin d'année, Hardin a cassé la gueule de son père et a défoncé un meuble en verre, comme d'hab, tu vois.

– … s'est bien passé.

J'ai opté pour la version courte.

Kimberly me détaille son incroyable Noël avec Christian et son fils. Le petit garçon a pleuré quand il a vu le nouveau vélo que « Papa Noël » lui avait apporté. Il a même appelé Kimberly « Maman Kim », ce qui lui a réchauffé le cœur mais l'a mise mal à l'aise en même temps.

– C'est bizarre, tu sais, de penser que je suis responsable de quelqu'un, enfin quoi que je puisse être. Je ne suis pas mariée, pas même fiancée à Christian, si bien que je ne sais pas vraiment où est ma place avec Smith.

– Je crois que Smith et Christian sont tous les deux très chanceux de t'avoir dans leur vie, quelle que soit ta place.

– Vous êtes plus sage que votre âge ne le laisse paraître, Mademoiselle Young.

Elle sourit. Je jette un coup d'œil à la pendule et me dépêche d'aller dans mon bureau. À l'heure du déjeuner, Kimberly n'est pas à son poste. Lorsque l'ascenseur s'arrête au troisième étage, je pousse un cri en mon for intérieur en voyant Trevor entrer.

– Salut.

J'ai une petite voix, je ne sais pas pourquoi je suis si mal à l'aise. Ce n'est pas comme si je sortais avec Trevor. Nous sommes allés dîner un jour ensemble et c'était une agréable soirée. J'apprécie sa compagnie et lui la mienne. Point.

– Comment se sont passées tes vacances ?

Ses yeux bleus brillent sous les néons. J'aimerais bien qu'on arrête de me poser cette question aujourd'hui.

– Bien et toi ?

– C'était sympa, il est venu beaucoup de monde au refuge du centre-ville. Nous avons nourri plus de trois cents personnes.

– Waouh, trois cents personnes ? C'est incroyable.

Il est si gentil. Je souris et la tension entre nous baisse d'un cran. Nous sortons de l'ascenseur.

– C'était vraiment super, avec un peu de chance, l'an prochain, nous aurons plus de fonds et nous pourrons accueillir cinq cents personnes. Tu vas déjeuner ?

– Ouais, j'allais marcher jusqu'au Firehouse, je n'ai pas ma voiture.

Je reste sur cette formulation, car je n'ai pas envie de parler d'Hardin en ce moment.

– Je peux te conduire si tu veux. Je vais chez Panera, mais je peux te déposer en passant. Comme ça, tu ne marcheras pas dans la neige.

– Tu sais quoi ? Allons chez Panera. Je te suis.

Je souris et nous nous dirigeons vers sa voiture. Les sièges chauffants de sa BMW me réchauffent avant même que nous sortions du parking. Au restaurant, Trevor et moi restons silencieux en commandant notre déjeuner, puis nous allons nous asseoir à une petite table dans le fond de la salle.

– Je pense à déménager à Seattle.

Trevor parle pendant que je trempe des croûtons dans ma soupe aux brocolis.

– Sérieux ? Quand ?

Je parle fort pour essayer de couvrir les voix autour de nous.

– En mars. Christian m'a offert un poste là-bas, une promotion, pour diriger le département finances de la nouvelle branche, et je pense sérieusement accepter.

– C'est une super-nouvelle, félicitations, Trevor !

Il s'essuie les coins de sa bouche avec une serviette en papier.

– Merci. Ça me plaît bien de diriger le service et surtout, j'avais très envie de déménager à Seattle.

Nous parlons de la ville pendant le reste du déjeuner et lorsque nous avons terminé, je n'arrive à penser qu'à une seule chose : *Pourquoi Hardin n'a-t-il pas la même opinion sur Seattle ?*

Au retour, la neige s'est transformée en pluie verglaçante et nous nous précipitons dans l'immeuble de Vance. Je tremble de froid en atteignant l'ascenseur. Trevor me propose sa veste de costume, mais je refuse rapidement.

– Alors, Hardin et toi avez recommencé à vous fréquenter ?

J'attendais cette question.

– Ouais… On essaie de résoudre certains trucs.

Je me mâchouille l'intérieur de la joue.

– Oh… Tu es heureuse, alors ?

Nos regards se croisent.

– Ouais.

– Alors je suis content pour toi.

Il passe la main dans ses cheveux noirs et je sais qu'il ment, mais j'apprécie qu'il ne rende pas la situation encore plus inconfortable qu'elle ne l'est déjà. Et c'est aussi de la pure gentillesse.

Lorsque nous sortons de l'ascenseur, Kimberly fait une drôle de tête. Je ne comprends pas pourquoi elle regarde Trevor comme ça, jusqu'à ce que je suive son regard et aperçoive Hardin adossé au mur.

∞

54
Hardin

– Non mais sérieux ? *Sérieux ?*

Je lève les bras dans un geste théâtral.

Tessa reste bouche bée, aucun mot ne sort de sa bouche, elle regarde alternativement cette petite bite de Trevor et moi. *Putain*, Tessa. La colère court dans mes veines et je commence à imaginer les multiples façons dont je pourrais défoncer le portrait de ce minet.

– Merci pour le déjeuner, Tessa.

Trevor déguerpit.

Je vois Kimberly secouer la tête pour marquer sa désapprobation, avant d'attraper un dossier et de s'éloigner de son bureau pour nous laisser tranquilles. Tessa jette un regard assassin à son amie – ça me fait presque rire – puis se dirige vers son bureau.

– Nous avons juste déjeuné ensemble, Hardin. Je peux manger avec qui je veux, alors ne commence pas.

Une fois que nous sommes tous les deux entrés dans son bureau, je ferme la porte à clé.

– Tu sais ce que je pense de lui.

Je m'adosse au mur.

– Il faut que tu te calmes. Je suis au travail.

– Tu es en stage.

– Quoi ?

Elle écarquille les yeux.

– Tu n'es pas une véritable employée, tu es juste stagiaire.

– Alors, on en est revenus là ?

– Non, je ne fais qu'énoncer la vérité.

Je suis un petit con, ça c'est une autre vérité.

– Vraiment ?

Je serre les dents et fixe mon regard sur mon entêtée de copine.

– Pourquoi es-tu venu ici ?

Elle s'assied sur la chaise derrière son bureau.

– Je suis venu déjeuner avec toi pour que tu n'aies pas à marcher dans la neige, mais on dirait que tu sais comment faire pour que les mecs te viennent en aide.

– Ce n'est pas grave. Nous sommes allés déjeuner et sommes revenus tout de suite après. Il faut que tu fasses quelque chose contre ta jalousie.

– Ce n'est pas de la jalousie.

Bien sûr que si, c'est de la jalousie. Et de la peur. Mais je ne l'admettrai jamais.

– Trevor et moi sommes amis, Hardin. Lâche l'affaire et viens par là.

– Non.

– S'il te plaît.

Elle me supplie, ça m'énerve de constater à quel point je manque de self-control. Je m'avance vers elle. Elle s'appuie contre son bureau et m'attire vers elle.

– Je ne veux que toi, Hardin. Je t'aime et je ne veux être avec personne d'autre que toi. Toi et seulement toi.

Elle me regarde avec une telle intensité que je dois détourner les yeux.

– Je suis désolée que ça ne te plaise pas, mais ce n'est pas à toi de me dire avec qui je dois être amie.

Avec son sourire, la colère que j'essaie de retenir est en train de s'échapper. *Bordel, elle est douée.*

– J'arrive pas à l'encaisser.

– Il est inoffensif. Vraiment. En plus, il va déménager à Seattle au mois de mars.

Mes veines se glacent, pourtant j'essaie de garder une expression neutre.

– Vraiment ?

Évidemment, ce petit con de Trevor déménage à Seattle, là où Tessa veut habiter. Là où je ne vais pas habiter et où je n'habiterai jamais. Est-ce qu'elle a pensé à y aller avec lui ? *Non, elle ne ferait pas ça. Non ? Putain, j'en sais rien.*

– Oui, et donc il ne sera plus dans les parages. S'il te plaît, laisse-le tranquille.

Elle me serre les mains. Je baisse les yeux vers elle.

– Bien. Putain. D'accord. Je ne toucherai pas à un cheveu de sa tête.

– Merci. Je t'aime tellement.

Son regard gris bleu est plongé dans le mien.

– Il a essayé de te séduire, j'en ai encore les boules. Et aussi que tu ne m'écoutes pas.

– Je sais, maintenant, tiens-toi tranquille…

Elle lèche sa lèvre inférieure. Sa voix tremble.

– Tu me laisses apaiser tes craintes ?

Quoi ?

– Je… je veux te montrer que je n'aime que toi.

Ses joues sont rouge vif et ses mains se dirigent vers ma ceinture alors qu'elle se met sur la pointe des pieds pour m'embrasser.

Je suis paumé, en rogne et… incroyablement excité. Quand elle passe sa langue sur ma lèvre, je geins et la soulève pour l'asseoir sur le bureau. De ses mains tremblantes, elle s'attaque de nouveau à ma ceinture. Cette fois-ci, elle parvient à la retirer. Je lève le bas de sa jupe ridiculement longue jusqu'en haut de ses cuisses, bien content qu'elle ait décidé de ne pas porter de collants aujourd'hui, mais des bas top.

– J'ai envie de *toi*, Bébé.

Elle souffle dans mon cou en serrant ses jambes autour de ma taille. Entendre ces mots sortir de ses lèvres pulpeuses me fait gémir, j'adore sa soudaine envie de domination, j'adore quand elle prend le contrôle de la situation, tirant sur mon jean pour le faire descendre le long de mes jambes.

– C'est fini ? Ok… C'est pas fini.

Ma question concerne ses règles. Elle rougit et m'attrape à pleine main. Elle sourit en m'entendant soupirer, et me caresse lentement, trop lentement.

– Ne m'allume pas.

Mes grognements s'accélèrent à mesure que sa main va plus vite et qu'elle aspire la peau de mon cou. Si c'est sa manière de se faire pardonner, je vais l'encourager à déconner plus souvent. Du moment que ça n'est pas avec un autre mec.

Je tire sur ses cheveux pour qu'elle me regarde dans les yeux.

– Je veux te baiser.

Elle secoue la tête pour me dire non, un sourire timide sur les lèvres.

– Si.

– On ne peut pas.

Elle désigne de la tête la porte de son bureau.

– On l'a déjà fait.

– Je veux dire… à cause de… Tu vois quoi.

– Ce n'est pas si terrible.

Je hausse les épaules. Ce n'est pas aussi terrible que ce que les gens croient.

– Est-ce que c'est… normal ?

– Oui. C'est normal.

En m'entendant, elle écarquille les yeux. Même si elle se la joue timide, ses pupilles sont dilatées, me montrant qu'elle en a aussi envie. Sa main reste sur moi et bouge lentement. J'enlève sa culotte et écarte un peu plus ses cuisses. Je tire sur la ficelle de son tampon et m'en débarrasse dans la poubelle, puis je déplace ses mains pour enfiler un préservatif. Elle descend de son bureau et se penche dessus, m'incitant à lever sa jupe au-dessus de son cul.

Putain, je n'ai jamais rien vu de plus chaud de toute ma vie, malgré, ou à cause, des circonstances.

∞

55
Tessa

Ma fièvre augmente quand Hardin remonte l'épais tissu de ma jupe jusqu'à ma taille.

– Relax, Tess. Arrête de gamberger, ça ne sera pas différent de d'habitude.

J'essaie de dissimuler mon embarras lorsque je le sens entrer en moi ; c'est toujours la même sensation. En fait, ce n'est pas différent, mais si je dois comparer, je dirais que c'est encore mieux. Plus osé. Faire quelque chose d'aussi singulier, d'aussi tabou, rend l'affaire encore plus excitante. La main d'Hardin parcourt ma colonne vertébrale, me faisant frissonner d'excitation. Son humeur a radicalement changé. Quand j'ai vu sa tête en sortant de l'ascenseur, je m'attendais à une scène beaucoup plus grave.

– Tu vas bien ?

Au lieu de lui répondre, je hoche la tête en gémissant.

L'une de ses mains agrippe ma hanche et l'autre mes cheveux, m'immobilisant.

– C'est bon, tellement bon, Bébé.

Sa voix est tendue, il entre et sort lentement de moi.

Sa main quitte mes cheveux pour s'attarder sur mes seins. Il tire sur mon décolleté pour découvrir ma poitrine. Ses doigts trouvent un de mes mamelons, le tire doucement avant de le pincer en le roulant entre son pouce et l'index. J'en ai le souffle coupé et j'arque mon dos en le sentant répéter ce geste à l'infini.

– Oh, mon Dieu.

Je ne peux pas retenir mon exclamation, mais sitôt proférée, je ferme la bouche. Je suis parfaitement consciente que nous sommes dans mon bureau, mais je n'arrive pas à m'inquiéter comme je devrais le faire. Mes pensées commencent avec Hardin et se perdent dans le plaisir. La réalité de ce que nous sommes en train de faire et le tabou de la situation ne m'ont pas encore atteinte.

– C'est bon, hein, Bébé ? Je te l'ai dit, ça ne change rien… Enfin pas en mal, du moins.

Il gémit et serre ses bras autour de ma taille. Lorsqu'il change de position, je glisse du coin de mon bureau. Mon dos est maintenant contre le bois de la table et Hardin halète dans mon oreille :

– Putain, je t'aime. Tu le sais, ça. Non ?

Je hoche la tête, mais il lui en faut plus. Il insiste.

– Dis-le.

– Je sais que tu m'aimes.

Ça le rassure. Mon corps se tend et il redresse le dos, puis pose ses doigts sur mon clitoris pour le stimuler. Je tente de m'asseoir pour essayer de voir sa main en action, la voir opérer sa magie sur mon corps, mais c'est trop.

– Vas-y, Bébé, jouis.

Hardin accélère le rythme et lève une de mes jambes en l'air.

Ses yeux se révulsent, je suis si près d'y arriver, c'est si intense et si écrasant que je ne peux rien voir d'autre que des étoiles en m'agrippant à ses bras tatoués. Je serre les lèvres très fort pour m'empêcher de crier son nom en jouissant. Son orgasme est moins discret que le mien. Il s'allonge sur moi, enfouit sa tête dans mon cou et crie mon nom une fois avant de presser ses lèvres contre ma peau pour faire taire le son de sa voix.

Hardin se retire et plante un baiser sur mon épaule. Je me lève pour remettre un peu d'ordre dans ma tenue, ma première idée c'est que je devrais aller aux toilettes rapidement. *Bon Dieu, c'est bizarre.* C'est difficile de dépasser cette idée, si fortement enracinée dans mon esprit, même si je ne peux pas nier que j'ai apprécié.

– Prête ?

– Pour quoi ?

– Rentrer à la maison.

D'un geste de la main, je désigne la pendule au mur.

– Je ne peux pas rentrer à la maison, il n'est que deux heures.

– Appelle Vance en sortant. Rentre avec moi. En revanche, tu vas sans doute vouloir te remettre un bouche-trou avant d'y aller.

Hardin ouvre mon sac à main sur mon bureau, y déniche un tampon et me tapote le nez avec. Je lui fais une petite tape sur le bras.

– Arrête de dire ça !

Je grogne en le fourrant au fond de mon sac, ce qui déclenche son rire.

Trois jours plus tard, j'attends patiemment qu'Hardin vienne me chercher et, pour passer le temps, je regarde vaguement par la grande baie vitrée du hall d'accueil. Heureusement qu'il n'a pas plu ces derniers temps. La seule trace des chutes de neige des jours précédents est l'amas de boue glacée noirâtre dans le caniveau.

À mon grand étonnement, Hardin a insisté pour me conduire au travail tous les jours depuis notre dispute au sujet de Trevor. Je suis encore surprise d'avoir réussi à le calmer de cette manière. Je ne sais pas ce que j'aurais fait s'il avait agressé Trevor au bureau. Kimberly aurait dû appeler l'agent de sécurité et Hardin aurait certainement été arrêté.

Il était censé arriver à quatre heures et demie et il est maintenant cinq heures et quart. Il ne reste pratiquement plus personne dans les bureaux et beaucoup de mes collègues m'ont proposé de me raccompagner, Trevor inclus, même s'il m'a fait cette proposition en se tenant à bonne distance. Je ne veux pas que ce soit bizarre entre nous, j'aimerais être amie avec lui, malgré les « ordres » d'Hardin.

Hardin se gare enfin sur le parking et je sors pour affronter le vent glacé. Il fait un peu plus chaud aujourd'hui que ces derniers jours, un grand soleil a fait monter la température de quelques degrés, mais ce n'est pas suffisant.

– Désolé d'être en retard, je me suis endormi.

Je monte dans le véhicule bien chauffé.

– Ce n'est pas grave.

Je regarde fixement le pare-brise.

C'est le réveillon de nouvel an ce soir, ce qui m'angoisse un peu, et aujourd'hui je ne veux pas ajouter une dispute avec Hardin à ma liste de facteurs de stress. Nous n'avons pas encore décidé du programme de la soirée, ce qui me rend complètement folle. Je voudrais connaître tous les détails et avoir la nuit entière planifiée par le menu, au détail près.

J'ai longtemps hésité à répondre aux textos envoyés par Steph il y a quelques jours. D'un côté, j'ai très envie de la voir, pour lui montrer à elle et aux autres qu'ils ne m'ont pas brisée. Humiliée, oui, mais je suis plus forte que ce qu'ils croient. Ceci étant dit, je sais que ça va être extrêmement bizarre de voir les amis d'Hardin, et pas dans le bon sens du terme. Je sais qu'ils vont probablement me prendre pour une idiote de m'être remise avec lui.

Je ne vais pas savoir comment me comporter avec eux et, honnêtement, j'ai peur que tout soit différent quand Hardin et moi ne serons plus dans notre petite bulle. Qu'est-ce qui se passera s'il m'ignore toute la soirée, ou si Molly est là ? Ça me retourne, rien que d'y penser.

– Où veux-tu aller ?

Je lui ai dit ce matin que j'avais besoin de m'acheter une tenue pour ce soir.

– Au centre commercial, ça ira. On doit décider de ce que nous allons faire pour que je sache quoi acheter.

– Tu veux vraiment passer la soirée avec tout le monde ou juste qu'on sorte tous les deux ? Je penche toujours pour rester à la maison.

– Je ne veux pas rester à la maison, c'est ce qu'on fait tous les jours.

Je lui souris. J'adore passer des soirées tranquilles avec Hardin, mais avant il sortait tout le temps et ça m'inquiète de le voir rester trop souvent à la maison, il va se lasser de moi.

Lorsque nous arrivons au centre commercial, Hardin me dépose devant l'entrée de chez Macy's et je me dépêche d'entrer.

Le temps qu'il me rejoigne, j'ai déjà sélectionné trois robes.

– C'est quoi ça ? Cette couleur est hideuse.

Hardin fronce le nez à la vue des vêtements drapés sur mon bras, et plus particulièrement de la robe jaune canari sur le dessus.

– Tu trouves que toutes les couleurs sont hideuses, sauf le noir bien sûr.

Ma réflexion pleine de bon sens le fait hausser les épaules, il caresse du doigt le tissu de la robe couleur or en dessous.

– J'aime bien celle-là.

– Vraiment ? C'est celle dont j'étais le moins sûre. Je ne veux pas me faire remarquer, tu vois.

– Et tu ne vas pas te faire remarquer en jaune poussin ?

Ok, là-dessus, il marque un point. Je remets la robe jaune sur le portant et lui montre une robe blanche sans bretelles.

– Tu penses quoi de celle-là ?

– Tu devrais les essayer.

Son sourire est plein de malice.

– Pervers.

– Toujours.

Il me suit dans la cabine d'essayage avec un petit sourire satisfait.

– Tu ne rentres pas là-dedans.

Je ferme la porte de la cabine pour me laisser un peu d'espace. Il fait la moue et va s'asseoir sur le canapé de cuir noir devant les cabines d'essayage.

– Je veux toutes les voir.

– Sois sage.

Je l'entends rire doucement, ça me donne envie d'entrebâiller la porte juste pour le regarder sourire, mais finalement j'y renonce. J'essaie d'abord la robe bustier blanche et dois me battre contre la fermeture Éclair dans le dos pour la fermer. C'est serré. Elle est trop serrée et trop courte, bien trop courte. J'arrive enfin à la fermer et je tire sur l'ourlet avant d'ouvrir la porte de la cabine.

Je chuchote presque :

– Hardin ?

– Bordel de merde !

Il en a le souffle coupé quand j'apparais dans cette moitié de robe.

Je rougis.

– C'est trop court.

– Ouais, tu vas l'oublier celle-là.

Il me reluque de haut en bas.

– Je l'achète si je veux.

Histoire de lui rappeler qu'il ne décidera pas de ce que je dois porter. Il m'assassine du regard.

– Je sais… Je voulais juste dire que tu ne devrais pas l'acheter, tu aimes les robes moins osées.

– C'est ce que je me disais.

Je chantonne en me regardant dans le miroir en pied une fois encore. Hardin sourit malicieusement et je le vois lorgner mes fesses.

– Elle *est* incroyablement sexy, en revanche.

– Suivante.

Je retourne dans la cabine. La robe couleur or est couverte de sequins, pourtant j'ai l'impression de porter de la soie à même la peau. Elle a des manches trois-quarts et m'arrive à mi-cuisses. Elle me ressemble beaucoup plus, un chouïa plus osée que d'habitude. Les manches font croire que la robe est plus sage qu'elle n'est, mais la manière dont le tissu moule mes formes et sa longueur dit le contraire. Hardin s'impatiente.

– Tess !

J'ouvre et sa réaction me donne des papillons dans l'estomac.

– Bon Dieu !

Il déglutit.

– Tu aimes ?

Je mâchouille ma lèvre inférieure. Je sens très bien cette robe, surtout après avoir vu Hardin se dandiner et ses joues rosir.

– Beaucoup.

C'est une chose tellement normale pour un couple, d'essayer des vêtements dans un magasin, mais ça me paraît étrange et pourtant très réconfortant.

– Je vais prendre celle-ci, alors.

Après avoir trouvé une paire de solides mais assez intimidants escarpins noirs, nous nous dirigeons vers les caisses. Hardin me fait une scène pour que je le laisse payer, mais je tiens bon. Et cette fois-ci, je gagne la bataille.

– Tu as raison, tu devrais m'acheter quelque chose à *moi*… tu sais, pour te rattraper des nombreux cadeaux de Noël que j'ai reçus !

Il me taquine et je tente de lui infliger une petite tape sur le bras, mais il m'attrape le poignet avant que j'aie fini mon geste. Il presse ses lèvres contre la paume de ma main puis me la prend et nous dirige vers la voiture. *Nous ne sommes pas du genre à nous tenir la main en public*… Dès que cette idée me traverse l'esprit, il semble se rendre compte de ce que nous faisons et me lâche la main. Procédons étape par étape, donc.

De retour dans l'appartement, après avoir déclaré huit fois que nous devrions passer la soirée avec ses amis, la nervosité commence à me gagner et je me mets à imaginer toutes les manières dont la nuit pourrait se terminer. Mais nous ne pouvons pas nous cacher éternellement.

Et la façon dont Hardin se comportera avec ses amis me révélera la véritable nature de ses sentiments pour moi. Sous la douche, je me rase trois fois les jambes, restant sous l'eau chaude jusqu'à ce qu'elle ne le soit plus.

– Qu'est-ce qu'il a dit, Nate, pour ce soir ?

Pas très sûre de ce que je souhaite entendre comme réponse.

– Il m'a envoyé un texto pour me dire de nous retrouver à la maison… mon ancienne maison. À neuf heures. Ils préparent une grosse fête visiblement.

Je jette un coup d'œil à la pendule, il est déjà sept heures.

– Ok, je serai prête.

Je me maquille et sèche rapidement mes cheveux. Ça me fait de petites boucles et j'attache ma frange en arrière comme d'habitude. J'ai l'air… jolie… *Chiante. Chiante.* J'ai la même tête que tous les jours. Pour mon retour, plus que jamais, je dois avoir l'air mieux que d'habitude. Ce sera ma manière de leur montrer qu'ils n'ont pas pris le meilleur de moi. Si Molly est là, elle sera certainement habillée pour attirer l'attention des mâles, y compris d'Hardin. Et même si je la hais, je dois admettre qu'elle *est* ravissante. La chevelure rose de Molly bien en tête, je me saisis de mon eye-liner noir et dessine une ligne épaisse sur ma paupière. Pour une fois, la ligne est droite, Dieu merci. Je fais la même chose sur le bas de mon œil et ajoute du rose sur mes joues avant de retirer les épingles de mes cheveux et de les jeter à la poubelle.

Rapidement, je récupère mes épingles. Ok, bon, je ne suis pas encore prête à m'en débarrasser, mais je m'en passerai ce soir. Je mets la tête en bas et passe les doigts entre mes boucles bien frisées. Quand j'en ai fini, le reflet que m'envoie le miroir me choque. La fille que j'ai sous les yeux a toute sa place en boîte de nuit, elle a l'air sauvage et… même sexy. La dernière fois que j'ai porté autant de maquillage, c'est quand Steph m'a « relookée » et qu'Hardin s'est moqué de moi. Seulement cette fois-ci, j'ai l'air encore plus sexy.

– Il est huit heures et demie, m'avertit Hardin depuis le salon.

Je me regarde une dernière fois dans le miroir, prends une grande inspiration puis me dépêche d'aller dans la chambre m'habiller avant qu'Hardin puisse me voir. *Et s'il n'aimait pas mon look ?* La dernière fois, mon nouveau style ne lui avait rien fait. J'écarte ces pensées ambiguës et passe la robe, la ferme et enfile mes nouvelles chaussures. Je devrais peut-être porter des collants ? Non. Je dois me calmer et arrêter de trop réfléchir.

– Tessa, il faut vraiment qu'on y…

La voix d'Hardin, plus forte à mesure qu'il approche, s'interrompt soudain.

– Ça te plaît…

– Oui, oh putain, oui.

Il en grogne presque.

– Tu ne crois pas que j'en fais trop avec tout ce maquillage ?

– Non, c'est… euh… joli, je veux dire… c'est bien.

Il bégaie. J'essaie de ne pas rire de le voir sans voix, ça ne lui est jamais arrivé.

– Allons-y… On doit y aller, sinon on ne sortira jamais de ce foutu appartement.

Sa réaction a totalement boosté ma confiance. Je sais que ça ne devrait pas, mais c'est le cas. Hardin est parfait, comme d'habitude, dans son simple tee-shirt noir et son jean noir ajusté. Les Converse noires dont je suis devenue fan complètent son look, qu'on ne peut qualifier que de « look Hardin ».

∞

56
Tessa

Lorsque nous nous garons devant l'ancienne fraternité d'Hardin, The Fray entonnent une chanson lente sur le thème du pardon. La route a été totalement angoissante et nous sommes restés tous les deux silencieux.

Des souvenirs reviennent, pour la plupart mauvais, mais je les repousse. Hardin et moi avons une relation maintenant, une vraie, alors il va se comporter différemment. *Non ?*

D'ailleurs, il reste près de moi quand nous traversons la maison bondée et le salon complètement enfumé. Immédiatement, on nous met de grands gobelets en plastique rouge dans les mains, mais Hardin jette rapidement le sien avant de me prendre le mien. Je tends la main vers ce gobelet, mais il me fait les gros yeux.

– Je crois que tu ne devrais pas boire d'alcool ce soir.

– Je ne crois pas que *tu* devrais boire de l'alcool ce soir.

– Bien, un seul verre.

– Scott !

Une voix familière nous interpelle. Nate surgit de la cuisine et lui tape dans le dos avant de me sourire gentiment. J'avais presque oublié à quel point il était mignon. J'essaie de l'imaginer sans tatouages ni piercings, mais c'est impossible.

– Waouh, Tessa, tu as l'air… transformée.

Hardin lève les yeux au ciel, attrape mon verre et prend une gorgée. J'aimerais le lui reprendre, un verre ne me fera pas de mal, mais sans que ça provoque de dispute. Je glisse mon téléphone dans la poche arrière de son pantalon pour pouvoir tenir mon verre plus facilement.

– Eh bien… Eh bien… Eh bien… Voyons voir qui voilà, s'exclame une voix féminine au moment où une tignasse rose se faufile derrière un gros balaise.

– Génial.

Quand Molly s'approche de nous, Hardin se met à ronchonner.

– Ça fait un bail, Hardin.

– Ouais.

Il reprend une gorgée et tourne les yeux vers moi.

– Oh, Tessa ! Je ne t'avais pas vue.

J'ignore le sarcasme de Molly, Nate me tend un nouveau verre.

– Je t'ai manqué ?

Molly s'adresse à Hardin, bien sûr. Elle porte plus de vêtements que d'habitude, ce qui veut dire qu'elle est à peine vêtue quand même. Son top noir est largement déchiré devant, à dessein j'imagine, et son short rouge est incroyablement petit et ouvert sur les côtés pour révéler encore plus de sa peau très pâle.

– Pas vraiment.

Hardin ne la regarde pas. Je porte mon verre à mes lèvres pour dissimuler un sourire en coin.

– Je suis sûre que si.

– Va te faire foutre !

En l'entendant grogner, elle lève les yeux au ciel, comme si tout ça n'était qu'un jeu.

– Bon Dieu, il y en a un d'une humeur de chien.

– Viens, Tessa.

Hardin m'attrape la main et me tire en avant. Nous nous dirigeons vers la cuisine, laissant derrière nous une Molly irritée et un Nate hilare. Steph saute d'un canapé.

– Tessa ! Putain, ma belle ! T'as l'air chaude bouillante ! Waouh ! J'aimerais bien porter un truc comme ça !

– Merci.

Je souris. C'est un peu bizarre de retrouver Steph, mais ce n'est pas si horrible que de croiser Molly. Honnêtement, Steph m'a manqué et j'espère que cette soirée se passera suffisamment bien pour que nous puissions envisager de rétablir notre amitié. Elle me prend dans ses bras.

– Je suis contente que tu sois venue.

– Je vais parler avec Logan, reste ici.

Steph regarde Hardin avec humeur.

– Toujours aussi poli, à ce que je vois !

Elle rit tellement fort que je l'entends très précisément malgré le vacarme de la musique et de tous les fêtards.

– Ouais… Il y a des choses qui ne changent pas !

Avec un sourire, j'avale d'un trait le reste de la boisson sucrée de mon gobelet. Je déteste y penser, mais le goût de la cerise me rappelle le baiser échangé avec Zed. Ses lèvres étaient froides et sa langue sucrée. Un baiser d'un autre monde, avec une autre Tessa.

Comme si Steph pouvait lire dans mes pensées, elle me tape sur l'épaule.

– Tiens, voilà Zed. Tu l'as vu depuis… tu sais ?

Elle pointe un doigt, dont l'ongle est verni façon zèbre, vers le garçon aux cheveux noirs.

– Non… Je n'ai vu personne en fait. À part Hardin.

– Zed s'est senti super-mal après tout ça. J'avais presque pitié de lui.

– On peut parler d'autre chose, s'il te plaît ?

Je la supplie, nos yeux se croisent et je finis par détourner le regard.

– Bien sûr, merde. Désolée. Tu veux un autre verre ?

Je souris pour minimiser la tension entre nous.

– Ouais, carrément.

Je promène mon regard dans la cuisine, là où était Zed juste avant, mais il a disparu. Je mâchouille l'intérieur de ma joue et regarde à nouveau Steph, qui a les yeux plongés dans son verre. Aucune de nous ne sait vraiment quoi dire.

– Viens, on va chercher Tristan.

– Hardin…

Je voulais dire qu'il m'a demandé de rester sur place, mais il ne me l'a pas demandé en fait, il l'a exigé, ce qui est énervant au possible. Je vide mon verre, avalant le reste de la boisson fraîche en une gorgée. Mes joues sont déjà chaudes à cause de l'alcool… mais j'ai moins d'angoisse de tendre la main pour prendre un autre verre, avant de suivre Steph dans le salon.

Je n'ai jamais vu autant de monde dans la maison et je n'arrive pas à trouver Hardin. La moitié du salon est occupée par une longue table basse jonchée de gobelets rouges. Des étudiants ivres jettent des balles de ping-pong dans les gobelets, dont ils avalent le contenu ensuite. Je ne comprendrai jamais leur besoin de jouer à ces trucs sous l'emprise de l'alcool, mais au moins ce jeu-là n'implique pas d'embrasser quelqu'un.

Je repère Tristan assis sur un canapé à côté d'un garçon roux que je me rappelle avoir déjà vu. Dans mon souvenir, il fumait un joint avec Zed. Assis sur le bras du canapé, Zed raconte quelque chose au groupe, ce qui provoque un éclat de rire si fort chez Tristan qu'il renverse la tête en arrière. Lorsqu'il lève les yeux vers Steph qui s'avance vers lui, il sourit. J'ai apprécié le coloc de Nate dès notre première rencontre. Il est gentil et semble vraiment bien aimer Steph.

– Comment ça se passe entre vous ?

Elle se tourne complètement vers moi et m'offre un large sourire.

– Super, en fait. Je crois que je l'aime !

– Tu crois ? Vous ne vous l'êtes pas encore dit ?

J'en ai le souffle coupé.

– Non… Mon Dieu, non. Nous ne sortons ensemble que depuis trois mois !

– Oh…

Hardin et moi avons prononcé ces mots avant même de sortir ensemble.

– Hardin et toi, vous êtes différents.

Steph vient de confirmer en un mot ma théorie, comme si elle pouvait lire dans mes pensées. Puis elle me demande, en regardant derrière moi.

– Et vous deux, comment ça va ?

– Ça va, bien.

Ça fait du bien de pouvoir dire que nous *allons bien* pour une fois.

– Tous les deux, vous formez le couple le plus improbable.

Je réponds en gloussant,

– Ouais, c'est bien vrai.

– Mais c'est bien, hein. Tu imagines ce que ça donnerait si Hardin se trouvait une fille comme lui ? Je voudrais pas la rencontrer, ça c'est sûr.

– Moi non plus !

Nous piquons un fou rire. Tristan fait un signe à Steph et elle se dirige vers lui pour s'asseoir sur ses genoux. Il l'embrasse rapidement sur la joue.

– Ah, voilà ma copine. Et toi, Tessa, ça va ?

– Je vais extrêmement bien. Et toi, comment vas-tu ?

Je ris en m'entendant parler comme un politicien. *Relax, Tessa.*

– Très bien. Rond comme une queue de pelle, mais très bien.

– Où est Hardin ? Je ne l'ai pas vu.

C'est le garçon aux cheveux roux qui m'interroge.

– Il est… En fait, je n'en sais rien.

Steph essaie de me réconforter.

– Je suis sûre qu'il est dans le coin. Je ne l'imagine pas s'éloigner de toi.

En fait, ça ne me dérange pas de ne pas avoir vu Hardin depuis un bout de temps, car l'alcool apaise mes angoisses, mais j'aimerais quand même qu'il revienne là, maintenant, tout de suite, passer du temps avec moi. Toutes ces personnes sont ses amis, pas les miens. Sauf Steph, à propos de qui je n'ai pas encore pris de décision. Mais là, tout de suite, elle est celle que je connais le mieux et je n'ai pas envie d'être la fille bizarre, toute seule dans son coin.

Quelqu'un me bouscule et je trébuche légèrement ; heureusement, mon verre est vide quand le gobelet tombe sur la moquette déjà maculée de taches, seules quelques gouttes de liquide rose forment des petits ronds à la surface.

– Merde, désolée, marmonne une fille bourrée.

– C'est rien.

Ses cheveux noirs sont si brillants que j'en cligne des yeux. *Comment est-ce possible ?* Je dois être plus pompette que je le pense.

– Viens t'asseoir avant de te faire marcher dessus.

Steph plaisante, en riant je prends place sur le bord du canapé, à côté de Tristan.

– Alors, t'as entendu parler de ce qui est arrivé à Jace ?

– Non, qu'est-ce qu'il lui est arrivé ?

Rien que de l'entendre, son nom me retourne l'estomac.

– Il s'est fait arrêter, il est sorti de tôle hier.

– Quoi ? Sérieux ? Qu'est-ce qu'il a fait ?

– Il a tué quelqu'un, répond le roux.

– Oh mon Dieu !

Mon exclamation fait rire tout le monde. Ma voix sonne bien plus fort, maintenant que suis presque ivre.

– Il se fout de ta gueule ; il s'est fait arrêter en caisse pour un contrôle et il avait de la beuh sur lui, m'explique Tristan en riant.

– T'es vraiment con, Ed.

Steph tape le bras du garçon, mais je ne peux m'empêcher de rire d'avoir été aussi crédule.

– Tu aurais dû voir ta tronche, surenchérit Tristan.

Une autre demi-heure passe et toujours aucun signe d'Hardin. Son absence commence à m'inquiéter, mais plus je bois, moins ça m'importe. Une partie de cette décontraction vient de ce que je vois Molly qui s'est trouvé un jouet blond pour la nuit. Il lui tape sur la cuisse sans arrêt. Tous les deux sont absolument ivres et ridicules. Mais bon, je préfère que ce soit lui plutôt qu'Hardin.

– Qui est partant, maintenant ? Kyle a eu sa dose visiblement.

Un garçon à lunettes désigne son ami bourré, allongé en position fœtale sur la moquette.

Je regarde la table où sont alignées des rangées de gobelets, et ça fait tilt.

– Moi ! Je joue.

Tristan hurle en repoussant gentiment Steph de ses genoux.

– Moi aussi !

– Tu sais que tu n'es pas très douée, la taquine Tristan.

– Si, je suis très forte à ce jeu. Tu as juste les boules parce que je joue mieux que toi. Mais là, je suis dans ton équipe, tu ne crains rien.

Elle bat des cils et secoue la tête en rigolant.

– Tess, tu devrais jouer !

– Euh… non. Ça va, merci.

Je n'ai aucune idée de leur jeu, mais je sais que j'y serais nulle.

– Allez, viens ! Ça va être marrant !

Elle mime un geste de prière pour appuyer sa supplique.

– C'est quoi ce jeu ?

– Bière-pong, pardi !

Dans un geste dramatique, elle hausse les épaules avant d'éclater de rire comme une ivrogne.

– Tu n'y as jamais joué, c'est ça ?

– Non, je n'aime pas la bière.

– On peut jouer avec de la vodka amaretto à la place. Ils en ont fait des litres. Je vais aller en chercher dans le frigo. (Elle se tourne vers Tristan.) Aligne les gobelets, mec.

Je voudrais protester, mais en même temps, j'ai envie de m'amuser ce soir. J'ai envie d'être tranquille et de me laisser aller. Une partie de bière-pong n'est peut-être pas si terrible que ça. Ça ne peut pas être pire que de rester assise sur un canapé à attendre qu'Hardin revienne de sa putain de cachette mystérieuse.

Tristan se met à aligner les gobelets pour former un triangle, qui me rappelle la position des quilles au bowling.

– Tu vas jouer ?

– Je crois, oui. Mais je ne sais pas comment faire.

– Qui veut être son partenaire ?

Tristan a beau demander à la ronde, je me sens bête, personne ne répond. Génial. Je savais que ça allait… Tristan interrompt mes pensées

– Zed ?

– Euh… Je ne sais pas…

Zed ne me regarde pas, il m'évite depuis que je suis arrivée.

– Juste une partie, mec.

Les yeux couleur caramel de Zed se posent rapidement sur moi avant de revenir sur Tristan.

– Ok, ouais, juste une partie.

Il vient se placer à côté de moi et nous restons tous les deux silencieux pendant que Steph remplit les gobelets d'alcool.

– C'est les mêmes gobelets qu'on utilise depuis le début de la soirée ?

J'essaie de dissimuler mon dégoût. J'imagine toutes les bouches buvant à ces gobelets.

– Tout va bien. L'alcool tue les microbes !

Steph se marre en me répondant. Je vois Zed sourire du coin de l'œil, mais lorsque je le regarde, il détourne les yeux. Ouais. La partie va être longue.

∞

57
Tessa

– Jette simplement la balle sur la table dans n'importe quel gobelet et les autres devront boire dans le verre dans lequel la balle atterrit. L'équipe qui réussit tous les gobelets gagne, explique Tristan.

– Elle gagne quoi ?

– Euh, rien, juste d'être bourré moins vite parce que tu dois boire moins de verres.

Je suis sur le point de remarquer qu'un jeu à boire où le gagnant est celui qui boit *le moins* semble être en contradiction totale avec l'esprit de la soirée, quand Steph hurle :

– Je commence !

Elle frotte la petite balle blanche contre le tee-shirt de Tristan avant de souffler dessus et de la jeter sur la table. Elle rebondit sur le bord du gobelet de la première rangée avant de rouler dans celui de derrière. Zed me demande :

– Tu veux boire en premier ?

– Pourquoi pas ?

Je hausse les épaules et lève le gobelet.

Lorsque Tristan lance la balle, il loupe son coup. Elle roule sur le sol et Zed la ramasse et la fait tremper dans un verre d'eau isolé à côté de nous. Alors, c'est à ça qu'il servait ! C'est pas vraiment hygiénique, mais c'est une soirée étudiante… à quoi pouvais-je m'attendre ?

– Ouais, c'est moi qui suis nulle…

Steph taquine Tristan qui ne lui répond qu'en souriant.

– Tu commences, m'intime Zed.

Ma première partie de bière, enfin de vodka-amaretto-pong semble bien commencer, mes quatre premiers tirs sont des succès. Mes mâchoires sont douloureuses tant je souris et glousse en regardant mes adversaires. Il faut dire que mon sang danse une rumba alcoolisée et j'adore réussir ce que j'entreprends, même les jeux à boire pour étudiants.

– Tu as déjà joué ! Je *sais* que tu l'as déjà fait !

Steph m'accuse, une main campée sur sa hanche.

– Non, j'ai juste du talent, je réponds en riant.

– Du talent ?

– Ne sois pas jalouse de mes talents de tueuse au pière-pong.

Je parle si fort que tout le monde autour éclate de rire.

– Oh Bon Dieu ! Ne parle plus jamais de « talents ».

Steph déclenche un fou rire, je pose une main sur mon estomac pour essayer d'arrêter. C'était une meilleure idée que je l'aurais cru de jouer à ce jeu. La grande quantité d'alcool ingurgitée m'aide à me sentir insouciante. Jeune et insouciante.

– Si tu réussis ce coup, on va gagner.

J'essaie d'encourager Zed. Plus il boit, plus il semble à l'aise avec moi. Il me fait un grand sourire.

– Ok, je vais y arriver.

La petite balle fend l'air et atterrit directement dans le dernier gobelet de Steph et Tristan. Je crie de joie et saute en l'air comme une idiote, mais je n'en ai rien à faire. Zed tape dans ses mains une fois et sans y penser, dans l'excitation, j'enroule mes bras autour de son cou. Il trébuche un peu, mais passe ses bras autour de ma taille avant que nous basculions tous les deux. C'est un petit câlin inoffensif, nous venons juste de gagner et je suis excitée. Inoffensif. Je vois que Steph a les yeux écarquillés, ce qui me fait chercher Hardin du regard.

Je ne le vois nulle part, et même s'il était dans la pièce, qu'est-ce que ça changerait ? C'est lui qui m'a laissée toute seule dans cette fête. Je ne peux même pas l'appeler ou lui envoyer un texto, il a mon téléphone dans sa poche.

– Je veux prendre ma revanche, crie Steph.

Je regarde Zed et lui demande avec de grands yeux :

– Tu veux rejouer ?

Il regarde autour de lui avant de répondre.

– Ouais… Ouais… On rejoue.

Zed et moi gagnons la seconde manche, et forcément Steph et Tristan, en rigolant, nous accusent de tricher.

– Tu vas bien ?

Lorsque nous quittons la table tous les quatre, Zed me questionne. Deux parties de bière-pong me suffisent ; je suis plus ou moins ivre. Ok, plutôt plus que moins, mais je me sens incroyablement bien. Tristan et Steph disparaissent dans la cuisine.

– Ouais, je vais bien. Vraiment bien. Je passe une super-soirée.

Ma réponse le fait rire. La manière dont sa langue reste derrière ses dents lorsqu'il sourit est tellement mignonne.

– C'est cool ! En revanche, désolé, mais là, je vais prendre l'air.

De l'air. J'adorerais respirer un air moins empoisonné par la fumée de cigarette ou l'odeur de sueur. Il fait chaud dans cette maison, trop chaud.

– Je peux t'accompagner ?

– Euh… Je ne sais pas si c'est une bonne idée.

Il détourne le regard.

– Oh… Ok.

Mes joues rougissent d'embarras. Je me retourne pour partir, mais il m'attrape gentiment le bras.

– Tu peux venir. Juste, je ne veux pas m'immiscer entre Hardin et toi et vous embrouiller.

– Hardin n'est pas là et je peux être amie avec qui je veux.

Je parle de la voix traînante d'une ivrogne, c'est bizarre, je ne peux pas m'empêcher de rigoler en entendant ce son si étrange.

– Tu es bourrée, hein ?

– Un petiteu, un petit… peu, dis-je en riant.

L'air frais hivernal me fait un bien fou. Zed et moi traversons le jardin déserté et finissons par nous asseoir sur le muret en pierres qui était mon refuge préféré pendant les fêtes. Quelqu'un vomit dans les buissons à quelques pas de là. Je me fends d'un « Charmant ! » en grognant.

Zed rit doucement, mais ne dit rien. Sous mes cuisses, la pierre est froide, là, mais j'ai une veste dans la voiture d'Hardin, si nécessaire. Non pas que j'aie la moindre idée de l'endroit où il peut être. Sa voiture est encore là, mais il est parti depuis plus de… eh bien, de deux parties de bière-pong et un peu plus.

Lorsque je lève les yeux vers Zed, il a le regard plongé dans le vide. Pourquoi est-il si bizarre ? Il pose sa main sous son tee-shirt, sur son ventre qui a l'air de le gratter. Lorsqu'il le soulève légèrement, je vois un pansement blanc. Je ne me gêne pas pour être indiscrète.

– C'est quoi ça ?

– Un tatouage. Je me le suis fait faire juste avant de venir ici.

– Je peux le voir ?

– Ouais…

Il retire sa veste d'un mouvement d'épaule et la pose juste à côté de lui, décolle le sparadrap et la compresse. Puis il sort son téléphone pour faire de la lumière avec l'écran.

– Il fait sombre ici.

– C'est une pendule ?

Sans y penser, je passe mon index sur le motif encré. Il tressaille mais ne recule pas. C'est un gros tatouage qui lui couvre quasiment toute la surface du ventre. Le reste de son torse est couvert d'autres tatouages, plus petits, qui ne semblent pas avoir de lien entre eux. Le nouveau motif est un assemblage de mécanismes qui paraissent en mouvement, mais on va mettre ça sur le compte de la vodka. Mon doigt suit toujours le dessin sur sa peau tiède lorsque je me rends compte de ce que je suis en train de faire.

– Désolée…

Je retire rapidement ma main.

– C'est bon… mais, ouais, c'est une sorte de pendule. Tu vois comme la peau a l'air d'être déchirée ici ?

Il désigne l'un des coins du tatouage et je hoche la tête.

– On dirait que si on retire la peau, en-dessous il y a de la mécanique. Tu vois, c'est comme si j'étais un robot ou un truc dans le genre.

– Le robot de qui ?

Je ne sais pas pourquoi j'ai posé cette question.

– Celui de la société, je crois.

– Oh…

C'est tout ce que je peux dire. C'est bien plus profond que ce que j'attendais.

– En fait, c'est super-cool. J'ai pigé.

Je souris, le cerveau complètement embrumé par l'alcool.

– Je ne sais pas si les gens vont saisir le concept, mais jusqu'à présent, tu es la seule à l'avoir compris.

– Tu veux combien d'autres tatouages ?

– Je ne sais pas. Je n'ai plus de place sur les bras ni sur le ventre maintenant. Je crois que j'arrêterai quand il n'y aura plus de surface disponible.

Il rit.

– Je devrais me faire tatouer.

Je ne parle pas, j'éructe.

– Toi ?

Et ça le fait rire. Vraiment.

– Ouais ! Pourquoi pas ?

Je feins l'indignation. Me faire tatouer semble une bonne idée là, maintenant, tout de suite. Je ne sais absolument pas ce que je me ferais faire comme motif, mais ça semble marrant. Aventureux et marrant.

– Je crois que tu as vraiment trop bu.

Il frotte le sparadrap pour remettre son pansement en place.

– Tu crois que je ne pourrais pas l'assumer ?

– Non, c'est pas ça. C'est juste que… Je ne sais pas. Je n'arrive pas à t'imaginer avec un tatouage. Tu te ferais faire quoi, en plus ?

Il s'empêche de rire.

– Je ne sais pas… Un truc genre un soleil ? Ou un smiley ?

– Un smiley ? C'est définitivement la vodka qui parle, là.

– Probablement.

Je glousse, puis me calme avant de reprendre.

– Je croyais que tu étais en colère contre moi.

Soudain, sa joyeuse expression disparaît.

– Pourquoi pensais-tu une chose pareille ?

– Parce que tu m'as évitée jusqu'à ce que Tristan te fasse jouer au bière-pong.

Il laisse un soupir échapper avant de s'expliquer :

– Oh… Je ne t'évitais pas, Tessa. Je ne veux pas semer le trouble.

– Entre qui ? Hardin et moi ?

Je pose cette question en connaissant déjà la réponse.

– Ouais. Il a été assez clair : je dois rester loin de toi, je ne veux pas me battre encore une fois contre lui. Je ne veux plus de problèmes entre nous, ou simplement avec toi. Je veux juste… laisse tomber.

– Il fait des progrès, dans son genre, pour gérer sa colère.

Je suis un peu mal à l'aise. Je ne sais pas si c'est tout à fait juste, mais j'aime à penser que le fait qu'il n'ait pas tué Trevor est un vrai signe. Il me jette un regard plein de doute.

– *Vraiment* ?

– Oui, vraiment. Je crois…

– Il est où d'abord ? Ça m'a surpris qu'il t'ait laissée hors de sa vue.

– Je n'en ai aucune idée.

Je regarde autour de nous, comme si ça pouvait aider.

– Il est allé parler à Logan et je ne l'ai pas revu depuis.

Il hoche la tête et se gratte l'estomac.

– Bizarre.

– Oui, c'est bizarre.

Je ris, bien contente que la vodka rende tout plus léger.

– Steph était vraiment contente de te voir ce soir.

Il prend une cigarette et, d'un geste rapide du pouce, allume une flamme à son briquet ; l'odeur de la nicotine envahit mes narines.

– J'ai bien vu. Et elle m'a manqué, mais je suis toujours chamboulée par tout ce qui s'est passé.

Le sujet n'est plus aussi lourd à aborder qu'avant. Je passe un bon moment, même si Hardin n'est pas dans le coin. J'ai rigolé et échangé quelques blagues avec Steph et, pour la première fois, j'ai eu l'impression que je pourrai mettre tout ça derrière moi et aller de l'avant avec elle. Zed me sourit.

– Tu es courageuse d'être venue ici.

– Stupide ou courageuse ? C'est pas la même chose.

– Je suis sincère. Après tout ça… tu ne t'es pas planquée dans un coin. C'est probablement ce que j'aurais fait.

– Je me suis effectivement cachée, mais il m'a trouvée.

– Je le fais toujours.

La voix d'Hardin me surprend et je m'agrippe à la veste de Zed pour m'empêcher de tomber du muret de pierres.

∞

58

Hardin

Je dis la vérité. Je la retrouve toujours. Généralement, quand je la trouve, elle fait des trucs qui me rendent totalement fou, genre glander avec cette petite bite de Trevor ou ce connard de Zed.

Putain, j'arrive pas à croire qu'à peine sorti, je tombe sur Tessa et Zed assis sur un mur à discuter de comment elle se planque de moi. C'est de la *merde en barre*. Elle s'accroche à Zed pour reprendre son équilibre alors que je traverse la pelouse givrée.

– Hardin.

Tessa braille, visiblement surprise par ma présence.

– Ouais, Hardin.

Zed s'éloigne d'elle et j'essaie de rester calme. Bordel, qu'est-ce qu'elle fout ici toute seule avec Zed ? Je lui ai bien dit de rester à l'intérieur, dans la cuisine. Quand j'ai demandé à Steph où s'était barrée Tessa, tout ce qu'elle a répondu, c'est « Zed ». Je passe cinq minutes à chercher dans toute cette putain de baraque, surtout les chambres, et je finis par regarder dehors. Et les voilà. Ensemble.

– Tu étais censée rester dans la cuisine, Bébé.

J'ai rajouté le petit nom à la fin pour adoucir le ton de ma voix.

– Tu étais censé être de retour au bout de deux minutes, Bébé.

Je soupire et prends une grande inspiration avant de me remettre à parler. Je réagis toujours au quart de tour, essayons de ne plus faire ça. Mais putain, elle ne me facilite pas la tâche.

– Rentrons.

Je lui tends la main pour attraper la sienne. J'ai besoin de la soustraire à Zed et, honnêtement, j'ai besoin de m'éloigner de lui, moi aussi. Je lui ai déjà carrément pété la gueule une fois et je n'aurais rien contre recommencer encore un coup.

– Je vais me faire tatouer, Hardin.

Alors que je l'aide à descendre du mur, Tess m'annonce ça.

– Quoi ?

Elle est bourrée ou quoi ?

– Ouais… Tu devrais voir le nouveau tatouage de Zed, Hardin. Il est tellement bien. Montre-lui, Zed.

Non, mais c'est quoi ce plan où Tessa mate ses tatouages, j'ai manqué quoi d'autre ? Qu'est-ce qu'ils ont fait encore ? Qu'est-ce qu'il lui a montré sinon ? Il l'a toujours voulue, depuis la première fois où il l'a rencontrée, comme moi. La seule différence, c'est que je voulais la baiser et lui, il l'aimait vraiment bien. Mais j'ai gagné, elle m'a choisi, moi.

– Je ne crois pas…

Zed est clairement mal à l'aise.

– Non, non. Vas-y, montre-moi ça, s'il te plaît.

Zed exhale la fumée de sa cigarette et à ma grande horreur – et putain ça me fait vraiment chier – il soulève son tee-shirt. Il déplace le pansement et je découvre le tatouage qui en lui-même est plutôt cool, mais pourquoi a-t-il éprouvé le besoin de montrer cette merde à ma Tessa ? Ça me dépasse complètement.

Tessa arbore un grand sourire.

– C'est trop cool, hein ? J'en veux un. Je crois qu'on a dit que je voulais un smiley !

Elle n'est pas sérieuse. Je tire mon piercing entre mes dents pour m'empêcher d'exploser de rire. Je regarde Zed qui secoue simplement la tête et hausse les épaules. Une partie de mon irritation disparaît en entendant parler de son idée ridicule de tatouage.

– Tu es bourrée ?

– Peut-être.

Elle glousse. *Génial.*

– Combien de verres as-tu bus ?

J'ai bu deux verres, mais je vois bien qu'elle m'a largement dépassé.

– Je ne sais pas… Et toi, combien de verres as-tu bus ?

Elle soulève le bas de mon tee-shirt. Ses mains froides se posent sur ma peau brûlante et je sursaute quand elle enfouit son visage sur ma poitrine. *Tu vois, Zed, elle est à moi. Elle n'est pas à toi, elle ne l'est plus. Elle n'appartient qu'à moi.*

Je le regarde pour lui demander :

– Qu'est-ce qu'elle a bu et quelle quantité ?

– Je ne suis pas trop sûre de ce qu'elle a bu avant, mais on vient juste de faire deux parties de bière-pong avec des vodka amaretto.

– Attends... On ? Vous avez joué à bière-pong ensemble ?

Je n'articule pas la question, je parle entre mes dents. Elle me regarde, hilare.

– Nan. Vodka-amaretto-pong ! On a gagné, deux fois ! J'ai fait la plupart des tirs. Steph et Tristan étaient tous les deux plutôt bons, mais on les a battus. Deux fois !

Elle lève la main comme si Zed allait lui en taper cinq et il obtempère plutôt à contrecœur, de loin, sans s'approcher.

Ça, c'est Tessa, la fille la meilleure et la plus brillante sur tous les sujets, qui maintenant se vante d'avoir gagné une partie de bière-pong. J'adore cette version. J'interroge Zed :

– Vodka pure ?

– Non, un mélange, avec peu de vodka, mais elle en a bu pas mal.

– Et tu l'as fait venir ici dans le noir alors que tu sais qu'elle est bourrée ?

Mon ton s'échauffe. Tessa rapproche son visage du mien et je peux sentir le cocktail à la vodka dans son haleine.

– Hardin, s'il te plaît, pète un coup. C'est moi qui lui ai demandé de l'accompagner dehors. Au début, il m'a dit non parce qu'il savait que tu réagirais comme… comme ça.

Elle fronce les sourcils et essaie de retirer ses mains, mais je les remets délicatement en place contre mon ventre. J'entoure sa taille de mes bras et la rapproche encore plus de moi. *Péter un coup ?* Est-ce qu'elle vient juste de me dire de péter un coup ?

– Et n'oubli…blions pas que si tu ne m'avais pas quittée, on aurrrrrait pu être partenaires de bière-pong.

Elle est vraiment éméchée. Je sais qu'elle a raison, mais elle me fout les boules. Comment a-t-elle pu jouer avec Zed, lui parmi tous les mecs présents ? Je sais qu'il a toujours un truc pour elle, rien à voir avec ce que je ressens, mais je peux voir à la façon dont il la regarde qu'elle compte pour lui.

– J'ai raison ou j'ai raison ? demande-t-elle.

– Ok, Tessa.

Je grogne, tentant de la faire taire.

– Je rentre.

Zed jette sa cigarette par terre avant de s'éloigner. Tessa l'observe.

– Tu es tellement grognon, tu devrais peut-être retourner là où tu t'étais réfugié.

Elle essaie encore une fois de s'écarter de moi. J'esquive volontairement sa remarque sur mon absence.

– Je ne vais nulle part.

– Alors, arrête de ronchonner, parce que je m'amuse bien ce soir.

Elle lève les yeux vers moi. Ils sont encore plus clairs que d'habitude, avec ces lignes noires qu'elle a dessinées autour.

– Tu ne pouvais pas t'attendre à ce que je sois jouasse de te voir toute seule avec Zed. Zed, bordel !

– Tu préfèrerais que je sois toute seule ici avec quelqu'un d'autre ?

Elle est abominablement chiante quand elle est bourrée.

– Non, tu ne vois pas où je veux en venir.

– Il n'y a nulle part où aller et venir. Je n'ai rien fait de mal, alors arrête de jouer au con, sinon je n'aurai pas envie de passer du temps avec toi.

– Bien, j'arrête de faire chier.

Je lève les yeux au ciel.

– On ne lève pas les yeux au ciel, non plus.

Je resserre mon étreinte autour de sa taille.

– Bien, j'arrête alors.

Je souris.

– C'est ce que je me disais.

Elle essaie de réprimer un sourire.

– Tu es plutôt directive ce soir.

– La vodka me rend courageuse.

Je sens ses mains descendre sur mon ventre.

– Alors, tu veux te faire faire un tatouage ?

Je remonte ses mains vers le haut, mais elle contourne ma diversion et me touche encore plus bas.

– Ouais, peut-être même cinq. Je ne sais pas.

– Tu ne te feras pas tatouer.

Je rigole, mais je suis plus que sérieux.

– Pourquoi pas ?

De ses doigts, elle joue avec l'ourlet de mon boxer.

– On en reparlera demain quand tu seras sobre. Rentrons.

Je sens que cette idée ne lui plaira plus quand elle aura dessoûlé.

Elle passe sa main dans mon boxer et se hisse sur la pointe des pieds. J'imagine qu'elle va m'embrasser sur la joue, mais elle approche sa bouche de mon oreille. Je respire difficilement quand elle me serre doucement dans sa main.

– Je crois qu'on devrait rester ici.

Putain.

– La vodka te donne vraiment du courage.

Ma voix déraille, me trahissant.

– Oui… Et elle me rend chauda…

Elle parle bien trop fort. Je lui couvre la bouche de la main quand un groupe de filles bourrées passe à côté de nous.

– Il faut qu'on rentre, ça pèle et je ne pense pas qu'ils seraient très contents si je te baisais derrière un buisson.

Ses pupilles se dilatent malgré mon ton suffisant.

– Mais *moi*, j'apprécierais vraiment, en revanche.

À l'instant où ma main s'est détachée de sa bouche, elle m'a répondu.

– Bordel, Tess, quelques verres et tu deviens complètement nympho.

Je rigole en me souvenant de Seattle et de toutes les saloperies échappées de ses belles lèvres. Il faut que je la fasse rentrer avant d'accepter sa proposition et d'aller la tirer derrière un buisson. Elle me fait un clin d'œil et ajoute :

– Seulement pour toi.

Je n'arrive pas à me retenir de rire.

– Allons-y.

Je pose ma main sur son bras et la fais traverser le jardin pour rejoindre la maison.

Elle fait la moue pendant tout le trajet, ce qui me casse les couilles encore plus, particulièrement quand elle fait ressortir sa lèvre inférieure. Je pourrais facilement me pencher en avant et la mordre avec les dents. Putain, je suis comme elle et je ne suis même pas bourré. Peut-être un peu défoncé, mais pas bourré. Elle aurait été tellement furax si elle m'avait trouvé au premier. Je n'ai pas vraiment fumé, mais j'étais dans la pièce et ça les faisait marrer de me souffler la fumée en pleine gueule.

Je la pousse à travers la foule et la conduis dans la pièce la moins peuplée du rez-de-chaussée, qui se trouve être la cuisine. Tessa pose ses coudes sur le plan de travail de l'îlot central et me regarde. Comment fait-elle pour être aussi belle que lorsque nous avons quitté l'appartement ? Toutes les autres filles ici ont vraiment une sale gueule : dès leur premier verre, leur maquillage commence à se barrer, leurs cheveux à s'emmêler et elles ont l'air débraillées. Pas Tessa, Tessa a l'air d'une putain de déesse, comparée à elles. Comparée à quiconque.

– Je veux un autre verre, Hardin.

Elle a beau utiliser un ton exigeant, je refuse, elle me tire la langue comme une petite fille.

– S'il te plaît ? Je m'amuse bien, ne sois pas rabat-joie.

– D'accord, un de plus, mais arrête de parler comme une gamine de dix ans.

– Bien, Monsieur. Je vous présente mes plus sincères excuses pour mon langage immature, je ne répéterai en aucun cas une pareille erreur de langage…

– Ou Cher Monsieur. Mais tu peux continuer à m'appeler Monsieur.

– Putain, ouais, d'accord. Cool. Bordel de putain de merde, je vais parler comme une putain de…

Mais elle ne termine pas sa phrase parce que nous rions tous les deux trop fort.

– Tu es complètement folle ce soir.

Ça la fait rire.

– Je sais, c'est rigolo.

Je suis content qu'elle s'éclate, mais je ne peux pas m'empêcher d'être ennuyé qu'elle se soit amusée avec Zed et non avec moi. Je vais fermer ma gueule, en revanche, parce que je ne veux pas niquer sa soirée.

Elle se lève, prend une gorgée dans son verre.

– Allons chercher Steph.

– Tout va bien avec elle, maintenant ?

Je ne sais pas trop quoi penser de ça.

– C'est bien, non ? Je crois…

– Je crois aussi. Ils sont là !

Elle désigne du doigt Tristan et Steph assis sur le canapé.

En entrant dans le séjour, un petit groupe de mecs assis par terre se retourne pour mater Tessa. Elle n'est pas consciente de leurs regards lubriques, mais moi si. Je leur envoie un regard d'avertissement et presque tous se détournent sauf un blond qui ressemble un peu à Noah. Il continue de la mater quand nous passons devant lui. Est-ce que lui foutre un bon coup de pied dans la gueule serait une bonne idée ? Ou pas. Je choisis de prendre la main de Tessa dans la mienne, pour l'instant du moins.

Elle tourne soudain la tête pour regarder nos mains jointes, et ses yeux s'écarquillent. Pourquoi est-elle si surprise ? Je veux dire, ouais, je ne suis pas super à l'aise avec tout ce truc de se tenir la main d'habitude, mais de temps en temps… Non ? Steph nous regarde approcher.

– Ah ! Vous voilà tous les deux !

Molly est assise par terre à côté d'un gars que j'ai déjà vu quelque part. Je suis certain que c'est un première année et que son père est propriétaire terrien à Vancouver, ce qui lui donne droit à une grosse allocation de sale gosse de riche. Ils ont l'air cons tous les deux, mais je suis juste soulagé qu'elle m'ait lâché la grappe. Quelle chieuse ! Et Tessa la déteste.

– On était dehors.

Nate remue sa bière avec ses doigts.

– Je me fais chier…

Je m'assieds à un bout du canapé et attire Tessa sur mes genoux. Des regards fusent vers nous, mais je m'en branle. Qu'ils osent venir me dire quelque chose ! Très vite, ils détournent tous le regard, sauf Steph qui fait une fixette, un peu trop longtemps, avant de sourire. Je ne lui retourne pas son sourire, mais je ne lui fais pas un doigt non plus, ce qui marque un certain progrès, non ?

– On devrait jouer à Défi ou Vérité, suggère une voix, et je mets quelques secondes à déterminer son origine.

Mais putain, qu'est-ce qui lui prend ? Je tends le cou pour regarder Tessa, toujours assise sur mes genoux.

– Mais bien sûr, tu as envie de jouer…

Molly se fout de sa gueule.

– Pourquoi tu as dit ça ? Tu détestes ces jeux.

Elle m'offre un petit sourire satisfait avant de me répondre :

– Je ne sais pas, ça pourrait être marrant ce soir.

Je suis son regard tendu vers Molly, je ne veux même pas savoir ce qui se trame dans la jolie petite tête de Tessa.

∞

59
Hardin

Juste au moment où je murmure : « Je ne suis pas sûr que ce soit une bonne idée », Tessa se retourne vers moi et pose son index sur mes lèvres pour me faire taire.

Molly enchaîne avec un sourire vicelard :

– Qu'est-ce qui se passe Hardin, t'as peur d'un peu de défi… ou c'est la vérité qui te fout les boules ?

Quelle sale pute ! Je suis sur le point de répondre, mais un grognement de Tessa me décontenance.

– C'est plutôt toi qui devrais avoir peur.

Molly arque un sourcil.

– Sérieux ?

– Ok… Ok… On se calme toutes les deux, intervient Nate.

Autant j'aime voir Tessa remettre Molly à sa place, autant je ne voudrais pas que Molly pousse le bouchon trop loin. Tessa est bien plus fragile et sensible qu'elle, et Molly dira n'importe quoi pour la blesser.

– Qui commence ?

À la question de Tristan, Tessa lève immédiatement la main.

– Moi.

Oh ! Bordel de merde, ça va virer au carnage, au putain de désastre.

– Je crois que je devrais peut-être y aller en premier, intervient Steph.

Tessa soupire, mais s'assied silencieusement et approche son gobelet de sa bouche. Ses lèvres sont rougies par la cerise et l'espace d'un instant, perdu dans mes pensées, je les ai imaginées serrées autour de mon…

– Hardin, Défi ou Vérité ?

La voix de Steph interrompt mes pensées salaces.

– Je ne joue pas.

Je veux retourner à mon fantasme.

– Et pourquoi pas ?

Le charme est rompu, je la regarde et grogne une réponse type :

– A, j'ai pas envie. B, j'ai assez joué comme ça à ces jeux débiles.

– N'est-ce pas là la vérité ? marmonne Molly.

Tristan essaie de me défendre :

– C'est pas ce qu'il entendait par là, on rentre les griffes.

Putain, pourquoi est-ce que je me suis emmerdé à baiser Molly au fait ? Elle est plutôt bonnasse et assez douée pour tailler les pipes, mais putain, qu'est-ce qu'elle est chiante ! Rien que de repenser à la manière qu'elle avait de me toucher me donne envie de gerber et, pour détourner mes pensées, je fais un petit geste à Steph pour lui demander de continuer.

– Ok, Nate. Action ou Vérité ?

– Action.

– Euh…

Steph désigne une fille en bleu, plutôt grande, qui porte un rouge à lèvres très rouge.

– Je te mets au défi d'aller embrasser la blonde avec un top bleu.

Il regarde dans la direction indiquée et pleurniche :

– Je préfèrerais aller rouler une pelle à sa copine, ok ?

Nous nous tournons tous vers la fille à côté de la blonde, qui a de longs cheveux bouclés et la peau très mate. Elle est bien plus jolie que la blonde, j'espère vraiment pour Nate que Steph va permettre l'échange, mais elle rit et répond avec autorité :

– Nan, ce sera la blondinette.

– T'es un monstre !

Il ronchonne, tout le monde rigole en le voyant s'avancer vers la fille.

Lorsque Nate revient avec des taches de rouge à lèvres autour de la bouche, je comprends pourquoi Tessa méprise ce type de jeu. Se mettre au défi de faire des choses aussi stupides n'a aucun sens. Je n'en ai jamais rien eu à foutre, mais bon, avant je n'ai jamais voulu me contenter d'une seule personne. Maintenant, je ne veux plus jamais embrasser quelqu'un d'autre que Tessa. Jamais.

Lorsque Nate demande à Tristan de boire dans un gobelet plein de bière qui a aussi servi de cendrier, je laisse mes pensées divaguer. J'attrape une mèche des doux cheveux de Tessa entre mes doigts et la tord doucement. Elle couvre son visage de ses mains en apercevant Tristan se retenir de vomir et Steph crie. Après quelques actions sans queue ni tête, c'est enfin au tour de Tessa. Elle annonce fièrement à Ed :

– Action.

Je lui lance un regard assassin pour l'avertir que s'il ose lui proposer de faire quoi que ce soit d'inapproprié, je n'hésiterai pas à sauter par-dessus la table pour serrer son cou à deux mains. C'est un mec plutôt cool et détendu, je ne crois pas qu'il irait trop loin, mais je préfère quand même l'avertir.

– Je te mets au défi d'aller boire un shot.

– Naze.

Molly a une petite voix suraiguë. Tessa l'ignore et avale son petit verre d'alcool pur. Elle est déjà bourrée, si elle boit un peu plus, elle sera malade. D'une voix bien trop fière, Tessa demande :

– Molly, Action ou Vérité.

Tout le monde se crispe. Steph me jette un regard interrogateur. Visiblement surprise de son audace, Molly croise le regard de Tessa qui répète.

– Action ou Vérité ?

– Vérité, répond Molly.

– Est-ce que c'est vrai… entonne Tessa avant de se pencher en avant et de poursuivre… que tu es une pute ?

Partout, on peut entendre des petits rires et des gens suffoquer. Je planque mon visage dans le dos de Tessa pour étouffer mon éclat de rire.

– *Je te demande pardon ?*

Molly est bouche bée.

– Tu m'as bien entendue. Est-ce que c'est vrai que tu n'es qu'une pute ?

– Non.

Molly la toise, les yeux à peine fendus. Nate est toujours mort de rire, Steph rigole, inquiète, et Tessa a l'air d'être prête à péter les dents de Molly.

– Ça s'appelle « vérité » pour une bonne raison.

Je serre doucement sa cuisse et lui murmure de laisser pisser. Je ne veux pas que Molly la blesse, parce qu'ensuite, il faudra que je fasse la même chose à Molly.

– Mon tour, dit Molly. Tessa, Action ou Vérité ?

C'est parti.

– Action.

Tessa arbore un sourire sadique. Molly feint la surprise, puis ricane.

– Je te mets au défi d'embrasser Zed.

Je regarde vite fait la sale gueule de Molly.

– Non, putain.

Tout le monde semble reculer dans son siège, sauf Molly, qui a un sourire satisfait.

– Pourquoi pas ? Elle est en terrain conquis, elle l'a déjà fait.

Je me redresse et tire Tessa vers moi, nous bougeant tous les deux.

– Jamais de la vie.

J'en ai rien à battre de son jeu à la con, elle n'embrassera personne. Zed a planté son regard dans le mur face à lui et quand Molly se tourne pour le regarder, elle voit qu'elle ne recevra pas de soutien de ce côté-là.

– Bien, contentons-nous d'une vérité alors. Est-ce que c'est vrai que tu es une grosse conne de t'être remise avec Hardin après qu'il a *avoué* qu'il t'avait baisée pour gagner un pari ?

Cette petite pute de Molly arbore un ton tout guilleret. Le corps de Tessa se contracte sur mes genoux.

– Non, ce n'est pas vrai.

Molly se lève.

– Non, non, c'est Action ou Vérité, pas un jeu pour les petites filles qui font semblant. Est-ce que c'est la *vérité* que tu es une grosse conne d'avoir fait ça ? Tu crois tout ce qui sort de sa bouche. Non pas que je t'en blâme, parce que je sais toutes les choses merveilleuses qu'il peut faire avec sa bouche. Bordel, cette langue…

Avant que je ne puisse l'arrêter, Tessa s'est levée et se précipite vers Molly. Leurs corps s'entrechoquent, Tessa la pousse en arrière de ses épaules et s'y agrippe si bien qu'elles tombent sur Ed. Heureusement pour Molly, le gars amortit sa chute. Malheureusement pour elle, les mains de Tessa quittent ses épaules pour agripper ses cheveux.

– Espèce de salope !

Tessa hurle en tirant les cheveux flamboyants de Molly dans son poing.

Elle soulève la tête de Molly et l'aplatit contre la moquette. Molly hurle et bat des pieds sous le corps de Tessa, mais Tessa a l'avantage et Molly ne semble pas capable de reprendre le contrôle de la situation. Ses ongles se plantent dans les bras de Tessa, mais Tessa lui attrape les poignets et les force violemment à reprendre place le long de son corps, puis elle lève une main et lui assène une gifle aller-retour.

Putain de merde. Je saute du canapé et attrape Tessa par la taille pour la tirer en arrière. Jamais en un million d'années, je n'aurais cru avoir à interrompre une bagarre de Tessa, mais en plus avec Molly qui n'est qu'une grande gueule, rien de plus.

Tessa se tortille entre mes bras quelques secondes avant de se calmer légèrement pour que je puisse la faire sortir de la pièce. Je tire sur le bas de sa robe pour m'assurer qu'elle n'est pas trop remontée ; la dernière chose dont j'ai besoin, c'est d'avoir à me battre moi aussi. Il y a peu de monde dans la cuisine et déjà ils parlent tous de la bagarre dans le salon.

– Putain, Hardin, je vais la tuer ! Je te le jure !

– Je sais… Je sais que tu en es capable.

Je lui dis ça, mais je ne peux pas la prendre au sérieux, même si j'ai été le témoin de sa sauvagerie.

– Arrête de me regarder en te foutant de ma gueule.

Elle essaie de reprendre son souffle. Ses yeux sont écarquillés et brillants, ses joues sont rouges de colère.

– Je ne me fous pas de ta gueule. Je suis simplement surpris de ce qui vient de se passer.

Je me mords la lèvre.

– Je la hais ! *Putain, pour qui elle se prend ?*

Elle crie et essaie de passer sa tête dans l'autre pièce, à l'évidence pour attirer l'attention de Molly.

– Ok, Ortiz… On va te donner un peu d'eau.

– Ortiz ?

– C'est un combattant d'UFC[6]…

– UFC ?

– On s'en branle.

Je rigole et lui remplis un verre d'eau. Je regarde dans le séjour pour m'assurer que Molly a disparu.

– J'ai le corps bourré d'adrénaline, un truc de dingue.

Ce qu'il y a de meilleur quand on se bat, c'est qu'on est shooté à l'adrénaline. C'est addictif.

---

6. UFC : *Ultimate Fighting Championship*[*].

– Tu t'étais déjà battue avant ?

Je pose la question, même si je suis sûr de connaître la réponse.

– Non, bien sûr que non.

– Pourquoi as-tu provoqué une bagarre à l'instant ? Tout le monde s'en tape de ce que Molly pense de nous deux.

– C'est pas ça. C'est pas ça qui m'a rendue folle de rage.

– C'est quoi alors ?

Elle me tend son gobelet vide et je le remplis encore une fois.

– C'est ce qu'elle a dit… sur toi et elle.

Son visage est tordu de colère.

– Oh !

– Ouais, j'aurais dû lui mettre un pain.

– Oui, mais je crois que la plaquer par terre et taper son crâne contre le sol, c'était plutôt cool, Ortiz.

Un petit sourire s'échappe de ses lèvres et elle rigole.

– Je n'arrive pas à croire que je viens de faire un truc pareil.

Elle rit de plus belle.

– Tu es tellement bourrée.

– Mais *oui !* Assez cuite pour cogner la tête de Molly contre le sol.

Elle continue de rire. J'enroule mon bras autour de sa taille.

– Je crois que tout le monde a adoré le spectacle.

– J'espère que personne ne m'en veut d'avoir causé ce spectacle.

Là voilà, ma Tessa, bourrée comme un coing, elle essaie d'être pleine d'égards pour autrui.

– Personne ne t'en veut, Bébé, je dirais même qu'ils t'en remercient. C'est le genre de conneries qui font vibrer les gamins dans les fraternités.

– Mon Dieu, j'espère pas.

L'espace d'un instant, elle a l'air ébranlée.

– Ne t'inquiète pas pour ça. Tu veux retrouver Steph ?

J'essaie de la distraire.

– Ou on pourrait faire autre chose…

Elle passe ses doigts sous la ceinture de mon jean.

– Tu ne reboiras jamais de vodka sans moi.

C'est pour la taquiner, mais bon, c'est sérieux aussi.

– Promis… Allez, on monte.

Elle se penche vers moi pour m'embrasser sur la joue.

– Tu es une petite chose bien directive, dis-moi.

– Tu n'es pas le seul à avoir le droit de diriger le monde tout le temps.

Elle rit et m'attrape par le col, me tirant vers le bas pour que je sois à sa hauteur.

– Au moins, laisse-moi faire quelque chose pour toi.

Elle ronronne en me mordillant le lobe de l'oreille.

– Tu viens juste de sortir d'une bagarre, ta première bagarre en plus, et c'est à ça que tu penses ?

Elle hoche la tête. Puis elle ajoute, d'une voix grave et lente qui me donne la sensation d'être de plus en plus serré derrière ma braguette :

– Je sais que tu en as envie, Hardin.

– Ok… putain… ok. Je cède.

– Oh, bah c'était facile.

Je l'attrape par le poignet et l'attire vers le premier étage.

– Est-ce que quelqu'un a déjà repris ton ancienne chambre ?

– Ouais, mais il y a plein de chambres vides.

J'ouvre la porte de l'une d'elles. Deux petits lits sont recouverts de couettes noires et il y a des chaussures dans le placard. Je ne sais pas à qui appartient cette chambre, mais maintenant, c'est la nôtre. Je ferme la porte et avance de quelques pas pour me rapprocher d'elle.

– Défais ma fermeture.

– Tu ne veux pas perdre de temps à ce que je vois…

– Tais-toi et dégage ma robe.

Amusé, je secoue la tête et elle se tourne, puis soulève ses cheveux. Mes lèvres frôlent sa nuque et je fais descendre la fermeture Éclair le long de son dos. La chair de poule apparaît sur sa peau si douce, je passe mon index le long de sa colonne vertébrale. Elle tremble un peu, mais se retourne et fait glisser les manches de sa robe le long de ses bras. Qui tombe à ses pieds, révélant un ensemble de lingerie en dentelle rose vif que j'adore inconditionnellement, putain de merde. Je constate à son sourire qu'elle le sait.

– Garde tes chaussures.

J'en suis presque à la supplier. Elle accepte en souriant et baisse les yeux vers ses chaussures.

– Je veux m'occuper de toi pour commencer.

D'un geste fluide, elle tire sur mon jean, mais fronce les sourcils quand elle ne le voit pas descendre. Ses doigts volent vers ma braguette pour en défaire les boutons et elle peut enfin me le retirer. Je recule vers le lit, mais elle m'arrête avec une petite moue dégoûtée.

– Non. Beurk. Qui sait ce qui s'est passé sur cette chose. Je préfère par terre.

– Je t'assure que le sol est bien plus crade que le lit. Bon, laisse-moi mettre mon tee-shirt.

Je pose mon tee-shirt sur le sol, puis je m'assieds dessus. Tessa me rejoint et se met à califourchon sur moi. Sa bouche se verrouille sur la peau de mon cou et elle ondule des hanches en se poussant contre moi.

Putain.

– Tess… Je vais avoir terminé avant que tu commences, si tu continues à faire ça.

Elle cesse de m'embrasser dans le cou.

– Qu'est-ce que tu veux que je fasse, Hardin ? Tu veux me baiser ou tu veux que je te su…

Je la coupe d'un baiser. Je ne vais pas perdre plus de temps avec les préliminaires. Je la veux, j'ai besoin d'elle, maintenant. En quelques secondes, sa petite culotte tombe sur le sol à côté d'elle et je tends la main vers mon jean pour attraper une capote. Il faut que je lui rappelle de se mettre sous pilule, je déteste mettre une capote avec elle. Je veux la sentir, complètement.

– Hardin… Magne-toi, me supplie-t-elle, allongée par terre, le torse relevé sur ses coudes, ses longs cheveux étalés derrière elle.

Je rampe vers elle, ouvre un peu plus ses cuisses de mes genoux et remonte encore un peu pour me glisser en elle. Elle perd l'équilibre et tombe à plat, le dos par terre, puis agrippe mes bras pour gagner un point de levier.

– Non… Je veux le faire.

Tessa me pousse par terre en grimpant sur moi.

Elle gémit en s'abaissant sur mon corps et c'est la plus délicieuse des musiques. Ses hanches ondulent doucement, faisant des cercles, se levant et s'abaissant, elle me torture. Elle couvre sa bouche de sa main et ses yeux se révulsent. Lorsqu'elle me griffe le ventre de ses ongles, j'en perds presque mes moyens. Je passe mes bras autour d'elle et nous retourne. J'en ai assez de son contrôle, je ne peux plus le supporter.

– Mais…

– C'est moi qui décide, qui prends le contrôle. N'oublie pas ça, Bébé.

J'entre en elle de toutes mes forces et je bouge à un rythme bien plus rapide que la torture qu'elle vient de m'imposer. Elle hoche la tête avec fièvre et couvre encore sa bouche de sa main.

– Quand… on rentrera à la maison… je te baiserai encore et tu ne mettras pas ta main devant ta bouche…

Je la menace en levant ses jambes par-dessus mes épaules.

– Tout le monde pourra t'entendre. Entendre ce que je te fais, ce que moi seul peux te faire.

Elle gémit encore et j'embrasse son mollet en la sentant se contracter. Je suis si près… trop près, et j'enfouis mon visage dans son cou en remplissant la capote. Je repose ma tête sur son torse jusqu'à ce que notre respiration revienne à la normale.

– C'était…

Elle respire lourdement.

– Mieux que d'attaquer Molly, dis-je en riant ?

Elle se lève pour se rhabiller.

– Je ne sais pas… presque aussi bien.

∞

60
Tessa

Hardin m'aide à refermer ma robe, je passe mes doigts dans mes cheveux tandis qu'il reboutonne son jean et remet ses chaussures.

– Quelle heure est-il ?

Il regarde le réveil sur le petit bureau.

– Encore deux minutes avant minuit.

– Oh… Hé, on doit se dépêcher de descendre.

Je suis toujours plus que pompette, mais maintenant, je suis calme et relaxée grâce à Hardin. Ivre ou pas, je n'arrive pas à croire à ce qui s'est passé avec Molly.

– Allons-y.

Il prend ma main et nous arrivons en haut de l'escalier lorsque nous entendons tout le monde scander :

– Dix… Neuf… Huit… Sept… Six…

– C'est débile, se plaint Hardin.

– Cinq… Quatre… Trois…

– Dis-le avec moi, Hardin !

Il essaie de ne pas sourire, mais craque et ses lèvres se fendent d'une oreille à l'autre.

– Deux… Un…

De l'index, je lui tape la joue.

– Bonne année !

Tout le monde hurle, moi y compris.

– Ouééé ! Bonne année !

Hardin récite ça sur un ton monocorde et, m'entendant rire, il presse ses lèvres contre les miennes. J'avais un peu peur qu'il ne veuille pas m'embrasser ici, devant tout le monde, mais c'est ce qu'il est en train de faire. Alors que mes mains se dirigent vers sa taille, il s'en empare pour m'arrêter. Il recule, ses yeux émeraude sont brillants. Il est si beau.

– Tu n'es pas crevée ?

Je secoue la tête et réponds à sa plaisanterie,

– Ne te flatte pas. Je ne te faisais pas d'avances. Et j'ai vraiment besoin de faire pipi.

– Tu veux que je vienne avec toi ?

– Nan. Je reviens tout de suite.

Je lui envoie un petit bisou et me dirige vers les toilettes.

J'aurais dû lui dire de venir avec moi, c'est bien plus difficile que quand je suis sobre. Cette soirée a été tellement drôle, surtout tout ce drame avec Molly. Je suis surprise qu'Hardin soit resté aussi calme, même avec Zed, et de bonne humeur toute la soirée. Après m'être lavé les mains, je retourne dans le couloir pour le retrouver.

– Hardin !

C'est une voix féminine qui l'appelle. Je me retourne pour découvrir un visage familier : la fille aux cheveux noirs dans laquelle je suis rentrée un peu plus tôt, elle marche vers lui. Fidèle à ma nature de grosse curieuse, je reste en retrait de quelques pas.

– J'ai ton téléphone, tu l'as laissé dans la chambre de Logan.

Elle sourit et sort le téléphone d'Hardin de son sac à main.

Quoi ? Ce n'est rien, j'en suis sûre. Ils étaient dans la chambre de Logan, ça veut dire qu'ils n'y étaient certainement pas tout seuls. Je lui fais confiance.

– Merci.

Il prend son téléphone et elle se tourne pour partir. Dieu merci.

– Hey !

Il la rappelle.

– Tu peux me faire une faveur et, si possible, ne dire à personne qu'on était tous les deux dans la chambre de Logan ?

– Une vraie dame ne raconte pas ses secrets d'alcôve.

Elle sourit franchement et s'en va.

La pièce commence à tourner. J'ai instantanément mal au cœur, je descends en courant les escaliers. Hardin le remarque et me court après. Je vois se vider son visage de ses couleurs. Il sait qu'il vient d'être pris sur le fait.

∞

61
Hardin

Je remarque un éclat doré à quelques pas de moi. Je regarde derrière Jamie et aperçois Tessa, les yeux écarquillés et la lèvre inférieure tremblante. En un instant, son expression passe de la biche prise dans les phares d'une voiture à la petite copine en rogne, et elle dévale les escaliers.

Quoi ?

– Tessa ! Attends !

Je lui crie dessus pour la rattraper. Pour quelqu'un de bourré, elle les *survole,* ces escaliers. Pourquoi court-elle toujours pour m'échapper ?

– Tess !

Je pousse les gens pour les dégager de mon chemin.

Enfin, quand je ne suis plus qu'à quelques pas d'elle dans l'entrée, elle fait un truc qui me met pratiquement à genoux. L'espèce de connard blond qui la matait un peu plus tôt siffle en la voyant passer. Elle s'arrête net et l'expression de son visage me glace complètement. En souriant, elle s'agrippe au tee-shirt du gamin.

Putain, mais qu'est-ce qu'elle fout ? Elle va pas...

Elle me regarde droit dans les yeux et, comme si elle avait lu dans mes pensées, elle presse ses lèvres contre celles du blondinet.

Je cligne des yeux très vite dans l'espoir de faire disparaître cette vision. Ça n'est pas en train de se passer. Elle ne ferait pas ça, pas Tessa, même si elle était folle de rage.

Le gamin, surpris par cette soudaine démonstration d'affection, reprend vite ses esprits et enroule ses bras autour de sa taille. Elle ouvre la bouche et passe une main dans ses cheveux, puis tire dessus. Et là, il se passe un truc que je n'arrive pas à comprendre.

– *Hardin ! Arrête !*

Elle crie.

Arrêter quoi ?

Lorsque je cligne encore une fois des yeux, je suis sur le blond dont la lèvre est fendue. Je l'ai déjà cogné ?

– S'il te plaît, Hardin !

Je lâche le gars vite fait avant que tout le monde forme un cercle autour de nous.

– C'est quoi ce bordel ? chiale le môme.

J'ai envie de lui filer un coup de pied dans la gueule, mais j'essayais d'arrêter ce genre de conneries depuis quelque temps et voilà, il a fallu qu'elle fasse ça, putain. Elle a niqué tout ce que j'essayais de construire. Je me dirige vers la porte sans me soucier de savoir si elle me suit.

– Pourquoi l'as-tu frappé ?

Je l'entends parler derrière moi en arrivant à la voiture.

– D'après *toi*, pourquoi, Tessa ? Peut-être juste parce que je t'ai vue lui rouler une pelle. Je ne l'ai cogné qu'une fois… Enfin, je crois… Ce n'est pas si grave. Mais j'ai bien envie de continuer.

Elle se met à pleurer.

– Qu'est-ce que t'en as à faire ? Tu as embrassé cette fille ! Tu as peut-être même fait plus que l'embrasser ! Comment as-tu pu faire une chose pareille ?

– Non ! Tu n'as pas le droit de *pleurer*, putain, Tessa. Tu viens juste de rouler une pelle à un mec devant moi.

Ma main entre en contact avec le capot de la voiture.

– Tu as fait pire ! Je t'ai entendu demander à cette fille de ne rien dire sur votre petit passage dans la chambre de Logan !

– Tu ne sais même pas de quoi tu parles, putain, j'ai embrassé personne, moi !

– Si, tu l'as fait ! Elle a dit qu'elle ne racontait jamais ses secrets d'alcôve, comme une vraie dame !

Elle agite ses bras dans tous les sens comme une idiote.

Putain, elle me rend dingue.

– C'est une putain de figure de style, Tessa. Elle voulait dire qu'elle ne raconterait à personne ce dont on a discuté, ou pour les joints !

Elle hoquète violemment.

– Tu as fumé un joint !

– Non, moi, non, en fait, mais on s'en tape ! Tu viens juste de me tromper, putain !

Je tire sur mes cheveux.

– Pourquoi m'as-tu laissée pour passer du temps avec elle, pourquoi tu lui demandes de ne rien dire, ça n'a pas de se…

– C'est la sœur de Dan ! Je lui demandais de ne rien dire parce que j'ai essayé de m'excuser en privé pour ce que je lui ai fait. J'allais te le dire demain quand tu serais un peu moins agressive ! On était tous dans la pièce : moi, elle, Logan et Nate. Ils fumaient des joints et quand ils se sont cassés, je lui ai demandé de rester parce que je voulais essayer de faire amende honorable auprès d'elle, pour toi.

Toute ma colère jaillit de mes yeux, j'en suis certain.

– *Moi, je* ne te tromperais jamais, putain de merde, et tu devrais le savoir !

Et là tout d'un coup, Tessa se dégonfle. Elle est sans voix. Putain, j'espère bien, quand même. Elle a tellement tort, j'ai vraiment *les boules*.

– Eh bien…

– Eh bien *quoi* ? Tu as tort, pas moi. Tu ne m'as pas laissé le temps de m'expliquer. Au lieu de quoi, tu te comportes comme une gamine. Une sale môme impulsive !

Je hurle et tape sur le capot de la voiture à nouveau. Ça la fait sursauter, mais je m'en bats les couilles. Je devrais simplement y retourner, trouver le blond et finir ce que j'ai commencé. Taper sur ma voiture ne me procure pas la même satisfaction.

Elle crie à travers ses larmes.

– Je ne suis pas une enfant ! J'ai cru que tu avais fait quelque chose avec elle !

– Eh bien, ce n'était pas le cas. Après tout ce que j'ai traversé pour que tu restes avec moi, tu crois que j'irais te tromper avec la première venue dans une soirée… ou putain de merde, avec n'importe qui ?

– Je ne sais pas quoi penser.

Elle lève les bras au ciel. Je me passe les mains dans les cheveux pour essayer de me calmer.

– C'est ton problème. Je ne sais pas comment je peux te faire comprendre autrement que je t'aime.

Elle a embrassé quelqu'un, elle a embrassé un autre mec devant moi. C'est encore pire que si elle m'avait quitté, au moins je pourrais dire que c'est ma faute. Son souffle chaud crée de petits nuages de fumée dans l'air froid.

– En fait, si je n'étais pas si habituée à te voir garder des secrets, je n'aurais pas été aussi rapide à sauter sur les mauvaises conclusions.

Je la regarde, complètement incrédule.

– Tu es incroyable ! Sérieux, je ne peux pas te regarder, là.

L'image d'elle embrassant ce mec ne me quitte pas.

– Je suis désolée de l'avoir embrassé. (Elle soupire.) C'est pas la peine d'en faire tout un plat.

– Tu te fous de ma gueule ? Pitié, dis-moi que tu te fous de ma gueule, parce que si ça avait été moi qui aie roulé une pelle à une autre, toi tu ne m'aurais probablement plus jamais adressé la parole ! Mais j'oublie que puisque c'est Princesse Tessa, c'est pas grave ! Il n'y a pas de mal !

Elle croise les bras sur la poitrine en un signe d'indignation infondé.

– Princesse Tessa ? Sérieux, Hardin ?

– Ouais, sérieux ! Tu m'as trompé, juste sous mon nez ! Je t'ai amenée ici pour que tu saches à quel point tu comptes pour moi. Je voulais que tu saches que je n'en ai rien à foutre de l'opinion des autres. Je voulais que tu passes la meilleure soirée possible, et il faut que tu fasses cette connerie !

– Hardin... Je...

– Non ! C'est terminé. (Je sors mes clés.) Tu te comportes comme si ce n'était pas grave ! C'est hyper-grave pour moi. De voir les lèvres d'un autre homme sur les tiennes... c'est... Je n'arrive même pas à expliquer à quel point ça me rend malade.

– J'ai dit...

Je pète les plombs. Je sais que je fais peur, mais je ne peux pas m'en empêcher.

– Pour une fois dans ta putain de vie, arrête de m'interrompre. Tu sais quoi... C'est bon. Retourne dans la baraque et demande à ton nouveau mec de te ramener à la maison.

Je tourne la clé dans la serrure de la portière.

– Il ressemble pas mal à Noah, qui doit probablement te manquer.

– Quoi ? Mais qu'est-ce que Noah a à voir là-dedans ? Et clairement, je n'ai pas de type, grogne-t-elle en me désignant. Mais bon, peut-être que je devrais.

– Et puis merde !

Je crache par terre et monte dans la voiture. Je mets le contact et la laisse sur le trottoir, debout dans le froid. Quand j'atteins le panneau stop, je tape sur le volant, longtemps, sans pouvoir m'en empêcher.

Si elle ne m'appelle pas dans une heure, je sais qu'elle sera rentrée avec quelqu'un d'autre.

∞

62

Tessa

Dix minutes plus tard, je suis toujours plantée sur le trottoir. Mes jambes et mes bras sont engourdis par le froid et je tremble. Hardin va revenir d'une minute à l'autre, il ne va pas me laisser ici, toute seule. Bourrée et seule.

Quand je pense à l'appeler, je me souviens qu'il a mon téléphone. *Génial.*

Mais putain, à quoi je pensais ? Je ne pensais pas, c'est ça le problème. On s'en sortait si bien et je n'ai même pas essayé de lui accorder le bénéfice du doute. À la place, j'ai embrassé quelqu'un. Ce souvenir me donne envie de vomir directement sur le trottoir.

Pourquoi n'est-il pas encore revenu ?

Je dois rentrer. Il fait trop froid ici et je veux un autre verre. Mon euphorie est en train de redescendre et je ne suis pas prête à faire face à la réalité. Quand je rentre, je vais directement dans la cuisine pour me trouver un verre. La raison pour laquelle je ne devrais pas boire, c'est que je n'ai aucun sens commun lorsque je suis ivre. J'ai immédiatement cru que le pire était arrivé et j'ai fait une énorme erreur.

– Tessa ?

J'entends la voix de Zed juste derrière moi.

– Salut.

Je grogne à moitié. Pour lui faire face, je décolle ma tête de l'îlot central, pourtant si frais.

– Euh… Qu'est-ce que tu fous ? (Il rit à moitié.) Tout va bien ?

– Ouais… Ça va.

Bien sûr, je mens.

– Où est Hardin ?

– Il est parti.

– Il est parti ? Sans toi ?

– Ouais.

Je bois une gorgée à mon gobelet.

– Pourquoi ?

– Parce que je suis conne, pour être honnête.

– J'en doute sincèrement.

Il sourit.

– Non, vraiment, cette fois-ci, c'est mon tour.

– Tu veux en parler ?

– Non, pas vraiment.

– Ok… Alors, je te laisse tranquille.

Il s'éloigne, puis se retourne.

– Ce n'est pas censé être aussi compliqué, tu sais ?

– Quoi ?

Je le suis et nous nous asseyons à une table dans la cuisine.

– L'amour, les relations, tout ça. Ça ne doit pas être aussi compliqué.

– Ça l'est pourtant, non ? Ce n'est pas tout le temps comme ça ?

Je n'ai aucune comparaison possible, à part Noah avec qui je ne me suis jamais disputée de cette manière, mais je ne l'aimais pas vraiment. Pas comme j'aime Hardin. Je vide mon verre dans l'évier et le remplis d'eau.

– Je ne pense pas. Je n'ai jamais vu personne se battre comme vous le faites tous les deux.

– C'est parce que nous sommes différents, c'est tout.

– Ouais, c'est sûr, vous l'êtes.

À la pendule, je constate que plus d'une heure s'est écoulée depuis qu'Hardin m'a laissée ici. Peut-être qu'il ne va pas revenir, après tout.

– Tu pardonnerais à quelqu'un qui aurait embrassé une autre personne ?

– Je crois que tout dépend des circonstances.

– Et si la personne le faisait juste sous tes yeux.

– Oh putain, non. C'est impardonnable. Oh ! Il a fait ça ?

Il a l'air dégoûté et se penche vers moi dans un geste de sympathie.

– Non. C'est moi qui l'ai fait.

– Toi, tu as fait ça ?

Zed est visiblement surpris.

– Ouais… Je t'ai dit que j'étais conne.

– Ok, je suis désolé de te le dire, mais là tu as raison.

– Ouais.

– Comment vas-tu rentrer chez toi ?

– Je n'arrête pas de me dire qu'il va revenir me chercher, mais à l'évidence, ça ne va pas se passer comme ça.

Je me mords la lèvre.

– Je peux te déposer, si tu veux.

Mais lorsqu'il regarde autour de nous l'air incertain, il complète sa phrase.

– Ou Steph et Tristan, ils sont probablement là-haut… tu sais.

– En fait, tu peux me reconduire maintenant ?

Je ne veux pas m'enfoncer encore plus, mais mon ébriété commence à s'effriter, Dieu merci, et je veux juste rentrer à la maison pour parler à Hardin.

– Ouais, allons-y.

Je vide mon verre d'eau avant de suivre Zed à sa voiture.

Quand nous ne sommes plus qu'à dix minutes de l'appartement, je me mets à paniquer en imaginant la réaction d'Hardin quand il saura que Zed m'a raccompagnée à la maison. J'essaie de chasser l'alcool de mon corps, mais ça ne fonctionne pas comme ça. Je suis nettement moins ivre qu'il y a une heure, mais je suis toujours pompette.

– Est-ce que je peux me servir de ton téléphone pour l'appeler ?

Il lâche une main du volant pour fouiller dans une poche et en extraire son téléphone.

– Tiens… Merde, il n'y a plus de batterie.

Il appuie sur le bouton en haut, révélant le petit symbole fatal.

– Pas grave, merci.

Je hausse les épaules. De toute façon, appeler Hardin depuis le téléphone de Zed n'est probablement pas la meilleure de mes idées. Ce n'est pas aussi terrible que d'embrasser un garçon au hasard sous les yeux d'Hardin, mais c'est tout aussi nul.

– Et s'il n'était pas là ?

– Tu as une clé, non ?

Zed me regarde, l'air interrogateur.

– Je n'ai pas pris la mienne… Je ne pensais pas en avoir besoin.

– Oh… Bon… Je suis sûr qu'il est là.

Zed devient nerveux. Hardin le tuerait à coup sûr s'il me trouvait chez Zed. Lorsque nous arrivons à l'appartement, Zed se gare et j'observe attentivement le parking pour y trouver la voiture d'Hardin, elle est à sa place habituelle, Dieu merci. Je n'ai aucune idée de ce que j'aurais fait s'il n'était pas rentré à la maison.

Zed insiste pour me raccompagner jusqu'à la porte. Même si je pense que ça ne va pas bien se terminer, je ne sais pas si je suis capable de rentrer toute seule dans cet état d'ébriété avancée.

Fait chier qu'Hardin m'ait laissée toute seule à la soirée. Fait chier d'être une conne impulsive. Fait chier que Zed soit si gentil et si téméraire quand il ne le devrait pas. Fait chier que l'État de Washington soit si froid.

Lorsque nous atteignons l'ascenseur, ma tête commence à cogner aussi fort que mon cœur. Il faut que je répète ce que je vais dire à Hardin. Il va être tellement furieux contre moi, j'ai besoin de trouver une bonne façon de présenter mes excuses sans avoir recours au sexe. En fait, je n'ai pas l'habitude d'être celle qui doit présenter des excuses. D'habitude, c'est toujours lui qui fout tout en l'air. Ce n'est pas terrible de se retrouver de ce côté-là de la dispute, c'est même atroce.

Nous remontons le couloir et j'ai l'impression de subir le supplice de la planche chez les pirates. Au bout, il faudra sauter. La seule chose que j'ignore : qui va se noyer à la fin ? Zed ou moi ?

Je frappe à la porte et Zed se tient quelques pas derrière moi attendant qu'elle s'ouvre. Cette idée est très mauvaise. J'aurais dû simplement rester à la soirée. Je frappe encore, cette fois-ci plus fort. Et s'il ne répondait pas ?

Et s'il avait pris ma voiture et qu'il n'était pas là ? Je n'avais pas pensé à cette éventualité.

– S'il ne répond pas, je peux aller chez toi ?

J'essaie de retenir mes larmes. Je ne veux pas aller chez Zed et fâcher encore plus Hardin, mais je n'arrive pas à trouver d'autre solution.

Et s'il ne me pardonnait pas ? Je ne peux pas vivre sans lui. La main de Zed touche mon dos et le frotte de haut en bas pour me calmer. Je *ne peux pas* pleurer, j'ai besoin d'être calme quand il répondra… s'il répond.

– Bien sûr que tu peux, répond enfin Zed.

– Hardin ! S'il te plaît, ouvre cette porte.

Je le supplie calmement en appuyant mon front contre la porte. Je ne veux pas crier pour causer une scène à quasiment deux heures du matin, nos voisins ont déjà assez de problèmes avec notre sale habitude de nous crier dessus.

– J'ai l'impression qu'il ne va pas répondre.

Je soupire et m'adosse au mur une minute. Puis, enfin, au moment où nous nous détournons pour partir, la porte s'ouvre.

– Eh bien… Qui c'est qui a décidé de se pointer…

Hardin nous regarde. Quelque chose dans le ton de sa voix me glace de la tête aux pieds. Lorsque je me retourne, je vois que ses yeux sont injectés de sang et que ses joues sont rouges.

– Zed ! Mon pote ! C'est trop cool de te voir.

Il bafouille, il est ivre. Mes pensées redeviennent soudain cohérentes.

– Hardin… Est-ce que tu as bu ?

Il me regarde d'un air autoritaire, titubant visiblement.

– Qu'est-ce que tu en as à foutre ? Tu as un *nouveau* mec.

– Hardin…

Je ne sais pas quoi dire. À l'évidence, il est complètement déchiré. La dernière fois que je l'ai vu bourré à ce point-là, c'est la nuit où Landon m'a appelée pour venir dans la maison de Ken. Connaissant l'alcoolisme de son père et la manière dont Trish avait si peur qu'il recommence à boire, j'ai le cœur qui saigne.

– Merci de m'avoir raccompagnée à la maison. Je pense que tu devrais y aller.

Je renvoie poliment Zed. Hardin est bien trop parti pour qu'il reste.

– Non, non, non, non… (Hardin soupire.) Rentre ! Viens boire un verre avec moi !

Il attrape le bras de Zed et l'attire de l'autre côté de la porte. Je les suis en protestant.

– Non, ce n'est pas une bonne idée. Tu es ivre.

Zed me fait un petit signe de la main. Comme s'il voulait mourir.

– Ça va.

Hardin se prend les pieds dans la table basse, attrape une bouteille d'alcool sombre placée dessus et s'en verse un verre.

– Ouais, Tessa. Fais pas chier, merde.

J'ai envie de lui crier dessus de s'être adressé à moi de cette manière, mais je n'arrive plus à localiser mes cordes vocales.

– Tiens, je vais chercher un autre verre. Un pour toi aussi, Tess.

Hardin se dirige vers la cuisine. Zed prend le fauteuil et je m'assieds sur le canapé.

– Je ne te laisse pas toute seule avec lui. T'as vu comme il est bourré. Je croyais qu'il ne buvait pas.

– Normalement, non… pas comme ça. C'est ma faute.

Je me prends la tête dans les mains. J'ai horreur de voir Hardin ivre à ce point à cause de ce que j'ai fait. Je voulais avoir une conversation civilisée afin de présenter mes excuses pour tout ce que j'ai fait.

– Non, ce n'est pas vrai

Zed essaie de me rassurer.

– Celui-là… il est pour toi.

Hardin parle d'une voix forte en me tendant un verre à moitié plein d'alcool.

– Je ne veux plus boire d'alcool ce soir. J'ai eu mon comptant.

Je lui prends le verre des mains et m'assieds sur la table.

– Fais comme tu veux, ça m'en fera davantage.

Il m'adresse un sourire mauvais, pas le sourire que je me suis mise à adorer. Honnêtement, j'ai un peu peur. Je sais qu'Hardin ne me ferait jamais mal physiquement, mais je n'aime pas ce côté de sa personnalité. Je préférerais qu'il me crie dessus ou tape sur les murs que de le voir ici, assis, bourré comme un coing et si calme. Trop calme. Zed lance un petit « Santé ! » et porte le verre à ses lèvres.

– C'est comme au bon vieux temps, non ? Tu sais, comme quand tu voulais baiser ma meuf.

Zed recrache sa boisson dans son verre.

– Ce n'est pas pareil. Tu l'as laissée là-bas, je n'ai fait que la raccompagner chez elle.

Zed répond d'un ton menaçant. Hardin fait de grands gestes avec son verre.

– Je ne te parle pas seulement de ce soir, et tu le sais. Même si je suis plutôt emmerdé que tu aies pris sur toi de la ramener à la maison. C'est une grande fille, elle sait se débrouiller toute seule.

– Elle ne devrait pas *avoir à se débrouiller toute seule.*

Hardin tape son verre contre la table et je sursaute.

– C'est pas tes oignons. T'aimerais bien, hein ?

J'ai l'impression d'être au milieu d'un échange de coups de fusil et je veux bouger, mais mon corps refuse. Je regarde avec horreur mon Monsieur Darcy se transformer en Tom Buchanan…

– Non.

Hardin s'assied à côté de moi, mais garde ses yeux vitreux concentrés sur Zed. Un quart de la bouteille d'alcool a disparu. Je prie pour qu'Hardin n'ait pas bu tout ça ce soir, au moins pas pendant les quatre-vingt-dix minutes qui viennent de s'écouler.

– Si, tu veux. Je ne suis pas si con. Tu la veux. Molly m'a répété tout ce que tu lui as dit.

– Lâche-moi, Hardin. Ton premier problème, c'est que tu parles à Molly.

– Oh, Tessa est si belle, Tessa est si gentille ! Tessa est trop bien pour Hardin ! Tessa devrait être avec moi !

Quoi ?

Zed évite mon regard.

– Ta gueule, Hardin !

– Écoute un peu ça, Bébé, Zed pensait qu'en fait, il pourrait t'avoir.

Et il éclate de rire.

– Arrête-ça, Hardin !

Je me lève. Zed a l'air humilié. Je n'aurais pas dû lui demander de me raccompagner. A-t-il vraiment dit ces choses à mon sujet ? J'ai toujours cru qu'il se comportait comme ça avec moi parce qu'il avait honte du pari, mais maintenant, je n'en suis plus aussi sûre.

– Regarde-la, je suis sûr que tu y penses maintenant… non ?

Hardin le titille et Zed a un regard mauvais pour le verre qu'il repose sur la table.

– Tu ne l'auras jamais, petit, alors lâche l'affaire. Personne ne l'aura, à part moi. Je suis le seul qui la baisera jamais. Le seul qui saura ce que ça fait de l'avoir…

– Arrête ça ! Qu'est-ce qui ne tourne pas rond chez toi ?

– Rien, je lui raconte comment c'est.

– Tu es cruel. Et tu me manques de respect, à moi !

Je me tourne vers Zed qui nous regarde alternativement :

– Je pense vraiment que tu devrais y aller. Je vais bien.

Je ne sais pas ce qui va se passer, mais je sais que ce sera pire s'il reste.

– S'il te plaît.

Enfin, il hoche la tête.

– D'accord, je vais y aller. Il doit se reprendre. C'est valable pour vous deux d'ailleurs.

– Tu l'as entendue, casse-toi, connard ! Ne sois pas triste, remarque, elle ne veut pas de moi non plus. Elle aime les petits minets bien propres sur eux.

Mon cœur saigne encore un peu plus et je sais que je suis bonne pour une longue nuit. Je ne sais pas si je devrais avoir peur, mais ce n'est pas le cas. Enfin… un peu, mais je ne partirai pas d'ici.

– Dégage !

Hardin lui désigne la porte.

Une fois Zed parti, Hardin ferme la porte à clé et se tourne pour me faire face.

– Tu as de la chance que je ne lui aie pas pété la tronche pour t'avoir reconduite ici. Tu le sais, hein ?

– Oui.

Me disputer avec lui ne semble pas être une bonne idée.

– Pourquoi es-tu venue ici ?

– J'habite ici.

– Pas pour longtemps.

Il se ressert un verre d'alcool. L'air semble ne plus vouloir alimenter mes poumons.

– Quoi ? Tu me mets dehors ?

Lorsque son verre est plein, il me jette un coup d'œil.

– Non, mais tu finiras bien par me quitter un jour ou l'autre.

– Non. Je ne ferai pas ça.

– Peut-être que ton nouvel amant a de la place chez lui. Vous alliez vraiment bien ensemble.

Il parle de manière haineuse, comme au début de notre histoire, et je n'aime pas ça du tout.

– Hardin, arrête de dire des choses pareilles. Je ne le connais même pas et je suis incroyablement désolée pour ce que j'ai fait.

– Je dirai ce que je veux, comme toi tu fais ce que tu veux, putain.

– J'ai fait une erreur et je suis *désolée*, mais ça ne te donne pas le droit de me traiter aussi cruellement et de boire comme ça. J'étais bourrée et j'ai vraiment cru qu'il s'était passé quelque chose entre cette fille et toi et je ne savais pas quoi penser. Je suis désolée, je ne te ferais jamais souffrir volontairement.

Je parle aussi vite que je le peux, avec autant d'emphase que possible, mais je suis sûre qu'il ne m'écoute pas.

– Tu parles toujours ?

Je soupire et mâchouille l'intérieur de ma joue. *Ne pleure pas. Ne pleure pas.*

– Je vais me coucher. Nous pourrons parler quand tu auras dessoûlé.

Il ne dit rien, ne me regarde même pas. Alors, je retire mes chaussures et rentre dans la chambre.

Dès que je ferme la porte, j'entends un bruit de verre qui se brise. Lorsque je me précipite dans le salon, je découvre le mur humide et du verre par terre. Impuissante, je le regarde attraper les deux autres verres et les fracasser contre le mur. Il prend une dernière gorgée à la bouteille et utilise toute sa force pour la frapper contre le mur, méchamment.

∞

63

Tessa

Il attrape la lampe sur la table basse, arrache au passage la prise du mur et l'explose également par terre. Puis il saisit un vase et le lance violemment contre les briques. Pourquoi son instinct lui dicte-t-il de tout casser ?

– Arrête ça ! Hardin, tu vas casser toutes nos affaires ! S'il te plaît, arrête ça !

Je crie et il me répond aussi en criant.

– C'est ta faute, Tessa. Tu es la cause de tout ça !

Il attrape un autre vase. Je me précipite et le lui arrache des mains d'un grand coup avant qu'il ne subisse le même destin funeste que le vase précédent.

– Je sais que c'est ma faute ! S'il te plaît, parle-moi. S'il te plaît, Hardin.

Je le supplie et ne peux retenir mes larmes un instant de plus.

– Tu as déconné, Tessa, tellement déconné !

Il frappe son poing contre le mur. Je savais que ça allait arriver et, honnêtement, je suis surprise que ça ait pris aussi longtemps. Je suis contente qu'il ait tapé dans le plâtre plutôt que dans la brique, il se serait fait bien plus mal.

– Lâche-moi, putain ! Tire-toi, je veux être tranquille !

Il arpente la pièce de long en large avant de frapper ses deux paumes contre le mur.

Je laisse échapper un « je t'aime ». Je dois le calmer, mais il est tellement ivre et intimidant.

– Ouais, bah, tu ne te comportes pas comme si c'était le cas ! Tu as embrassé un autre mec, putain ! Après, tu ramènes Zed dans ma putain de piaule !

Mon cœur vacille en entendant parler de Zed. Hardin l'a humilié.

– Je sais… Je suis *désolée.*

Je réprime mon envie de le traiter d'hypocrite. Oui, c'est mal ce que j'ai fait, tellement mal, mais je lui ai pardonné de nombreuses fois de m'avoir blessée.

– Tu sais à quel point ça me rend dingue, à quel point ça me rend totalement taré de t'imaginer avec un autre mec, et toi, tu fais ça !

Les veines de son cou prennent une teinte violacée, il ressemble de plus en plus à un monstre.

Je parle le plus doucement possible.

– J'ai dit que j'étais désolée, Hardin. Que puis-je te dire d'autre ? Je ne pensais pas clairement.

Il tire sur ses cheveux.

– Être désolée ne retire pas cette image de ma tête. Je ne peux rien voir d'autre.

Et là, je marche vers lui et me plante devant ses pieds. Il pue le whisky.

– Alors regarde-moi, regarde-moi.

Je mets mes mains de part et d'autre de son visage pour diriger son regard.

– Tu l'as embrassé, tu as embrassé quelqu'un d'autre.

Sa voix est bien plus basse que quelques secondes auparavant.

– Je sais, j'ai fait ça et je suis désolée, Hardin. Je n'ai pas réfléchi. Tu sais à quel point je peux être irrationnelle.

– Ce n'est pas une excuse.

– Je sais, Bébé, je sais.

J'espère que ces mots vont l'adoucir.

Ses yeux injectés de sang sont un peu moins remplis de colère.

– Ça fait mal. Je savais que c'était une mauvaise idée d'avoir une copine, non pas que j'en aie jamais voulu une, mais c'est ce qui se passe quand les gens sortent ensemble… ou se marient. C'est exactement pour ce genre de merde que je dois rester seul. Je ne veux pas subir tout ça.

Il se dégage de mon étreinte.

J'ai mal pour lui, il parle comme un enfant, un enfant seul et triste. Je ne peux pas m'empêcher de l'imaginer enfant, un enfant qui se cache quand ses parents se disputent à cause des problèmes d'alcool de son père.

– S'il te plaît, Hardin, pardonne-moi. Ça n'arrivera plus jamais, je ne ferai plus jamais quoi que ce soit du même genre.

– Ça n'a pas d'importance, Tess, l'un d'entre nous le fera. C'est ce qui se passe quand deux personnes s'aiment. Elles se font du mal, puis elles se séparent ou divorcent. Je ne veux pas que ça nous arrive.

Je me rapproche de lui.

– Ça ne nous arrivera pas. Nous sommes différents.

Il secoue la tête légèrement avant de répondre.

– Ça arrive à tout le monde, regarde nos parents.

– Nos parents ont juste épousé la mauvaise personne, c'est tout. Regarde Karen et ton père.

Je suis soulagée de le sentir bien plus calme maintenant.

– Ils divorceront eux aussi.

– Non Hardin, je ne le pense pas.

– Moi si. Le mariage est un concept tellement débile, genre « Salut, je t'aime bien je crois, alors habitons ensemble, signons des papiers nous promettant de ne jamais nous quitter, même si ça ne marche pas entre nous. » Pourquoi s'infliger ça volontairement ? Pourquoi vouloir être attaché à la même personne pour toujours ?

Je ne suis pas préparée mentalement à assimiler ce qu'il vient de me dire. Il ne voit aucun avenir avec moi. Il ne dit ça que parce qu'il est soûl, *hein ?*

– Tu veux vraiment que je parte ? C'est vraiment ce que tu veux, mettre fin à notre histoire maintenant ?

Je lui pose ces questions en le regardant droit dans les yeux. Il ne me répond pas.

– Hardin ?

– Non… putain… non, Tessa. Je t'aime. Putain, je t'aime tellement, mais toi… Ce que tu as fait, c'est mal. Tu as réveillé toutes mes peurs et tu leur as donné vie en un seul geste.

Ses yeux s'emplissent de larmes et mon cœur saigne toujours plus. Je m'adresse à lui doucement. :

– Je sais, je me sens très mal de t'avoir blessé.

Il regarde autour de nous et je peux lire dans ses yeux que tout ce que nous avons construit ici, c'était aussi pour qu'il puisse me montrer qu'il en valait la peine.

– Tu devrais être avec quelqu'un comme Noah.

– Je ne veux être avec personne d'autre que toi.

J'essuie mes larmes d'un geste de la main.

– J'ai peur que tu le fasses.

– Peur que je fasse quoi ? Que je te quitte pour Noah ?

– Pas lui, vraiment, mais un mec comme lui.

– Ça n'arrivera pas, Hardin. Je t'aime. Toi et personne d'autre. J'aime tout en toi, s'il te plaît, arrête de douter de toi.

Ça me fait mal qu'il ait de telles idées en tête.

– Peux-tu honnêtement me dire que tu n'as pas commencé à sortir avec moi juste pour faire chier ta mère ?

Il attend ma réponse en me fixant.

– Quoi ? Non, bien sûr que non. Ma mère n'a rien à voir dans notre histoire. Je suis tombée amoureuse de toi parce que… eh bien, parce que je n'avais pas le choix. Je ne pouvais pas m'en empêcher, j'ai essayé, et pas à cause de ce que ma mère pensait, mais parce que je n'ai jamais eu le choix. Je t'ai toujours aimé, que je le veuille ou non.

– Bien sûr !

– Qu'est-ce qu'il faut que je fasse pour que tu l'acceptes ?

Après tout ce que j'ai traversé pour lui, comment peut-il penser que je ne suis avec lui que pour me rebeller contre ma mère ?

– Ne pas embrasser d'autres mecs, peut-être ?

– Je sais que tu as des problèmes de confiance en toi, mais tu devrais savoir que je t'aime. Je me suis battue pour toi depuis le premier jour, contre ma mère, contre Noah, contre tout le monde.

Mais quelque chose dans ce que j'ai dit ne tombe pas là où il le faudrait.

– Des problèmes de confiance en moi ? J'ai confiance en moi, mais je ne vais pas non plus rester assis sur mon cul à me faire prendre pour un con.

Le voir de nouveau en colère me fait réagir comme lui.

– *Toi,* tu t'inquiètes de « passer pour un con » ?

Je sais que ce que j'ai fait est mal, mais il m'a fait bien pire. Il m'a vraiment prise pour une conne et je lui ai pardonné.

– Ne me cherche pas, grogne-t-il.

– Nous avons traversé tant de choses, on revient de si loin, Hardin. Ne laisse pas une erreur tout nous reprendre.

Je n'aurais jamais cru être dans la position de celle qui demanderait pardon.

– C'est *toi* qui as fait ça, pas moi.

– Arrête d'être aussi froid avec moi. Toi aussi, tu m'en as fait voir de toutes les couleurs.

Mon ton est sec. La colère revient sur son visage et il s'écarte de moi violement en criant par-dessus son épaule.

– Tu sais quoi ? J'ai fait pas mal de choses, mais tu as embrassé quelqu'un sous mes yeux.

– Oh, tu veux dire comme la nuit où tu avais Molly sur les genoux et que tu l'as embrassée devant moi ?

Il se retourne rapidement.

– À l'époque, nous n'étions pas ensemble.

– Peut-être pas pour toi, mais moi, je croyais qu'on l'était.

– On s'en fout de ça, Tessa.

– Alors, tu dis que tu ne vas pas laisser passer ça ?

– Je ne sais pas ce que je veux dire par là, mais tu commences à me faire chier.

– Je crois que tu devrais aller te coucher.

En dépit des quelques secondes de lucidité dans notre conversation, il est clair qu'il a envie d'être cruel.

– Je crois que tu ne devrais pas me dire ce que je dois faire.

– Je sais que tu es blessé et en colère, mais tu ne peux pas me parler de cette manière. Ce n'est pas juste et je ne le supporterai pas. Ivre ou pas.

– Je ne suis pas blessé.

Il m'assassine du regard. Hardin et sa fierté.

– Tu viens juste de dire que tu l'étais.

– Non, ce n'est pas vrai. Ne me fais pas dire ce que je n'ai pas dit.

– Très bien, très bien.

Je lève les bras au ciel pour signifier que je cède. Je suis épuisée et je ne veux pas dégoupiller la grenade qu'est devenu Hardin. Il avance pour prendre ses clés et titube en enfilant ses bottes. Je me précipite vers lui.

– Qu'est-ce que tu fais ?

– Je pars, d'après toi, à quoi ça ressemble, ce que je fais ?

– Tu ne pars pas d'ici. Tu as bu. Beaucoup bu.

Je tends la main vers ses clés, mais il les glisse dans sa poche.

– Je m'en tape, j'ai encore besoin de boire.

– Non. Tu as assez bu et tu as cassé la bouteille.

J'essaie d'atteindre sa poche, mais il m'attrape les poignets comme il l'a fait un nombre incalculable de fois. Cette fois-ci, c'est différent, il est tellement en colère et, l'espace d'un instant, j'angoisse.

– Lâche-moi !

– Ne m'empêche pas de partir et je te lâche.

Il ne desserre pas sa prise et je me force à avoir l'air neutre.

– Hardin… Tu vas finir par me faire mal.

Son regard rencontre le mien, mais il cède rapidement. Lorsqu'il lève la main, j'ai un petit mouvement de recul, mais il ne fait que passer sa main dans ses cheveux.

Un air de panique traverse son regard.

– Tu as cru que j'allais te frapper ?

Il a quasiment murmuré sa question et je recule un peu plus.

– Je… Je ne sais pas, tu es *tellement* en colère, tu me fais peur.

Je sais qu'il ne me ferait pas de mal, mais c'est la façon la plus facile de le ramener à la réalité.

– Tu devrais savoir que je ne te ferai jamais de mal. Peu importe à quel point je suis bourré, je ne te toucherai jamais.

Il m'adresse un regard mauvais.

– Pour quelqu'un qui hait son père avec une telle force, c'est étonnant de voir à quel point tu te comportes comme lui.

– Va te faire foutre ! Je ne suis pas comme lui !

– Si, tu l'es ! Tu es ivre, tu m'as laissée toute seule à une soirée et tu as cassé la moitié de la déco de notre salon, y compris ma lampe préférée ! Tu te comportes comme lui… lui avant.

– Ouais, bah, toi, t'es comme ta mère. Une espèce de snob gâtée, une…

Il affiche un mauvais rictus et j'en ai le souffle coupé.

– Qui es-tu ?

Je secoue la tête et m'éloigne de lui, ne voulant rien entendre d'autre de sa part, et je sais que si nous continuons à nous disputer tant qu'il est ivre, ça ne se terminera pas bien.

– Tessa… Je suis…

Je me retourne et crache rapidement :

– Ne commence même pas.

Je retourne dans la chambre. Je ne peux pas supporter ses commentaires grossiers, je peux supporter qu'il me crie dessus, parce que, bon Dieu, je lui rends la monnaie de sa pièce, mais nous devons prendre un peu de distance avant que l'un d'entre nous dise quoi que ce soit irrémédiable.

– Ce n'est pas ce que je voulais dire.

Il me suit, mais je ferme la porte de la chambre à clé. Peut-être que cette relation est vouée à l'échec. Peut-être qu'il est trop en colère et que je suis trop irrationnelle, je le pousse trop loin et il fait la même chose. Non, ce n'est pas vrai. Nous sommes bénéfiques l'un pour l'autre parce que nous nous aidons à repousser nos limites. Malgré les disputes et la tension entre nous, il y a la passion. Tellement de passion qu'elle m'engloutit presque, elle me tire par le bas et il est le seul qui puisse me sauver, même si c'est lui qui me condamne.

Hardin tape doucement au panneau de bois.

– Tess, ouvre la porte.

– Va te coucher, s'il te plaît.

– Putain, Tessa ! Ouvre cette porte maintenant. Je suis désolé, *d'accord ?*

Lui aussi crie et tape contre la porte.

En priant pour qu'il ne la défonce pas, je me force à me lever pour ouvrir le tiroir de la commode. Lorsque je vois la feuille de papier blanc, je suis soulagée. Je m'enferme dans le dressing pour lire la lettre d'Hardin et le bruit de ses coups cesse. La douleur dans mon cœur disparaît, tout comme celle de mon crâne. Plus rien n'existe que cette lettre, ces écrits parfaits de mon Hardin imparfait.

Je la lis encore et encore, jusqu'à ce que mes larmes tarissent, comme disparaît le bruit de l'autre côté de la porte. Je garde l'espoir un peu vain qu'il ne soit pas parti, mais je ne sortirai pas d'ici pour vérifier. Mon cœur et mes paupières sont bien trop lourds, j'ai besoin de m'allonger.

Je me saisis de la lettre et traîne mon corps jusqu'au lit, toujours vêtue de ma robe. Et par chance, le sommeil finit par me gagner, me laissant libre de rêver d'Hardin, de celui qui a tracé ces mots sur le papier d'une chambre d'hôtel.

Lorsque je me réveille au milieu de la nuit, je plie la lettre, la remets dans le tiroir du bas de la commode et j'ouvre la porte de la chambre. Hardin est endormi à mes pieds, en position fœtale sur le sol de béton. Je crois préférable de ne pas le réveiller, je le laisse cuver seul et retourne me coucher.

∞

64
Tessa

Le lendemain matin, il n'est plus par terre sur le pas de la porte et le salon est complètement nettoyé. Il ne reste pas un seul débris de verre sur le sol. La pièce sent le citron et il n'y a plus de traces de whisky sur le mur.

Je suis surprise qu'Hardin sache où sont rangés les produits détergents.

– Hardin ?

Ma voix est encore un peu brisée d'avoir tant crié hier.

N'obtenant pas de réponse, je m'approche de la table de la cuisine sur laquelle se trouve un petit mot manuscrit :

« *S'il te plaît, ne pars pas. Je reviens tout de suite.* »

La tonne de pression qui écrasait ma poitrine se dissipe instantanément et j'attrape ma liseuse, je me fais une tasse de café et j'attends son retour.

J'ai l'impression qu'il se passe des heures avant qu'Hardin ne revienne à la maison. J'ai eu le temps de prendre une douche, de nettoyer la cuisine, de lire cinquante pages de *Moby Dick* et pourtant je n'apprécie pas particulièrement cette œuvre. Tout ce temps a été surtout rempli de supputations sur toutes ses réactions possibles et ce qu'il dira. C'est bon signe qu'il ne veuille pas que je parte, non ? Je l'espère en tous cas. Toute cette nuit est floue, mais je me souviens des points principaux.

Lorsque j'entends la clé dans la serrure, je me fige. Tout ce que je m'étais préparée à lui dire disparaît immédiatement de mon cerveau. Je pose la liseuse sur la table et m'assieds sur le canapé.

Lorsqu'Hardin passe la porte, il porte un sweat-shirt gris et son inénarrable jean noir. Il ne quitte jamais la maison en portant autre chose que du noir ou, à l'occasion, du blanc, alors le contraste aujourd'hui est un peu étrange, mais cette tenue lui donne l'air plus jeune, quelque part. Ses cheveux sont emmêlés, son front dégagé et il a de grands cernes noirs sous les yeux. Dans sa main, il tient une lampe, différente de celle qu'il a brisée hier soir, mais assez ressemblante.

– Salut.

Il passe la langue sur sa lèvre inférieure avant de tirer son piercing entre ses dents.

– Salut.

– Tu as… bien dormi ?

Je me lève du canapé en le voyant aller dans la cuisine.

– Ouais, bien…

C'est un mensonge, bien sûr.

– C'est bien.

Il est évident que nous marchons sur des œufs et que nous avons peur de dire ce qu'il ne faut pas. Il se place à côté du plan de travail et je me plante près du frigo.

– J'ai… euh… j'ai acheté une nouvelle lampe.

Il désigne son achat d'un mouvement de tête avant de le déposer devant moi.

– C'est joli.

Je me sens nerveuse, très nerveuse.

– Ils n'avaient pas la même que nous, mais ils…

Je ne lui laisse pas finir sa phrase.

– Je suis tellement désolée.

– Moi aussi, Tessa.

– Hier soir, ce n'était pas censé se terminer comme ça.

Je baisse les yeux.

– Tu parles d'un euphémisme !

– C'était une nuit horrible. J'aurais dû te laisser une chance de t'expliquer avant d'embrasser quelqu'un d'autre. C'était stupide et immature de ma part.

– Oui, ça l'était. Je n'aurais pas dû avoir à m'expliquer, tu aurais dû me faire confiance et ne pas tirer de conclusions hâtives.

Il s'appuie sur ses coudes derrière lui et je joue avec mes doigts, essayant de ne pas arracher les petites peaux autour de mes ongles.

– Je sais. Je suis désolée.

– Tu l'as déjà dit dix fois, Tess.

– Est-ce que tu vas me pardonner ? Tu parlais de me virer de la maison.

– Je ne te chasserai jamais d'ici. Je disais juste que cette relation ne fonctionnait pas.

J'espérais vraiment qu'il ait oublié ce qu'il a dit hier soir. En gros, il m'a dit que le mariage était pour les idiots et qu'il devrait être seul.

– Qu'est-ce que tu disais, alors ?

– Juste ça.

– Juste ça *quoi* ? Je croyais…

Je ne sais pas quoi dire. Je pensais que la nouvelle lampe était sa manière de demander pardon et qu'il avait des idées différentes ce matin.

– Tu croyais quoi ?

– Que tu ne voulais pas que je parte parce que tu voulais discuter en revenant à la maison.

– Nous discutons, là.

Ma gorge se noue.

– Alors quoi, en fin de compte ? Tu ne veux plus être avec moi ?

– Ce n'est pas ce que je veux dire. Viens par là.

Il m'ouvre ses bras. Je reste silencieuse en traversant notre petite cuisine pour le rejoindre. Il s'impatiente et lorsque je me rapproche suffisamment, il m'attire dans ses bras et les serre autour de ma taille. Je pose ma tête sur sa poitrine, le doux coton de son sweat-shirt est toujours froid de l'air extérieur.

– Tu m'as tellement manqué.

– Je ne suis allée nulle part.

– Si, tu es partie. Quand tu as embrassé ce gars, je t'ai perdue pendant un instant. C'était suffisant pour moi. Je n'ai pas pu le supporter, pas même une seconde.

– Tu ne m'as pas perdue, Hardin. J'ai fait une erreur.

– S'il te plaît… Ne repars plus. Je suis sérieux.

– Promis.

– Tu as fait venir Zed ici.

– Seulement parce que tu m'as laissée toute seule à cette soirée et que j'avais besoin que quelqu'un me dépose.

Nous ne nous sommes pas regardés pendant cette conversation, et j'ai envie de continuer comme ça. Je suis plus audacieuse… enfin, légèrement plus, quand ses yeux verts ne me transpercent pas.

– Tu aurais dû m'appeler.

Je continue à lui parler, les yeux perdus dans le vague.

– C'est toi qui avais mon téléphone et je suis restée à t'attendre dehors. Je croyais que tu allais revenir.

Il me décolle légèrement de ses bras et me tient en arrière pour me regarder. Il a l'air si fatigué. Je sais que j'ai la même tête.

– J'ai peut-être mal géré ma colère, mais je ne savais pas quoi faire d'autre.

L'intensité de son regard me pousse à détacher mon regard du sien et à fixer le sol.

– Il compte pour toi ?

La voix d'Hardin tremble lorsqu'il soulève mon menton pour me regarder. *Quoi ?* Il n'est pas sérieux !

– Hardin…

– Réponds-moi.

– Pas comme tu l'entends.

– Qu'est-ce que ça veut dire ?

Hardin devient anxieux, ou la colère le gagne, je ne peux pas dire. Peut-être les deux.

– Il compte pour moi, comme un ami.

– Rien de plus ?

J'ai l'impression qu'il me prie, qu'il me supplie de le rassurer, de lui dire qu'il n'y a que lui qui compte à mes yeux. Je prends son visage dans mes mains.

– Rien de plus : Je t'aime. Je n'aime que toi et je sais que j'ai fait quelque chose de vraiment stupide, mais ce n'était que l'expression de ma colère et de l'alcool. Ça n'a rien à voir avec des sentiments que je pourrais avoir pour quiconque.

– Pourquoi tu lui as demandé à lui, à lui… de te reconduire à la maison ?

– Il est le seul à me l'avoir proposé.

Je regrette immédiatement la question suivante.

– Pourquoi es-tu aussi dur avec lui ?

– Dur avec lui ? Tu *n'es pas* sérieuse.

– Tu as été très cruel et tu l'as humilié devant moi.

Hardin fait un pas sur le côté, nous ne sommes plus face à face. Je me tourne pour le regarder dans les yeux et il passe la main dans ses cheveux.

– Il aurait dû savoir qu'il ne fallait pas venir ici avec toi.

– Tu avais promis de te contrôler.

J'essaie de ne pas le pousser, je veux me réconcilier avec lui, pas plonger plus loin dans cette dispute.

– C'est ce que j'ai fait. Jusqu'à ce que tu me trompes et quittes cette soirée avec Zed. J'aurais pu lui défoncer le portrait hier soir et, putain, je pourrais toujours le faire maintenant.

Il hausse encore le ton.

– Je sais que tu aurais pu le faire, je suis heureuse que tu te sois retenu.

– Pas moi, mais je suis content de t'avoir fait plaisir.

– Je ne veux plus que tu boives. Tu n'es pas la même personne quand tu es soûl.

Je sens mes larmes couler et j'essaie de les ravaler.

– Je sais… (Il se détourne de moi.) Je n'ai pas voulu me mettre dans cet état. J'étais juste tellement en rogne et… blessé… J'étais blessé. La seule chose à laquelle je pouvais penser, à part tuer quelqu'un, c'était boire, alors je suis allé au supermarché du coin m'acheter du whisky. Je ne voulais pas tant boire, mais l'image de toi embrassant ce type n'arrêtait pas de danser devant mes yeux, alors j'ai continué à descendre la bouteille.

J'ai assez envie d'aller au supermarché pour engueuler la vieille bonne femme à la caisse d'avoir vendu de l'alcool à Hardin, mais il aura vingt et un ans dans un mois exactement et le mal a déjà été fait hier soir.

– Tu as eu peur de moi, je l'ai vu dans tes yeux.

– Non… Je n'avais pas peur de toi. Je savais que tu ne me ferais pas de mal.

– Tu as eu un mouvement de recul. Je m'en souviens. Le reste de la soirée est très flou, mais je me souviens très clairement de ça.

– J'ai juste été prise au dépourvu.

Je savais qu'il n'allait pas me frapper, mais son comportement était si agressif et l'alcool peut vous faire faire des choses tellement épouvantables.

Il se rapproche de moi, fermant quasiment l'espace entre nos corps.

– Je refuse que tu sois un jour… *prise au dépourvu*. Je ne boirai plus jamais comme ça, je te le jure.

Il pose sa main sur mon visage et parcourt mes tempes de son index.

Je ne veux rien répondre, toute cette conversation a été déroutante et pleine de tergiversations. Un instant, j'ai l'impression qu'il me pardonne, puis juste après, je n'en suis plus sûre. Il me parle sur un ton plus calme que ce à quoi je me serais attendue, mais sa colère est toute proche.

– Je ne veux pas être ce type et je ne veux définitivement pas être comme mon père. Je n'aurais pas dû autant boire, mais tu avais tort aussi.

– Je…

J'essaie de commencer une phrase, mais il me fait taire et ses yeux deviennent brillants.

– Mais bon, j'ai fait toute une série de conneries… des tas de conneries et tu m'as toujours pardonné. Je t'ai fait bien pire, alors je te dois de faire de mon mieux pour laisser pisser et te pardonner. Ce n'est pas juste que je m'attende à ce que tu fasses des choses que je ne peux pas te rendre. Je suis vraiment désolé, Tess, pour tout ce que j'ai fait hier soir. J'ai vraiment été un gros con.

– Moi aussi. Je sais ce que ça te fait quand tu penses à moi avec d'autres garçons et je n'aurais pas dû me servir de ça pour apaiser ma colère. J'essaierai de réfléchir avant d'agir la prochaine fois, je suis désolée.

– La prochaine fois ?

Un petit sourire naît sur ses lèvres. Il change d'humeur si rapidement.

– Alors, tout va bien ?

– Ce n'est pas à moi seul de décider.

Je plonge mon regard dans ses yeux verts.

– Je veux que nous formions un tout.

– Moi aussi, Bébé, moi aussi.

Je suis envahie par une vague de soulagement en entendant ses paroles et une fois encore, je me love contre lui. Je sais que pas mal de choses n'ont pas été dites, bien sûr, mais nous avons résolu assez de problèmes pour l'instant. Il m'embrasse sur le crâne et mon cœur s'emballe.

– Merci.

Il ajoute, une trace d'humour dans la voix :

– J'espère que la lampe va me racheter.

Je décide de le suivre sur ce chemin et souris également avant de répondre :

– Peut-être, si tu avais réussi à trouver exactement la même…

Il baisse les yeux vers moi, amusé.

– J'ai nettoyé tout le salon.

– Normal, c'est toi qui l'as saccagé.

– Tout de même, tu sais ce que je pense du ménage.

Ses bras me serrent un peu plus fort.

– Je n'aurais pas nettoyé ton bordel, je l'aurais laissé là.

– Toi ? S'il te plaît. Jamais de la vie.

– Mais si !

– J'avais peur que tu ne sois pas là en rentrant à la maison.

Nos yeux se fixent un long moment.

– Je ne vais nulle part.

Je prie pour que ce soit vrai. Plutôt que de parler, il presse ses lèvres contre les miennes.

∞

65

Tessa

Hardin met fin à notre baiser. Il pose son front contre le mien.
– Quelle drôle de manière de commencer la nouvelle année !

Mon téléphone vibre sur la table, rompant le charme, et avant que je puisse l'attraper, Hardin l'a déjà saisi et le presse contre son oreille.

J'essaie de le lui prendre des mains, mais il fait un pas en arrière en secouant la tête.

– Landon, Tess va devoir te rappeler.

De sa main libre, il se saisit de mon poignet et m'attire tout contre lui. Il se passe quelques secondes.

– Elle est occupée.

Il m'entraîne vers notre chambre

– Il faut que je lui parle de nos cours.

– Arrête de faire chier, vous êtes malades tous les deux.

Et Hardin raccroche avant de poser le téléphone sur le bureau. Il effleure mon cou de ses lèvres et je tremble. *Oh.*

– Tu as besoin de déstresser, Bébé.

– Je ne peux pas, il y a trop de choses à faire.

Ma voix me trahit lorsque je le sens lécher et sucer la peau de mon cou.

– Je peux t'aider.

Il parle doucement, bien plus doucement que d'habitude. Sa main s'affirme sur ma hanche et il me retient de son autre main dans mon dos.

– Tu te souviens du jour où je t'ai mis un doigt devant le miroir et où je t'ai demandé de te regarder jouir ?

– Oui,

Je déglutis à grand-peine.

– C'était bien, non ?

Un éclair de chaleur traverse mon corps au seul son de sa voix. Non, c'est pire, c'est un *incendie*.

– Je peux te montrer comment te toucher comme je le fais.

Il aspire durement ma peau. Je suis devenue une boule d'électricité.

– Tu veux que je t'apprenne ?

Cette idée cochonne me plaît bien, mais c'est trop humiliant de l'admettre.

– Je prends ton silence pour un oui.

Ses mains quittent ma taille et il prend ma main. Je reste silencieuse, repassant nerveusement ses mots dans ma tête. C'est encore plus embarrassant qu'embarrassant et je ne sais pas trop ce que ça me fait.

Il me guide vers le lit et me pousse doucement, j'atterris sur le dos sur le matelas moelleux. Il grimpe sur moi et s'assied à califourchon sur mes jambes. Je l'aide à retirer mon pantalon et il me fait un petit bisou sur l'intérieur de la cuisse avant de retirer ma culotte.

– Ne bouge pas, Tess.

– Je ne peux pas.

Je pousse des gémissements quand il me mordille l'intérieur de la cuisse. Il n'y a juste pas moyen. Il rigole gentiment et si mon cerveau était connecté au reste de mon corps à cet instant, je lèverais les yeux au ciel.

– Tu veux faire ça ici ou tu veux regarder ?

J'ai des papillons dans l'estomac. La pression continue à grimper entre mes jambes et j'essaie de les serrer l'une contre l'autre pour me soulager.

– Non, non, Bébé. Pas encore.

Il me torture. Il écarte mes cuisses et change de place pour peser sur moi et me maintenir dans cette position. Je finis par répondre à sa question, que j'avais presque oubliée.

– Ici.

– C'est bien ce que je pensais.

Il a son petit sourire satisfait. Il est vraiment présomptueux, n'empêche, ses mots me font plus d'effet que je le croyais possible. J'en veux toujours plus avec lui, même immobilisée sur le lit les jambes écartées.

– J'ai pensé à te faire ça il y a un bout de temps, mais j'ai été trop égoïste. Je voulais être le seul à te faire naître ces sensations.

Il se penche en avant et lèche la peau à nu entre ma hanche et le haut de ma cuisse. Mes jambes essaient involontairement de se tendre, mais il ne le permet pas.

– Maintenant, puisque je sais exactement comment tu aimes qu'on te touche, ça ne va pas prendre longtemps.

– Pourquoi tu veux faire ça ?

Je pousse un petit cri lorsqu'il mordille ma peau, puis lèche la zone sensibilisée. Il lève les yeux vers moi et demande :

– Quoi ?

– Pourquoi… (Ma voix tremble.) Pourquoi vouloir me montrer si tu veux être le seul ?

– Parce qu'en dépit de ça, l'idée de te voir te faire ça, face à moi… *putain,* ça me…

Il respire fortement.

Oh. J'ai besoin d'être soulagée et rapidement, j'espère qu'il ne projette pas de me torturer pendant trop longtemps.

– En plus, tu peux être un peu tendue de temps en temps et peut-être que c'est juste ce dont tu as besoin.

Il sourit et, d'embarras, j'essaie de cacher mon visage. Si nous n'étions pas en train de faire… ça… je lui ferais une remarque pour avoir dit que j'étais tendue, mais il a raison et comme il l'a dit tout à l'heure, je suis déjà occupée.

– Voilà… C'est là que tu commences.

Il me surprend en mettant ses doigts froids contre moi. À cette sensation, un petit sifflement s'échappe de mes lèvres.

– C'est froid ? (Je hoche la tête.) Désolé.

Il rit doucement, puis glisse soudain ses doigts en moi sans me prévenir.

Je rue des hanches contre le lit, mais je pose ma main contre ma bouche pour ne pas crier. Son sourire s'élargit.

– J'avais juste besoin de les réchauffer comme il faut.

Lorsqu'il bouge doucement ses doigts en moi, le feu qui me consume est ravivé. Puis il les retire, ce qui me donne l'impression d'être vide et désespérée. Soudain, il les remet là où ils étaient et je me mords les lèvres.

– Ne fais pas ça, sinon nous ne pourrons pas terminer ta leçon.

Je ne le regarde pas. À la place, je passe ma langue contre ma lèvre et je la mords encore.

– Tu es irritable aujourd'hui. Pas très bonne élève.

Même lorsqu'il me titille, il me rend folle ; comment peut-on être aussi séduisant sans même essayer ? Hardin est certainement le seul à maîtriser ce talent.

– Donne-moi ta main, Tess.

Mais je ne bouge pas. L'embarras doit se lire sur mon visage. Alors, sa main attrape la mienne et fait descendre nos doigts joints le long de mon ventre jusqu'en haut de mes cuisses. Et il me dit doucement :

– Si tu ne veux pas le faire, tu n'es pas obligée, mais je pense que tu vas aimer.

– Si, je veux essayer.

J'ai pris ma décision et il me sourit d'un air complice.

– Tu es sûre.

– Ouais, je suis juste… nerveuse.

Je me sens bien plus à l'aise avec Hardin qu'avec n'importe qui d'autre que j'aurais pu connaître et il ne me mettrait pas mal à l'aise, pas avec de mauvaises intentions au moins. Je réfléchis trop, les gens font ça tout le temps, *non ?*

– Ne le sois pas. Tu vas aimer.

Il se mord aussi les lèvres et je souris, nerveusement.

– Et ne t'inquiète pas : si tu n'arrives pas à te faire décoller, je m'en occuperai pour toi.

Je suis tellement gênée que je refais tomber ma tête sur l'oreiller, et je l'entends rire un peu avant de dire :

– Comme ça.

Il écarte mes doigts. Mon rythme cardiaque s'accélère dramatiquement lorsqu'il approche ma main de… *là*. C'est tellement bizarre. Étrange et juste bizarre. J'ai tellement l'habitude de sentir la main d'Hardin sur moi, ses doigts rêches et calleux, ses longues mains fines, leur expertise en me touchant…

– Fais comme ça.

La voix d'Hardin est pleine de lubricité lorsqu'il guide ma main sur le point le plus sensible. J'essaie de ne pas penser à ce que nous sommes en train de faire… *qu'est-ce que je suis en train de faire ?*

– Qu'est-ce que ça te fait ?

– Je… ne sais pas.

– Si, tu le sais. Dis-le-moi, Tess.

Il retire sa main de la mienne. Je gémis en ne sentant plus sa main et je commence à retirer la mienne, mais le ton de sa voix me fait obéir immédiatement.

– Non, laisse-là où elle est, Bébé. Continue.

Je déglutis et ferme les yeux, essayant de répéter les gestes d'Hardin. Ce n'est pas aussi bon que lorsqu'il le fait, mais la sensation n'est pas désagréable non plus. La pression dans mon bas-ventre recommence à grimper et je ferme mes yeux encore plus fort, essayant d'imaginer que ce sont les doigts d'Hardin qui me procurent ce plaisir.

– Tu as l'air si chaude à te toucher devant moi.

Je ne peux pas m'empêcher de gémir et de continuer avec mes doigts le petit geste qu'il m'a montré.

Lorsque j'ouvre légèrement les yeux, je vois la main d'Hardin frotter la braguette de son jean. Oh mon Dieu ! Pourquoi est-ce si érotique ? J'ai toujours cru que c'était le genre de choses que les gens faisaient dans les films cochons, pas dans la vraie vie. Hardin rend tout si érotique, peu importe que ce soit bizarre. Ses yeux sont concentrés sur mon entrejambe et ses dents mordent sa lèvre inférieure, faisant ressortir le petit anneau d'argent.

À la seconde où je sens qu'il pourrait me surprendre à le regarder, je referme les yeux et mon subconscient. C'est une chose normale et naturelle, tout le monde le fait… tout le monde n'a pas nécessairement quelqu'un qui l'observe, mais si tout le monde avait Hardin, tout le monde le ferait.

– C'est bien, tu fais ça bien, pour moi, comme toujours.

Il me parle à l'oreille en mordillant le lobe. Son souffle est chaud et sent la menthe. Il me donne envie de hurler et de me fondre dans les draps en même temps.

– Vas-y, toi aussi.

Je respire fortement et reconnais à peine ma voix.

– Quoi ?

– Fais ce que je suis en train de faire.

Je préfère ne pas utiliser le mot.

– Tu veux vraiment ?

Il a l'air surpris.

– Oui… *S'il te plaît*, Hardin.

J'y suis presque et j'en ai besoin, j'ai besoin de détourner un peu l'attention de moi et honnêtement, l'avoir vu se toucher à l'instant m'a donné des sensations encore plus dépravées et je veux le voir recommencer, ça et encore plein de choses.

– Ok, répond-il simplement.

Hardin a tellement confiance en lui quand on en arrive au sexe. J'aimerais être comme lui. J'entends sa braguette s'ouvrir et j'essaie de ralentir le mouvement de mes doigts, si je ne fais pas ça, tout sera terminé très, très rapidement.

– Ouvre les yeux, Tessa.

Il exige et j'obéis.

Sa main enveloppe son sexe nu et j'écarquille les yeux à cette vision parfaite en observant Hardin faire ce que je n'aurais cru jamais voir de toute ma vie.

Il se penche en avant, cette fois-ci pour me faire un petit baiser dans le cou, avant de ramener sa bouche près de mon oreille et de me dire :

– Tu aimes ça, hein ? Tu aimes me regarder me donner du plaisir, tu es tellement cochonne, Tess, une putain de grosse cochonne.

Mes yeux ne lâchent pas sa main entre ses jambes et plus il me parle, plus il la bouge rapidement.

– Je ne vais pas résister longtemps à te regarder, Bébé, c'est super-chaud de te voir comme ça.

Nous grognons tous les deux en même temps. Je ne me sens plus mal à l'aise. Je suis près, si près, et je veux qu'Hardin le soit aussi.

– C'est si bon, Hardin…

Je gémis, je me moque d'avoir l'air stupide ou désespérée. C'est la vérité et il me donne le courage d'assumer mon corps et mes sensations comme ça.

– Putain. Continue à parler.

– Je veux que tu jouisses, Hardin, imagine simplement ma bouche autour de ton…

Les paroles salaces s'échappent de mes lèvres et une sensation de chaleur envahit mon ventre quand il éjacule sur ma peau brûlante. C'est suffisant pour moi et j'explose aussi dans mes propres mains en fermant les yeux et répétant son nom encore et encore.

Lorsque je les ouvre à nouveau, Hardin est penché sur son coude à côté de moi et j'enfouis immédiatement mon visage dans son cou.

– C'était comment ?

Il passe ses bras autour de ma taille pour me rapprocher de lui.

– Je ne sais pas.

Je mens.

– Ne sois pas timide, je sais que tu as aimé. Moi aussi.

Il embrasse le sommet de mon crâne et je lève les yeux vers lui.

– Oui, j'ai aimé, mais je préfère quand c'est toi qui le fais.

– J'espère bien.

Je lève la tête pour lui faire un petit baiser dans le creux de la fossette.

– Je peux te montrer pas mal de choses, encore.

Me voyant rougir, il me rassure.

– Une chose à la fois.

Mon imagination s'emballe à l'idée de tout ce qu'Hardin pourrait me montrer, il y a probablement tellement de choses dont je n'ai jamais entendu parler et qu'il a déjà faites, et je veux toutes les essayer.

– Allons te faire prendre une douche, Mademoiselle la première de la classe.

Je baisse les yeux vers lui.

– Tu veux dire la *seule* élève de ta classe ?

– Ouais, bien sûr. Enfin, je devrais peut-être donner des cours à Landon aussi. Il en a autant besoin que toi.

– Hardin !

Mon exclamation le fait rire, rire vraiment, et c'est un si beau son à mon oreille.

Lundi matin, lorsque mon réveil sonne, je bondis hors du lit et cours vers la salle de bains pour prendre une douche. L'eau me donne un coup de fouet et mes pensées retournent au premier semestre que je viens de passer à l'université. Je n'avais aucune idée de ce qui m'attendait, mais en même temps, je me sentais prête. J'avais tout planifié. J'avais cru que je me ferais quelques amis et me concentrerais sur quelques activités extra-scolaires, comme le cercle littéraire ou des trucs dans le genre. Que je passerais la majeure partie de mes journées dans ma chambre ou à la bibliothèque à étudier pour préparer mon avenir.

J'étais loin de me douter que, quelques mois plus tard, j'habiterais dans un appartement avec mon petit ami, qui ne serait pas Noah. Je n'avais aucune idée de ce qui m'attendait quand ma mère s'est garée sur le parking de WCU et encore moins quand j'ai rencontré ce garçon grossier aux cheveux bouclés. Je ne l'aurais jamais cru si quelqu'un me l'avait dit et, maintenant, je ne peux pas concevoir ma vie sans ce garçon grincheux. J'ai des papillons dans l'estomac en repensant à ce que ça me faisait de l'apercevoir sur le campus ou d'essayer de le voir dans la salle de classe de littérature, de le voir me regarder à la dérobée quand le professeur parlait, la manière qu'il avait d'espionner mes conversations avec Landon. Ce temps semble être révolu depuis si longtemps, c'est une autre époque maintenant.

Je suis tirée de mes pensées nostalgiques lorsque le rideau de douche s'ouvre et qu'un Hardin apparaît torse nu. Ses cheveux en bataille lui retombent sur le front et il se frotte les yeux.

Il sourit et sa voix est lourde de sommeil.

– Qu'est-ce qui te prend de rester aussi longtemps ? Tu mets en pratique ta leçon d'hier ?

– Non !

Je réprime un petit cri et rougis violemment lorsqu'une image d'Hardin me revient en mémoire. Il me fait un clin d'œil.

– Bien sûr, Bébé.

– Mais non ! Je réfléchissais, c'est tout.

– À quoi ?

Il s'assied sur les toilettes et je referme le rideau de douche.

– À comment c'était avant…

– Avant quoi ?

Sa voix semble pleine de doute.

– Au premier jour à la fac quand tu étais si grossier.

– Grossier ? Je ne t'ai même pas parlé.

– Exactement, je réponds en riant.

– Tu étais si emmerdante avec ton abominable jupe et ton petit ami à mocassins.

Il tape dans ses mains de joie.

– La tête de ta mère quand elle nous a vus.

J'ai le cœur serré en entendant parler de ma mère. Elle me manque, mais je refuse d'endosser la responsabilité de ses erreurs. Lorsqu'elle sera prête à arrêter de nous juger, Hardin et moi, je lui parlerai, mais tant qu'elle ne fera pas ça, elle ne mérite pas mon attention.

– Et toi, tu étais énervant avec ton… eh bien… ton attitude.

Je ne sais pas quoi dire, car il ne m'a pas adressé la parole la première fois que je l'ai rencontré.

– Tu te souviens de la deuxième fois que je t'ai vue ? Tu étais en serviette et tu trimballais tes vêtements mouillés.

– Oui et tu as dit que tu ne me regarderais pas, je me souviens.

– J'ai menti. Je t'ai certainement matée.

– On dirait que c'était il y a longtemps, non ?

– Oui, très longtemps. On dirait que tout ça ne s'est pas vraiment passé, maintenant, on a l'impression que ça a toujours été comme ça pour nous. Tu vois ce que je veux dire ?

Je passe ma tête par le rideau pour lui sourire.

– En fait, oui.

C'est la vérité, mais c'est si bizarre de penser à Noah comme petit ami à la place d'Hardin. Ce n'est pas normal. Noah compte vraiment beaucoup pour moi, mais nous avons perdu tous les deux plusieurs années de notre vie en sortant ensemble. Je ferme le robinet de la douche et le repousse au fond de ma mémoire.

– Tu peux…

Avant que je finisse de poser ma question, Hardin me jette une serviette par-dessus le rideau de douche.

– Merci.

J'enroule le tissu autour de mon corps humide.

Hardin me suit dans notre chambre pendant que je m'habille le plus rapidement possible et qu'il reste à me regarder fixement, allongé sur le ventre dans notre lit. J'essore mes cheveux dans la serviette, puis m'habille. Hardin est très doué pour me distraire en me pelotant sans subtilité pendant toute l'opération.

– Je te dépose, dit-il en descendant du lit pour s'habiller.

– On a déjà pris cette décision, tu t'en souviens ?

– Tais-toi, Tess.

Il secoue la tête d'un air joueur et je lui offre un sourire de fausse innocence en retournant dans le séjour.

Je décide de me lisser les cheveux pour une fois. Après m'être légèrement maquillée, j'attrape mon sac à main pour m'assurer qu'il contient tout ce dont j'ai besoin, et retrouve Hardin devant la porte d'entrée. Il tient mon sac de sport pour mon cours de yoga et je porte le sac qui contient tout le reste.

– Fonce, me dit-il en sortant.

– Quoi ?

Je me retourne pour le regarder.

– Fonce et défonce tout, ajoute-t-il en soupirant.

Je souris et lui répète pour la dixième fois en vingt-quatre heures la planification serrée de notre journée.

Comme il fait semblant de m'écouter avec attention, je lui promets d'être plus détendue le lendemain.

∞

66

Tessa

Le campus est surpeuplé car tout le monde est rentré de vacances. Hardin essaie de se garer aussi près que possible du café, mais à mesure qu'il sillonne le parking, il pousse de plus en plus de jurons et j'essaie de ne pas rire de le voir si énervé. Il est vraiment adorable.

– Donne-moi ton sac.

Lorsque je sors de la voiture, Hardin propose de m'aider. Je le lui tends en souriant et le remercie pour ce geste prévenant. Il faut dire que mon sac est plutôt lourd. Gérable, mais lourd.

C'est étrange de revenir sur le campus, tant de choses ont changé et se sont passées depuis la dernière fois que je suis venue ici. L'air frais me fouette le sang et Hardin enfile un bonnet avant de fermer sa veste jusqu'en haut. Nous nous dépêchons de traverser le parking et de remonter la rue. J'aurais dû prendre un manteau plus épais et des gants et un bonnet aussi. Hardin avait raison quand il disait que je ne devrais pas porter cette robe, mais je ne l'admettrais pour rien au monde.

Il a l'air si mignon sous son bonnet, les joues et le nez rougis par le froid. Il n'y a qu'Hardin pour avoir l'air encore plus séduisant malgré le temps qu'il fait.

– Le voilà.

Il désigne Landon dans le café. Le côté familier de ce petit espace m'apaise et je souris dès que je vois mon meilleur ami assis à une table, à m'attendre. Landon sourit quand il nous aperçoit.

– Bonjour.

– Bonjour, je réponds d'un ton enjoué.

– Je vais faire la queue.

Hardin se dirige vers le comptoir. Je ne m'attendais pas à ce qu'il reste ni à ce qu'il aille me chercher un café, mais c'est agréable. Nous n'avons aucun cours en commun ce semestre et il va me manquer, j'ai si bien pris l'habitude de le voir toute la journée.

– Prête pour le nouveau semestre ?

Je m'assieds en face de Landon. La chaise crisse contre le sol carrelé et attire l'attention sur nous. Je fais un petit sourire d'excuse avant de me retourner vers Landon.

Il a essayé de faire quelque chose avec ses cheveux, en dégageant son front, et ça lui va vraiment bien. En promenant mon regard dans le café, je commence à me rendre compte que j'aurais probablement dû juste mettre un jean et un pull. Je suis la seule à être un minimum habillée, mis à part Landon en pantalon kaki et chemise bleu ciel.

– Oui et non.

– Pareil. Comment ça va… tu sais, entre vous deux ?

Il se penche au-dessus de la table pour murmurer. Je lève les yeux, Hardin nous tourne le dos et la serveuse a l'air franchement énervée. Quand il lui tend sa carte de crédit, elle lève les yeux au ciel. Je me demande ce qu'il a bien pu lui faire pour l'irriter si rapidement.

– Bien, en fait. On dirait que ça fait bien plus d'une semaine que nous ne nous sommes pas vus. Comment ça se passe avec Dakota ?

– Bien, elle se prépare pour New York.

– C'est tellement incroyable, j'adorerais aller à New York.

Je n'arrive pas à imaginer cette ville.

– Moi aussi.

Il sourit et j'aimerais lui dire de ne pas y aller, mais je ne peux pas faire une chose pareille. Il semble lire dans mes pensées,

– Je n'ai pas encore pris ma décision. J'ai envie d'y aller et d'être près d'elle, nous avons parcouru un tel chemin ensemble, mais j'aime WCU et je ne sais pas si j'ai envie de quitter ma mère et Ken pour aller vivre dans une grande ville où je ne connais absolument personne, sauf elle, bien sûr.

Je hoche la tête et tente de l'encourager, malgré moi.

– Tu t'en sortirais merveilleusement bien là-bas, tu pourrais aller à NYU et vous pourriez prendre un appartement tous les deux.

– Ouais, je ne sais pas trop.

– Tu sais pas quoi ?

Hardin dépose un café devant moi sans s'asseoir.

– Peu importe, je dois y aller, mon premier cours commence dans cinq minutes de l'autre côté du campus.

– Ok, je te vois après mon cours de yoga. C'est mon dernier cours.

Il me surprend en se penchant en avant pour m'embrasser légèrement sur la bouche, puis sur le front avant de dire :

– Je t'aime, n'oublie pas les étirements au yoga.

J'ai comme l'impression que si ses joues n'étaient pas encore rouges de froid, elles le seraient maintenant. Lorsqu'il se rappelle que Landon est avec nous, il baisse les yeux. Les marques publiques d'affection ne sont vraiment pas son truc.

– Promis. Je t'aime.

Il fait un petit signe de tête gêné à Landon et s'en va.

– C'était… bizarre.

Landon lève un sourcil et boit une gorgée de son café.

– Ouais, c'était bizarre.

J'éclate de rire et pose mon menton sur ma main en poussant un soupir d'aise.

– On devrait aller en théologie.

J'attrape mon sac par terre et le suis dehors.

Heureusement, nous n'avons pas beaucoup de chemin à parcourir pour atteindre notre premier cours. Je suis passionnée par le sujet des religions comparées. Ça doit être intéressant et bien remuer les idées. Avoir Landon avec moi est un vrai plus. Lorsque nous entrons dans la salle de classe, nous ne sommes pas les premiers à arriver, mais le premier rang est totalement libre. Landon et moi nous asseyons devant, au milieu, et sortons nos livres. Ça fait du bien d'être de retour dans un élément familier, j'ai toujours aimé étudier et j'adore le fait que Landon soit d'accord avec moi là-dessus.

Nous attendons patiemment que la salle se remplisse d'étudiants, la plupart d'entre eux parlent odieusement trop fort. Le fait que la salle de classe soit bondée n'aide pas non plus.

Enfin, un homme plutôt grand, a l'air trop jeune pour être professeur, entre et se lance immédiatement dans son cours.

– Bonjour tout le monde. Comme vous devez le savoir maintenant, je suis le Professeur Soto. Vous êtes en cours de théologie comparée, il se peut que vous vous ennuyiez un peu, mais je peux vous promettre que vous allez apprendre plein de choses qui ne vous seront d'aucune utilité dans le monde réel, mais bon, à quoi ça sert la fac sinon ?

Il sourit franchement, et tout le monde rigole.

Eh bien, c'est particulier.

– Alors commençons. Il n'y a pas de programme pour ce cours. Nous ne suivrons pas de plan précis, ce n'est pas mon genre… mais vous aurez appris ce que vous aurez besoin de savoir à la fin du semestre. Les trois-quarts de votre note seront basés sur un journal que vous allez devoir tenir. Là, je sais ce que vous êtes en train de penser : c'est quoi le rapport entre un journal intime et la religion ? Il n'y en a aucun, en soi… mais d'une certaine manière, si. Pour étudier et réellement comprendre toute forme de spiritualité, vous devez être ouverts à toutes les idées possibles et imaginables. Tenir un journal vous y aidera, et je vous ferai écrire sur des sujets avec lesquels tout le monde n'est pas à l'aise, des sujets très controversés et pénibles, même, pour certains. Mais bon, j'ai bon espoir que tout le monde quittera cette classe avec l'esprit ouvert et peut-être un peu de connaissances.

Avec un grand sourire, il déboutonne sa veste. Landon et moi nous tournons l'un vers l'autre au même moment.

– Pas de programme ? dit Landon sans faire de bruit.

– Un journal ? je lui réponds silencieusement.

Le Professeur Soto s'assied derrière le grand bureau de la salle de classe et retire une bouteille d'eau de sa sacoche.

– Vous pouvez discuter entre vous jusqu'à la fin du cours, ou vous pouvez y aller. Nous commencerons vraiment à travailler demain. Signez la feuille de présence pour que je sache combien de personnes ont séché dès le premier jour.

Il a un air goguenard.

Tous les élèves poussent un cri de joie avant de partir vite fait. Landon hausse les épaules en me regardant et nous sommes les derniers à quitter une salle vide, après avoir signé la feuille de présence.

Landon remballe ses affaires.

– C'est cool. Je vais pouvoir appeler Dakota entre les deux cours.

Le reste de la journée s'écoule rapidement, j'ai hâte de voir Hardin. Je lui ai envoyé quelques textos, mais il ne m'a pas encore répondu. Le temps que j'arrive au gymnase, mes pieds me font mal, je n'avais pas mesuré toute la distance à parcourir. L'odeur de la sueur envahit mes narines dès que j'ouvre la porte d'entrée et je me dépêche d'aller dans le vestiaire réservé aux femmes. Les murs sont recouverts de casiers dont le métal apparaît sous la peinture rouge.

J'interroge une petite brune en maillot de bain.

– Comment savoir quel casier utiliser ?

– Prends-en un au hasard et utilise ton cadenas.

– Oh…

Bien sûr, je n'ai pas pensé à prendre un cadenas. En voyant ma mine déconfite, elle fouille dans son sac et m'en tend un.

– Tiens, j'en ai un en plus. Le code est écrit derrière, je n'ai pas retiré l'étiquette.

Je la remercie et elle quitte la pièce. Une fois que j'ai enfilé un nouveau pantalon de yoga et un tee-shirt blanc, je sors du vestiaire. En remontant le couloir pour trouver la bonne salle, je croise un groupe de joueurs de crosse et plusieurs d'entre eux me font des remarques salaces que je choisis d'ignorer. Tous continuent d'avancer, sauf un.

– Tu vas passer les essais pour les pom-pom girls l'an prochain ?

Le garçon a des yeux si bruns qu'ils sont quasiment noirs et il me reluque de haut en bas.

– Moi ? Non, je vais juste à mon cours de yoga.

Je bégaie. Nous sommes seuls dans ce couloir.

– Oh, c'est dommage. Tu aurais l'air incroyable en jupe.

– J'ai un petit ami.

J'essaie de le contourner, mais il me bloque.

– J'ai une copine… qu'est-ce que ça fait ?

Il sourit et avance pour me coincer. Il n'est pas du tout intimidant, mais quelque chose dans son sourire trop sûr de lui me donne la chair de poule.

– Il faut que j'aille en cours.

– Je peux t'accompagner… Ou tu peux sécher et je te fais une visite guidée.

Il pose son bras sur le mur à côté de ma tête et je recule d'un pas sans avoir nulle part où aller.

– Putain, tu dégages, connard.

La voix d'Hardin explose derrière moi et le sale type tourne la tête pour le regarder.

Il a l'air plus intimidant que jamais dans son long short de basket et son tee-shirt noir aux manches coupées qui révèle ses bras tatoués.

– Je suis… désolé, mec, je ne savais pas qu'elle avait un mec.

– Tu ne m'as pas entendu ? Je t'ai dit de dégager.

Hardin se dirige vers nous et le sportif en herbe recule rapidement, mais Hardin l'attrape par le tee-shirt et l'écrase contre le mur.

Je ne l'arrête pas.

– Tu t'approches encore une fois d'elle et je t'éclate le crâne contre ce mur. Tu piges ?

– Ou… oui…

Le type part sans demander son reste.

– Dieu merci, dis-je en passant mes bras autour de son cou. Pourquoi es-tu là ? Je croyais que tu n'avais plus besoin de prendre de cours d'EPS ?

– J'ai décidé d'en faire un de plus. Et c'est pas plus mal.

Il soupire et je prends ses mains dans les miennes.

– Quel cours as-tu pris ?

Je n'arrive pas du tout à imaginer Hardin en sportif.

– Le tien.

J'en ai le souffle coupé.

– Tu n'as pas fait ça !

– Oh si, je l'ai fait.

Il sourit en me voyant horrifiée et toute sa colère semble avoir disparu.

∞

67

Tessa

Hardin fait exprès de marcher légèrement derrière moi et j'ai soudain envie de revenir au collège, à l'époque où je nouais un pull autour de mes hanches pour cacher mes formes. D'une voix très calme, il annonce :

– Il va te falloir un peu plus que ce pantalon.

La dernière fois que j'ai porté ce type de pantalon devant lui, les remarques crues avaient fusé et celui que je portais alors était moins ajusté que celui d'aujourd'hui. Je ris jaune et attrape sa main pour le forcer à marcher à côté de moi et pas derrière.

– Tu ne vas pas vraiment suivre un cours de yoga.

Peu importent mes efforts, je n'arrive pas à imaginer Hardin prendre les postures. L'image ne veut pas venir.

– Bah si.

– Tu sais ce que c'est le yoga, non ?

– Oui, Tessa. Je sais ce que c'est et je prends ce cours avec toi.

– Pourquoi ?

– Ça n'a aucune importance pourquoi, je veux juste passer plus de temps avec toi.

– Oh.

Je ne suis pas convaincue de son explication, mais j'ai hâte de le voir essayer et plus de temps passé ensemble n'est pas pour me déplaire.

Au milieu de la pièce, le professeur est assis sur un tapis jaune vif. Ses cheveux bruns bouclés attachés sur sa tête et son tee-shirt à fleurs donnent une première impression des plus accueillantes.

– Ils sont où les gens ?

Hardin regarde tout autour tandis que j'attrape un tapis de sol violet sur l'étagère.

– Nous sommes en avance.

Je lui tends un tapis bleu et il l'observe avant de le mettre sous son bras.

– Évidemment.

Avec un sourire sarcastique, il me suit à l'avant de la salle de cours. J'installe mon tapis directement devant celui du professeur, mais Hardin m'attrape le bras pour m'arrêter.

– Pas question. On se met au fond.

Je vois le visage du professeur s'animer d'un sourire en l'entendant.

– Quoi ? Tu veux t'asseoir au fond pour un cours de yoga ? Non, je suis toujours devant.

– C'est exactement la raison pour laquelle nous irons au fond.

Il me prend mon tapis des mains pour faire demi-tour.

– Si tu veux faire ta mauvaise tête, tu ferais mieux de ne pas rester.

– Je ne fais pas ma mauvaise tête.

Le professeur nous fait un petit signe, elle nous apprend qu'elle s'appelle Marla, et nous nous installons. Après coup, Hardin affirme qu'il est certain qu'elle est défoncée, ce qui me fait rire. Ce cours va être drôle.

Toutefois, alors que la salle se remplit de filles en pantalon moulant et en minuscules débardeurs, qui toutes semblent zieuter Hardin, je deviens de moins en moins zen. Bien sûr, il est le seul garçon. Heureusement, il ne semble pas être conscient de toute l'attention qu'il attire. Soit c'est ça, soit il y est très habitué. Ça doit être plutôt ça. Il est tout le temps l'objet de toute l'attention. Ce n'est pas comme si j'en voulais à ces filles, mais c'est mon petit copain et elles devraient regarder ailleurs. Je sais que certaines le regardent à cause de ses tatouages et de ses piercings, se demandant ce qu'un type comme lui fait dans un cours de yoga.

– Ok, tout le monde ! C'est parti !

Le professeur se présente à nouveau et fait un petit discours pour expliquer comment elle est venue à enseigner le yoga.

– Elle ne va jamais la fermer ?

Quelques minutes, et Hardin s'énerve déjà.

– Tu as hâte de te mettre en posture ?

– La posture de quoi ?

– On va commencer par s'étirer un peu, annonce Marla.

Hardin reste immobile sur le sol tandis que tout le monde s'étire, et je sens son regard sur moi tout au long de l'exercice.

– Tu es censé t'étirer.

Je le réprimande, mais il ne bouge pas. Puis, d'une petite voix mélodieuse, Marla interpelle Hardin.

– Toi au fond, tu te joins à nous ?

– Euh… Ouais.

Hardin décroise les jambes pour les allonger devant lui en essayant de toucher ses orteils. Je me force à regarder devant moi, pour ne pas céder à l'éclat de rire qui menace.

Une blonde à côté le taquine.

– Tu es censé toucher tes doigts de pied.

Il lui répond avec un sourire mielleux à tuer un diabétique.

– J'essaie.

Pourquoi lui a-t-il juste répondu et pourquoi suis-je aussi jalouse ? Elle glousse, alors que l'image de sa tête violemment projetée contre le mur tourne en boucle dans mon esprit. Je suis tout le temps en train de faire la morale à Hardin à cause de son tempérament, mais là je visionne l'assassinat de cette salope et… Je la traite de salope alors que je ne la connais même pas !

– Je ne vois pas très bien, je vais m'avancer.

Il a l'air surpris en m'entendant.

– Pourquoi ? Je ne…

– Ce n'est rien, je veux juste voir et entendre le cours.

Sur cette explication, je tire mon tapis quelques pas plus loin et m'arrête juste devant lui.

Je m'assieds et termine les étirements avec l'ensemble du groupe. Je n'ai pas besoin de me retourner pour savoir la tête que fait Hardin.

– Tess…

Il murmure en essayent d'attirer mon attention. Je ne me retourne pas.

– Tessa…

– Nous allons commencer avec la posture du chien tête en bas, c'est une position basique, très simple, annonce Marla.

Je me plie en deux, pose mes paumes contre le tapis et regarde Hardin dans l'espace créé entre mon ventre et le sol. Il est debout, bouche bée.

Une fois encore, Marla remarque qu'il ne bouge pas.

– Hello, tu penses *participer* au cours ?

Elle a beau demander ça en souriant, si elle recommence, je ne serais pas surprise d'entendre Hardin jurer à voix haute devant tout le monde. Je ferme les yeux et bascule mes hanches pour me plier complètement.

– Tessa. The-reeeee-sa.

– Quoi, Hardin ? J'essaie de me concentrer.

Il se penche en avant et essaie de prendre la posture, mais son corps est bizarrement plié et je ne peux m'empêcher d'éclater de rire.

– Ferme-la, s'il te plaît !

Son ton sec déclenche mon fou rire.

– Tu es nul.

– Tu me distrais.

– Ah bon ? Comment ça ?

J'adore avoir l'avantage sur Hardin, ça n'arrive pas souvent.

– Tu le sais très bien, espèce de petite peste.

Je sais que la fille à côté de lui peut nous entendre, mais je m'en moque. En fait, j'espère qu'elle nous entend, même.

– Déplace ton tapis, alors.

Je me lève exprès pour m'étirer et reprends la pose.

– Bouge… C'est toi qui me cherches, là.

– Je te taquine.

Je le corrige en employant son propre vocabulaire contre lui.

– Ok, on va relever le dos doucement, bien à plat, annonce Marla.

Je me relève en me pliant au niveau de la taille, les mains à plat sur mes genoux en m'assurant de bien garder un angle à quatre-vingt-dix degrés.

– Tu te fous de ma gueule.

Hardin ronchonne, mes fesses pratiquement au bout de son nez.

Je me retourne pour le regarder et découvre qu'il n'essaie même pas de reproduire la posture correctement, même de loin. Ses mains sont sur ses genoux, mais son dos n'a pas le bon angle.

– Ok ! Maintenant la posture de la pince debout, demande le professeur.

J'obéis en pliant complètement mon corps, les genoux droits, la tête en bas.

– On dirait qu'elle veut que je te baise devant tout le monde.

Je tourne vite la tête pour m'assurer que personne n'ait entendu.

– Chut…

Je le supplie et l'entends rire doucement.

– Bouge ton tapis, ou je dis tout haut ce que je suis en train de penser.

Pour éviter qu'il mette sa menace à exécution, je me dépêche de me relever et de reprendre ma place à ses côtés. Il affiche un petit air satisfait.

– C'est bien ce que je me disais.

– Tu pourras me dire tout ça plus tard.

En m'entendant murmurer, il penche la tête de côté.

– Crois-moi, tu vas l'entendre.

Sa promesse réveille les papillons dans mon ventre.

Il ne participe pas plus au reste du cours et la blonde finit par changer de place, probablement parce qu'il n'arrête pas de parler. Je ferme les yeux.

– Nous sommes censés méditer.

La pièce est complètement silencieuse, si l'on fait abstraction des petites sorties murmurées par Hardin, type :

– C'est tellement naze.

– C'est toi qui t'es inscrit à ce cours.

– Je ne savais pas à quel point c'était nul. Je vais vraiment finir par m'endormir, là.

– Arrête de pleurnicher.

– Je ne peux pas. C'est de ta faute si je suis tout chose et maintenant, je suis coincé assis en tailleur à méditer, avec une trique géante, dans une pièce pleine de monde.

– Hardin !

Je le réprimande plus fort que je ne le souhaitais car de nombreuses voix s'élèvent en un « Chut… » collectif.

Hardin rigole et je lui tire la langue, ce qui me vaut un regard mauvais de la fille à ma droite. Le cours de yoga avec Hardin, ça ne va pas fonctionner. Je vais me faire virer ou recaler. À la fin de la méditation, Hardin annonce :

– On va se désinscrire de ce cours.

– Toi, oui. Pas moi. J'ai besoin de crédits en EPS.

– Bonne première séance, tout le monde ! J'ai hâte de vous revoir plus tard dans la semaine. *Namaste*, dit Marla pour achever le cours.

Je roule mon matelas, mais Hardin ne se soucie pas du sien. Grossièrement, il le pose sur l'étagère, n'importe comment.

∞

68

Tessa

De retour dans le vestiaire, impossible de retrouver la fille qui m'a prêté son cadenas. Je décide de le remettre sur la poignée et si elle ne revient pas le chercher demain, je continuerai à m'en servir ou je trouverai un moyen de le lui racheter.

Lorsque j'ai terminé de rassembler mes affaires, je retrouve Hardin dans le hall d'accueil. Il est adossé à un mur, un pied replié derrière lui.

– Si tu avais pris plus de temps, j'aurais débarqué là-dedans.

– Tu aurais dû. Tu n'aurais pas été le seul mec.

Je mens, mais j'observe son visage se transformer. Je me détourne de lui et fais quelques pas avant qu'il n'attrape mon bras et me retourne pour lui faire face.

– Qu'est-ce que tu viens de dire ?

Il a les yeux mi-clos, c'est son côté primaire.

– Je déconne.

J'ai un petit sourire satisfait en l'entendant souffler, il lâche mon bras.

– Je croyais qu'on s'était assez fait de blagues comme ça aujourd'hui.

– Peut-être.

Mon sourire le fait hésiter.

– Visiblement, tu aimes me tourmenter.

– Le yoga m'a relaxée et a ouvert mes chakras.

– Pas moi !

Nous sortons.

La première journée de ce nouveau semestre s'est très bien passée, même le cours de yoga a fini par être amusant. Amusant n'est pas l'adjectif que j'emploierais d'ordinaire pour décrire un cursus universitaire, mais c'était sympa de partager ce moment avec Hardin.

Mon cours de théologie comparée risque d'être un problème à cause de son manque de structure, mais je vais essayer de suivre en me laissant aller. J'espère que ça ne me rendra pas complètement folle.

– Je dois travailler quelques heures, mais j'aurai terminé à l'heure du dîner, me dit Hardin. (Il a beaucoup travaillé ces derniers jours.) Le match de hockey a lieu demain, c'est ça ?

– Oui. Tu y vas toujours, non ?

– Je ne sais pas…

– J'ai besoin de savoir, car si tu n'y vas pas, j'irais.

Landon préférerait certainement que j'y aille avec lui, mais ces deux-là pourraient profiter de cette opportunité pour créer des liens. Je sais qu'ils ne seront jamais vraiment amis, mais ce serait un gros plus si, déjà, ils s'entendaient mieux.

– Ok, putain. J'irai…

Il soupire et monte dans la voiture.

– Merci.

Je souris, ce qui le fait grogner.

Une demi-heure plus tard, nous nous garons à notre place habituelle dans le parking de la résidence.

– Comment se sont passés tes cours ? Tu les as tous détestés, sauf le yoga ?

J'essaie d'alléger l'ambiance.

– Oui, tous sauf le yoga. Le yoga était vraiment… intéressant.

Il se tourne vers moi.

– Vraiment ? Comment ça ?

Je mordille ma lèvre inférieure dans une pose qui essaie de passer pour innocente.

– Je crois que ça à voir avec une certaine blonde.

Il a son air suffisant, qui me fait réagir au quart de tour.

– Je te demande pardon ?

– Tu n'as pas vu la blonde à côté de moi ? Tu as raté quelque chose, Bébé, tu aurais dû voir son cul dans son pantalon.

Je fronce les sourcils et ouvre la portière de la voiture.

– Où vas-tu ?

– Je rentre. Il fait froid dans cette voiture.

– Non… Tess, tu es jalouse de la fille du cours de yoga ?

– Non.

– Si, tu l'es.

Je lève les yeux au ciel et sors de la voiture.

Je suis un peu surprise d'entendre ses bottes marteler le sol derrière moi. En tirant la lourde porte en verre, je me glisse à l'intérieur du bâtiment et gagne l'ascenseur avant de me rappeler que j'ai oublié mon sac dans la voiture.

– Tu es bête, tu me fais rire.

– Je te demande pardon ?

– Tu crois que j'irais mater une blonde quelconque alors que tu es là… alors que je peux te regarder toi ? Particulièrement quand tu portes ce pantalon… Je ne peux absolument pas fantasmer sur quelqu'un d'autre. Je parlais de toi.

Il fait une grande enjambée vers moi et je recule contre le mur glacé de l'ascenseur. Je fais presque la moue en répondant :

– Peut-être, mais je l'ai vue essayer de flirter avec toi.

Je n'aime pas la sensation que procure la jalousie, c'est l'émotion la plus odieuse qui soit.

– Bêtasse, va !

Il fait un pas de plus vers moi, collant son corps contre le mien dans la cage d'ascenseur. Il prend mes joues en coupe et me force à le regarder dans les yeux.

– Comment peux-tu ne pas sentir l'effet que tu me fais ?

Sa bouche est à quelques centimètres de la mienne.

– Je ne sais pas.

Je couine, sentant sa main libre se saisir de la mienne pour la mettre sur son short de sport.

– Voilà ce que tu me fais.

Il déplace ses hanches pour que son érection emplisse ma main. J'ai la tête qui tourne.

– Oh.

– Tu vas dire bien plus que « oh »…

L'ascenseur s'arrête.

– Sans déconner.

Il grogne lorsqu'une femme et trois enfants entrent dans l'espace restreint de la cabine.

J'essaie de me décaler d'un pas, mais il passe son bras autour de ma taille, refusant de me laisser partir. Un des enfants se met à pleurer, provoquant un soupir d'irritation chez Hardin. Je me mets à imaginer la drôlerie de la situation si l'ascenseur tombait en panne entre deux étages avec un enfant qui pleure sur les bras. Heureusement pour Hardin, la porte s'ouvre un instant plus tard et nous sortons sur le palier.

– Je déteste les mômes.

Lorsqu'il déverrouille notre porte, un courant d'air froid s'échappe de notre appartement.

– Tu as éteint le chauffage ?

– Non, il était allumé ce matin.

Hardin va vérifier le thermostat, un juron au bord des lèvres.

– Il y a écrit là-dessus qu'il fait vingt-six degrés. C'est vraiment pas le cas. J'appelle le gardien.

Je hoche la tête et attrape une couverture sur le canapé avant de m'emmitoufler dedans et de m'asseoir. Hardin décroche le téléphone.

– Oui… et ça ne marche pas. On pèle pire que dans un putain de frigo, ici. Trente minutes ? Non, ça n'ira pas… Je m'en branle. Je paie une petite fortune pour vivre ici et je ne vais pas laisser ma copine mourir de froid. Je ne tolérerai pas d'avoir froid.

Il se tourne vers moi et je détourne le regard.

– Bien. Quinze minutes. Pas plus.

Sur cet aboiement, il raccroche le téléphone avant de le jeter sur le canapé.

– Ils envoient quelqu'un pour réparer.

– Merci.

Je souris et il s'assied à côté de moi sur le canapé.

J'ouvre mon cocon de couverture et tends la main vers lui. Lorsqu'il se rapproche, je grimpe sur ses genoux, passe mes doigts dans ses cheveux et tire doucement dessus.

– Qu'est-ce que tu fais ?

Il pose ses mains sur mes hanches.

– Tu as dit que nous avions quinze minutes.

De mes lèvres, je frôle son menton, le faisant frissonner. Je le sens esquisser un sourire.

– Est-ce que tu me ferais des avances, Tess ?

– Hardin…

Je chouine à mon tour pour le dissuader de me titiller encore plus.
– Je rigole. Maintenant, retire tes vêtements.
Mais ses mains soulèvent le bas de mon tee-shirt, contredisant son ordre.

∞

69

Hardin

Quand mes bras glissent le long des siens, son corps entier se couvre de chair de poule. Je sais qu'elle a froid, mais j'aimerais bien croire que j'en suis aussi à l'origine. Mes doigts s'enroulent avec force autour de ses poignets quand elle bouge sur mes genoux, poussant ses hanches vers le bas pour créer cette friction dont j'ai tant besoin. Je n'ai jamais autant voulu quelqu'un, et aussi souvent en plus.

Oui, j'ai baisé plein de filles, mais c'était juste pour le frisson, pour pouvoir me vanter, je n'ai jamais été proche d'elles comme je le suis de Tess. Avec elle, c'est une question de sensations, c'est la façon dont sa peau réagit à mes caresses, c'est la façon dont elle se plaint qu'avec la chair de poule elle doit se raser plus souvent, ce qui me fait halluciner même si je trouve ça drôle, c'est la façon qu'elle a de gémir quand je mordille ses lèvres et que ça fait des petits bruits et, surtout, c'est la façon dont nous faisons cette chose que seuls elle et moi partageons. Personne n'a été ni ne sera aussi près d'elle, comme ça.

Ses petits doigts se déplacent pour détacher son soutien-gorge, et je suçote la peau juste au-dessus du balconnet.

Je l'arrête en plein mouvement pour lui rappeler :

– Nous n'avons pas beaucoup de temps.

Elle fait la moue et j'ai encore plus envie d'elle.

– Alors, dépêche-toi de te déshabiller.

J'adore le fait qu'elle soit de plus en plus à l'aise avec moi.

– Tu sais qu'il ne faut pas me le dire deux fois.

Je l'attrape par les hanches, la soulève et la décale un peu sur le canapé.

Je retire mon short et mon boxer avant de lui faire signe de s'allonger. Lorsque j'attrape la capote dans mon portefeuille sur la table, elle retire son pantalon, son satané pantalon de yoga. En vingt ans d'existence, je n'ai jamais, jamais rien vu d'aussi sexy. Putain, je ne sais pas ce qu'ils ont, ces pantalons, c'est peut-être parce qu'ils lui collent aux cuisses et révèlent toutes ses sublimes courbes ou parce qu'ils sont l'écrin parfait pour son cul, mais d'une façon ou d'une autre, c'est ce qu'elle portera à la maison dorénavant.

– Il faut vraiment que tu prennes la pilule ; je ne veux plus mettre ça maintenant.

Elle hoche la tête pour répondre à ma plainte, mais son regard est rivé sur mes mains qui déroulent la capote. Je suis sérieux, je vais le lui rappeler tous les matins.

Tessa me surprend en tirant mon bras pour essayer de me faire asseoir sur le coussin à côté d'elle.

– Quoi ?

Comprenant ce qu'elle essaie de faire, je lui pose cette question, car je veux qu'elle le dise. J'aime son innocence, mais je sais qu'elle est bien plus coquine qu'elle ne veut l'admettre, un autre trait que je suis le seul à connaître.

Elle m'assassine du regard et, comme nous n'avons pas beaucoup de temps, je décide de ne pas la narguer. À la place, je m'assieds et la tire immédiatement sur moi, j'agrippe ses cheveux, puis j'attache ses lèvres aux miennes. J'avale ses gémissements et ses cris lorsqu'elle se baisse sur moi. Nous soupirons ensemble et ses yeux se révulsent, ce qui me fait limite jouir sur l'instant.

– La prochaine fois, on ira tout doux, Bébé, mais là, il ne nous reste que quelques minutes, ok ?

Je grogne dans son oreille et elle entame un mouvement de rotation avec ses hanches pleines. Elle gémit en réponse.

Je prends ça pour un signe et j'accélère le mouvement. Mes bras l'encerclent et je la rapproche de moi pour que nos torses soient l'un contre l'autre. Je lève mes hanches pendant qu'elle tourne les siennes. La sensation est indescriptible, je peux à peine respirer et nous allons tous les deux de plus en plus vite. Nous n'avons pas beaucoup de temps et, pour une fois, j'ai désespérément envie de terminer rapidement.

– Parle-moi, Tess.

Je la supplie sachant qu'elle sera timide, mais j'espère que si je la pilonne assez fort, que je tire ses cheveux suffisamment, elle aura le courage de me parler comme elle l'a déjà fait.

– Ok…

Elle halète et j'accélère encore.

– Hardin…

Sa voix tremble et elle mord ses lèvres pour se calmer, ce qui me rend encore plus dingue. Je sens la pression monter dans mon ventre.

– Hardin, c'est tellement bon de te sentir…

Elle prend confiance en elle, je jure entre mes dents.

– Tu gémis déjà et je n'ai encore rien dit.

Son ton satisfait m'amène au bord du précipice où elle me pousse.

Son corps tremble et se contracte, et je la regarde atteindre son orgasme. C'est comme si elle était encore plus captivante chaque fois qu'elle jouit. C'est la raison pour laquelle je n'ai jamais assez d'elle.

Quelqu'un frappe à la porte, nous ramenant de notre transe post-coïtale, et elle bondit pour s'éloigner. Elle attrape son tee-shirt par terre tandis que je retire la capote usagée, puis ramasse mes vêtements.

– Un instant !

Tessa allume une bougie et arrange les coussins sur le canapé.

Je me rhabille.

– C'est pour quoi faire la bougie ?

– Ça sent le sexe ici.

Elle murmure, même si l'employé ne peut pas l'entendre de là où il est.

Elle passe ses mains dans ses cheveux comme une possédée et, pour toute réponse, je rigole et secoue la tête avant d'ouvrir la porte. L'homme de l'autre côté est grand, plus grand que moi, et il a une barbe. Ses cheveux bruns lui arrivent aux épaules, il a l'air d'avoir au moins cinquante ans.

– Le chauffage est en panne, c'est ça ?

Sa voix est gutturale. À l'évidence, il a bien trop fumé.

– Ouais, pourquoi il caillerait autant dans cet appartement sinon ?

Je vois son regard tomber sur ma Tessa pendant que je lui réponds.

Évidemment, elle se penche en avant pour récupérer son chargeur de téléphone portable dans un panier sous la table et, bien sûr, elle porte son putain de pantalon de yoga pour faire ça. Et, bien entendu, le vieux dégueu, avec sa putain de barbe, mate son cul. Et naturellement, elle se relève, ignorant totalement ce qui vient de se passer.

– Dis Tess, pourquoi n'irais-tu pas dans la chambre jusqu'à ce que ce soit réparé ? Il y fait plus chaud.

– Non, ça va. Je vais rester ici avec toi.

Elle hausse les épaules et s'assied dans le fauteuil.

Ma patience s'amenuise et lorsqu'elle lève les bras pour s'attacher les cheveux, c'est comme si elle offrait un show privé à ce connard. Je me retiens pour ne pas l'enfermer dans la chambre. Je dois l'assassiner du regard, parce que lorsqu'elle lève les yeux vers moi, clairement perplexe, elle se ravise.

– Ok…

Elle rassemble ses bouquins et part dans la chambre. Je dis alors, d'un ton sec, au vieux pervers :

– Allez, réparez ce putain de chauffage.

Il se met à bosser silencieusement et reste calme. Il doit être plus malin que je ne l'aurais cru.

Quelques minutes plus tard, le téléphone de Tessa vibre au bout de la table et je prends sur moi de répondre quand je lis sur l'écran qu'il s'agit de Kimberly.

– Allô ?

– Hardin ?

La voix de Kimberly est suraiguë. Je ne sais pas comment Christian peut le supporter. Il a dû être attiré par son physique. Probablement quand ils étaient en boîte et qu'il ne pouvait pas vraiment l'entendre parler.

– Oui. Donne-moi une minute, je vais chercher Tess…

J'ouvre la porte de la chambre pour trouver Tessa allongée sur le lit, un crayon entre les dents, les pieds en l'air derrière elle.

– C'est Kimberly.

Je jette son portable sur le lit à côté d'elle. Elle l'attrape tout de suite pour répondre :

– Allô, Kim ! Tout va bien ?

Quelques secondes passent avant qu'elle ne dise :

– Oh non ! C'est terrible.

Je hausse un sourcil, mais elle ne le remarque pas.

– Oh… Ok… Laisse-moi en parler à Hardin. Ça ne va prendre qu'une minute. Je suis sûre que ça va aller.

Elle éloigne son téléphone de son oreille et couvre le bas de sa main.

– Christian a attrapé une sorte de gastro et Kim doit le conduire à l'hôpital. Ce n'est pas grave, mais leur baby-sitter n'est pas disponible.

– Et alors ?

– Ils n'ont personne pour garder Smith.

– Et… tu me dis ça pour quoi ?

– Elle veut savoir si on peut…

Elle se mordille l'intérieur de la joue.

Elle ne croit quand même pas qu'on va baby-sitter cet enfant.

– On peut quoi ?

Tessa soupire.

– Le garder, Hardin.

– Nan. Sûrement pas.

– Pourquoi pas ? C'est un gentil petit garçon.

– Non, Tessa, c'est pas une garderie ici. Il y a pas moyen. Dis à Kim d'acheter des cachets, de faire du bouillon, et c'est bon.

– Hardin… Elle est mon amie et c'est mon boss qui est malade. Je croyais qu'il comptait pour toi ?

Sa question me retourne l'estomac.

Bien sûr que je l'aime bien. Il a été là pour ma mère et moi, quand mon père était aux abonnés absents, mais ça ne veut pas dire qu'il faut que je garde son môme alors que je dois déjà aller à un putain de match de hockey demain avec Landon.

– J'ai dit non.

Je campe sur mes positions. La dernière chose dont j'ai besoin, c'est d'un sale gamin avec une moustache de sirop qui vienne foutre le boxon chez moi.

– S'il te plaît, Hardin. Ils n'ont personne d'autre. Pitiiiiiiiiiiiié ?

Je sais qu'elle dira oui, quoi que je dise, elle ne fait que me distraire. Vaincu, je soupire et vois un grand sourire la gagner.

∞

70
Hardin

– Tu pourrais arrêter de ronchonner ? Tu te comportes encore plus mal qu'il ne va le faire, et lui a cinq ans.

La remarque de Tessa m'exaspère.

– Je dis ça, je dis rien. Il n'a pas intérêt à toucher à mon merdier. C'est toi qui as accepté, alors c'est ton problème, pas le mien.

Je lui fais ce dernier rappel en entendant quelqu'un frapper à la porte, annonçant leur arrivée.

Je prends place sur le canapé et laisse Tessa ouvrir la porte. Elle m'assassine du regard mais ne fait pas attendre les invités, *ses* invités, avant de plaquer sur son visage son plus grand et plus lumineux sourire et d'ouvrir la porte en grand. Kimberly se met immédiatement à discourir, limite à crier.

– Je te remercie tellement ! Tu n'imagines pas à quel point vous me sauvez la vie tous les deux. Je ne sais pas ce que nous aurions fait si vous n'aviez pas pu garder Smith. Christian est tellement malade, il n'arrête pas de vomir partout et nous…

– Je t'assure, ce n'est rien.

Tess l'interrompt. J'imagine que c'est pour éviter d'entendre tous les détails dégueus sur la gerbe de Christian.

– Ok, d'accord, Christian est dans la voiture, alors je dois y aller. Smith est assez indépendant, la plupart du temps, il s'occupe tout seul et s'il a besoin de quelque chose, il te le dira.

Elle se déplace sur la gauche, révélant un petit garçon aux cheveux châtain clair.

– Salut, Smith ! Comment vas-tu ?

Tessa parle sur un ton que je ne lui ai jamais entendu avant. Ça doit être sa manière de parler aux bébés, même si le gamin a cinq ans. Il n'y a que Tessa pour faire ça.

Le môme ne dit rien, il lui fait juste un petit sourire et contourne Kimberly pour entrer dans le salon. Kimberly remarque la tristesse sur le visage de Tessa.

– Ouais, il ne parle pas beaucoup.

Évidemment Smith ne répond pas à Tessa, mais je ne veux pas qu'elle soit blessée, alors ce petit con va devoir faire gaffe et être gentil avec elle.

– Ok, j'y vais vraiment cette fois-ci !

Kim sourit et ferme la porte derrière elle après avoir fait un dernier signe à Smith. Tessa se penche un peu en avant et demande à Smith :

– Tu as faim ?

Il secoue la tête pour dire non.

– Soif ?

Même réponse, seulement cette fois-ci il s'assied sur le canapé face à moi.

– Tu veux jouer à un jeu ?

– Tess, je crois qu'il veut juste s'asseoir ici.

Ses joues rougissent. Je change de chaîne à la télé en espérant trouver quelque chose d'intéressant pour m'occuper pendant que Tessa baby-sitte.

– Désolée Smith. Je veux juste m'assurer que tu vas bien.

Il hoche la tête, un peu comme un robot, et je me rends compte qu'il ressemble atrocement à son père. Ses cheveux sont pratiquement de la même couleur, ses yeux de la même teinte bleu vert et je suppose que s'il souriait, il aurait les mêmes fossettes que Christian.

Après quelques minutes de silence inconfortable pendant lesquelles Tessa reste à côté du canapé, je vois que ses plans tombent à l'eau. Elle s'est dit qu'il allait arriver ici plein d'énergie, prêt à jouer avec elle. Au lieu de quoi il n'a pas desserré les dents ni bougé de sa place. Ses fringues sont nickel, comme je l'avais imaginé, ses petites baskets blanches ont l'air neuves. Lorsque mon regard remonte au-dessus de son polo bleu, ses yeux se rivent aux miens.

– Quoi ?

Il détourne le regard rapidement.

– Hardin ! grogne Tessa.

– Quoi ? Tout ce que j'ai fait, c'est demander pourquoi il me mate.

Je hausse les épaules et change de chaîne pour virer la merde sur laquelle je suis tombé par erreur. La dernière chose dont j'ai envie, c'est de regarder les Kardashian.

– Sois gentil.

Elle me menace du regard.

– Je le suis.

Je hausse les épaules pour dire *c'est quoi l'embrouille ?* Tessa soupire.

– Eh bien, je vais faire à dîner. Smith, tu veux venir avec moi ou rester avec Hardin ?

Je sens son regard sur moi, mais je choisis de ne pas le regarder, il faut qu'il la suive. C'est elle la baby-sitter, pas moi.

– Va avec elle.

– Tu peux rester ici, Smith, Hardin ne t'embêtera pas.

Il reste silencieux.

Surprise, Tessa disparaît dans la cuisine et j'augmente le volume de la télé pour éviter toute conversation avec le mioche, même s'il n'y a aucune chance que ça arrive. J'ai bien envie d'aller dans la cuisine avec elle et de le laisser mariner tout seul dans le salon.

Les minutes passent et je commence à être mal à l'aise. Merde, pourquoi est-ce qu'il ne parle pas, ou ne joue pas, ou ne fait pas je ne sais trop quelle connerie que les gamins de cinq ans sont censés faire ? Je cède et lui parle en premier.

– Alors, c'est quoi le truc ? Pourquoi tu ne parles pas ?

Il hausse les épaules.

– Ce n'est pas poli d'ignorer les gens quand ils te parlent.

– C'est encore plus malpoli de me demander pourquoi je ne parle pas.

Il a un léger accent anglais, pas aussi fort que son père, mais encore présent.

– Au moins, maintenant, je sais que tu peux parler.

Je suis un peu désarçonné par sa repartie et pas trop sûr de savoir quoi lui répondre.

– Pourquoi tu veux tellement parler ?

Il semble bien plus âgé que ses cinq ans.

– Je… Je ne sais pas. Pourquoi ? Tu n'aimes pas ?

– Je ne sais pas.

Il hausse les épaules.

– Tout va bien ici ?

Tessa nous interroge depuis la cuisine. L'espace d'un instant, je pense lui répondre non, que le gamin est mort ou blessé, mais la blague n'en vaut pas la peine.

– Tout va bien.

Je lui parle super-fort depuis le canapé. J'espère qu'elle a bientôt fini parce que moi, j'en ai terminé avec cette conversation.

– Pourquoi tu as tous ces trucs sur ton visage ?

Smith montre mon piercing à la lèvre.

– Parce que j'en ai envie. Peut-être la question, c'est pourquoi *toi*, tu n'en as pas ?

Je renverse la conversation, essayant de ne pas me rappeler que c'est un môme après tout.

– Ça fait mal ?

Il esquive la question.

– Non, pas du tout.

– On dirait que ça fait mal.

Il sourit à moitié. Il n'est pas si terrible, je crois, mais je n'aime toujours pas l'idée de le baby-sitter.

– J'ai presque terminé, dans la cuisine.

– Ok, je lui apprends juste comment faire un cocktail Molotov avec une bouteille de soda.

Je la taquine, ce qui lui fait passer la tête hors de la cuisine pour nous surveiller.

– Elle est folle.

Ma remarque fait rire Smith, révélant ses fossettes.

– Elle est jolie.

Il murmure dans ses mains en coupe.

– Ouais, c'est vrai, hein ?

Je hoche la tête et regarde Tessa, les cheveux tirés dans une sorte de nid au-dessus de sa tête, dans son pantalon de yoga et un tee-shirt tout con. J'acquiesce à nouveau. Elle est belle et elle n'a même pas à essayer de l'être.

Je sais qu'elle peut nous entendre et je la surprends en train de sourire avant de retourner dans la cuisine pour finir son truc. Je ne sais pas pourquoi elle sourit comme ça ; et alors, qu'est-ce que ça fait si je parle à ce gamin ? Il est toujours chiant, comme toutes les autres demi-portions.

– Oui, vraiment jolie.

– Ok, on se calme, le merdeux. Elle est à moi.

Il me regarde et sa bouche forme un O avant de répondre.

– Comment ça elle est à toi ? C'est ta femme ?

– Non, putain, non !

– Putain, non ?

– Merde, dis pas ça !

Je tends la main de l'autre côté du canapé pour couvrir sa bouche.

– Je ne dois pas dire « merde » ?

Il se débarrasse de ma main.

– Voilà. Tu ne dis ni « putain » ni « merde ».

C'est l'une des raisons pour lesquelles on ne devrait pas me laisser en présence de gamins.

– Je sais que ce sont des gros mots.

Je hoche la tête et lui rappelle :

– Alors, ne les dis pas.

– C'est qui, si c'est pas ta femme ?

Bordel, ce petit merdeux est bien curieux.

– C'est ma petite copine.

Je n'aurais jamais dû commencer à le faire parler, en fait. Il pose ses mains l'une sur l'autre et me regarde comme un prêtre ou un truc dans le genre.

– Tu veux qu'elle devienne ta femme ?

– Non, je ne veux pas qu'elle devienne ma femme.

Je lui réponds doucement en articulant pour qu'il puisse m'entendre et peut-être me comprendre ce coup-ci.

– Jamais ?

– Jamais.

– Et vous avez un bébé ?

– Non ! Putain, non ! Tu les sors d'où, tes conneries ?

Rien que de l'entendre dire ça, ça me stresse.

– Pourquoi tu…

Il commence à poser une autre question, mais je le coupe en plein vol.

– Arrête de poser autant de questions.

Il hoche la tête et me prend la télécommande des mains pour changer de chaîne.

Tessa n'est pas venue depuis quelques minutes, je décide donc d'aller dans la cuisine pour voir si elle a terminé.

– Tess… Tu as bientôt terminé, parce qu'il parle beaucoup trop.

J'attrape un morceau de brocoli dans le plat qu'elle prépare.

Elle déteste quand je commence à manger alors que le repas n'est pas près, mais il y a un gamin de cinq ans dans mon salon, alors je peux manger un putain de morceau de brocoli.

– Ouais, dans une minute ou deux.

Elle ne me regarde pas. Son ton est étrange, quelque chose ne va pas.

– Tout va bien ?

Elle se tourne vers moi, les yeux brillants de larmes.

– Oui, tout va bien. Ce sont les oignons.

Elle hausse les épaules et se tourne vers l'évier pour se laver les mains.

– Ça va aller… Il va te parler. Il est chaud maintenant.

– Ouais, je sais. C'est pas ça… Ce sont juste les oignons.

∞

71
Hardin

Le petit merdeux reste silencieux et hoche simplement la tête quand Tessa s'adresse à lui, pleine d'entrain :

– Tu aimes le poulet, Smith ?

– C'est super-bon.

J'y mets trop d'enthousiasme, compensant le fait que le gamin refuse toujours de lui parler.

Elle me sourit pour me faire comprendre qu'elle apprécie mon geste, mais sans me regarder. Nous mangeons le reste du repas en silence.

Tandis que Tessa nettoie la cuisine, je retourne dans le salon. Je peux entendre des petits pieds me suivre.

– Je peux faire quelque chose pour toi ?

Je m'affale dans le canapé.

– Non.

Il hausse les épaules et se concentre sur la télévision.

– Alors, ça roule…

Il n'y a littéralement rien à la télé ce soir.

– Est-ce que mon papa va mourir ?

Cette soudaine question vient de la petite voix à côté de moi. Je l'observe.

– Quoi ?

– Mon papa, est-ce qu'il va être mort ?

Smith parait imperturbable.

– Non, il est simplement malade. Il a mangé un truc périmé.

– Ma maman était malade, et maintenant elle est morte.

Il a un petit trémolo dans la voix, ce qui me fait prendre conscience, me coupant le souffle, qu'il n'est pas immunisé contre l'inquiétude.

– Euh… ouais. C'est pas pareil.

Pauvre môme.

– Pourquoi ?

Bon Dieu, il pose tellement de questions. Je veux appeler Tess, mais quelque chose dans l'inquiétude peinte sur son visage me retient. Il ne lui parlera jamais, je ne pense pas qu'il voudrait que je la fasse venir ici.

– Ton papa est juste un peu malade… et ta maman était très malade. Tout va bien se passer avec ton papa.

– Est-ce que tu mens ?

Il parle comme s'il était bien plus âgé, un peu comme je l'ai toujours fait. C'est ce qui se passe quand on est forcé de grandir trop vite.

– Non, je te le dirais si ton papa allait mourir.

Je le dis et je le pense vraiment.

– Tu ferais ça ?

Ses yeux brillent et je suis terrifié à l'idée qu'il puisse se mettre à pleurer. Je n'ai aucune putain d'idée de ce que je dois faire s'il se met à pleurer. Partir en courant. Je partirais en courant dans l'autre pièce et je me cacherais derrière Tessa.

– Ouais. Maintenant, parlons de quelque chose d'un peu moins morbide.

– C'est quoi morbide ?

– Quelque chose de barré et qui fait déconner tout le monde.

– Gros mot, me réprimande-t-il.

– J'ai le droit de dire des gros mots, parce que je suis un adulte.

– C'est toujours un gros mot.

– Tu en as dit deux tout à l'heure, je pourrais le dire à ton père.

– Je le dirai à ta jolie petite copine.

Je ne peux pas m'empêcher de rire.

– Ok, ok, tu as gagné.

Je mime la défaite pour lui dire de rester où il est. Tessa passe la tête dans la pièce.

– Smith, tu veux venir ici avec moi ?

Smith la regarde, puis se tourne vers moi.

– Je peux rester avec Hardin ?

– Je ne sais…

Mais je l'interromps :

– Ça va.

Je soupire et file la télécommande au môme.

∞

72

Tessa

Smith s'installe sur le canapé et se rapproche légèrement d'Hardin ; celui-ci le regarde avec prudence, mais ne l'arrête pas et ne lui fait aucune réflexion. C'est plutôt marrant, Smith semble apprécier Hardin qui, précisément, déteste les enfants. Cependant, Smith ressemble plus à un gentleman-farmer tout droit sorti d'un roman de Jane Austen qu'à un enfant, on peut donc le sortir de cette catégorie.

Lorsque Smith lui a demandé s'il comptait m'épouser, la réponse d'Hardin a fusé : « *Jamais.* »

Jamais. Il n'a jamais prévu d'avoir un avenir avec moi. Quelque part, tout au fond de moi, je le savais, mais ça fait quand même mal de l'entendre le dire, surtout de cette manière froide et définitive, comme si c'était une blague ou un truc dans le genre. Il aurait pu adoucir le coup, même un tout petit peu.

Je n'ai pas envie de me marier maintenant, évidemment, pas même avant plusieurs années, mais l'idée que ce soit impossible me fait mal, très mal. Il dit qu'il veut rester avec moi pour toujours, pourtant il ne veut pas se marier. Sommes-nous censés rester seulement « copain-copine » à tout jamais ? Est-ce que je suis prête à renoncer à avoir un enfant ? Est-ce qu'il m'aimera suffisamment pour que je décide de renoncer au futur que j'ai toujours planifié ?

Honnêtement, je n'en sais rien et j'ai mal à la tête rien que d'y penser. Je ne veux pas être obsédée par mon avenir maintenant, je n'ai que dix-neuf ans. Et même tout va si bien ces derniers temps, je ne veux justement pas tout gâcher.

Lorsque la cuisine est propre et que le lave-vaisselle est chargé, je jette un œil sur Hardin et Smith une fois de plus avant d'aller dans la chambre préparer mes affaires pour demain. Au moment où je sors ma jupe longue noire, mon téléphone sonne. C'est Kimberly.

– Salut. Est-ce que tout va bien ?

– Oui, tout roule. Ils lui donnent des antibiotiques. On devrait rentrer à la maison, mais ça peut encore prendre du temps, j'espère que ça va aller.

– Bien sûr. Faites ce que vous avez à faire.

– Comment va Smith ?

– Bien. En fait, il reste avec Hardin.

J'ai du mal à le croire moi-même, ce qui la fait rire de bon cœur.

– *Vraiment ?* Hardin ?

– Ouais, m'en parle pas !

Je lève les yeux au ciel et retourne dans le salon.

– Eh bien, c'est inattendu, mais c'est un bon entraînement pour le jour où vous aurez plein de petits Hardin qui galoperont dans la maison.

Ses mots me piquent droit au cœur et j'en mords ma lèvre inférieure.

– Ouais… probablement.

J'ai envie de changer de sujet de conversation avant que la boule que j'ai dans la gorge ne grossisse encore.

– Bon, ça sera bientôt terminé, j'espère. Smith se couche à dix heures normalement, mais il est dix heures, alors faites comme vous avez envie. Merci encore.

Kimberly raccroche.

Je fais un petit arrêt dans la cuisine, le temps de me préparer un en-cas pour demain avec les restes de ce soir. J'entends Smith poser des questions à Hardin :

– Pourquoi ?

– Parce qu'ils sont coincés sur une île.

– Pourquoi ?

– Leur avion s'est écrasé.

– Comment ça se fait qu'ils ne soient pas morts ?

– C'est une série télé.

– C'est stupide cette série.

– Ouais, je crois que tu as raison.

Amusé, Hardin secoue la tête et Smith rigole de bon cœur. Ils se ressemblent un peu : les fossettes, la forme de leurs yeux et leur sourire.

J'imagine que, les cheveux blonds et la couleur des yeux mis à part, Hardin devait ressembler à Smith lorsqu'il était jeune.

– Ça te va si je vais me coucher ou tu veux que je le surveille ?

Hardin me regarde, puis se tourne vers Smith.

– Euh… C'est cool. On regarde des conneries à la télé de toute façon.

– Ok, bonne nuit, Smith. Je te vois dans pas longtemps, quand Kim viendra te chercher.

Smith se tourne vers Hardin, vers moi et sourit. Puis il murmure :

– Bonne nuit.

Je me retourne pour aller dans la chambre, mais les mains d'Hardin retiennent mon bras. Il fait la moue.

– Alors, je n'ai pas le droit à un bonne nuit, moi ?

– Oh… si. Désolée.

Je le serre dans mes bras et lui fais un bisou sur la joue.

– Bonne nuit.

Il me serre plus fort, puis me saisit par les épaules pour m'observer.

– Tu es sûre que tu vas bien ?

– Ouais, je suis seulement fatiguée et puisqu'il veut rester avec toi…

Je fais un petit sourire.

– Je t'aime.

Il m'embrasse sur le front.

– Je t'aime.

Et je me précipite dans la chambre dont je ferme la porte derrière moi.

∞

73

Tessa

La météo est clémente ce matin, il fait beau, pas de neige et peu de boue verglacée le long de la chaussée. Quand j'arrive chez Vance, Kimberly est déjà derrière son bureau et me sourit lorsque j'attrape mon habituel café-beignet.

– Je ne t'ai même pas entendue hier soir. Je m'étais endormie.

– Oui, Smith dormait aussi. Encore merci.

Son téléphone se met à sonner.

C'est bizarre de me retrouver dans mon bureau alors qu'hier j'étais sur le campus. Parfois, j'ai l'impression d'avoir une double vie : moitié étudiante, moitié adulte. J'habite dans un appartement avec mon petit ami et j'ai un stage rémunéré, mais j'ai vraiment l'impression de travailler, plus que d'être stagiaire. J'aime les deux côtés, mais si j'avais à choisir, j'opterais pour la vie d'adulte avec Hardin.

Je me plonge dans mon travail et c'est déjà la pause-déjeuner. Après plusieurs bouses, je suis enfin tombée sur un manuscrit vraiment captivant et je déjeune en quatrième vitesse pour y retourner et le finir. Pourvu qu'ils trouvent un remède à la maladie du personnage principal ; ça me briserait le cœur qu'il meure. Le reste de la journée passe aussi vite, je suis complètement hors du monde, plongée dans l'histoire dont la chute est un océan de tristesse qui m'anéantit.

Le visage noyé de larmes, je termine ma journée et me prépare pour rentrer à la maison. Je n'ai pas eu de nouvelles d'Hardin depuis que je l'ai laissé ce matin, endormi et grincheux. Je n'arrive pas m'empêcher de penser à ce qu'il a dit hier soir, il faut que je me change les idées. Parfois, j'aimerais pouvoir éteindre mon cerveau comme certaines personnes ont l'air d'être capables de le faire. Je n'aime pas m'appesantir sur tout, mais je n'arrive pas à m'en empêcher. Mais bon, il faut que je fasse quelque chose pour mettre fin à cette obsession. C'est lui qui ne veut ni se marier ni avoir d'enfant.

Je devrais peut-être appeler Steph ce soir après les courses et la montagne de lessives que j'ai à faire, pendant qu'Hardin et Landon seront au match de hockey… Bon Dieu, j'espère que ça va bien se passer.

Lorsque j'arrive à l'appartement, Hardin est dans la chambre. Quand j'entre, il lit.

– Salut, ma jolie. Comment s'est passée ta journée ?

– Bien, je crois.

Il lève les yeux vers moi :

– Qu'est-ce qui ne va pas ?

– Le manuscrit que j'ai lu était incroyablement bien, mais si triste, il m'a brisé le cœur.

J'essaie de ne pas céder à mes émotions.

– Oh, il doit être bon si tu es encore bouleversée. (Il sourit.) J'aurais détesté être auprès de toi la première fois que tu as lu *L'adieu aux armes*.

Je m'effondre à côté de lui sur le lit.

– C'était pire, tellement pire.

Il m'attrape par la manche et attire ma tête contre son épaule.

– Ma copine l'émotive.

Ses doigts courent le long de ma colonne vertébrale. La manière dont il vient de prononcer ces paroles provoque une envolée de papillons dans mon ventre. Être appelée « ma copine », suivi de n'importe quel adjectif, me rend plus heureuse que ça ne le devrait.

– Tu es allé en cours aujourd'hui au moins ?

– Nan. Surveiller la demi-portion m'a défoncé.

– Par « surveiller », tu veux dire regarder la télé avec lui ?

– C'est pareil. J'en ai fait plus que toi.

– Alors tu l'aimes bien ?

Je ne suis pas trop sûre de savoir pourquoi je pose cette question.

– Non… Bon, il n'est pas en tête de la liste des gamins les plus chiants, mais je n'ai pas non plus prévu de le revoir bientôt.

Il sourit, mais je ne dis plus rien à propos de Smith.

– Tu es prêt pour le match de ce soir ?

– Non, je lui ai dit que je n'irai pas.

– Hardin ! Il faut que tu y ailles.

– Je déconne… Il va bientôt arriver. Tu me revaudras cette merde, Tess.

– Mais tu aimes le hockey et Landon est de bonne compagnie.

– Pas aussi bonne que toi.

Il m'embrasse sur la joue.

– Tu es de bonne humeur pour quelqu'un qu'on va emmener à l'abattoir.

– Si ça tourne mal, ce n'est pas moi qui serai abattu.

– Tu as intérêt à être sympa avec Landon ce soir.

À mon avertissement il répond par une moue ironique, levant les mains pour jouer l'innocence. J'entends quelqu'un frapper à la porte, mais Hardin ne se lève pas.

– C'est ton ami, c'est toi qui ouvres la porte.

Je lève les yeux au ciel avant d'obtempérer. Landon porte le tee-shirt de l'équipe, un jean et des baskets.

– Salut, Tessa !

Comme d'habitude, il me serre chaleureusement dans ses bras.

– On peut en finir avec ça ?

Avant même que je puisse dire bonjour, Hardin grogne déjà.

– Eh bien, ça va être fun ce soir, à ce que je vois !

Landon soupire et passe la main dans ses cheveux courts. Hardin continue de le taquiner.

– Ça va être la meilleure soirée de toute ta vie.

– Bonne chance !

– T'inquiète, Tess, il crâne ou, plutôt, il essaie de faire croire que l'idée de passer du temps avec moi ne l'excite pas.

Landon sourit et c'est au tour d'Hardin de lever les yeux au ciel.

– Il y a trop de testostérone ici, je vais me changer et faire quelques courses. Amusez-vous bien tous les deux.

Je les laisse à leurs petits jeux de garçons.

∞

74

Hardin

Landon et moi traversons la foule en bataillant un peu.

– Non mais bordel, pourquoi il y a déjà autant de gens ?

Il m'adresse un petit regard de mec habitué.

– Parce qu'à cause de toi, nous sommes en retard.

– Le match ne commence que dans un quart d'heure.

– D'habitude, j'arrive une heure à l'avance.

– Évidemment. Même quand je ne suis pas avec Tessa, elle est là, elle te déteint dessus !

Landon et Tessa sont littéralement les mêmes quant à leur habitude bien chiante d'être les premiers et les meilleurs dans tout ce qu'ils font.

– Tu devrais te sentir honoré d'être avec Tessa.

– Arrête de faire le con, et on pourra peut-être apprécier le match.

Bon, c'est un peu dur, mais je ne peux pas me retenir de sourire quand je le vois chiffonné.

– Désolé, Landon. Bien sûr que je suis honoré d'être avec elle. Maintenant, tu peux lâcher l'affaire ?

– Ok, ok. Allons juste nous asseoir à nos places.

– Bon Dieu ! Tu as vu ça ? Pourquoi diable est-ce que ça ne compte pas !?

Landon hurle à côté de moi. Il est plus excité que je ne l'ai jamais vu. Mais bon, même en rogne, c'est toujours une chochotte.

– Allez !

Il crie une fois et je me mords la langue pour retenir un éclat de rire.

Tessa n'avait pas tout à fait tort ; ce n'est pas si atroce de passer une soirée avec lui. Bien sûr, c'est pas lui que j'aurais choisi en premier pour me tenir compagnie, mais ce n'est pas si naze.

– J'ai entendu dire que plus tu gueulais, plus ton équipe avait de chances de gagner.

Il m'ignore et continue à vociférer et à crier son avis aux moments clés du match. J'hésite entre faire attention à ce qui se passe sur la glace et envoyer des textos à Tessa. Avant même que je m'en sois rendu compte, Landon se met à hurler des « Ouais ! » lorsque son équipe remporte le match à la dernière seconde.

La foule évacue le stade et je me fraie un chemin au milieu. J'entends une voix derrière moi :

– Fais gaffe !

– Désolé, s'excuse Landon.

– C'est bien ce que je pensais ! dit la voix.

Je me retourne pour découvrir un Landon nerveux et un connard vêtu du maillot de l'équipe adverse. Landon déglutit mais ne dit rien, même quand le mec et ses potes continuent de le chercher.

– Regarde comme il balise.

C'est la voix d'un des potes du connard, je présume.

– Je… Je…

Landon bégaie.

C'est quoi cette merde ? J'interviens sur un ton menaçant et les mecs se retournent vers moi.

– Allez-vous faire foutre tous les deux !

– Ou sinon quoi ?

Je sens la bière dans l'haleine du plus grand.

– Ou sinon je vais te faire fermer ta gueule devant tout le monde, et ton humiliation sera le meilleur moment du match. Je te le promets.

Je pèse chaque mot pour l'avertir.

– Allez, Dennis, on se casse.

Le nabot, le seul avec un peu de plomb dans la cervelle, tire sur le maillot de son pote. Ils disparaissent dans la foule. Je chope Landon par le bras pour qu'il reste derrière moi le reste du chemin. Tessa me couperait les couilles si je le laissais se faire casser la gueule ce soir.

– Merci pour ton intervention, tu n'étais pas obligé.

– Ne rends pas la situation encore plus bizarre, ok ?

Je souris et il secoue la tête, mais je l'entends se marrer en douce. Après quelques minutes d'un silence inconfortable dans ce parking surpeuplé, il reprend :

– Je te reconduis chez toi, maintenant ?

– Ouais, c'est cool.

Je vérifie que Tessa a répondu à mes messages sur mon téléphone, mais elle ne l'a pas fait.

– Tu vas déménager ?

– Je ne sais pas encore, j'ai vraiment envie d'être plus près de Dakota.

– Alors pourquoi elle ne vient pas ici ?

– Parce qu'elle ne pourrait pas mener sa carrière de danseuse classique ici, elle doit vivre à New York.

Landon laisse passer une autre voiture devant lui, même si on a à peine bougé de notre place.

Je me fous de sa gueule.

– Tu vas juste laisser tomber ta vie et te casser d'ici pour elle ?

– Ouais, je préfère faire ça plutôt que de rester loin d'elle. Ça ne me dérange pas de déménager de toute façon. Ça doit être carrément génial de vivre à New York. Tout ne tourne pas autour d'une seule personne dans une relation, tu sais ?

Il me pose cette question en me regardant en coin. *Petit con.*

– Je suis censé prendre ça pour moi ?

– Pas vraiment, mais si tu le penses, peut-être.

Un groupe de connards bourrés se plante devant notre caisse, mais Landon a l'air de s'en foutre qu'ils nous bloquent.

– Ferme ta gueule maintenant, pigé ?

Il joue au con, là.

– Est-ce que tu es en train de me dire que tu ne déménagerais pas à New York pour être avec Tessa ?

– Oui, c'est exactement ce que je suis en train de te dire. Je ne veux pas vivre à New York, et donc je n'irai pas vivre à New York.

– Tu sais que je ne parle pas vraiment de New York, mais plutôt de Seattle. C'est là qu'elle veut vivre.

– Elle me suivra en Angleterre.

J'augmente le son de la radio en espérant mettre fin à cette conversation.

– Et si elle ne le fait pas ? Tu sais qu'elle n'en a pas envie, alors pourquoi la forcer ?

– Je ne la force à rien, Landon. Elle déménagera parce que nous sommes censés être ensemble et qu'elle ne voudra pas être loin de moi, c'est aussi simple que ça.

Je regarde mon téléphone encore une fois pour oublier l'irritation que mon adorable demi-frère est en train de faire naître en moi.

– Tu es un trou du cul.

– Je n'ai jamais prétendu le contraire.

Je compose le numéro de Tessa et attends qu'elle réponde. Ce qu'elle ne fait pas. *Génial, putain de génial.* J'espère qu'elle sera à la maison quand je rentrerai. Putain, si Landon ne conduisait pas aussi lentement, j'y serais déjà. Je reste silencieux et triture les petites peaux autour de mes ongles. Après un temps qui m'a semblé durer trois heures, Landon se gare enfin devant chez moi.

– Ce n'était pas si horrible que ça ce soir ?

Il me fait marrer.

– Non, je crois que ça allait.

Puis j'ajoute pour le taquiner :

– Si tu répètes à quelqu'un que j'ai dit ça, je te fais la peau !

Landon rigole et part. Je laisse échapper un gros soupir, très content qu'il ne se soit pas fait botter le cul par ces mecs ce soir.

Quand je rentre dans l'appartement, Tessa dort profondément sur le canapé, je m'assieds à ses pieds et la regarde un petit moment.

∞

75
Hardin

Je regarde Tessa dormir pendant un bon bout de temps avant de la prendre dans mes bras et de la porter dans notre chambre. Elle s'agrippe à moi et pose sa tête sur ma poitrine. Je la pose doucement sur notre lit et rabats les couvertures sur elle. Je lui fais un petit bisou sur le front et je suis sur le point de me relever pour aller me coucher quand elle marmonne un truc. J'entends un « Zed » s'échapper de ses lèvres.

Est-ce qu'elle vient juste de… ? Je l'observe avec attention, essayant de repasser les trois dernières secondes dans ma tête. Elle ne vient pas de dire…

– Zed.

Elle sourit et roule sur le ventre.

Non mais c'est quoi, ce merdier ?

J'ai envie de la réveiller et d'exiger qu'elle me dise pourquoi elle a prononcé ce nom, deux fois, en dormant. Mais aussi, mon côté paranoïaque – et j'en ai ras-le-cul de l'être – sait ce que Tessa va dire, elle affirmera qu'il ne faut pas que je m'inquiète, qu'ils sont seulement amis et qu'elle m'aime. C'est peut-être vrai, en partie, mais elle vient juste de dire son nom.

Entendre le nom de ce connard jaillir de ses lèvres, plus ce petit con de Landon et ses certitudes sur son avenir, c'est trop pour ce soir. D'accord, je n'ai aucune certitude, pas comme lui, mais à l'évidence Tessa n'en a aucune sur moi non plus, sinon elle ne rêverait pas de Zed.

Je chope du papier et un stylo et griffonne un petit mot pour elle. Je le laisse sur la commode et je repars dans la nuit.

Je dirige ma voiture vers la Canal Street Tavern. Je n'ai pas forcément envie d'aller là-bas, Nate et les autres pourraient encore y être, mais c'est pas trop loin et j'y allais tout le temps pour boire. Je kiffe l'État de Washington et les débiles qui ne demandent jamais leur carte d'identité aux étudiants.

J'entends la voix de Tessa tourner en rond dans ma tête. Elle m'a prévenu la dernière fois que je ne devais plus boire, mais je m'en branle. J'ai besoin de boire. Puis j'entends les voix de Zed et de Landon. Pourquoi ils pensent tous que leur opinion compte à mes yeux ?

Je n'irai pas vivre à Seattle. Que Landon, avec ses conseils à la con, aille se faire foutre. Ce n'est pas parce qu'il veut suivre sa copine que j'ai envie de le faire aussi. J'imagine le truc : j'emballe mon barda, je déménage à Seattle avec elle et, deux mois plus tard, elle décide que ça la fait chier et elle me quitte. Je serai dans son monde, pas dans le mien, et je pourrai me faire dégager aussi rapidement qu'on m'y a fait venir.

Dans le bar, la musique n'est pas très forte et il y a peu de monde. Une blonde que je connais bien est plantée derrière le comptoir, elle me regarde, la surprise et l'intérêt se lisent sur son visage.

– Ça fait un bail, Hardin. Je t'ai manqué ?

Elle me fait un grand sourire et lèche ses lèvres pulpeuses. Je suis sûr qu'elle se souvient de nos nuits.

– Ouais, sers-moi un verre.

∞

76

Tessa

Quand je me réveille, Hardin n'est pas dans le lit. J'imagine qu'il est parti se faire un café ou qu'il est sous la douche. Je regarde l'heure sur mon téléphone et me force à m'extraire de la couette.

Même si je ne suis pas sortie hier soir, je suis assez fatiguée, j'ai pas envie de faire d'effort pour ma tenue, alors j'enfile simplement un tee-shirt de l'université et un jean. J'ai bien envie de mettre mon pantalon de yoga pour titiller Hardin, mais je n'arrive pas à mettre la main dessus. Le connaissant, il l'a probablement caché dans un coin pour qu'aucun autre garçon ne me voie dedans. Je vérifie qu'il n'est pas dans la commode et, lorsque je ferme le tiroir, un bout de papier tombe.

Dessus, se trouve un petit mot de la main d'Hardin : « *Suis sorti prendre le petit déj avec mon père.* » Cette nouvelle me rend aussi heureuse qu'elle me perturbe. J'espère vraiment qu'Hardin et Ken vont continuer à construire leur relation.

Ils ont probablement terminé, alors j'essaie d'appeler Hardin, mais il ne répond pas. Je lui envoie un texto et pars retrouver Landon au café. Quand j'y arrive, Landon est déjà assis à une table et me montre d'un geste les deux gobelets devant lui. Avec un sourire, il lève l'un des gobelets.

– J'ai déjà pris le tien.

– C'est sympa, merci.

Le goût doux-amer du café achève de me réveiller, mais je me mets à angoisser de n'avoir toujours pas reçu de nouvelles d'Hardin.

Landon désigne mon tee-shirt, puis le sien, rigoureusement identiques.

– Non mais, regarde-nous, on ressemble à des étudiants de base.

Sa remarque me fait rire et j'avale une nouvelle gorgée de ce breuvage béni des dieux.

– Au fait, où est Hardin aujourd'hui ? Il ne t'accompagne pas en cours ce matin ?

– Je ne sais pas. Il m'a laissé un petit mot pour me dire qu'il était parti tôt prendre le petit déjeuner avec son père.

Landon s'interrompt en plein vol et me regarde, dubitatif.

– Ah bon ?

Puis, après une petite pause, il hoche la tête.

– J'imagine que tout peut arriver dans la vie, même le plus étrange.

Sa réponse met le doute dans mon esprit. Hardin est bien allé prendre le petit déjeuner avec son père, non ? *Ou pas ?*

Quand nous nous dirigeons vers notre salle de classe et qu'Hardin n'a toujours pas répondu à mes derniers messages, une douleur grandit dans ma poitrine. Tout en s'installant, Landon me regarde et me demande si ça va, je suis sur le point de répondre lorsque je vois le Professeur Soto entrer.

– Bonjour tout le monde ! Désolé pour le retard, je me suis couché tard hier soir.

Il sourit, retire d'un geste d'épaules sa veste en cuir et la lance négligemment sur le dossier de sa chaise.

– J'espère que tout le monde a pris le temps d'acheter ou de voler un journal intime ?

Landon et moi nous regardons avant de sortir nos cahiers. Je vois autour de nous que nous sommes les deux seuls à le faire et, une fois encore, je suis surprise de constater à quel point les étudiants sont négligents.

Néanmoins, le Professeur Soto, absolument pas perturbé par tout ça, redresse sa cravate d'un geste absent.

– Sinon, sortez une feuille parce que la première partie du cours va être consacrée à votre premier devoir. Je n'ai pas encore décidé combien il y en aura, mais comme je vous l'ai dit, c'est le journal qui déterminera la majeure partie de votre note, alors je vous demande un minimum d'effort.

Il sourit, s'assied et pose ses pieds sur le bureau.

– Je veux connaître votre opinion sur la foi. Qu'est-ce que ça veut dire pour vous ? Il n'y aura littéralement aucune mauvaise réponse et votre propre religion n'entre pas en ligne de compte. Vous pouvez orienter cet essai dans tous les sens : Est-ce que vous-même avez foi en un pouvoir suprême ? Pensez-vous que la foi soit quelque chose de positif dans la vie des gens ? Peut-être avez-vous une conception de la foi complètement différente. Est-ce qu'avoir foi en quelque chose ou en quelqu'un change l'issue d'un problème ? Si vous avez foi en votre infidèle amant pour qu'il devienne fidèle, est-ce que ça change quoi que ce soit ? Est-ce qu'avoir foi en Dieu… ou en plusieurs dieux fait de vous une meilleure personne qu'un infidèle, une personne sans religion ? Prenez le sujet de la foi et faites-en ce que vous voulez… faites quelque chose, quoi.

Mon esprit fourmille d'idées. J'ai grandi en allant à l'église, mais je dois admettre que ma relation avec Dieu n'a pas toujours été des plus rigoureuses. Chaque fois que je pose mon stylo sur mon journal, c'est Hardin qui me vient à l'esprit. *Pourquoi n'a-t-il toujours pas donné signe de vie ? Il a laissé un message, je sais qu'il va bien, mais où est-il maintenant ? Combien de temps vais-je devoir attendre avant d'avoir de ses nouvelles ?*

À chacun de mes textos sans réponse, la panique monte d'un cran. Pourtant il a tellement changé, son comportement a évolué dans le bon sens, non ?

La foi. Ai-je trop foi en Hardin ? Si je continue à avoir foi en lui, va-t-il changer ?

Sans m'en rendre compte, j'en suis à ma troisième page. La majeure partie de ce que j'ai écrit est allée directement se coucher sur le papier, sans passer par ma tête ni par mon cœur. Quelque part, ça me soulage d'un gros poids d'avoir écrit sur ma foi en Hardin. Puis le Professeur Soto met fin au cours et Landon me parle de son essai. Il a choisi de parler de sa foi en lui-même et en son avenir. Moi j'ai écrit sur Hardin sans réfléchir, mais je ne suis pas trop sûre de l'effet produit.

Le reste de la matinée s'étire misérablement, je n'ai aucune nouvelle de lui. À treize heures, je l'ai appelé encore trois fois et lui ai envoyé huit autres textos, sans résultat. Ça me fait mal, surtout après avoir composé un essai sur mes sentiments et ma foi en lui, mais j'espère surtout qu'il n'est pas en train de faire quelque chose qui nous blessera.

Ensuite, je pense à Molly. C'est marrant de constater qu'elle jaillit toujours à mon esprit dès qu'il y a un problème. Enfin, marrant pas franchement, mais l'idée est tenace. C'est comme une apparition qui me saute dessus même si je sais qu'il ne me tromperait pas avec elle.

∞

77

Hardin

– Tu veux un autre café ? Ça fera passer ta gueule de bois.

– Non, je sais comment m'en débarrasser. C'est loin d'être ma première.

Carly lève les yeux au ciel.

– Joue pas au con. Je te le proposais simplement.

– Arrête de parler.

Je me frotte les tempes, le son de sa voix est abominable.

– Toujours aussi charmant à ce que je vois ?

Elle part d'un éclat de rire et elle me laisse tout seul dans sa petite cuisine.

Je suis vraiment un gros con, ne serait-ce que d'être ici, mais ce n'est pas comme si j'avais le choix. En fait si, j'essaie juste de ne pas assumer ma réaction excessive. J'ai été dur avec Tessa et j'ai dit trop de conneries, et maintenant, je me retrouve dans la cuisine de Carly à boire son putain de café en fin d'après-midi.

– T'as besoin que je te dépose à ta caisse ?

Elle gueule depuis l'autre pièce.

– Évidemment.

Elle entre dans la cuisine, vêtue de son seul soutien-gorge.

– Estime-toi heureux que j'aie ramené ton petit cul tout bourré ici. Mon mec va bientôt arriver, il faut que tu dégages.

Elle enfile sa jupe.

– Tu as un mec ? Classe.

La situation s'arrange. Elle lève les yeux au ciel.

– Oui, j'ai un mec. Ça va peut-être t'étonner, mais tout le monde n'a pas envie d'un défilé continu de plans cul d'un soir.

Je suis à deux doigts de tout balancer sur Tessa mais, finalement, je ferme ma gueule. Ça ne la regarde pas.

– Je vais pisser.

J'ai l'impression d'avoir un marteau-piqueur dans la tête et je m'en veux d'être venu ici. Je devrais être à la maison… enfin plus exactement à la fac. J'entends mon téléphone vibrer sur le plan de travail, ce qui me ramène sur terre d'un coup.

Je gueule sur Carly qui saute d'un pas en arrière.

– Ne pense même pas à répondre !

– J'y touche pas à ton truc ! La vache, tu n'étais pas aussi con hier soir.

Je l'ignore.

Je suis Carly jusqu'à sa caisse. À chaque pas que je fais, j'ai l'impression que mon crâne tape directement sur le béton. Je n'aurais pas dû tant boire. Je n'aurais pas dû boire tout court. Je regarde Carly qui baisse la vitre de sa portière et s'allume une clope.

Comment a-t-elle pu être mon type ? Elle n'attache même pas sa ceinture de sécurité. Elle se maquille aux feux en conduisant. Tessa est tellement différente d'elle, de toutes les filles avec qui j'ai été.

En chemin pour le bar dans lequel je me suis mis une grosse mine hier soir, je n'arrête pas de lire et de relire les messages de Tessa. C'est atroce, elle est probablement vraiment inquiète. J'ai l'esprit trop embrumé pour trouver une bonne excuse, alors je lui balance un texto.

Je me suis endormi dans ma voiture après avoir trop bu avec Landon hier soir. je serai bientôt à la maison.

Il y a un truc qui ne va pas. J'essaie de réfléchir, mais j'ai la tête en vrac, alors j'appuie sur « envoyer » et regarde fixement mon téléphone pour voir si elle répond. Rien.

Bon, je ne peux pas lui parler de tout ça, de ma nuit chez Carly. Elle ne me pardonnerait jamais, elle ne m'écouterait même pas. Je sais qu'elle ne voudra pas m'écouter. Et je sais que je la fatigue avec mes conneries ces derniers temps. C'est une certitude.

Je ne sais juste pas comment réparer tout ce merdier.

Carly interrompt mes divagations en freinant brusquement. Des voitures nous bloquent la route.

– Ah, putain. Faut faire le tour, il y a eu un accident, là.

Je lève les yeux pour voir un homme d'âge moyen debout, les mains dans les poches, parlant avec un officier de police. Il montre une voiture blanche qui ressemble… vraiment… Je panique.

– Arrête la voiture !

– Quoi ? Putain, Hard…

– J'ai dit *arrête ta putain de caisse !*

Sans réfléchir, j'ouvre la portière alors que nous sommes à peine arrêtés et je pique un sprint vers les voitures bousillées.

– Où est l'autre conducteur ?

Ma question au flic est super-agressive, mais je ne le regarde pas. L'avant de la voiture est salement amoché et je remarque le badge du parking de WCU accroché au rétroviseur central. *Putain.* Une ambulance est garée à côté de la voiture de police. *Putain.*

Si quelque chose lui était arrivé… Si elle était blessée…

– Où est la fille ? Putain, est-ce que quelqu'un pourrait me répondre ?

Je gueule et ça a vraiment l'air de faire chier le poulet qui m'assassine du regard, mais l'autre conducteur voit mon anxiété et répond doucement « Là » en me montrant l'ambulance. Mon cœur s'arrête de battre.

Comme dans un brouillard, je me dirige vers l'ambulance dont les portes sont ouvertes… Tessa est assise sur le pare-choc arrière, une poche de glace sur la joue.

Dieu merci. Dieu merci, c'est pas grave.

Je me précipite vers elle et les mots se bousculent dans ma bouche.

– Qu'est-ce qui s'est passé ? Tu vas bien ?

Je vois le soulagement se dessiner sur son visage lorsqu'elle me voit.

– J'ai eu un accident.

Un petit pansement a été appliqué au-dessus de son œil, sa lèvre est enflée et fendue sur le côté.

– Tu peux y aller ? Elle peut y aller ?

Je suis plutôt brutal en m'adressant à l'ambulancière juste à côté.

Elle hoche la tête et repart rapidement. Je tends la main vers la poche de glace de Tessa et la déplace un peu pour découvrir un œuf de pigeon de la taille d'une balle de golf. Ses joues sont maculées de larmes, ses yeux sont rouges et gonflés. Je peux déjà voir un cocard se former sous sa peau délicate.

– Putain ! Tu vas bien ? C'est sa faute à lui ?

Je me retourne pour trouver le connard.

– Non, c'est moi qui lui suis rentrée dedans.

Elle grimace lorsqu'elle remet la glace sur son visage. Puis son visage perd l'apaisement que j'y avais lu, et elle lève les yeux vers moi.

– Tu étais où toute la journée ?

– Quoi ?

Entre ma gueule de bois et la voir comme ça, je suis vraiment paumé. Son regard me glace.

– J'ai dit : « Hardin, où étais-tu toute la journée ? »

Je reviens brusquement sur terre. *Merde.*

Et à l'instant où je suis sur le point de sortir mon excuse, Carly se pointe et me claque le cul.

– Bon, Monsieur Le Grand Ténébreux Grincheux, je peux y aller ? Tu peux aller chercher ta voiture à pied depuis ici, non ? Je dois vraiment rentrer à la maison.

Tessa écarquille les yeux.

– Vous êtes qui, vous ?

Merde. Merde. Putain de merde. Pas ça. Pas maintenant. Carly sourit et fait un petit signe de tête à Tessa.

– Je suis une copine d'Hardin, Carly. Désolée pour ton accident. (Elle se tourne vers moi.) Je peux y aller ?

– Au revoir, Carly.

– Attends, dit Tessa. Il était bien chez toi hier soir ?

J'essaie de la regarder droit dans les yeux, mais elle est concentrée sur Carly.

– Ouais, j'essayais juste de le reconduire à sa voiture.

– Sa voiture ? Où est-elle garée ?

Tessa a la voix tremblante.

Je répète, le regard meurtrier :

– Au revoir, Carly.

Tessa se lève, malgré ses jambes flageolantes.

– Non. Dis-moi où est garée sa voiture.

Je l'attrape par le coude pour essayer de l'arrêter, mais elle me repousse en tressaillant de douleur.

– Ne me touche pas. Carly, où est la voiture ?

Tessa parle entre ses dents et Carly nous regarde tous les deux.

– Au bar où je travaille. Ok, j'y vais maintenant.

– Tess…

Je l'implore.

Bon Dieu, pourquoi est-ce que je fais toujours tout foirer ?

– Ne m'approche pas !

Sa joue se creuse un peu, je vois qu'elle se mord pour empêcher ses larmes de couler. Maintenant qu'elle se tient là, le regard dans le vide pour essayer de ne pas paraître atteinte, je regrette le temps où elle pleurait tout le temps.

– Tessa, on a…

J'essaie de parler, mais ma voix ne suit pas. C'est à mon tour d'être l'émotif de service et, pour une fois, je m'en fous. Le sentiment de panique provoqué par le capot de sa voiture défoncé me transperce encore et tout ce que je veux, là, maintenant, c'est la tenir dans mes bras.

Elle ne me regarde toujours pas.

– Va-t'en ! Immédiatement. Sinon je demande à l'officier de police de te faire partir.

– J'en ai rien à battre de ces cons…

Elle me fusille du regard et enterre mon cadavre au passage.

– Non. J'en ai assez de t'écouter ! Je n'étais pas sûre de ce qui s'était passé hier, mais pendant toute la matinée, j'ai su, et même j'en étais sûre quelque part, que tu étais avec quelqu'un d'autre. J'essayais juste de me forcer à ne pas le croire.

– Nous allons nous en sortir. (Je la supplie.) Nous l'avons toujours fait.

– Hardin ! Tu ne *vois* pas que je viens d'avoir un accident de voiture ?

Elle crie et se met à pleurer, ce qui alerte la brancardière.

– En fait, tu ne peux probablement pas me donner ta version, tant ta vision de la réalité est déformée. Tu m'as écrit un message hier soir pour me dire que tu allais prendre le petit déjeuner avec ton père, puis tu m'as envoyé un texto pour m'annoncer que tu t'étais endormi dans ta voiture après avoir trop bu avec Landon. Avec Landon ! Tu dois vraiment me prendre pour la plus grande des connes pour croire que je peux avaler des salades pareilles.

Elle me jette un regard noir :

– Évidemment, tu es un paquet de mensonges ambulant, et je comprends pourquoi tu penses que nous sommes tous comme toi, mais c'est faux.

C'est là que je me rends compte à quel point je suis un gros débile, tellement con que je n'arrive plus à sortir un seul mot. Je suis stupide, vraiment stupide, et pas simplement parce que je n'arrive pas à monter un bobard crédible.

La brancardière prend un moment pour mettre sa main sur l'épaule de Tessa.

– Tout va bien par ici ? On doit vous conduire à l'hôpital pour vérifier qu'il n'y a pas de gros problème.

Tessa me lance un regard mauvais en essuyant les larmes sur ses joues.

– Oui je suis prête. Je suis prête à partir maintenant.

∞

78

Hardin

J'ouvre ma quatrième bière et lance la capsule sur le bois vernis de notre table basse. Quand va-t-elle rentrer ? Va-t-elle seulement rentrer ?

Je devrais peut-être simplement lui envoyer un texto pour lui dire que j'ai vraiment couché avec Carly, ça mettrait fin à nos misères respectives.

Un grand coup frappé à la porte met fin à mes tergiversations.

C'est parti. J'espère qu'elle est toute seule.

J'attrape ma bière, prends une autre gorgée et me dirige vers la porte. Les coups sont de plus en plus forts et rapides et, lorsque j'ouvre la porte, je tombe sur Landon. Avant même que j'ai eu le temps de réagir, sa main me saisit par le col et me plaque contre le mur.

C'est quoi ce bordel ? Il a bien plus de force que je ne l'aurais cru et son agressivité m'étonne.

– C'est quoi ton problème ?

Je ne savais même pas qu'il pouvait parler aussi fort.

– Dégage, putain !

J'essaie de le repousser, mais il ne bouge pas. Merde, il est balaise ! Il desserre sa prise quelques instants et je me dis qu'il va me mettre un pain, mais en fait, non.

– Je sais que tu as couché avec une autre fille et que Tessa en a cassé sa voiture !

– Je te suggère de baisser d'un ton, merde.

– Je n'ai pas peur de toi.

– Je t'ai déjà botté le cul, tu t'en souviens ?

Je joue l'indigné, mais c'est l'alcool contenu dans mon corps qui parle. Je devrais plutôt avoir honte de moi. Je retourne m'asseoir sur le canapé. Landon me suit.

– Je n'étais pas autant en colère que je le suis maintenant.

Il lève le menton un peu plus haut :

– Tu ne peux pas continuer à la blesser comme ça à tout bout de champ !

Je lui fais signe de la fermer.

– Je n'ai même pas couché avec cette fille. J'ai juste dormi chez elle, alors occupe-toi de tes oignons.

– Waouh, super ! Et, évidemment, tu es bourré.

Il montre les bouteilles de bière sur la table et celle dans ma main.

– Tessa est vraiment secouée. Elle a eu une commotion cérébrale à cause de toi et tu restes ici à te pinter. Tu es vraiment un gros connard !

– Putain, c'est pas ma faute et j'ai essayé de lui parler.

– Si, *c'est* ta faute ! C'était ton satané texto qu'elle essayait de lire quand elle est rentrée dans cette voiture. Un texto qu'elle savait être un mensonge, si je peux me permettre.

J'en ai le souffle coupé.

– De quoi tu parles ?

– Toute la journée, elle a désespérément attendu de tes nouvelles, elle a attrapé son téléphone dès qu'elle a vu ton nom.

C'est ma faute. Comment ai-je fait pour ne pas m'en rendre compte ? C'est moi qui ai provoqué ses blessures, moi qui l'ai blessée. Landon ne me lâche pas du regard.

– Elle en a fini avec toi, tu le sais, non ?

Je lève les yeux vers lui, soudain épuisé.

– Ouais, je sais. Et tu peux te casser maintenant.

Mais il m'arrache ma bière de la main et part dans la cuisine. Je bondis.

– Putain, tu pousses le bouchon un peu trop loin.

– Tu joues au con et tu le sais. Tu restes ici à te cuiter alors qu'elle est blessée, et tu t'en fous complètement.

– Arrête de me gueuler dessus, putain ! Je ne m'en fous pas, mais elle ne va pas croire un mot de ce que je vais dire !

– Tu crois que tu pourrais le lui reprocher ? Tu aurais dû rentrer à la maison ou, mieux, qu'est-ce que tu dirais de ne jamais l'avoir quittée. Comment peux-tu être aussi insensible ? Elle t'aime tellement.

Il verse ma bière dans l'évier, prend une bouteille d'eau dans le frigo et me la tend.

– Je ne suis pas insensible. J'en ai juste marre d'attendre qu'une merde arrive. Tu n'arrêtais pas de l'ouvrir sur ta putain d'histoire d'amour tellement parfaite, et des sacrifices à faire et tout et tout. Après, je rentre et Tess balance son nom de merde.

Je bascule la tête en arrière et observe le plafond quelques instants.

– Le nom de qui ?

– Zed. Elle a dit son nom en dormant. C'est clair comme de l'eau de roche, genre elle préfère l'avoir auprès d'elle, lui plutôt que moi.

– Dans son sommeil ?

Sa voix est de toute évidence ironique.

– Oui. Endormie ou pas, elle a dit son nom à la place du mien.

Il lève les yeux au ciel et enchaîne.

– Tu te rends compte à quel point tu es ridicule ? Tessa a dit le nom de Zed en dormant, alors tu es sorti te prendre une cuite ? Tu fais tout un pataquès de pas grand-chose, sans aucune raison valable.

La bouteille d'eau s'écrase dans mon poing.

– Tu ne…

Je n'ai pas le temps de finir ma phrase que j'entends les clés dans la serrure de la porte d'entrée qui s'ouvre. Je me retourne pour la voir entrer. *Tessa…*

… et Zed. Zed est à côté d'elle.

Je n'arrive pas à croire ce que je vois et je pète les plombs.

– Mais putain, c'est quoi ce merdier !

Tessa recule d'un pas, trébuche et se rattrape contre le mur derrière elle.

– Hardin, stop !

– Non ! Putain ! J'en ai ras le cul de le voir se pointer chaque fois que ça merde !

Je pousse les épaules de Zed violemment.

– Arrête ça ! S'il te plaît.

Puis elle se tourne vers Landon :

– Qu'est-ce que tu fais ici ?

– Je… Je suis venu lui parler.

Je fais un geste de la tête.

– En fait, il est venu me péter la gueule.

Les yeux de Tessa en sortent quasiment de leur orbite.

– Quoi ?

– Je te raconterai plus tard, dit Landon.

Zed respire lourdement et a le regard rivé sur elle. Comment peut-elle le faire venir ici après tout ce qui s'est passé ? Évidemment qu'elle a couru dans ses bras. L'homme de ses *rêves*.

Tessa se retourne vers Zed et pose doucement sa main sur son épaule.

– Merci de m'avoir raccompagnée à la maison, Zed. J'apprécie vraiment ton geste, mais tu devrais y aller.

– Tu es sûre ?

– Oui. Merci beaucoup. Landon est ici et je vais aller chez ses parents ce soir.

Zed acquiesce d'un signe de tête, *genre il a son mot à dire !* Puis il se tourne et s'en va. Tessa ferme la porte derrière lui.

Impossible de contrôler ma colère quand Tessa se tourne vers moi, l'air franchement désapprobateur.

– Je vais chercher mes affaires.

Bien sûr, je la suis dans la chambre et lui parle en criant.

– Pourquoi tu l'as appelé pour venir te chercher ?

– Pourquoi es-tu allé boire avec cette fille, Carly ? Oh ! attends une minute, tu te plaignais certainement de ta copine *en manque d'affection et pleine d'attentes.*

– Oh, laisse-moi deviner combien de minutes il t'a fallu avant d'aller voir Zed pour lui dire à quel point je suis déglingué.

– Non ! Je ne lui ai rien dit en fait. Je suis sûre qu'il le sait déjà.

– Est-ce que tu vas me laisser t'expliquer ma version de l'histoire ?

– Bien sûr.

Elle essaie de tirer sa valise de l'étagère du haut dans le dressing. Je m'approche pour l'aider, mais elle m'arrête d'un mot :

– Dégage !

À l'évidence, elle n'a plus de patience pour mes conneries. Je recule d'un pas et la laisse descendre sa valise.

– Je n'aurais pas dû te quitter hier soir.

– *Vraiment ?*

J'entends le sarcasme.

– Oui, vraiment. Je n'aurais pas dû partir et je n'aurais pas dû tant boire, mais je ne t'ai pas trompée. Je ne ferai jamais ça. Je n'ai fait que dormir chez elle parce que j'étais trop bourré pour conduire. C'est tout.

Elle croise les bras et prend la pose classique de la petite amie enragée.

– Alors, pourquoi as-tu menti ?

– Je ne sais pas… Parce que je pensais que tu ne me croirais pas si je te le disais.

– C'est ça, quand on trompe quelqu'un, généralement on ne le dit pas.

– Je ne t'ai pas trompée.

Elle soupire. Visiblement, elle n'est pas convaincue.

– C'est vraiment dur de te croire alors que tu mens de façon aussi éhontée à tout bout de champ. C'est comme une habitude.

– Je sais, je suis désolé de t'avoir menti avant, sur tout, mais je ne te tromperais jamais.

Je lève les bras en l'air. Elle plie méticuleusement ses chemises dans sa valise.

– Comme je l'ai déjà dit, les tricheurs n'admettent pas leur tricherie. Si tu n'avais rien à cacher, tu n'aurais pas menti.

– Ce n'est pas si terrible que ça, je n'ai rien fait avec elle.

– Et si j'étais allée me prendre une cuite chez Zed hier soir ? Qu'est-ce que tu aurais fait ?

L'idée me fait presque perdre les pédales.

– Putain, je le tuerais.

– Alors, ce n'est pas si grave quand tu le fais, mais ça l'est si c'est moi ? Rien de tout cela n'a d'importance, tu as été clair, je ne suis que de passage dans ta vie.

Elle sort de la chambre et va dans la salle de bains récupérer ses affaires. Elle va vraiment aller chez mon père avec Landon. C'est vraiment de la merde en barre. Elle n'est pas que de passage dans ma vie. Comment peut-elle penser un truc pareil ? Probablement à cause de toute la merde que je lui ai dite hier soir et parce que je n'ai rien dit aujourd'hui.

– Tu sais que je ne vais pas laisser passer ça.

Elle ferme sa valise.

– Tant pis, fais ce que tu veux, je pars.

– Pourquoi ? Tu sais que tu vas revenir.

Ce n'est pas moi qui parle, mais ma colère.

– C'est exactement pour ça que je m'en vais.

Sa voix tremble, elle attrape sa valise et sort de la pièce sans un regard en arrière.

AFTER

Quand j'entends la porte d'entrée claquer, je m'adosse au mur et me laisse tomber par terre.

∞

79

Tessa

Neuf jours.

Neuf jours ont passé sans un seul mot d'Hardin. Je ne savais pas que je pouvais passer une seule journée sans lui parler, encore moins neuf. Honnêtement, ça a semblé durer une centaine de jours, même si à chaque heure qui passe, la douleur s'amenuise microscopiquement. Ça n'a pas été facile, loin de là. Ken a appelé Monsieur Vance pour lui demander de m'accorder le reste de la semaine, ce qui ne faisait en réalité qu'une journée de congé.

Je sais que c'est moi qui suis partie, c'est moi qui ai quitté la maison, mais ça me tue qu'il n'ait même pas essayé de prendre contact avec moi. J'ai toujours beaucoup donné dans notre relation et c'était sa chance de me montrer quels étaient vraiment ses sentiments. J'imagine que, d'une certaine façon, il me le montre. C'est juste que ce qu'il ressent est l'exact opposé de ce que je veux désespérément.

De ce dont j'ai besoin, en fait.

Je sais qu'il m'aime. Vraiment. Cependant, je sais aussi que s'il m'aimait autant que je le pensais, il se serait fait un devoir de venir me le montrer. Il a dit qu'il n'en avait pas terminé avec moi, mais visiblement, si. Il a tout laissé aller et il m'a laissée partir. Ce qui m'effraie le plus, c'est que la première semaine, je déambulais sans but, complètement perdue. J'étais perdue sans Hardin. Perdue sans ses traits d'esprit. Perdue sans ses remarques obscènes. Perdue sans son assurance et sa confiance en lui. Perdue sans la sensation de ces petits cercles qu'il dessinait parfois sur ma main en la tenant entre les siennes et perdue sans son habitude de m'embrasser sans raison particulière ou de me sourire quand il pensait que je ne le voyais pas. Je ne veux pas être perdue sans lui ; je veux être forte. Je veux que mes jours et mes nuits soient, avec ou sans lui, les mêmes. Je commence à me dire que je pourrais bien être seule pour toujours. Aussi dramatique que puisse être cette idée, il faut que je me rende à l'évidence : je n'étais pas heureuse avec Noah, pourtant ça n'a pas marché entre Hardin et moi. Peut-être suis-je comme ma mère ? Je suis peut-être mieux toute seule.

Je ne voulais pas que ça se termine comme ça, aussi sèchement. Je voulais parler de tout. Je voulais qu'il réponde à mes appels pour que nous trouvions une sorte d'accord. J'avais juste besoin d'espace, j'avais besoin de faire une pause loin de lui pour lui montrer que je ne suis pas son paillasson. Ça m'est revenu en pleine figure parce que, visiblement, il ne tient pas autant à moi que ce que je croyais. Peut-être que c'était son plan depuis le début : me faire rompre avec lui. Je connais quelques filles qui ont employé cette technique pour quitter leur petit copain.

Le premier jour, je m'attendais à un appel, un texto ou, bon Dieu, je m'attendais à ce qu'il déboule en défonçant la porte, en criant à pleins poumons ou en provoquant une scène tandis que je serais attablée avec sa famille dans un silence gêné et que personne ne saurait trop quoi dire. Comme ça n'est pas arrivé, j'ai perdu les pédales. Pas en pleurant dans mon coin, à m'apitoyer sur mon sort. Non, je me suis perdue moi-même. Je vivais chaque seconde dans l'anticipation du retour d'Hardin qui ramperait à mes pieds, histoire d'obtenir mon pardon. J'ai pratiquement cédé ce jour-là. J'ai failli retourner à l'appartement. J'étais prête à lui dire que je me foutais du mariage, que je n'en avais rien à faire qu'il me mente tous les jours et ne me respecte pas, du moment qu'il ne me quitte jamais. Heureusement, je suis sortie de ma transe et j'ai récupéré un peu de respect de moi-même.

Le troisième jour a été le pire. C'est le troisième jour que j'ai commencé à voir la réalité en face. C'est le troisième jour que je me suis mise à parler, rompant le quasi-silence dans lequel je m'étais murée, n'ayant murmuré qu'une poignée de formules de politesse à Landon et Karen face à leurs tentatives malaisées d'entamer la conversation. Le seul son que je produisais, c'était celui de mes sanglots étranglés et des explications hachées derrière mes larmes pour expliquer en quoi ma vie serait meilleure, plus facile sans lui. Même moi, je n'y croyais pas. C'est le troisième jour que j'ai enfin osé regarder dans un miroir mon visage sale et couvert de bleus, et mes yeux si gonflés qu'ils étaient à peine ouverts. C'est le troisième jour que je me suis effondrée, priant enfin Dieu de faire disparaître la douleur. Personne ne peut supporter une telle peine, Lui ai-je dit. Pas même moi. C'est le troisième jour que je l'ai appelé, je n'ai pas pu m'en empêcher. Je m'étais dit que s'il répondait, nous pourrions trouver une solution, un compromis. Nous nous serions présenté des excuses à n'en plus finir et promis de ne plus jamais nous quitter. Je suis tombée sur son répondeur après deux sonneries. Il a donc rejeté mon appel.

Au quatrième jour, j'ai faibli et je l'ai encore appelé. Cette fois-ci, il a eu la courtoisie de laisser sonner son téléphone jusqu'à ce que je tombe sur sa messagerie au lieu d'appuyer directement sur le bouton pour ignorer mon appel. C'est au quatrième jour que je me suis rendu compte à quel point je tenais plus à lui qu'il ne tenait à moi. C'est le quatrième jour que je suis restée alitée à revivre les quelques fois où il m'a fait part de ses sentiments. C'est là que j'ai compris que la plus grande partie de notre relation était en fait… dans ma tête, un peu comme l'image que je me faisais de ses sentiments pour moi. J'ai compris que tout le temps où je pensais que nous pouvions construire notre relation, la faire marcher pour toujours, il ne pensait pas du tout à moi.

C'est ce jour-là que j'ai décidé de rejoindre les rangs des jeunes normaux et que j'ai demandé à Landon de me montrer comment charger de la musique sur mon téléphone. Dès que j'ai compris le truc, je m'y suis mise sans pouvoir m'arrêter. J'ai mis plus d'une centaine de chansons dedans, j'ai aussi mis un casque sur mes oreilles et l'ai à peine retiré tout au long des vingt-quatre heures suivantes. La musique m'a beaucoup aidée. Écouter la douleur d'autres personnes m'a rappelé que je n'étais pas la seule à souffrir. Je ne suis pas la seule à aimer quelqu'un qui ne m'aime pas assez pour se battre pour moi.

Au cinquième jour, j'ai enfin pris une douche et essayé d'aller en cours. Le matin, j'ai même réussi à boire la moitié de mon café et Landon m'a dit que mes joues reprenaient un peu de couleur. J'ai utilisé toute l'énergie que j'avais, espérant ne pas tomber sur Hardin au beau milieu du campus. Le cinquième jour, j'avais dépassé le stade où je voulais lui parler. Le Professeur Soto nous a demandé d'écrire sur nos plus grandes peurs dans la vie et en quoi elles se rapportaient à la foi et à Dieu. Il nous a demandé si nous avions peur de mourir et, silencieusement, je lui ai répondu dans ma tête : *Ne suis-je pas déjà morte ?* Le cinquième jour,je suis allée au yoga, espérant pouvoir supporter les souvenirs de la salle de classe. Ça m'a fait bizarre de me retrouver au milieu d'un océan d'étudiants gais et insouciants. Personne n'a semblé me remarquer, et c'est exactement ce que je voulais.

Le sixième jour était un mardi. J'ai commencé à faire des phrases, pas complètes et généralement sans rapport avec le sujet de la conversation, mais personne n'a eu envie de me le faire remarquer. Je suis retournée chez Vance. Kimberly n'a pas pu me regarder en face de toute la matinée, mais elle a essayé de me parler. Malheureusement, je n'ai pas réussi à lui répondre. Elle a mentionné un dîner et j'ai noté mentalement qu'il faudrait que je lui en reparle quand j'aurais toute ma tête. J'ai passé la journée à regarder sans bouger la première page d'un manuscrit que je n'ai jamais réussi à saisir, même en la relisant un nombre de fois incalculable. J'ai mangé ce jour-là, plus que du riz ou une banane, comme les jours précédents. Karen a fait cuire un jambon, je ne l'ai remarqué que parce que ça m'a rappelé celui qu'elle avait fait lorsque Hardin et moi étions venus dîner au début de notre histoire. Des images de ce soir-là, lui me tenant ma main sous la table alors qu'il était assis à côté de moi, m'ont renvoyée à l'état de loque humaine, me faisant passer le reste de la nuit dans les toilettes à vomir le peu de nourriture que j'avais réussi à ingurgiter.

Alors que le septième jour s'étendait sans fin, je me suis mise à imaginer ce qui se passerait si je n'avais plus à subir cette douleur. Et si je disparaissais ? L'idée m'a terrifiée, pas à cause de la mort mais parce que mon esprit n'est pas capable d'imaginer un endroit aussi ténébreux. Cette idée m'a remise en place et fait sortir de cette spirale infernale, pour me ramener tout doucement à la réalité, enfin la réalité que mon esprit pouvait supporter. J'ai changé de tee-shirt et juré de ne plus jamais remettre un pied dans la chambre d'Hardin, peu importe ce qui pourrait se passer. J'ai commencé à regarder les appartements que je pouvais m'offrir près de chez Vance et les cours à distance disponibles à l'université. En fin de compte, j'aime trop étudier pour m'empêcher d'aller en classe, alors j'ai décidé de ne pas céder à cette facilité, et j'ai trouvé quelques appartements à visiter.

Au huitième jour, j'ai esquissé un bref sourire, et tout le monde l'a remarqué. C'est au huitième jour que j'ai attrapé mon beignet et mon café habituels en arrivant chez Vance le matin. Il n'est pas ressorti par là où il était entré et je suis même retournée en prendre un autre. J'ai vu Trevor qui m'a dit que j'étais jolie, malgré mes vêtements froissés et les cernes sous mes yeux. C'est au huitième jour que le changement s'est opéré, c'est au huitième jour que pour la première fois je n'ai passé que la moitié de la journée à regretter que les choses ne se soient pas passées différemment entre Hardin et moi. J'ai entendu Ken et Karen discuter de l'anniversaire d'Hardin qui devait avoir lieu quelques jours plus tard et j'ai été surprise de ne ressentir qu'une petite brûlure dans mon cœur en entendant son nom.

Aujourd'hui, c'est le neuvième jour.

Landon me prévient derrière la porte de « ma » chambre.

– Je descends !

Personne n'a parlé de mon départ ou de l'endroit où j'irais si je décidais de partir. Je leur en suis très reconnaissante mais, en même temps, je sais que ma présence chez eux va devenir un fardeau. Landon n'arrête pas de m'assurer que je peux rester aussi longtemps que je le souhaite et Karen n'arrête pas de me rappeler, plusieurs fois par jour, qu'elle apprécie ma compagnie. Mais au final, c'est la famille d'Hardin. Je veux avancer, décider de là où je devrai aller et vivre. Je n'ai plus peur.

Je ne peux plus et ne veux plus passer une autre journée à pleurer pour ce garçon malhonnête et tatoué qui ne m'aime plus.

Lorsque je retrouve Landon au rez-de-chaussée, il mord à pleines dents dans un bagel et il a un peu de crème à la commissure des lèvres, qu'il récupère d'un coup de langue.

– Bonjour.

Il me sourit, les joues pleines et l'œil brillant.

– Bonjour.

Je me verse un verre d'eau. Il continue de me fixer pendant que je bois.

– Quoi ?

– Tu… eh bien, tu as l'air en forme.

– Merci. J'ai décidé de prendre une douche et de quitter le royaume des morts.

Ma blague lui fait esquisser un sourire, comme s'il n'était pas bien sûr de ma santé mentale.

– Vraiment, ça va ?

Il en finit son bagel d'une bouchée. Je décide de m'en préparer un aussi et j'essaie de ne pas remarquer qu'il m'observe comme si j'étais un animal dans un zoo.

– Je suis prête si tu l'es.

Karen entre dans la cuisine.

– Tessa, tu as l'air superbe aujourd'hui !

– Merci.

Aujourd'hui, pour la première fois, j'ai pris le temps de me préparer, vraiment me préparer pour avoir l'air présentable. Les huit derniers jours, je ne me suis pas occupée de mon apparence, pourtant habituellement soignée. Aujourd'hui, je me sens moi-même. Mon nouveau moi. Mon moi « après Hardin ». Le neuvième jour, c'est mon jour.

– Cette robe te va très bien.

Karen me complimente. La robe jaune que Trish m'a offerte pour Noël me va comme un gant et fait très décontractée avec ce perfecto Karl Marc John. Je ne vais pas faire la même erreur que la dernière fois et porter des talons pour aller en cours, alors c'est parti pour des boots. La moitié de mes cheveux sont retenus par des épingles et quelques boucles s'échappent pour encadrer mon visage. Mon maquillage est léger, mais je pense qu'il me va bien. Mes yeux ont un peu brûlé lorsque j'ai appliqué la ligne d'eye-liner en dessous… quelque part, le maquillage n'était pas dans ma liste de priorités pendant ma mini-dépression.

– Merci beaucoup.

– Passe une bonne journée.

Elle sourit, visiblement surprise et très heureuse de me voir revenir au monde réel. C'est l'effet que doit ressentir une mère attentionnée, une mère qui envoie sa progéniture à l'école avec un gentil mot encourageant. Une mère pas comme la mienne.

Ma mère… J'ai évité ses appels, et encore heureux ! C'est la dernière personne à qui j'ai envie de parler, mais maintenant que je peux respirer sans avoir envie de m'arracher le cœur, je suis capable de l'appeler.

– Oh ! Tessa, est-ce que tu partageras notre voiture pour aller chez Christian dimanche ?

Karen me pose la question devant la porte d'entrée.

– Dimanche ?

– Leur dîner pour célébrer leur déménagement à Seattle ?

Comme si je devais être au courant.

– Kimberly m'a dit t'en avoir déjà parlé. Si tu ne veux pas y aller, je sais qu'ils comprendront.

– Non, non, j'ai envie d'y aller. Je ferai la route avec vous.

Je souris. Je suis prête. Je peux le faire. Je peux participer à un événement public, avec des gens, sans craquer. Mon subconscient est muet pour la première fois en neuf jours et je remercie Karen avant de suivre Landon dehors.

La météo fait écho à mon humeur, il y a du soleil et la température est relativement clémente pour une fin janvier. En montant dans la voiture, je demande à Landon :

– Tu viens dimanche ?

– Non, je pars ce soir. Tu te rappelles ?

– Quoi ?

Il me regarde, les sourcils froncés.

– Je vais passer le week-end à New York, Dakota emménage dans son appartement là-bas. Je te l'ai dit il y a quelques jours.

– Je suis désolée, j'aurais dû être plus attentive à ce que tu me disais, plutôt que de tourner autour de mon nombril.

Je n'arrive pas à croire que je ne l'ai même pas écouté quand il me parlait du déménagement de Dakota à New York.

– T'inquiète, ce n'est pas grave. Je n'ai fait que le mentionner. Je ne voulais pas t'infliger ça alors que tu étais… euh, tu sais.

– Un zombie ?

– Oui, un zombie bien effrayant.

Il plaisante, ce qui me fait sourire, pour la cinquième fois en neuf jours. La sensation est agréable.

– Tu reviens quand ?

– Lundi matin. Je vais rater le cours de théologie, mais je serai de retour juste après.

– Waouh, c'est excitant. Ça va être génial, New York.

J'adorerais m'échapper et partir d'ici quelque temps.

– J'étais inquiet à l'idée de partir en te laissant ici.

Il me fait culpabiliser.

– Ne le sois pas ! Tu en fais déjà bien trop pour moi, il est temps que je me débrouille toute seule. Je ne veux pas que tu songes à renoncer à un truc à cause de moi. Je suis désolée que tu en sois venu à penser une chose pareille.

– Ce n'est pas ta faute, c'est la sienne.

Je hoche la tête et remets mon casque sur mes oreilles. Landon sourit.

En cours de théologie, le Professeur Soto choisit le sujet de la douleur. L'espace d'un instant, je jurerais qu'il l'a fait exprès, histoire de me torturer, mais lorsque je me mets à décrire comment la douleur peut détourner les gens de leur foi et de Dieu, je lui suis reconnaissante de cette torture. Mon essai est finalement émaillé d'idées sur le fait que la douleur peut changer une personne, qu'elle peut nous rendre plus forts et donc que la foi n'est plus aussi nécessaire. On a besoin de soi. On a besoin d'être fort pour ne pas laisser la douleur nous pousser ou nous tirer là où on ne veut pas aller.

Je finis par retourner au café avant d'aller en cours de yoga, le temps de prendre une tasse d'énergie. En chemin, je passe devant le bâtiment des sciences de l'environnement et je pense à Zed. Je me demande s'il y est. J'imagine que oui, mais je n'ai aucune idée de ses horaires de cours.

Sans trop y réfléchir, j'entre dans le bâtiment. J'ai un peu de temps avant le début de mon cours qui est à cinq minutes de marche de là.

Je jette un œil dans le hall d'entrée. Comme j'aurais dû m'y attendre, de grands arbres emplissent un espace gigantesque. Restant fidèle au thème, le plafond est majoritairement vitré, sans doute pour donner l'impression qu'il n'existe pas.

– Tessa ?

Je me retourne et Zed est là derrière moi, en blouse blanche, affublé de lunettes de sécurité qu'il a repoussées sur le crâne pour tenir ses cheveux en arrière.

– Salut…

– Qu'est-ce que tu fais là ? Tu as changé de cursus ?

J'adore la manière dont sa langue se cache derrière ses dents lorsqu'il sourit. Ça a toujours été le cas.

– En réalité, je te cherchais.

– Sérieux ?

Il semble abasourdi.

∞

80

Hardin

Neuf jours.

Neuf jours sans parler à Tessa. Je ne pensais pas que c'était possible de vivre une seule journée sans lui parler, encore moins neuf putains de journées. J'ai l'impression que ça fait mille jours, et chaque heure qui passe est plus douloureuse que la précédente.

Quand elle a quitté l'appartement ce soir-là, j'ai attendu encore et encore le bruit de ses pas franchissant le seuil de la porte, j'ai attendu sa voix qui me crierait dessus. Ça n'est pas arrivé. Je suis resté assis par terre à poireauter. Elle n'est jamais revenue.

J'ai fini les bières dans le frigo et j'ai éclaté les preuves contre le mur. Le lendemain matin, quand je me suis réveillé, elle n'était toujours pas là, alors j'ai emballé mon merdier. J'ai sauté dans un avion pour me tirer d'ici. Si elle avait voulu revenir, ç'aurait été cette nuit-là. J'avais besoin de me casser et de prendre l'air. Avec mon haleine chargée d'alcool et mon tee-shirt blanc tout taché, je suis parti pour l'aéroport. Je n'ai pas appelé ma mère avant d'arriver, ce n'est pas comme si elle avait des trucs à faire, de toute façon.

Si Tessa m'avait appelé avant que j'embarque, j'aurais fait demi-tour. Mais tant pis, elle a eu plusieurs occasions de revenir. Chaque fois précédente, elle l'avait fait, malgré toutes mes conneries, alors pourquoi ç'aurait été différent ce coup-ci ? Qu'est-ce que j'avais fait de pire ? Ok, je lui ai menti, mais c'était un petit mensonge de rien du tout, et elle a pété un câble.

Si l'un d'entre nous devait être en rogne, c'était moi. Elle a fait venir Zed dans ma putain de baraque. En plus, Landon a débarqué, ambiance

Hulk de merde, pour me plaquer contre le mur ? Non, mais c'est quoi ce merdier ?

Toute cette situation est à chier et ce n'est pas ma faute. Enfin, peut-être que si. Elle peut revenir ramper à mes pieds, moi je ne le ferai pas. Je l'aime, mais ce n'est pas à moi de faire le premier pas.

J'ai passé la majeure partie de mon premier jour à pioncer dans l'avion pour me débarrasser de ma gueule de bois. Je me suis récupéré pas mal de regards de travers de la part de ces snobs d'hôtesses de l'air et de connards en costume, mais je m'en branle complètement. Ils ne sont rien pour moi. J'ai pris un taxi pour rentrer chez ma mère et j'ai failli étrangler le chauffeur : qui ose faire payer aussi cher pour une course de quinze bornes ?

Ma mère était hyper-surprise et heureuse de me voir. Elle a un peu pleuré, mais heureusement, elle s'est arrêtée quand Mike s'est pointé. Apparemment, elle a commencé à installer ses affaires dans sa maison à lui et prévoit de vendre la sienne. Je me tape complètement de cette baraque, alors ça ne m'atteint pas. C'est blindé de souvenirs de merde avec mon connard de père complètement bourré.

C'est cool de pouvoir penser à ce genre de trucs sans l'influence de Tessa. Je culpabiliserais légèrement d'être aussi grossier avec ma mère et son mec si Tessa était là. Dieu merci, ce n'est pas le cas.

Le deuxième jour était crevant. J'ai passé tout l'après-midi à écouter ma mère parler de ses plans pour les vacances et à esquiver ses questions sur ma présence ici. Je n'ai pas arrêté de lui dire que si je voulais en parler, je le ferais. Je suis venu ici pour trouver la paix, putain, et tout ce que je trouve, ce sont des emmerdes. J'ai fini au pub du bas de la rue à huit heures. Une jolie brune avec les yeux de la même couleur que Tessa m'a souri et m'a offert un verre. J'ai décliné plus ou moins poliment, je n'ai été gentil qu'à cause de la couleur de ses yeux. Plus je les regardais, plus je me rendais compte qu'ils n'étaient pas de la bonne couleur. Ils étaient ternes et sans vie. Les yeux de Tessa sont d'un gris des plus intrigants, on dirait qu'ils sont bleus au premier abord, jusqu'à ce qu'on les observe vraiment. Ils sont beaux, autant que des yeux puissent l'être. *Putain, mais pourquoi est-ce que j'ai le cul posé dans un pub à penser à des globes oculaires ?*

J'ai lu la déception dans le regard de ma mère quand j'ai titubé en rentrant à deux heures du matin, mais j'ai fait de mon mieux pour l'ignorer, marmonnant des excuses à la con avant de me forcer à monter à l'étage.

C'est au troisième jour que tout a commencé. Des petites pensées à propos de Tessa n'arrêtaient pas de m'éclater à la gueule n'importe quand. Quand j'ai regardé ma mère faire la vaisselle, j'ai pensé à Tessa qui remplissait le lave-vaisselle en permanence, s'assurant qu'il n'y ait jamais de vaisselle sale dans l'évier.

– On va visiter une foire aujourd'hui, tu voudrais pas nous accompagner ?

– Non.

– S'il te plaît, Hardin, tu viens ici me rendre visite et tu n'as pas desserré les dents ni passé de temps avec moi.

– Non, Maman.

– Je sais pourquoi tu es ici, dit-elle doucement.

J'ai posé violemment ma tasse sur la table et suis sorti de la cuisine comme un malade.

Je savais qu'elle allait comprendre que j'étais venu pour échapper à quelque chose, enfin plutôt pour me planquer de la réalité. Je ne sais pas trop quel type de réalité a le monde sans Tessa, mais je ne suis pas prêt à affronter tout ce merdier, alors pourquoi éprouve-t-elle le besoin de venir me faire chier ? Si Tessa ne veut pas être avec moi, qu'elle aille se faire foutre ! Je n'ai pas besoin d'elle. Je suis mieux tout seul, comme j'ai toujours prévu de l'être.

Quelques secondes plus tard, mon téléphone a sonné, mais j'ai ignoré l'appel dès que j'ai vu son nom s'afficher sur l'écran. Pourquoi m'appelle-t-elle ? Pour me dire qu'elle me hait ou qu'elle a besoin de révoquer le bail de l'appartement, j'en suis sûr.

Putain, Hardin, pourquoi t'as fait ça ? La question tourne en rond dans ma tête. Je n'ai pas de réponse satisfaisante.

Le quatrième jour a commencé de la pire des manières.

« Hardin, monte dans ta chambre ! »

Elle me supplie.

Non, pas ça.

L'un des hommes la gifle et elle regarde l'escalier. Son regard se plante dans le mien et je crie. Tessa !

– Hardin ! Réveille-toi, Hardin ! S'il te plaît, réveille-toi.

Ma mère crie en me secouant.

– Où est-elle ? Où est Tess ?

Je transpire abondamment et je suis essoufflé.

– Elle n'est pas là, Hardin.

– Mais ils…

Ça m'a pris un petit moment pour faire le point et me rendre compte que ce n'était qu'un cauchemar. Le même cauchemar que j'ai fait toute ma vie, sauf que cette fois, c'était pire. Le visage de ma mère était remplacé par celui de Tessa.

– Chut… Ça va aller. Ce n'est qu'un mauvais rêve.

Ma mère a pleuré et essayé de me tenir dans ses bras, mais je l'ai repoussée doucement.

– Non, c'est bon.

Je l'ai rassurée et lui ai demandé de me laisser seul.

Le reste de la nuit, éveillé, j'ai essayé de me sortir cette image de la tête, mais en vain.

Le quatrième jour a continué comme il avait commencé. Ma mère m'a ignoré toute la journée, ce dont j'avais envie au début, mais en fait, je suis un peu… seul. Tessa commence à me manquer. Je n'ai pas arrêté de regarder à côté de moi pour lui parler ou pour attendre qu'elle me dise quelque chose qui me fasse sourire à coup sûr. Je voudrais l'appeler, mes doigts sont passés au-dessus du bouton vert un nombre incalculable de fois, mais je n'arrivais pas à m'y résoudre. Je ne peux pas lui donner ce qu'elle veut, ça ne sera jamais assez bien pour elle. C'est mieux comme ça. J'ai passé l'après-midi à regarder combien ça me coûterait de ramener tout mon bordel ici en Angleterre. C'est ici que je vais terminer de toute façon, alors je devrais en finir une bonne fois pour toutes.

Ça ne marchera jamais entre Tessa et moi, j'ai toujours su que ça ne durerait pas. Ce n'était pas possible. Ce n'était pas possible pour nous deux de rester toujours ensemble. Putain, elle est trop bien pour moi, et je le sais. Tout le monde le sait. Je vois comment les gens se retournent pour nous regarder où qu'on aille et je sais qu'ils se demandent pourquoi une belle fille comme elle est avec moi.

Pendant des heures, je n'ai pas quitté mon téléphone du regard en vidant une demi-bouteille de whisky avant d'éteindre la lumière et de m'endormir. J'ai cru l'entendre vibrer sur la table de chevet, mais j'étais trop bourré pour m'asseoir et répondre. Le cauchemar est revenu, cette fois-ci, la chemise de nuit de Tessa était pleine de sang et elle me criait de partir, de la laisser ici sur ce canapé.

Au cinquième jour, je me suis réveillé, la lumière rouge de mon téléphone clignotait pour m'indiquer que j'avais loupé son appel, sauf que cette fois-ci, je ne l'ai pas fait exprès. C'est le cinquième jour que je me suis mis à regarder son nom sur l'écran, puis à mater ses photos les unes après les autres. Quand est-ce que je les ai prises ? Il y en a tant. Je ne m'étais pas rendu compte du nombre de photos que j'avais prises sans qu'elle s'en aperçoive.

En regardant ces photos, je me suis souvenu du son de sa voix. Je n'ai jamais aimé les accents américains, ils sont chiants, emmerdants, mais la voix de Tessa est parfaite. Son accent est parfait et je pourrais l'écouter parler toute la journée, tous les jours. Est-ce que j'entendrai le son de sa voix encore une fois ?

Celle-là, c'est ma préférée, je me suis dit au moins dix fois, en parcourant l'album. Finalement, j'ai opté pour une photo d'elle, allongée sur le ventre dans notre lit, les jambes croisées en l'air, les cheveux lâchés, coincés derrière les oreilles. Son menton repose sur l'une de ses mains et ses lèvres sont légèrement écartées de surprise en lisant les mots inscrits devant elle sur l'écran de sa liseuse. J'ai pris cette photo à l'instant où elle m'a gaulé en train de la mater, au moment même où son sourire, le plus beau des sourires, naissait sur son visage. Elle a l'air si heureuse de me regarder sur cette photo. Est-ce qu'elle est… enfin, était toujours comme ça quand elle me voyait ?

Ce jour-là, le cinquième, est celui où le poids s'est installé dans ma poitrine. Un rappel constant de ce que j'avais fait et très certainement perdu. J'aurais dû l'appeler ce jour-là quand je regardais ses photos. Est-ce qu'elle aussi reste bloquée sur les photos de moi ? Elle n'en a qu'une seule et, comble de l'ironie, je me prends à regretter de ne pas l'avoir laissée en prendre plus. C'est au cinquième jour que j'ai explosé mon téléphone contre le mur en espérant le détruire complètement, mais je n'ai réussi qu'à péter l'écran. C'est au cinquième jour que je me suis mis à espérer comme un malade qu'elle m'appelle. Si elle m'appelle, alors ça ira, tout ira bien. On se présentera tous les deux des excuses et je rentrerai à la maison. Si c'était elle qui m'appelait, alors je ne culpabiliserais pas de revenir dans sa vie. Je me suis demandé si elle partageait mes idées. Est-ce que pour elle aussi chaque journée qui passe est plus dure que la précédente ? Est-ce que chaque seconde qui passe sans moi augmente sa difficulté à respirer ?

J'ai commencé à perdre l'appétit ce jour-là. Je n'avais simplement plus faim. Sa cuisine me manque. Même les plats tout simples qu'elle me préparait. Putain, ça me manque de ne plus la regarder manger. Ils me manquent, tous les putains de petits trucs de cette fille qui me rend dingue mais dont le regard est si doux. C'est au cinquième jour que j'ai enfin craqué. J'ai chialé comme une gonzesse et j'en avais rien à foutre. Je n'ai pas arrêté de pleurer. Je ne pouvais pas m'arrêter. J'ai essayé, mais elle ne voulait pas quitter mon esprit. Elle ne voulait pas me laisser tranquille, elle n'arrêtait pas de surgir dans ma tête, de me dire qu'elle m'aimait, de me prendre dans ses bras et quand je me suis rendu compte que ce n'était que le fruit de mon imagination, j'ai encore chialé.

Le sixième jour, je me suis réveillé avec les yeux enflés et injectés de sang. Je n'arrivais pas à croire que j'avais perdu les pédales la veille. Le poids sur ma poitrine était encore plus lourd à porter et j'avais du mal à y voir clair. Pourquoi suis-je une telle merde ? Pourquoi ai-je continué à la traiter comme une merde ? Elle est la première personne à avoir été capable de me voir, de voir en moi le vrai moi, et je l'ai traitée comme de la merde. J'ai rejeté toute responsabilité sur elle alors qu'en fait, c'est ma faute. Ça a toujours été ma faute. Même quand je semblais ne rien faire de mal. J'ai été grossier avec elle quand elle a essayé de me parler. Je lui ai crié dessus quand elle m'a mis mes conneries sous le nez et je n'ai pas arrêté de lui mentir. Elle m'a toujours tout pardonné. Je pouvais toujours compter sur elle et c'est peut-être pour ça que je l'ai traitée de cette manière, parce que je savais que je le pouvais. J'ai défoncé mon téléphone sous le talon de ma botte le sixième jour. J'ai passé la moitié de la journée sans bouffer. Ma mère m'a proposé de faire du porridge, mais quand j'ai essayé de me forcer à en manger, il est reparti direct. Je n'avais pas pris de douche depuis le troisième jour et j'étais une putain d'épave. J'ai essayé d'écouter ma mère quand elle m'a donné une liste de courses à faire, mais je ne l'entendais pas. Je n'arrivais à penser qu'à Tessa et à son besoin compulsif d'aller au supermarché au moins cinq fois par semaine.

Un jour, Tessa m'avait dit que je l'avais détruite. Maintenant, assis sur mon cul à essayer de me concentrer pour simplement respirer, je sais qu'elle avait tort. C'est *elle* qui m'a détruit, *moi*. Elle est entrée en moi et a tout niqué. J'ai passé des années à construire ma carapace, toute ma vie en fait, et elle s'est pointée, a tout défoncé et m'a laissé à vif.

– Tu as entendu ce que je viens de te dire, Hardin ? Je t'ai fait une liste au cas où tu en aurais besoin.

Ma mère me tend un bout de papier à lettres chichiteux.

– Oui.

Ma voix est à peine audible.

– Tu es sûr que tu peux y aller ?

– Ouais, c'est bon.

Je me lève et empoche la liste dans mon jean cradingue.

– Je t'ai entendu hier soir, Hardin. Si tu veux…

– Non. Maman, s'il te plaît, non.

Les mots ont du mal à sortir. Ma bouche est si sèche et ma gorge me fait mal.

– Ok.

Son regard est triste, je sors pour aller au magasin du coin de la rue.

Sur la liste, il n'y a que quelques articles et pourtant, je n'arrive pas à me souvenir d'aucun d'entre eux sans l'aide du bout de papier au fond de ma poche. Je réussis à en rassembler quelques-uns : du pain, de la confiture, du café, des fruits. Voir toute cette nourriture dans le magasin me retourne l'estomac. Je prends une pomme et me force à la manger. Elle a un goût de carton et je peux sentir les petits morceaux glisser dans mon tube digestif pendant que je paie la petite vieille à la caisse.

Quand je sors, il se met à neiger. La neige aussi me fait penser à elle. Tout me fait penser à elle. J'ai un mal de crâne qui refuse de partir depuis quelque temps. Je passe ma main libre sur mes tempes et traverse la rue.

– Hardin ? Hardin Scott ?

Une voix m'interpelle du trottoir d'en face. Non, ce n'est pas possible.

– C'est toi ?

Natalie.

En la voyant arriver vers moi, plein de sacs dans les mains, je n'arrête pas de me répéter que ce que je vois n'est pas en train d'arriver.

– Euh… salut.

C'est tout ce que j'ai réussi à dire, la tête en vrac et les mains déjà moites.

– Je croyais que tu étais parti ?

Ses yeux sont brillants, pas sans vie comme dans mon souvenir lorsqu'elle pleurait et me suppliait de la laisser rester chez moi, n'ayant nulle part où aller.

– C'est le cas… Je suis juste en vacances.

Elle pose ses sacs par terre.

– Oh ! c'est bien.

Comment peut-elle me sourire après tout ce que je lui ai fait subir ?

– Euh… ouais. Comment vas-tu ?

Je me force à poser cette question à la fille que j'ai détruite.

– Je vais bien, super-bien.

Elle parle gaiement en frottant son gros ventre. Gros ventre ? Oh merde. Non, attends… Chronologiquement, ça ne le fait pas. Putain de merde, ça m'a fait baliser.

– Tu es enceinte ?

J'espère que c'est le cas et que je ne viens pas de l'insulter.

– Oui, de six mois. Et je suis fiancée !

Elle sourit encore et me tend sa petite main pour me montrer un anneau en or autour de son doigt.

– Oh.

– Oui, c'est marrant comme tout s'arrange, non ?

Elle roule une boucle brune sur un doigt et me regarde dans les yeux. Les miens sont lourdement cernés à cause du manque de sommeil. Sa voix est si douce que je me sens encore plus mal.

Je ne pouvais pas m'arrêter de voir son visage quand elle nous a tous chopés à la mater sur le petit écran. Elle avait crié, littéralement crié, en se barrant de la pièce. Je ne l'avais pas suivie, bien sûr. Je m'étais juste foutu de sa gueule, son humiliation et sa douleur m'avaient fait marrer.

– Je suis vraiment désolé.

Les mots sont sortis tout seuls. C'est bizarre, étrange et nécessaire. Je m'attends à ce qu'elle me traite de tous les noms et me dise à quel point je suis une grosse merde, me colle un pain même.

Ce à quoi je ne m'attendais pas, c'est qu'elle me prenne dans ses bras et me dise qu'elle me pardonne.

– Comment peux-tu me pardonner ? J'ai tellement déconné. J'ai bousillé ta vie.

J'ai les yeux brûlants de larmes.

– Non, ce n'est pas vrai. Enfin, si au début, mais d'une certaine manière, tout s'est arrangé.

J'en ai quasiment vomi sur son pull vert.

– Quoi ?

– Après… euh, tu vois, toute cette affaire… je n'avais nulle part où aller, alors j'ai trouvé une église, une nouvelle église en fait, et c'est là que j'ai rencontré Elijah.

Son visage s'illumine instantanément lorsqu'elle prononce son nom.

– Et maintenant, presque trois ans plus tard, je suis fiancée et j'attends un bébé. Il y a une raison à tout, je crois ? Ça fait kitsch, hein.

Elle rigole doucement. Ce son me rappelle à quel point elle a toujours été gentille. C'est juste que j'en avais jamais rien eu à battre ; sa gentillesse avait fait d'elle une proie facile.

– J'imagine que tu as raison, mais je suis très content que tu aies rencontré quelqu'un. J'ai pensé à toi ces derniers temps… tu sais… à ce que j'avais fait, et je me suis senti vraiment mal. Je sais que tu es heureuse maintenant, mais ça n'excuse pas ce que je t'ai fait subir. Ce n'est qu'à partir du moment où Tessa…

Je m'interromps brusquement. Un petit sourire naît sur ses lèvres.

– Tessa ?

La douleur me fait presque tomber dans les pommes.

– Elle… euh… bon… elle…

– Elle est quoi ? Ta femme ?

Les mots de Natalie me transpercent le cœur, je la vois chercher une alliance sur mes mains.

– Non, elle était… c'était ma copine.

– Oh, tu sors avec des filles, maintenant ?

Je suis certain qu'elle doit sentir ma douleur, d'ailleurs elle ne me taquine qu'à moitié.

– Non… Enfin, seulement elle.

– Je vois et maintenant, ce n'est plus ta petite copine ?

– Nan.

Je triture mon piercing à la lèvre du bout des doigts.

– Eh bien, je suis désolée de l'apprendre. J'espère que les choses vont s'arranger pour toi comme tout s'est bien terminé pour moi.

– Merci. Félicitations pour tes fiançailles et ton… bébé.

– Merci ! On va probablement se marier cet été.

– Si vite ?

– Eh bien, nous sommes fiancés depuis deux ans !

– Waouh.

– Tout s'est fait très vite après notre rencontre, explique Natalie.

– Tu n'es pas un peu trop jeune ?

J'ai l'impression d'être un gros con en disant ça, c'est sorti tout seul. Mais elle me sourit.

– J'ai presque vingt et un ans et ça ne sert à rien d'attendre. J'ai eu la chance de rencontrer très jeune la personne avec qui j'ai envie de passer le reste de ma vie, alors pourquoi perdre du temps alors qu'il est là à me demander de nous marier ? Je suis honorée qu'il veuille faire de moi son épouse, il n'y a pas de plus grande preuve d'amour.

En entendant ses explications, j'ai l'impression d'entendre la voix de Tessa les prononcer.

– J'imagine que tu as raison.

Dans un sourire, elle me répond :

– Tiens, le voilà ! Il faut que j'y aille, je meurs de froid et je suis enceinte, ce n'est pas une bonne association.

Elle rit, attrape ses sacs à terre et s'en va rejoindre un homme vêtu d'un pull avec un col en V et d'un pantalon de toile. Son sourire en apercevant sa fiancée enceinte est tellement brillant qu'il pourrait illuminer toute l'Angleterre, je le jurerais.

Le septième jour a été le plus long. Toutes ces journées ont été longues. Je n'arrêtais pas de penser à Natalie et à son pardon, il n'aurait pas pu mieux tomber. Bien sûr, j'avais une gueule à faire peur et elle l'a bien vu, mais elle était heureuse et amoureuse. Enceinte en plus. Je n'ai pas détruit son existence comme je l'avais cru.

Dieu merci !

J'ai passé le septième jour au lit. Je n'ai même pas réussi à ouvrir les putains de volets. Ma mère et Mike sont sortis toute la journée, alors je suis resté tout seul à faire la tronche dans mon coin en ressassant ma misère. Chaque journée qui passait était pire que la précédente. Je pensais toujours à elle, à ce qu'elle pouvait faire, avec qui elle passait ses journées. Est-ce qu'elle pleurait ? Est-ce qu'elle se sentait seule ? Est-ce qu'elle était retournée à l'appartement pour me retrouver ? Pourquoi ne m'a-t-elle pas appelé ?

Ce n'est pas la douleur que j'ai pu lire dans les bouquins. Cette douleur n'est pas seulement dans mon esprit, cette douleur n'est pas que physique. Cette douleur me touche à l'âme, c'est quelque chose qui me déchire de l'intérieur et je ne pense pas pouvoir y survivre, personne ne le pourrait.

C'est ce que doit ressentir Tessa quand je lui fais mal. Je n'arrive pas à imaginer son corps frêle résister à ce type de douleur, mais elle est clairement plus forte qu'elle n'en a l'air. Elle doit l'être pour réussir à me supporter.

Un jour, sa mère m'a dit que si elle comptait vraiment pour moi, il fallait que je la laisse tranquille, que je lui ferais du mal de toute façon. Elle avait raison. J'aurais dû la laisser tranquille à l'époque. J'aurais dû la laisser toute seule depuis le premier jour où elle a franchi le seuil de la chambre du dortoir de la cité U. Je m'étais promis de mourir plutôt que de la faire souffrir à nouveau… Eh bien voilà. C'est la mort, c'est pire que la mort. Ça fait encore plus mal. Ça ne peut être rien d'autre.

J'ai passé le huitième jour à boire, toute la journée. Je n'ai pas réussi à m'arrêter. À chaque verre, je priais pour que l'image de son visage quitte mon esprit, mais ça ne marchait pas. Ce n'était pas possible.

Il faut que tu te reprennes, Hardin. Tu n'as pas le choix. Je n'ai pas le choix. Vraiment.

– Hardin…

Le son de la voix de Tessa m'envoie des frissons dans le dos.

– Bébé…

Quand je lève les yeux vers elle, elle est assise sur le canapé de ma mère, un sourire aux lèvres et un livre sur les genoux.

– Viens-ici, s'il te plaît.

Elle gémit en voyant la porte s'ouvrir. Un groupe d'hommes entre. Non.

– La voilà, dit le petit homme qui tourmente mes rêves chaque nuit.

– Hardin ?

Tessa se met à pleurer. Alors qu'ils approchent d'elle, je les avertis :

– Ne vous approchez pas d'elle.

Ils ne semblent pas m'entendre.

Sa chemise de nuit lui est arrachée et ils jettent Tessa au sol. Des mains ridées et sales remontent le long de ses cuisses, et elle gémit mon nom.

– S'il te plaît… Hardin, aide-moi.

Elle me regarde, mais je suis incapable de bouger.

Je suis immobile et incapable de l'aider. Je suis forcé de les regarder la battre et la violer jusqu'à ce qu'elle se retrouve par terre, silencieuse et couverte de sang.

Ma mère ne m'a pas réveillé, personne ne l'a fait. J'ai dû aller jusqu'au bout, jusqu'à la fin et, en me réveillant, ma réalité est pire que tous mes cauchemars.

Aujourd'hui, c'est le neuvième jour.

– Tu savais que Christian Vance allait déménager à Seattle ?

Ma mère essaie de discuter tandis que je triture le bol de céréales devant moi.

– Ouais.

– C'est excitant, non ? Une nouvelle filiale à Seattle.

– Probablement.

– Il organise un dîner dimanche, il croyait que tu viendrais.

– Comment t'es au courant ?

– Il me l'a dit, on discute de temps en temps.

Elle détourne le regard et se ressert de café.

– Pour quoi faire ?

– Parce que. Maintenant, finis ton bol de céréales.

Elle me parle comme à un gamin, mais je n'ai pas le courage de la casser avec une remarque cinglante.

– J'ai pas envie d'y aller.

Je me force à mettre la cuillère dans ma bouche.

– Il se peut que tu ne le voies pas pendant un bail.

– Et alors ? Je le vois déjà à peine.

On dirait qu'elle a autre chose à dire, mais elle ne l'ouvre pas.

– Tu as de l'aspirine ?

Elle hoche la tête avant de disparaître pour aller m'en chercher.

Je n'ai pas envie d'aller à un putain de dîner célébrant le départ de Christian et de Kimberly pour Seattle. J'en ai marre de Seattle, tout le monde en parle et je sais que Tessa y sera. La douleur à l'idée de la voir me fait quasiment tomber de ma chaise. Il faut que je reste loin d'elle, je le lui dois. Si je pouvais rester ici encore quelques jours, quelques semaines même, on pourrait tous les deux tourner la page. Elle trouverait quelqu'un comme le fiancé de Natalie, quelqu'un de bien mieux que moi.

– Je pense toujours que tu devrais y aller.

Ma mère me tend le cachet, que j'avale, sachant pertinemment qu'il ne sera d'aucune utilité.

– Maman, je ne peux pas… même si je le voulais. Il faudrait que je parte à la première heure demain matin et je ne suis pas prêt pour ça.

– Tu veux dire que tu n'es pas prêt à faire face à ce que tu as laissé.

Je ne peux plus me retenir. Je cache mon visage entre mes mains et je laisse la douleur me ravager. Je la laisse me submerger. Je l'accueille à bras ouverts et j'espère qu'elle va me tuer.

– Hardin…

La voix de ma mère est calme et réconfortante. Elle me serre dans ses bras et je me mets à trembler.

∞

81

Tessa

Quand Karen part déposer Landon à l'aéroport, je la sens immédiatement, je sens la solitude m'étreindre, mais je dois l'ignorer, je n'ai pas le choix. Je suis très bien toute seule. Je descends dans la cuisine puisque mon estomac refuse d'arrêter de gargouiller, me rappelant à quel point j'ai faim. Ken est appuyé contre le plan de travail et se sert un cupcake nappé d'un glaçage bleu ciel. Il sourit en prenant une petite bouchée.

– Salut Tessa. Sers-toi.

Ma grand-mère disait que les cupcakes nourrissaient l'âme. Si j'ai besoin de quelque chose, c'est bien de prendre soin de mon âme.

– Merci.

Je lèche la crème décorée.

– Ne me remercie pas, remercie Karen.

– Je le ferai.

Ce cupcake est excellent. Peut-être est-ce parce que j'ai à peine mangé ces neuf derniers jours, ou peut-être est-ce parce que ces petits gâteaux nourrissent vraiment l'âme. Quelle qu'en soit la raison, je le dévore en moins de deux minutes.

Lorsque la satisfaction procurée par ce petit délice sucré disparaît, la douleur revient en force, aussi régulière que les battements de mon cœur. Mais elle ne me submerge plus, elle ne me tire plus vers le fond.

Ken me surprend en me disant :

– Ça va devenir plus facile et tu trouveras quelqu'un, quelqu'un capable d'aimer un autre que lui-même.

Le brusque changement de sujet de conversation me retourne l'estomac. Je ne veux pas revenir en arrière. Je veux aller de l'avant.

– J'ai été horrible avec la mère d'Hardin. Je le sais. Je partais des jours entiers, je mentais, je buvais jusqu'à ne plus rien comprendre. S'il n'y avait pas eu Christian, je ne sais pas comment Trish et Hardin auraient pu s'en sortir…

En entendant ses paroles, je me rappelle ma colère envers Ken quand j'ai compris l'origine des cauchemars d'Hardin. Je me rappelle avoir voulu le gifler d'avoir laissé son fils être blessé à ce point, et là ses mots remuent le couteau dans la plaie. Je serre les poings.

– Je ne serai jamais capable de revenir en arrière, peu importe mes regrets. Je n'ai jamais été bon pour elle, et je le savais. Elle était trop bien pour moi, et je le savais aussi. Comme tout le monde d'ailleurs. Maintenant, elle a Mike et je sais qu'il la traitera comme elle le mérite. Il y a un Mike pour toi aussi, je le sais. Mon fils aura peut-être la chance de trouver sa Karen plus tard, je l'espère, quand il aura grandi et qu'il arrêtera de se battre contre tout en permanence.

En entendant parler d'Hardin et de « sa Karen », mon sang ne fait qu'un tour et je détourne le regard. Je ne veux pas imaginer Hardin avec quelqu'un d'autre. C'est bien trop tôt. J'espère que ça lui arrivera quand même, je ne souhaite pas qu'il passe le reste de sa vie tout seul. J'espère seulement qu'il trouvera quelqu'un à aimer, autant que Ken aime Karen, pour qu'il puisse avoir une seconde chance d'aimer quelqu'un plus qu'il ne m'a jamais aimée.

– Je l'espère aussi.

– Je suis désolé qu'il n'ait pas cherché à te joindre.

– Ça va… J'ai arrêté d'attendre il y a quelques jours.

– Mais bon… soupire-t-il. Je dois remonter dans mon bureau. J'ai quelques coups de fil à passer.

Je suis contente qu'il ait trouvé une excuse pour sortir de la pièce avant que la conversation ne devienne encore plus sérieuse. Je n'ai plus envie de parler d'Hardin.

Lorsque je me gare devant l'immeuble de Zed, il m'attend dehors, une cigarette coincée derrière l'oreille.

Je plisse le nez.

– Tu fumes ?

Il semble perplexe en grimpant dans ma voiture.

– Euh… ouais. Euh… parfois. Je n'ai pas fumé depuis un bail, mais j'ai trouvé cette clope dans ma chambre.

– Alors, non seulement tu prévois de fumer mais, en plus, tu prévois de fumer une vieille cigarette.

– Je crois bien. Tu n'aimes pas le tabac ?

– Non, pas du tout. Mais bon, si tu veux fumer, vas-y. Enfin pas dans ma voiture, bien sûr.

Ses doigts s'avancent vers la portière et il appuie sur l'un des petits boutons. Lorsque la vitre est à moitié baissée, il prend la cigarette et la jette par la fenêtre.

– Alors, je ne fumerai pas.

Il sourit et remonte la vitre.

Autant je déteste le tabac, autant je dois admettre qu'il y a quelque chose dans son look, avec ses cheveux presque en crête, ses lunettes noires et sa veste en cuir, qui élevait sa cigarette au rang d'accessoire de mode.

∞

82
Hardin

– Et voilà.

Ma mère entre dans ma chambre, mon ancienne chambre. Elle me tend une vieille tasse en porcelaine avec une sous-tasse, et je m'assieds dans mon lit.

– C'est quoi ?

– Du lait chaud et du miel.

Je bois une gorgée.

– Tu te souviens ? Quand tu étais petit, je t'en faisais quand tu étais malade.

– Ouais.

– Elle te pardonnera, Hardin.

Je ferme les yeux. J'ai enfin arrêté de chialer, je suis passé à la torpeur. C'est ça, tout ce que je suis, un abruti.

– Je ne crois pas…

– Si. J'ai vu comment elle te regardait. Elle t'a pardonné bien pire, tu t'en souviens ?

Elle repousse mes cheveux emmêlés sur mon front et, pour une fois, je ne m'écarte pas.

– Je sais, mais cette fois-ci, c'est différent, maman. J'ai gâché tout ce que j'ai construit depuis des mois avec elle.

– Elle t'aime.

– Je n'y arrive plus. Je ne peux pas être celui qu'elle voudrait que je sois. Je bousille toujours tout. C'est ce que je fais et que je ferai toujours. Je bousillerai toujours tout.

– Ce n'est pas vrai, et il se trouve que je sais que tu es exactement celui qu'elle veut.

La tasse tremble entre mes mains et manque tomber.

– Je sais que tu essaies de m'aider, mais s'il te plaît… arrête, Maman.

– Et alors, quoi ? Tu vas la laisser partir et tourner la page ?

Je pose la tasse sur la table de chevet avec un soupir.

– Non, si je pouvais tourner la page, je le ferais, mais je dois la laisser partir avant de la blesser plus encore.

Je dois la laisser finir comme Natalie. Heureuse… heureuse après tout ce que je lui ai fait subir. Heureuse avec un homme comme Elijah.

– Très bien, Hardin. Je ne sais pas quoi te dire d'autre pour te convaincre, pour que tu progresses et… il faut que tu ailles lui présenter tes excuses.

Son ton s'est fait sec.

– Va-t'en. S'il te plaît.

À peine la porte refermée, la petite tasse se retrouve projetée contre le mur et se brise en mille morceaux.

∞

83

Tessa

Après un déjeuner dans un petit centre commercial à ciel ouvert, nous retournons chez Zed. En passant devant le campus, j'ai enfin le courage de lui poser la question qui me brûle les lèvres depuis le début :

– Zed, qu'est-ce que tu penses qui se serait passé si tu avais gagné ?

Il est clairement surpris, mais se reprend après s'être plongé dans la contemplation de ses mains une minute ou deux.

– Je ne sais pas. J'y ai beaucoup pensé.

– Vraiment ?

Ses yeux couleur caramel se rivent aux miens.

– Bien sûr.

– Et il se passe quoi dans ta version ?

Je tortille une mèche de cheveux en attendant sa réponse.

– Eh bien… Je sais que je t'aurais tout dit avant que la situation ne dégénère trop. J'ai toujours voulu te le dire. Chaque fois que je vous voyais ensemble, je voulais que tu saches. (Il déglutit.) Il faut que tu en sois consciente.

Je murmure à peine :

– C'est le cas.

– J'aime me dire que tu m'aurais pardonné, puisque je t'aurais tout dit avant que quoi que ce soit n'arrive, et on aurait eu quelques rencards, des vrais rencards. Genre aller se faire un ciné ou un truc dans le genre et on se serait bien marrés. Tu aurais souri et rigolé et je n'aurais jamais abusé de toi et j'aime à penser que peut-être tu aurais pu avoir des sentiments pour moi, comme tu en as eu pour lui et quand le moment serait venu, on aurait…

et je n'en aurais parlé à personne. Je n'aurais jamais donné le moindre détail sur ce qu'on faisait. Putain, je ne serais même pas resté à traîner avec eux parce que j'aurais voulu passer chaque seconde auprès de toi à te faire rire comme tu le fais quand tu penses qu'un truc est vraiment drôle… C'est différent de tes autres rires. C'est comme ça que je sais si tu passes un bon moment avec moi ou si tu fais semblant pour être polie.

Il sourit et mon cœur s'emballe.

– Et je t'aurais appréciée à ta juste valeur et je ne t'aurais pas menti. Je ne me serais jamais soucié de ma réputation et… et… je crois qu'on aurait pu être heureux. Toi, tu aurais pu être heureuse, tout le temps, pas juste de temps en temps. J'aime bien l'idée que…

Je lui coupe la parole en l'agrippant par le col de sa veste et en approchant mes lèvres des siennes.

∞

84

Tessa

Zed pose immédiatement sa main sur ma joue, j'en ai la chair de poule dans la nuque, puis il tire sur mon bras pour me rapprocher de lui. Mon genou cogne contre le volant quand j'essaie de lui grimper dessus et je me maudis de presque ruiner ce moment, mais il ne semble pas s'en rendre compte et passe ses bras autour de ma taille pour me rapprocher de lui. Je passe mes bras autour de son cou et nos bouches s'animent d'un seul mouvement.

Ses lèvres ne me sont pas familières, elles ne sont pas comme celles d'Hardin. Sa langue ne bouge pas pareil, elle ne retrace pas le contour de la mienne et il ne me mordille pas ma lèvre inférieure.

Arrête ça tout de suite, Tessa. Tu n'en as pas besoin, tu dois arrêter de penser à Hardin. Il est sûrement au lit avec une fille ramassée quelque part, peut-être même Molly.

Oh mon Dieu, s'il est avec Molly…

Tu aurais pu être heureuse tout ce temps, pas seulement de temps en temps. C'est Zed qui l'a dit.

Je sais qu'il a raison, j'aurais été bien mieux avec lui. Je mérite ça. Je mérite d'être heureuse. J'ai assez souffert et j'ai assez supporté les conneries d'Hardin. Il n'a même pas essayé de venir m'en parler. Seul un être faible retournerait vers quelqu'un qui s'est servi de lui comme d'un paillasson à de multiples reprises. Je ne peux pas être aussi faible que ça, je dois être forte et passer à autre chose. Du moins, essayer.

À ce moment précis, je me sens mieux que les neuf derniers jours. Neuf jours, ça ne semble pas long, sauf si on décompte chaque seconde vécue dans la misère la plus totale, à attendre quelque chose qui ne viendra jamais. Avec les bras de Zed autour de moi, je peux enfin respirer, voir la lumière au bout du tunnel.

Zed a toujours été si gentil et il a toujours été là. Je regrette de ne pas être tombée amoureuse de lui plutôt que d'Hardin.

– Bon Dieu, Tessa.

Je l'embrasse plus profondément et lui tire les cheveux.

– Attends… C'est quoi ça ?

Il s'arrête au milieu de notre étreinte et plonge son regard dans le mien.

– Je… Je ne sais pas ?

Ma voix tremble et j'ai du mal à reprendre mon souffle.

– Moi non plus…

– Je suis désolée… Je suis juste à bout de nerfs et j'ai dû affronter plein de trucs ces derniers temps, et ce que tu m'as dit m'a rendue… Je ne sais pas. Je n'aurais pas dû faire ça.

Je détourne le regard et descends de ses genoux pour retourner sur mon siège.

– Tu n'as pas à être désolée pour quoi que ce soit… Je veux être sûr de bien comprendre. Tu vois ? Je veux savoir ce que ça veut dire pour toi.

Qu'est-ce que ça veut dire pour moi ?

– Je ne pense pas pouvoir te répondre, pas encore. Je…

– C'est bien ce que je me disais.

Et sa voix est légèrement teintée de colère.

– C'est juste que je ne sais pas…

– C'est bon, j'ai compris. Tu l'aimes encore.

– Ça ne fait que neuf jours, Zed. Je ne peux pas faire autrement.

C'est de plus en plus confus, et chaque nouvelle boulette est pire que la précédente.

– Je sais, je ne dis pas que tu peux ou que tu vas arrêter de l'aimer. C'est juste que je ne veux pas être ton lot de consolation ou ta relation de transition. Je viens de rencontrer quelqu'un, Rebecca, et je n'étais sorti avec personne depuis que tu as débarqué dans ma vie. Et puis, quand je t'ai reconduite chez toi et que j'ai vu comment tu réagissais quand je t'ai dit que je sortais avec quelqu'un, je me suis mis à me faire des idées… Je sais, je suis con, mais je me suis dit que tu n'avais pas envie que je passe à autre chose, ou un truc dans le genre.

Je détourne le regard de son beau visage pour observer ce qui se passe à travers ma vitre.

– Tu n'es pas mon lot de consolation… J'ai eu envie de t'embrasser ; je n'ai pas réfléchi, je ne sais pas ce que je fais. Ça fait neuf jours que je vis dans la confusion la plus totale et je viens enfin d'arrêter de penser à lui en t'embrassant, et c'était fantastique. J'avais l'impression de pouvoir faire ça, je pouvais l'oublier. Mais je sais que ce n'est pas juste de me servir de toi comme ça. Je suis paumée et complètement irrationnelle. Je suis désolée de t'avoir fait tromper ta copine, ce n'est pas ce que je voulais. Je…

– Je ne m'attends pas à ce que tu tournes la page aussi rapidement. Je sais à quel point ses griffes sont profondément ancrées dans ton cœur. (Il n'imagine même pas à quel point !) Dis-moi juste un truc. Dis-moi qu'au moins, tu essaieras de t'autoriser à être heureuse. Il ne t'a même pas appelée, pas une fois. Il a tellement merdé qu'il n'a même pas essayé de se battre pour toi. Si j'étais à sa place, je me battrais. Pour commencer, je ne t'aurais d'ailleurs jamais laissée partir.

Il tend la main pour me caresser la joue.

– Tessa, je n'ai pas besoin de ta réponse tout de suite, j'ai seulement besoin de savoir que tu es prête à essayer d'être heureuse. Je sais que tu ne peux pas encore envisager d'avoir une relation de n'importe quel genre avec moi, mais peut-être qu'un jour tu y arriveras.

Mon esprit vole dans tous les sens, mon cœur bat la chamade, il me fait mal et il n'y a plus d'air dans la voiture. Je veux lui dire que *je peux* et que *je vais* essayer, mais les mots ne veulent pas sortir. Ce petit sourire d'Hardin le matin quand j'arrive enfin à le réveiller après qu'il a pesté contre mon alarme, sa façon qu'il a de dire mon nom de sa voix rauque, la manière qu'il a d'essayer de me forcer à rester au lit avec lui, ce qui me fait partir très vite de la chambre en couinant, le fait qu'il aime son café noir comme moi, l'idée que je l'aime plus que tout au monde et mon souhait qu'il puisse être différent… J'aimerais qu'il puisse être lui-même, en un peu différent, je sais que ça n'a pas de sens et je sais que ça n'en a pour personne, mais c'est comme ça.

J'aimerais moins l'aimer, j'aimerais qu'il ne m'ait jamais séduite.

– C'est bon, j'ai pigé.

Zed essaie de me faire son plus beau sourire, mais échoue lamentablement.

– Je suis désolée…

Je le suis vraiment, plus qu'il ne pourra jamais le savoir.

Il descend de voiture, ferme la portière derrière lui, et je me retrouve toute seule, encore une fois.

– Putain de merde !

Je crie en frappant le volant de mes poings, ce qui me rappelle Hardin, pour changer.

∞

85

Hardin

Je me réveille, encore baigné de ma propre sueur. J'avais oublié à quel point c'était merdique de se réveiller pratiquement toutes les nuits. J'avais cru avoir dépassé le stade des nuits sans sommeil, que c'était un truc révolu, mais non, mon passé est revenu me hanter.

Je jette un coup d'œil au réveil, six heures du matin. J'ai besoin de dormir, de dormir vraiment.

De dormir d'un sommeil ininterrompu. J'ai besoin d'elle, j'ai besoin de Tess. Peut-être que si je ferme les yeux et que je me dis qu'elle est là, j'arriverai à me rendormir ?

Je ferme les yeux et j'essaie de m'imaginer allongé sur le dos, sa tête sur ma poitrine. J'essaie de me souvenir de l'odeur de vanille de ses cheveux, de sa respiration un peu forte dans son sommeil. L'espace d'un instant, je la sens, je sens sa peau brûlante sur moi… C'est officiel, je débloque complètement.

Putain.

Demain, ça ira mieux. Pas le choix. Ça fait… dix jours que je pense ça. Si je pouvais simplement la voir une dernière fois, ce serait bien. Juste une fois. Si je pouvais la voir sourire encore une fois, je pourrais accepter de la laisser partir. Est-ce qu'elle ira au dîner de Christian demain ? Il y a de fortes chances…

Je plante mon regard dans le plafond et j'essaie d'imaginer ce qu'elle portera, si elle y va. Est-ce qu'elle mettra la robe blanche qu'elle sait que j'aime tant ? Est-ce qu'elle bouclera ses cheveux pour les retenir derrière ses oreilles ou les attachera-t-elle ? Est-ce qu'elle se maquillera, même si elle n'en a pas besoin ?

Bordel de merde.

Je me relève et sors du lit. Il n'y a pas moyen que je me rendorme. Quand j'arrive dans la cuisine, Mike est assis à table et lit le journal.

– Bonjour, Hardin.

– Salut.

Je bredouille ma réponse en me versant une tasse de café.

– Ta mère dort encore.

– Sans blague !

Je lève les yeux au ciel.

– Elle est très contente de t'avoir ici.

– Ouais, bien sûr. J'ai fait le con depuis que je suis arrivé.

– Effectivement, mais elle a été si heureuse que tu t'ouvres à elle. Elle s'inquiétait tellement pour toi… jusqu'à ce qu'elle rencontre Tessa. Après, elle a arrêté d'avoir peur.

– Alors, j'ai l'impression qu'elle va se remettre à s'inquiéter.

Je soupire. Pourquoi essaie-t-il d'avoir une putain de conversation à cœur ouvert avec moi à six heures du mat', bordel ? Il se tourne vers moi.

– Je voulais te faire part de quelque chose.

– Ok… ?

Je le regarde.

– Hardin, j'aime ta mère et j'ai l'intention de l'épouser.

Je recrache mon café dans mon mug.

– *L'épouser* ? T'es malade ?

Il hausse les sourcils.

– Et pourquoi serais-je malade de vouloir l'épouser ?

– Je ne sais pas… Elle a déjà été mariée… et tu es notre voisin… son voisin.

– Je veux m'occuper d'elle comme elle aurait dû être traitée depuis toujours. Si tu n'approuves pas, j'en suis désolé, mais je pensais que je devais te le dire. Quand le moment sera venu, je lui demanderai de passer le reste de sa vie avec moi, officiellement.

Je ne sais pas quoi dire à cet homme, cet homme qui a vécu la porte à côté pendant toute ma vie, cet homme qui n'a jamais eu l'air en colère, pas une seule fois. Il l'aime, je le vois bien, mais c'est trop bizarre pour moi de comprendre ça à l'heure actuelle.

– Ok, bon…

– Ok, bon…

Il répète mes mots en regardant derrière moi.

Ma mère entre dans la cuisine, drapée dans une robe de chambre et les cheveux en bataille.

– Qu'est-ce que tu fais déjà levé, Hardin ? Tu retournes chez toi ?

– Non, je n'arrivais plus à dormir. Et c'est *ici* chez moi.

Je reprends une gorgée de café. C'est ici ma maison.

– Mmmm… répond-elle, encore à moitié endormie.

∞

86

Tessa

C'est reparti pour un tour, je me sens à nouveau aspirée vers le fond. Les souvenirs d'Hardin et de notre histoire me tirent par les pieds et essaient de m'attirer sous l'eau.

Je baisse les vitres de ma voiture pour essayer d'avoir de l'air. Zed est tellement gentil. Il est gentil et compréhensif. Pour moi, il a affronté pas mal de situations pas sympas et je l'ai toujours repoussé. Si je pouvais simplement arrêter d'être stupide, je pourrais tenter quelque chose avec lui. Je n'arrive même pas à m'imaginer dans une relation, maintenant ou même dans un futur proche. Peut-être qu'avec le temps, j'y arriverai. Je ne veux pas que Zed rompe avec Rebecca, parce que je ne peux pas lui donner la réponse qu'il attend, ou même un début de réponse.

En rentrant chez Landon, je suis encore plus perdue qu'avant.

Si je pouvais seulement parler à Hardin, le voir encore une fois, je pourrais mettre un point final à cette relation. Si je pouvais l'entendre me dire qu'il s'en fout, s'il pouvait être cruel avec moi encore une fois, je pourrais donner sa chance à Zed et me donner une chance à moi.

Sans pouvoir m'en empêcher, j'attrape mon téléphone et appuie sur les touches que j'évite depuis le quatrième jour. S'il refuse, je pourrai passer à autre chose. S'il ne répond pas, nous serons officiellement séparés. S'il me répond que nous pouvons faire quelque chose… non. Je repose le téléphone sur le siège. J'ai trop avancé pour craquer. Mais j'ai tellement besoin de savoir.

L'appel atterrit directement sur messagerie. Les mots se bousculent dans ma bouche quand j'essaie de laisser un message :

« *Hardin… C'est Tessa. Je… bien, j'ai besoin de te parler. Je suis dans ma voiture et je suis paumée.* (Je commence à pleurer.) *Pourquoi n'as-tu pas essayé de me contacter ? Tu m'as laissée partir et, là, je suis pathétique à essayer de te parler en pleurant dans ton répondeur. J'ai besoin de savoir ce qui nous est arrivé. Pourquoi est-ce différent cette fois-ci, pourquoi est-ce qu'on ne s'est pas engueulés jusqu'à nous réconcilier ? Pourquoi ne t'es-tu pas battu pour moi ? Je mérite d'être heureuse, Hardin.* »

Je raccroche sur un dernier sanglot.

Pourquoi ai-je fait une chose pareille ? Pourquoi ai-je craqué ? Je suis tellement bête, il va probablement bien rire en écoutant le message. Il va vraisemblablement faire écouter le message à la fille qu'il a ramassée et ils se moqueront de moi ensemble. Je me gare sur un parking désert pour me reprendre avant de provoquer un autre accident.

Je regarde fixement mon téléphone et je respire doucement pour essayer d'arrêter de pleurer. Vingt minutes ont passé, et il ne m'a toujours pas rappelée ni même envoyé un texto.

Pourquoi suis-je dans un parking à dix heures du soir en train de pleurer et de l'appeler ? Je me suis battue contre moi-même ces neuf derniers jours pour devenir plus forte, et pourtant me voilà encore en train de craquer. Je ne peux pas laisser passer ça. Je sors du parking et je retourne chez Zed. Il semblerait qu'Hardin soit trop occupé pour moi, et Zed est toujours là, lui, honnête et présent pour moi. Je me gare à côté de son van. Je dois d'abord penser à moi et à ce que je veux.

En courant dans les escaliers pour arriver devant sa porte, je suis en paix avec moi-même.

Je frappe et tangue d'avant en arrière en attendant qu'il ouvre. Et si j'arrivais trop tard et qu'il ne voulait pas ouvrir ? J'aurai eu ce que je méritais, j'imagine, j'aurais dû savoir qu'il ne fallait pas l'embrasser au beau milieu de cet imbroglio.

Lorsqu'il ouvre, j'en arrête presque de respirer. Zed ne porte qu'un short de sport noir, laissant voir son torse nu couvert de tatouages. Il en reste bouche bée, visiblement surpris.

– Tessa ?

– Je… Je ne sais pas ce que je peux te donner, mais j'ai envie d'essayer.

Il passe ses mains dans ses cheveux noirs et prend une grande inspiration. Il va me rejeter, j'en suis sûre.

– Je suis désolée. Je n'aurais pas dû venir…

Je ne peux pas affronter un nouveau rejet.

Je me retourne pour foncer dans les escaliers, mais une main m'attrape par le bras. C'est Zed qui me force à le regarder. Il ne dit rien du tout. Il me prend simplement par la main et me fait remonter les escaliers et rentrer chez lui.

Zed est calme, compréhensif et si posé quand nous nous asseyons sur son canapé, lui d'un côté et moi de l'autre. Il est complètement différent de ce à quoi je suis habituée avec Hardin. Quand je n'ai pas envie de parler, il ne me pousse pas à le faire. Quand je n'arrive pas à trouver d'explication à mes actes, il ne me met pas face à mes contradictions. Et quand je lui dis que je ne suis pas à l'aise à l'idée de partager son lit, il m'apporte la plus douce des couvertures et un oreiller plus ou moins propre, puis les pose sur son canapé.

Le lendemain matin, au réveil, j'ai le cou en vrac. Le vieux canapé de Zed n'est pas des plus confortables, mais l'un dans l'autre, j'ai assez bien dormi.

– Salut.

Je lui réponds en souriant.

– Salut.

– Tu as bien dormi ?

Je hoche la tête pour répondre.

Zed a été incroyable hier soir. Il n'a même pas réagi quand je lui ai demandé de dormir sur le canapé, il m'a écoutée parler d'Hardin et il m'a laissée lui raconter comment tout était parti en vrille. Il m'a expliqué qu'il tenait à Rebecca, mais que maintenant il ne savait plus quoi faire, il n'avait pas cessé de penser à moi, même après l'avoir rencontrée. La première heure, j'ai culpabilisé en pleurant sur son épaule, mais la nuit passant, les larmes ont cédé la place aux sourires, qui eux-mêmes se sont transformés en éclats de rire. Quand est venue l'heure de dormir, j'avais littéralement mal au ventre d'avoir tant ri aux souvenirs ridicules liés à notre enfance.

Là, il est presque deux heures de l'après-midi, je ne pense pas avoir jamais dormi aussi tard, mais c'est ce qui arrive quand on reste éveillé jusqu'à sept heures du matin.

– Oui, et toi ?

Je me lève et plie la couverture qu'il m'a prêtée. Je me rappelle vaguement m'être enroulée dedans en sombrant dans le sommeil.

– Pareil.

Il sourit de toutes ses dents et s'assied sur le canapé. Ses cheveux sont mouillés et sa peau est brillante, comme s'il venait de sortir de la douche. Je désigne la couverture et lui demande :

– Où dois-je poser ça ?

– Où tu veux. Ça n'était pas nécessaire de la plier.

Je le vois rire, et mon esprit vagabonde vers notre dressing et la fâcheuse habitude d'Hardin de tout bourrer n'importe comment dedans, ce qui me rend complètement folle.

– Tu n'avais rien de prévu aujourd'hui ?

– J'ai travaillé ce matin, alors non.

– Tu es déjà allé travailler ?

– Ouais, de neuf heures à midi. (Il sourit.) En fait, je n'y suis allé que pour réparer ma caisse.

J'avais oublié que Zed était aussi mécanicien. Je ne sais vraiment pas grand-chose de lui. Mis à part qu'il a une sacrée endurance s'il peut ne dormir que deux heures et ensuite aller travailler.

– Prodige des études environnementales le jour, mécano la nuit ?

– On peut dire ça. T'as prévu quoi pour aujourd'hui ?

– Je ne sais pas. Il faut que je trouve quelque chose à me mettre pour le dîner organisé par mon boss demain.

J'ai brièvement dans l'idée de demander à Zed de m'accompagner, mais ce ne serait pas bien. Je ne ferais jamais ça ; ça mettrait tout le monde mal à l'aise, moi la première.

Zed et moi avons décidé de ne pas forcer les choses. Nous allons juste passer du temps ensemble et voir ce qui se passe. Il n'exigera pas que j'oublie Hardin, et nous savons tous les deux que j'ai besoin de plus de temps avant de seulement songer à sortir avec quelqu'un. J'ai trop de choses à résoudre, à commencer par trouver un endroit où vivre.

– Je peux venir avec toi, si tu veux ? Ou peut-être qu'on peut se retrouver pour se faire un ciné un peu plus tard ?

Il a l'air nerveux.

– Ouais, les deux me vont.

Je souris et regarde mon téléphone. Aucun appel en absence. Pas de texto. Pas de message sur ma boîte vocale. Zed et moi finissons par commander des pizzas et nous passons la majeure partie de la journée sans rien faire de particulier, jusqu'à ce que je retourne chez Landon pour aller prendre une douche. En route, je m'arrête au centre commercial, je fonce chez Karl Marc John juste avant la fermeture et je tombe sur la robe rouge idéale. Elle a un col rond et tombe juste au-dessus du genou. Elle n'est ni trop sage ni trop osée.

Quand j'arrive chez Landon, je découvre un petit mot dans la cuisine, à côté d'une assiette de nourriture que Karen a mise de côté pour moi. Sur le message, elle me dit qu'ils sont allés au cinéma et seront bientôt de retour.

Je suis soulagée d'être toute seule, même si je ne remarque pas forcément leur présence lorsqu'ils sont là, tant la maison est grande. Je prends une douche, j'enfile un pyjama et me couche pour me forcer à récupérer toutes ces heures de sommeil en retard.

Mes rêves alternent entre deux garçons, l'un aux yeux verts, l'autre aux yeux dorés.

∞

87

Tessa

Onze jours.

Ça fait onze jours que je n'ai pas eu de nouvelles d'Hardin, et ça n'a pas été facile.

Mais passer du temps avec Zed m'a bien aidée.

Ce soir aura lieu le dîner chez Christian. Tout le long de la journée, j'ai été de plus en plus angoissée à l'idée de me retrouver au milieu de tous ces visages familiers qui vont me rappeler Hardin, ce qui risque de faire tomber les murs que j'ai soigneusement érigés autour de moi. Il suffira d'une fissure pour que je ne sois plus protégée.

Enfin, l'heure du départ a sonné. Je respire un bon coup et vérifie mon apparence dans le miroir une dernière fois. Mes cheveux sont coiffés comme d'habitude, lâchés et bouclés, mais mon maquillage est plus prononcé. Je glisse le bracelet d'Hardin autour de mon poignet, même si je ne devrais pas le porter. Je me sens toute nue sans lui. Il fait partie de moi maintenant. Comme Hardin l'est… l'était. La robe me plaît encore plus aujourd'hui qu'hier et je suis contente d'avoir repris les quelques kilos que j'avais perdus au début de mon jeûne.

« *I just want it back the way it was before. And I just want to see you back at my front door*[7]… »

C'est la chanson diffusée dans mes écouteurs lorsque j'attrape ma pochette. J'écoute une dernière mesure, je retire mon casque et le range.

---

7. *Je veux que tout redevienne comme avant. Et je veux te voir revenir devant ma porte…*

Lorsque je retrouve Karen et Ken au rez-de-chaussée, ils sont tirés à quatre épingles. Karen porte une robe mi-longue à motifs bleus et blancs et Ken est en costume-cravate.

– Vous êtes radieuse !

Mon compliment la fait rougir et elle me répond tout sourires :

– Merci, ma chérie. Tu es superbe.

Elle est tellement gentille. Ça va me manquer de ne plus les voir aussi souvent quand je vais partir.

– Je me disais que nous pourrions aller un peu travailler dans la serre cette semaine ?

– J'adorerais.

Nous rejoignons leur Volvo. Mes chaussures à talons couleur chair font un bruit d'enfer sur le revêtement en béton de l'allée.

– Ça va être très sympa, ça fait une éternité que nous ne sommes pas allés à une soirée comme ça.

Karen prend la main de Ken et la pose sur ses genoux lorsqu'il s'engage dans la circulation.

Je ne suis pas jalouse de leurs marques d'affection, elles me rappellent que sur terre, des gens peuvent être bons l'un pour l'autre.

Karen est tout excitée.

– Landon va rentrer tard ce soir. Je vais le chercher à deux heures du matin.

– J'ai hâte qu'il revienne.

Je pense vraiment ce que je dis. Mon meilleur ami m'a manqué, ses paroles, sa sagesse et son sourire chaleureux.

La maison de Christian Vance est exactement telle que je l'imaginais : d'un style très moderne. La structure entière est quasiment transparente, elle a l'air d'être arrimée à la colline grâce à sa structure de poutres et de panneaux de verre. Chaque élément de décoration, chaque détail est travaillé pour se fondre dans un tout formant un ensemble parfait, qui se répercute partout. Elle est incroyable, on dirait un musée, chaque objet a l'air de n'avoir jamais été touché.

Kimberly nous accueille devant la porte d'entrée. Elle me prend dans ses bras.

– Merci d'être venus, les amis !

– Merci de nous avoir invités. Félicitations pour votre installation à Seattle.

Ken serre la main de Christian.

En découvrant la vue à l'arrière de la maison, j'en ai le soufflé coupé. Maintenant, je comprends pourquoi la maison est tout en verre : elle longe un grand lac. L'eau semble s'étendre à l'infini et le soleil couchant donne au panorama un aspect encore plus saisissant. Éblouissant ! La maison siège sur une colline et le jardin est paysagé pour donner l'illusion qu'elle flotte sur l'eau.

– Tout le monde est à l'intérieur !

Kimberly nous conduit dans la salle à manger qui, comme le reste de la maison, est parfaite.

Ce n'est pas vraiment mon style, j'ai des goûts un peu plus classiques en matière de décoration, mais cette maison est exquise. Deux grandes tables rectangulaires s'étirent au milieu de la salle à manger, jonchées de fleurs de toutes les couleurs. De petits récipients dans lesquels flottent des bougies marquent les places. Les serviettes sont pliées en motif floral et retenues par un rond en argent. C'est si beau, si élégant et coloré, on croirait cette table sortie tout droit d'un magazine.

Kimberly a mis les petits plats dans les grands pour cette soirée.

Trevor est assis à la table la plus proche de la fenêtre auprès de quelques visages du bureau que je reconnais, notamment Crystal du service marketing et son futur mari. Smith est assis deux chaises plus loin, il a l'air captivé par le jeu vidéo de sa console portative.

– Tu es ravissante.

Trevor me sourit et se lève pour saluer Ken et Karen.

– Merci. Comment vas-tu ?

Sa cravate est de l'exacte couleur de ses yeux, ce bleu si brillant et radieux.

– Très bien, prêt à changer de vie !

– Tu m'étonnes !

En fait, ce que je pense vraiment, c'est : « *Si seulement j'avais la chance de partir à Seattle en ce moment…* »

– Trevor, quel plaisir de te revoir.

Ken lui serre la main, je baisse le regard quand je sens quelque chose tirer sur ma robe.

– Bonjour Smith, tu vas bien ?

– Ça va.

Le petit garçon aux yeux vert brillant hausse les épaules avant de demander calmement :

– Il est où, ton Hardin ?

Je ne sais pas quoi dire et sa manière de l'appeler « mon Hardin » me remue. Mon rempart de pierres commence à s'effriter, et je ne suis ici que depuis dix minutes.

– Il est… euh… Il n'est pas là.

– Il va venir, hein ?

– Non, je suis désolée, mon lapin. Je ne pense pas qu'il vienne.

– Ah !

– Mais il m'a dit de te dire bonjour.

C'est un horrible mensonge et quiconque connaissant Hardin n'y croirait pas une seconde.

J'ébouriffe les cheveux du petit garçon. Maintenant, Hardin me fait mentir aux enfants. Super.

Smith sourit à moitié et se rassied à table.

– D'accord. J'aime bien ton Hardin.

Moi aussi, ai-je envie de lui dire, *mais il ne m'appartient pas.*

En moins de quinze minutes, vingt autres personnes arrivent et Christian a mis en marche sa stéréo super high-tech. D'un clic sur un bouton, une douce mélodie au piano se répand dans toute la maison. De jeunes hommes en chemise blanche circulent parmi les convives, des plateaux chargés d'amuse-bouche à bout de bras, et j'attrape au vol une petite chose qui ressemble à un bout de pain avec des tomates et de la sauce.

– Les bureaux de Seattle sont à couper le souffle, vous devriez les voir. Ils sont en bord de plage et deux fois plus grands que nos bureaux ici. Je n'arrive pas à croire que je vais enfin créer une filiale.

Christian bavarde avec un petit groupe d'invités. J'essaie d'avoir l'air aussi intéressée que possible lorsqu'un serveur me tend un verre de vin blanc. Enfin, je *suis* intéressée, je suis juste un peu distraite. Distraite, parce que j'ai entendu le nom d'Hardin et que je pense à Seattle. En regardant le lac par la fenêtre, je nous imagine, Hardin et moi, déménageant dans un appartement, ensemble, au beau milieu de l'excitation d'une nouvelle ville, d'un nouvel endroit et de nouvelles personnes. Nous nous ferions de nouveaux amis et commencerions une nouvelle vie, ensemble. Hardin retravaillerait pour Vance et il n'arrêterait pas de se vanter tous les jours d'être plus payé que moi et je me disputerais avec lui pour qu'il paye la facture du câble !

– Tessa ?

Je suis sortie de ma transe sans queue ni tête par la voix de Trevor.

– Désolée…

Je bredouille et m'aperçois que nous ne sommes plus que tous les deux et qu'il commence ou termine une histoire dont je n'ai pas entendu un traître mot.

– Comme je te le disais, mon appartement est proche de nos nouveaux bureaux et en plein centre-ville, tu devrais voir la vue. L'architecture de la ville de Seattle est magnifique, particulièrement la nuit.

Je souris et hoche la tête. Tu parles que c'est magnifique. Je suis certaine que c'est vraiment, vraiment beau.

∞

88
Hardin

Bordel, qu'est-ce que je fous ?

Je tourne en rond, littéralement. Et d'abord, c'était franchement une idée à la con. Je shoote dans un caillou au milieu de l'allée. Qu'est-ce j'espère au juste ? Qu'elle me saute dans les bras et me pardonne toutes les merdes que je lui ai infligées ? Que soudain elle croie que je n'ai pas couché avec Carly ?

Je regarde la baraque de Vance. Elle est plutôt cool, mais Tessa n'est probablement même pas là et je vais avoir l'air d'un con et d'un pique-assiette. En fait, quoi que je fasse, j'aurai toujours l'air d'un con. Il faut pourtant que j'y aille.

En plus, cette putain de chemise me gratte. Je déteste me saper. C'est seulement une chemise noire, mais quand même.

En voyant la caisse de mon père, je remonte l'allée pour regarder à l'intérieur. Sur le siège arrière, je vois l'horrible sac à main que Tessa trimbale à chaque occasion de sortie un peu guindée.

Elle est là, elle est dans la maison. Mon estomac vide fait un salto arrière à l'idée de la voir, d'être aussi proche d'elle. *Qu'est-ce que je pourrais bien lui dire ?* Je n'en sais rien. Il faut que je lui explique l'enfer que j'ai vécu depuis que je suis retourné en Angleterre et à quel point j'ai besoin d'elle, plus que tout, que j'ai besoin d'elle. Il va falloir que je lui dise que je suis un gros connard et que je n'arrive pas à croire que j'ai bousillé la seule bonne chose qui me soit jamais arrivée. Elle est tout pour moi, elle le sera toujours.

Je vais juste entrer, aller la chercher et partir avec elle pour qu'on puisse parler. *J'ai la trouille, putain, j'ai la trouille.*

Je vais gerber. Non. Mais s'il y avait de la bouffe dans mon bide, je suis certain que je gerberais. Je sais que j'ai l'air d'une loque, est-ce qu'elle aussi ? Non pas que ça puisse arriver un jour, mais est-ce que ça a été aussi dur pour elle que pour moi ?

J'arrive enfin devant la porte, mais je fais demi-tour. Je déteste me retrouver au milieu de plein de gens et il y a au moins quinze voitures dans l'allée. Tout le monde va me dévisager et j'ai l'air d'un con, ce que je suis de toute façon.

Avant de renoncer à mon idée, je me retourne vite fait et sonne à la porte.

C'est pour Tessa. Je fais ça pour elle. Je me répète ça sans cesse jusqu'à ce que Kim ouvre la porte, un sourire surpris aux lèvres.

– Hardin ? Je ne savais pas que tu venais.

Je vois bien qu'elle fait son possible pour être polie, mais elle semble légèrement en rogne sous son vernis de politesse, probablement parce qu'elle veut protéger Tessa.

– Ouais… moi non plus.

Puis, une nouvelle émotion fait surface : la pitié. Ça suinte de son regard quand elle évalue mon apparence, qui doit être encore pire que ce que je croyais, il faut dire que je sors tout juste de l'avion et que je suis venu directement ici.

– Eh bien… entre, il gèle dehors, propose-t-elle en faisant un petit signe de bienvenue.

J'ai un moment de stupéfaction quand je m'aperçois que la baraque de Vance est décorée comme une putain d'œuvre d'art ; on n'a pas l'impression que des gens y habitent. C'est plutôt classe, mais j'aime les trucs un peu plus vieux, pas le genre art moderne.

– On allait justement passer à table.

Je la suis dans une salle à manger totalement vitrée.

Et c'est à ce moment-là que je la vois.

Mon cœur cesse de battre et je sens un poids m'appuyer sur la poitrine tellement fort que j'en étouffe presque. Elle écoute quelqu'un lui raconter une histoire, en souriant. Elle passe sa main sur son front pour repousser une mèche de cheveux. Le reflet du soleil couchant derrière elle la nimbe d'une lumière dorée, elle irradie, littéralement, et je ne peux plus bouger.

J'entends son rire pour la première fois en dix jours, ce qui me permet de respirer. Elle m'a tellement manqué. Elle a l'air sublime, comme d'habitude, mais cette robe rouge assortie au soleil couchant qui se reflète sur sa peau, ce sourire sur son visage… Pourquoi sourit-elle ? Comment ça se fait qu'elle rigole ?

Elle ne devrait pas être en train de chialer et d'avoir l'air d'une loque ? Elle rigole encore un peu et mes yeux discernent enfin son interlocuteur, la personne qui l'aide à m'oublier.

Cette petite bite de Trevor. Putain, je ne peux vraiment pas encaisser cet enfoiré. Je pourrais lui foncer dessus et le balancer par la fenêtre. Personne ne peut m'en empêcher. Qu'est-ce qu'il fout près d'elle ? C'est vraiment un petit con, putain, je vais lui faire la peau. Non. Je dois me calmer. Si je lui défonce le portrait maintenant, Tessa ne m'écoutera jamais.

Je ferme les yeux quelques instants pour me reprendre. Si je reste calme, elle m'écoutera et elle partira d'ici avec moi. Nous pourrons alors rentrer à la maison et je la supplierai de me pardonner et elle me dira qu'elle m'aime encore et on fera l'amour et tout ira bien dans le meilleur des mondes.

Je continue à l'observer, elle s'anime en racontant une histoire. La main qui ne tient pas le verre de vin bouge dans tous les sens, elle parle et sourit. Mon cœur s'emballe quand je remarque le bracelet à son poignet. Elle le porte encore. Il est toujours à son bras. C'est bon signe. Il faut que ça le soit.

Ce petit con de Trevor l'observe toujours avec attention, il a l'air d'être en adoration devant elle, ce qui a le don de prodigieusement me faire chier et me fout les boules. Il ressemble à un clebs transi d'amour et elle tombe en plein dans le panneau. Est-ce qu'elle a déjà tourné la page ? Avec lui ?

Si c'était le cas, ça m'achèverait… mais je ne pourrais pas lui en vouloir, vraiment. Je ne l'ai pas rappelée. Je ne me suis même pas fait chier à racheter un nouveau téléphone. Elle pense probablement que je n'en ai rien à battre et que je suis passé à autre chose, moi aussi.

Je repense à cette rue calme en Angleterre, au gros ventre de Natalie, au sourire plein d'adoration d'Elijah pour sa fiancée. Trevor regarde Tessa de la même manière. Trevor, c'est son Elijah. C'est lui, la deuxième chance qu'elle mérite.

À l'instant où je me rends compte de cette évidence, ça me tombe dessus comme une tonne de briques. Il faut que je me casse, il faut que je me barre d'ici et que je la laisse tranquille.

Maintenant, je comprends pourquoi j'ai rencontré Natalie ce jour-là, la fille à qui j'ai fait tellement de mal : pour ne pas répéter l'erreur avec Tessa. *Je dois me tirer d'ici. Je dois disparaître de cette baraque avant qu'elle me voie.*

À l'instant où je prends cette décision, elle lève les yeux et plante son regard dans le mien. Son sourire s'évanouit, le verre de vin lui échappe et s'explose sur le parquet.

Tout le monde se retourne vers elle, mais elle reste concentrée sur moi. Je romps le contact visuel et je vois Trevor l'observer, un peu à l'ouest mais prêt à sortir le grand jeu pour lui venir en aide.

Tessa cligne des yeux et regarde par terre. Elle s'accroupit pour tenter de ramasser les petits bouts de verre et s'excuse frénétiquement :

– Je suis tellement désolée.

– Oh, je t'en prie, ce n'est rien ! Je vais chercher un balai et de quoi essuyer.

Kimberly se dépêche d'aller chercher tout ça.

Je dois me tirer. Je me retourne, prêt à partir en courant, et me casse à moitié la gueule en marchant sur un être humain de taille réduite. Je baisse les yeux et découvre Smith qui me regarde d'un air ahuri.

– Je croyais que tu ne devais pas venir.

Je secoue la tête et lui tapote le crâne avant de répondre :

– Ouais… j'étais en train de partir.

– Pourquoi ?

– Parce que je ne devrais pas être là.

Je regarde par-dessus mon épaule.

Trevor s'est emparé de la balayette de Kimberly et aide Tessa à rassembler les éclats de verre, puis les balance dans un petit sac. Il y a comme un symbole dans tout ça, dans cette image de moi le regardant l'aider à ramasser les morceaux. Putain de métaphore à la con.

– J'aime pas ça, moi non plus. Tu restes ?

Je l'observe et remarque ses yeux innocents pleins d'espoir.

Je reviens sur Tessa, puis sur le môme. Il ne me fait plus autant chier qu'avant. De toute façon, je ne pense pas avoir suffisamment d'énergie pour être emmerdé par lui.

Une main s'abat soudain sur mon épaule.

– Tu devrais l'écouter. Reste au moins jusqu'à la fin du dîner. Kim s'est vraiment donné du mal pour préparer cette soirée.

Christian resserre un peu son emprise avec un sourire chaleureux.

Je regarde vers sa copine et la vois dans sa robe noire toute simple essuyer le bordel de Tessa créé par ma faute. Évidemment, Tessa est juste à côté d'elle à se confondre en excuses, plus qu'elle ne le devrait.

– Ok.

Si je peux survivre à ce dîner, je pourrai affronter n'importe quoi. Je dois juste avaler la souffrance de voir Tessa si satisfaite, sans moi. Avant de s'apercevoir que j'étais là, elle n'avait pas l'air affectée par la situation, mais dès qu'elle m'a vue, la tristesse s'est emparée de son joli visage.

Je vais faire pareil, faire comme si elle ne m'achevait pas chaque fois qu'elle bat des cils. Si elle pense que je m'en fous, elle se sentira libre d'avancer et sera enfin traitée comme elle le mérite.

Kimberly termine de nettoyer le bordel pile poil quand un des serveurs sonne la cloche du dîner.

– Eh bien, le spectacle est terminé et il est temps de passer à table !

Elle rit et fait un grand geste des bras pour guider les convives vers les tables.

Je suis Christian vers une table et m'assieds à une place au pif sans faire gaffe à l'endroit où Tessa et son « ami » sont installés. Je joue un peu avec les couverts jusqu'à ce que mon père et Karen viennent me saluer.

– Je ne m'attendais pas à te voir ici, Hardin.

Je soupire, Karen s'installe sur la chaise à côté de la mienne.

– Tout le monde me dit la même chose.

Je ne m'autorise pas à lever les yeux pour trouver Tessa. J'entends la voix presque inaudible de Karen me demander :

– Tu lui as parlé ?

– Non.

Je me concentre sur les petites spirales dessinées sur la nappe et j'attends que les serveurs apportent la bouffe. Des poulets, des putains de poulets entiers sur de grands plats. Une farandole d'accompagnements alignée sur la table. Au bout d'un certain temps, je ne peux plus résister à l'envie de lever les yeux pour l'observer. Je regarde à gauche, mais en fait, je suis surpris de la trouver assise pratiquement en face de moi… à côté de ce petit con de Trevor, évidemment.

Elle déplace une asperge dans son assiette, la tête visiblement ailleurs. Je sais qu'elle ne les aime pas, mais elle est trop polie pour ne pas manger ce que quelqu'un a préparé pour elle. Je la vois fermer les yeux et approcher le légume de sa bouche, et je souris presque quand je la vois faire de son mieux pour ne pas avoir l'air dégoûtée, faisant passer sa bouchée avec de l'eau, puis s'essuyant les lèvres avec une serviette.

Elle me surprend à la regarder et je détourne immédiatement les yeux. Je peux lire de la douleur derrière ses yeux bleu gris. Une douleur que j'ai provoquée. Une douleur qui ne cessera que si je reste loin d'elle et la laisse passer à autre chose.

Tous ces mots que nous n'avons pas dits flottent autour de nous… Elle se concentre sur son assiette.

Je ne relève plus les yeux pendant tout le somptueux dîner, auquel je touche à peine. Même quand j'entends Trevor lui parler de Seattle, je garde les yeux baissés. Pour la première fois de toute ma vie, j'aimerais être quelqu'un d'autre. Je donnerais n'importe quoi pour être Trevor, pour être capable de la rendre heureuse et ne pas la blesser.

Pendant tout le repas, Tessa répond laconiquement à ses questions et je sais qu'elle est soulagée lorsque Karen se met à parler du séjour de Landon et de sa copine de toujours à New York.

Le son d'une fourchette tintant contre un verre retentit dans la pièce et Christian se lève pour prendre la parole :

– Si je pouvais avoir votre attention, je vous prie…

Il recommence à taper contre son verre, rigole doucement et ajoute, en regardant Tessa d'un air malicieux :

– Il faudrait que j'arrête de faire ça avant de le casser.

Elle rougit et je dois serrer mes poings entre mes cuisses pour me retenir de ne pas lui sauter dessus et lui faire regretter cette remarque embarrassante. Je sais que c'est une blague, mais c'est quand même une blague de connard.

– Merci à tous d'être venus, ça me touche énormément d'avoir auprès de nous toutes les personnes que j'aime. Je suis plus que fier du travail que tous, dans cette pièce, vous avez accompli et je n'aurais pas pu passer à l'étape supérieure sans votre aide. Vous êtes la meilleure équipe que j'aurais pu espérer. Qui sait ? L'an prochain, nous pourrions peut-être ouvrir un bureau à Los Angeles, ou même à New York pour qu'encore une fois, je vous en fasse tous baver avec les plannings.

Il fait un mouvement de tête pour souligner sa blague, mais surtout il rayonne d'ambition.

Kimberly lui donne une petite tape sur les fesses.

– Ne mets pas la charrue avant les bœufs !

– Et toi, particulièrement toi, Kimberly. Je ne serais pas ici sans toi.

Il change complètement de ton, modulant au passage l'ambiance de la pièce. Il lui prend les mains et se tourne pour être face à elle, qui est restée assise.

– Après la mort de Rose, je vivais dans les ténèbres. Les journées passaient et se confondaient les unes les autres, je n'aurais jamais cru pouvoir être heureux à nouveau. Je ne pensais pas être capable d'aimer quelqu'un d'autre ; j'avais accepté qu'il n'y aurait plus que Smith et moi. Puis, un jour, cette blonde pétillante débarque dans mon bureau pour un entretien, avec dix minutes de retard, une abominable tache de café sur son chemisier blanc, et c'en a été fait de moi. J'étais captivé par son allant et son énergie. (Il marque une légère pause.) Tu m'as donné l'envie de vivre alors qu'elle m'avait quittée. Personne ne pourrait remplacer Rose, et tu le savais. Tu n'as pas essayé de la remplacer, tu as accueilli son souvenir et tu m'as aidé à retrouver la vie. Je regrette seulement de ne pas t'avoir rencontrée plus tôt, ça m'aurait évité d'être misérable aussi longtemps.

Il émet un petit rire, essayant de retenir l'émotion du moment, mais en vain.

– Je t'aime, Kimberly, plus que tout, et j'aimerais passer le restant de mes jours à te rendre ce que tu m'as donné.

Il pose un genou à terre.

Putain, mais c'est une blague ? Est-ce que tout le monde a décidé de se marier en ce moment, ou est-ce que l'univers tout entier est en train de se foutre de ma gueule ?

– Ce n'était pas une fête toute simple, ce sont des fiançailles. Enfin, si tu dis oui.

Kimberly couine et se met à pleurer. Je détourne le regard quand elle hurle pratiquement son oui.

Je ne peux pas m'empêcher de regarder Tessa plaquer ses mains sur son visage pour essuyer ses larmes. Je sais qu'elle fait de son mieux pour sourire à son amie, pour prétendre que ce sont des larmes de joie, mais en fait, je vois bien qu'elle fait semblant. Elle est bouleversée, c'est son amie qui vient de recevoir tout ce qu'elle a voulu m'entendre dire un jour.

∞

89

Tessa

J'ai si mal quand je vois Christian serrer Kimberly dans ses bras, la soulever et lui témoigner tout son amour. Je suis heureuse pour elle, vraiment. Mais c'est si dur de rester plantée là, à regarder une autre obtenir ce que je désire, peu importe que je sois heureuse pour eux, ou pas. Je ne voudrais pas lui retirer la moindre once de bonheur, mais j'ai du mal à le regarder l'embrasser sur la joue et glisser à son doigt une magnifique bague avec un diamant.

Je me lève pour partir, j'espère que personne ne remarquera mon absence. J'arrive à atteindre le salon avant de laisser mes larmes couler pour de bon. Je savais que ça arriverait, je savais que j'allais craquer. S'il n'avait pas été là, j'aurais pu tenir bon, mais sa présence est trop étrange, trop douloureuse.

Il est venu ici pour me narguer, je ne vois pas d'autre raison. Pourquoi aurait-il fait une chose pareille sinon ? Pourquoi serait-il venu pour garder le silence ? Ce n'est pas logique : il m'a évitée ces dix derniers jours, puis il refait surface ici, alors qu'il savait que j'y serais.

Je n'aurais pas dû venir. Ou du moins, je n'aurais pas dû m'y faire conduire. Avec ma propre voiture, j'aurais pu partir tout de suite. Zed ne sera pas là avant…

Zed.

Il va venir me chercher à huit heures. En jetant un coup d'œil à l'élégante horloge à balancier, je vois qu'il est déjà sept heures et demie. Hardin va le tuer, littéralement le tuer, s'il le voit ici. Ou pas. Peut-être qu'il n'en a rien à faire, en fait.

Je trouve les toilettes et ferme la porte derrière moi. Ça me prend un peu de temps pour comprendre que l'interrupteur est digital et pas manuel. Cette maison a bien trop de gadgets électroniques pour moi.

J'étais mortifiée d'avoir fait tomber le verre de vin. Hardin avait l'air indifférent, comme s'il n'en avait rien à faire de ma présence ou de savoir à quel point la sienne me mettait mal à l'aise. Est-ce que ça a été difficile pour lui ? Est-ce qu'il a passé des jours à pleurer au fond de son lit comme moi ? Je n'ai aucun moyen de le savoir et il ne donne pas l'impression d'avoir le cœur brisé. *Respire, Tessa. Il faut que tu respires. Ignore le poignard planté dans ton sein.*

J'essuie mes larmes et observe mon reflet dans la glace. Mon maquillage n'a pas coulé, Dieu merci, et mes cheveux sont parfaitement en place. Mes joues sont légèrement rouges mais, quelque part, ça améliore mon apparence, ça me donne l'air plus vivante.

Lorsque j'ouvre la porte, Trevor est adossé au mur dans le couloir, l'air visiblement soucieux.

– Tu vas bien ? Tu es partie en courant plutôt rapidement.

Il fait un pas vers moi et je réponds en mentant.

– Oui… J'avais besoin de prendre l'air.

Un mensonge éhonté complètement stupide, ce n'est pas franchement logique d'aller prendre l'air aux toilettes. Heureusement que Trevor est un gentleman qui ne soulignerait jamais cette contradiction, comme Hardin l'aurait fait. Il m'escorte vers la salle à manger.

– Ils servent le dessert si tu as encore faim.

– Pas vraiment, mais je vais le goûter.

Je m'applique à respirer régulièrement et me rends compte que ça m'aide un peu. J'essaie de réfléchir à l'imminente confrontation Zed-Hardin lorsque j'entends la petite voix de Smith s'échapper de l'une des pièces devant lesquelles nous passons.

– Comment tu sais ça ?

Sa façon de poser des questions est quasiment clinique.

– Parce que je sais tout.

Hardin ? Hardin et Smith ensemble ?

Je m'arrête et fais un petit signe à Trevor.

– Trevor, tu devrais continuer. Je… euh… je vais parler à Smith.

– Tu es sûre… Je peux t'attendre.

– Non, ça va.

Je le congédie poliment. Il me fait un petit signe de tête et s'en va. Me laissant libre d'espionner. Smith dit quelque chose que je ne comprends pas et Hardin lui répond :

– Si. Je sais tout.

Sa voix est aussi calme que d'habitude. Je m'appuie contre le mur à côté de la porte lorsque Smith demande :

– Est-ce qu'elle va mourir ?

– Non, mec. Pourquoi tu demandes toujours si les gens vont mourir ?

– Je ne sais pas.

– Ben, non. Tout le monde ne meurt pas.

– Qui meurt alors ?

– Pas tout le monde.

– Mais qui, Hardin ?

– Les gens, les méchants, je crois. Et les vieux. Et les gens malades… et parfois les gens très tristes.

– Comme ta copine, la jolie fille ?

Mon cœur s'emballe.

– Non ! Elle ne va pas mourir. Elle n'est pas triste.

Je plaque ma main contre ma bouche.

– Ouais, c'est ça !

– Non, elle n'est pas triste. Elle est heureuse et elle ne va pas mourir. Kimberly non plus.

– Comment tu sais ?

– Je te l'ai déjà dit, je sais tout.

Lorsque mon nom a été mentionné, le ton de sa voix a changé. J'entends le petit rire dédaigneux de Smith répondre.

– Non, c'est pas vrai !

– Ça va maintenant ? Ou tu vas te remettre à chialer ?

– Ne te moque pas de moi.

– Désolé, mais tu as fini de pleurer ?

– Oui.

– Bien.

– Bien.

– Te fous pas de ma gueule, c'est pas poli, dit Hardin.

– C'est toi qui n'es pas poli.

– Toi non plus. Tu es sûr de n'avoir que cinq ans ?

Hardin pose exactement la question que j'ai toujours voulu poser à cet enfant. Smith est si mature pour son âge, mais j'ai l'impression que c'est naturel, vu tout ce qu'il a traversé.

– Assez sûr, oui. Tu veux jouer ?

– Non.

– Pourquoi ?

– Pourquoi tu poses toujours autant de questions ? Tu me rappelles…

– Tessa ?

La voix de Kimberly me surprend, je sursaute en poussant quasiment un cri. Elle pose une main rassurante sur mon épaule avant de poursuivre :

– Désolée ! Est-ce que tu as vu Smith ? Il a disparu subitement et de toutes les personnes présentes, c'est Hardin qui est allé le chercher.

Elle a l'air confuse et cependant touchée de ce geste.

– Euh, non.

Je me précipite au fond du couloir pour éviter l'humiliation d'être surprise par Hardin en plein exercice d'espionnage. Je sais qu'il a entendu Kimberly m'appeler.

De retour dans la salle à manger, je me rapproche du petit groupe de personnes formé autour de Christian pour lui dire à quel point je lui suis reconnaissante de m'avoir invitée et le féliciter pour ses fiançailles. Kimberly revient quelques instants plus tard, je la serre dans mes bras pour prendre congé avant de faire la même chose avec Ken et Karen.

Je vérifie mon téléphone, il est huit heures moins dix. Hardin est occupé avec Smith. À l'évidence, il n'a pas l'intention de me parler et c'est très bien comme ça. Je n'ai pas besoin qu'il me présente ses excuses et me dise à quel point il a été mal sans moi. Je n'ai pas besoin qu'il me prenne dans ses bras et me dise que nous allons trouver une solution pour réparer tout ce qui a été brisé. Je n'ai pas besoin de ça. Il ne le fera pas de toute façon, alors ça ne sert à rien d'en avoir besoin. Ça fait moins mal quand je me dis que je n'en ai pas besoin.

En arrivant au bout de l'allée, je suis gelée. J'aurais dû prendre une veste, nous sommes fin janvier et la neige commence à tomber. Je ne sais pas où j'avais la tête. J'espère que Zed va bientôt arriver.

Le vent glacé ne pardonne rien et fouette mes cheveux. J'en frissonne. Je serre les bras contre ma poitrine pour tenter de me réchauffer.

– Tess ?

Je lève les yeux et, l'espace d'un instant, j'ai l'impression de voir dans un rêve ce garçon élancé, tout vêtu de noir, qui s'avance vers moi dans la neige.

– Qu'est-ce que tu fais ?

– Je m'en vais.

– Oh…

Il passe sa main sur sa nuque, un geste qu'il fait souvent. Je reste immobile. La question qu'il me pose me rend pour le moins perplexe :

– Comment vas-tu ?

– Comment *je vais* ?

Je me retourne pour le regarder. J'essaie de garder mon calme, il m'observe de son expression la plus neutre.

– Ouais… Je veux dire… tu vois, d'accord ?

Devrais-je lui dire la vérité ou lui mentir ?

– Et toi, comment vas-tu ?

– J'ai posé la question en premier.

Ce n'est pas comme ça que j'avais envisagé nos retrouvailles. Je ne suis pas vraiment sûre de ce que j'avais imaginé, mais certainement pas ça. Je croyais qu'il aurait débité tout un chapelet d'injures et nous nous serions crié dessus mutuellement. Nous retrouver plantés dans une allée sous la neige à nous enquérir de notre santé mutuelle est bien la dernière chose que j'avais imaginée. Les lanternes dans les arbres qui bordent l'allée créent un halo autour d'Hardin, lui donnant l'air d'un ange. C'est juste une illusion.

– Ça va.

Je mens. Son regard balaie doucement mon corps de haut en bas, ce qui me retourne l'estomac et fait battre mon cœur un peu plus vite. Une bourrasque de vent lui fait forcer la voix.

– Je vois bien.

– Et toi, ça va ?

J'ai envie de l'entendre dire qu'il va mal, mais ce n'est pas le cas.

– Pareil, ça va.

– Pourquoi ne m'as-tu pas appelée ?

Je pose vite la question. Peut-être va-t-elle provoquer une émotion chez lui.

– Je…

Il me regarde, puis se concentre sur ses mains avant de les passer dans ses cheveux couverts de neige et de poursuivre :

– J'ai été… occupé.

Sa réponse me fait l'effet d'un bulldozer qui démolit le reste du mur de protection que j'avais érigé autour de mon cœur. La colère me saisit, elle s'empare de la douleur qui me broyait les os et qui menaçait de m'emporter à tout moment.

– Tu étais « occupé » ?

– Ouais… J'étais occupé.

– Waouh.

– Waouh quoi ?

– Tu étais occupé ? Tu sais ce que j'ai traversé ces onze derniers jours ? L'enfer, et j'ai ressenti une douleur que je ne me savais pas capable de supporter et, à certains moments, j'ai même pensé que je n'en étais pas capable. J'ai attendu… et attendu comme une pauvre conne !

Je crie. Lui aussi crie en me répondant :

– Tu ne sais pas ce que j'ai vécu moi aussi ! Tu crois toujours que tu sais tout, mais tu es complètement à côté de la plaque !

Je marche jusqu'au bout de l'allée.

Il va péter les plombs quand il va voir qui vient me chercher. Qu'est-ce qu'il fout Zed, d'ailleurs ? Il a cinq minutes de retard.

– Dis-le-moi, alors ! Dis-moi ce qui était plus important que de te battre pour moi, Hardin.

J'essuie mes larmes et prie pour réussir à arrêter de pleurer.

J'en ai tellement marre de pleurer tout le temps.

∞

90

Hardin

Quand elle se met à pleurer, ça devient bien plus dur de garder une expression neutre. Je ne sais pas ce qui se passerait si je lui disais que moi aussi j'ai vécu un enfer, que j'ai ressenti des choses que même moi je n'étais pas sûr de pouvoir supporter. Je crois qu'elle me courrait dans les bras et me dirait que tout va bien. Elle m'écoutait parler avec Smith, je le sais. Elle est triste, exactement comme l'abominable gamin le prétendait, mais je sais comment ça va se finir. Si elle me pardonne, je vais encore trouver un moyen de tout faire foirer. Ça a toujours été comme ça et je ne sais pas comment faire autrement.

La seule solution, c'est de lui donner l'opportunité d'être avec quelqu'un de bien mieux que moi. Tout au fond, je sais qu'elle veut quelqu'un qui lui ressemble plus. Quelqu'un sans tatouage ni piercing. Quelqu'un sans enfance déglinguée et sans colère ingérable. Elle croit qu'elle m'aime maintenant, mais un jour, quand je déconnerai encore plus que je ne l'ai fait jusqu'à présent, elle regrettera ne serait-ce que de m'avoir adressé la parole. Plus je la vois pleurer dans cette allée avec la neige qui lui tombe dessus, plus je sais que je ne suis pas celui qu'il lui faut.

Je suis Tom et elle est Daisy. L'adorable Daisy, celle qui est corrompue par Tom et qui ne sera plus jamais la même après. Si je la supplie de me pardonner maintenant, à genoux dans la neige, au milieu de cette allée, elle deviendra l'abominable Daisy pour toujours, toute son innocence s'envolera et elle finira par me haïr et se détester elle-même. Si Tom avait quitté Daisy au premier doute, elle aurait pu avoir la vie à laquelle elle était destinée, avec l'homme qu'il lui fallait, un homme qui l'aurait traitée comme elle le mérite.

– Ça ne te regarde pas vraiment, non ?

Je vois bien que mes mots l'ébranlent au plus profond d'elle-même. Elle devrait être à l'intérieur avec Trevor, ou chez elle avec Noah. Pas avec moi. Je ne suis pas Darcy et elle en mérite un. Je ne peux pas changer pour elle. Je trouverai un moyen de vivre sans elle, tout comme elle doit vivre sans moi.

– Comment peux-tu dire une chose pareille ? Après tout ce que nous avons traversé, tu me jettes et tu n'as pas la décence de me donner la moindre explication ?

Elle me crie dessus au moment où des phares surgissent au bout de la rue plongée dans l'obscurité, découpant sa silhouette dans un cercle de lumière et créant de nouvelles ombres sur le sol.

Je fais ça pour toi ! J'ai envie de crier, mais je me retiens. Je hausse simplement les épaules. Elle ouvre la bouche, puis la referme lorsqu'un van s'arrête devant nous.

Ce van…

Ma voix change et devient rauque.

– Qu'est-ce qu'il fout là ?

– Il vient me chercher.

Elle me dit ça avec une telle désinvolture que ça me fout pratiquement à genoux.

– Pourquoi… pourquoi il… Mais *merde*, c'est quoi ce bordel ?

Je tourne en rond comme un lion en cage. J'ai essayé de l'éloigner de moi pour la laisser tourner la page, qu'elle puisse se trouver quelqu'un comme elle, pas ce connard de Zed. Non, Zed quoi !

– Est-ce que tu as… Tu es sortie avec ce merdeux ?

Je la fusille du regard. Je sais que j'ai l'air hors de moi, mais je m'en tape. Je passe devant Tessa et je m'arrête devant le van avant de gueuler :

– Sors de cette putain de caisse !

Zed me surprend en descendant, mais en laissant le moteur tourner. Quel gros con !

– Tout va bien ?

Il ne manque pas de culot. Je me colle devant son nez.

– Je le savais ! Je savais que tu attendais le bon moment pour te pointer en douce et la draguer ! Tu crois vraiment que je ne m'en serais pas aperçu ?

Ils se regardent. *Putain de bordel de merde, c'est vraiment en train de se passer.*

– Laisse-le tranquille, Hardin !

Et je pète les plombs.

D'une main, je le chope par le col de sa veste. L'autre entre en contact avec sa mâchoire. Tessa crie, mais à mes oreilles c'est à peine un soupir perdu dans la tempête de ma rage.

Zed trébuche en arrière en tenant sa joue, mais il revient vite vers moi. Zed et son envie de mourir…

– Tu croyais vraiment que je n'allais pas m'en rendre compte ? Putain, je t'ai dit de rester loin d'elle !

J'avance pour le frapper encore une fois, mais il me bloque et s'arrange pour m'en mettre une dans les dents. La colère se mêle à l'adrénaline de me retrouver dans une bagarre pour la première fois depuis des semaines. Cette sensation m'a manqué, l'énergie qui parcourt mes veines me shoote.

Je lui en colle une dans les côtes. Cette fois, il s'écroule à terre et je me jette sur lui pour le cogner encore et encore. Il faut l'admettre, il a réussi à placer quelques gnons, mais il n'a aucun moyen de renverser la situation.

– J'étais là… pas toi.

Il attise ma rage.

– Arrête ! Arrête-ça tout de suite, Hardin !

Tessa me tire sur le bras et, machinalement, je la repousse et la fais tomber par terre.

Immédiatement, je sors de ma transe et me retourne pour la voir reculer à quatre pattes, puis se lever en tendant les bras devant elle, comme pour me repousser.

Merde, qu'est-ce que je viens de faire ?

– T'approche pas d'elle !

Zed gueule derrière moi. Il est à ses côtés en deux temps trois mouvements et elle le regarde attentivement, sans prendre la peine de tourner les yeux vers moi.

– Tess… Ce n'est pas ce que je voulais faire. Je ne savais pas que c'était toi, je te le jure ! Tu sais comment je suis quand je pars en live… Je suis vraiment désolé. Je…

Elle me transperce du regard.

– On peut y aller, s'il te plaît ?

Sa voix est calme. Mon cœur bondit… jusqu'à ce que je m'aperçoive qu'elle s'adresse à Zed.

Bordel de merde, comment j'en suis arrivé là ?

– Bien sûr.

Zed lui met sa veste sur les épaules et ouvre la portière côté passager pour l'aider à monter.

– Tessa…

Elle m'ignore complètement et laisse tomber sa tête dans ses mains tandis que des sanglots secouent son corps.

Je menace Zed d'un doigt.

– Ce n'est pas fini.

Il hoche la tête et retourne de l'autre côté de sa bagnole.

– En fait, je crois que si, c'est fini.

Il sourit comme un connard et monte dans son van.

∞

91
Tessa

– Je suis vraiment désolé qu'il t'ait poussée comme ça.

Je passe la compresse chaude sur la joue blessée de Zed. Le sang n'arrête pas de couler de sa coupure.

– Non, ce n'est pas ta faute. Je suis désolée, tu es sans cesse impliqué dans cette histoire.

Je soupire et trempe à nouveau le tissu dans le lavabo. Il m'avait proposé de me ramener chez Landon plutôt que de suivre notre plan initial d'aller voir un film, mais je n'avais pas envie de rentrer. Je n'avais pas envie qu'Hardin vienne là-bas et fasse une scène. Il y est probablement déjà, en train de détruire le mobilier de Ken et de Karen dans toute la maison. Bon sang, j'espère que ce n'est pas le cas.

– C'est pas grave. Je le connais, je suis juste content qu'il ne t'ait pas blessée. Enfin pas plus qu'il ne l'a déjà fait.

Il soupire.

– Je vais un peu appuyer, ça va peut-être faire mal.

Il ferme les yeux pendant que j'applique la compresse. La coupure est profonde, j'ai l'impression qu'il va avoir une cicatrice. J'espère que ce ne sera pas le cas, le visage de Zed est trop parfait pour supporter une cicatrice et je n'ai pas du tout envie d'en être à l'origine.

– C'est terminé !

Il sourit malgré ses lèvres tuméfiées.

Pourquoi suis-je toujours en train de panser ses blessures ?

– Merci.

Il sourit encore pendant que je nettoie la serviette pleine de taches de sang.

– Je te ferai parvenir la facture !

– Tu es sûre que tu vas bien ? Tu as fait une grosse chute.

– Oui, je suis un peu endolorie, mais je vais bien.

Les événements de la soirée ont pris une tournure dramatique quand Hardin m'a suivie dehors. Il m'a donné l'impression de n'être pas trop affecté que je le quitte, je croyais qu'il serait plus touché que ça. Mais il a dit qu'il était trop occupé pour m'appeler. Même si je sentais qu'il ne serait pas aussi touché que moi, je pensais qu'il m'aimait suffisamment pour se sentir concerné. Finalement, il s'est comporté comme si de rien n'était, comme si nous étions des amis qui discutent normalement. Enfin, jusqu'à ce qu'il voie Zed et perde les pédales. En fait, j'ai cru qu'il allait péter un câble en voyant Trevor et provoquer une bagarre au milieu de la soirée, mais non. C'est étrange.

À part mon cœur brisé, je sais qu'Hardin ne me ferait jamais mal intentionnellement, mais c'est la deuxième fois que ce genre d'incident se produit. La première fois, je lui ai trouvé des excuses : c'était moi qui l'avais convaincu d'aller chez son père pour Noël et il n'a pas pu le supporter. Ce soir, c'était sa faute, il n'aurait même pas dû être là.

– Tu as faim ?

Nous sortons de sa petite salle de bains pour rejoindre le séjour.

– Non, j'ai déjà dîné à la soirée.

Ma voix est encore rauque d'avoir tant sangloté dans la voiture de Zed, et de façon si gênante.

– Ok, je n'ai pas grand-chose de toute façon, mais je pourrais commander un truc si tu en as envie, dis-moi si tu changes d'avis.

– Merci.

Zed est toujours incroyablement gentil avec moi.

– Mon coloc va bientôt arriver, mais il ne nous gênera pas. Il va probablement aller directement se pieuter.

– Je suis vraiment désolée que de tels accidents arrivent tout le temps, Zed.

– Ne t'excuse pas. Je te l'ai dit, je suis juste content d'avoir été là pour toi. Hardin avait l'air plutôt en rogne quand je suis arrivé.

– Nous étions déjà en train de nous disputer. Va comprendre !

Je lève les yeux au ciel et prends place sur le canapé, grimaçant de douleur.

Tous les bleus et les coupures liés à mon accident de voiture venaient de guérir et voilà, je vais en avoir un autre, un cadeau d'Hardin. Le dos de ma robe est sale et abîmé et mes chaussures sont éraflées sur le côté. Hardin a vraiment le don de gâcher tout ce qui entre en contact avec lui.

– Tu as besoin de vêtements pour dormir ?

Zed me tend la vieille couverture dans laquelle j'ai dormi il y a quelques nuits.

Ça m'inquiète un peu d'emprunter les habits de Zed. C'est un truc que je partage avec Hardin et je n'ai jamais porté les vêtements de quelqu'un d'autre.

– Je crois que Molly a laissé des fringues ici… dans la chambre de mon coloc. Je sais que c'est assez bizarre… (Il sourit à moitié.) Mais je suis certain que c'est mieux que de dormir dans cette robe.

Molly est bien plus mince que moi, ce qui me fait rire.

– Je ne peux pas entrer dans ses vêtements, mais merci quand même de penser que ça pourrait être possible.

Zed semble perturbé par ma réponse. Même complètement dépassé, il est adorable.

– Euh, alors je peux te passer une de mes fringues.

J'acquiesce d'un signe de tête avant de me mettre à trop réfléchir à mon geste. Je peux porter les affaires de qui je veux et je n'appartiens pas à Hardin, quand je pense qu'il n'était même pas assez touché pour essayer de s'expliquer.

Zed disparaît dans sa chambre et revient quelques secondes plus tard, des vêtements plein les mains.

– J'ai pris plusieurs trucs, je ne sais pas ce que tu aimes.

Il y a quelque chose derrière le ton de sa voix qui me laisse penser qu'il aimerait en arriver à ce stade avec moi. Celui où l'on connaît les préférences de l'autre. Celui où je suis avec Hardin. J'étais. Peu importe.

J'attrape un tee-shirt bleu et un bas de pyjama à carreaux.

– Je ne suis pas difficile.

Je le remercie d'un sourire avant d'aller me changer dans la salle de bains.

À ma grande horreur, le truc à carreaux que j'avais cru être un pantalon est en fait un caleçon. Le caleçon de Zed. Oh mon Dieu. J'enlève ma robe et enfile le grand tee-shirt avant de prendre une décision sur le caleçon.

Le tee-shirt est plus petit que ceux d'Hardin. Il tombe à peine en haut de mes cuisses et il n'a pas l'odeur d'Hardin. Bien sûr qu'il ne sent pas pareil, ce n'est pas son tee-shirt. Il sent la lessive, et la cigarette aussi un peu. Il sent tout de même bon, mais pas aussi bon que l'odeur à laquelle je suis habituée, celle du garçon qui me manque.

Je fais remonter le caleçon le long de mes jambes et regarde le résultat. Il n'est pas trop court. En fait, je nage un peu dedans. Il est plus serré que ceux qu'Hardin porte, mais pas trop non plus. Je vais marcher directement vers le canapé et me couvrir le plus rapidement possible avec la couverture.

Je suis incroyablement embarrassée de porter ses sous-vêtements, mais ce serait encore pire d'en faire un fromage après ce que Zed a subi ce soir par ma faute. Son pauvre visage porte les signes de la colère d'Hardin, le souvenir sanglant de notre impossibilité de vivre ensemble. Il ne pense qu'à lui, et la seule raison de sa perte de contrôle, c'est que la présence de Zed a heurté sa fierté. Il ne veut pas de moi, mais il ne veut pas que je sois avec quelqu'un d'autre.

Je laisse ma robe pliée sur le sol de la salle de bains. Elle est déjà sale et abîmée de toute façon. J'essaierai de la déposer au pressing pour voir s'ils peuvent faire quelque chose, mais je ne suis pas sûre qu'elle puisse être sauvée. J'aimais vraiment beaucoup cette robe. Et même si son prix était raisonnable, je vais avoir besoin d'argent pour trouver un nouvel appartement.

Je marche aussi vite que possible et quand j'arrive dans le salon, Zed est à côté de la télévision. Il écarquille les yeux en détaillant mon apparence.

– Je… euh, je cherchais à mettre un truc… je cherchais un film… à regarder. Ou autre chose, enfin je veux dire…

Il bégaie, je m'assieds sur le canapé en tirant la couverture sur mes genoux.

Ses mots précipités et son regard particulier lui donnent un air plus juvénile et vulnérable que d'habitude. Il rit nerveusement.

– Désolé, j'essayais de dire que j'allumais la télé pour que tu puisses la regarder.

– Merci.

Je lui réponds d'un sourire, il prend place de l'autre côté du canapé. Il pose ses coudes sur ses genoux et regarde droit devant lui, dans le vide. Je romps le silence.

– Si tu ne veux pas rester avec moi, je comprendrai.

Il se tourne vers moi et rive son regard dans le mien.

– Quoi ? Non, ne crois pas ça. Ne t'inquiète pas pour moi, j'en fais mon affaire. Me faire casser la gueule quelquefois ne me retiendra pas loin de toi.

La seule chose qui le pourrait, c'est toi, si tu me le demandes. Mais jusqu'à ce que tu me dises que tu ne veux pas que je t'approche, je serai là.

– Non, non. Je ne veux pas que tu partes, en fait. Je ne sais pas quoi faire avec Hardin. Je ne veux pas qu'il te blesse encore une fois.

– C'est un mec plutôt violent, mais je sais à quoi m'attendre. Bon, t'inquiète pas pour moi. J'espère seulement qu'après avoir vu qui il est vraiment ce soir, tu vas prendre tes distances avec lui.

À cette idée, un sentiment de tristesse s'empare de moi, mais je réponds :

– Oui. Définitivement, oui. Il n'en a rien à foutre de toute façon, alors…

– Exactement. Tu es trop bien pour lui. Tu l'as toujours été.

Je m'approche de lui, il soulève la couverture pour se glisser en dessous avant de changer de chaîne. J'aime cette facilité entre nous. Il ne dit pas de choses blessantes simplement pour me mettre en rogne, il ne me vexe pas intentionnellement. Après quelques instants de silence, je lui demande :

– Tu n'es pas fatigué ?

– Nan, et toi ?

– Un peu.

– Endors-toi alors, je vais aller dans ma chambre.

– Non. En fait, tu peux rester avec moi jusqu'à ce que je m'endorme ?

Le ton de ma voix est plus interrogatif qu'affirmatif. Il me regarde, soulagé et heureux visiblement.

– Ouais, bien sûr. Je peux faire ça.

∞

92
Hardin

Je cogne le coffre de ma voiture à poings nus et pousse un grand cri pour évacuer une partie de ma colère.

Comment est-ce arrivé ? Comment ai-je pu la pousser et la faire tomber ? Il savait que ça allait arriver dès l'instant où il est sorti de cette caisse et il a fini par se faire démolir le portrait, encore une fois. Je connais Tessa, elle va avoir pitié de lui et elle va se sentir responsable de son cassage de gueule, puis elle va croire qu'elle lui doit quelque chose.

– Putain !

Je crie encore plus fort.

– Pour quelle raison cries-tu ainsi ?

Christian fait son apparition dans l'allée couverte de neige. Je lève les yeux au ciel.

– Pour rien.

La seule personne que j'aimerai jamais vient de me quitter avec la personne que je déteste le plus au monde.

Vance me regarde, l'air confus, pendant quelques secondes.

– À l'évidence, il y a quelque chose.

Il dit cela malicieusement en buvant une gorgée.

– Je n'ai pas franchement envie d'avoir une putain de conversation à cœur ouvert, là.

– Quelle coïncidence, moi non plus ! J'essaie juste de comprendre pourquoi un petit con hurle dans mon jardin.

Sa réplique me fait presque rire.

– Va te faire foutre.

– J'en conclus qu'elle n'a pas accepté tes excuses ?

– Qui a dit que j'ai présenté des excuses ou que j'ai une raison d'avoir à le faire ?

– Parce que c'est toi et qu'en plus, tu es un homme…

Il me salue d'un geste et vide d'un trait le fond de son verre.

– Nous devons toujours présenter nos excuses en premier. C'est comme ça que ça fonctionne.

Je soupire un grand coup.

– Ouais, bah, elle ne veut pas de mes excuses.

– Toutes les femmes veulent des excuses.

Je n'arrive pas à m'ôter de la tête l'image de Tessa cherchant du réconfort dans le regard de Zed.

– Pas la mienne… pas elle.

– Bien, bien, bien. Tu viens à l'intérieur ?

– Non… Je ne sais pas.

Je vire la neige de mes cheveux et les repousse en arrière.

– Ken… ton père et Karen sont sur le point de partir.

– Et j'en ai quelque chose à battre… ?

Il me répond en réprimant un petit rire.

– Ton langage ne cessera jamais de m'étonner.

– Quoi ? Tu es aussi vulgaire que moi.

Je lui souris.

– Absolument.

Il passe son bras autour de mes épaules et je me surprends à le laisser me reconduire à l'intérieur de la maison.

∞

93

Tessa

Je n'arrive pas à dormir. Je me suis réveillée toutes les demi-heures pour vérifier sur mon téléphone qu'Hardin n'avait pas essayé de me contacter. Évidemment, il n'y a rien. Je vérifie encore une fois mon réveil. J'ai cours demain, alors Zed va me reconduire chez Landon assez tôt pour que j'aie le temps de me préparer et d'arriver à l'heure à la fac.

Quand j'essaie de fermer les yeux, mon esprit part dans tous les sens, au souvenir du rêve où Hardin me suppliait de rentrer à la maison. L'entendre me tue, que ce soit en rêve ou en vrai. Après m'être retournée dans tous les sens sur le petit canapé, je me décide à faire ce que j'aurais dû faire au début de la nuit.

Lorsque j'ouvre la porte de la chambre de Zed, j'entends immédiatement son léger ronflement. Il est torse nu et allongé sur le ventre, les bras repliés sous la tête.

Ça se bagarre sérieusement dans ma tête quand il bouge dans son sommeil. Il s'assied.

– Tessa ? Ça va ?

Il a l'air paniqué.

– Ouais… Je suis désolée de t'avoir réveillé… Je me demandais si je pouvais dormir ici ?

Je pose la question timidement, il me regarde.

– Ouais, bien sûr.

Il se déplace un peu pour s'assurer qu'il me reste assez de place pour m'allonger. J'essaie d'ignorer le fait qu'il n'y a pas de drap dans son lit.

Après tout, il est étudiant; tout le monde ne peut pas être aussi maniaque que moi. Il glisse un oreiller près de moi et je m'allonge à ses côtés. Il y a moins de quarante centimètres entre nous.

– Tu veux parler d'un truc?

En ai-je envie? Je me le demande.

– Non, pas ce soir. J'ai du mal à y voir clair dans tout le fatras que j'ai en tête.

– Je peux faire quelque chose?

Sa voix est si douce dans la pénombre.

– Te rapprocher?

Et c'est justement ce qu'il fait.

Je me mets sur le côté, face à lui, mais je suis mal à l'aise. Sa main se pose sur ma joue et il passe son pouce sur ma pommette, plusieurs fois. Son geste est doux et chaleureux.

– Je suis content que tu sois ici avec moi et pas avec lui.

– Moi aussi.

Impossible de savoir si je le pense ou non.

∞

94
Hardin

Landon s'est fait pousser une paire de couilles depuis la nuit où il a essayé de me refaire le portrait. Il pique une véritable crise à l'aéroport quand il me voit en zone de retrait des bagages où je suis allé le récupérer à la place de sa mère. Karen m'a autorisé à aller le chercher, peut-être parce qu'elle n'avait pas envie de ressortir après la soirée chez Vance, ou peut-être par pitié pour moi. Je ne suis pas trop sûr de savoir quelle proposition est la bonne, mais je suis content qu'elle ait accepté.

En tout cas, Landon a l'air franchement emmerdé, il déclare que je suis le plus gros connard qu'il a jamais vu. Au début, il refuse même de monter dans ma caisse. Il me faut pratiquement vingt minutes pour convaincre mon adorable beau-frère par alliance que faire la route avec moi, c'est un meilleur plan que de se taper quarante-cinq bornes à pied en pleine nuit.

Après quelques minutes où nous roulons en silence, je reprends la conversation là où nous sommes convenus de la laisser mourir à l'aéroport.

– Bon, je suis là, Landon, et j'ai besoin que tu me dises quoi faire. Je suis écartelé entre deux trucs, genre coupé au milieu.

– Entre quoi et quoi ?

– Entre me casser d'ici, puis rentrer à la maison en Angleterre pour m'assurer que Tessa ait la vie qu'elle mérite, et aller chez Zed et l'assassiner.

– Où est sa place à elle, dans la deuxième proposition ?

Je le regarde et hausse les épaules.

– Je la ferai venir avec moi après le meurtre.

– C'est là le problème. Tu penses que tu peux lui dicter tes quatre volontés, mais regarde un peu où ça t'a mené.

– C'est pas ce que je voulais dire. En fait…

Je sais qu'il a raison, alors je n'essaie même pas d'aller au bout de cette réflexion.

Je grogne en me frottant les tempes :

– Mais elle est avec Zed, j'veux dire, comment c'est arrivé ? Quand je pense à ça, je vois rouge.

– Je devrais peut-être conduire alors ?

Putain, qu'est-ce qu'il est chiant, Landon !

– Hardin, elle a passé la nuit de vendredi avec lui et toute la journée de samedi.

Je ne vois plus rouge, maintenant, mais noir.

– Quoi ? Alors… elle… genre… elle sort avec lui ?

Landon dessine un petit motif avec ses doigts sur la vitre.

– Je ne sais pas si elle sort avec lui… mais je sais que quand je lui ai parlé samedi, elle m'a avoué avoir ri pour la première fois depuis que tu l'avais larguée.

– Elle ne le connaît même pas.

Je repousse l'idée. Je n'arrive pas à croire que tout ce merdier soit en train d'arriver.

– Sans vouloir appuyer là où ça fait mal, je me permets de te faire remarquer l'ironie de la situation : tu étais tout le temps obsédé à l'idée qu'elle soit avec quelqu'un comme elle, mais elle finit quand même par fréquenter quelqu'un comme toi.

– Il n'est absolument pas comme moi.

J'essaie de me concentrer sur la route pour éviter de craquer devant Landon. Je garde le silence pendant tout le reste du trajet de retour chez mon père. En arrivant devant la porte, je pose enfin la question :

– Elle a un peu pleuré quand même ?

Landon me regarde, l'air complètement incrédule.

– Oui, pendant toute une semaine sans interruption. (Il secoue la tête.) Mec, tu n'as aucune idée de ce que tu as pu faire, et tu n'en avais rien à foutre. Tu ne penses toujours qu'à ta gueule.

– Comment peux-tu dire un truc pareil alors que je me suis forcé à rester loin d'elle pour qu'elle puisse tourner la page ? Je ne la mérite pas, c'est toi qui me l'as dit, tu t'en souviens pas ?

– Si, et je le pense toujours, mais je pense aussi que c'est à elle de prendre cette décision. C'est à elle de savoir qui la mérite.

Il sort de ma voiture après un gros soupir.

Jace tire une grosse latte de son joint et me regarde avec intensité.

– J'ai rien branlé ces derniers temps, j'ai juste larvé. Tristan, c'est à peine s'il vient encore, il colle au cul de Steph.

– Mmouais.

Je marmonne plus que je ne parle. J'avale une gorgée de bière en matant sa piaule de merde. Je ne sais même pas pourquoi je suis venu ici, en réalité, c'est surtout que je ne savais pas où aller. S'il y a une chose dont je suis sûr, putain, c'est que je ne vais pas rester dans cet appartement cette nuit. Je n'arrive pas à croire que Tessa est avec Zed. *Non, mais c'est quoi ce plan de merde ?*

En plus, Landon a refusé d'appeler Tessa pour la piéger et la faire revenir chez mon père, même si j'ai essayé de le forcer à plusieurs reprises. Quel con !

Bon, je dois admettre que j'admire sa loyauté, mais pas quand il se met entre moi et l'objet de mon désir. Landon dit que je devrais laisser Tessa faire son choix, décider si elle veut être avec moi ou non. Je sais ce qu'elle va choisir. Enfin, j'ai cru que je le savais.

J'ai été complètement pris de court par le fait que Zed soit venu la chercher et ait passé presque toute la semaine avec elle.

Jace me crache la fumée de son joint dans la gueule.

– Et il se passe quoi chez toi ?

– Rien.

– Je dois dire que j'ai été carrément surpris que tu te pointes chez moi ce soir après ce qui s'est passé la dernière fois qu'on s'est vus.

– Tu sais pourquoi je suis là.

– Vraiment ?

– Tessa et Zed. Je sais que tu es au courant.

– Tessa ? Tessa Young et Zed Evans ?

Il sourit.

– Balance.

Il faut faire quelque chose pour dégager le putain de sourire de sa gueule. On s'affronte un moment en silence, puis il hausse les épaules et crache le morceau.

– J'en sais rien, sérieux je te dis la vérité.

Il tire une nouvelle latte, et un petit morceau de papier à cigarette tombe sur ses genoux sans qu'il semble s'en rendre compte.

– Tu ne dis jamais la vérité.

Je bois une nouvelle gorgée.

– Mais si. Alors, ils baisent ?

Sa réponse m'étouffe presque. Je respire doucement.

– Putain, mec, va pas par là. Tu les as vus ensemble ?

– Nan, je ne sais rien sur eux. Je croyais qu'il sortait avec une meuf qu'est encore au lycée.

Jace pose son joint dans le cendrier. Mon regard se pose sur une pile de linge sale dans un coin de la pièce.

– Moi aussi.

– Alors elle t'a largué pour Zed ?

– Ne te fous pas de ma gueule, je ne suis pas d'humeur.

– Tu es venu ici poser des questions, je ne me fous pas de ta gueule.

– J'ai entendu dire qu'ils étaient ensemble vendredi et je voulais savoir qui était là.

– Je ne sais pas. Je n'y étais pas. Vous n'êtes pas censés habiter ensemble ou une merde dans le genre ?

Il retire ses lunettes d'apprenti hipster et les pose sur la table.

– Si. Pourquoi tu crois que ce merdier avec Zed me fait autant chier ?

– Ouais, tu sais qu'il veut te…

– Je *sais*.

Je hais Jace. Vraiment. Et Zed. Pourquoi Tessa n'a-t-elle pas choisi de tourner la page avec Trevor ? Putain de merde, jamais je n'aurais cru possible de penser qu'une relation entre Trevor et elle pourrait être un truc positif. Je soupire et m'empêche de défoncer le portrait de Jace sur sa table basse. Rien de tout ça ne m'aide, ni la boisson ni la violence, rien.

– Tu es sûr de ne rien savoir, parce que si c'est le cas, je te tuerai. Tu sais que c'est vrai, non ?

Je pense chaque mot de ma menace.

– Ouais, mec, on sait tous à quel point tu es barge de cette meuf. Arrête de jouer au con.

– Je ne fais que t'avertir.

Il hausse les épaules.

Pourquoi est-ce que je me suis mis à traîner avec lui d'abord ? C'est un gros connard gluant et j'aurais dû mettre un terme à notre soi-disant amitié quand je lui ai cassé la gueule.

Jace se lève et s'étire lentement.

– Bon, mec, je vais me pieuter. Il est quatre heures du mat'. Tu peux squatter le canapé si tu veux.

– Non, c'est bon.

Je me dirige vers la porte. Il est quatre heures du matin et il fait froid dehors, mais je ne serais jamais capable de dormir sachant qu'elle est avec Zed. Dans son appartement. Et s'il la touchait ? Et s'il passait tout le week-end à la toucher ?

Est-ce qu'elle baiserait avec lui par dépit ?

Non, je la connais mieux que ça. C'est le genre de fille qui rougit encore chaque fois que je fais glisser sa petite culotte le long de ses cuisses. Mais bon, Zed peut être assez convaincant et il pourrait la faire boire. Je sais qu'elle ne tient pas l'alcool, deux verres et elle se met à jurer comme un charretier et à essayer de défaire ma ceinture.

Putain, s'il la fait boire et s'il la touche…

Je fais demi-tour en plein milieu d'un carrefour, j'espère qu'il n'y a pas de flic dans le coin, surtout qu'ils pourraient sentir la bière dans mon haleine.

Putain, c'est de la connerie, ce truc de la distance. J'ai peut-être été con avec elle et je l'ai traitée comme de la merde, mais Zed est bien pire que moi. Je l'aime plus que lui, ou que n'importe qui d'ailleurs. Maintenant, je sais ce que j'avais. Ce que j'avais à perdre et putain, maintenant que je l'ai perdu, j'en ai besoin. Il ne peut pas l'avoir. Personne ne le peut sauf moi. Bordel de merde. Pourquoi est-ce que je ne me suis pas contenté de lui présenter mes excuses à la soirée ? C'est ça ce que j'aurais dû faire. J'aurais dû tomber à genoux devant tout le monde et la supplier de me pardonner et, à l'heure qu'il est, nous pourrions être ensemble dans un lit. Au lieu de quoi, je me suis engueulé avec elle et tout ce que j'ai réussi à faire, c'est la faire tomber par terre, tellement j'étais en rogne ; je n'étais plus capable de savoir qui était qui.

Zed est un putain de petit con. Il se prend pour qui ce connard, à venir la chercher à cette soirée ? Il est sérieux ?

La colère m'emporte encore. Je dois me calmer avant d'arriver là-bas. Si je reste calme, elle me parlera, enfin j'espère.

Lorsque j'arrive devant la porte de Zed, il est quatre heures et demie du matin. Je m'arrête et reste immobile quelques minutes pour essayer de me calmer. Enfin, je frappe à la porte et attends, impatiemment. Juste au moment où je décide de frapper avec mes poings, quelqu'un ouvre. C'est Tyler, le coloc de Zed à qui j'ai déjà parlé quelquefois quand ils ont fait des soirées chez eux.

– Scott ? Qu'est-ce qui se passe, mec ?

– Où est Zed ?

Sans perdre de temps, je passe devant lui. Il se frotte les yeux.

– Tu sais qu'il est genre cinq heures du mat ?

– Non, seulement quatre heures et demie. Où…

C'est là que je remarque la couverture pliée sur le canapé. Bien pliée : il y a des signes qui ne trompent pas, c'est du Tessa tout craché. Mon cerveau met quelques secondes à se rendre compte que le canapé est vide.

Pourquoi n'est-elle pas sur le canapé ?

De la bile remonte dans ma gorge et, pour la centième fois de la nuit, je perds la capacité de respirer. En deux enjambées rageuses, je traverse l'appartement, laissant derrière moi un Tyler complètement paumé.

Quand j'ouvre la porte de la chambre de Zed, il fait noir. Je sors mon téléphone de ma poche et active la lampe torche. Les cheveux blonds de Tessa sont étalés sur l'oreiller et Zed est torse nu.

Putain de bordel de merde.

Lorsque je trouve l'interrupteur pour allumer, Tessa s'étire et se tourne sur le côté. Ma botte qui tape sur le coin du bureau provoque un bruit énorme. Elle plisse les yeux, puis les ouvre doucement pour identifier la source de tout ce bordel.

J'essaie de penser à quelque chose à dire tout en tentant d'assimiler la scène sous mes yeux. Tess et Zed dans un lit, ensemble.

– Hardin ?

Elle geint et fronce les sourcils, semblant se réveiller. Visiblement choquée, elle tourne son regard vers Zed, puis vers moi. Sa voix est désespérée.

– Que… que fais-tu ici ?

– Non. Non. Que fais-tu, *toi,* ici ! Dans son lit ?

J'essaie de toutes mes forces de ne pas crier. Mes ongles sont enfoncés dans les paumes de mes mains. Si elle l'a baisé, c'est terminé, complètement et irrémédiablement terminé.

– Comment es-tu entré ici ?

Son visage est empreint de tristesse.

– Tyler m'a ouvert la porte. Tu es dans son lit ? Comment peux-tu faire une chose pareille ?

Zed roule sur le dos et se frotte les yeux, puis il s'assied d'un seul mouvement, me regardant avant de nous interrompre :

– Qu'est-ce que tu fous dans ma chambre ?

Calme, Hardin. Reste calme. Putain, je ne dois pas bouger, sinon quelqu'un va finir à l'hôpital. Ce quelqu'un, c'est Zed, mais si je veux l'éloigner de lui, je dois rester le plus calme possible.

– Je suis venu te chercher, Tessa. Allons-y.

Je tends la main vers elle, même si je suis de l'autre côté de la pièce. Elle fronce encore plus les sourcils.

– Je te demande pardon ?

Et voilà le tristement célèbre comportement buté de Tessa…

– Tu ne peux pas débarquer chez moi et lui dire de partir.

Zed fait un mouvement pour sortir du lit et je vois qu'il ne porte qu'un short de sport qui révèle son caleçon. Je ne suis pas sûr de pouvoir garder mon calme.

– Si, c'est justement ce que je viens faire. Tessa…

J'attends qu'elle sorte du lit, mais elle ne bouge pas.

– Je ne vais nulle part avec toi, Hardin.

– Tu l'as entendue, mec. Elle ne vient pas avec toi.

– À ta place, je ne jouerais pas à ça avec moi. J'essaie au max de ne pas faire quelque chose que je regretterais, alors ferme-la.

En m'entendant grogner, il ouvre ses bras en grand pour me défier.

– C'est mon appartement, ma chambre en plus, et elle ne veut pas venir avec toi, alors elle ne le fera pas. Si tu veux te battre avec moi, vas-y. Mais je ne vais pas la forcer à partir si elle ne le veut pas.

Quand il termine sa tirade, il lui vient une expression de sollicitude, la plus fausse que j'aie jamais vue. Je laisse échapper un rire diabolique.

– C'est ça le plan, alors ? Tu me fous suffisamment les boules pour que je te défonce le portrait et qu'elle se sente coupable. Et je deviens alors le monstre dont tout le monde a peur. Ne te laisse pas embobiner par ses conneries, Tessa.

Je crie, mais je ne peux plus supporter qu'elle soit encore dans son lit. Pire encore, je ne peux pas supporter de ne pas pouvoir lui casser la gueule, parce que c'est exactement ce qu'il veut.

Tessa soupire.

– Va-t'en.

– Tessa, écoute-moi. Il n'est pas celui que tu crois, ce n'est pas Monsieur Putain d'Innocent.

– Et pourquoi ça ?

– Parce que… bon, je ne sais pas, *encore*. Mais je sais qu'il se sert de toi pour quelque chose. Il veut simplement te baiser, ça, *tu le sais*.

Je me débats pour garder le contrôle de mes émotions.

– Non, ce n'est pas ça.

Là, je vois qu'elle commence à se mettre en colère.

– Mec, tu devrais te tirer, elle ne veut pas partir. Tu es ridicule.

Lorsque les mots s'échappent de ses lèvres tuméfiées, mon corps se met à trembler. Il y a trop de colère en moi, il faut que ça sorte.

– Je t'ai prévenu, *ferme ta gueule, merde !* Tessa, arrête de faire l'enfant et allons-y, il faut qu'on parle.

– C'est le milieu de la nuit et tu…

– S'il te plaît, Tessa.

À ces mots, l'expression de son visage change, je ne sais absolument pas pourquoi.

– Non, Hardin, tu ne peux pas venir ici et exiger que je parte avec toi !

Zed hausse nonchalamment les épaules.

– Ne me pousse pas à appeler les flics, Hardin.

Il n'en fallait pas plus. Je m'approche de lui, mais Tessa jaillit hors du lit et s'interpose entre nous en me regardant droit dans les yeux.

– Non. Ne recommencez pas.

– Alors, viens avec moi. Tu ne peux pas lui faire confiance.

Zed continue à me narguer.

– Et elle peut te faire confiance, à *toi* ? Rends-toi à l'évidence, tu as tout fait foirer. Elle mérite un mec mieux que toi, et si tu voulais seulement la laisser être heureuse…

– La laisser être heureuse ? Avec toi ? Comme si tu voulais avoir une relation avec elle ? Je sais que tu veux juste te la taper !

– Ce n'est pas vrai ! Elle compte pour moi et je pourrais m'occuper d'elle mieux que tu ne l'as jamais fait !

Il me hurle dessus et Tessa me repousse, la paume de sa main sur ma poitrine. Je sais que c'est stupide, mais je ne peux pas m'empêcher de savourer la sensation de sa main contre moi. Ça fait si longtemps que je ne l'ai pas sentie.

– Tous les deux, arrêtez ! S'il vous plaît. Hardin, va-t'en.

– Je ne pars pas sans toi, Tessa. Tu es trop naïve et il n'en a rien à battre de toi.

Je hurle face à elle et elle ne cille même pas.

– Mais toi, si ? Tu étais « trop occupé » pour m'appeler pendant onze jours. Il était là, lui, alors que tu n'y étais pas, et si…

Elle me crie dessus sans s'arrêter, mais à cet instant, je remarque ses vêtements.

Est-ce qu'elle ? Elle n'a pas…

Je recule d'un pas pour m'en assurer.

– Est-ce que… Putain, mais qu'est-ce que c'est que ces fringues ?

Je bégaie, sillonnant la pièce de long en large. Elle baisse les yeux, semblant avoir oublié ce qu'elle portait.

– Est-ce que tu portes ses putains de *fringues* ?

C'est comme un cri qui s'échappe de ma gorge. Ma voix se fêle.

– Hardin…

Elle essaie de parler, mais Zed répond à sa place.

– Effectivement, ce sont mes fringues.

Si elle porte ses vêtements…

– Tu l'as baisé ?

Ma voix craque, les larmes menacent de couler à tout moment. Elle écarquille les yeux.

– Non ! Bien sûr que non !

– Putain, Tessa, dis-moi la vérité tout de suite ! Est-ce que tu as couché avec lui ?

– Je viens de te répondre !

Zed recule et observe la scène, l'air inquiet sur son visage marqué de gnons. J'aurais dû faire un plus gros carnage.

– Est-ce que tu l'as touchée ? Oh putain de bordel de merde ! Est-ce qu'il t'a touchée ?

Je suis dans un sale état, mais je m'en tape complètement. Je ne peux plus supporter tout ça ; s'il l'a touchée, je vais perdre les pédales, je ne pourrai pas résister. Je me tourne vers Zed avant qu'aucun des deux n'ait l'occasion de répondre.

– Si tu as, ne serait-ce que posé un doigt sur elle, je te le jure, je n'en ai rien à foutre qu'elle soit là ou pas, je…

Elle se repositionne entre nous et je lis la peur dans son regard.

– Sors de chez moi, *tout de suite*, ou j'appelle les flics.

– Les flics ? Tu crois que j'en ai quelque chose à bran…

– Je vais te suivre.

La douce voix de Tessa s'élève au milieu du chaos. Zed et moi nous exclamons à l'unisson :

– Quoi ?

– Je vais venir avec toi, Hardin, mais seulement parce que je sais que sinon, tu ne nous laisseras pas tranquille.

Ce que je ressens, là, c'est du soulagement. Enfin, un petit peu. Je n'en ai rien à carrer de savoir pourquoi elle vient avec moi, tout ce qui compte, c'est qu'elle le fasse.

Zed se tourne vers elle et la supplie pratiquement.

– Tessa, tu n'as pas à y aller ; je peux appeler les flics. Tu n'as pas à le suivre. C'est son truc, il te contrôle en te faisant peur, à toi et à ton entourage.

– Tu n'as pas tort… Mais je suis épuisée, il est cinq heures du matin et nous avons besoin de parler de plein de choses, alors c'est le plus facile.

– Ça n'a pas à…

– Elle vient avec moi.

Tessa me jette un regard si venimeux que je sens le goût amer du poison.

– Zed, je t'appelle demain. Je suis désolée qu'il soit venu jusqu'ici.

Il finit par acquiescer d'un mouvement de tête, comprenant enfin que j'ai gagné. Il boude comme un connard, elle n'a pas intérêt à tomber dans son panneau.

En fait, je suis sur le cul qu'elle ait accepté de me suivre aussi facilement… mais elle me connaît mieux que personne, elle avait raison quand elle a dit que je ne partirais pas d'ici sans elle.

– Ne sois pas désolée. Sois prudente et si tu as besoin de quoi que ce soit, n'hésite pas à m'appeler.

Ça doit faire chier d'être une serpillière, genre pas foutu de bouger le petit doigt quand je débarque chez lui au milieu de la nuit pour repartir avec Tessa.

Tessa ne dit pas un mot, elle sort de la chambre et passe par la salle de bains dans le couloir.

– Ne l'approche plus. Je te l'ai déjà dit, mais tu n'as toujours pas compris.

J'atteins le seuil de la pièce. Zed me regarde méchamment et si Tessa ne m'avait pas appelé depuis le séjour, je lui aurais brisé la nuque.

– Si tu lui fais du mal, je le jure devant Dieu, je m'assurerai que ce soit la dernière fois.

Il a parlé suffisamment fort pour qu'elle puisse l'entendre. Nous sortons dans la neige.

∞

95

Hardin

Des talons aiguilles et son putain de caleçon. L'ensemble est ridicule, j'en déduis qu'elle n'a pas d'autres pompes, ce qui pourrait être le signe qu'elle n'avait pas l'intention de passer la nuit chez lui. Mais bon, elle l'a fait et, putain, je suis dégoûté de l'avoir vue dans son pieu.

Ça me débecte de la voir dans ses fringues. C'est la première fois que je n'ai pas envie de la regarder. Elle tient sa robe rouge dans les bras et je sais qu'elle gèle.

J'ai essayé de lui passer mon manteau, mais elle m'a dit de fermer ma gueule et de la ramener chez mon père. Sa colère contre moi m'importe peu ; en fait, je l'accueille à bras ouverts. Je suis si soulagé et, putain, si content qu'elle ait accepté de me suivre. Elle pourrait m'engueuler pendant tout le trajet que j'apprécierais chaque mot sortant de sa si jolie bouche.

Moi aussi, je suis en colère contre elle d'avoir couru dans les bras de Zed. Je suis aussi en rogne contre moi-même de l'avoir poussée. Quand nous approchons de la maison de mon père, je reprends la parole :

– J'ai tellement de trucs à te dire.

– Je n'ai pas envie de les entendre, tu as eu largement l'opportunité de me parler pendant ces onze derniers jours.

Son regard se fait glacial, elle campe sur ses positions, puis elle se tourne vers la vitre.

– Écoute-moi simplement, d'accord ?

– Pourquoi maintenant ?

– Parce que… parce que tu me manques.

– Je te manque ? Tu veux dire que tu es jaloux de savoir que j'étais avec Zed. Je ne t'ai pas manqué jusqu'à ce que tu viennes me chercher ce soir. C'est la jalousie qui te conduit, pas l'amour.

– Ce n'est pas vrai, ça n'a rien à voir.

Bon, ok, ça a beaucoup à voir, mais elle me manque vraiment, avec ou sans jalousie.

– Tu ne m'as pas adressé la parole de toute la soirée, puis tu sors dans le jardin pour me dire que tu étais trop occupé pour me parler. Ce n'est pas comme ça qu'on se comporte quand quelqu'un nous manque.

– Je mentais.

Je lève les mains en l'air pour souligner mon propos.

– *Toi ? Mentir ?* Jamais de la vie.

Elle ferme les yeux et secoue doucement la tête.

Bon Dieu, elle est d'humeur hargneuse ce soir. Je prends une grande inspiration, le temps de me contrôler pour ne pas sortir un truc qui empirerait la situation.

– Pour commencer, je n'ai pas de téléphone et je suis rentré à la maison en Angleterre.

Elle tourne brusquement la tête pour me regarder.

– Tu as fait quoi ?

– Je suis retourné en Angleterre pour y voir plus clair. Je ne savais pas quoi faire d'autre.

Tessa baisse le volume de la radio et croise les bras sur sa poitrine.

– Tu n'as pas répondu à mes appels.

– Je sais. Je les ai ignorés et j'en suis désolé. J'ai voulu te rappeler, mais je n'y arrivais pas, et puis je me suis bourré la gueule et j'ai pété mon téléphone.

– Est-ce que c'est censé me réconforter ?

– Non… Je veux juste que tu sois heureuse, Tessa.

Elle ne répond rien. Elle regarde de nouveau par la vitre, je tends la main vers elle, mais elle s'écarte.

– Ne fais pas ça.

– Tess…

– Non, Hardin ! Tu ne peux pas te pointer onze jours plus tard et me tendre la main. J'en ai marre de tourner en rond avec toi. Je viens enfin d'en arriver à la phase où je peux passer une heure sans pleurer et, là, tu fais irruption et tu essaies de me faire replonger au fin fond de la dépression.

C'est ce que tu fais depuis le jour où on s'est rencontrés, j'en ai assez de toujours céder. Si je comptais à tes yeux, tu te serais expliqué plus tôt.

Je vois bien qu'elle fait tout son possible pour ne pas pleurer.

– J'essaie de m'expliquer maintenant.

Mon irritation grandit à mesure que nous approchons de la maison de mon père. À peine sommes-nous arrêtés qu'elle tente d'ouvrir la portière de la voiture, mais je la verrouille.

– Tu ne vas pas sérieusement m'enfermer avec toi dans la voiture. Tu m'as déjà forcée à quitter la maison de Zed ! Qu'est-ce qui déconne chez toi ?

– Je n'essaie pas de t'enfermer dans la voiture.

En fait, si. À ma décharge, elle est têtue et n'écoute jamais ce que j'ai à lui dire. Elle déverrouille la portière et sort du véhicule.

– Tessa ! Bordel de merde, Tessa, écoute-moi !

– Tu n'arrêtes pas de me dire de t'écouter, mais tu ne dis rien !

– Parce que tu ne veux pas la fermer suffisamment longtemps pour que j'arrive à en placer une !

On finit toujours par se gueuler dessus. Je dois la laisser me hurler dessus et l'accepter, sinon je vais dire un truc que je vais regretter. Je veux parler de Zed et lui faire remarquer qu'elle porte ses putains de fringues, mais je dois garder mon calme.

– Je suis désolé, ok ? Donne-moi deux minutes sans m'interrompre. S'il te plaît ?

Elle me surprend en hochant la tête et en croisant les bras pour attendre que je prenne la parole.

Il neige vraiment fort et je sais qu'elle gèle, mais je dois lui parler maintenant, sinon elle pourrait changer d'avis.

– Je suis rentré en Angleterre le soir où tu n'es pas revenue. J'avais tellement les boules que je n'arrivais plus à voir la réalité en face. Putain, tu étais tellement bornée et je…

Elle se détourne et se met à remonter l'allée enneigée pour rentrer. Bordel, je suis vraiment pourri en matière d'excuses.

– Je sais que ce n'est pas ta faute. Je t'ai menti et je suis désolé !

Je crie en espérant qu'elle se retourne.

Ce qu'elle fait.

– Il n'y a pas que tes mensonges, Hardin. Il y a tellement plus que ça.

– Alors parle-moi, s'il te plaît.

– C'est aussi la manière dont tu me traites, et ce n'est pas comme ça que tu devrais le faire. Je ne passe jamais avant toi, c'est toujours toi qui comptes : tes amis, tes soirées, ton avenir. Je ne peux prendre aucune décision sur aucun sujet, et tu m'as donné l'impression que j'étais la dernière des idiotes quand tu as dit que j'étais folle à propos du mariage. Tu ne m'écoutais pas. Je ne parlais pas du mariage, mais du fait que tu n'as même pas pris en considération ce que je voulais faire de mon avenir. Eh oui, je voudrais me marier, un jour, pas maintenant, mais j'ai besoin de sécurité. Arrête de te comporter comme si j'étais plus impliquée dans cette relation que toi. N'oublions pas non plus que tu étais ivre et que tu as passé la nuit avec une autre femme.

Lorsqu'elle termine sa tirade, elle est à bout de souffle. Je fais quelques pas vers elle.

Elle a raison et je le sais. Je ne sais simplement pas quoi faire de tout ça.

– Je sais, je pensais que s'il n'y avait que nous deux, tu…

Je bégaie. Elle claque des dents, le nez rougi par le froid.

– Tu ferais *quoi*, Hardin ?

Je triture les croûtes sur mes poings. Je ne sais pas comment dire ce que je ressens sans passer pour le plus gros connard égoïste de l'humanité.

– Tu aurais moins de chance de me quitter.

Après avoir admis ça, j'attends sa réponse, horrifié. Qui ne vient pas. À la place, elle se met à pleurer.

– Je ne sais pas quoi faire d'autre pour te montrer à quel point je t'aime, Hardin. Je reviens chaque fois que tu me blesses, je me suis installée avec toi et je t'ai pardonné toutes les choses impensables que tu m'as fait subir, j'ai renoncé à voir ma mère pour toi et tu manques toujours autant de confiance en toi et en nous.

Elle essuie vite ses larmes.

– Je ne manque pas de confiance en moi.

– *Tu vois ?* C'est pour cette raison que ça ne marchera jamais entre nous. Tu laisses toujours ton ego s'interposer.

– Je ne laisse pas mon ego foutre la merde ou que ce soit. D'ailleurs, mon ego est plutôt bousillé à l'heure actuelle, de t'avoir trouvée dans le plumard de Zed.

– Tu veux vraiment orienter la conversation dans cette direction-là ?

– Oh putain oui, tu te comportes comme une…

Je m'arrête de parler en la voyant tressaillir aux mots qu'elle sent venir. Je sais que ce n'est pas sa faute s'il a commencé à se tailler une place dans son cœur, il est doué pour faire ce genre de truc, mais bordel, ça me fait tellement mal qu'elle soit allée passer la nuit chez lui.

Elle lève les bras en l'air d'un geste brusque pour me défier.

– Vas-y, Hardin, traite-moi de tous les noms.

C'est la femme la plus énervante de la planète, mais putain, même quand elle est chiante, je l'aime. Je garde le silence pour essayer de me contrôler.

– Eh bien, ça s'améliore ! Mais je rentre. J'ai froid et je dois me lever tôt pour me préparer et être à l'heure à la fac.

Elle se dirige vers la maison et je la suis dans l'allée en attendant qu'elle se souvienne qu'elle a laissé son sac à main dans la voiture de mon père. Voiture qui est garée ici, mais fermée à clé.

Elle regarde la porte un instant.

– J'imagine qu'il va falloir que j'appelle Landon, je n'ai pas la clé.

– Tu peux rentrer à la maison.

– Tu sais que ce n'est pas une bonne idée.

– Pourquoi pas ? Nous devons simplement trouver une solution à tout ça. Ensemble.

– Ensemble ?

Tessa rit à moitié.

– Oui, ensemble. Tu m'as tellement manqué. J'ai traversé l'enfer sans toi et j'espère que je t'ai manqué aussi.

– Tu aurais dû me tendre la main. Je suis épuisée, c'est toujours la même histoire entre nous.

– Mais on peut s'en sortir. Tu es trop bien pour moi et putain, je le sais, mais pitié, Tessa, je ferai n'importe quoi pour toi. Et je ne pourrai pas survivre à une autre journée comme celle-ci.

∞

96
Tessa

Mon cœur se brise à entendre ces mots s'échapper de ses lèvres. Il est vraiment doué pour ça.

– Tu fais toujours la même chose. Tu dis encore et toujours la même chose, mais pourtant rien ne change.

– Tu as raison.

Il vient de l'admettre en me regardant droit dans les yeux.

– C'est vrai. Oui, j'admets, les premiers jours j'étais juste tellement en rogne que je ne voulais pas m'approcher de toi parce que tu avais exagéré, mais ensuite, j'ai compris que ça pourrait tout bousiller et ça m'a terrifié. Je sais que je ne t'ai pas traitée comme il le faudrait. Je ne sais pas comment aimer quelqu'un d'autre que moi, Tess. J'essaie aussi fort que je peux, ok, peut-être pas aussi fort que je le pourrais. Mais à partir d'aujourd'hui, je te le jure, je le ferai.

Je le regarde. J'ai entendu ces mots bien trop souvent.

– Tu sais que tu as déjà dit ça ?

– Je sais mais, cette fois, je le pense. Quand j'ai vu Natalie, j'ai…

Natalie ? Mon estomac se retourne.

– Tu l'as *vue* ?

Est-ce qu'elle l'aime encore ? Est-ce qu'elle le hait ? A-t-il vraiment détruit son existence ?

– Ouais, je l'ai vue et j'ai parlé avec elle. Elle est enceinte.

Oh mon Dieu.

D'un ton légèrement sarcastique, il répond à mes pensées.

– Ça faisait des années que je ne l'avais pas vue, Tessa. Et aussi, elle est fiancée et heureuse. Elle m'a dit qu'elle me pardonnait et à quel point elle se réjouissait à l'idée de se marier parce qu'il n'y avait pas de plus grand honneur ou une merde dans le genre, mais elle m'a vraiment ouvert les yeux.

Il s'approche encore de moi.

Mes jambes et mes bras sont engourdis par le froid ; je suis furieuse contre Hardin, plus que furieuse, je suis enragée et j'ai le cœur brisé. Il n'arrête pas de faire des allers et retours, et c'est épuisant. Là, il en est à me parler mariage, et je ne sais plus quoi penser.

Je n'aurais même pas dû partir avec lui. J'avais pris ma décision plus tôt : même si c'est la dernière chose que je puisse faire, je dois l'oublier.

– Qu'est-ce que tu veux dire ?

– Que maintenant je me rends compte à quel point j'ai de la chance de t'avoir, de la chance que tu sois restée avec moi malgré toutes les merdes que je t'ai infligées.

– Eh bien, oui, c'est vrai. Et tu aurais dû t'en rendre compte plus tôt. Je t'ai toujours plus aimé que tu ne m'as aimée et…

– Ce n'est pas *vrai* ! Je t'aime comme personne n'a jamais aimé. J'ai traversé l'enfer, Tessa. J'ai été malade, littéralement, sans toi. J'ai à peine mangé. Je sais que j'ai l'air d'une loque. Je faisais ça pour que tu puisses passer à autre chose.

– Ça n'a pas de sens.

Je repousse mes cheveux mouillés de mon visage.

– Si. C'est parfaitement logique. Je pensais que si je sortais de ta vie, tu pourrais tourner la page et tu serais heureuse sans moi, avec ton propre Elijah.

– Qui est Elijah ?

Mais il parle de quoi, là ?

– Quoi ? Oh ! c'est le fiancé de Natalie. Elle a trouvé quelqu'un d'autre, quelqu'un à aimer et qu'elle pourra épouser ; tout comme tu le pourrais.

– Mais ce quelqu'un, ce n'est pas toi… c'est ça ?

Quelques secondes passent sans qu'il prononce un mot. Il a l'air perplexe et dans tous ses états, il tire sur ses cheveux pour la dixième fois depuis que nous sommes là. Des rayons orangés et rouges apparaissent derrière les grandes maisons de la rue, je dois rentrer avant que tout le monde se réveille et que je doive me farcir le défilé de la honte en caleçon d'homme et hauts talons.

– Je ne le pensais pas.

Je soupire, je ne m'autoriserai plus à verser de larmes pour lui, pas tant que je ne serai pas la seule, du moins.

Hardin reste planté devant moi, l'expression de son visage est vide. Je compose le numéro de Landon pour lui demander de venir m'ouvrir la porte. J'aurais dû savoir qu'Hardin n'allait se battre que pour me faire sortir de l'appartement de Zed. Maintenant qu'il a la parfaite opportunité de me dire tout ce que j'ai envie d'entendre, il s'abîme dans le silence.

– Rentre, ça gèle.

Landon ferme la porte derrière moi.

Je ne veux pas infliger mes tourments à Landon là, maintenant. Il vient juste de rentrer de New York il y a quelques heures, il ne faut pas que je sois égoïste. Il attrape une couverture posée sur le dos d'une chaise et l'enroule autour de mes épaules.

– Montons à l'étage avant qu'ils se lèvent.

Je hoche la tête, mais mon corps entier est tétanisé par le froid et par Hardin. Je jette un regard sur la pendule en suivant Landon dans l'escalier. Il est six heures moins dix. Je dois passer sous la douche dans dix minutes. Cette journée va être longue.

Landon ouvre la porte de la chambre qui est devenue la mienne et allume la lumière avant d'aller s'asseoir sur le coin du lit.

– Tu vas bien ? Tu as l'air complètement gelée.

Je soupire, pleine de gratitude qu'il ne me demande pas d'explication sur ma tenue.

– C'était comment New York ?

Ma voix est monocorde, comme si je n'étais pas intéressée. Le truc, c'est que je le *suis*. C'est la vie de mon meilleur ami, c'est juste qu'il ne me reste plus aucune émotion à partager. Il me jette un regard en coin.

– Tu es sûre que tu ne veux pas parler de ce qui vient de se passer. Je peux attendre jusqu'à l'heure du café, tu sais.

– Certaine.

J'ai l'habitude de cette situation ping-pong avec Hardin ; ça me fait toujours mal, mais je savais que ça allait arriver, c'est toujours comme ça. Je n'arrive pas à croire qu'il soit allé en Angleterre pour mettre de la distance entre lui et moi. Il dit qu'il a voulu se vider la tête, mais c'est plutôt moi qui devrais faire ça. Je n'aurais pas dû rester dehors aussi longtemps pour lui parler. J'aurais dû exiger qu'il me raccompagne et rentrer immédiatement plutôt que de l'écouter. Ses mots m'ont encore plus embrouillée. Un moment, j'ai cru qu'il allait me dire qu'il voyait et voulait un avenir pour nous, mais au moment de le dire, il m'a laissée partir. Encore.

Lorsqu'il a admis qu'il voulait que je le suive en Angleterre pour que je ne puisse pas le quitter, j'aurais dû prendre mes jambes à mon cou et partir, mais je le connais trop bien. Je sais qu'il croit qu'il n'est pas digne d'être aimé par personne, et je sais que dans sa tête, c'est parfaitement logique. Le problème, c'est que ce n'est pas normal. Il ne peut pas attendre que je renonce à tout ce qui fait ma vie ici pour me retrouver coincée avec lui en Angleterre. On ne peut pas faire ça juste parce qu'il a peur que je le quitte.

Il doit résoudre pas mal de problèmes de son côté, et moi aussi. Je l'aime, mais il faut que je pense à m'aimer moi-même d'abord.

– C'était sympa. J'ai adoré. L'appartement de Dakota est vraiment super et sa coloc adorable.

Landon commence son récit et la seule chose à laquelle j'arrive à penser, c'est à quel point ça doit être agréable d'avoir une relation si peu compliquée. Des souvenirs de Noah et moi regardant des films pendant des heures et des heures surgissent dans mon esprit. Rien n'était compliqué avec lui, mais peut-être est-ce la raison pour laquelle ça n'a pas duré. Peut-être est-ce la raison pour laquelle j'aime tant Hardin, parce qu'il me challenge et que notre passion est telle qu'elle nous détruit presque.

Après quelques détails supplémentaires sur son séjour, je suis prise aussi de la fièvre new-yorkaise.

– Alors, tu déménages là-bas ?

– Oui. Je crois. Pas avant la fin du semestre, mais j'ai vraiment envie d'être près d'elle, elle me manque tellement.

– Je sais. Je suis contente pour toi. Vraiment.

– Je suis désolé qu'Hardin et toi…

– Ne le sois pas. C'est terminé. J'en ai terminé avec ça. Je n'ai pas le choix. Peut-être un jour, j'irai à New York avec toi.

Je souris et son visage s'illumine de son sourire chaleureux que j'aime tant.

– Tu sais que c'est possible.

Je dis toujours que j'en ai terminé avec Hardin, puis je me remets avec lui, c'est un cycle sans fin. Alors à cet instant, je prends une décision.

– Mardi, je vais parler de Seattle à Christian.

– Sérieux ?

– Je dois le faire.

Il acquiesce d'un mouvement de tête.

– Je vais m'habiller, tu peux prendre ta douche. Je te retrouve en bas quand tu seras prête.

– Tu m'as tellement manqué.

Je me lève et le serre dans mes bras aussi fort que possible. Des larmes roulent sur mes joues quand il me rend mon étreinte.

– Je suis désolée d'être si embrouillée. Je le suis depuis qu'il a débarqué dans ma vie.

Je ne peux empêcher mes larmes de couler. Landon fait un pas en arrière pour me regarder.

Il fronce les sourcils, mais ne dit rien et sort de la pièce. Je rassemble mes vêtements et le suis dans le couloir pour aller dans la salle de bains. Lorsqu'il arrive au seuil de sa chambre, il reprend la parole :

– Tessa ?

– Oui ?

Landon me lance un regard de sympathie.

– Ce n'est pas parce qu'il ne peut pas t'aimer comme tu le voudrais qu'il ne t'aime pas de toute sa personne.

Qu'est-ce qu'il entend par là ? Je réfléchis à ce qu'il vient de me dire en fermant la porte de la salle de bains et en faisant couler l'eau de la douche. Hardin m'aime, je le sais, mais il accumule les erreurs. Et moi, je fais l'erreur de m'en accommoder à chaque fois. Est-ce qu'il m'aime de tout son être, comme il le peut ? Est-ce suffisant ? Quand je retire le tee-shirt de Zed, j'entends quelqu'un frapper à la porte.

– Attends, Landon, trente secondes.

Je remets le tee-shirt.

J'ouvre la porte, mais ce n'est pas Landon. C'est Hardin, ses joues sont maculées de larmes et ses yeux injectés de sang.

– Hardin ?

Il pose les mains sur mon cou et m'attire vers lui. Ses lèvres se pressent sur les miennes avant même que je puisse résister.

∞

97

Hardin

Quand j'approche son corps du mien, je sens le goût de mes larmes et le doute sur ses lèvres. Je presse la paume de ma main dans le creux de ses reins et j'approfondis notre baiser. Ce baiser est enfiévré, purement émotionnel, et je pourrais tomber dans les vapes tant je suis soulagé de sentir sa bouche contre la mienne.

Je sais qu'elle va rapidement me repousser, alors je profite de chaque seconde, de toutes les sensations provoquées par sa langue contre la mienne, de chaque soupir à peine audible. Toute la douleur de ces onze derniers jours s'évapore lorsque ses bras enserrent ma taille et à cet instant, plus que jamais, je sais, que, quelle que soit la gravité de notre dispute, nous trouverons toujours un moyen de nous retrouver. Toujours.

Après l'avoir regardée rentrer dans la maison, je suis remonté quelques secondes dans ma caisse avant de me botter le cul et de la suivre. Je l'ai laissée partir bien trop souvent et je ne pouvais pas risquer de ne plus jamais la voir. J'ai pété les plombs. Je n'ai pas pu m'empêcher de pleurer en voyant Landon fermer la porte derrière elle. Je savais que je devais lui courir après, il faut que je me batte pour elle avant que quelqu'un me la prenne.

Je vais lui montrer que je peux être celui qu'elle veut que je sois. Pas complètement, mais je peux lui montrer à quel point je l'aime et que je ne vais pas la laisser partir aussi facilement, plus maintenant.

– Hardin…

Elle pose doucement sa main contre mon torse pour me repousser, rompant là notre baiser.

– Ne fais pas ça, Tessa.

Je la supplie. Je ne suis pas prêt à ce qu'elle y mette fin.

– Hardin, tu ne peux pas m'embrasser et attendre que tout redevienne comme avant. Pas cette fois.

Sa voix n'est qu'un murmure. Je tombe à genoux devant elle.

– Je sais. Je ne sais pas pourquoi je t'ai encore laissée partir, mais je suis désolé. Tellement désolé, Bébé.

J'espère que l'appeler comme ça m'aidera. Je passe mes bras autour de ses jambes et elle pose ses mains sur ma tête, elle me caresse et emmêle ses doigts dans mes cheveux.

– Je sais que je bousille toujours tout et que je ne peux pas te traiter comme je l'ai fait. Je t'aime tellement que ça me dépasse, et la moitié du temps, putain, je ne sais pas quoi faire, alors j'agis sur des coups de tête et je ne réfléchis pas à ce que je dis, sans penser que mes mots peuvent t'affecter. Je sais que je n'arrête pas de te briser le cœur, mais s'il te plaît… laisse-moi réparer tout ça. Je vais recoller les morceaux et je n'oserai plus les recasser. Je suis désolé, je suis toujours désolé, je sais. J'irai voir un putain de psy si tu veux, je m'en tape, mais…

Je chiale dans ses jambes. J'attrape la ceinture de son caleçon et commence à le lui retirer.

– Qu'est-ce que tu…

Elle immobilise mes mains.

– S'il te plaît, retire ça. Je ne supporte pas de te voir porter ça, s'il te plaît… Je ne te toucherai pas, laisse-moi juste te l'enlever.

Elle retire ses mains des miennes lorsque je la supplie, elle les remet dans mes cheveux et je fais tomber le caleçon. Elle fait un pas de côté pour s'en dégager.

De sa main, elle soulève mon menton. Ses doigts fins caressent ma joue, puis essuient mes larmes. Elle a l'air perdue, elle me regarde avec attention, comme si elle m'étudiait. Elle passe son pouce sur ma joue maculée de larmes.

– Je ne te comprends pas.

– Moi non plus.

Je suis d'accord avec elle.

Je reste dans cette position, agenouillé face à elle, la suppliant de m'accorder une dernière chance, même si j'ai épuisé plus de dernières chances que je n'en mérite. Je me rends compte que la salle de bains est emplie de vapeur d'eau et que ses cheveux lui collent au visage, de la sueur se forme à la surface de sa peau.

Bon Dieu, qu'elle est belle !

– On ne peut pas continuer comme ça, Hardin, ce n'est pas bon, ni pour toi ni pour moi.

– Ce ne sera plus jamais comme ça, on peut s'en sortir. On a traversé bien pire et, maintenant, je sais que je peux facilement te perdre. J'ai fait comme si tu m'étais acquise, je le sais. Je ne te demande qu'une seule chance de te le prouver.

Je prends son visage entre mes mains.

– Ce n'est pas aussi simple.

Sa lèvre inférieure tremble et j'essaie toujours de contrôler mes larmes.

– Ce n'est pas censé être simple.

– Ce n'est pas censé être aussi dur non plus.

Elle se met aussi à pleurer.

– Si. Si, ça l'est. Ce ne sera jamais simple pour nous. Nous sommes comme nous sommes, mais ce ne sera pas toujours aussi dur. Nous devons juste apprendre à nous parler sans nous engueuler à chaque fois. Si nous avions été capables d'avoir une conversation sur notre avenir, ça n'aurait pas dégénéré en gros merdier.

– J'ai essayé, mais tu ne m'as pas laissée faire.

– Je sais. Et c'est quelque chose que je dois apprendre. (Je soupire.) Je suis une épave sans toi, Tessa. Je ne suis rien. Je ne peux pas manger, dormir, ni même respirer. J'ai pleuré des jours entiers et tu sais que je ne pleure pas. C'est juste que… j'ai besoin de toi.

J'ai l'air d'un con, ma voix se brise. Elle passe ses bras sous les miens pour me remettre debout.

– Lève-toi.

Une fois sur pied, je reste face à elle. Mon souffle est court et j'ai du mal à respirer dans cette salle de bains embuée.

Elle plonge son regard dans le mien pour assimiler ma confession. Si je ne pleurais pas, elle ne me croirait pas. Je sais qu'elle se bat contre elle-même, je le vois dans son regard. Je l'avais déjà vu auparavant.

– Je ne sais pas si je peux y arriver ; nous répétons sans cesse le même schéma. Je ne sais pas si je peux encore m'y résoudre. Je suis désolée.

Elle baisse le regard.

– Hé, regarde-moi.

Je la supplie, je lève son visage pour qu'elle me regarde dans les yeux, mais elle tourne la tête.

– Non, Hardin. Je dois prendre une douche, je vais être en retard.

Je capture une larme, une seule, sur sa joue, et j'acquiesce.

Je sais que je lui ai fait vivre un enfer et qu'aucune autre personne saine d'esprit ne m'aurait repris après l'histoire du pari, après les mensonges et mon besoin constant de toujours tout faire foirer. Mais elle n'est pas *comme* les autres, elle m'aime d'un amour sans réserve et elle met tout ce qu'elle a dans ses sentiments, même lorsqu'elle me quitte, comme maintenant. Je sais qu'elle m'aime.

– Penses-y, d'accord ?

Je lui laisse le champ libre pour réfléchir, mais je ne vais pas renoncer à elle. Putain, j'ai trop besoin d'elle. Comme elle ne répond pas, je réitère :

– S'il te plaît ?

– Ok.

Ce petit mot murmuré fait bondir mon cœur.

– Je te le prouverai. Je te montrerai combien je t'aime et que notre relation peut fonctionner. Ne renonce pas tout de suite, d'accord ?

J'enserre la poignée de la porte entre mes doigts.

Elle se mord la lèvre inférieure, alors je lâche la poignée pour réduire l'espace entre nous. Quand je tends la main vers elle, elle me regarde avec prudence. Je veux encore l'embrasser, sentir ses bras autour de moi mais, à la place, je lui fais un petit bisou sur la joue et m'éloigne d'elle. Et elle répète :

– Ok.

Je dois faire appel à chaque fibre de mon corps pour sortir de cette salle de bains, surtout lorsque je me retourne et la vois retirer son tee-shirt, mettant à nu cette peau crémeuse sur laquelle je n'ai pas posé les yeux depuis ce qui me semble être des années.

Je ferme la porte derrière moi et je m'y adosse, fermant les yeux pour essayer d'arrêter de pleurer. *Putain.*

Au moins, elle a dit qu'elle allait y réfléchir. En revanche, elle semblait si inquiète, comme si ça lui faisait mal de penser à se remettre avec moi. J'ouvre les yeux quand la porte de la chambre de Landon s'ouvre et que je le vois sortir, vêtu d'un polo et d'un pantalon de toile. Il passe son sac sur son épaule.

– Salut.

– Salut.

– Elle va bien ?

– Non, mais j'espère que ça va venir.

– Moi aussi. Elle est plus forte que ce qu'elle croit.

– Je sais. Je l'aime.

J'essuie mes larmes sur mon tee-shirt.

– Je sais.

Sa réponse me surprend. Avant de répliquer, je lève les yeux vers lui.

– Comment je fais pour le lui montrer ? Tu ferais quoi, toi ?

Un air de tristesse traverse son regard, mais disparaît vite.

– Il faut juste que tu lui prouves que tu vas changer pour elle, il faut que tu la traites comme elle le mérite. Donne-lui tout l'espace dont elle a besoin.

– Ce n'est pas facile de lui donner de l'espace.

Je n'arrive pas à croire que je suis encore une fois en train de parler de ce merdier avec Landon.

– Il le faut pourtant, ou elle se battra contre toi. Pourquoi n'essaies-tu pas de lui montrer, sans l'étouffer, que tu vas te battre pour elle ? Elle ne veut rien d'autre. Elle veut que tu fasses un effort.

– Un effort pas étouffant ?

Je ne l'étouffe pas. Ok, peut-être que si, mais je ne peux pas m'en empêcher. Le tiède, ce n'est pas trop mon truc : soit je la repousse, soit je la tiens trop près. Je ne sais pas comment trouver l'équilibre entre les deux.

– Ouais.

Sa réponse tombe, comme si je n'étais pas en pleine phase de doute ! Mais j'ai besoin de son aide et je reste courtois.

– Tu peux m'expliquer ce que tu veux dire par là ? Merde, file-moi un exemple ou un truc, que je pige ?

– Bien, tu pourrais lui demander de sortir avec toi. Est-ce que ça vous est déjà arrivé de sortir ensemble un soir ?

– Ouais, bien sûr.

On l'a fait, non ?

Landon hausse un sourcil avant de demander :

– Quand ?

– Euh… Bon, on est allés à… et puis un jour on…

J'ai comme un trou de mémoire, là.

– Ok, peut-être pas en fait.

Trevor serait sorti avec elle. Est-ce que Zed l'a fait ? Si c'est le cas, putain, je jure de lui…

– Ok, alors sors-la. Pas aujourd'hui, parce que c'est trop tôt pour vous deux.

– Qu'est-ce que tu veux dire par là ?

– Rien, je dis juste que vous devez vous donner un peu d'espace. Elle en a besoin, sinon tu vas la rebuter encore plus que tu ne l'as déjà fait.

– Il faut que j'attende combien de temps ?

– Au moins quelques jours. Essaie de te comporter comme si vous veniez de vous rencontrer ou que tu essayais de la séduire. En gros, arrange-toi pour qu'elle retombe amoureuse de toi.

– Tu veux dire qu'elle ne m'aime plus ?

Je réponds durement, et Landon lève les yeux au ciel.

– Mais si ! Purée, tu ne peux pas mettre ton pessimisme un peu de côté ?

– Je ne suis pas pessimiste.

J'ai aboyé ma remarque, plus que je n'ai parlé pour me défendre. Au contraire, je n'ai jamais été aussi optimiste depuis un bail.

– Ok…

– T'es vraiment un petit con.

– Un petit con à qui tu demandes sans cesse des conseils relationnels.

Il crâne avec son sourire irritant.

– Seulement parce que tu es mon seul ami qui ait une vraie relation avec elle et qu'il se trouve que tu la connais mieux que quiconque, sauf moi, bien sûr.

Son sourire s'élargit.

– Tu viens juste de dire que j'étais ton ami ?

– Quoi ? Non !

– Si, si, réplique-t-il, visiblement fier de lui.

– Je ne voulais pas dire ami-ami. Ce que je voulais dire… Putain, je ne sais pas ce que je voulais dire, mais c'était certainement pas « ami ».

– Mais bien sûr !

Il glousse un peu et j'entends l'eau s'arrêter de couler derrière la porte. Il n'est pas si naze que ça, en fait, mais je ne le lui dirai jamais.

– Tu crois que je peux lui demander de la conduire à la fac aujourd'hui ?

Je le suis dans l'escalier. Il secoue la tête.

– Tu ne te rappelles pas que j'ai dit « sans l'étouffer » ?

– Je te préférais quand tu fermais ta gueule.

– Je te préférais quand tu… En fait, je n'ai jamais pu t'encaisser.

Je vois bien qu'il blague. Je n'ai jamais pensé qu'il pouvait m'apprécier, en fait je pensais qu'il me haïssait pour toutes les choses terribles que j'ai fait subir à Tessa. Mais voilà, c'est mon seul allié dans tout le merdier que j'ai créé.

Je tends le bras pour légèrement le pousser, ce qui le fait rire et je l'imite presque, jusqu'à ce que remarque mon père, en bas des escaliers, qui nous observe comme si on faisait un putain de numéro de cirque.

– Qu'est-ce que tu fais ici ?

Il avale une gorgée de sa tasse de café. Je hausse les épaules.

– Je l'ai ramenée à la maison… enfin ici.

Est-ce que c'est sa maison maintenant ? Je n'espère pas.

– Oh ?

Mon père regarde Landon. Je réplique, probablement avec un peu trop d'insistance :

– Ça va, Papa. Je peux la conduire où je veux. Tu peux arrêter de jouer les protecteurs et essayer de te rappeler qui de nous deux est ton véritable enfant ?

Landon me regarde bizarrement en descendant les escaliers, puis nous entrons tous les trois dans la cuisine. Je me sers un café, bien conscient du regard de Landon braqué sur moi.

Mon père prend une pomme dans le compotier métallique sur l'îlot central et entame la leçon de morale paternelle.

– Hardin, Tessa est devenu un membre de cette famille ces derniers mois, et c'est son seul refuge quand tu…

Sa voix s'éteint lorsque Karen entre dans la cuisine.

– Quand je quoi ?

– Quand tu déconnes.

– Tu ne sais même pas ce qui s'est passé.

– Je n'ai pas à connaître tous les détails de l'histoire, tout ce que je sais, c'est qu'elle est la meilleure chose qui te soit jamais arrivée et je te vois répéter toutes les erreurs que j'ai commises avec ta mère.

Putain, il est sérieux, là ?

– Je ne suis absolument pas comme toi ! Je l'aime et je ferai n'importe quoi pour elle ! Elle est tout pour moi, c'est complètement différent de ton histoire avec maman.

Je repose brutalement ma tasse de café contre le plan de travail, au passage j'en renverse un peu.

– Hardin…

La voix de Tessa jaillit derrière moi. *Bordel de merde.*

Je suis surpris lorsque Karen vole à mon secours.

– Ken, laisse-le tranquille. Il fait ce qu'il peut.

Le regard de mon père s'adoucit immédiatement lorsqu'il se tourne vers sa femme. Puis il revient sur moi.

– Je suis désolé, Hardin. Je m'inquiète pour toi.

Il soupire, Karen lui frotte le dos.

– Ça va.

Tessa est vêtue d'un jean et d'un sweat-shirt de l'université. Elle est si belle dans son innocence, avec ses cheveux mouillés encadrant son visage dépourvu de maquillage. Si elle n'était pas arrivée dans la cuisine, j'aurais dit à mon père que c'était un gros con qui devrait apprendre à s'occuper de ses oignons.

Je chope un morceau d'essuie-tout pour nettoyer la petite mare de café sur le plan de travail en granit, qui a dû coûter une méga blinde à leur cul friqué.

– Tu es prête ? demande Landon à Tessa.

Elle hoche la tête en me dévisageant encore. J'ai vraiment envie de la conduire à la fac, mais il vaut mieux que je rentre à la maison pour dormir ou prendre une douche, m'allonger sur le lit, fixer le plafond, ranger le bordel… putain, n'importe quoi plutôt que de rester ici à parler avec mon père.

Ses yeux quittent les miens lorsqu'elle sort de la cuisine. Quand j'entends la porte d'entrée se fermer, je laisse échapper un soupir.

Dès que je tourne le dos, j'entends mon père et Karen parler de moi, évidemment.

∞

98

Tessa

Je sais ce que j'aurais dû faire : j'aurais dû dire à Hardin de partir. Mais je n'ai pas réussi. Il ne montre que rarement ses émotions et le voir à genoux comme ça, devant moi, a brisé en mille morceaux mon cœur déjà bien endommagé. Je lui ai dit que j'allais y penser. Penser à lui donner une autre chance, mais je ne sais pas comment nous pourrions nous en tirer.

Je suis tellement tiraillée, encore plus perdue que jamais, et un peu en colère contre moi-même d'avoir pratiquement cédé d'un seul coup. D'un autre côté, je suis assez fière d'avoir réussi à tout arrêter avant que ça ne dégénère. Je dois penser à moi, pas seulement à lui, pour une fois.

Tandis que Landon conduit, mon téléphone vibre sur mes genoux et je regarde qui m'envoie un message. C'est Zed. Il me demande si je vais bien.

Je prends une grande inspiration avant de répondre :

Oui, ça va. Je suis en route pour le campus avec Landon. Je suis désolée pour hier soir, c'est ma faute s'il est venu chez toi.

J'appuie sur « envoyer » et me tourne vers Landon.

– Qu'est-ce que tu crois qu'il va se passer maintenant ?

– Aucune idée. Je vais quand même parler à Christian de Seattle.

Zed me renvoie un message :

Non. C'est sa faute à lui. Je suis content que tu ailles bien. On déjeune toujours ensemble ce midi ?

J'avais complètement oublié qu'on avait prévu de se retrouver dans le bâtiment des sciences de l'environnement pour déjeuner. Il voulait me montrer une espèce de fleur qui luit dans le noir, qu'il a aidé à créer.

Je n'ai pas envie de renoncer à mes projets avec lui, il a toujours été si gentil pendant toute cette période, mais j'ai embrassé Hardin ce matin et, maintenant, je ne sais plus quoi faire. Je dormais chez Zed hier soir, puis ce matin j'ai embrassé Hardin. *Non, mais qu'est-ce qui m'arrive ?* Ce n'est pas du tout mon genre ; j'en suis encore à culpabiliser de ce qui s'est passé avec Hardin quand j'étais avec Noah. À ma décharge, Hardin a débarqué comme un boulet de canon dans ma vie, je n'avais pas d'autre choix que de graviter autour de lui pendant qu'il me détruisait lentement, puis je me suis reconstruite pour qu'il m'anéantisse à nouveau.

Avec Zed, tout est complètement différent. Hardin ne m'avait pas parlé pendant onze jours et je ne savais pas pourquoi. Il m'a laissée me monter la tête et croire qu'il ne voulait plus de moi alors que Zed était là pour moi. Depuis le début, Zed a toujours été gentil. Il a essayé de mettre fin au pari, mais Hardin ne l'a pas laissé faire, il fallait qu'il prouve à tout le monde qu'il pouvait m'attirer sous sa couette, sans égard pour les protestations de Zed qui voulait mettre fin à ce jeu dégoûtant.

Il y a une animosité certaine entre Hardin et Zed depuis que je les ai rencontrés. Je ne sais pas trop pourquoi, depuis peu je me dis que c'est à cause de ce pari, mais j'ai pu le constater depuis que j'ai commencé à les fréquenter tous les deux. Hardin dit que Zed veut simplement coucher avec moi, honnêtement c'est un peu hypocrite de sa part de dire une chose pareille. Et Zed n'a rien dit qui puisse me laisser penser qu'il essaie de me mettre dans son lit. Même avant que je sois au courant pour le pari, quand je l'ai embrassé dans son appartement, je n'ai jamais ressenti qu'il voulait que je fasse quoi que ce soit dont je n'avais pas envie.

Je déteste repenser à cette période. Je n'avais aucune idée de ce qui se tramait et ils se sont tous les deux joués de moi. Mais il y a quelque chose dans le regard caramel de Zed qui montre sa gentillesse, alors que tout ce que je vois derrière le regard vert d'Hardin, c'est de la colère.

∞

99
Tessa

Je ne sais pas trop comment je me sens aujourd'hui. Je ne suis pas vraiment heureuse, mais je ne suis pas totalement misérable non plus. Je suis paumée et Hardin me manque. C'est pathétique, je sais. Je ne peux pas m'en empêcher. J'ai été tellement longtemps loin de lui, j'avais pratiquement réussi à l'éradiquer de mon corps, mais il a suffi d'un baiser pour que je le sente à nouveau circuler dans mes veines, bouleversant le peu de sens commun qui me reste.

Landon et moi attendons que le feu piéton passe au vert, je suis bien contente de porter mon sweat-shirt bleu KMJ tout doux aujourd'hui, car la température ne s'est vraiment pas réchauffée.

– Bon, ça me paraît le moment de passer ces coups de fil à NYU.

Il sort une liste de contacts.

– Waouh ! New York University ! Tu vas super-bien t'en sortir là-bas. C'est génial.

– Merci. J'ai un peu peur qu'ils ne m'acceptent pas pour le programme d'été et je n'ai pas envie de faire l'impasse.

– T'es dingue ? Bien sûr qu'ils vont t'accepter, n'importe quand ! Ta moyenne est excellente et ton beau-père est chancelier.

Je rigole.

– Tu devrais passer ces coups de fil *pour moi* !

Comme nous allons chacun de notre côté aujourd'hui, nous convenons de nous retrouver sur le parking en fin de journée.

Mon estomac se retourne quand j'approche du bâtiment des sciences de l'environnement et que j'ouvre les lourdes portes. Zed est assis sur un banc en béton, à côté de l'un des arbres du hall. Lorsqu'il m'aperçoit, un grand sourire éclaire immédiatement son visage et il se lève pour me saluer. Il porte un jean et un tee-shirt blanc à manches longues, le tissu de son tee-shirt est tellement fin que je peux voir les volutes de l'encre sur sa peau.

– Salut.

– Salut.

– J'ai commandé une pizza, elle devrait arriver d'une minute à l'autre.

Nous nous asseyons sur le banc et bavardons de notre journée.

La pizza arrive, et Zed me conduit dans une salle remplie de plantes, qui ressemble à une serre. Rangées après rangées, je découvre des fleurs que je n'avais jamais vues auparavant. Il y en a partout. Zed se dirige vers l'une des petites tables et s'assied. Je m'installe face à lui.

– Ça sent si bon.

– Quoi, les fleurs ?

– Non, la pizza. Bon, les fleurs ne sentent pas mauvais non plus…

Je suis affamée, je n'ai pas eu le temps de prendre de petit déjeuner ce matin et je n'ai pas dormi depuis qu'Hardin a débarqué dans l'appartement de Zed pour venir me chercher.

Il prend une part de pizza et la plie en deux par le milieu comme faisait mon père. Avant de prendre une énorme bouchée, il me demande :

– Comment s'est passé le reste de ta nuit… enfin ta matinée.

Je commence à me sentir mal à l'aise devant lui, l'odeur des fleurs me rappelle les heures passées dans la serre derrière la maison dans laquelle j'ai grandi, là où je m'échappais pour ne pas entendre mon père ivre hurler sur ma mère.

Je détourne le regard et finis d'avaler ma bouchée avant de lui répondre.

– Au début, c'était un désastre, comme toujours.

– Au début ?

Il incline la tête sur le côté et se lèche les lèvres.

– Ouais, on s'est disputés pour changer, mais ça va un peu mieux maintenant… enfin, plus ou moins.

Je ne vais pas raconter à Zed comment Hardin a craqué et est tombé à genoux devant moi ; c'est trop personnel et ça ne concerne qu'Hardin et moi.

– Qu'est-ce que tu veux dire ?

– Il s'est excusé.

Il me lance un regard moqueur que je n'apprécie pas trop.

– Et tu es tombée dans le panneau ?

– Non, je lui ai dit que je n'étais pas prête à faire n'importe quoi. Je lui ai juste dit que j'allais y réfléchir.

– Tu ne vas pas vraiment le faire, hein ?

La déception est flagrante dans sa voix.

– Non, je ne vais pas replonger directement, ce n'est pas comme si je retournais vivre à l'appartement.

Zed repose sa part de pizza sur la serviette en papier.

– Tu ne devrais même plus lui accorder une minute de ton temps, Tessa. Qu'est-ce qu'il pourrait bien te faire d'autre pour que tu restes loin de lui ?

Il me fixe du regard, comme si je lui devais une réponse.

– Ça ne se passe pas comme ça. Ce n'est pas aussi simple de le faire sortir de ma vie. J'ai dit que je ne sortais plus avec lui, mais nous avons traversé tellement de choses ensemble et il a vraiment souffert loin de moi.

Zed lève les yeux au ciel.

– Oh ! parce que boire et fumer des joints avec Jace, c'est sa manière de souffrir ?

Cette révélation me soulève l'estomac.

– Il n'est pas allé chez Jace. Il était en Angleterre.

Il était vraiment en Angleterre, hein ?

– Il était avec Jace hier soir, juste avant de venir chez moi.

– Vraiment ?

Je n'aurais jamais cru qu'Hardin ait encore envie de passer du temps avec Jace.

– Ça paraît un peu louche qu'il veuille aller chez un mec aussi impliqué dans cette histoire, surtout quand il dit me haïr d'être près de toi.

– Ouais… mais t'en étais, toi aussi.

Je tiens quand même à lui rafraîchir la mémoire.

– Pas dans la révélation ; je n'avais rien à voir avec leur plan pour te foutre la honte devant tout le monde. C'est Jace et Molly qui ont tout organisé, et Hardin le sait, c'est pour ça qu'il a botté le cul de Jace. Et tu sais, j'ai toujours voulu te le dire, c'était plus qu'un pari pour moi, Tessa. Mais pour lui, ce n'était que ça. Il l'a prouvé quand il nous a montré les draps.

J'en ai la nausée d'un seul coup.

– Je ne veux plus parler de ça.

Zed hoche la tête et lève gentiment la main.

– Tu as raison. Je suis désolé d'avoir abordé le sujet, je voudrais simplement que tu m'accordes la moitié des chances que tu lui as données. Si j'étais à la place d'Hardin, je ne te ferais jamais des trucs comme passer du temps avec Jace, et en plus Jace a toujours des filles chez lui…

– Ok !

Je l'interromps. Je ne peux plus entendre quoi que ce soit sur Jace et les filles qui traînent chez lui.

– Parlons d'autre chose. Je suis désolé de t'avoir blessée. Vraiment. C'est juste que je ne comprends pas. Tu es trop bien pour lui et tu lui as accordé tellement de chances, mais je ne parlerai plus de ça, à moins que tu me le demandes.

Il tend la main au-dessus de la table pour la poser sur la mienne.

– C'est bon.

Je n'arrive pas à croire qu'Hardin soit passé chez Jace après notre dispute. C'est le dernier endroit où j'aurais imaginé qu'il puisse aller.

Zed se lève et se dirige vers la porte.

– Viens, je vais te montrer un truc. (Je me lève pour le suivre.) Attends ici.

Je suis au milieu de la pièce. La lumière s'éteint et je m'attends à être plongée dans le noir. Mais non, je vois des couleurs fluo, du vert, de l'orange et du rouge. Chaque rangée de fleurs luit d'une couleur différente dans la pénombre, certaines sont plus vives que d'autres.

– Waouh…

– C'est cool, non ?

– Oui, vraiment.

Je remonte doucement l'allée en observant de près.

– On les a complètement créées, de toutes pièces, on a modifié les graines pour les faire luire comme ça. Regarde ça.

Soudain, il est derrière moi. Sa main glisse le long de mon bras et me guide pour toucher un pétale d'une fleur rose. Cette fleur ne luit pas aussi fort que les autres jusqu'à ce que mes doigts entrent en contact avec elle et qu'elle se mette à briller. Je retire ma main en sursautant et je l'entends rire derrière moi.

– Comment est-ce possible ?

J'aime les fleurs, particulièrement les lys, et ces fleurs nées de la main de l'homme leur ressemblent beaucoup. Elles sont officiellement mes nouvelles fleurs préférées.

– Tout est possible quand la science entre en jeu.

Son visage est éclairé d'un sourire et de la lueur des fleurs.

– Quel intello !

Je ris pour le taquiner.

– C'est *toi* qui me traites d'intello ?

– Bien vu.

Je touche la fleur et la regarde irradier à nouveau.

– C'est incroyable.

– Je me disais bien que ça te plairait. On travaille pour obtenir la même chose avec les arbres. Le problème, c'est que les arbres prennent plus de temps à pousser que les fleurs, même s'ils vivent bien plus longtemps. Les fleurs sont trop fragiles. Si tu les négliges, elles flétrissent et meurent.

Il parle d'un ton très doux, je ne peux pas m'empêcher de me comparer à une fleur et j'ai l'impression qu'il fait la même chose.

– Si seulement les arbres étaient aussi jolis que les fleurs !

Il vient se placer devant moi.

– Ils pourraient l'être, si quelqu'un les avait faits comme ça. Tout comme nous avons transformé ces fleurs ordinaires pour les faire luire. On pourrait faire la même chose avec les arbres. Si on leur donnait toute l'attention et les soins adéquats, ils pourraient pousser comme ces fleurs, mais en bien plus résistants.

Je reste silencieuse, il glisse son pouce sur ma joue.

– Toi aussi, tu mérites ce type d'attention. Tu mérites d'être avec quelqu'un qui te rende radieuse, pas qui te consume dans les flammes.

Puis Zed se penche en avant pour m'embrasser. Je recule d'un pas et bute dans une rangée de fleurs, heureusement sans en renverser aucune. J'arrive à retrouver l'équilibre.

– Je suis désolée, je ne peux pas.

– Tu ne peux pas *quoi* ? (Il hausse légèrement le ton.) Laisse-moi être celui qui te montrera comment être heureuse ?

– Non… Je ne peux pas t'embrasser, pas tout de suite. Je ne peux pas aller et venir entre vous deux. J'étais dans ton lit hier soir, j'ai embrassé Hardin ce matin, et maintenant…

– Tu l'as embrassé ?

Il est scié et je suis bien contente que la pièce soit plongée dans le noir, la lueur des fleurs mise à part.

– Eh bien, il m'a embrassée et je l'ai laissé faire avant de reculer. Je suis perdue et jusqu'à ce que je sache ce que je veux faire, je ne vais pas continuer à embrasser tout le monde. Ce n'est pas bien. Je suis désolée si je t'ai fait croire…

– C'est bon.

– Non, ce n'est pas bon. Je n'aurais pas dû t'impliquer dans cette histoire avant d'y voir clair.

– Ce n'est pas ta faute. C'est moi qui n'arrête pas de revenir à la charge. Ça ne me dérange pas qu'on me mène en bateau, je peux attendre le temps nécessaire à ce que tu t'en rendes compte.

Il s'éloigne pour rallumer la lumière. Comment peut-il être aussi compréhensif ?

– Je ne t'en voudrais pas si tu me détestais, tu sais.

– Je ne pourrai jamais te détester.

– Merci de m'avoir montré ça, c'est incroyable.

– Merci d'être venue. Tu me laisses t'accompagner à ton cours ?

Le temps que j'arrive dans les vestiaires pour me changer et attraper mon tapis, je ne suis que cinq minutes en avance à mon cours de yoga. Une grande brune a pris ma place au premier rang et je suis forcée de m'installer près de la porte. J'avais prévu de dire à Zed que je ne serais jamais capable de l'aimer comme j'aime Hardin, que j'étais désolée de l'avoir embrassé et que nous pourrions être juste amis, mais il dit toujours ce qu'il faut. Lorsqu'il m'a parlé du passage d'Hardin chez Jace hier soir, ça m'a complètement chamboulée.

Je crois toujours savoir quoi faire jusqu'à ce que Zed commence à parler. La douceur de sa voix et la gentillesse de son regard me troublent et provoquent le désordre dans mes émotions.

Il faut que j'appelle Hardin en rentrant chez Landon, que je lui parle de mon déjeuner avec Zed et lui demande pourquoi il était chez Jace… Je me demande ce qu'il fait en ce moment ? A-t-il séché toute la journée ?

Le cours de yoga est exactement ce dont j'avais besoin pour faire le vide dans ma tête. À la fin de l'heure, je me sens bien mieux. J'enroule mon tapis et me prépare à sortir de la salle quand j'entends quelqu'un m'appeler.

Lorsque je me retourne, je vois Hardin courir vers moi.

– Je… euh… Je voulais te parler d'un truc…

On dirait qu'il est… *mal à l'aise.*

– Maintenant ? Je ne pense pas que ce soit l'endroit…

Je n'ai pas envie de déballer tous nos problèmes au beau milieu du gymnase.

– Non… C'est pas ça.

Sa voix est haut perchée. Il est nerveux, ça ne peut pas être bon. En règle générale, il n'est jamais mal à l'aise.

– Je me demandais… Je ne sais pas… C'est pas grave…

Il rougit et se retourne pour partir. Je soupire et me dirige vers les vestiaires.

– Tu voudrais pas *sortir avec moi* ?

Sa voix est bizarre… Je me retourne sans dissimuler ma surprise.

– Quoi ?

– Genre un rencard… tu vois, genre, on pourrait sortir ensemble ? Seulement si tu veux, bien sûr, mais ça pourrait être cool, peut-être ? Je ne suis pas sûr en fait, mais je…

Il s'enfonce et je décide de mettre fin à son humiliation au moment où ses joues atteignent une teinte cramoisie.

– Bien sûr.

Il baisse les yeux vers moi.

– Sérieux ?

Ses lèvres forment un sourire, un sourire nerveux.

– Ouais.

Je ne sais pas ce que ça va donner, mais il ne m'a jamais demandé de sortir ensemble. Ce qui pourrait ressembler le plus à un rendez-vous, c'est quand il m'a emmenée près de la rivière et qu'ensuite nous sommes allés dîner, mais tout était mensonge, ce n'était pas un vrai rendez-vous. C'était la méthode Hardin pour coucher avec moi.

– Ok… Tu veux faire ça quand ? Je veux dire… on pourrait faire ça tout de suite ? Ou demain ? Ou plus tard dans la semaine ?

Je ne me rappelle pas l'avoir jamais vu aussi nerveux ; il est adorable. J'essaie de ne pas rire.

– Demain ?

– Ouais, demain, c'est bon.

Il sourit en mordillant sa lèvre inférieure. Il y a une étrange tension entre nous, mais une bonne tension.

– Ok…

Je suis troublée, comme je l'étais chaque fois que je le croisais au début de notre relation. Il répète :

– Ok.

Puis il tourne les talons et s'en va rapidement, se prenant au passage les pieds dans un tapis roulé dans un coin. J'éclate de rire et entre dans le vestiaire.

∞

100
Hardin

Lorsque je débarque dans le bureau de mon père, Landon sursaute et soupire avant de me demander :

– Qu'est-ce que tu fais là ?

– Je suis venu te parler.

– De quoi ?

Je prends place dans le gros fauteuil en cuir, derrière le bureau de chêne massif ridiculement cher.

– De Tessa, de quoi d'autre ?

– Elle m'a dit que tu lui avais demandé de sortir avec elle, il semble que tu aies décidé de lui laisser du temps et de l'espace.

– Qu'est-ce qu'elle a dit ?

– Je ne vais pas te répéter ses confidences.

Il glisse une feuille de papier dans le fax.

– Qu'est-ce que tu fous, là ?

– Je faxe mon dossier pour m'inscrire à NYU au prochain semestre.

Le prochain semestre ? *C'est quoi ce merdier ?*

– Pourquoi aussi rapidement ?

– Parce que je ne veux pas perdre de temps ici alors que je pourrais être près de Dakota.

– Est-ce que Tessa est au courant ?

Je sais que ça va lui faire mal. Landon est son seul ami. J'ai comme une réticence à le voir partir… enfin, plus ou moins.

– Oui, bien sûr qu'elle est au courant, c'est à elle que je l'ai annoncé en premier.

– Bref, j'ai besoin d'aide avec cette merde de rencard.

– Merde de rencard. Comme c'est charmant !

– Tu vas m'aider ou pas ?

– J'en ai bien l'impression.

– Elle est où ?

Je suis passée devant la chambre qu'elle occupe, mais la porte était fermée et je n'ai pas voulu frapper. Enfin, je *voulais* frapper, mais j'essaie sérieusement de lui laisser de l'air pour respirer. Si sa voiture n'avait pas été dans l'allée, j'aurais pété un putain de plomb, mais je sais qu'elle est là. Enfin, je l'espère bien.

– Je ne sais pas, elle est avec ce mec, Zed, je crois.

Landon sourit et mon cœur explose. Je bondis sur mes pieds en une seconde.

– C'est une blague ! Je rigole. Elle est dans la serre avec ma mère.

Et, en plus, il se moque de moi ! Mais je m'en tape, je suis juste soulagé que mes pensées paranoïaques n'aient pas eu raison de moi.

– C'est pas drôle. T'es vraiment con. Maintenant, tu vas définitivement m'aider.

Je le fais vraiment rigoler.

Landon me donne encore quelques conseils et m'escorte à la porte d'entrée, histoire de me signifier que la conversation touche à son terme. En chemin, je lui demande :

– Est-ce qu'elle est allée toute seule chez Vance ?

– Ouais, elle a loupé quelques jours quand elle était… bon, tu sais, quoi.

– Euh…

Je baisse la voix en passant devant la chambre qu'elle occupe ces jours-ci. Je ne veux pas m'appesantir sur la sale habitude que j'ai de la blesser, pas maintenant.

– Tu crois qu'elle est là-dedans ?

Il hausse les épaules.

– Je ne sais pas, probablement.

– Je devrais peut-être…

Je tourne la poignée de la porte qui s'ouvre en crissant légèrement. Landon m'adresse un regard meurtrier, mais je l'ignore et jette un coup d'œil à l'intérieur.

Elle est allongée sur le lit, des papiers et des livres éparpillés autour d'elle. Elle porte encore son jean et son joli sweat-shirt ; elle doit être vraiment épuisée pour s'être endormie en travaillant.

– T'as fini de jouer au pervers ?

J'éteins la musique et ferme la porte derrière moi en sortant.

– Je ne suis pas un pervers. Je l'aime. Ok ?

– Je sais, mais clairement, tu as du mal à comprendre le concept de lui laisser de l'espace.

– Je ne peux pas m'en empêcher. J'ai tellement pris l'habitude d'être avec elle et j'ai vécu un tel enfer ces deux dernières semaines. C'est dur pour moi de rester loin d'elle.

Nous descendons les escaliers en silence, j'espère ne pas avoir eu l'air trop désespéré. Mais bon, ce n'est que Landon, en réalité je m'en tape un peu.

Je déteste revenir dans l'appartement quand Tessa n'y est pas. L'espace d'un instant, je pense à appeler Logan pour crécher à la fraternité, mais au fond, je sais que c'est une mauvaise idée. Je ne veux pas d'embrouilles et là-bas, il y en a toujours. C'est juste que je n'ai pas envie de revenir dans cet appartement vide.

Je le fais quand même. Je suis tellement crevé, ça fait des plombes que je n'ai pas vraiment bien dormi. En m'allongeant sur notre lit, je l'imagine passer ses bras autour de ma taille et poser sa tête sur ma poitrine. Si je ne peux plus jamais la serrer dans mes bras, si je ne peux plus jamais sentir la chaleur de son corps contre le mien… Il faut que je fasse quelque chose, quelque chose de différent, quelque chose qui lui montrera à elle, et à moi aussi, que je peux le faire.

Je peux changer. Je dois le faire et, putain, je vais y arriver.

∞

101

Tessa

Le temps que je prenne une douche et me sèche les cheveux, il est six heures du soir et la nuit est déjà tombée. Je frappe à la porte de Landon, mais il ne répond pas. Je ne vois pas sa voiture dans l'allée, mais ces derniers temps, il garait sa voiture à l'intérieur, il pourrait être encore là.

Je ne sais absolument pas quoi porter, car je ne sais pas ce qu'Hardin m'a réservé comme surprise. Je ne peux pas m'empêcher de regarder par la fenêtre et d'attendre avec impatience que sa voiture arrive. Lorsque ses phares éclairent l'allée, mon estomac se retourne.

La majeure partie de mon anxiété disparaît quand il sort de la voiture, vêtu de la chemise noire qu'il avait au dîner chez les Vance. Est-ce qu'il porte un vrai pantalon ? Oh mon Dieu, c'est bien le cas. Et des chaussures habillées, noires et brillantes. Waouh. Hardin s'est donné la peine de s'habiller ? J'ai l'impression de ne pas l'être comme il le faudrait, mais quand je croise son regard, mon angoisse disparaît.

Il n'y est pas allé avec le dos de la cuillère. Il a l'air tellement beau, il s'est même coiffé. Il a repoussé ses cheveux en arrière et je vois qu'il a utilisé quelque chose, un genre de gel, pour qu'ils restent en place parce que, lorsqu'il s'avance, ils ne retombent pas sur son front comme d'habitude.

Il rougit.

– Euh… Salut ?

– Salut.

Je ne peux pas m'empêcher de l'admirer. *Attends…*

– Où sont tes piercings ?

Le métal a disparu de son arcade sourcilière et de sa lèvre.

– Je les ai virés.

Il hausse les épaules.

– Pourquoi ?

– Je ne sais pas… Tu ne penses pas que c'est mieux comme ça ?

Il plonge son regard dans le mien.

– Non ! J'aimais ton style avant… et maintenant aussi, mais tu devrais les remettre.

– J'en ai pas envie.

Il se dirige vers la portière passager de sa voiture pour me l'ouvrir.

– Hardin… J'espère que tu ne les as pas retirés croyant que je te préférerais sans, car ce n'est pas vrai. Je t'aime de toutes les manières. S'il te plaît, remets-les.

Ses yeux s'enflamment en m'entendant parler et je détourne le regard avant de monter en voiture. Peu importe l'intensité de ma colère contre lui, je ne veux pas qu'il croie nécessaire de changer son apparence pour moi. J'avais tendance à trop juger les autres quand j'ai vu ses piercings pour la première fois, mais je me suis mise à les aimer. Ils font partie de lui.

– Ce n'est pas vraiment ça, honnêtement. Ça fait un bail que je pense à les virer. Ça fait super-longtemps que je les ai et ils m'emmerdent un peu. Qui plus est, quel est le taré qui me filera un vrai job avec ces machins sur la gueule ?

Il boucle sa ceinture de sécurité et tourne le regard vers moi.

– Tu trouveras du travail, on est au XXIe siècle. Si tu les aimes…

– C'est pas important. Je crois que j'aime bien ma gueule sans, comme si je ne me planquais plus, tu vois ?

Je le regarde encore, je kiffe son nouveau look.

Il est magnifique, comme d'habitude, mais c'est assez sympa de ne pas avoir de distractions qui détournent l'attention de son visage.

– Bien, je pense que tu as l'air parfait de toute façon, Hardin. Surtout, ne crois pas que je veuille que tu aies une certaine allure, parce que ce n'est pas vrai.

Je pense chacun des mots que je viens de prononcer.

Quand il me regarde, il me fait un sourire tellement timide que j'oublie pourquoi j'avais envie de lui hurler dessus.

– Où me conduis-tu, au fait ?

– Dîner. C'est un super-plan.

Sa voix tremble. Hardin le nerveux est mon nouvel Hardin préféré.

– Je connais déjà l'endroit ?

– Je ne sais pas… peut-être ?

Le reste du chemin est calme, je fredonne sur les chansons du groupe The Fray qu'il s'est, à l'évidence, mis à vraiment apprécier, et Hardin regarde la route. Il n'arrête pas de passer sa main sur sa cuisse en conduisant, un geste de nervosité, je le vois bien.

Lorsque nous arrivons au restaurant, je constate que l'endroit a l'air chic et cher. Toutes les voitures garées sur le parking valent plus que la maison de ma mère, j'en suis certaine.

– Il faut que je t'ouvre la porte.

Je suis déjà en train de le faire.

– Je peux la refermer pour que tu le fasses ?

– Ça ne compte pas, Theresa.

Il me fait son petit sourire satisfait et je n'arrive pas à retenir l'envolée de papillons dans mon ventre chaque fois qu'il m'appelle par mon vrai nom.

Avant, ça me rendait folle mais, secrètement, j'aimais bien quand il le faisait pour m'embêter. J'aime ça presque autant que sa manière de prononcer mon surnom « Tess ».

– On en est revenus à « Theresa », à ce que vois ?

– Oui. Oui, absolument.

Je lui rends son sourire quand il me prend le bras. Je vois sa confiance en lui revenir à chaque pas qui nous rapproche du restaurant.

∞

102

Hardin

– Sinon, tu connais un autre endroit que tu aimerais bien, où on pourrait aller?

Je lui pose cette question en revenant vers la voiture. Le mec du restau chic dans lequel j'avais fait ma réservation n'a pas trouvé mon nom sur le registre. J'ai gardé mon sang-froid, faisant gaffe à ne pas bousiller la soirée. Quel gros con ! Mes doigts agrippent le volant.

Calme. Je dois me calmer. Je regarde Tessa et lui souris.

Elle se mord les lèvres et détourne le regard.

Ça foutait la trouille ? Ouais, ça foutait les jetons.

– Bon, c'était bizarre.

Ma voix n'est pas stable et bizarrement haut perchée.

– Tu as une idée puisque, visiblement, on vient de passer au plan B ?

J'aimerais trouver un endroit sympa qui nous laisserait entrer.

– Non, non, pas vraiment. Un endroit avec de la nourriture, ça suffira.

Son sourire est plutôt cool malgré cette situation bancale et j'en suis content. C'était humiliant d'être jeté comme ça.

– Ok… On va au McDo alors ?

Je la taquine juste pour l'entendre rire.

– On pourrait avoir l'air un peu idiots dans un McDonald's.

– Ouais, un peu.

Putain, je n'ai aucune idée d'où aller. J'aurais dû préparer un plan B à l'avance. Cette nuit commence à se barrer en couille alors qu'elle n'a pas vraiment commencé.

On s'arrête à un feu et je regarde autour. Il y a plein de gens sur le parking d'à côté. Tessa regarde derrière moi.

– Il se passe quoi ici ?

– Je ne sais pas, on dirait une patinoire ou un truc dans le genre.

– Une patinoire ?

Sa voix s'élève comme quand elle est très excitée.

Oh non…

– On peut y aller ?

Putain de merde.

– Faire du patin à glace ?

Je pose la question innocemment, comme si je n'étais pas sûr de savoir ce qu'elle veut dire.

Pitié, dis non. Pitié, dis non.

– Oui !

– Je… Je ne…

Je n'ai jamais patiné de toute ma vie et je n'ai aucune intention de le faire, mais si c'est ce qu'elle veut, alors ça ne me tuera pas d'essayer… peut-être que si, mais je le ferai quand même.

– Bien sûr, on peut…

Quand je la regarde, je vois bien qu'elle a l'air surprise, elle ne s'était sans doute pas attendue à ce que j'accepte.

Putain, moi non plus.

– Attends… Qu'est-ce qu'on va mettre ? Je n'ai que cette robe et des Toms. J'aurais dû mettre un jean, ça aurait pu être si drôle.

Elle est déçue et fait quasiment la moue.

– On peut toujours aller au supermarché te chercher des fringues ? Moi, j'ai des trucs dans le coffre de ma caisse.

Je n'arrive pas à croire que je vais au bout de cette idée de merde d'aller faire du patin à glace.

– Ok, super. Le coffre plein de vêtements a prouvé son utilité ! Au fait… Pourquoi gardes-tu tous ces vêtements là-dedans ? Tu ne me l'as jamais dit.

– C'est juste une habitude. Quand je reste chez des filles… Je veux dire, quand je sortais toute la nuit, j'avais besoin de fringues le matin et je n'avais jamais ce qu'il fallait, alors j'ai pris l'habitude d'en laisser dans le coffre. C'est assez pratique.

Ses lèvres sont pincées et je sais que je n'aurais pas dû mentionner les autres filles, même si c'était avant elle. J'aimerais bien qu'elle sache comment c'était, comment je les baisais sans la moindre émotion. C'était autre chose. Je ne les touchais pas comme je la touche elle, je n'étudiais pas le moindre centimètre carré de leur corps, je ne me délectais pas de leur respiration saccadée en essayant de calquer la mienne dessus, je n'attendais pas dans le plus complet désespoir qu'elles me disent qu'elles m'aiment quand j'allais et venais en elles.

Je ne les laissais pas me toucher quand je dormais ; d'ailleurs, si je restais dans le même pieu qu'elles, c'est parce que j'étais trop bourré pour partir. Ça n'avait rien à voir avec ce que je partage avec elle et si elle savait ça, peut-être qu'elle ne serait pas aussi ennuyée de savoir qu'elles ont existé. Si j'étais elle, je…

Des images de Tessa baisant n'importe qui d'autre envahissent mon esprit et me donnent envie de gerber.

– Hardin ?

Sa voix me ramène doucement à la réalité.

– Ouais ?

– Tu m'as entendue ?

– Non… désolé. Qu'est-ce que tu as dit ?

– Tu as déjà dépassé Target.

– Oh, merde, désolé. Je vais faire demi-tour.

Je rentre dans le parking suivant pour revenir sur nos pas. Tessa est obsédée par cette chaîne de supermarchés, je ne comprendrai jamais pourquoi. C'est juste comme Marks & Spencer à Londres, sauf que c'est plus cher et que les employés sont chiants avec leur polo rouge à la con et leur pantalon de toile. Pourtant, elle me dit toujours « Chez Target, il y a du choix et les articles sont de bonne qualité ». Je ne peux pas dire qu'elle ait tort, mais les gigantesques hypermarchés sont un des trucs qui me donnent toujours l'impression d'être un étranger en Amérique.

– Je vais me dépêcher d'entrer prendre quelques trucs.

– Tu es sûre ? Je peux t'accompagner.

J'ai envie d'y aller avec elle, mais je ne peux pas imposer ma présence, pas ce soir.

– Si tu veux…

– Je veux.

Ma réponse fuse avant qu'elle n'ait le temps de finir sa phrase.

En moins de dix minutes, son panier est rempli de merdes quasiment jusqu'en haut. Elle a fini par prendre un immense sweat-shirt et un pantalon dans une matière extensible quelconque, elle jure que ce n'est pas de l'élasthanne et que ce sont des leggings, mais putain j'ai bien l'impression que c'est de l'élasthanne. J'essaie de ne pas penser à quoi elle va ressembler là-dedans, elle prend des gants, une écharpe et un bonnet. Putain, elle croit qu'on va en Antarctique ou quoi ? Mais bon, il fait vraiment froid dehors.

– Je pense vraiment que tu devrais prendre des gants, toi aussi. La glace est très froide et quand tu vas tomber, tu vas sûrement avoir froid aux mains.

– Je ne vais pas tomber… mais ouais, je vais prendre des gants si tu insistes.

Je souris et elle me rend la pareille en balançant une paire de gants noirs dans son panier.

– Tu veux un bonnet ?

– Non, j'en ai un dans le coffre.

– Évidemment.

Elle retire l'écharpe du panier et la remet à sa place.

– Pas d'écharpe ?

– Je pense que ça va aller avec tout ça.

– Ouais, c'est bien ce que je me disais.

Elle ignore ma plaisanterie et se dirige vers le rayon chaussettes. On va passer toute la nuit dans ce foutu supermarché. Enfin, Tessa s'exclame :

– Ok, j'ai terminé, enfin je crois.

À la caisse, elle essaie de batailler pour savoir qui paiera ses trucs, comme d'habitude, mais je ne cède pas. C'est un rencard, c'est moi qui lui ai demandé de sortir avec moi, alors il n'est pas question qu'elle paie. Elle lève les yeux au ciel plusieurs fois et refuse de me laisser régler la note.

Est-ce qu'elle a des problèmes d'argent ? Si c'était le cas, elle me le dirait ? Est-ce que je devrais lui demander ?

Putain, je me pose vraiment trop de questions là-dessus.

Le temps qu'on revienne sur le parking de la patinoire, Tessa est prête à bondir de la voiture, mais d'abord, nous devons nous changer. Je commence, elle garde la tête tournée et regarde par la vitre pendant toute l'opération. Quand j'ai terminé, je lui propose :

– On peut trouver des toilettes si tu veux te changer.

– J'allais juste me changer dans la voiture pour ne pas avoir à me balader avec ma robe.

– Non, il y a trop de monde. Quelqu'un va te voir te désaper.

Je regarde sur le parking, il est plutôt vide, mais quand même…

– Hardin… Ça va.

Elle s'énerve un peu. J'aurais dû piquer cette balle anti-stress sur le bureau de mon père hier soir.

– Si tu insistes…

Je soupire et elle arrache les étiquettes de ses nouveaux vêtements.

– Tu peux m'aider à défaire ma robe avant de sortir ?

– Euh… ouais.

Je tends la main vers elle de l'autre côté de l'habitacle et elle lève ses cheveux pour me faciliter l'accès à sa fermeture Éclair. J'ai ouvert cette robe un nombre incalculable de fois, mais c'est la première fois que je ne pourrai pas la toucher en la voyant glisser le long de ses bras.

– Merci. Maintenant, tu sors pour m'attendre.

– Quoi ? C'est pas comme si je ne t'avais…

– Hardin…

– Bien. Magne-toi.

Je sors de la voiture et ferme la portière derrière moi. Je me rends compte que ce que je viens de dire est impoli. J'ouvre la porte rapidement et me penche pour ajouter :

– S'il te plaît.

Quand je la referme, je l'entends rire à l'intérieur.

Quelques minutes plus tard, elle s'extirpe de la voiture et passe un peigne dans ses longs cheveux avant d'enfiler un bonnet violet. Lorsqu'elle me rejoint de l'autre côté, elle a l'air… mignonne. Elle est toujours belle et sexy, mais il y a un truc dans ce sweat-shirt géant, le bonnet et les gants, qui lui donnent une allure encore plus innocente que d'habitude.

– Tiens, tu as oublié tes gants.

– Bien vu, je ne sais pas comment j'aurais fait sans gants !

Je la taquine et elle me donne un petit coup de coude dans les côtes. Putain, elle est tellement adorable. J'ai envie de lui dire plein de choses, mais je ne veux pas dire un truc de travers, qui bousillerait toute la soirée.

– Tu sais, si tu voulais un aussi gros pull, t'aurais pu porter un des miens et tu aurais économisé vingt balles.

Elle attrape ma main, mais la relâche aussitôt.

– Désolée.

Elle a les joues rouges. J'ai envie de lui tenir la main, mais je suis distrait par la petite bonne femme qui nous accueille.

– Quelle taille, les patins ?

Je regarde Tessa qui répond pour nous deux. La femme revient avec deux paires de patins et j'ai un mouvement de recul. Sûr que ça ne se terminera pas bien.

Je suis Tess près d'un banc dans le coin et j'enlève mes godasses. Elle a enfilé ses deux patins avant que j'aie mis la moitié d'un pied dans les miens. J'espère qu'elle va vite s'emmerder et qu'elle voudra partir. Je termine de lacer le second patin.

– Tout va bien ?

– Oui. Où dois-je ranger mes chaussures ?

– Je vais les prendre.

La petite bonne femme a surgi de nulle part. Je lui tends mes grolles et Tess fait pareil.

– Prêt ?

J'attrape immédiatement la rampe. *Putain, comment est-ce que je vais faire un truc pareil ?* Tessa réprime un sourire.

– Ce sera plus facile quand tu seras sur la glace.

Putain de merde, j'espère bien.

Ça n'est pas plus facile sur la glace et je me casse la gueule trois fois en moins de cinq minutes. Tessa se marre à chaque fois et je dois admettre que si je n'avais pas porté de gants, mes mains seraient gelées. Elle rit et tend la main pour m'aider à me relever.

– Tu te souviens qu'il y a une demi-heure tu as annoncé que tu ne tomberais pas ?

– Mais genre, tu es passée pro en patinage artistique ?

À l'heure qu'il est, je déteste le patin à glace plus que tout, mais elle, elle s'amuse vraiment.

– Non, ça fait longtemps que je ne suis pas allée patiner, mais ma copine Josie et moi patinions souvent ensemble.

– Josie ? Tu ne m'as jamais parlé de tes copines d'enfance, d'aucune.

– Je n'en avais pas beaucoup, je passais la majeure partie de mon temps avec Noah quand j'étais petite. Josie a déménagé juste avant ma dernière année de lycée.

– Oh.

Je ne vois pas pourquoi elle n'aurait pas eu plein de potes, ok, elle est un peu obsessionnelle et prude et obnubilée par la littérature… Elle est gentille, parfois, trop gentille, avec tout le monde. Sauf avec moi, bien sûr. Elle me cherche tout le temps des noises et j'aime ça. La plupart du temps.

Une demi-heure plus tard, nous n'avons toujours pas réussi à faire un tour complet à cause de mon brillant jeu de jambes.

– J'ai faim.

Elle regarde un chalet éclairé par des spots, qui vend de la nourriture. Je souris.

– Mais tu n'es pas tombée en m'attirant dans ta chute pour te retrouver sur moi, nos corps parfaitement alignés, pour que nous puissions nous regarder dans le blanc des yeux, comme dans les films.

– Nous ne sommes pas dans un film.

Je regrette qu'elle ne m'ait pas tenu la main en patinant, enfin, si j'avais pu tenir sur mes pieds, je l'aurais regretté. Tous les petits couples débordant de bonheur semblent se foutre de notre gueule en passant à côté de nous, main dans la main.

À la seconde où je quitte la glace, je retire ces atroces patins et retrouve la petite bonne femme pour qu'elle me rende mes godasses.

– Tu as vraiment un grand avenir sportif !

Tessa me taquine pour la millième fois quand je la rejoins au chalet.

Elle mange des churros en essuyant le sucre glace sur son sweat violet.

Je ris en levant les yeux au ciel. Mes chevilles me font encore mal à cause de ces merdes.

– J'aurais pu t'emmener dîner ailleurs, ce n'est pas franchement un dîner, ce que tu manges.

– C'est bon. Ça fait super-longtemps que je n'ai pas mangé de churros.

Elle a déjà dévoré les siens et la moitié des miens.

Je la surprends à m'observer encore une fois ; elle a l'air songeuse en scrutant mon visage. Je finis par lui demander :

– Pourquoi tu me mates comme ça ?

– Désolée… Je n'ai pas l'habitude de te voir sans tes piercings.

Elle détourne le regard un instant, puis recommence très vite à me mater.

– Ça ne change pas grand-chose.

Sans m'en rendre compte, mes doigts se sont posés sur ma bouche.

– Je sais… C'est juste bizarre. J'avais pris l'habitude de les voir.

Est-ce que je devrais les remettre ? Je ne les ai pas retirés seulement pour elle, c'est vrai ce que je lui ai dit. J'avais vraiment l'impression de me cacher derrière, d'utiliser ces petits anneaux de métal pour bloquer le monde à l'extérieur. Les piercings intimident et les gens sont moins enclins à t'adresser la parole ou à t'approcher. J'ai l'impression que je suis en train de dépasser ce stade de ma vie. Je ne veux plus m'éloigner du reste de l'humanité et plus particulièrement de Tessa. Je veux la faire entrer dans mon univers.

Je les ai fait faire quand j'étais ado en imitant la signature de ma mère, après avoir pris une cuite à tituber jusqu'au magasin. Le crétin qui me les a faits avait bien dû sentir que je puais l'alcool, mais il a posé les piercings en s'en foutant totalement. Je ne regrette pas de les avoir portés ; c'est juste que je n'ai plus envie de les avoir.

En revanche, je n'ai pas cette même sensation avec mes tatouages. Je les aime et je les aimerai toujours. Je continuerai à couvrir mon corps d'encre pour exprimer des idées que je n'arrive pas à formuler. Bon, ce n'est pas vraiment ça, quand je regarde tous ces trucs sans queue ni tête que j'ai pu me faire faire, mais ils sont cool, alors j'en ai rien à foutre.

Je tourne les yeux vers elle.

Elle reprend :

– Je ne veux pas que tu changes. Physiquement. Je veux seulement que tu me montres que tu peux te comporter normalement avec moi et que tu n'essaies pas de me contrôler. Je ne veux pas non plus que tu changes ta personnalité. Je veux seulement que tu te battes pour moi, pas que tu te transformes en un mec que tu imagines être mon genre.

Ses paroles tirent sur les cicatrices de mon cœur, menaçant d'en rouvrir les plaies.

– C'est pas ça.

J'essaie de changer pour elle, mais pas de cette manière. Ça, je l'ai fait pour moi, et pour elle.

– Les retirer, c'était juste une petite étape dans tout ça. Je veux essayer de devenir une meilleure personne, et les piercings me rappelaient de mauvais souvenirs d'une époque pas cool, d'une époque que je voudrais bien laisser derrière moi.

– Oh.

– Tu les aimais bien, alors ?

– Oui, beaucoup.

– Je pourrais les remettre, si tu veux ?

Elle secoue la tête. Je suis bien moins tendu qu'il y a deux heures. C'est Tessa, ma Tessa, et je ne devrais pas être nerveux.

– Seulement si tu en as envie.

– Je pourrais les remettre quand nous…

Je m'arrête en pleine phrase. Elle incline la tête de côté.

– Quand nous quoi ?

– Tu n'aimeras pas que je finisse cette phrase.

– Si. Qu'est-ce que tu allais dire ?

– Bien, comme tu voudras. J'allais dire que je pourrais toujours les remettre pour te baiser si ça t'excite tant que ça.

Son expression horrifiée me fait rire et elle se retourne pour vérifier que personne ne m'ait entendu.

– Hardin !

Elle hurle de rire, les joues toutes rouges.

– Je t'avais prévenue… En plus, je n'ai fait aucun commentaire déplacé de toute la soirée, je me disais que j'avais bien le droit d'en sortir un.

– C'est pas faux.

Elle boit une gorgée de limonade. Je veux lui demander si ça veut dire qu'elle s'imagine refaire l'amour avec moi puisqu'elle ne m'a pas corrigé, mais je me dis que ce n'est pas le bon moment. Ce n'est pas seulement parce que je veux sentir sa peau contre la mienne, c'est parce qu'elle me manque vraiment. On s'en sort plutôt bien ce soir, surtout si on compare cette sortie à toute notre histoire. Je sais que c'est en grande partie parce que, pour une fois, je ne joue pas les abrutis. Ce n'est pas si dur en fait, je dois juste réfléchir avant de sortir une grosse connerie.

Après quelques secondes de silence, elle se tourne vers moi.

– C'est ton anniversaire demain. Qu'est-ce que tu as prévu ?

Merde.

– Bien, euh… Logan et Nate ont genre organisé une soirée pour moi. J'avais prévu de ne pas y aller, mais Steph m'a dit qu'ils avaient dépensé un paquet de fric, alors je me suis dit que je devrais au moins y passer. À moins que… tu voulais faire un truc ? Je peux ne pas y aller.

– Non, c'est bon. Je suis sûre que la soirée sera bien plus fun.

– Tu pourrais venir ?

Et parce que je sais déjà ce qu'elle va dire, j'ajoute :

– Personne ne sait ce qui se passe entre nous, sauf Zed bien sûr.

J'ai besoin de me concentrer pour ne pas penser à la raison pour laquelle Zed est au courant des détails de ma vie amoureuse.

– Non merci.

Son sourire, quand elle me répond, n'atteint pas ses yeux.

– Je ne suis pas du tout obligé d'y aller.

Si elle veut passer mon anniversaire avec moi, alors Logan et Nate peuvent aller se faire foutre.

– Non, vraiment, c'est bon. J'ai des trucs à faire de toute façon.

Et elle détourne les yeux.

∞

103
Tessa

– Tu as prévu un truc pour le reste de la soirée ?

Hardin se gare devant chez son père. Je lui réponds en souriant.

– Non, juste réviser et dormir. Une nuit sauvage !

– J'ai besoin de dormir.

Il fronce les sourcils, caressant de l'index le bord de son volant.

– Tu ne dors pas ? (*Bien sûr qu'il ne dort pas.*) Est-ce… Est-ce que tu as…

– Ouais, toutes les nuits.

– Je suis désolée.

Je déteste ça, mon cœur saigne. Je hais ces cauchemars qui le hantent. Je ne supporte pas d'être son seul remède, la seule barrière contre ses tourments.

– Ça va. Je vais bien.

Il fanfaronne, mais les cernes sous ses yeux me disent le contraire.

L'inviter à monter serait terriblement stupide. Je suis censée réfléchir à ce que je veux faire de ma vie à partir d'aujourd'hui, pas passer la nuit avec Hardin. C'est tellement bizarre qu'il me dépose chez son père ; c'est exactement la raison pour laquelle j'ai besoin d'avoir mon propre appartement.

– Tu pourrais monter ? Juste pour dormir un peu, il est encore tôt.

Il relève soudain la tête à cette proposition.

– Tu accepterais de faire ça ?

Je hoche la tête avant de laisser mes pensées m'envahir.

– Bien sûr, mais juste pour dormir.

– Je sais, Tess.

– Ce n'est pas ce que je voulais dire…

– C'est bon, j'ai compris.

Il soupire.

Okay…

Il y a comme une distance entre nous, qui est à la fois inconfortable et nécessaire. J'ai envie de tendre la main pour repousser cette mèche de cheveux solitaire tombée sur son front, mais ce serait trop. J'ai besoin de cette distance, tout comme j'ai besoin d'Hardin. C'est très perturbant et je sais que l'inviter à monter ne va pas m'aider à y voir plus clair, mais j'ai vraiment envie qu'il parvienne à dormir.

Je lui fais un petit sourire et il me fixe un instant avant de secouer la tête et d'ajouter :

– Tu sais, il vaudrait mieux pas. J'ai du travail et…

– C'est bon. Vraiment.

J'ouvre la portière de la voiture pour échapper à mon humiliation. Je n'aurais pas dû faire ça. Je suis censée prendre de la distance et me voilà à me faire repousser… encore.

Au moment où j'arrive devant la porte, je me rappelle que j'ai oublié ma robe et mes chaussures dans la voiture d'Hardin, mais il est déjà en train de reculer dans l'allée quand je me retourne.

Lorsque je me démaquille ce soir-là et me prépare à aller me coucher, je repasse dans ma tête encore et encore tous les détails de notre rendez-vous. Hardin était si… gentil. Hardin était gentil. Il avait fait un effort vestimentaire et ça ne s'est pas terminé en bagarre, il n'a même insulté personne. Il a fait de gros progrès. Je ricane comme une idiote lorsque je me rappelle ses chutes sur la glace, il était visiblement excédé, mais c'était trop drôle de le voir tomber. Il est si grand et dégingandé. Ses jambes tremblaient sur les patins. C'était sans conteste l'une des choses les plus drôles qu'il m'ait été donné de voir.

Je ne sais pas trop quoi penser du fait qu'il ait retiré ses piercings, mais il n'a pas arrêté de me répéter qu'il a fait ça pour lui, alors ça ne me regarde pas. Je me demande ce que ses amis vont en dire.

Mon humeur a légèrement changé quand il m'a parlé de sa soirée d'anniversaire. Je ne sais pas trop à quoi je m'attendais, mais je ne m'imaginais pas qu'il allait faire une fête. Je suis bête, après tout, c'est son *vingt et unième* anniversaire.

Plus que tout, je voudrais le passer avec lui, mais chaque fois que je mets les pieds dans cette satanée fraternité, il se passe quelque chose d'horrible, alors je préfère rompre ce cycle, plus encore à ce stade si fragile de notre relation. La dernière chose dont j'aie besoin, c'est de boire et de faire empirer les choses. J'aimerais lui trouver un cadeau pour son anniversaire. Je suis nulle en cadeau, mais je vais bien trouver un truc.

Je frappe à la chambre de Landon, mais il ne répond pas. J'entrebâille la porte, et je vois qu'il dort ; je décide alors d'aller me coucher.

Le lendemain matin, j'envoie un message à Hardin dès que je me réveille pour lui souhaiter un bon anniversaire et je vais m'habiller en attendant sa réponse.

En soupirant, je mets mon téléphone dans mon sac et descends pour retrouver Landon. Je dois lui avouer que je vais louper la moitié des cours aujourd'hui pour trouver un cadeau d'anniversaire pour Hardin.

∞

104

Hardin

– Ça va déchirer, mec.

Nate grimpe sur le mur de pierres au fond du parking.

– Évidemment.

Je bouge pour ne pas me prendre la fumée de la clope de Logan dans la gueule et vais m'asseoir à côté de Nate. Logan continue :

– Grave, et tu as intérêt à ne pas faire ta fiotte et à te pointer, parce que ça fait des mois que j'ai prévu ça.

Je balance mes jambes d'avant en arrière et, l'espace d'un instant, je pense à faire tomber Logan du mur pour toutes les merdes qu'il m'a balancées à propos de mes piercings.

– Je t'ai déjà dit que je me pointerai.

– Tu viens avec elle ?

Nate parle à l'évidence de Tess.

– Non, elle est occupée.

– Occupée ? Mec, c'est ton vingt et unième anniversaire. T'as viré tes piercings pour elle, il faut qu'elle soit là, remarque Logan.

– Chaque fois qu'elle se pointe, tout se barre en couille. Et putain, pour la dernière fois, je n'ai pas viré mes piercings pour elle.

Je lève les yeux au ciel et suis du bout du pied les craquelures dans le béton.

– Peut-être que tu devrais lui demander de péter encore la gueule de Molly, c'était absolument génial, s'étouffe Nate.

– C'était tellement drôle. En plus, elle est marrante quand elle est bourrée. Et quand elle se met à jurer, c'est vraiment comique.

Logan se marre avec Nate.

– Putain, vous allez fermer votre gueule tous les deux ? Elle ne vient pas.

– C'est bon, calme-toi, rétorque Nate en souriant.

Fait chier qu'ils m'aient organisé une soirée parce que je voulais passer mon anniversaire avec Tessa. Je n'en ai un peu rien à carrer des anniversaires, mais je voulais la voir. Je sais qu'elle n'a rien à faire, c'est juste qu'elle ne veut pas s'approcher de mes potes, et je ne peux pas lui en vouloir.

Nate me teste.

– Il se passe un truc entre Zed et toi ?

– Ouais, il joue au con et il ne veut pas lâcher Tessa. Pourquoi ?

– Je me demandais, parce que j'ai vu Tessa aller dans le bâtiment des sciences de la terre environnementales, ou quelque chose comme ça, et j'ai trouvé ça bizarre…

– C'était quand ?

– Genre il y a deux jours. Lundi, je crois.

– T'es…

Je m'arrête au milieu de ma phrase, j'ai compris qu'il sait pertinemment que c'était lundi.

Tessa, quelle partie de « reste loin de Zed » ne comprends-tu pas ?

– Tu t'en fous s'il se pointe, hein ? Parce qu'on en a déjà parlé à tout le monde et je n'ai pas envie d'appeler qui que ce soit pour lui dire ne pas venir.

Dans notre groupe, c'est toujours Nate qui a été le plus sympa.

– Je m'en branle, c'est pas lui qui la baise, c'est moi.

Ma réponse le fait rire. Si seulement il savait ce qui se passe vraiment !

Nate et Logan me lâchent devant le gymnase et je dois admettre que j'ai un peu la trouille de voir Tessa. Je me demande comment elle s'est coiffée aujourd'hui et si elle porte ce pantalon que j'aime tant.

Je déconne complètement, ou quoi ? Ça me troue toujours de constater à quel point je pense aux trucs les plus cons. Il y a des mois, si quelqu'un m'avait dit que je divaguerais en pensant à la coiffure d'une fille, je lui aurais pété les dents. Et me voilà à espérer qu'elle ait attaché ses cheveux pour que je puisse voir son visage.

Un peu plus tard dans la journée, je me retrouve encore dans cette fraternité. C'est dingue, il y a une éternité que j'y ai vécu. Ça ne me manque pas du tout, mais je n'aime pas vraiment vivre tout seul dans l'appartement.

Cette année a été complètement démente. J'ai du mal à croire que j'ai vingt et un ans et que j'aurai terminé l'université l'année prochaine. Ma mère n'a pas arrêté de pleurer au téléphone tout à l'heure en disant des trucs genre que j'ai grandi trop vite. J'ai fini par raccrocher parce qu'elle ne voulait pas s'arrêter. À ma décharge, je l'ai fait plus ou moins poliment, disant que mon téléphone s'était déchargé pendant la conversation.

La baraque est blindée, il y a des voitures partout dans la rue, je me demande ce que foutent tous ces gens ici pour mon anniversaire. Je sais que la fête n'est pas seulement pour moi. C'est juste une excuse pour faire une soirée de malade, mais quand même. Juste au moment où je me mets à regretter que Tessa ne soit pas là, je repère les horribles cheveux roses de Molly, finalement je suis content de l'absence de Tessa.

– Alors, voilà le héros de la soirée.

Elle entre devant moi dans la maison.

– Scott !

Tristan m'appelle depuis la cuisine. Je vois qu'il a déjà bien commencé à boire.

– Où est Tessa ? demande Steph.

Tous mes amis se sont regroupés en cercle et me dévisagent alors que j'essaie de trouver une réponse immédiate. La dernière chose dont j'ai besoin, c'est qu'ils sachent que j'essaie de la persuader de se remettre avec moi.

– Attends… plus important, où sont tes piercings, bordel ?

Steph pose ses mains sous mon menton et lève ma tête pour m'examiner comme un putain de rat de laboratoire. Je recule.

– Pas touche !

– Bordel de bordel de merde ! Tu es en train de te transformer en l'un d'eux.

Molly désigne un groupe de connards en mode gentils fils à papa, de l'autre côté de la pièce.

– Non.

Je l'assassine du regard, mais elle rit comme une hyène.

– Mais si ! Elle t'a dit de les virer, c'est ça, hein ?

– Non, elle m'a rien demandé. Je les ai virés parce que j'en avais envie. Merde. Occupe-toi de tes fesses.

– Ouais, c'est ça !

Dieu merci, elle se barre. Steph s'approche.

– Ignore-la. Bon, est-ce que Tessa va venir ? (Je secoue la tête.) Elle me manque ! J'aimerais la voir plus souvent.

Elle prend une gorgée dans son gobelet rouge.

– Moi aussi.

Je marmonne plus que je ne parle et j'en profite pour remplir un gobelet d'eau. À mon grand désespoir, plus la nuit avance, plus forte est la musique, les voix aussi d'ailleurs.

Avant vingt heures, tout le monde est déjà bourré. Je n'ai pas encore décidé si j'avais envie de boire ou pas. Après avoir détruit la porcelaine de Karen cette nuit-là chez mon père, je suis resté un bon bout de temps sans boire… enfin la plupart du temps. C'est à peine si je me souviens de mes premiers jours de fac, bouteille après bouteille, pétasse après pétasse, tout s'embrouille et j'en suis content. Rien n'avait de sens avant Tessa. Je trouve une place sur le canapé à côté de Tristan et je rêvasse en pensant à elle pendant que mes amis font encore une partie d'un quelconque jeu à boire pour les cons.

∞

105

Tessa

SALUT.

C'est un texto d'Hardin.

L'envolée de papillons dans mon ventre est parfaitement ridicule.

ÇA SE PASSE BIEN TA SOIRÉE ?

J'avale une bonne poignée de pop-corn. Ça fait deux heures que je fixe l'écran de ma liseuse et j'ai besoin d'une pause. Sa réponse arrive.

POURRIE. JE PEUX VENIR CHEZ TOI ?

J'en bondis hors du lit. J'ai pris ma décision tout à l'heure après avoir passé des heures à chercher un cadeau décent ; mon besoin de temps et d'espace peut bien attendre après son anniversaire. Je me moque de savoir à quel point c'est pathétique et que ça fait de moi une fille en manque d'affection. S'il préfère passer du temps avec moi plutôt qu'avec ses amis, je suis preneuse. Il essaie vraiment de faire des efforts, je dois le reconnaître ; évidemment, nous devons toujours discuter du fait qu'il ne voit pas d'avenir avec moi et des conséquences sur ma carrière, mais ça peut attendre demain.

OUI, TU SERAS LÀ DANS COMBIEN DE TEMPS ?

Je fouille dans la commode pour trouver le top bleu KMJ sans manches qu'Hardin avait trouvé si seyant. Je me demande ce qu'il va porter. Est-ce que ses cheveux seront repoussés en arrière comme hier ? Est-ce que sa soirée était ennuyeuse sans moi et qu'il préfère passer du temps avec moi ? Il est vraiment en train de changer et je l'aime d'autant plus pour ça.

Pourquoi ai-je la tête qui tourne ?

TRENTE MINUTES.

Je me précipite dans la salle de bains pour me brosser les dents et me débarrasser des grains de pop-corn. Je ne devrais pas l'embrasser, si ? Mais c'est son anniversaire… Un baiser, ce n'est pas si terrible et, soyons honnête, il mérite bien un baiser pour tous les efforts qu'il a déployés jusqu'à présent. Un baiser ne mettra pas à mal tout ce que j'essaie de mettre en place.

Je retouche mon maquillage et me brosse les cheveux avant de les attacher en queue-de-cheval. À l'évidence, dès qu'Hardin est impliqué, je n'ai plus aucun sens commun, mais je me gronderai demain. Je sais qu'il ne fête pas vraiment son anniversaire, mais j'aimerais que celui-ci soit différent, qu'il sache que cette journée est importante.

J'attrape le cadeau que je lui ai acheté et l'emballe rapidement. J'ai trouvé un papier cadeau avec des notes de musique qui pourrait très bien servir pour couvrir des livres. Je deviens nerveuse et je me disperse, alors que je ne devrais pas. Un dernier texto :

OK, A TOUTE.

Et je descends au rez-de-chaussée après avoir écrit son nom sur l'étiquette du paquet cadeau.

Karen est en train de danser sur une vieille chanson de Luther Vandross, ce qui me fait rigoler. Quand elle se retourne, ses joues sont toutes rouges. Elle est visiblement gênée.

– Désolée, je ne savais pas que tu étais là.

– J'adore cette chanson. Mon père la passait tout le temps.

– Il a bon goût alors.

– Oui, il avait bon goût.

Le souvenir de mon père, à peu près décent, me faisant tourbillonner dans la cuisine, me fait sourire… Le soir même, il avait foutu un œil au beurre noir à ma mère, pour la première fois.

– Quels sont tes plans pour la soirée ? Landon est encore à la bibliothèque.

Je le sais déjà.

– Je vous cherchais pour vous demander si vous pouviez m'aider à faire un gâteau pour Hardin. C'est son anniversaire et il devrait arriver d'ici une demi-heure.

Je ne peux pas m'empêcher de sourire.

– Vraiment ? On peut rapidement faire une génoise… en fait, on pourrait même faire un gâteau fourré à deux étages. Qu'est-ce qu'il préfère, le chocolat ou la vanille ?

– Biscuit au chocolat avec crème au chocolat et glaçage au chocolat !

Parfois, j'ai l'impression de ne pas du tout le connaître, mais parfois, j'ai l'impression de mieux le connaître que moi-même.

– Ok, tu me sors les bols et les moules, s'il te plaît ?

Trente minutes plus tard, j'attends que le chocolat refroidisse pour pouvoir faire le glaçage avant qu'Hardin n'arrive. Karen a retrouvé de vieilles bougies, il ne restait plus qu'un 1 et un 3, mais je sais qu'il va trouver ça drôle.

Je vais regarder par la fenêtre du salon pour voir s'il est déjà arrivé, mais je ne vois personne dans l'allée. Il a probablement pris un peu de retard, ça ne fait que quarante-cinq minutes.

– Ken va rentrer dans une heure environ, il est allé dîner avec des collègues. Je suis horrible, j'ai prétendu que j'avais mal au ventre. Je déteste ces soirées.

Son rire est communicatif et je glousse doucement, car je m'applique à poser le glaçage sur les côtés du gâteau.

– Je vous comprends très bien.

Après avoir aligné les bougies pour former un treize, je décide que trente et un serait finalement mieux. Ces bougies un peu kitsch nous font bien rire, Karen et moi. Je me bats ensuite contre la poche à douille pour écrire le nom d'Hardin.

– Il a… une bonne tête.

Karen ment, mais bon je ne suis décidément pas douée pour le glaçage.

– C'est l'intention qui compte. Enfin, il vaut mieux que ce soit le cas…

– Il va l'adorer.

Karen remonte à l'étage pour me laisser un peu d'intimité quand Hardin arrivera.

Ça fait maintenant une heure qu'il m'a envoyé son dernier message et je suis assise toute seule dans la cuisine à attendre. J'ai envie de l'appeler, mais s'il décidait de ne pas venir, il m'appellerait pour me prévenir.

Mais il va venir. C'était son idée de toute façon. Il va venir.

∞

106

Hardin

Pour la troisième fois, Nate essaie de me refiler un verre.

– Vas-y mec. Juste un verre. C'est ton vingt et unième anniversaire, mon gars. C'est illégal de *ne pas* boire.

Parce que ça va m'aider à me sortir d'ici plus facilement, je finis par céder.

– Ok, un verre, mais c'est tout.

En souriant, il me tend un gobelet et chope la bouteille que Tristan avait dans la main.

– Ok, mais bon, fais en sorte qu'il dure.

Je lève les yeux au ciel avant d'avaler une gorgée du liquide brun.

– C'est bon, c'est bon. Maintenant, tu peux me foutre la paix ?

Il hoche la tête pour acquiescer et je vais dans la cuisine pour boire un autre verre d'eau et là, putain, de tous les mecs présents à la soirée, c'est Zed qui m'interpelle. Il me tend mon téléphone et me dit :

– Tiens. Tu l'as laissé sur le canapé quand tu t'es levé.

Puis il se casse dans une autre pièce.

∞

107

Tessa

Au bout de deux heures d'attente, je laisse le gâteau sur l'îlot central et monte à l'étage pour me démaquiller et mettre mon pyjama. Voilà ce qui se passe chaque fois que je m'autorise à lui laisser une nouvelle chance. Elle me revient en boomerang en pleine figure.

Je croyais vraiment qu'il allait venir, je suis tellement bête. J'étais là, à lui préparer un gâteau… Bon sang, je suis vraiment stupide.

Avant de m'autoriser à pleurer, j'attrape mon casque. La musique se déverse dans mes oreilles, alors que je m'allonge sur mon lit en faisant de mon mieux pour ne pas être trop dure envers moi-même. Il était si différent hier soir, pratiquement un sans-faute, mais ses remarques perverses et vulgaires m'ont manqué. Je prétends les détester mais, en secret, je les adore.

Je suis contente que Landon ne soit pas venu me faire un petit coucou quand je l'ai entendu rentrer. Je gardais encore un peu d'espoir et j'aurais eu l'air plus ridicule encore, même s'il ne m'avait fait aucune remarque, bien sûr.

Je tends la main pour éteindre ma lampe de chevet, puis je baisse légèrement le volume de la musique. Il y a un mois, j'aurais sauté dans ma voiture et je serais allée jusqu'à cette stupide maison pour lui demander pourquoi il m'avait posé un lapin, mais plus maintenant. Là, je n'ai pas envie de me battre pour lui. Je n'en ai plus envie.

Je suis réveillée par la sonnerie de mon téléphone directement dans mes oreilles. Je l'entends dans mes écouteurs, ce qui me fait sursauter.

C'est Hardin. Et il est presque minuit.

Ne décroche pas ce téléphone, Tessa.

Je dois littéralement me forcer à ignorer son appel et à éteindre mon téléphone. Je programme le réveil sur la table de chevet et ferme les yeux.

Bien sûr, il m'appelle complètement bourré après m'avoir oubliée dans un coin. J'aurais dû m'en douter.

∞

108
Hardin

Ça me rend taré que Tessa ne réponde pas à mes appels. Putain, c'est encore mon anniversaire, enfin pour quinze minutes, et elle ne décroche pas son téléphone ?

Ouais, j'aurais probablement dû l'appeler un peu plus tôt, mais quand même. Elle n'a même pas répondu au texto que j'ai envoyé il y a plus de deux heures. Je croyais qu'on avait passé une bonne soirée hier, elle m'a même invité à entrer pour m'aider à dormir. Ça m'a tué de refuser, mais je savais ce qui allait se passer si je montais dans sa chambre. J'aurais voulu aller trop vite et c'est à elle de faire le premier pas. Je ne veux pas profiter d'elle maintenant, même si, putain, j'en ai grave envie.

– Je crois que je vais y aller.

Je force Logan à s'extraire des bras de la brune à peau mate qu'il semble bien kiffer.

– Nan, tu peux pas partir avant… oh, les voilà !

Il me montre un truc du doigt. Je me retourne et je vois deux filles en imperméable qui s'approchent. *Putain, j'y crois pas !* Dans le salon, tout ce que j'entends, c'est la foule en délire qui applaudit.

– Je ne donne pas dans les strip-teaseuses.

– Allez ! Comment tu sais qu'elles sont strip-teaseuses, d'abord ?

– Elles portent des putains d'imperméables avec des talons aiguilles ! C'est hyper con.

– Allez, mec ! Tessa n'en aura rien à foutre.

– C'est pas la question.

En fait si. C'est pas la seule question, mais c'est la plus importante. Une des filles demande :

– C'est lui le héros de la fête ?

Son rouge à lèvres carmin me donne déjà la migraine. Je bondis vers la porte.

– Non, non, non. Ce n'est pas moi.

– Allez, Hardin !

Jamais de la vie, je ne vais pas par là. Tessa péterait un plomb si elle savait qu'il y a des strip-teaseuses autour de moi. Je l'entends d'ici me hurler dessus. Je regrette qu'elle n'ait pas décroché quand je l'ai appelée. J'essaie encore de la joindre alors que Nate tente de m'appeler en double appel. Je n'y retourne pas, impossible. J'ai assez participé à ma fête d'anniversaire.

Je suis sûr qu'elle m'en veut de ne pas l'avoir appelée plus tôt, mais je ne sais jamais quand je dois l'appeler ou pas. Je ne veux pas la pousser, mais je ne veux pas non plus lui laisser trop le champ libre. C'est un équilibre précaire à trouver et, putain, je ne suis pas doué pour ça.

Je vérifie sur mon téléphone encore une fois qu'elle n'ait pas essayé de me joindre et je vois que le SALUT que je lui ai envoyé est le dernier message de notre conversation. On dirait bien que je vais me taper une traversée du désert pour ma fin de soirée en solitaire dans l'appartement. Un putain d'anniversaire, quoi.

∞

109

Tessa

Je me réveille au son d'une étrange alarme et ça me prend quelques secondes avant de me rappeler que j'ai éteint mon téléphone hier soir à cause d'Hardin. Puis, je me souviens de m'être assise devant l'îlot central de la cuisine et d'avoir vu mon excitation s'amenuiser à chaque minute qui passait et, pour finir, il n'a même pas montré le bout de son nez.

Je me débarbouille puis me prépare pour le long trajet jusqu'à chez Vance. S'il y a bien une chose que je regrette de notre appartement, c'est la courte distance jusqu'à mon bureau. Et Hardin. Et les étagères de livres qui couvrent le mur. Et Hardin. Et la petite cuisine vraiment parfaite. Et cette lampe. Et Hardin.

Quand je descends, Karen est seule dans la cuisine. Mon regard se pose directement sur le gâteau avec les bougies et le gribouillis qui hier soir disait *Hardin* et qui, à force de couler toute la nuit, s'est transformé en *Merde* ou presque.

C'est peut-être ça.

– Il n'a pas pu venir finalement ?

Je ne peux pas la regarder dans les yeux.

– Oui… C'est ce que je me suis dit.

Elle m'offre un petit sourire de consolation et essuie ses lunettes sur son tablier.

C'est la parfaite femme au foyer, elle est tout le temps en train de cuisiner ou de nettoyer quelque chose mais, plus encore, elle est tout le temps gentille. Elle aime tant son mari et toute sa famille, même son beau-fils malpoli.

– Ça va.

Je hausse les épaules et me verse une tasse de café.

– Tu peux t'autoriser à craquer de temps en temps, ma chérie.

– Je sais, mais c'est plus facile de dire que ça va.

– Ce n'est pas censé être facile.

L'ironie de son commentaire me fait presque rire ; elle a employé les mêmes mots qu'Hardin contre moi.

– Dis-moi, nous pensions aller faire un tour à la plage la semaine prochaine. Si tu veux venir, ce serait génial.

L'une des choses que j'aime chez la mère de Landon, c'est qu'elle ne pousse jamais à parler de quoi que ce soit.

– À la plage ? En février ?

– Nous avons un bateau et nous aimons bien sortir en mer avant qu'il ne fasse trop chaud. Nous allons observer les baleines, c'est vraiment très sympa. Tu devrais venir.

– Vraiment ?

Je ne suis jamais montée sur un bateau de toute ma vie et l'idée me terrifie, mais aller observer les baleines m'intéresse.

– Ouais, d'accord.

– Super ! Nous passerons un très bon moment.

Elle sort de la cuisine.

En arrivant chez Vance, je finis par rallumer mon téléphone. Il faut que j'arrête de l'éteindre quand je suis en colère. La prochaine fois, je peux juste ignorer les appels d'Hardin. S'il était arrivé quelque chose à ma mère, elle n'aurait pas pu me joindre et je me serais sentie mal.

Lorsque je sors de l'ascenseur, Kimberly et Christian sont penchés l'un vers l'autre. Il lui murmure quelque chose à l'oreille, ce qui la fait glousser, puis elle remet ses cheveux en place en souriant. Il l'embrasse et tous deux partagent un sourire. Je me dépêche de rentrer dans mon bureau pour appeler ma mère, me disant qu'il est temps de le faire, mais elle ne répond pas.

Le manuscrit qu'on m'a confié me désespère au bout de cinq pages. Je parcours rapidement les dernières pages, je vois que j'ai raison et je pousse un gros soupir. J'en ai marre de lire toujours la même histoire : la fille rencontre le garçon, le garçon tombe amoureux, un problème survient, ils se réconcilient, se marient, font des enfants, fin. Je le balance à la poubelle sans en lire davantage. Je culpabilise de ne pas lui donner une petite chance, mais ça ne passe pas.

J'ai besoin d'une vraie histoire, avec de vrais problèmes, plus qu'une dispute, voire une rupture. Ou alors une vraie rupture. Des gens qui se font mal mais continuent à revenir à la charge… comme moi, en fait. Je le réalise seulement maintenant.

Christian passe devant mon bureau et je prends une grande inspiration avant de me lever pour le suivre. Je lisse ma jupe et essaie de répéter ce que je veux lui dire à propos de Seattle. J'espère qu'Hardin ne va pas réduire à néant toutes mes chances d'y aller.

Je frappe doucement à la porte de son bureau :

– Monsieur Vance ?

– Tessa ? Entre.

Il me sourit.

– Je suis désolée de vous déranger, mais je me demandais si je pouvais vous parler cinq minutes ? (Il me fait signe de prendre place.) Je pensais à Seattle et je me demandais si, par hasard, il n'y aurait pas une place pour moi dans l'équipe là-bas ? Je comprendrais si vous me disiez qu'il est trop tard, mais j'aimerais vraiment y aller, Trevor m'en a parlé et je pensais que ça pourrait être une très bonne opportunité pour moi si…

Christian lève la main pour m'interrompre :

– Tu veux vraiment y aller ? Seattle est une ville bien différente d'ici.

Son regard vert est très doux, mais j'ai l'impression qu'il n'est pas convaincu.

– Oui, certaine. J'aimerais vraiment beaucoup y aller…

C'est vrai. Sérieusement. Non ?

– Et Hardin ? Est-ce qu'il te suivrait ?

Il tire sur le nœud de sa cravate à motifs pour la desserrer.

Est-ce que je devrais lui dire qu'Hardin refuse d'y aller ? Que sa place dans mon avenir est incertaine au possible, qu'il est entêté et paranoïaque. À la place, j'opte pour un :

– C'est encore en discussion.

Monsieur Vance me regarde dans les yeux.

– Entièrement d'accord pour que tu viennes avec nous à Seattle. Hardin aussi. Il peut suivre et peut-être même récupérer son ancien boulot. (Il sourit.) Enfin, s'il arrive à la fermer.

– Vraiment ?

– Oui, bien sûr. Tu aurais dû m'en parler plus tôt.

Il joue encore un peu avec sa cravate avant de la retirer complètement et de la poser sur le bureau.

– Merci beaucoup ! J'apprécie vraiment !

Je suis sincère.

– Tu sais quand tu seras prête à y aller ? Kim, Trevor et moi partirons dans environ deux semaines, mais tu peux nous rejoindre quand tu veux. Il va falloir que tu transfères ton dossier universitaire.

– Deux semaines devraient faire l'affaire.

J'ai répondu avant même de réfléchir.

– Parfait, vraiment parfait. Kim sera aux anges.

Il sourit encore et je vois ses yeux tomber sur la photo de Kimberly et de Smith sur son bureau.

– Encore merci, ça compte tellement pour moi.

Je quitte son bureau.

Seattle.

Deux semaines. Bon sang de bois, je déménage à Seattle dans deux semaines. Je suis prête.

Je suis prête, hein ?

Bien sûr que je suis prête, ça fait des années que j'attends ce moment. C'est juste que je ne m'attendais pas à ce qu'il arrive aussi rapidement.

∞

110

Tessa

J'attends devant chez Zed, espérant qu'il arrive rapidement. J'ai vraiment besoin de lui parler et il m'a dit qu'il était sur le chemin du retour. Il revient du travail. Je me suis arrêtée en route pour prendre un café et faire passer un peu le temps. Après quelques minutes d'attente, je le vois se garer, son van diffuse des sons incroyablement forts. Lorsqu'il descend, il est si beau, simplement vêtu d'un jean noir et d'un tee-shirt rouge aux manches coupées, un blouson à la main. J'en perds de vue quelques instants l'objet de ma visite.

– Tessa !

Il m'invite à entrer, un grand sourire aux lèvres, me prépare un café, puis se sert un soda. Nous entrons ensemble dans le salon.

– Zed, j'ai quelque chose à te dire, je crois. Mais d'abord, je veux te dire un autre truc.

Il pose sa main derrière sa tête et s'adosse au canapé.

– C'est à propos de la fête hier soir ?

– Tu y étais ?

Je repousse ma révélation à plus tard et m'assieds sur une chaise face au canapé.

– Ouais, j'y suis passé, mais quand les strip-teaseuses sont arrivées, je suis parti.

Zed se frotte la nuque et je retiens mon souffle.

– Des strip-teaseuses ?

Je pose ma tasse de café sur la table avant de renverser le liquide brûlant sur mes genoux.

– Ouais, tout le monde était totalement bourré et, en plus, ils ont fait venir des strip-teaseuses. C'est pas mon truc, alors je suis parti.

Je préparais un gâteau pour Hardin et prévoyais de passer son anniversaire avec lui pendant qu'il se pintait avec des strip-teaseuses ?

– Est-ce qu'il s'est passé quelque chose à la fête ?

Je ne peux plus me sortir ces strip-teaseuses de la tête. Comment Hardin a-t-il pu me poser un lapin pour ça ?

– Non, pas vraiment, c'était juste une soirée normale. Tu as parlé à Hardin ?

Il garde les yeux rivés à sa cannette, jouant avec l'opercule du bout des doigts.

– Non, je…

Je ne veux pas admettre qu'il m'ait posé un lapin.

– Qu'est-ce que tu voulais me dire ?

– Il m'a dit qu'il viendrait me voir, mais il n'est pas venu.

– C'est nul.

– Je sais, et tu sais le pire dans tout ça ? C'est que nous avons passé une très bonne soirée quand il m'a donné rendez-vous et je croyais qu'il allait vraiment se mettre à penser à moi en priorité.

Les yeux de Zed sont pleins de sympathie.

– Puis il a choisi de passer la soirée avec ses potes plutôt qu'avec toi.

– Ouais…

Je ne sais vraiment pas quoi dire d'autre.

– Je crois que ça montre bien qui il est et qu'il ne va pas changer. Tu vois ?

Est-ce qu'il a raison ?

– Je sais. J'aurais préféré qu'il m'en parle ou me dise juste qu'il ne voulait pas venir plutôt que de me laisser poireauter pendant des heures.

Mes doigts triturent les coins de la table et arrachent des petits bouts de bois.

– Je ne pense pas que tu devrais lui en parler ; s'il pensait que tu en valais la peine, il serait venu et ne t'aurait pas laissée comme ça.

– Je sais que tu as raison, mais c'est le plus grand problème de notre relation. Nous ne parlons pas, nous sautons tous les deux sur des conclusions hâtives et finissons par nous hurler dessus et l'un de nous quitte l'autre.

Je sais que Zed essaie de m'aider, mais je veux vraiment qu'Hardin m'explique en face pourquoi il préfère passer sa soirée avec des strip-teaseuses plutôt qu'avec moi.

– Je croyais que votre relation était terminée ?

– C'est le cas… enfin, pas vraiment, mais… je ne sais même pas comment l'expliquer.

Je suis psychologiquement épuisée et, parfois, la présence de Zed me retourne la tête encore un peu plus.

– C'est ton choix. J'aimerais juste que tu arrêtes de perdre ton temps avec lui.

Il soupire et se lève du canapé.

– Je sais.

Je regarde sur mon téléphone si Hardin ne m'a pas laissé de message, mais il n'y a rien.

– Tu as faim ?

Dans la cuisine, Zed lance sa cannette dans la poubelle.

∞

111
Hardin

Cet appartement est foutrement vide.

Je déteste y passer du temps sans elle, tellement de choses me manquent : ses jambes sur mes genoux pendant qu'elle révise, ce qui me permet de la regarder à son insu en faisant semblant de bosser ; sa manière de me taper sur le bras avec son stylo sans arrêt jusqu'à ce que je le lui arrache des mains et le tienne au-dessus de sa tête, ce qu'elle prétend être énervant, mais je sais qu'elle ne fait ça que pour attirer mon attention ; sa façon de me grimper systématiquement dessus pour attraper des objets derrière moi nous amenant à chaque fois à la même chose, ce qui à l'évidence est plutôt agréable pour moi.

– Putain !

Il n'y a que moi pour entendre mon exclamation. Je repose mon classeur. Je n'ai rien foutu aujourd'hui, ni hier non plus, ni ces deux dernières semaines en fait.

Je suis toujours aussi énervé qu'elle n'ait pas répondu à mon message hier soir mais, plus que tout, j'ai envie de la voir. Je suis presque sûr qu'elle est chez mon père, je devrais y passer pour aller lui parler. Si je l'appelle, elle pourrait ne pas décrocher et ça va me rendre fou, je vais juste aller y faire un tour.

Je sais que je suis censé la laisser respirer, mais sérieux… ça fait chier. Ça ne marche pas pour moi et j'espère que ça ne fonctionne pas pour elle non plus.

Le temps que j'arrive chez mon père, il est presque sept heures et la voiture de Tessa n'est pas encore là.

C'est quoi ce merdier ?

Elle fait probablement des courses, ou elle étudie à la bibliothèque avec Landon, ou une merde dans le genre. Dès que je vois Landon sur le canapé avec un bouquin sur les genoux, je sais que j'ai tort. Génial. J'entre dans la pièce.

– Où est-elle ?

Je suis à deux doigts de m'asseoir à côté de lui, mais finalement, je décide de rester debout, ce serait trop chelou de me poser avec lui.

– Je ne sais pas, je ne l'ai pas vue aujourd'hui.

Il lève à peine les yeux de son livre.

– Tu lui as parlé ?

– Non.

– Pourquoi ?

– En effet, pourquoi ? Tout le monde n'a pas besoin de la marquer à la culotte.

– Va te faire foutre.

– Je ne sais vraiment pas où elle est.

– Bon, bah, je vais attendre ici alors…

Dans la cuisine, je m'assieds à l'îlot central. Ce n'est pas parce que maintenant je le supporte plus ou moins bien que je vais me planter à côté de lui et le regarder faire ses devoirs.

Il y a un gâteau au chocolat sur une assiette devant moi, avec des bougies dessus. Est-ce que c'est censé être le gâteau d'anniversaire de quelqu'un ?

– C'est pour qui ce gâteau de merde dans la cuisine ?

Je gueule la question par-dessus mon épaule, mais je n'arrive pas à lire le nom écrit dessus si le glaçage est censé être un nom.

– C'est ton gâteau de merde.

Lorsque je me retourne, Karen me fait un sourire caustique. Je ne l'avais même pas vue entrer.

– Le mien ? Les bougies disent trente et un.

– Ce sont les seules bougies que j'avais et Tessa les a vraiment adorées.

Il y a quelque chose dans le ton de sa voix qui ne va pas. Est-ce qu'elle est en colère ?

– Tessa ? Je ne comprends pas.

– Elle te l'a préparé hier soir en attendant que tu arrives.

Elle fait mine de s'intéresser au poulet qu'elle est en train de découper.

– Je ne suis pas venu ici.

– Je le sais bien, mais elle t'attendait.

Je regarde l'horrible gâteau et je me sens comme un con. Pourquoi m'aurait-elle préparé un gâteau sans me demander de passer ? Je ne comprendrai jamais cette fille. Plus je regarde ce gâteau fait de ses mains, plus je le trouve charmant. Il faut l'admettre, il n'en jette pas plein les yeux, mais il devait avoir plus de tenue hier soir.

Je l'imagine bien riant toute seule en enfonçant les bougies avec les mauvais chiffres dessus. Je l'imagine lécher le bol et la cuillère avec la pâte crue, mais aussi froncer le nez en écrivant mon nom dessus.

Elle m'a fait un putain de gâteau d'anniversaire et je suis allé à une fête. Est-ce qu'il est possible d'être un plus gros connard ?

– Elle est où en ce moment ?

– Je n'en ai aucune idée, je ne suis pas sûre qu'elle dînera avec nous.

– Est-ce que je peux rester ? Pour dîner ?

– Bien entendu, tu n'as pas besoin de le demander.

Elle se retourne en souriant. Ce sourire, c'est vraiment elle ; elle doit me prendre pour un petit con, mais elle me sourit quand même et m'invite à dîner à sa table.

Quand arrive l'heure du dîner, je suis devenu complètement schizo. Je gigote sur ma chaise en regardant par la fenêtre toutes les deux minutes. Je me dis que je vais l'appeler environ un millier de fois. Un gros taré.

Mon père parle à Landon de la saison de base-ball qui va débuter et j'aimerais vraiment qu'ils se la ferment tous les deux.

Putain, mais elle est où ?

Je sors mon téléphone pour lui envoyer un texto quand j'entends la porte s'ouvrir. Je me lève sans même m'en rendre compte, et tout le monde me regarde.

– Quoi ?

Sur ce mot très aimable, je fonce dans le salon.

Une sensation de soulagement m'envahit quand je la vois quasiment trébucher, des livres et ce qui semble être un panneau de présentation d'exposé plein les mains.

Dès qu'elle m'aperçoit, tout tombe par terre. Je me précipite vers elle pour l'aider à ramasser.

– Merci.

Elle me prend les livres des mains et monte l'escalier.

– Où vas-tu ?

– Ranger mes affaires…

Normalement, je me mettrais à insulter tout le monde, mais j'espère comprendre ce qui ne va pas chez elle sans gueuler, pour une fois.

– Tu viens dîner ?

– Ouais.

Sa réponse est laconique et elle ne se retourne pas. Je me mords la langue pour ne pas devenir vulgaire et retourne dans la salle à manger.

– Elle sera là dans une minute.

Je jurerais voir Karen faire un bref sourire, mais il a disparu quand je me tourne vers elle.

J'ai l'impression que les minutes se transforment en heures avant que Tessa redescende et prenne place à côté de moi à table. J'espère que c'est un bon signe qu'elle se soit assise là.

Quelques minutes plus tard, je me rends compte que ce n'est pas un bon signe du tout, elle ne m'adresse pas la parole et c'est à peine si elle picore la nourriture dans son assiette.

– J'ai reçu tous les documents nécessaires pour m'inscrire à NYU, j'ai encore du mal à y croire.

Karen sourit avec fierté.

– Tu n'auras pas la réduction familles nombreuses.

En fait, seule sa femme rit à la blague de mon père. Tessa et Landon en gentils lèche-culs bien polis, sourient et tentent un faux rire dont je ne suis pas dupe.

Quand mon père se remet à parler de sport, je saisis l'opportunité pour parler tout bas à Tessa.

– J'ai vu le gâteau… Je ne savais pas…

– Ne dis rien. Pas maintenant. S'il te plaît.

Elle fronce les sourcils et montre les autres d'un geste.

– Après dîner ?

Elle hoche la tête pour me répondre.

Ça me rend dingue de la voir jouer avec sa nourriture, j'ai vraiment envie de prendre sa fourchette, de la planter dans une patate et de la lui fourrer dans la bouche. C'est pour ça que nous avons des problèmes, parce que je fantasme sur l'idée de la forcer à bouffer.

La salle à manger est pleine de la conversation de mon père qui essaie de nous rapprocher avec ses blagues de merde. Je l'ignore du mieux que je peux et finis de manger.

– C'était délicieux, chérie.

Karen débarrasse la table. Mon père regarde Tessa, puis sa femme.

– Quand tu auras terminé avec ça, pourquoi je ne vous emmènerais pas, Landon et toi, manger une glace chez Dairy Queen ? Ça fait un bail que je n'y suis pas allé…

Karen feint l'enthousiasme en hochant la tête et Landon bondit sur ses pieds pour l'aider. Tessa se lève et me surprend en me demandant :

– On peut parler, s'il te plaît ?

– Ouais, bien sûr.

Je la suis à l'étage et entre dans sa chambre. Lorsqu'elle ferme la porte, je ne sais pas si elle va me crier dessus ou pleurer. Je décide de prendre la parole en premier.

– J'ai vu le gâteau…

– Vraiment ?

Elle semble presque détachée en s'asseyant sur le coin du lit.

– Ouais… c'était… gentil de ta part.

– Ouais.

– Je suis désolé d'être allé à la soirée plutôt que de t'avoir demandé de rester avec moi.

Elle ferme les yeux quelques secondes, puis prend une grande inspiration avant de les rouvrir.

– Ok.

Sa manière de regarder par la fenêtre, le visage complètement inexpressif, me fait froid dans le dos. Elle ressemble à une coquille vide dont toute la force vitale aurait été aspirée…

Quelqu'un lui a fait ça. Moi.

– Je suis vraiment désolé. Je ne savais pas que tu voulais me voir, tu as dit que tu étais occupée.

– Comment as-tu pu penser une chose pareille ? Je t'ai attendu jusqu'à ce que le « je serai là dans trente minutes. » se transforme en deux heures.

Elle parle toujours sans exprimer aucune émotion, j'en ai la chair de poule.

– Tu parles de quoi, là ?

– Tu m'as dit que tu viendrais et tu n'es pas venu. C'est aussi simple que ça.

J'aimerais vraiment qu'elle me crie dessus.

– Je n'ai jamais dit que je viendrais. Je t'ai demandé si tu voulais venir à la soirée et je t'ai même envoyé un texto, puis je t'ai appelée hier soir, mais tu n'as répondu à aucun des deux.

– Waouh, tu devais être vraiment bourré.

Je me lève pour être face à elle.

Même en face d'elle, elle ne me regarde pas. Elle a les yeux perdus dans le vague et c'est très perturbant. Je suis habitué à sa vivacité, à son entêtement, à ses larmes… mais ça, je ne connais pas.

– Qu'est-ce que tu veux dire ? Je t'ai appelée…

– Ouais, à minuit.

– Je sais que je ne suis pas aussi intelligent que toi, mais je suis vraiment paumé, là.

– Qu'est-ce qui t'a fait changer d'avis ? Pourquoi n'es-tu pas venu finalement ?

– Je ne savais pas que j'étais censé venir. Je t'ai envoyé un texto en te disant « Salut », mais tu n'as jamais répondu.

– Mais si, j'ai répondu et toi aussi. Tu as dit que tu t'ennuyais et tu as demandé si tu pouvais venir.

– Non… je n'ai pas fait ça.

Est-ce qu'elle était bourrée hier soir ?

– Si.

Elle lève son téléphone, je m'en saisis et lis.

POURRIE. JE PEUX VENIR CHEZ TOI ?

OUI, TU SERAS LÀ DANS COMBIEN DE TEMPS ?

TRENTE MINUTES.

C'est quoi ce bordel ?

– Je n'ai pas envoyé ces messages, ce n'était pas moi.

J'essaie de me repasser la soirée. Elle ne dit rien, elle triture ses ongles.

– Tessa, si j'avais su une seule seconde que tu m'attendais, je serais venu immédiatement.

– Tu me dis en toute honnêteté que tu ne m'as pas envoyé ces messages alors que je viens de t'en montrer la preuve.

Elle en rit presque. Je préférerais qu'elle me crie dessus ; au moins quand elle hurle, je sais qu'elle est affectée.

– C'est pas ce que je viens de te dire ?

Je lui parle sur un ton agressif, mais elle s'obstine dans son silence.

– Qui l'a fait alors ?

– Je ne sais pas… merde, je ne sais pas qui… Zed ! Putain, je sais que c'est lui, c'est Zed.

Ce connard m'a refilé mon téléphone après s'être assis dans le canapé, il a dû écrire à Tessa en se faisant passer pour moi, pour la faire poireauter pour rien.

– Zed ? Tu essaies vraiment de faire porter le chapeau à Zed pour ça ?

– Oui ! C'est exactement ce que je fais. Il s'est assis dans le canapé juste après moi et, plus tard, il m'a rendu mon téléphone. Je sais que c'est lui, Tessa.

Ses yeux reflètent sa confusion et, l'espace d'un instant, je vois qu'elle me croit, mais elle secoue la tête et semble se parler à elle-même.

– Je ne sais pas…

– Je ne te dirais pas que j'arrive pour ensuite te faire un faux plan, Tess. J'essaie, putain, j'essaie tellement de te montrer que je peux changer. Je n'irais pas te poser un lapin comme ça, plus maintenant. Cette fête était tellement chiante en plus et j'étais misérable sans toi à mes côtés…

– Ah oui ! Vraiment ?

Elle hausse le ton et se lève.

Et c'est parti.

– T'étais misérable quand les strip-teaseuses sont arrivées ?

Merde.

– Oui ! Je ne suis même pas resté quand elles sont arrivées ! Attends… Comment tu sais pour les filles ?

– Est-ce que ça compte ?

– Oui ! Ça compte ; c'est lui, hein ? C'est Zed ! Il t'embrouille avec toutes ces merdes pour que tu me quittes !

Je lui crie dessus moi aussi. Putain, je savais qu'il était sur le coup. Mais je ne me doutais pas qu'il descendrait aussi bas. Il lui a envoyé des messages depuis mon téléphone, puis les a effacés. Il est vraiment assez con pour vouloir bousiller mon histoire encore une fois ? Je vais aller trouver ce petit merdeux…

Elle interrompt ma crise de rage en hurlant :

– Non, ce n'est pas vrai !

Oh ! Putain de bordel de merde.

– Ok. Alors, appelons ton cher Zed le gros con et posons-lui la question.

Je chope son téléphone et cherche son contact dans le répertoire… dans ses favoris. Putain, j'ai envie de défoncer son téléphone contre le mur.

– Ne l'appelle pas.

Elle grogne, mais je l'ignore.

Il ne répond pas. Putain, mais bien sûr. J'enrage littéralement.

– Qu'est-ce qu'il t'a dit d'autre ?

– Rien.

– Tu es une très mauvaise menteuse, Tessa. Qu'est-ce qu'il t'a dit d'autre ?

Elle me fusille du regard et croise les bras en s'obstinant dans le silence.

– Hein ?

– Que tu es allé chez Jace le soir où j'étais chez lui.

Ma colère menace de l'emporter sur ma raison.

– Tu veux savoir qui traîne tout le temps avec Jace, Tess ? Ce connard de Zed. Ils passent leur vie ensemble. Je suis allé chez lui pour lui demander des infos sur toi puisque tu sembles vouloir le baiser.

– Le baiser ? Je ne baisais personne ! Je suis allée chez lui parce que j'apprécie sa compagnie et qu'il est toujours très gentil avec moi ! Pas comme toi !

Elle s'approche d'un pas.

J'avais envie qu'elle crie, et maintenant elle ne s'arrêtera plus, mais c'est bien mieux que de la voir assise ici à faire comme si elle n'en avait rien à carrer.

– Il n'est pas aussi gentil que tu veux bien le croire, Tessa ! Comment peux-tu ne pas le voir ! Il te dit toutes ces conneries pour t'avoir. Il veut te baiser, c'est tout. N'aie pas la vanité de croire qu'il…

Je m'arrête brutalement. Je pensais ce que je disais sur Zed, mais pas le reste.

– Pardon, je ne pensais pas cette dernière remarque.

J'essaie d'attiser sa colère, pas sa tristesse. Elle lève les yeux au ciel.

– Mais bien sûr.

Je n'arrive pas à croire que nous nous disputons à cause de Zed. C'est tellement merdique. Je lui ai dit de rester loin de lui, mais têtue comme elle est, elle n'écoute rien de ce que je dis.

Au moins, elle m'a avoué qu'elle ne l'avait pas baisé la fois où elle est allée passer la nuit chez lui. La fois ou les fois ?

– Combien de fois es-tu allée chez lui ?

Je prie pour avoir mal entendu ce qu'elle m'a dit.

– Tu le sais déjà.

Sa colère monte à chaque seconde qui passe, la mienne aussi.

– Est-ce qu'on peut parler de ça calmement, parce que je suis à deux doigts de péter les plombs et ça ne va être bon pour personne.

Je presse mes doigts les uns contre les autres pour souligner mon propos.

– J'ai essayé, mais tu…

– Est-ce que tu pourrais te la fermer deux secondes et m'écouter ?

La main dans mes cheveux, je lui crie dessus. Aussi étonnant que cela puisse paraître, elle fait exactement le contraire de ce à quoi je me serais attendu. Elle s'assied sur le lit et ferme sa gueule. Je ne sais vraiment pas quoi lui dire ni trop comment commencer parce que je ne m'attendais pas à ce qu'elle m'obéisse.

Je m'approche d'elle, près du lit. Elle me dévisage, l'air totalement neutre, et je fais quelques pas de long en large. Je pousse un soupir de soulagement et de frustration.

– Merci. Bon… Alors, c'est vraiment le bordel. Tu croyais que je t'avais demandé de venir et que je t'ai posé un lapin. Maintenant, tu devrais savoir que je ne ferais jamais ça.

– Vraiment ?

Je ne sais pas comment je pourrais le croire moi-même vu le nombre de merdes que je lui ai fait subir.

– Ok, tu as raison… mais tais-toi.

Elle lève les yeux au ciel, je poursuis :

– Ma soirée était naze et je n'y serais même pas allé si tu me l'avais demandé. Je n'ai pas du tout bu, enfin si, j'ai bu un verre, mais c'est tout. Je n'ai adressé la parole à aucune fille, c'est à peine si j'ai répondu à Molly, et je n'allais certainement pas passer du temps avec des strip-teaseuses. Qu'est-ce que je pourrais avoir à foutre de strip-teaseuses quand je t'ai, toi ?

Son regard s'adoucit légèrement et elle n'a plus l'air de vouloir m'arracher la tête. C'est un bon début.

– Non pas que tu sois mienne… mais j'essaie de faire en sorte que ça le redevienne. Je ne veux personne d'autre. Plus important encore, je ne veux pas que tu désires qui que ce soit d'autre. Je ne sais pas pourquoi tu te précipites dans les bras de Zed. Je sais qu'il est gentil et patati et patata… mais c'est un gros tas de merde.

– Il n'a rien fait qui me laisse penser ça, Hardin.

– Il s'est servi de mon téléphone pour t'envoyer des textos en se faisant passer pour moi, il a fait exprès de te parler des strip-teaseuses…

– Tu ne sais pas s'il m'a envoyé ces messages et je suis très contente qu'il m'ait parlé des strip-teaseuses.

– Je t'en aurais parlé si tu avais décroché ton téléphone quand je t'ai appelée. Je ne savais pas ce qu'ils mijotaient, je ne savais pas que tu m'avais préparé un gâteau ni que tu m'attendais. C'est assez dur comme ça de te faire comprendre que j'essaie de changer, mais il a fallu qu'il vienne s'interposer entre nous et te fourre ces idées dans le crâne. (Elle demeure silencieuse.) Alors, Tess, on fait quoi maintenant ? J'ai besoin de le savoir parce que ces allers et retours, ça me tue et je n'en peux plus de te laisser du temps et de l'espace pour respirer.

Je m'agenouille devant elle et je plonge mon regard dans le sien en attendant sa réponse.

∞

112
Tessa

Là, je ne sais vraiment plus quoi dire ni que faire.

D'un côté, je sens qu'il ne ment pas pour les textos, mais de l'autre je ne peux pas croire que Zed ait fait une chose pareille. Je venais juste de finir de tout lui raconter sur ma situation avec Hardin et il était tellement gentil et compréhensif.

Mais c'est Hardin.

Il parle d'une voix lente et grave.

– Tu peux me répondre ?

– Je ne sais pas. Moi aussi, je suis épuisée de tous ces revirements. C'est fatigant et je n'en peux plus de tout ça, vraiment, c'est terminé.

– Mais je n'ai rien fait ; tout se passait bien jusqu'à hier soir, et rien de tout ça n'est ma faute. Je sais que d'habitude, ça l'est, mais pas là. Je suis désolé de ne pas avoir passé ma soirée d'anniversaire avec toi. Je sais que c'est ce que j'aurais dû faire et j'en suis vraiment triste.

Il pose les mains sur ses cuisses en s'asseyant sur ses talons devant moi, il ne me supplie pas comme avant, mais il attend.

S'il dit la vérité pour les messages, ce que je crois d'ailleurs, alors, ce n'est qu'un malentendu.

– Quand est-ce que ça va se terminer, alors ? J'en ai vraiment assez. J'ai passé une super-soirée avec toi à la patinoire, mais tu as refusé de monter quand je te l'ai proposé. Pourquoi ?

Cette question me taraude vraiment, même si je ne voulais pas mettre ça sur le tapis.

– J'ai refusé parce que j'essaie de te donner de l'espace pour te laisser respirer. C'est le conseil de Landon que j'ai également consulté. Je suis visiblement nul à ça, mais je me disais que si je te laissais du champ libre, tu aurais le temps de réfléchir, et que ce serait plus facile pour toi.

– Ce n'est pas le cas et tout ne tourne pas autour de moi. Ça te concerne aussi.

– Quoi ?

– Je ne suis pas la seule dans cette histoire. Enfin, je veux dire que ça doit être épuisant pour toi aussi.

– Qui en a quelque chose à foutre de moi ? Je veux juste que tu ailles bien et que tu saches que j'essaie vraiment de faire de mon mieux.

– Ça compte pour moi.

– Qu'est-ce qui compte ? Que tu crois que je fais de mon mieux ?

– Oui, ça et aussi que j'en ai quelque chose à foutre de toi.

– Alors, qu'est-ce qu'on fait, Tessa ? Tout roule entre nous ? Est-ce qu'au moins nous allons dans la bonne direction ?

Il lève la main pour la poser sur ma joue. Il me regarde pour demander mon approbation et je ne l'arrête pas. Lorsque son pouce caresse ma lèvre inférieure, je lui murmure :

– Pourquoi sommes-nous tellement dingues ?

– Je ne le suis pas. Toi, si.

– Tu es plus dingue que moi.

Il se rapproche doucement. Ça m'énerve qu'il se soit mis en colère encore une fois et qu'il m'ait fait attendre hier soir, même si a priori ce n'est pas sa faute. Et ça m'attriste que nous ne soyons pas en mesure de bien nous entendre. Mais, plus que tout, il me manque. Notre intimité me manque. La manière dont ses yeux changent lorsqu'il me regarde me manque.

Je dois admettre mes erreurs et le rôle que j'ai joué dans ce désastre. Oui, je suis têtue et ça n'aide en rien, surtout quand j'imagine le pire alors qu'il essaie de bien faire. Je sais bien que c'est son intention. Mais je ne suis pas encore prête à avoir une relation avec lui, même si je n'ai aucune raison de lui en vouloir pour hier soir. Du moins je ne l'espère pas.

Je ne sais pas quoi penser, mais je n'ai pas envie de m'attarder là-dessus maintenant.

– Non.

Ses lèvres sont à un centimètre à peine des miennes.

– Si.

– Tais-toi.

Il pose ses lèvres sur les miennes avec une extrême douceur, nos lèvres s'effleurent à peine. Il prend mon visage entre ses mains. Sa langue suit doucement ma lèvre inférieure et j'en perds le souffle. J'ouvre lentement la bouche pour inspirer, mais j'ai l'impression qu'il n'y a plus d'air autour de nous. Il n'existe plus qu'une chose, c'est lui. Je tire sur son tee-shirt pour qu'il se relève, mais il ne bouge pas et continue de m'embrasser délicatement. Cette exquise torture me rend folle et je quitte ma place sur le lit pour le rejoindre par terre.

Ses bras entourent ma taille, les miens passent autour de son cou. J'essaie de le pousser en arrière pour lui grimper dessus, mais une fois encore, il reste immobile.

– Qu'est-ce qui cloche ?

– Rien, c'est juste que je ne veux pas aller trop loin.

– Pourquoi pas ?

J'essaie de garder le contact de nos lèvres.

– Parce que nous devons discuter de beaucoup de choses ; on ne peut pas directement passer à la phase entre les draps sans avoir rien résolu.

Quoi ?

– Mais nous ne sommes pas entre les draps, nous sommes par terre.

– Tessa…

Il me repousse encore. Je cède et me relève péniblement pour reprendre ma place sur le lit. Il me dévisage, les yeux écarquillés.

– J'essaie juste de faire ce qu'il faut, d'accord ? J'ai envie de te baiser jusqu'à plus soif, crois-moi, mais…

– C'est bon. Arrête d'en parler.

Je sais que ce n'est pas la meilleure des idées, mais je ne pensais pas que nous aurions nécessairement fini par coucher ensemble. Je voulais juste être plus près de lui.

– Tess.

– Arrête, d'accord ? J'ai compris.

– Non, à l'évidence, tu n'as pas compris.

Quand il se relève, il semble frustré.

– On ne va jamais s'en remettre. C'est ça ? Ce sera toujours pareil entre nous. Virement et revirement, le pire et le meilleur. Tu me veux, mais quand je te veux, tu me repousses toujours.

J'essaie de ne pas pleurer.

– Non… Ce n'est pas vrai.

– On dirait bien que si. Qu'est-ce que tu veux ? Tu veux que je croie que tu fais de ton mieux pour me prouver que tu peux changer pour moi, et après ?

– Qu'est-ce que tu entends par là ?

– Qu'est-ce qui se passe après ça ?

– Je ne sais pas… On n'en est pas encore là. Je veux continuer à sortir avec toi, à te faire rire, plutôt que pleurer, je veux que tu m'aimes encore.

Ses yeux sont brillants et ses paupières papillonnent.

– Je t'aime encore, ça n'a pas changé. Mais il faudra plus que ça, Hardin. L'amour ne vient pas à bout de tout comme les romans essaient de le faire croire. Il y a toujours tellement de complications et elles l'emportent toujours sur l'amour que j'ai pour toi.

– Je sais. C'est compliqué pour le moment, mais ça ne sera pas toujours le cas. Nous ne pouvons pas nous entendre plus d'une journée, on se crie dessus, on s'engueule et on s'ignore comme des gamins de cinq ans, on fait des trucs par dépit et on se dit des choses qu'il ne faudrait pas. Une chose est sûre, on se complique la vie alors que ce n'est pas nécessaire, mais on peut trouver une solution.

Je ne sais pas où nous allons la trouver. Je suis contente que nous puissions avoir un semblant de discussion policée sur ce qui s'est passé, mais je ne peux pas ignorer qu'il ne supportera pas que j'aille vivre à Seattle.

J'allais le lui dire, mais j'ai peur qu'il aille directement voir Christian et, honnêtement, si Hardin et moi essayons de reconstruire notre relation ou quelque chose qui y ressemble, ce que nous sommes en train de faire, ça va tout compliquer.

Si nous arrivons vraiment à faire fonctionner notre histoire, ça ne posera pas de problème que j'habite à deux heures de là. J'ai été élevée dans l'idée qu'un homme ne me dicterait pas mon avenir, quelle que soit la profondeur de mon amour pour lui.

Mais je sais exactement ce qui va se passer : il va perdre son sang-froid, partir toute rage dehors voir Christian, ou Zed. Plus certainement Zed.

– Si je prétends que cette dernière journée n'a pas existé, est-ce que tu peux me promettre un truc ?

– Tout ce que tu veux.

– Ne lui fais pas de mal.

– À Zed ?

Je sens qu'il est au bord de la colère.

– Oui, à Zed.

– Non, putain, non. Je ne peux pas te promettre ça.

– Tu as dit que…

– Non, ne commence même pas avec ça. Il fout la merde entre nous et je ne vais pas rester dans mon coin à attendre que ça passe. Putain, il n'en est pas question.

Il tourne en rond comme un lion en cage.

– Tu n'as aucune preuve de ce que tu avances, Hardin, et te battre contre lui ne va rien résoudre. Laisse-moi seulement lui parler et…

– Non, Tessa ! Je t'ai déjà dit que je ne veux pas que tu l'approches. Et je ne vais pas te le répéter.

– Tu n'as pas à me dire à qui je peux ou dois parler, Hardin.

– De quelle autre preuve as-tu besoin ? Qu'il t'envoie des messages depuis mon téléphone ne te suffit pas ?

– Ce n'était pas lui ! Il ne ferait pas une chose pareille !

Je ne le crois pas. Pourquoi ferait-il ça ? Je vais lui poser la question de toute façon, mais je ne le vois vraiment pas me faire une chose pareille.

– Tu es réellement la fille la plus naïve que j'ai jamais rencontrée et, putain, ça me rend dingue.

– Est-ce qu'on pourrait arrêter de s'engueuler, s'il te plaît ?

Je me rassieds sur le lit et me prends la tête dans les mains.

– Accepte de rester loin de lui.

– Accepte de ne pas te battre contre lui.

– Tu ne l'approches pas si je ne lui casse pas la gueule ?

Je n'ai pas envie d'accepter, mais je ne veux pas qu'Hardin se batte non plus. Tout ça me donne la migraine.

– D'accord.

– Quand je dis que tu ne l'approches pas, ça veut dire aucun contact. Pas de texto, pas de visite dans son labo, rien.

– Comment sais-tu que je suis allée là-bas ?

Est-ce qu'il m'a vue ? Mon cœur s'emballe à l'idée qu'Hardin m'ait vue avec Zed dans la serre des fleurs luisantes.

– Nate m'a dit qu'il t'avait vue.

– Oh !

– Est-ce qu'il y a autre chose que tu doives me dire tant que nous en sommes au chapitre Zed ? Parce que quand cette conversation sera terminée, je ne veux plus entendre un mot sur lui.

– Non.

Je mens.

– Tu es sûre ?

Je voudrais ne rien lui dire, mais il le faut. Je ne peux pas exiger son honnêteté si je ne le suis pas en retour. Je ferme les yeux.

– Je l'ai embrassé.

J'espère qu'il ne m'a pas entendue, mais lorsque j'entends les livres tomber de mon bureau, je sais que si.

∞

113

Tessa

Sans bouger, j'ouvre les yeux pour regarder Hardin, mais il s'est détourné. J'ai l'impression qu'il se rend à peine compte de ma présence. Son regard est concentré sur les livres qu'il a envoyés valdinguer par terre et ses poings sont serrés de chaque côté de son corps figé.

Pour le ramener à moi de là où il est parti, je répète :

– Je l'ai embrassé, Hardin.

Au lieu de me regarder, il se cogne les mains contre le front dans un geste de frustration.

– Je… Tu… Pourquoi ?

– Je croyais que tu m'avais oubliée… que tu ne voulais plus de moi, et il était là, et…

J'essaie de trouver une explication. Ce que je dis là n'est pas juste, et je le sais bien, mais je ne sais pas quoi dire d'autre. Mes pieds ne veulent pas avancer vers lui, comme si mon esprit voulait que je reste là où je suis, sur le lit.

– Arrête de dire ces conneries ! Arrête de dire qu'il était là, si j'entends ça encore une fois, putain… !

– Ok, je suis désolée. Tellement désolée, Hardin. J'étais tellement mal et paumée, il disait tout ce que j'avais désespérément besoin que tu me dises et…

– Qu'est-ce qu'il disait ?

Je ne veux pas répéter ce que Zed m'a confié, pas à Hardin. Je suis agrippée à l'oreiller comme à une ancre.

– Hardin…

– Maintenant !

– Il me racontait juste ce qui se serait passé s'il avait gagné le pari, si nous étions sortis ensemble.

– Et comment c'était ?

– Quoi ?

– Comment c'était d'entendre ce tas de conneries ? C'est ça que tu veux ? Tu veux être avec lui plutôt qu'avec moi ?

Sa colère bout sous sa peau et je vois bien qu'il fait tout ce qu'il peut pour tout garder à l'intérieur, mais la pression ne fait qu'augmenter.

– Non, ce n'est pas ce que je veux.

Je descends du lit et j'avance prudemment vers lui.

– Non ! Ne t'approche pas !

Ses mots me transpercent et me clouent sur place.

– Qu'est-ce que tu as fait d'autre avec lui ? Tu l'as baisé ? Tu as sucé sa bite ?

Je suis tellement soulagée qu'il n'y ait personne à la maison pour entendre le langage fleuri et les accusations d'Hardin.

– Oh mon Dieu ! Non ! Tu sais très bien que je n'ai pas fait ça. Je ne sais pas à quoi je pensais quand je l'ai embrassé, j'étais bête et je me sentais si mal d'être abandonnée par toi.

– Abandonnée ? Putain, c'est toi qui m'as quitté et, maintenant, j'apprends que tu t'es jetée dans les draps de tout le campus comme une grosse salope !

J'ai envie de pleurer, mais ce n'est pas le moment, là, on parle de lui, de sa douleur et de sa colère.

– Ne m'insulte pas ! Ce n'est pas ce que je voulais faire.

J'attrappe le dossier de la chaise du bureau.

Hardin me tourne le dos, me laissant seule face à ma culpabilité. Je n'arrive pas à m'imaginer ce que je ressentirais s'il m'avait fait ça au pire moment de ma vie. Je n'ai pas réfléchi à ce que lui ressentirait, mais bon, je pensais qu'il faisait la même chose.

Je ne peux pas continuer à le pousser, je connais son tempérament et je sais ce qui arrive quand il n'arrive plus à se contrôler ; je vois qu'il fait tout ce qu'il peut pour s'empêcher d'exploser. Alors, je lui demande faiblement :

– Tu veux que je te laisse tout seul pour l'instant ?

– Oui.

Je n'avais pas envie qu'il accepte, mais je fais ce qu'il me demande et sors de la chambre sans qu'il se retourne.

Je m'adosse au mur dans le couloir sans savoir trop quoi faire. Quelque part, même si c'est malsain, je préférerais qu'il me crie dessus, me colle contre le mur et exige que je lui raconte pourquoi j'ai fait ça plutôt qu'il ait le regard perdu dans le vide et me demande de quitter la pièce.

C'est peut-être ça qui ne va pas chez nous : tous les deux, nous avons besoin d'engueulades spectaculairement dramatiques. En fait, je n'y crois pas trop ; nous avons fait tellement de chemin depuis le début de notre relation, même si nous nous sommes plus fait la guerre que nous n'avons connu la paix.

La plupart des romans que j'ai lus m'ont laissé croire que les disputes allaient et venaient, passaient en un clin d'œil, que de simples excuses pansaient les plaies des problèmes relationnels et qu'on pouvait trouver une solution en quelques minutes. Les romans mentent. C'est peut-être pour ça que j'aime tant *Les Hauts de Hurlevent* et *Orgueil et préjugés*, ces deux œuvres sont incroyablement romantiques à leur manière, mais elles révèlent la vérité derrière l'amour aveugle et les promesses d'avenir éternelles.

C'est ça la vérité. Un monde dans lequel tout le monde fait des erreurs, même les filles incroyablement naïves qui sont d'ordinaire les victimes de l'insensibilité et des humeurs d'un garçon. Personne n'est vraiment innocent en ce bas monde, personne. Ceux qui se croient parfaits sont les pires de tous.

Un énorme craquement dans la chambre me fait sursauter, je porte la main à ma bouche en entendant toutes sortes de bruits se succéder. Il est en train de tout détruire dans la pièce. Je savais que c'était ce qu'il allait faire. Je devrais l'arrêter avant qu'il casse toutes les affaires de son père, mais honnêtement, j'ai peur. Je n'ai pas peur qu'il me blesse physiquement, j'ai peur des mots qu'il pourrait prononcer dans cet état. Mais je ne veux pas avoir peur, il faut que je m'en occupe.

Quand j'entre dans la pièce, j'entends un gros « Putain ! ». Je suis presque soulagée que Ken ait proposé à Karen et Landon de sortir prendre le dessert dehors, mais je regrette un peu qu'il n'y ait personne pour m'aider à le calmer.

Hardin tient un morceau de bois dans la main, c'est un pied de chaise si j'en juge par les résidus visibles à ses pieds. Il jette le bout de bois, ses yeux luisent de colère quand il m'aperçoit.

– Qu'est-ce que tu n'as pas compris dans « Putain, laisse-moi tranquille », Tessa ?

Je prends une grande inspiration et ses mots blessants me passent au-dessus.

– Je ne te laisserai pas tout seul.

Ma voix n'est pas aussi forte que je le voudrais.

– Si tu savais ce qui est bon pour toi, c'est ce que tu ferais.

J'avance de quelques pas pour aller à sa rencontre et je m'arrête à moins d'un mètre. Il essaie de reculer, mais le mur derrière lui l'en empêche.

– Tu ne me feras pas mal.

Je le mets face à ses menaces en l'air.

– Tu n'en sais rien, je l'ai déjà fait.

– Tu ne l'avais pas fait exprès. Tu ne pourrais plus te regarder en face si c'était le cas, je le sais.

– Tu n'en sais rien.

Il hurle, mais je lui réponds calmement :

– Parle-moi.

Je suis incroyablement nerveuse quand je le regarde fermer les yeux, les rouvrir et parler péniblement.

– Je n'ai rien à te dire, je ne veux pas de toi.

– Non, ce n'est pas vrai.

– Si, Tessa. Plus rien. Je ne veux plus rien avoir à faire avec toi. Il peut te prendre.

– Je ne veux pas de lui.

J'essaie de faire en sorte que ses paroles si blessantes ne me touchent pas.

– À l'évidence, c'est le contraire.

– Non, je ne veux que toi.

– Tu te fous de ma gueule ! Dégage, Tess.

Il plaque sa main ouverte contre le mur. Je sursaute, mais je reste là où je suis.

– Non, Hardin.

– Tu n'as rien de mieux à foutre ? Va voir Zed. Va le baiser, je m'en contrefous. Je ferais pareil, crois-moi, Tessa. Je partirais d'ici pour niquer toutes les filles sur lesquelles je poserais les yeux.

Mes larmes jaillissent, mais il s'en moque.

– Tu dis ça parce que tu es en colère, tu ne le penses pas.

Il cherche du regard quelque chose à casser, n'importe quoi. Il ne reste pas grand-chose d'intact. Heureusement que la plupart des objets endommagés m'appartiennent. La planche de démonstration que j'ai rapportée pour les devoirs de biologie de Landon… La valise pleine de livres qu'il a balancée et mes romans éparpillés par terre. Quelques-uns de mes vêtements arrachés de la penderie et la chaise, bien sûr, fracassée contre le sol et brisée.

– Je ne veux pas te voir… va-t'en.

Si ses mots sont encore brusques, son ton est plus doux.

– Je suis désolée de l'avoir embrassé, Hardin. Je sais que ça te fait mal et j'en suis désolée.

Je lève les yeux vers lui. Il étudie silencieusement mon visage. Je sursaute légèrement quand son pouce essuie les larmes qui maculent ma joue. Il murmure.

– N'aie pas peur.

– Je n'ai pas peur.

– Je ne sais pas si je vais réussir à dépasser ça.

Il a le souffle lourd. Mes genoux se dérobent presque sous moi. Pas une seule fois depuis que nous nous sommes déclaré notre amour, je n'ai pensé qu'Hardin pourrait mettre fin à notre relation à cause d'une infidélité de ma part. Lorsque j'ai embrassé cet inconnu à la soirée du nouvel an, ça n'avait rien à voir ; il était énervé mais, tout au fond, je sentais qu'il ne m'en voudrait pas longtemps. Cette fois-ci, en revanche, il s'agit de Zed. Zed avec qui il partage une amitié chaotique à cause de moi ; ils se sont battus plusieurs fois, et je sais que ça le rend dingue que je lui adresse simplement la parole.

Je ne pense pas que ce soit une bonne idée de redémarrer une relation avec Hardin en ce moment, mais nos problèmes se sont déplacés d'une incertitude sur l'avenir à l'état dans lequel nous sommes aujourd'hui. Des larmes non désirées m'échappent et il fronce davantage encore les sourcils.

– Ne pleure pas.

Il pose sa main ouverte sur ma joue pour m'amadouer.

– Je suis désolée.

J'inspire et j'expire, une larme solitaire me tombe sur les lèvres et je la lèche.

– Tu m'aimes encore ?

Je dois lui poser cette question. Je sais qu'il m'aime encore, mais j'ai désespérément besoin de me l'entendre dire.

– Bien sûr que je t'aime et que je t'aimerai toujours.

C'est un son étrangement beau, son souffle exaspéré est si fort, mais sa voix est calme et douce, comme une vague déchaînée qui s'écrase en silence contre la grève.

– Quand sauras-tu ce que tu veux faire ?

J'ai peur d'entendre sa réponse. Il soupire et presse son front contre le mien tandis que sa respiration s'apaise légèrement.

– Je ne sais pas, ce n'est pas comme si je pouvais vivre sans toi.

– Moi non plus, je n'y arrive pas. Je ne peux pas vivre sans toi.

– On dirait bien qu'on n'arrive jamais à rien ensemble, si ?

– Non, franchement pas.

Le calme de cet échange me fait presque sourire après la tempête qui vient de s'abattre il y a quelques minutes.

– On peut essayer ?

En faisant cette proposition, j'essaie de m'appuyer sur lui, attendant nerveusement qu'il m'arrête.

– Viens par là.

Ses doigts s'enfoncent dans le gras de mon bras quand il m'attire contre sa poitrine. La sensation est divine, comme si je retrouvais mon foyer après un long voyage, et son odeur met un baume sur mon cœur, j'enfouis mon visage dans son tee-shirt.

– Tu ne l'approcheras plus.

– Je sais.

J'accepte sans même y réfléchir.

– Ça ne veut pas dire que c'est terminé. C'est juste que tu me manques.

– Je sais.

Je me répète en fondant encore plus mon corps dans le sien. J'entends son cœur battre fort et rapidement.

– Tu ne peux pas aller embrasser n'importe qui dès que tu es en colère. C'est vraiment un truc de tarée et je ne le supporterai pas. Tu péterais les plombs si je faisais la même chose.

Je lève la tête en me décollant de lui pour regarder son visage hostile. Mes doigts se détachent du fin tissu de son tee-shirt pour se mêler à ses cheveux.

Son regard est dur, mais ses lèvres s'entrouvrent doucement et me disent qu'il ne m'arrêtera pas, je tire sur ses cheveux pour approcher son visage du mien. S'il n'était pas aussi grand, ce serait bien plus facile. Hardin soupire en s'abîmant dans ce baiser, resserrant son étreinte autour de ma taille, ses mains descendent sur mes hanches, puis remontent le long de mon dos.

Mes larmes se mêlent à sa respiration forte dans la plus fatale des combinaisons d'amour et de lubricité. Je l'aime mille fois plus que je le désire, mais le mélange des deux devient divin lorsqu'il détache ses lèvres des miennes pour créer une pluie de baisers le long de mon menton et de mon cou. Il plie les genoux pour mieux me toucher et je peux à peine tenir sur mes jambes lorsqu'il me mordille juste au-dessus de l'endroit où l'on pourrait voir ma clavicule si j'étais aussi mince que ce que le veut la mode.

Je recule vers le lit en le tirant par son tee-shirt, il essaie de protester mais cède en soupirant et en m'embrassant dans le cou. Devant le lit, nous nous arrêtons pour nous regarder droit dans les yeux.

Je n'ai pas envie que l'un de nous se mette à parler et ruine tout ce que nous avons commencé, alors j'attrape le bas de mon top et je le fais passer au-dessus de ma tête. Son souffle s'accélère encore, cette fois-ci par désir, plus du tout par colère.

Dès que mon vêtement touche le sol, je tends la main pour le déshabiller. Il retire son propre tee-shirt tandis que mes doigts anxieux s'attaquent rapidement à sa ceinture et baissent son jean. D'un geste d'impatience, il finit de s'en débarrasser lui-même.

Je grimpe sur le lit en même temps que lui, ses mains parcourent ma peau nue. Il change de position, accoudé sur ses bras, ses lèvres trouvent les miennes, sa langue me cherche.

Je peux sentir son érection naître de notre simple baiser, je soulève légèrement mes hanches du lit pour que nos corps se touchent. Il grogne et fait glisser son boxer d'une main, l'abandonnant à hauteur de ses genoux. Ma main trouve immédiatement son membre, je l'entends soupirer dans mon oreille. Ma main le branle lentement. Je me penche et ma langue lèche son gland. Puis je relève la tête pour le regarder dans les yeux et je resserre ma main autour de son sexe.

Il gémit dans mon cou lorsque je lui redis que je l'aime.

Il lève sa main vers ma poitrine et tire négligemment sur les bonnets de mon soutien-gorge pour dégager mon sein.

– Je t'aime. Tu es sûre que tu veux faire ça ? Après notre dispute et sans savoir si on est encore ensemble en ce moment.

– S'il te plaît.

Sa bouche trouve ma poitrine et ses mains courent sur mon dos pour dégrafer mon soutien-gorge et le retirer complètement. Ses doigts sont froids contre ma peau brûlante, mais sa langue est chaude et empressée sur mon téton, il le mordille du bout des dents.

Je tire sur ses cheveux, je suis récompensée d'un grognement et sa bouche s'attaque à mon autre sein.

∞

114

Hardin

Il me suffit de la regarder une fois pendant qu'elle se déshabille et je suis prêt à m'enfouir en elle. Je sais que nos problèmes sont loin d'être résolus, mais j'ai besoin de ça, putain, on a besoin de ça.

Je fais tomber mon jean sur mes chevilles et je monte sur le lit pour la rejoindre, cette fille exaspérante qui a dérobé chaque parcelle de mon être, corps et âme. Je me moque éperdument de ce qu'elle pourrait en faire. Ça lui appartient. Je lui appartiens.

Je bande rien qu'à regarder son corps dénudé. J'arrache ma bouche de son sublime sein juste assez longtemps pour attraper une capote dans la commode. Elle est allongée sur le dos, les jambes écartées.

– Je veux te voir.

Légèrement confuse, elle penche la tête sur le côté, alors je tire doucement son bras pour l'attirer au-dessus de moi. Son corps est si enivrant au-dessus du mien ; elle est faite pour moi.

Les cuisses de Tessa s'écartent un peu plus, elle bouge les hanches et frotte son humidité contre mon érection. Putain, je suis déjà tendu et plus que prêt, mais de la sentir glisser encore et encore contre moi et rouler des hanches pour me titiller, putain, ça me rend dingue.

Je tends la main entre nous pour stimuler son clitoris. Elle en perd le souffle et attrape ma nuque dans sa main.

Elle s'appuie sur moi et nous soupirons tous les deux lorsque je la pénètre. Putain, ça m'avait manqué. Elle m'avait manqué.

– Ton corps est tellement bon quand je suis dedans.

J'observe ses yeux se révulser de plaisir sous le coup de mon compliment. Ses hanches bougent en cercles lents et je prends le temps de l'admirer. Elle est belle et si sexy, vraiment exquise. Je n'ai jamais rien vu d'aussi beau. Sa poitrine pleine se soulève à chaque mouvement de hanches. J'aime la regarder me chevaucher.

Elle s'améliore à ce petit jeu, comme ça au-dessus de moi. Je me souviens de la première fois où elle a essayé. Elle n'était pas mauvaise, mais elle était stressée. Là, elle a pris un contrôle complet de la situation et ça ne pourrait pas être meilleur. Elle est de plus en plus à l'aise avec son corps et ça me rend heureux. Putain, elle est sexy et elle devrait le savoir.

Je soulève mes hanches du lit pour lui rendre chacun de ses mouvements. Elle gémit et écarquille les yeux. Je l'encourage :

– C'est bon, hein, Bébé ? Putain, tu es incroyable.

Je tire doucement sur son bras pour l'approcher de moi. Autant j'ai envie de regarder son corps prendre le contrôle du mien, autant j'ai envie de l'embrasser. Ma bouche trouve la sienne et j'aime l'entendre gémir sous l'effet de mon baiser.

– Dis-moi ce que tu ressens.

Je lui attrape les fesses à pleines mains pour m'enfoncer encore plus profondément en elle.

– C'est bon… si bon, Hardin.

Elle halète, ses mains se posent sur ma poitrine pour supporter son poids.

– Va plus vite, Bébé.

Je tends la main et me saisis d'un de ses seins. Je le presse et elle aime ça. Je l'entends gémir de plaisir.

Quelques secondes plus tard, elle grimace puis s'immobilise. Elle plonge son regard dans le mien.

– Qu'est-ce qui se passe ?

J'essaie de m'asseoir en collant mon torse contre le sien, sans me retirer.

– Rien… J'ai l'impression que c'est… plus profond. Je peux te sentir nettement plus loin.

Elle rougit et me parle d'une voix doucement émerveillée.

– C'est bon ou c'est mauvais ?

Je lève la main pour repousser une mèche de cheveux derrière son oreille.

– Oh, c'est bon.

Elle accompagne son aveu d'un clin d'œil.

J'ai baisé cette fille tant de fois et pourtant elle ignore encore pratiquement tout du sexe, sauf qu'elle me laisse faire tout ce que je veux. Et elle est douée pour ça.

Je bouge ses hanches encore une fois pour essayer de retrouver cette zone, ce point qui va la faire hurler mon nom en quelques secondes. J'aime son allure quand elle ondule des hanches ; leur forme va au-delà de la perfection. Ses ongles s'enfoncent dans ma poitrine et je sais que j'ai retrouvé le point. Elle couvre sa bouche de sa main et se mord la paume pour ne pas crier tandis que j'accélère la cadence, je vais et viens en elle de plus en plus vite.

– Je vais te faire jouir comme ça.

Elle est trop parfaite. Elle ferme les paupières et ses mouvements ralentissent.

– Tu es en train de jouir, hein ? Tu vas jouir pour moi, Bébé ?

– Hardin…

Elle gémit mon nom et il n'y a pas de réponse plus parfaite.

– Putain de merde.

Je ne peux pas m'empêcher de jurer en sentant son dos s'arquer, ses yeux bleu gris se referment à nouveau. Les ongles de la main qu'elle n'utilise pas pour s'empêcher de crier s'enfoncent dans ma peau et je la sens se contracter autour de mon membre. Putain, c'est si bon d'être en elle. J'ajuste le rythme, je ralentis, mais je me sens entrer en elle aussi profondément que possible à chaque mouvement de hanches. Je sais à quel point elle aime m'entendre dire des choses salaces quand je la nique, alors mon juron tombe bien, elle étouffe son cri dans sa main et je me déverse dans la capote.

– Hardin…

Elle gémit et pose sa tête sur mon torse, dans un halètement.

– Bébé.

Elle me regarde et m'offre un sourire fatigué.

J'ajuste ma respiration sur la sienne et fais courir mes doigts dans sa chevelure blonde emmêlée. Je suis toujours en colère contre elle, contre Zed, mais je l'aime et j'essaierai de lui prouver que je peux changer pour elle. Je ne peux pas nier que nous communiquons mille fois mieux qu'avant.

Elle va m'en vouloir encore un bon coup à cause de Zed, mais il faut absolument qu'il sache qu'elle m'appartient et que s'il la touche encore une fois, il est mort.

∞

115

Tessa

Allongée sur le corps d'Hardin, j'essaie de reprendre mon souffle. Nos deux torses nus se soulèvent et s'abaissent lentement dans une extase post-coïtale. La sensation n'est pas aussi étrange que je l'aurais cru, pas du tout. Notre intimité me manquait désespérément ; je sais que refaire l'amour avant toute décision n'était certainement pas la meilleure des idées, mais là, en sentant ses doigts courir le long de ma colonne vertébrale, ça m'en donne l'illusion.

Je n'arrive pas à m'arrêter de penser à son corps arqué contre le matelas, quand il se soulève pour m'emplir complètement. Nous avons couché ensemble tellement souvent, mais cette fois-ci est l'une des plus marquantes. C'était si intense et si sincère, un concentré de désir, non, de besoin mutuel du corps de l'autre.

Hardin s'est laissé emporter par la colère il y a quelques minutes, mais en le regardant, là, les yeux fermés, je peux voir que ses lèvres forment un petit sourire.

– Je sais que tu me mates, mais il faut que j'aille pisser, finit-il par dire, ce qui me fait rire. Allez hop, on se lève.

Il soulève mon corps par les hanches et m'allonge à côté de lui.

Il se passe la main dans les cheveux et les repousse en arrière pour dénuder son front avant de récupérer ses vêtements par terre. Torse nu, il quitte la pièce, me laissant me rhabiller toute seule. Mes yeux se posent sur le tee-shirt qu'il portait aujourd'hui, resté par terre, et, par habitude, je me baisse pour l'attraper mais le laisse retomber tout de suite. Je ne veux pas forcer les choses ni le mettre en colère, alors je m'en tiens à mes propres vêtements pour le moment.

Il est presque huit heures, j'opte pour un pantalon de yoga un peu lâche et un tee-shirt tout bête. Les débris de l'accès de rage d'Hardin couvrent le sol, je prends sur moi de tout remettre en place en commençant par mes vêtements. Hardin rentre dans la chambre quand j'en suis à fermer ma valise pleine de livres.

– Qu'est-ce que tu fais ?

Il tient un verre d'eau et un muffin dans ses grandes mains.

– Je range un peu, dis-je calmement.

J'ai un peu peur qu'on se remette à se disputer, je ne sais pas trop comment me comporter.

Il pose le verre et le gâteau sur la commode avant de me rejoindre.

– Ok, je vais te donner un coup de main.

Nous travaillons en silence pour remettre la chambre d'aplomb. Hardin attrape la valise et s'approche de la penderie, se prenant les pieds dans un coussin.

Je ne sais pas si je dois prendre la parole en premier et je ne sais pas trop quoi dire ; je sais qu'il est encore en colère, mais je n'arrête pas de croiser son regard qui ne semble pas si colérique que ça.

Il revient avec un petit sac et une boîte de taille moyenne dans les mains.

– C'est quoi ça ?

Oh non.

– Rien.

Je me lève en vitesse pour récupérer les objets.

– C'est pour moi ? demande-t-il d'un air curieux.

∞

116
Hardin

– Non.

Je sais qu'elle ment et elle se met sur la pointe des pieds pour attraper la boîte dans ma main gauche. Je la lève un peu plus haut.

– Il y a mon nom sur l'étiquette.

En entendant ma remarque, elle baisse le regard. Pourquoi est-elle aussi gênée ?

– J'ai juste… Bon, je t'avais acheté ces trucs, mais maintenant ça a l'air bête, tu n'es pas obligé de les ouvrir.

– Mais j'ai envie de le faire.

Je m'assieds au bord du lit. Je n'aurais vraiment pas dû casser cette horrible chaise.

Elle soupire et reste là où elle est, de l'autre côté de la pièce, pendant que je tire sur les coins du paquet cadeau. Ça me fait un peu chier qu'elle ait utilisé autant de scotch pour une boîte, mais je dois admettre que je suis un peu…

… excité.

Non, pas vraiment excité, mais content.

Je ne me souviens pas de la dernière fois où quelqu'un m'a offert un cadeau d'anniversaire, même ma mère. Très jeune, je lui ai fait savoir que je détestais les anniversaires et j'étais tellement chiant avec tous les cadeaux que ma mère m'offrait, qu'elle a arrêté de m'acheter des trucs ridicules avant mes seize ans.

Tous les ans, mon père m'envoyait une carte de merde avec un chèque dedans, mais je prenais mon pied à y foutre le feu. J'ai même pissé sur celui qui est arrivé pour mes dix-sept ans.

Quand j'ouvre enfin la boîte, je vois plusieurs choses à l'intérieur.

Tout d'abord, un exemplaire tout défoncé d'*Orgueil et préjugés*. Dès que je l'ai dans les mains, Tessa s'approche de moi pour me le prendre.

– C'est stupide… ignore celui-ci.

C'est bien la dernière chose que je ferais.

– Pourquoi ? Rends-le-moi.

Je tends la main. Lorsque je me lève, elle semble réaliser qu'elle ne va évidemment pas remporter cette bataille, alors elle me le tend. Je parcours les pages et remarque des annotations un peu partout sur le texte, de la première à la dernière page.

Ses joues sont cramoisies.

– Tu te souviens de ce que tu m'as dit en parlant de surligner Tolstoï ?

– Ouais ?

– Ben… j'ai un peu fait pareil, admet-elle en plongeant son regard dans le mien.

– Sérieux ?

J'ouvre le roman sur une page presque entièrement recouverte de commentaires.

– Ouais. Particulièrement ce livre ; mais bon, tu n'as pas besoin de le relire. J'ai juste pensé… Je sais, je suis nulle en cadeau, vraiment.

Ce n'est pas vrai, en fait. J'adore l'idée de regarder les passages de son roman préféré qui lui rappellent notre histoire. C'est le meilleur cadeau qu'on pourra jamais me faire. Ces choses toutes simples, ces choses qui me donnent l'espoir que, quelque part, nous pouvons faire fonctionner cette relation, le fait que nous faisions tous les deux la même chose, que nous lisions tous les deux Jane Austen en même temps alors qu'aucun de nous ne savait ce que l'autre faisait.

– Non, c'est faux.

Je me rassieds au bord du lit et coince le bouquin sous ma jambe pour l'empêcher de me le reprendre. Un rire sourd s'échappe de mes lèvres quand je découvre le second objet contenu dans la boîte. Je sors un classeur en cuir et lui demande en me marrant :

– C'est pour quoi faire ?

– Ton boulot, le truc que tu utilises est tout abîmé et complètement désorganisé. Tu vois, celui-là il a des onglets pour chaque jour de la semaine, ou chaque sujet, tu peux choisir.

Ce cadeau me fait rire parce que je remarque toujours la tête qu'elle fait quand je fourre les feuilles n'importe comment dans mon ancien classeur. Je refuse systématiquement de la laisser l'organiser et je sais que ça la rend dingue. Je ne veux pas qu'elle voie ce qu'il y a dedans.

– Merci.

– Ce n'est pas vraiment un cadeau d'anniversaire, je l'ai acheté il y a un bout de temps et je voulais jeter ton vieux classeur, mais je n'en ai jamais eu l'occasion.

– C'est parce que je le garde près de moi, je savais ce que tu avais en tête.

Il ne reste que le petit sac à ouvrir et une fois encore, son choix de cadeau me fait rire. Le premier mot que je lis sur le petit ticket est « Kick-boxing ».

– C'est un bon pour une semaine de cours de kick-boxing à la salle de sport près de chez nous… euh… de chez toi.

Elle sourit, visiblement fière de son cadeau.

– Et qu'est-ce qui te fait croire que je pourrais être intéressé par des cours de kick-boxing ?

– Tu sais très bien pourquoi.

La raison de ce cadeau est évidente : faire baisser la pression de la rage qui m'anime.

– Je n'en ai jamais fait.

– Ça peut être marrant.

– Pas aussi marrant que de défoncer le portrait d'un mec sans le rembourrage autour.

Ma réponse la fait sourciller.

– Je rigole.

J'attrape le CD qui reste dans le sac. Le connard qui est en moi se foutrait volontiers de sa gueule de m'avoir acheté un CD plutôt que de l'avoir téléchargé. En réalité, je vais adorer l'entendre fredonner en écoutant ce que j'imagine être le second album de The Fray.

Je suis certain qu'elle connaît déjà les paroles de toutes les chansons par cœur et qu'elle va se faire un malin plaisir de me débiter une explication de texte chaque fois qu'on l'écoutera dans la voiture.

∞

117

Tessa

– Passe la nuit avec moi.

Hardin me dévisage. Je hoche la tête avec impatience.

Il me tend son tee-shirt, je l'attrape avidement et le serre contre mon cœur. Il me regarde me changer en silence. Comme d'habitude, notre relation est totalement déroutante, mais maintenant encore plus qu'avant. À cet instant, je ne sais pas trop qui a le dessus. Tout à l'heure, je lui en voulais de m'avoir posé un lapin le jour de son anniversaire, mais maintenant je suis convaincue que ce n'est pas sa faute, et me revoilà là où j'en étais il y a quelques jours quand il m'a proposé si gentiment d'aller faire du patin à glace.

Il était vraiment fâché contre moi à cause de Zed, mais là, je peux à peine deviner son humeur compte tenu de ses sourires et de ses blagues au dixième degré. Peut-être le fait que je lui manque et le soulagement que je lui aie pardonné ont-ils dissipé sa colère ? Je ne sais pas trop comment il en est arrivé là, mais je sais qu'il vaut mieux éviter de poser trop de questions. J'aimerais bien qu'il me laisse lui parler de Seattle. Je n'ai même pas envie de le lui dire, mais je sais qu'il le faut. Comment réagira-t-il ? Sera-t-il content pour moi ? Je ne le pense pas ; en fait, je suis sûre qu'il ne sera pas content, pas du tout.

– Viens par là.

Il m'attire contre lui en s'allongeant sur le lit. Il attrape la télécommande de la télévision sur le mur et passe de chaîne en chaîne avant de s'arrêter sur un genre de documentaire historique. Après quelques minutes de silence, je lui demande :

– C'était comment de voir ta mère ?

Il ne répond pas et quand j'observe son visage, je m'aperçois qu'il dort à poings fermés.

Il fait chaud. Bien trop chaud. Quand je reprends conscience, Hardin est allongé sur moi, il me cloue au matelas de tout son poids. Je suis allongée sur le dos et Hardin sur le ventre, sa tête sur ma poitrine, l'un de ses bras autour de ma taille et l'autre étiré sur le matelas. Ça m'a manqué de ne plus dormir comme ça, voire de me réveiller en sueur à cause de la chaleur de son corps sur le mien. Quand je regarde le réveil, je vois qu'il est sept heures et demie, encore dix minutes avant qu'il ne se mette à sonner. Je ne veux pas réveiller Hardin, il a l'air si serein, un doux sourire s'est même dessiné sur ses lèvres. D'habitude, il fronce les sourcils, même en dormant.

J'essaie de m'extirper de là sans le réveiller, en soulevant son bras de ma taille. Il gémit, change de position et m'agrippe un peu plus la taille.

Est-ce que je dois le faire rouler sur le côté pour me dégager, ou pas ?

– Il est quelle heure ?

Sa voix est lourde de sommeil.

– Presque sept heures et demie.

– Merde. On peut pas sécher aujourd'hui ?

– Moi non, mais toi oui si tu veux.

Je souris et passe doucement mes mains dans ses cheveux pour masser son cuir chevelu. Il se tourne sur le côté pour me regarder :

– On pourrait sortir prendre le petit déjeuner ?

– Tu es dur en négo, mais malheureusement je ne peux pas.

Pourtant, j'en ai vraiment envie. Il glisse son corps contre le mien pour que son menton soit juste sous ma poitrine.

– Tu as bien dormi ?

– Oui, très bien. Je n'avais pas dormi comme ça depuis…

Il n'achève pas sa phrase. Je suis soudain si heureuse que je lui fais un grand sourire.

– Je suis contente que tu aies réussi à dormir.

– Est-ce que je peux te dire quelque chose ?

Il ne semble pas encore bien réveillé, ses yeux sont pleins de sommeil et sa voix encore plus rauque que d'habitude. Je recommence à lui masser la tête.

– Bien sûr.

– Quand j'étais en Angleterre, chez ma mère, j'ai fait ce rêve… enfin ce cauchemar.

Oh non ! Je savais que ses cauchemars étaient revenus, mais ça me fait toujours mal quand il en parle.

– Je suis désolée que ces mauvais rêves soient revenus.

– Non, ils ne sont pas seulement revenus, Tess. Ils ont empiré.

Je sens son corps trembler, mais son visage est dépourvu d'émotion.

– Empiré ?

Comment auraient-ils pu empirer ?

– C'était toi, ils te… faisaient ça à toi.

Brutalement, la glace remplace le feu qui courait dans mes veines.

– Oh !

– Ouais. C'était… complètement barré. C'était tellement pire qu'avec ma mère, ceux-là j'y étais habitué, tu comprends ?

J'acquiesce en lui caressant doucement le bras.

– Après ça, je n'ai même plus essayé de dormir. Je faisais exprès de rester éveillé parce que je ne pouvais pas supporter de revoir ça. L'idée que quelqu'un te fasse du mal me rend dingue.

– Je suis désolée.

Son regard est hanté et le mien plein de larmes.

– Je ne veux pas que tu aies pitié de moi.

Il tend la main pour capturer mes larmes avant qu'elles ne roulent sur mes joues.

– Ce n'est pas le cas. Ça me rend triste parce que je ne veux pas que tu sois malheureux. Mais je n'ai pas pitié de toi.

C'est la vérité. Je n'ai pas pitié de lui. Je me sens hyper-mal pour cet homme tout cassé, qui fait d'atroces cauchemars dans lesquels il revit l'agression et le viol de sa mère, et l'idée que mon visage remplace celui de Trish m'assassine. Je ne veux pas que ces visions infectent son âme déjà bien tourmentée.

– Tu sais que je ne laisserais jamais personne te faire du mal, hein ?

Il me regarde dans les yeux.

– Oui, je le sais, Hardin.

– Même maintenant, même si notre relation ne recommence pas comme avant. Je tuerais celui qui essaierait, d'accord ?

Il parle d'un ton sec, mais doux. Je le rassure d'un petit sourire.

– Je sais.

Je ne veux pas avoir l'air paniquée par ces propos menaçants, parce que je sais que ce sont des preuves d'amour. Il ajoute sur un ton plus léger :

– C'était bien de dormir.

– Où veux-tu aller prendre le petit déjeuner ?

– Tu as dit que tu ne pouvais pas…

– J'ai changé d'avis. J'ai faim.

Il s'est tellement ouvert à moi en me parlant de ses cauchemars que j'ai envie de passer la matinée avec lui ; peut-être va-t-il maintenir la communication entre nous. D'ordinaire, je dois me battre avec lui pour obtenir ce type d'information, mais là, il m'a naturellement fait part de ses pensées intimes et, pour moi, c'est important.

– Ma pathétique histoire t'a si facilement persuadée ?

– Ne dis pas une chose pareille.

– Pourquoi pas ?

En me voyant plisser le nez, il s'assied et sort du lit.

– Parce que ce n'est pas vrai. Ce n'est pas ce que tu m'as dit qui m'a fait changer d'avis, c'est le fait que tu aies partagé quelque chose avec moi. Et ne dis pas que tu es pathétique. Ce n'est absolument pas vrai.

Mes pieds touchent à peine le sol qu'il est déjà en train d'enfiler son jean. Comme il ne répond pas, je reprends :

– Hardin…

– Tessa… se moque-t-il sur un ton haut perché.

– Je le pense vraiment, tu ne devrais pas te rabaisser comme ça.

– Je sais.

Une réponse rapide pour mettre fin à la conversation.

Je sais qu'Hardin est loin d'être parfait et qu'il a des défauts, mais comme tout le monde, spécialement moi. J'aimerais qu'il soit capable de voir au-delà de ses failles, peut-être que ça l'aiderait à résoudre quelques-uns de ses problèmes quant à son avenir.

– Bon, bref, est-ce que je t'ai toute la journée ou seulement le petit déj' ?

Il se penche pour enfiler une chaussure.

– J'aime bien ces chaussures, j'avais envie de te le dire.

Je désigne les baskets en cuir qu'il est en train d'enfiler.

– Euh… merci…

Il noue ses lacets et se relève. Pour quelqu'un doté d'un pareil ego, il n'est vraiment pas doué pour accepter les compliments.

– Tu ne m'as toujours pas répondu.

– Seulement le petit déjeuner. Je ne peux pas sécher tous les cours.

Je retire son tee-shirt et enfile l'un des miens.

– D'accord.

– Je dois juste me démêler les cheveux et me brosser les dents.

J'ai à peine commencé qu'Hardin frappe à la porte. J'ai la bouche pleine de dentifrice.

– Entre.

– Ça fait longtemps qu'on n'a pas fait ça.

– L'amour dans la salle de bains ?

Pourquoi j'ai dit un truc pareil, moi ?

– Noooooon… J'allais dire « se brosser les dents ensemble ». Mais bon, si tu veux baiser sur le lavabo…

Il se marre. Gênée, je lève les yeux au ciel, avant de répondre :

– Je ne sais pas pourquoi j'ai dit ça, c'est le premier truc qui me soit venu à l'esprit.

Je me sens stupide d'avoir répondu comme ça, au taquet.

– Bon, ça fait toujours plaisir à entendre.

Il passe sa brosse sous l'eau et ne dit plus rien. Après nous être brossé les dents et une tentative avortée de ma part pour me peigner et faire une queue-de-cheval décente, nous descendons. Karen et Landon discutent dans la cuisine autour d'un bol de céréales.

Landon me sourit chaleureusement, il ne semble pas trop surpris de me voir en compagnie d'Hardin. Karen non plus. D'ailleurs, elle a l'air plutôt… ravie ? Je ne peux pas vraiment dire parce qu'elle porte sa tasse de café devant son visage pour cacher son sourire.

– Je vais conduire Tessa à la fac aujourd'hui, annonce Hardin à Landon.

– D'accord.

– Prête ?

Hardin se tourne vers moi. Je me tourne vers Landon.

– À tout à l'heure, en cours de théologie.

J'ai à peine le temps de finir ma phrase qu'Hardin me tracte littéralement hors de la cuisine.

Nous sortons de la maison.

– Pourquoi es-tu aussi pressé ?

En descendant l'allée, il attrape mon sac sur mon épaule.

– Je ne suis pas pressé, mais je vous connais tous les deux. Si vous vous mettez à discuter, on ne partira jamais et si tu rajoutes Karen à l'équation, je mourrai de faim avant que vous ayez fini de papoter.

Il ouvre la portière de la voiture côté passager pour que je puisse entrer, avant de faire le tour.

– C'est pas faux !

Nous débattons des mérites respectifs des menus de IHOP et Denny's pendant au moins vingt minutes avant d'opter pour IHOP. Hardin prétend qu'ils font un meilleur pain perdu, mais je refuse de le croire avant d'y avoir goûté. Une femme de petite taille avec un foulard bleu nous accueille :

– Il y a quinze minutes d'attente avant qu'une table se libère.

– Ah oui ? Pourquoi ?

Nous avons répondu en même temps.

– Nous avons beaucoup de monde et il n'y a plus une table de libre.

Même si elle répond gentiment, Hardin lève les yeux au ciel et je le pousse pour aller nous asseoir sur le banc dans l'entrée.

– C'est sympa de te retrouver, lui dis-je pour le taquiner.

– Qu'est-ce que tu veux dire ?

– Ça veut dire que tu as encore poussé le bouchon un peu loin.

– Quand ai-je arrêté de faire ça ?

– Je ne sais pas, pendant notre rendez-vous et un peu hier soir.

– J'ai saccagé la chambre et je t'ai insultée, me rappelle-t-il.

– Je sais, j'essayais de faire une blague.

– Bah, fais-en une bonne la prochaine fois.

Il ébauche un sourire.

Enfin installés, nous passons commande auprès d'un jeune serveur barbu dont l'appendice poilu semble un peu trop long pour être hygiénique dans un restaurant. Quand il s'éloigne, Hardin jure que s'il trouve un poil dans sa nourriture, il pètera les plombs.

– Juste pour te montrer que je peux toujours pousser le bouchon un peu plus loin.

Ça me fait rire.

J'aime qu'il essaie d'être un peu plus gentil, mais j'apprécie aussi son comportement et le fait qu'il se moque complètement de ce que les gens peuvent bien penser de lui. J'aimerais même que ces qualités déteignent un peu sur moi. Il liste les autres choses qui l'ennuient dans ce restaurant jusqu'à ce que notre petit déjeuner arrive.

– Pourquoi tu ne sèches pas toute la journée ?

Hardin enfourne une grosse bouchée de pain perdu.

– Parce que…

Je devrais lui dire que je vais faire transférer mon dossier dans une autre université et que je ne veux pas tout compliquer en perdant des points d'assiduité avant de partir, dans quelques semaines. Mais j'opte pour un :

– Je ne veux pas faire baisser ma moyenne.

– On est à la fac, personne ne va en cours.

C'est la centième fois qu'il me dit ça depuis notre rencontre.

– Tu n'es pas excité par la perspective du cours de yoga ? dis-je pour blaguer.

– Non. Pas du tout.

Nous terminons notre petit déjeuner, toujours d'humeur légère, et Hardin me conduit en cours. Son téléphone vibre sur le tableau de bord, mais il l'ignore. Je veux répondre pour lui, mais ce moment est si agréable. Il sonne pour la troisième fois.

– Tu ne vas pas décrocher ?

– Non, il y a un répondeur pour ça. C'est probablement ma mère. (Il lève son téléphone pour me montrer l'écran.) Tu vois. Elle a laissé un message. Tu veux bien l'écouter ?

Ma curiosité l'emporte, je lui prends le téléphone des mains.

– Mets le haut-parleur.

« Vous avez sept nouveaux messages » annonce la voix synthétique du téléphone pendant qu'il se gare.

– C'est pour ça que je ne les écoute jamais, grogne-t-il.

J'appuie sur le numéro un pour les écouter :

« Hardin ?… Hardin, c'est Tessa… Je… »

J'essaie d'appuyer sur le bouton pour mettre fin à ça, mais Hardin me l'arrache des mains.

Oh mon Dieu.

« Bien, J'ai besoin de te parler. Je suis dans ma voiture et je suis paumée… »

J'ai une voix d'hystérique qui me donne envie de m'enfuir de la voiture en courant.

– S'il te plaît, éteins ça.

Malgré ma supplique, il prend le téléphone dans son autre main pour que je ne puisse pas l'attraper.

– Qu'est-ce que c'est ? demande-t-il en fixant son téléphone.

« Pourquoi n'as-tu pas essayé de me contacter ? Tu m'as laissée partir et là, je suis pathétique à essayer de te parler en pleurant dans ton répondeur. J'ai besoin de savoir ce qui nous est arrivé. Pourquoi est-ce différent cette fois-ci, pourquoi est-ce qu'on ne s'est pas engueulés jusqu'à nous réconcilier ? Pourquoi ne t'es-tu pas battu pour moi ? Je mérite d'être heureuse, Hardin. »

Ma voix d'imbécile envahit l'habitacle de la voiture, je suis prisonnière.

Je reste assise en silence, ne décrochant pas le regard de mes mains sur mes genoux. C'est humiliant ; j'avais pratiquement oublié ce message et je regrette qu'il l'ait entendu, surtout maintenant.

– C'était quand ça ?

– Quand tu es parti.

Il laisse échapper un gros soupir et met fin à l'appel.

– Qu'est-ce que tu ne comprenais pas ?

– Je ne pense pas que tu veuilles en parler.

Je mordille mes lèvres.

– Si.

Il détache sa ceinture de sécurité et se tourne vers moi. Je lève les yeux vers lui et essaie de trouver la bonne formulation.

– Cet abominable message a été laissé le soir… le soir où je l'ai embrassé.

– Oh.

Il se détourne.

Le petit déjeuner s'est si bien passé, mais ce n'est plus qu'un mauvais souvenir à cause d'un stupide message vocal laissé en pleine vague émotionnelle. Je ne devrais pas en être tenue pour responsable.

– Avant ou après que tu l'as embrassé ?

– Après.

– Combien de fois l'as-tu embrassé ?

– Une fois.

– Où ?

– Dans ma voiture.

Je couine mes réponses. Il tient son téléphone en l'air entre nous.

– Et quoi ensuite ? Qu'est-ce que tu as fait après m'avoir dit ça ?

– Je suis retournée chez lui.

Ces mots sont à peine sortis de ma bouche qu'Hardin pose son front sur le volant. Je poursuis :

– Je…

Il lève un doigt pour me dire de me taire et ferme les yeux en reprenant :

– Que s'est-il passé chez lui ?

– Rien ! J'ai pleuré et on a regardé la télé.

– Tu mens.

– Non. J'ai dormi sur le canapé. La seule fois où j'ai dormi dans son lit, c'est quand tu as fait irruption. Je n'ai rien fait d'autre avec lui, seulement ce baiser, et il y a quelques jours, quand j'ai déjeuné avec lui, il a essayé de m'embrasser mais je me suis dérobée.

– Il a encore essayé de t'embrasser ?

Merde.

– Oui, mais il comprend mes sentiments pour toi. Je sais que j'ai vraiment merdé et je suis désolée, ne serait-ce que d'avoir passé du temps avec lui. Je n'ai pas de bonne raison de l'avoir fait ni d'excuse, mais je suis désolée.

– Tu te souviens de ce que tu as dit, hein ? Que tu allais rester loin de lui ?

Sa respiration semble contrôlée, trop contrôlée, il lève la tête du volant.

– Oui, je m'en souviens.

Je n'aime pas trop l'idée qu'on me dise avec qui j'ai le droit d'être amie, mais je ne peux pas dire que je n'exigerais pas la même chose de lui si la situation était inversée. D'ailleurs nos rôles ont tendance à tellement s'inverser ces derniers temps qu'on s'approche du grand huit.

– Maintenant que je connais tous les détails, je ne veux plus jamais en parler, d'accord ? Je le pense vraiment… Je ne supporte même pas de t'entendre prononcer son nom.

Il essaie de garder son calme.

– Ok.

Après lui avoir donné mon accord, je tends la main pour attraper la sienne. Je ne veux pas parler de lui moi non plus, nous avons dit tous les deux tout ce qu'il y avait à dire sur le sujet, et revenir dessus ne ferait que créer de nouveaux problèmes. Notre relation est assez endommagée comme ça ce n'est pas la peine d'en rajouter. Quelque part, c'est un soulagement d'être à l'origine du problème cette fois-ci, Hardin n'a vraiment pas besoin d'une raison supplémentaire de se haïr lui-même.

– On ferait mieux d'aller en cours, finit-il par dire.

L'entendre parler aussi froidement me fait mal, mais je reste silencieuse lorsqu'il retire sa main de la mienne. Hardin m'accompagne à mon cours et je regarde autour de moi dans la rue pour voir si je n'aperçois pas Landon, mais en vain. Il doit déjà y être.

– Merci pour le petit déjeuner.

Je lui reprends mon sac des mains.

– De rien.

Il hausse les épaules et j'essaie de sourire avant de tourner les talons.

Une main me serre le bras et sa bouche s'écrase contre la mienne avec force, revendiquant sa place d'amant de la seule manière possible.

– Je te vois après les cours. Je t'aime.

Un soupir et il part, me laissant pantelante et souriante.

∞

118
Hardin

Ça fait cinq fois que j'écoute ce message vocal en traversant le campus. Elle semble si malheureuse et bouleversée. Mon côté salaud se réjouit de l'entendre, d'entendre ses angoisses et sa tristesse lorsqu'elle pleure dans mon oreille. Je voulais savoir si elle vivait aussi mal que moi notre séparation, voilà la preuve que c'était bien le cas. Je sais que je lui ai vite pardonné d'avoir embrassé ce petit con, mais qu'est-ce que je pouvais bien faire d'autre ? Je ne peux pas vivre sans elle et elle n'est pas la seule à avoir déconné, nous sommes tous les deux à mettre dans le même sac.

Tout est de sa faute à lui, il savait à quel point elle serait vulnérable quand nous nous sommes séparés. Putain, il le savait : il l'a vue pleurer et tout, puis il va lui rouler une pelle une semaine après notre séparation ? Quel genre de connard irait faire un truc pareil ?

Il a profité d'elle, de ma Tessa, et je ne peux pas le supporter. Il se croit malin au point de s'en tirer à bon compte avec toutes ses merdes, mais putain c'est terminé.

– Il est où, Zed Evans ?

Je pose la question à une petite blonde assise à côté d'un arbre, au milieu du bâtiment des sciences de l'environnement.

Putain, mais pourquoi un arbre géant au milieu d'un bâtiment à la con ?

– Dans le labo de botanique, porte deux cent dix-huit.

Elle a une petite voix tremblante.

J'arrive enfin devant la bonne porte et je l'ouvre sans repenser à la promesse que j'ai faite à Tessa. De toute façon, je n'allais pas le laisser s'en tirer comme ça, mais savoir qu'elle a été si mal la nuit où elle était avec lui a aggravé la situation.

La pièce est blindée de fleurs bien rangées. Qui peut bien avoir envie de s'occuper de ces merdes toute la journée pour gagner sa croûte ?

– Qu'est-ce que tu fous là ?

Je l'ai entendu avant de le voir.

Il est debout à côté d'une grosse boîte ou d'une merde dans le genre ; quand il avance, je fais pareil.

– Joue pas au con, tu sais exactement pourquoi je suis là.

– Non, désolé, je ne sais pas. L'étude de la botanique ne requiert pas de lire dans les pensées des autres.

Il se fout de ma gueule avec ses putains de lunettes de protection sur le crâne.

– Tu as vraiment le culot de t'en vanter, connard ?

– Me vanter de quoi ?

– De ce que tu as fait à Tessa.

– C'est pas moi le connard. C'est toi qui la traites comme de la merde, alors t'as pas à avoir les boules qu'elle vienne se réfugier chez moi.

– T'es con, ou t'es con de foutre la merde dans mes affaires ? Elle est à moi.

Il recule et remonte l'allée à côté de la mienne.

– Elle ne t'appartient pas. Tu ne la possèdes pas.

Il me défie. Je passe la main au-dessus des plantes, je serre mes doigts autour de son cou, puis je balance sa tête contre la barre de métal entre nous. J'entends un bruit sec, je sais ce qui vient de se passer. Mais quand il lève la tête et gueule : « Putain, tu m'as pété le nez ! » en essayant de se dégager de ma prise, je dois admettre que la quantité de sang qui coule sur son visage est plutôt impressionnante.

– Ça fait des mois que je te le répète, putain, ne t'approche pas de Tessa, mais qu'est-ce que tu fais ? Tu lui roules une pelle et tu la fais dormir dans ton putain de plumard ?

Je remonte l'allée pour le choper de l'autre côté.

De sa main, il tient son nez brisé, le sang s'étale sur son visage.

– Bordel, je t'ai déjà dit que je me branlais complètement de ton opinion. Putain, tu viens de me péter le nez.

Il grogne en s'approchant. Merde, Tessa va me faire la peau. Je devrais y aller, là, maintenant. Il mérite une bonne raclée, mais elle va avoir les nerfs.

– Tu m'as fait pire, putain. Tu n'arrêtes pas de foutre la merde avec ma copine !

– C'est pas ta copine et, crois-moi, je ne fais que commencer.

– T'essaies vraiment de me menacer ?

– Je ne sais pas, qu'est-ce que je fais d'après toi ?

Je m'approche encore, mais il me surprend en m'en collant une. Son poing s'écrase sur ma mâchoire et je trébuche en arrière, emportant avec moi une caisse en bois avec des plantes dedans.

Elle s'écrase par terre pendant que je me remets debout et il frappe encore, seulement cette fois-ci j'arrive à le contrer et je m'écarte sur le côté.

– Tu me prenais pour une lopette ?

Il continue d'avancer vers moi, il a un sourire bizarre avec tout ce sang.

– Tu croyais vraiment que t'étais un gros dur ?

Il rit et fait une petite pause pour cracher du sang sur le sol carrelé.

Mes doigts s'enroulent autour de sa blouse de laboratoire et je le pousse dans une autre rangée de plantes ; nous nous effondrons au milieu des fleurs. Je lui monte dessus en m'assurant qu'il ne prenne pas le contrôle. Du coin de l'œil, je le vois lever le bras, mais le temps que je me rende compte de ce qu'il prépare, il m'a éclaté un pot en terre sur la tempe.

Je secoue la tête et cligne des yeux pour retrouver la vue. Je suis plus fort que lui, mais il semble être meilleur à la castagne qu'il me l'a laissé croire.

Mais il n'est pas question que je le laisse gagner.

– Je l'ai déjà baisée, de toute façon.

Il s'étrangle sur ses mots quand je lui attrape les cheveux pour lui défoncer le crâne contre le sol. Au point où j'en suis, j'en ai plus rien à foutre, je peux bien le tuer.

– Non, c'est faux.

– Si. Elle était toute… serrée et mouillée en plus.

Sa voix est étranglée et entrecoupée de râles lorsqu'il crache son venin, mes mains sur son visage.

Mon poing s'écrase sur sa joue et il crie de douleur ; l'espace d'un instant, j'envisage d'attraper son nez cassé entre mes doigts pour le faire hurler. Il bat des pieds sous moi pour essayer de me soulever. Des images de Zed touchant Tessa attisent ma colère et me poussent plus loin que jamais.

Ses mains s'agrippent à mes bras et essaient de me repousser.

– Tu ne la toucheras plus jamais. Si tu crois que tu peux me la prendre, tu te trompes, putain !

Je resserre ma prise autour de son cou, son visage maculé de sang vire au rouge et il essaie de parler, mais je n'entends que des inspirations saccadées.

– Nom de Dieu, c'est quoi ce boxon ? s'exclame une voix masculine derrière moi.

Quand je tourne la tête pour voir de qui il s'agit, Zed essaie de m'étrangler à son tour. Je voudrais bien voir ça ! Il ne me faut qu'un gnon dans ses dents pour que son bras retombe le long de son corps.

Une main m'attrape le bras et je le repousse.

– Appelez l'agent de sécurité !

Je me dépêche de me dégager de Zed.

– Non, faites pas ça.

Je me redresse.

– Qu'est-ce qui se passe ? Sortez d'ici ! Allez attendre dans l'autre pièce !

Le quadra me gueule dessus, mais je ne bouge pas. J'imagine que c'est un prof. Merde.

– Il est venu m'agresser.

Zed se met à chialer. Littéralement. Il chiale.

En se relevant, il couvre de sa main son nez enflé et tordu. Son visage est ensanglanté, sa blouse est couverte de taches rouges, son sourire satisfait s'est évaporé.

D'un air autoritaire, l'homme pointe un doigt vers moi et m'ordonne :

– Mettez-vous contre le mur et attendez que la police arrive ! Restez immobile !

Merde, le service d'ordre de la fac va se pointer. Putain, je suis dans la merde. Pourquoi est-ce que je suis venu ici d'abord ? J'avais promis de rester loin de lui si elle faisait de même.

Maintenant que j'ai rompu une autre de mes promesses, va-t-elle rompre la sienne ?

∞

119

Tessa

Je pose mon stylo sur le papier, j'ai l'intention d'écrire sur ma grand-mère qui a dévoué toute son existence à la cause chrétienne, mais le nom d'Hardin surgit sans cesse de l'encre noire.

– Mademoiselle Young ?

Le Professeur Soto m'interpelle d'une voix douce, mais assez forte pour que tout le premier rang l'entende.

– Oui ?

Je lève les yeux et, immédiatement, j'aperçois Ken.

Pourquoi Ken est-il ici ?

– Tessa, j'aimerais que tu m'accompagnes.

La blonde derrière moi, bien énervante, fait un « oohhh » comme si nous étions encore à l'école primaire. Il y a de fortes chances pour qu'elle ne sache même pas que Ken est le chancelier de la fac.

– Qu'est-ce qui se passe ?

Landon me regarde me lever et rassembler mes affaires.

– Nous en parlerons dehors.

Ken a la voix un peu tremblante. Landon se lève aussi.

– J'arrive.

Le Professeur Soto regarde Ken et lui demande :

– Ça ne vous dérange pas ?

– C'est mon fils.

Le prof écarquille les yeux.

– Oh, désolé. Je ne savais pas. C'est votre fille ?

– Non, répond laconiquement Ken.

Il semble paniqué, ce qui commence à m'effrayer.

– Est-ce qu'Hardin…

Ken ne me laisse pas finir ma question et m'escorte hors de la salle, Landon derrière nous. Dès que nous sortons, Ken annonce :

– Hardin s'est fait arrêter.

Je ne peux plus respirer.

– Quoi ?

– Il s'est fait arrêter pour s'être battu et pour avoir vandalisé du matériel universitaire.

– Oh mon Dieu !

Je n'arrive pas à dire quoi que ce soit d'autre.

– Quand ? Comment ? demande Landon.

– Il y a environ vingt minutes. Je fais de mon mieux pour ne pas mêler la police à cette affaire, mais il ne nous aide pas.

Ken se dépêche de traverser la rue et je dois quasiment courir pour arriver à suivre son rythme.

Mon esprit part dans tous les sens : Hardin, arrêté ? Oh mon Dieu. Comment a-t-il fait ? Contre qui s'est-il battu ?

Mais je connais déjà la réponse.

Pourquoi n'a-t-il pas réussi à se contrôler pour une fois ? Est-ce qu'il va bien ? Va-t-il aller en prison ? Dans une vraie prison ? Est-ce que Zed va bien ?

Ken déverrouille sa voiture et nous montons tous les trois.

– Où allons-nous ?

– Au PC de sécurité du campus.

– Est-ce qu'il va bien ?

– Il a une coupure sur la joue et une autre derrière l'oreille, je crois.

– Tu crois ? Tu ne l'as pas encore vu ?

– Non. Il est en pleine crise, et je me suis dit qu'il valait mieux que je vienne avec Tessa.

Ken me désigne d'un mouvement de tête.

– Ouais, bonne idée.

Puis Landon s'abîme dans le silence.

Une coupure au crâne et au visage ? J'espère qu'il n'a pas mal. Oh mon Dieu, c'est dingue. J'aurais dû accepter de passer toute la journée avec lui. Si je l'avais fait, il n'aurait même pas mis un pied sur le campus aujourd'hui.

Ken circule à toute allure dans les petites rues et en moins de cinq minutes, nous nous garons devant le bâtiment en briques qui abrite le poste de contrôle de la sécurité du campus. Il y a un gros panneau interdiction de stationner juste à l'endroit où il se gare, mais j'imagine que se garer n'importe où est un des privilèges inhérents à la fonction de chancelier.

Nous nous précipitons à l'intérieur du bâtiment et je cherche immédiatement Hardin des yeux.

Mais je l'entends avant de le voir…

– J'en ai rien à branler, t'es qu'un gros blaireau avec un badge en plastique ! T'es qu'un vigile de supermarché, espèce de connard !

Pour le trouver, je suis le son de sa voix le long du couloir. J'entends Ken et Landon juste derrière moi, mais tout ce qui compte, c'est de le retrouver.

J'arrive dans une pièce dans laquelle se trouvent plusieurs personnes… et je vois Hardin tourner en rond dans une petite cellule. Putain de merde. Ses bras sont retenus derrière lui par une paire de menottes. Il hurle :

– Va te faire foutre ! Allez tous vous faire foutre !

– Hardin !

Son père vient d'arriver juste derrière moi.

Très en colère, mon mec se retourne soudain vers moi et écarquille les yeux. Son visage porte une coupure sous la pommette et sa peau est fendue de son oreille à l'arrière du crâne, ses cheveux sont tout collés de sang coagulé.

– J'essaie de faire en sorte que le problème reste interne, et tu ne m'aides pas.

– Ils m'ont enfermé ici comme une bête. C'est des conneries. Appelle qui tu veux et fais-moi sortir de là.

Hardin essaie de se dégager de ses menottes.

– Arrête ça ! lui dis-je d'un air menaçant.

Son comportement change tout de suite. Il se calme un peu, mais sa colère ne diminue pas.

– Tessa, tu ne devrais même pas être ici. Quel est le connard qui a eu l'idée géniale de la faire venir ici ?

Hardin mitraille du regard Landon et son père.

– Hardin, arrête tout de suite ! Il essaie de t'aider. Il faut que tu te calmes.

Je ne peux lui parler qu'entre les barreaux.

Ça n'a pas l'air vrai, il est réellement dans une cellule de prison, les mains menottées. C'est impossible. Mais bon, voilà ce qui arrive dans la vraie vie des vrais gens. Si on agresse quelqu'un, on se fait arrêter, sur un campus universitaire comme partout ailleurs.

Quand il me regarde dans les yeux, j'imagine qu'il y voit la douleur que je ressens pour lui. Je veux croire que c'est pour ça qu'il finit par céder en hochant la tête.

– D'accord.

– Merci, Tessa. (Puis Ken avertit son fils.) Laisse-moi quelques minutes pour que je voie ce que je peux faire, mais arrête de gueuler. Tu aggraves le problème et tu es déjà dans de beaux draps.

Landon me regarde, puis se tourne vers Hardin avant de suivre Ken le long du couloir étroit. Je déteste déjà cet endroit, tout y est trop blanc ou trop noir, trop étriqué, et ça sent l'eau de Javel.

Les officiers de sécurité du campus sont assis derrière un bureau et plongés dans leur propre conversation pour le moment, ou du moins ils le prétendent depuis que le chancelier de la fac est arrivé pour régler le problème de son fils.

– Que s'est-il passé ?

– Je me suis fait arrêter par la sécu de la fac.

– Tu vas bien ?

J'ai désespérément envie de passer ma main entre les barreaux pour essuyer son visage ensanglanté.

– Moi ? Ouais, ça va. Ce n'est pas aussi terrible que ça en a l'air.

En l'examinant, je vois qu'il a raison. D'où je suis, je peux voir que les coupures ne sont pas profondes. Ses bras sont couverts de légères traces rouges, mélangées à l'encre noire sur sa peau, c'est assez terrifiant.

– Tu es fâchée contre moi ?

Sa voix est douce, à mille lieues du ton qu'il employait il y a encore une minute quand il criait sur les policiers.

– Je ne sais pas.

Je réponds en toute honnêteté. Bien sûr que je suis déçue, parce que je sais contre qui il s'est battu… ce n'est pas très difficile à deviner. Mais je m'inquiète pour lui et je veux savoir ce qui s'est passé pour qu'il en arrive à se mettre dans une telle situation.

– Je n'ai pas pu m'en empêcher.

Comme si ça pouvait justifier son comportement !

– Je t'avais bien dit que je ne viendrais pas te rendre visite en prison, tu t'en souviens ?

Je prends l'air sévère en appréciant la cellule du regard.

– Ça ne compte pas, ce n'est pas une vraie prison.

– Ça a l'air bien réel pourtant.

Je tape sur les barreaux métalliques pour appuyer mon propos.

– Ce n'est pas une vraie prison, c'est juste une connerie de cellule en attendant de décider s'il faut impliquer les vrais flics.

Son ton est assez fort pour que les deux gardiens interrompent leur conversation.

– Arrête ça tout de suite, ce n'est pas une blague, Hardin. Tu pourrais avoir de sacrées emmerdes.

Pour toute réponse, il lève les yeux au ciel.

C'est ça le problème avec Hardin : il n'a pas encore compris que ses actes portaient à conséquence.

∞

120
Tessa

– Qui a commencé ? Je fais de mon mieux pour ne pas tirer de conclusions hâtives comme j'en ai l'habitude.

Hardin essaie de me regarder dans les yeux, mais je détourne le regard.

– Je suis allé le voir après t'avoir accompagnée en cours.

– Tu m'avais promis de le laisser tranquille.

– Je sais.

– Alors pourquoi ?

– Il m'a cherché, il s'est mis à me provoquer, à dire qu'il t'avait baisée…

Il me regarde, les yeux pleins d'un désespoir sauvage.

– Tu ne m'as pas menti là-dessus, hein ?

Je suis à deux doigts de perdre mon sang-froid.

– Je ne répondrai plus à cette question. Je t'ai déjà dit qu'il ne s'était rien passé entre nous et tu recommences à me le demander dans cette satanée cellule de prison !

Le comble de la frustration. Il me met vraiment en colère.

Il soupire en s'asseyant sur le petit banc métallique de la cellule.

– Pourquoi es-tu allé le voir ? Je veux savoir.

– Parce qu'il avait besoin d'une bonne raclée, Tessa. Il faut qu'il comprenne qu'il ne doit plus t'approcher. J'en ai marre de son petit jeu à la con et de ses grands airs comme s'il avait une putain de chance avec toi. Je l'ai fait pour toi !

Je croise les bras sur ma poitrine.

– Comment te sentirais-tu si c'était moi qui étais allée le voir aujourd'hui alors que je t'avais promis de ne pas le faire ? Je croyais qu'on essayait tous les deux de faire des efforts, et toi, tu me mens en me regardant droit dans les yeux. Tu n'allais pas tenir ta promesse, c'est ça ? Tu n'en as jamais eu l'intention ?

– Si. D'accord ? Ça n'a plus d'importance maintenant. Ce qui est fait est fait.

On dirait un gamin en colère.

– Ça a de l'importance à mes yeux, Hardin. Tu n'arrêtes pas de te mettre dans les pires situations quand ce n'est pas nécessaire.

– Si, c'est nécessaire, Tess.

– Où est Zed à présent ? Est-ce qu'il est en prison ?

– C'est pas une prison.

– Hardin…

– Je ne sais pas où il est et j'en ai rien à foutre, et toi non plus d'ailleurs. Tu ne vas pas t'approcher de lui.

– Arrête de te comporter comme ça ! Arrête de me dire ce que je peux faire ou ne pas faire. Tu me fais vraiment chier !

– Est-ce que tu m'insultes ?

Il dit ça avec un petit sourire amusé. Pourquoi pense-t-il que c'est drôle ? Il n'y a rien de marrant là-dedans. Je m'éloigne de lui et son sourire disparaît.

– Tessa, reviens.

Je me retourne.

– Je vais voir où en est ton père.

– Dis-lui de se dépêcher.

Là, franchement, il m'énerve. Il pense que parce que son père est chancelier, il va s'en sortir sans problème ; honnêtement, je l'espère bien, mais ça me met les nerfs en pelote de voir qu'il prend tout à la légère.

– Qu'est-ce que tu regardes, connard ?

C'est lui qui s'adresse à un policier derrière moi. Je me masse les tempes du bout des doigts.

Je retrouve Ken et Landon assis à côté d'un homme un peu plus âgé, les cheveux gris et moustachu. Il porte une cravate et un pantalon noir. La façon dont il se tient me laisse deviner que c'est quelqu'un d'important. Lorsque Landon m'aperçoit dans le couloir, il vient vers moi.

– C'est qui ?

– C'est le doyen de la fac.

Landon a l'air inquiet.

– Qu'est-ce qui se passe ? Qu'est-ce qu'ils disent ?

J'essaie d'écouter l'échange entre les deux hommes, mais je n'arrive pas à discerner les mots.

– C'est... Bon, c'est mal parti. Il y a pas mal de dégâts dans le laboratoire de Zed, on parle de milliers de dollars. En plus, Zed a le nez cassé et une commotion cérébrale. Quelqu'un l'a accompagné à l'hôpital.

Je commence à bouillir. Donc Hardin n'a pas fait que bousculer Zed. Il l'a sérieusement blessé !

– Et puis Hardin a bousculé un prof. Une fille de la classe de Zed a déjà témoigné pour dire qu'Hardin était venu spécifiquement pour le trouver. Ça a l'air vraiment mal parti. Ken fait de son mieux pour éviter la prison à Hardin, mais je ne sais pas s'il va y arriver.

Landon soupire et passe ses mains dans ses cheveux.

– La seule chose qui pourrait lui éviter ça, c'est que Zed décide de ne pas porter plainte. Et même là, je ne sais pas si ce sera suffisant.

J'ai la tête qui tourne.

« Exclusion ». J'entends l'homme aux cheveux gris prononcer ce mot et vois Ken se gratter le menton. Exclusion ? Hardin ne peut pas se faire exclure de l'université ! Oh mon Dieu, quel bazar !

– C'est mon fils.

Ken parle calmement, je fais un petit pas vers eux pour espionner la conversation.

– Je sais, mais agresser un professeur et vandaliser du matériel universitaire n'est pas une mince affaire.

Qu'Hardin et son sale caractère soient maudits.

– C'est un désastre.

Landon acquiesce d'un air maussade.

J'ai envie de me jeter par terre et de pleurer, ou mieux encore de taper du pied dans la cellule d'Hardin et de le frapper. Mais rien de tout ça ne ferait avancer la situation.

– Peut-être que tu devrais parler à Zed pour lui demander de ne pas porter plainte ?

– Hardin péterait un câble s'il savait que j'allais le voir.

Non pas que je doive ne serait-ce que l'écouter, puisque lui ne m'écoute pas.

– Je sais, mais je ne vois pas quoi faire d'autre au point où nous en sommes.

– Je crois que tu as raison.

Je regarde Ken, puis au bout du couloir, là où se trouve Hardin.

Hardin est ma priorité, mais je me sens très mal de ce qu'il a infligé à Zed. J'espère qu'il va bien s'en remettre. Peut-être que si j'allais lui parler, il ne porterait pas plainte, ce qui au moins éliminerait un problème.

– Où est-il ? Tu le sais ?

– Je crois que je les ai entendus parler de l'hôpital de Grandview.

– Ok. Bon, je vais commencer par là.

– Tu as besoin que je te dépose à ta voiture ?

– C'est vrai que je ne suis pas venue toute seule.

Landon fouille dans ses poches et me tend ses clés de voiture.

– Tiens. Fais attention.

– Merci, tu es mon meilleur ami.

Je ne sais vraiment pas ce que je ferais sans lui, mais comme il s'en va bientôt, j'imagine que je vais vite le découvrir. L'idée de son départ m'attriste, mais je la repousse vite ; je ne vais pas penser à ça maintenant.

– Je vais aller parler à Hardin pour lui dire où ça en est.

– Encore merci.

Je serre Landon dans mes bras.

Lorsque j'arrive à la porte d'entrée, j'entends la voix d'Hardin résonner dans le couloir.

– Tessa ! Putain, n'ose même pas aller le voir ! (Je l'ignore et pousse la double porte.) Je suis sérieux, Tessa !!! Reviens ici !

L'air frais noie le son de sa voix, je sors du bâtiment. Comment ose-t-il me dire quoi faire sur ce ton ? Pour qui se prend-il ? Il s'est mis dans une situation impossible parce qu'il n'est pas capable de contrôler ses émotions et sa jalousie, et moi j'essaie d'arranger son foutoir. Il a de la chance que je ne l'aie pas giflé pour avoir rompu sa promesse. Mon Dieu, c'est vraiment frustrant. Il me rend dingue.

Quand j'arrive à l'hôpital, la femme de garde au bureau des infirmières ne veut pas me donner d'information sur Zed. Elle ne veut même pas confirmer sa présence ici, voire me dire s'il est venu.

– C'est mon petit ami et j'ai vraiment besoin de le voir.

La blonde peroxydée fait des bulles avec son chewing-gum et enroule une mèche de cheveux entre ses doigts. Elle est odieuse.

– C'est votre petit ami ? Le garçon avec tous les tatouages ?

Elle rit. À l'évidence, elle ne me croit pas.

– Oui.

Je lui réponds d'un ton sec, quasiment théâtral, et suis surprise de constater à quel point je peux être menaçante.

– Allez au bout du couloir, tournez à droite, c'est la première porte à gauche.

Bon, ce n'était pas si dur que ça. Je devrais me comporter comme ça plus souvent. Je suis ses indications et m'approche de ladite porte. Elle est fermée, je frappe légèrement avant d'entrer. J'espère qu'elle ne s'est pas trompée.

Zed est assis au bord d'un lit d'hôpital. Il est torse nu et ne porte que son jean et des chaussettes. Son visage !

– Oh mon Dieu !

Son nez est cassé, je le savais déjà, mais ça a l'air atroce. Il est vraiment enflé et il a un cocard à chaque œil. Son torse est couvert de pansements, les petites étoiles tatouées juste sous ses clavicules sont les seules zones indemnes.

– Tu vas bien ?

Je m'approche du lit. J'espère qu'il ne m'en veut pas d'être venue lui rendre visite à l'hôpital. C'est ma faute après tout.

– Pas vraiment.

D'un air timide, il laisse échapper un gros soupir et se passe la main dans les cheveux avant d'ouvrir les yeux. Il tapote le lit à côté de lui, je vais m'asseoir à ses côtés.

– Tu veux me raconter ce qui s'est passé ?

Ses yeux couleur caramel plongent dans les miens et il hoche la tête.

– J'étais dans le labo, pas celui que je t'ai montré mais dans un autre, et il est arrivé en me disant que je devais rester loin de toi.

– Et ensuite ?

– Je lui ai dit que tu ne lui appartenais pas et il m'a attrapé la tête pour la cogner contre une barre en fer.

Ses mots me font tressaillir et je regarde son nez.

– Est-ce que tu lui as dit qu'on avait couché ensemble ?

Je ne sais pas trop si je dois le croire ou pas.

– Oui. Je suis vraiment désolé d'avoir dit ça, mais il faut que tu comprennes, il était en train de m'attaquer et je savais que c'était la seule manière de l'atteindre. Je me sens vraiment con d'avoir dit un truc pareil. Je suis vraiment désolé, Tessa.

– Il m'avait promis de ne plus t'approcher ni de te provoquer si je faisais la même chose.

– On dirait qu'il a encore rompu une promesse, non ?

Je me tais une minute pour essayer de reconstituer la bagarre dans ma tête. Je suis en colère contre Zed d'avoir dit à Hardin que nous avions couché ensemble, mais je suis contente qu'il ait admis la vérité et se soit excusé. Je ne sais lequel de ces deux garçons m'énerve le plus. C'est difficile d'en vouloir à Zed comme ça, assis sur un lit d'hôpital à souffrir de blessures dont je suis responsable et qui est malgré tout si gentil avec moi.

– Je suis désolée que toutes ces choses arrivent par ma faute.

– Ce n'est pas ta faute. C'est la mienne, et la sienne. Il te considère comme une sorte de propriété et ça me fout en l'air. Tu sais ce qu'il m'a dit ? Il a dit que je ne devrais pas « foutre la merde dans ses affaires », c'est comme ça qu'il parle de toi dès que tu as le dos tourné, Tessa.

Sa voix est douce et calme, à l'opposé de celle d'Hardin.

Je n'aime pas non plus l'idée qu'Hardin croit que je lui appartiens, mais je n'aime pas que quelqu'un me le fasse remarquer. Hardin ne sait pas gérer ses émotions pas plus qu'une relation stable.

– Il est très possessif.

– Tu ne peux pas le défendre, là.

– Ce n'est pas ce que je fais. Je ne sais pas quoi penser. Il est en prison… Enfin en détention sur le campus, et tu es à l'hôpital. C'est trop pour moi. Je sais que je ne devrais pas me plaindre, mais j'en ai assez de tout ce drame permanent. Chaque fois que je me dis que je peux respirer, quelque chose arrive. J'ai l'impression de me noyer.

– C'est lui qui te noie.

Il n'y a pas qu'Hardin, c'est un tout. C'est la fac, mes soi-disant amis qui me trahissent, Hardin, Landon qui me quitte, ma mère, Zed…

– Non, je me suis fait ça toute seule.

– Arrête de prendre la responsabilité de toutes ses erreurs. Il fait ce genre de conneries parce qu'il se fout de tout sauf de lui. Si tu comptais à ses yeux, il ne m'aurait pas approché, comme il te l'avait promis. Il ne t'aurait pas posé un lapin le jour de son anniversaire… Je pourrais continuer comme ça pendant des heures.

– Est-ce que tu t'es servi de son téléphone pour m'envoyer des messages ?

– Quoi ?

Il appuie sa main sur le matelas pour se rapprocher de moi.

– Putain.

La douleur le fait soupirer.

– Tu as besoin de quelque chose ? Tu veux que j'appelle une infirmière ?

Je suis momentanément distraite.

– Non, je me prépare à partir. Ils sont en train de finir les papiers. Bon, c'est quoi cette histoire de textos ?

– Hardin pense que c'est toi qui m'as envoyé ces messages le jour de son anniversaire en se faisant passer pour lui, histoire que je l'attende sans qu'il soit au courant.

– Il ment. Je ne ferais jamais ça. Pourquoi je ferais un truc pareil ?

– Je ne sais pas, il pense que tu essaies de faire en sorte que je le déteste.

Le regard de Zed est trop intense, je dois détourner les yeux.

– Il se débrouille très bien tout seul pour ça, non ?

– Non.

Peu importe mon degré de colère contre lui et à quel point les paroles de Zed me perturbent, je veux défendre Hardin.

– Il ne dit ça que pour te faire croire que je suis le méchant de l'histoire, alors que ce n'est pas vrai. J'ai toujours été là pour toi quand il ne l'était pas. Il ne peut même pas être fidèle à une simple promesse. Il est venu me chercher pour m'agresser, moi et un prof ! Il n'arrêtait pas de dire qu'il allait me tuer et, vraiment, je l'ai cru. Si le Professeur Sutton n'était pas intervenu, c'est ce qu'il aurait fait. Il sait qu'il est plus fort que moi, c'est loin d'être la première fois qu'il me frappe.

Zed tremble et se lève. Il attrape son tee-shirt vert sur une chaise et lève les bras pour l'enfiler, puis le laisse tomber.

– Merde.

Je me précipite pour lui venir en aide et récupère le tee-shirt par terre.

– Lève les bras le plus haut possible.

Il les monte à hauteur d'épaules pour que je l'aide à s'habiller.

– Merci.

Il tente un sourire. Je scrute son visage.

– Qu'est-ce qui te fait le plus mal ?

– Le rejet.

Aïe. Je baisse les yeux sur mes mains et triture mes ongles.

– Mon nez. Quand ils ont remis le cartilage en place.

– Est-ce que tu vas porter plainte contre lui ?

Je veux remplir ma mission.

– Ouais.

– S'il te plaît, ne fais pas ça.

Je le regarde dans les yeux.

– Tessa, tu ne peux pas me demander ça. Ce n'est pas juste.

– Je sais. Je suis désolée, mais si tu portes plainte, il va aller en prison, dans une vraie prison.

L'idée me jette dans une panique totale.

– Il m'a cassé le nez et j'ai une commotion cérébrale. S'il m'avait tapé la tête contre le sol encore une fois, il m'aurait tué.

– Je ne dis pas que ce n'est pas grave, mais je te supplie de ne pas le faire. Il a assez d'ennuis comme ça avec l'université. Je sais que ce n'est pas bien de te demander ça, mais s'il te plaît, Zed, penses-y au moins.

– Et qu'est-ce que tu vas faire ?

– Je ne sais pas, il se passe trop de choses en ce moment pour que j'y voie clair.

– Bon. Je ne porte pas plainte contre lui, mais promets-moi de vraiment réfléchir à tout ça. À toute la situation ; pense à quel point ta vie serait plus facile sans lui, Tessa. Il m'a attaqué sans raison valable et te voilà à recoller les morceaux de ce qu'il a brisé, comme d'habitude.

Il est clairement énervé. Je ne lui en veux pas. Je profite de ses sentiments pour le dissuader de porter plainte contre Hardin.

– Je vais le faire, merci beaucoup.

– Je regrette de ne pas être tombé amoureux de quelqu'un qui pourrait avoir les mêmes sentiments que moi.

Je l'entends à peine tant sa voix est fluette.

Amoureux ? Zed amoureux ? Je sais qu'il a des sentiments pour moi… mais amoureux ? Sa bagarre avec Hardin, la raison de sa présence à l'hôpital en ce moment, c'est ma faute. Mais est-ce qu'il m'aime ? Il a une petite copine et je n'arrête pas de rompre avec Hardin. Je le regarde et je prie pour que ce soit les calmants qui parlent, pas vraiment lui.

∞

121
Hardin

Nous descendons de la voiture de mon père pour nous diriger vers la mienne.

– Je te vois à la maison, à plus.

Landon fait un petit signe à Tessa.

Je le regarde et marmonne un gentil « Va te faire foutre » dans ma barbe.

– Laisse-le tranquille !

Tessa monte dans ma caisse. Quand je suis à l'intérieur à mon tour, j'augmente le chauffage et lui jette un regard plein de reconnaissance.

– Merci de rentrer à la maison avec moi, même si c'est seulement pour la soirée.

Tessa hoche simplement la tête et appuie sa joue contre la vitre.

– Tu vas bien ? Je suis désolé pour aujourd'hui, je…

Elle m'interrompt en soupirant.

– Je suis juste fatiguée.

Deux heures plus tard, Tessa dort à poings fermés dans le lit, serrant dans ses bras mon oreiller, les genoux repliés contre sa poitrine. Même dans cet état, elle est à couper le souffle. Il est trop tôt pour que j'aille dormir, je décide d'aller chercher l'exemplaire d'*Orgueil et préjugés* qu'elle m'a offert. Il y a bien plus de Post-it jaunes que j'imaginais. Je m'allonge à côté d'elle et lis les passages qu'elle a notés. L'un d'entre eux attire mon attention :

« *Il y a fort peu de gens que j'aime sincèrement, et encore moins que je puisse estimer ; plus je vois le monde, moins il me plaît, et chaque jour me fait mieux juger l'inconstance du cœur humain, et combien il faut peu se fier à quelque apparence de mérite ou de bon sens.* »

Ça doit remonter aux débuts de notre relation. Je me l'imagine très bien, emmerdée et agitée, assise sur son petit lit de la cité U, un marqueur fluo dans une main, le bouquin dans l'autre. Je jette un regard vers elle et réprime un rire gentiment moqueur. En parcourant les pages, je vois des tendances se préciser ; elle me méprisait. Je le savais à l'époque, mais le voir ainsi rappelé est étrange.

« Une alternative bien cruelle se présente à vous, Elizabeth ; de ce jour, il vous faut être étrangère à l'un ou l'autre de vos parents ; votre mère ne vous veut plus voir si vous refusez M. Colins, et moi je vous défends de paraître en ma présence si vous l'acceptez. »

Sa mère et Noah.

« Quand l'amour-propre est blessé, on ne réfléchit guère. »

Si ça, ce n'est pas la vérité…

« Je n'ai pas le bonheur de vous comprendre. »

Je ne me comprenais pas moi-même et c'est toujours le cas aujourd'hui.

« Je lui pardonnerais facilement sa fierté s'il n'eût blessé la mienne. »

Elle a fait ça le jour où je lui ai dit que je l'aimais et que je suis revenu sur mes paroles. Je le sais.

« Je dois apprendre à me satisfaire d'être plus heureux que je ne le mérite. »

Plus facile à dire qu'à faire, Tess.

« Aimer la danse était déjà le premier pas fait pour devenir amoureux. »

Je sais. Le mariage. Je me souviens du sourire qu'elle m'a fait quand elle a prétendu qu'elle n'avait pas mal que je lui aie marché sur les pieds.

« Nous le connaissons tous pour être un homme fier et désagréable, mais cela ne serait rien si vous l'aimiez réellement ! »

Ça marche encore, ça. Landon pourrait dire de telles merdes à Tessa, il l'a probablement déjà fait.

« Jusqu'à ce moment mon propre caractère ne m'était point connu. »

Je ne suis pas trop sûr de savoir à qui ça s'applique le mieux.

« Je pense qu'il y a naturellement dans tous les hommes une pente vicieuse, une sorte de perversité innée, que l'éducation ne corrige jamais entièrement.

– C'est donc cette pente qui vous porte à voir le mal chez tout le monde.

– Comme elle paraît vous porter, vous, à ne vouloir comprendre personne. »

Il y a plus de vérités dans ces deux-là que dans la précédente, me dis-je en revenant au début.

« Elle est passable, mais pas assez belle pour me tenter, d'ailleurs je ne suis pas homme à prendre soin des délaissées. »

Un jour, j'ai dit à Tessa qu'elle n'était pas mon type de femme, quel connard j'étais ! Non mais, regardez-la un peu, elle est le type de tout le monde, même si on est trop con pour ne pas le voir au premier regard. Mes mains parcourent les pages et mes yeux s'arrêtent sur la multitude de petites notes qui lui ont rappelé notre histoire et ce qu'elle pensait de moi. Je ne recevrai jamais de plus beau cadeau, ça, c'est certain.

« Vous m'avez ensorcelé, corps et âme. »

C'est l'une de mes citations préférées, je l'ai utilisée moi-même quand nous avons emménagé ici. Elle avait plissé le nez à m'entendre utiliser cette citation de façon un peu mièvre, elle s'était même moquée de moi et m'avait jeté un morceau de brocoli à la figure. Elle est toujours en train de me balancer des trucs dessus.

« Oui, mais le monde change et donne toujours matière à de nouvelles observations. »

J'ai progressé et évolué, pour elle, depuis que je l'ai rencontrée. Je ne suis pas parfait, putain, loin de là, mais je pourrais le devenir.

« Il lui était aisé de se représenter le bonheur instable dont pourraient jouir deux êtres qu'avait seule rapprochés la violence de leurs passions. »

Je ne l'aime pas du tout celle-là. Je sais exactement ce qui se passait dans sa tête quand elle l'a surlignée. On passe à autre chose…

« L'imagination des femmes court vite et saute en un clin d'œil de l'admiration à l'amour et de l'amour au mariage. »

Au moins, il n'y a pas que Tessa pour être aussi tarée.

« Seul le plus profond des amours me mènerait à l'autel. »

Elle a laissé de côté l'autre portion de la phrase, celle qui dit : *« C'est donc la raison pour laquelle je finirai vieille fille. »*

« Seul le plus profond des amours me mènerait à l'autel[8]*. »*

Mouais… Je ne suis pas sûr que ça le fasse pour moi. C'est impossible qu'il existe un amour plus profond que celui que j'éprouve pour cette fille, mais ça ne changera pas mon opinion sur le mariage. Les gens ne se marient plus pour les bonnes raisons, non pas qu'ils l'aient fait davantage auparavant. Avant, c'était pour des questions de statut social ou d'argent et maintenant, c'est juste pour s'assurer qu'ils ne finiront pas tout seuls et misérables,

---

8. Tous les passages en italique sont extraits d'*Orgueil et préjugés*. Traduction Eloïse Perks, 1822, Chapitre 3, 5, 9, 11, 20, 24, 36, 45 et 59 ; traduction V. Leconte et Ch. Pressoir, 1932, Chapitre 6 et 50, Licence Creative Commons.

deux trucs que pratiquement tous les couples mariés ressentent de toute façon.

Je repose le livre sur la table de chevet avant d'éteindre la lumière et de poser ma tête directement sur le matelas. J'ai envie de reprendre mon oreiller, mais elle le tient trop fermement et je ne veux pas faire mon enfoiré.

– Est-ce que tu pourrais arrêter de faire ta tête de mule et venir en Angleterre avec moi ? Je ne peux pas vivre sans toi.

Je murmure ces mots à son oreille dans son sommeil en passant mon pouce sur sa joue tiède.

J'ai hâte de pouvoir dormir à nouveau, dormir vraiment, avec elle à mes côtés.

∞

122

Tessa

Lorsque je me réveille, Hardin est en position « étoile de mer » en plein milieu du matelas, un bras rabattu sur son visage, l'autre pendant hors du lit. Son tee-shirt est trempé de sueur et je me sens dégoûtante. Je lui fais un petit bisou sur la joue et me précipite dans la salle de bains.

Quand je sors de la douche, il est réveillé, comme s'il m'attendait. Il se tient sur les coudes et m'annonce :

– J'ai peur d'être exclu.

Sa voix me surprend, mais sa révélation encore plus. Je m'assieds à côté de lui, il n'essaie même pas de m'enlever ma serviette.

– Vraiment ?

– Ouais. Je sais, c'est con…

– Non, ce n'est pas con. Tout le monde aurait peur, je sais que je serais terrifiée. C'est normal d'avoir peur.

– Qu'est-ce que je vais faire si je ne peux plus aller à WCU ?

– Tu changeras de fac.

– Je veux rentrer à la maison.

Ce qui me désespère totalement, mais je reste calme.

– Ne dis pas ça, s'il te plaît.

– Je n'ai pas le choix, Tess. Je ne peux pas me payer les droits d'inscription dans une autre fac que celle où mon père est chancelier.

– On peut trouver une solution.

– Non, ce n'est pas ton problème.

– Mais bien sûr que si. Si tu retournes en Angleterre, on ne se verra jamais.

– Il faut que tu viennes, Tessa. Je sais que tu n'en as pas envie, mais il le faut. Je ne peux plus me séparer de toi. S'il te plaît, suis-moi.

Ses paroles sont tellement pleines d'émotion que je ne trouve plus mes mots.

– Hardin, ce n'est pas aussi simple que ça.

– Si, ça l'est. C'est facile, tu pourrais trouver un boulot pour faire la même chose que maintenant, tu te ferais probablement encore plus de blé et tu irais dans une meilleure université.

– Hardin…

Je me concentre sur sa peau nue. Il soupire.

– Tu n'as pas à prendre de décision tout de suite.

Je suis quasiment en train de lui dire que je vais faire mes valises pour le suivre en Angleterre, mais je ne peux pas. En un mot, je vais continuer à jouer les dégonflées et à repousser à une date ultérieure la nouvelle de mon départ pour Seattle. Je me couche sur le côté pour me lover dans ses bras.

Pour une fois, il a réussi à me faire revenir au lit en sa compagnie de bon matin.

Le réconforter est plus important que ma routine matinale.

– Drew, le proprio de la boutique, a l'air d'un con, mais il est plutôt cool.

Hardin me donne l'info lorsque nous approchons du petit bâtiment en briques.

Un grelot résonne au-dessus de ma tête quand Hardin m'ouvre la porte et me fait entrer. Steph et Tristan sont déjà là. Steph est assise sur un fauteuil en cuir et Tristan parcourt ce qui semble être… un livre de tatouages ?

– Ça t'en a pris du temps !

Steph lance ses jambes en avant en nous voyant entrer. Hardin intercepte sa botte avant qu'elle ne m'atteigne.

– Tu fais déjà chier, à ce que je vois…

Il soupire et tente de me conduire jusqu'à Tristan, mais je retire ma main et me rapproche de Steph.

– Elle est bien avec moi.

Il fronce les sourcils à la remarque de Steph, mais reste silencieux.

Il s'arrête près de Tristan, attrape un livre comme celui que Tristan a dans les mains et le regarde rapidement.

– Je ne t'ai jamais vu ici, toi.

Le gars lève les yeux vers moi tandis qu'il essuie la peau du ventre de Steph avec un chiffon.

– Je ne suis jamais venue.

– Moi c'est Drew, c'est chez moi ici.

– Ravie de te rencontrer, moi, c'est Tessa.

– Tu viens te faire faire quelque chose aujourd'hui ?

Il me sourit, mais Hardin répond pour moi en passant ses bras autour de ma taille.

– Non.

– Elle est avec toi, Scott ?

– Oui.

Hardin me serre plus fort dans ses bras. À l'évidence, il fait ça pour montrer quelque chose. Il a dit que Drew avait une tête de con, mais ce n'est pas du tout l'impression qu'il me donne. Il a l'air très gentil et se marre.

– C'est bon, c'est cool. Il était temps que tu te trouves une copine.

Hardin se détend un peu, mais garde ses bras autour de moi.

– Alors, mec, pourquoi tu te fais pas faire quelque chose ?

Un bourdonnement envahit la pièce et je baisse les yeux sur le ventre de Steph pour observer, avec stupéfaction, le pistolet à tatouage parcourir sa peau. Drew essuie le surplus d'encre, puis poursuit son œuvre.

– Ça se peut, en fait.

Je lève les yeux vers Hardin et son regard rencontre le mien.

– Vraiment ? Qu'est-ce que tu veux comme motif ?

– Je ne sais pas encore, un truc dans le dos.

Le dos d'Hardin est la seule portion de son corps pas encore encrée.

– Sérieux ?

Il pose son menton sur mon crâne.

– Ouais.

Drew trempe la buse du pistolet dans un petit gobelet en plastique plein d'encre noire.

– En parlant de se faire faire quelque chose, qu'est-ce que t'as foutu de tes piercings ?

– J'en avais marre de les voir.

Steph regarde Hardin, ce qui nous fait rire.

– S'il foire son coup parce que tu veux lui faire la causette, c'est toi qui paies pour tout le bordel.

– Je paie pas pour cette merde !

Hardin et Drew s'esclaffent de concert.

Tristan nous rejoint enfin, il tire une chaise pour s'asseoir à côté de Steph, puis lui prend la main. Je regarde l'encre fraîche abriter une nuée d'oiseaux sur l'estomac de Steph. C'est assez adorable, en fait, de les voir nichés ici.

– J'adore !

Elle sourit et rend le miroir à Drew avant de s'asseoir.

– Qu'est-ce que tu veux te faire tatouer, Hardin ?

– Ton nom.

Il sourit en répondant à ma question chuchotée. Interloquée, je recule d'un pas et tente de récupérer ma mâchoire, tombée de stupéfaction.

– Tu ne veux pas ?

– Non ! Bon Dieu, c'est… Je ne sais pas, c'est dingue, je murmure.

– Dingue ? Pas vraiment, c'est juste pour te montrer que je m'engage dans notre relation et que tu n'as pas besoin d'une bague ou d'une demande en mariage pour que ça continue comme ça.

Sa voix est si claire que je ne suis plus aussi sûre qu'il blague. Comment sommes-nous passés de l'humour aux promesses et au mariage en moins de trois minutes ? C'est toujours comme ça avec nous, je devrais y être habituée depuis le temps.

– Prêt, Hardin ?

– Ouais.

Hardin s'éloigne de moi et retire son tee-shirt.

– Une citation ? s'étonne Drew reflétant mes pensées.

– Je la veux sur la longueur de mon dos. C'est : « Je ne veux plus jamais être séparé de vous. » Fais-moi ça sur deux trois centimètres de hauteur à main libre.

Hardin tourne le dos à Drew.

« Je ne veux plus jamais être séparé de vous… »

– Hardin, on peut parler de ça une seconde ou deux, s'il te plaît ?

Je suis sûre qu'il est au courant pour Seattle et qu'il me nargue avec cette idée de tatouage. Cette phrase est parfaite, mais cruellement ironique si l'on pense que je ne lui ai toujours pas parlé de mon déménagement.

– Non, Tess, je veux le faire.

– Hardin, je ne pense pas que…

– Ce n'est pas grand-chose, Tessa, ce n'est pas mon premier tatouage.

– C'est juste que je…

– Si tu ne la fermes pas, c'est ton nom et ton numéro de Sécurité sociale que je vais me faire tatouer sur tout le dos.

Il se met à rire, mais j'ai l'impression qu'il pourrait vraiment le faire pour me prouver qu'il est sérieux.

Je me tais, le temps de trouver quoi dire. Je devrais tout balancer maintenant avant que l'encre ne pénètre sa peau vierge. Si j'attends…

Le bourdonnement que je reconnais maintenant revient, et de l'encre noire s'étale sur son dos.

– Allez, maintenant, viens me tenir la main.

Il a l'air joyeusement satisfait.

∞

123

Hardin

Tessa m'attrape timidement la main et je la tire vers moi. Drew gueule :

– Arrête de bouger.

– Pardon.

– Ça fait mal ?

À ce jour, l'innocence de son regard m'étonne encore. Elle était à quatre pattes la nuit dernière et là, elle s'adresse à moi comme si elle parlait à un enfant blessé.

– Oui, putain, ça douille.

– Vraiment ?

Devant mon mensonge, l'inquiétude se peint sur son visage.

J'aime la sensation de l'aiguille qui transperce ma peau pour injecter de l'encre en dessous ; ce n'est plus douloureux, c'est relaxant.

– Non, Bébé, ça ne fait pas mal.

Je la rassure et, en parfait connard, Drew fait comme s'il gerbait dans mon dos.

Tessa rigole doucement, je lève mon majeur en l'air. Je n'avais pas l'intention de l'appeler « Bébé » avec Drew dans les parages, mais j'en ai rien à foutre de ce qu'il pense et je sais qu'il est dingue de la fille avec qui il vient d'avoir un bébé, alors il n'a rien à dire !

– Je n'arrive toujours pas à croire que tu fasses ça.

Drew passe la pommade sur le nouveau tatouage.

– C'est déjà fini.

Elle a l'air inquiète et regarde l'écran de son portable.

J'espère que Tess ne va pas faire toute une histoire de ce tatouage ; ce n'est pas si sérieux que ça.

J'ai des tonnes de tatouages. Celui-là est pour elle et j'espère qu'elle le kiffe. Moi, c'est le cas.

– Ils se sont barrés où, Steph et Tristan ?

Je regarde dehors à travers la vitrine de la boutique pour essayer de repérer les cheveux rouges de Steph. Tessa propose :

– On peut aller voir s'ils sont à côté.

Je finis de payer Drew et lui promets de revenir pour me faire faire tout le dos.

J'ai failli lui péter les dents quand il a proposé à Tessa de se faire tatouer le bras ou percer le nombril.

– Je crois que j'aurais l'air cool avec un piercing au nez.

Elle sourit et nous sortons.

L'idée me fait marrer, je lui passe le bras autour de la taille quand un barbu passe devant nous en titubant. Son jean et ses godasses sont crades. Son gros pull est couvert de taches de liquide. À l'odeur, je parierais sur de la vodka.

Tessa s'arrête à mes côtés et l'homme fait pareil. Je la tire doucement derrière moi. Si ce poivrot de SDF pense qu'il peut s'approcher d'elle, je vais lui défoncer la…

Le mot qu'elle prononce alors est aussi doux qu'un murmure, et j'observe, dans la confusion la plus totale, son visage se vider de ses couleurs.

– Papa ?

À SUIVRE…

∞